HEYNE BÜCHER

Fantasy

Herausgegeben von Friedel Wahren

SHARON GREEN

DER REBELLENPRINZ

Roman

Deutsche Erstausgabe

WILHELM HEYNE VERLAG
MÜNCHEN

HEYNE SCIENCE FICTION & FANTASY
Band 06/5459

Titel der Originalausgabe
THE REBEL PRINCE
Übersetzung aus dem amerikanischen Englisch
von Alfons Winkelmann
Das Umschlagbild malte Lissane Lake

Umwelthinweis:
Dieses Buch wurde auf chlor- und
säurefreiem Papier gedruckt.

Redaktion: E. Senftbauer

Erstausgabe bei DAW Books, New York

http://www.heyne.de
Printed in Germany 1998
Umschlaggestaltung: Atelier Ingrid Schütz, München
Technische Betreuung: M. Spinola
Satz: Schaber Satz- und Datentechnik, Wels
Druck und Bindung: Presse-Druck, Augsburg

ISBN 3-453-10962-7

Kapitel 1

Kennen Sie die Geschichte vom häßlichen Entlein? Es war einmal ein Entlein, das sich so sehr von den anderen Enten in seiner Umgebung unterschied, daß jeder darüber lachte und mit dem Finger darauf zeigte. Dies führte dazu, daß es sich sogar dann schämte, wenn es allein war. Sein Leben war ein einziges Jammertal – bis zu dem Tag, da es sich umschaute und entdeckte, daß es kein Entlein war, sondern ein Schwan, und daß es weit schöner und anmutiger war als all jene, die es so lange ausgelacht hatten. Von diesem Zeitpunkt an sollte es glücklich und zufrieden bis an sein seliges Ende gelebt haben, aber das war lediglich die Auffassung des Märchenerzählers. Wenn er den Schwan gefragt hätte, wäre die Antwort womöglich eine andere gewesen.

Dieser tiefe philosophische Gedanke begleitete meinen dritten Drink. Drei Drinks sind bestimmt nicht viel, vor allem, wenn man berücksichtigt, was diese Drinks enthielten, aber ich war nie eine große Trinkerin gewesen. Drei waren etwa zwei über meinem üblichen Limit, aber die festliche Atmosphäre im geschmückten und hell erleuchteten Salon des Kreuzers hatte mich bis zu jenem Punkt deprimiert, da ich mir sagte, zum Teufel mit den Limits. Ich fuhr nach Hause, nicht wahr, und ich fuhr nicht bloß dorthin, sondern war auch eingeladen worden. Wenn das nicht ein Grund zum Feiern war – was dann?

»Entschuldigen Sie bitte, aber ich fürchte, ich halte es nicht länger aus«, sagte eine angenehme Baritonstimme und veranlaßte mich aufzublicken. Der Mann war in formelles Schwarz und Rot gekleidet, wie alle männlichen Passagiere des Kreuzers, hatte dunkles Haar, dunkle Augen und sah sehr gut aus. Das Lächeln, das er mir schenkte, war aufrichtig interessiert, aber ich hatte dieses Lächeln schon zu viele Male vorher gesehen.

»Ich schätze, ich sollte jetzt wohl fragen, was Sie nicht länger aushalten können«, gab ich zurück und sah ihn wenig begeistert an. »Ein besserer Einfall wäre, jemand anderen zu suchen, mit dem Sie Ratespiele spielen können.«

»Ich kann es nicht länger aushalten, eine so schöne Frau wie Sie allein an einem Tisch sitzen zu sehen«, sagte er und tat so, als habe er meine Worte nicht gehört. »Ich habe den Kapitän gebeten, uns einander vorzustellen, damit es keine Mißverständnisse gibt. Ich bin Quentin Darborough, und es hat bislang keine Frau bedauert, sich in meiner Gesellschaft zu befinden. Der Kapitän wird gleich herkommen und erklären, was das zu bedeuten hat.«

»Sagen Sie ihm, er soll sich keine Mühe geben«, meinte ich mit fast ebensoviel Verzweiflung, wie ich empfand, und hob meinen Drink, um daran zu nippen. »Quentin Darborough, siebenundzwanzig, Präsident und Leitstern der Minen-Gesellschaft, der stolze Vater von exakt siebenundzwanzig Tochtergesellschaften, die alle aufgrund des Genies des Firmengründers florieren. Tonnenweise Geld und genügend Macht, daß die Götter neidisch werden, einzig und allein fanatisch dazu entschlossen, daß es so bleibt, ein begeisterter Frauenheld. Einer der sieben einflußreichsten Menschen im Fourmin-Cluster, und er wird das für ein weiteres Standardjahr plus einige Wochen lang bleiben. Danach wird er gut daran tun zu üben, wie man sich bei den Schlangen für die Armenspeisung anstellt. Er wird das wissen müssen.«

»Die Quelle für das Ende jener ansonsten zutreffenden biographischen Skizze ist mir unbekannt«, sagte Darborough und lachte aufrichtig erheitert, während er einen der unbesetzten Sessel an meinen Tisch zog und sich setzte. »Ich wäre Ihnen sehr verbunden, wenn Sie mir sagen würden, von wem diese Information stammt – so daß ich Ihrem Gewährsmann in eineinhalb Jahren ins Gesicht lachen kann.«

»Sie werden *ihr* ins Gesicht lachen müssen«, sagte ich, und es mißfiel mir heftig, wie er den Blick über mich gleiten ließ. »Die Information stammt von Regan Edolin, Gründerin und Leitstern der Häßliches-Entlein-GmbH. Und so lange das Gelächter nicht hysterisch oder weinerlich wird, lachen Sie nur zu!«

»Regan Edolin«, wiederholte er und war nun nicht mehr so erheitert wie zuvor, und sein Blick suchte schließlich mehr als einen Ausschnitt. »›Häßliches Entlein‹ hat vergangenes Jahr das fünfzehnte in Konkurs gegangene Unternehmen übernommen, und in etwa einem Jahr sollte es völlig aus den roten Zahlen herausgekommen sein, genau wie all die anderen. Aber Sie können nicht Regan Edolin sein, es heißt, sie sei eine wesentlich ältere Frau. Neben Ihnen sehe sogar ich wie ein grau gewordener Veteran aus.«

»Sie unterstreichen Ihr Alter mit einer Neuerwerbung für jedes Jahr, das Sie gelebt haben, ich spiele mein Alter hinauf.« Ich zuckte mit den Schultern. »Ein junges Genie zu sein ist angenehm, wenn man ein Mann ist, aber eine junge Frau ist tödlich fürs Geschäft. Ich halte nicht viel davon, etwas zu tun, das schlecht fürs Geschäft ist.«

»Wie jeder im Cluster bemerkt hat«, sagte er erheitert, während er sich zurücklehnte, damit ein Kellner einen Drink vor ihn stellen konnte. »Sie haben die sieben einflußreichsten Leute im Cluster erwähnt. Dann müssen Sie die Nummer acht sein.«

»Neun«, korrigierte ich ihn, »aber ich bin nicht in Eile. Meinen Sie nicht, daß Sie es sich ein wenig zu gemütlich machen für jemanden, der dabei ist zu gehen?«

»Mein liebes Mädchen, ich denke nicht einmal

daran«, sagte er grinsend und hob sein Glas, ohne es anzusehen. »Ich bin schon früher von Ihnen angezogen gewesen, aber jetzt bin ich völlig in Bann geschlagen. Mir ist noch nie zuvor eine derart schöne Frau begegnet, die mir in geschäftlichen Dingen fast gleichstand. Wenn Sie wirklich Regan Edolin sind.«

»Ich werde den Kapitän bitten, uns einander vorzustellen«, bot ich an und fuhr daraufhin zusammen, weil die Musik kurzzeitig lauter wurde und ein brüllendes Gelächter ertönte. »In geschäftlichen Dingen stehe ich Ihnen nicht gleich, ich bin Ihnen überlegen. Wenn Sie mich in eineinhalb Jahren auslachen wollen, versuchen Sie, sich daran zu erinnern, wo Sie das zum erstenmal gehört haben.«

»Sie sind wirklich köstlich«, sagte er mit purer Gönnerhaftigkeit, beugte sich vor und legte die Unterarme auf den Tisch, wobei er noch immer breit grinste. »Sie sehen aus, als wüßten Sie genau, was ich aufgebaut habe, aber Sie beharren noch immer darauf, in mir einen Mann zu sehen, der in etwas mehr als einem Jahr ruiniert ist. Sie können eine derart unsinnige Behauptung kaum erhärten.«

»Wenn ich sie nicht erhärten könnte, hätte ich sie nicht ausgesprochen«, meinte ich zu ihm und nahm einen weiteren Schluck von meinem Drink, weil ich zu vergessen versuchte, wie rasch sich dieser Kreuzer bewegte, wie rasch wir den Fourmin-Cluster verließen und näher kamen ... »Ich habe vor ungefähr zwei Jahren Ihretwegen etwas recherchiert. Damals sah es so aus, als wären wir beide womöglich hinter demselben leckgeschlagenen Boot her. Ich hätte Sie nicht überbieten können, wenn Sie ernsthaft am Erwerb interessiert gewesen wären, also mußte ich dafür sorgen, daß Sie nicht länger interessiert waren. Sie wissen zu lassen, daß es unterginge, hat das bewirkt, aber Sie haben nichts davon gewußt, ehe ich das Gerücht ausgestreut habe.«

»Natürlich habe ich das gewußt«, sagte er, doch auf einmal war sein Grinsen verschwunden. »Ich war gerade dabei zu entscheiden, ob ich mich überhaupt dahinterklemmen sollte. Es hatte gewiß das Zeug für eine Geldmaschine, was sogleich bewiesen wurde, nachdem Sie es übernommen hatten. Jene Kette von Firmen muß die rascheste Wiederbelebung in der Geschichte des Clusters gewesen sein.«

»Nur weil die Kette in einen zuvor vorbereiteten Platz innerhalb meiner bisherigen Besitztümer paßte«, sagte ich und merkte, daß mir das ganze Party-Getue rings um uns her allmählich ziemlich auf die Nerven ging. »Sie hatten keinen derartigen Platz für die Kette, aber das war nicht Ihre Hauptsorge. Sie hielten Ausschau nach einem sechsundzwanzigsten Kauf für Ihren sechsundzwanzigsten Geburtstag, und die Zeit wurde allmählich knapp. Sie konnten die Gelegenheit nicht vorübergehen lassen, und Sie können es dieses Jahr auch nicht, für Nummer achtundzwanzig. Zu diesem Zeitpunkt tragen sich weniger als die Hälfte Ihrer Holdings selbst, und diejenigen, die schwer an sich selbst zu tragen haben, versuchen, die anderen zu halten. Da im Cluster nichts wirklich Gutes erhältlich ist, was zu kaufen sich lohnt, da Sie jedoch auf jeden Fall kaufen werden – Sie haben sich stets damit gebrüstet, daß Ihr Selbstvertrauen so groß ist und daß Ihr persönliches Glück alle Ihre geschäftlichen Interessen stützt –, gebe ich Ihnen bis zum Jahr neunundzwanzig, ehe alles unter Ihnen wegbrechen wird.«

»Sie glauben wirklich, alles in Betracht gezogen zu haben«, knurrte er, und die dunklen Augen leuchteten hell. Die Knöchel an der Hand, die das Glas hielt, waren weiß. »Mir hat es gefallen, meine Argumente vorzubringen, aber ich bin nicht dumm. Es muß nicht unbedingt einen achtundzwanzigsten Neuerwerb geben.«

»Wenn das nicht der Fall ist, können Sie sich auf einen Zusammenbruch in etwa acht Monaten freuen statt in eineinhalb Jahren«, antwortete ich und fühlte mich eindeutig mehr als unbehaglich in dem überheizten Salon. »Das Selbstvertrauen des entscheidenden Vorstandsmitglieds ist im Augenblick das einzige, was alles zusammenhält, und ohne eine jährliche neue Erwerbung verpufft jenes Selbstvertrauen. Alles wird so rasch dahin sein, daß jeder, der sich nicht rechtzeitig in Sicherheit bringt, mit in den Abgrund gerissen wird, und das wird's gewesen sein.«

»Sie sagen, ich würde in der Falle stecken«, krächzte er und schluckte die Hälfte seines Drinks auf einmal hinunter. Das gutaussehende Gesicht war bleich, der Blick ruhte auf dem Tisch zwischen uns. »Wenn Sie dermaßen viel wissen, können Sie mir bestimmt sagen, wie ich da wohl rauskomme?«

»Sie bezahlen das häßliche Entlein, das Sie herauspauken wird.« Allmählich fragte ich mich, warum mir so benommen zumute war. »Ich habe die Sache aus Spaß vor zwei Jahren ausgearbeitet, und die Details liegen in meinem Büroordner. Es *wird* Sie etwas kosten, aber Sie werden hinterher noch genügend haben, um erneut mitspielen zu können – wenn Sie sich dazu entschließen, dermaßen dämlich zu sein.«

Eine lange Minute starrte er mich wortlos an, kippte daraufhin seinen restlichen Drink mit einem Schluck hinunter und verließ den Tisch ohne ein weiteres Wort. In seiner blinden Eile stieß er gegen den Kapitän, der fast den Tisch erreicht hatte, und blieb nicht stehen, als der Mann ihm etwas zurief, den er dazu eingeladen hatte, ihn vorzustellen. Der Kapitän starrte ihm nach, bis er verschwunden war, und vervollständigte dann kopfschüttelnd seinen Abstecher zu meinem Tisch.

»Ich verstehe nicht, warum er nicht geblieben ist«, beklagte sich der Kapitän verwirrt und mehr als nur ein wenig verärgert. »Er war derjenige, der mich gebeten hat, an Ihren Tisch zu kommen.«

»Ich glaube, er hat seinen Meinung geändert, was

den Wunsch betrifft, mich kennenlernen zu wollen«, sagte ich, während ich zu entscheiden versuchte, ob ein weiterer Schluck meines Drinks mich abkühlen oder erwärmen würde. »Ich bin bei Männern wirklich nicht sehr beliebt, wissen Sie.«

»Unsinn. Eure Hoheit, Ihr seid eine sehr attraktive Frau«, protestierte er und hörte sich leicht empört an. »Jeder Mann auf dem Schiff wäre hier, wenn er den Nerv dazu hätte.«

»Und dann wären sie ebenso rasch wieder verschwunden«, sagte ich und tunkte einen Finger in den Drink, um herauszufinden, ob er warm oder kalt war. »Ich komme mit Männern einfach nicht zurecht, und ich komme mit Frauen nicht zurecht. Damit bleiben lediglich Geschäftspartner, und wenn sie nicht soviel Vergnügen daraus zögen, Geld zu machen, wären sie ebenfalls in Null Komma nichts verschwunden ... Ich habe gedacht, ich hätte Sie gebeten, mich nicht so zu nennen.«

»Vergebt mir. Eure ... öh ... Regan«, sagte er, wobei er sich auf einmal sehr seltsam, jedoch sehr höflich anhörte. »So *soll* ich Sie nennen, nicht wahr?«

»Gewiß«, stimmte ich heftig nickend zu, den Finger noch immer im Glas. »Warum sollten Sie mich nicht Regan nennen? Das ist mein Name.«

»Natürlich ist er das«, sagte er, nahm mir das Glas weg und legte mir eine Hand unter den Ellbogen, um mir beim Aufstehen zu helfen. »Und jetzt, Regan, möchte ich Sie gerne zu Ihrer Kabine begleiten. Es sieht so aus, als hätten Sie für heute abend genug von der Party gehabt.«

»Sie halten mich für betrunken, nicht wahr?« fragte ich ihn geradeheraus. »Sie halten mich für betrunken und meinen, ich müsse zu Bett gehen.«

»Nein, nein, nichts dergleichen«, versicherte er mir, und seine braune Augen lächelten, während er mich durch die Nachtschwärmer führte. »Sie sehen ein wenig müde aus, also habe ich mir gedacht, Sie wollten früh zu Bett. Wenn Sie sich ein wenig hinlegen und dann der Meinung sind, Sie seien gar nicht müde, können Sie wieder zurückkommen.«

»Ich *bin* müde«, stimmte ich zu, wobei ich mich fest an seinen Arm klammerte, weil das Deck so merkwürdig schaukelte. »Aber ich bin eine lange Zeit müde gewesen, und Schlaf wird kaum helfen. Habe ich Ihnen erzählt, daß ich nach Hause fahre?«

»Nach Plateau, ja«, sagte er mit einem weiteren Lächeln und tätschelte mir die Hand. »Der Haldyne-Cluster entwickelt sich sehr rasch, und Plateau scheint dort der wichtigste Planet zu sein. Es wird Sie freuen zu hören, daß wir in weniger als vier Tagen dort sein werden.«

Noch vier Tage. Ich schob den Kapitän beiseite und ließ ihn stehen. Er starrte in den Salon, und ich rannte zu meiner Kabine, lehnte mich mit dem Rücken an die verschlossene Tür und dachte einen Augenblick daran, mich zu übergeben. Natürlich hatte sich das Licht automatisch eingeschaltet, sobald ich durch die Tür getreten war, und es erhellte die wunderschöne, teuer eingerichtete VIP-Kabine. Cremefarben und babyblau, mit silbernem Inventar und Schnickschnack, dicken Teppichen, einem breiten, eleganten Bett, versenkbarem Spiegel, eigenem Bad. In dieser Kabine reiste ich nach all jenen Jahren nach Hause, und keinen Gefallen daran zu finden, wäre töricht.

Ich stand kaum eine Minute dort, um überzeugt zu sein, daß ich mich wirklich nicht sehr gut fühlte, also setzte ich mich auf die Bank am Toilettentisch. Auf der Stelle glühte der Spiegel in einem warmen, schmeichelnden Licht und zeigte mir deutlich das Gesicht, das ich ganz besonders nicht hatte sehen wollen.

»Du bist ein Trottel«, sagte ich zu meinem Spiegelbild. »Es sind zwölf Jahre her, und sie haben sehr deutlich gezeigt, daß sie nichts, aber auch gar nichts von dir wissen wollen. Du hast geschworen, niemals wieder einen Fuß auf jene Welt zu setzen, aber sobald sie mit dem kleinen Finger winken, machst du dich auf die Socken.«

Ich habe darüber nachgedacht, antwortete das Spiegelbild verteidigend. Es war wirklich wunderschön, dieses Gesicht, mit einem klaren goldenen Teint und blaugrünen verschleierten Augen. Eine Fülle goldenen Haars umgab es, das jenen besonderen Rotstich hatte, der das Gold entflammte. Jenes Haar war das Markenzeichen der weiblichen Adeligen von Plateau, ein geschlechtsspezifisches Charakteristikum, das nur ihnen gemeinsam war – zusammen mit weiteren geschlechtsspezifischen Charakteristika.

»Sicher hast du darüber nachgedacht«, sagte ich und forderte dieses andere Gesicht dazu heraus, meinem Blick zu begegnen. »Vielleicht sogar eine ganze Stunde lang.«

Ich habe niemals lange benötigt, Entscheidungen zu fällen, sagte sie herausfordernd und hob ihren königlichen, allzu schönen Kopf. *Und nur nebenbei – warum sollte ich nicht die Gelegenheit ergreifen, ein wenig zu protzen? Für jemanden, der nicht gut genug war, von ihnen anerkannt zu werden, habe ich mich gar nicht schlecht geschlagen.*

Nicht gut genug. Ich starrte dieses Gesicht einen weiteren Augenblick lang an, vergrub daraufhin das eigene Gesicht in den Armen und erinnerte mich jener Zeiten, als wären sie nur Tage entfernt. Ich hatte gerade meinen zwölften Geburtstag gefeiert, fühlte mich völlig erwachsen und jeden Zoll die Prinzessin, die ich war. Mein Vater war ein Prinz, und ich war eine Prinzessin. Meine Familie war eine jener Familien, die Plateau besaßen und beherrschten. Das Leben war schön und wundervoll – bis die Ergebnisse jenes Tests kamen, an dem ich als Zwölfjährige teilgenommen hatte. Jedes weibliche Mitglied des Adels von Plateau zeigte ihr Talent, wenn sie zwölf wurde, oder sie zeigte es niemals. Die Ergebnisse des Tests besagten, ich hätte nicht die Spur eines Talents, nicht einmal einen Hinweis auf etwas Nutzloses, jedoch vielleicht Erheiterndes, sondern rein gar nichts. Das war ungewöhnlich, aber nicht unbekannt. Meine Schwestern lachten, bis ihnen die Tränen kamen, meine Brüder kicherten und schenkten mir keine Beachtung mehr, meine Mutter sorgte sich noch mehr als zuvor darum, ihre Schönheit zu pflegen, und mein Vater – der Mann, der so viele glühende Pläne für meine Zukunft geschmiedet hatte – war auf einmal zu beschäftigt, um auch nur mit mir zu sprechen. Zwei Tage später sagte man mir – durch den persönlichen Sekretär meines Vaters –, daß ich zu einer Schule geschickt würde, die sich auf einer anderen Welt in einem anderen Cluster befand. Es sei eine ausgezeichnete Schule, hatte mir der Mann gesagt, und ich würde dort sehr glücklich sein.

In jener wundervollen Schule hatte ich die nächsten sechs Jahre verbracht und gehorsam eine äußerst spezielle Hölle durchgemacht. Der weitaus größte Anteil der Schüler stammte aus sehr wohlhabenden Familien, aber ich war eine Prinzessin und meine Familie hatte Anteil am Besitz an einer ganzen Welt. Ich entdeckte, daß die ersten sechs oder sieben Mädchen, die meine besten Freundinnen geworden waren, dies nur wegen des Ansehens getan hatten, das diese Position mit sich brachte, und daraufhin hatte ich keine besten Freundinnen mehr – oder Freunde jeglicher Art. Nach einer Weile gaben sich die Jungens bei mir die Klinke in die Hand, sie machten mir den Hof und winkten mit dem Familienvermögen. Das machte mich bei den Mädchen noch unbeliebter, die entweder in meiner Nähe herumhingen oder mich völlig mieden, um sich dem Wettbewerb zu entziehen. Ich machte sehr deutlich, daß ich mit keiner der beiden Gruppen etwas zu tun haben wollte, und konzentrierte mich daraufhin wieder auf den Feldzug, den ich führe.

Mein Feldzug war aus der Verzweiflung eines zwölfjährigen Kindes heraus geboren worden. Zu Beginn hatte ich mich dazu entschlossen, sehr fleißig an jener Schule zu lernen und so gut zu sein, daß meine Familie wieder auf mich stolz wäre und mich zurückhaben wollte. Den größten Teil meiner wachen Stunden verbrachte ich mit Studieren sowie damit, Aufgaben zu erledigen, zusätzliche Kreditauskünfte vorzubereiten und Recherchen anzustellen. Mein Plan funktionierte insoweit, als ich an jener Schule zur Klassenbesten aufstieg, so hoch hinauf, daß niemand sonst mir auch nur annähernd gleichkam. Ich lebte für den Tag der Abschlußfeierlichkeiten, nachdem man mir gesagt hatte, eine Passage sei von meinen Angehörigen reserviert worden, und ich war mir völlig sicher, es wäre mein Vater, der käme. Dann würde er hören, wie wunderbar ich alles geschafft hatte, würde mich mit vor Stolz leuchtenden Augen ansehen und mich dann mit nach Hause nehmen.

Natürlich war es der Sekretär meines Vaters, der kam und sich vor mir verbeugte, nachdem alles vorüber war, mir gratulierte und mir dann erzählte, ich hätte Ferien verdient. Ich sollte mir soviel Zeit nehmen, wie ich wollte, in der Tat Jahre, um im Cluster herumzureisen und mir alles anzusehen, was es zu sehen gab. Zu diesem Zweck war mir eine sehr große Summe zur Verfügung gestellt worden, und falls die Mittel knapp würden, sollte ich um weitere ersuchen. Der Mann war schon seit Stunden wieder abgereist, ehe mir aufging, daß ich kein einziges Wort zu ihm gesagt hatte, aber Sprechen war auch nicht notwendig gewesen, um seine Botschaft mitzubekommen. Sie wollten mich noch immer nicht bei sich zu Hause haben, und ich sollte nicht versuchen zurückzukehren.

Ich hatte einige Tage damit verbracht, mich treiben zu lassen, Tage, während derer ich niemanden sah, nichts tat. Dann überkam es mich, daß ich ein Leben hatte, mit dem ich zurechtkommen mußte. Mein Erfolg an der Schule hatte nicht erreicht, was ich gewollt hatte, aber er hatte mir gezeigt, daß ich in der Tat ein Talent hatte, selbst wenn es nicht jenes Talent war, das meine Familie wertschätzte. Für die meisten Leute umgab die Geschäftswelt eine Wolke des Geheimnisses, aber ich hatte herausgefunden, daß sie aus sehr klaren Mustern zusammengesetzt war, wenn man genügend wußte, um an den richtigen Stellen danach zu suchen. Kein Geschäft und keine Industrie existierte auf sich selbst gestellt, und wenn man dem Muster vom einen Ende zum anderen folgte, konnte man erkennen, daß der Mangel an Weizen auf Sendgo im Graffis-Cluster zum Anstieg der Baumwollproduktion auf Teldin im Fourmin-Cluster führen würde. Handelsgesellschaften und Unternehmensverflechtungen waren noch einfacher, insbesondere, wenn nicht mehr als ein Cluster darin verwickelt war. Die übrigen Cluster mußte man natürlich im Auge behalten, aber in einem einzigen Cluster zu agieren, war ein Kinderspiel. Ich nahm mein ›Taschengeld‹, benutzte es als Basiskapital, erhöhte es rasch, indem ich Vorteile aus meiner Kenntnis der Muster zog, und machte mich daran, in Konkurs gegangene Firmen aufzukaufen und sie wieder lebensfähig zu machen. Ich wollte von jedem Industriezweig Mitglieder für ›Häßliches Entlein‹ haben. Ich kaufte die Firmen um ein Butterbrot und paßte sie dann in ein eigenes Muster ein, und ich nannte meine Muttergesellschaft Häßliches-Entlein-GmbH. Jedermann glaubte, der Name bezöge sich auf meine Ankäufe leckgeschlagener Unternehmen, die einzigen Geschäfte, die ich tätigte; ich war die einzige, die es besser wußte.

Seufzend hob ich den Kopf von den Armen und blickte mich erneut im Spiegel an. Vor einem Jahr hatte ich mein ›Taschengeld‹ plus einem angemessenen Zins meinem Vater zurückgezahlt und kein Wort gehört. Dann, vor weniger als einer Woche, hatte ich einen Brief erhalten, der mir sagte, ich würde zu Hause benötigt. *Benötigt.* Und *zu Hause.* Schon lange hatte ich die Unterschrift meines Vaters nicht mehr gesehen, und das Gekritzel war nicht leicht zu entziffern, aber sein Name war gleich unter das Gekritzel gesetzt worden, die Buchstaben waren makellos und sehr leicht zu lesen gewesen. Mein erster Impuls war gewesen, meine Chefsekretärin ein kurzes: »Vielen Dank für Deine kürzliche Mitteilung, aber ...« tippen zu lassen, das statt mit meiner mit ihrer Unterschrift hinausgehen sollte, aber ich hatte entdeckt, daß ich das nicht tun konnte. Wenn er irgendein anderes Wort verwendet hätte statt ›benötigt‹, hätte ich den Brief im Ordner abgelegt, um in Zukunft höhnisch darüber zu grinsen, aber dieses Wort konnte ich nicht ignorieren. Eine sehr lange Zeit hatte ich dagesessen und das teure goldene Briefpapier angestarrt, und dann hatte ich meine Reiseabteilung angewiesen, für mich den nächsten Kreuzer zum Haldyne-Cluster zu buchen. Sie hatte die Passage gebucht, und da war ich jetzt, vier Tage von ›zu Hause‹ entfernt.

»Ich werde ihn fragen«, sagte ich zu meinem Spiegelbild, wobei ich das ausgefallene Partykleid übersah, das es angezogen hatte, um in den Geist der Party im Salon einzutauchen. »Ich werde mich vor ihn stellen und ihn rundheraus fragen, warum er zwölf Jahre gebraucht hatte, bis er sich daran erinnerte, daß ich noch am Leben war. Und falls mir die Antwort nicht gefällt, werde ich mich auf dem Absatz umdrehen und hinausgehen und nie wieder an sie denken.«

Natürlich wirst du das tun, antwortete mein Spiegelbild. Das schöne Gesicht sah jünger aus, als es war, ein weiteres Merkmal der weiblichen Plateau-Mitglieder. *Warum gehst du jetzt nicht zu Bett und schläfst noch ein wenig?*

»Beste Idee, die ich je gehört habe«, brummte ich und stand mühsam auf, während die Lampen am Toilettentisch abdunkelten. Als ich mich umdrehte, ließ ich mein Spiegelbild zurück, jedoch nicht auf die dauerhafte Art und Weise, die mir lieber gewesen wäre.

Kapitel 2

Vier Tage verstreichen sehr rasch, wenn man nicht sicher weiß, ob man möchte, daß sie rasch verstreichen, selbst wenn man diese Tage isoliert von jeglichem menschlichen Kontakt verbringt. Oder zumeist isoliert. Die Mahlzeiten wurden von einem Steward in die Kabine gebracht, und gelegentliche Ausflüge in den Fitneßraum des Schiffs bedeuteten ebenfalls unvermeidliche Begegnungen. Nach dem vierten Ausflug entschloß ich mich, lieber körperlich zu verfallen anstatt angestarrt oder angemacht zu werden, und ich ging nicht wieder hin. Die meiste Zeit über herumzusitzen, hätte die Passage endlos erscheinen lassen sollen, aber irgendwie war dem nicht so. Die vier Tage wurden zu einem, und dann war es an der Zeit, den Kreuzer zu verlassen.

Plateau war insofern ungewöhnlich, als er einer der sehr wenigen Planeten war, die einem Kreuzer oder Frachtschiff nicht gestatteten, an ihren Häfen anzulegen. Jeglicher Transfer von Fracht oder Personen wurde mit der eigenen Flotte von Schiffen erledigt, die mit Einheimischen von Plateau bemannt waren – soll heißen, hierher versetzten Einheimischen. Der Planet hatte keine wirklich intelligenten Einheimischen gehabt, ehe er besiedelt worden war, also gab es noch nicht einmal ein Büro für Angelegenheiten der Einheimischen des Clusters in Der Stadt. Auf den meisten Planeten gab es ein solches Büro, selbst wenn es nicht nötig war, aber wiederum war Plateau eine der wenigen Ausnahmen.

Während ich dem Steward mit meinem Handgepäck den Korridor hinab folgte, der zum Bootshafen führte, lächelte ich schwach über den Eindruck, den ich machen würde. Ich hatte ziemlich lange gebraucht, bis ich mich entschieden hatte, was ich für die bedeutsame Heimkehr tragen sollte, aber ich hatte schließlich eine Kleidung gewählt, die jedem die Tatsache unter die Nase reiben würde, daß ich am Ort meiner Geburt eine Fremde war und mich auch so fühlte. Alle weiblichen Plateaumitglieder, Adel und gewöhnliche Leute gleichermaßen, trugen Gewänder oder Kleider, lang, hauchzart und anmutig bei der oberen Klasse, lang und praktisch bei den Dienern. Meine Kleidung bestand aus einer engen weißen Lederhose und weißen Stiefeln, die mir bis zum Knie reichten, einer orange-roten Bluse, die den roten Schimmer in meinem Haar betonte, einem losen offenen weißen Jackett und einem weißen Buschhut. Das Outfit war natürlich völlig unangemessen, und das galt für jede Situation, die man sich denken konnte. Es war mir von meiner Haushälterin besorgt worden, einer Frau, die sehr wenig sprach, fast alles im Leben mißbilligte und gewisse Dinge wußte, die jenseits eines Widerspruchs oder einer Korrektur lagen. Für sie war Plateau eine Welt in einem halb kolonisierten Cluster, der unmöglich zivilisiert oder sogar respektabel sein konnte, und daher mußte man sich auf gewisse unkonventionelle Art und Weise darauf vorbereiten. Die Kleidung war mehr Kostüm als Outfit. Sie würde mir in der Wildnis dienen, in die ich ginge, aber immer noch jeden wissen lassen, daß ich eine Dame und eine zivilisierte Frau war. Kildran hatte es eingepackt, ohne es mir zu sagen, weil sie wußte, daß ich es fände, sobald ich auf dem Kreuzer wäre. Das verdammte Ding hatte mich womöglich ein Vermögen gekostet. Als ich das erste Mal darüber gestolpert war, hatte ich ernstlich erwogen, sie zu feuern. Ich war wütend genug gewesen, kein bißchen darum zu geben, daß mein Haushalt ohne sie in die Brüche ginge, dann jedoch hatte ich mir überlegt, was für einen Eindruck ein derartiges Äußeres machen würde; doch sobald ich einmal überzeugt gewesen war, schien die Entscheidung die einzig richtige zu sein.

Der Passagierraumhafen befand sich vor den größeren Frachtbereichen, gleich am Ende der Passagierabteile des Kreuzers. Das Abteil war groß genug, daß sich etwa dreißig Leute dort aufhalten konnten, aber man hatte nicht den Eindruck, als wäre den etwa zwanzig Leuten, die es bereits füllten, sonderlich bequem. Die meisten waren Paare, einige wenige mit Kindern verschiedener Altersstufen. Sie hielten ihre gesamte Habe ängstlich umklammert. Es waren neue Einwanderer, deren Passagen von den Offiziellen jener Welt bezahlt worden waren, die sie besiedeln sollten, und sie wirkten äußerst begierig, damit loszulegen. Plateau und andere ähnliche Welten würden Kolonisten eine Zeitlang dulden, zumindest bis Die Stadt eine von vielen Städten geworden wäre.

Einer der Offiziere des Pendlerschiffs prüfte gerade ein dickes Bündel Papiere, während ein Mann und eine Frau mit vier Kindern gleichzeitig auf ihn einredeten, und die kleine Gruppe war ganz ausgezeichnet darin, die Schleuse zum Schiff zu blockieren. Der Steward mit meinem Gepäck nahm erst all seinen Mut zusammen, ehe er versuchte, die Aufmerksamkeit des Offiziers auf sich zu lenken, und vermutlich würde es eine Weile dauern, ehe er damit Glück hätte. In dem Abteil war es eng und geräuschvoll, ganz zu schweigen vom Geschrei der gelangweilten und müden Kinder, aber trotz des Tumults fielen mir die vier Leute auf, die darauf warteten, das Schiff zu betreten. Drei von ihnen waren große Männer, die, obgleich sie voneinander getrennt dastanden, offensichtlich alle von jener Art waren, die angeheuert wurde, um den Adel zu bewachen. Ich hatte niemals wirklich verstanden, warum diese Wächter notwendig waren, aber ich erinnerte mich daran, sie während meiner Kindheit auf dem Planeten überall gesehen zu haben. Die Augen der drei in dem Abteil hatten sich fast unmittelbar nach meinem Eintritt auf mich geheftet. Ich achtete darauf, ihre durchbohrenden Blicke nicht zu erwidern, selbst wenn ich eine Stunde zu warten hätte. Für Männer wie jene gab es in der Welt, die ich mir zu eigen gemacht hatte, keinen Platz, und ich gab keinen Pfifferling um sie.

Die vierte bemerkenswerte Persönlichkeit war weiblich, und sie hatte mich ebenfalls seit meiner Ankunft angestarrt. Die drei Männer waren in dunklen, fast düsteren Farben gekleidet, zwei von ihnen trugen Jacken, die Frau jedoch war völlig in Schwarz gekleidet und hatte langes blaßblondes Haar. Ihr enganliegender, einteiliger Hosenanzug war von jener Sorte, die überall Taschen hatte und nach Boots verlangte. Sie war Ende Zwanzig oder Anfang Dreißig und ziemlich hübsch, aber ihre Haltung war ein simpler, wortloser Befehl: »Bleib mir vom Leib!« Und der galt jedem, der sie ansah. Die dunkelblauen Augen musterten mich ohne jede Anerkennung, und sie sah mich unablässig an, als suchte sie etwas, aber was dieses Etwas sein sollte, konnte ich mir nicht vorstellen. Auf merkwürdige Weise war sie den drei Männern bemerkenswert ähnlich, aber falls sie hier auf der Suche nach einem Job als Leibwächter war, verschwendete sie ihre Zeit. Auf Plateau wurden niemals Frauen als Leibwächter eingesetzt, gleich, wie erfolgreich sie auf anderen Planeten gewesen sein mochten. Sie würde herausfinden, daß sie ihren Ausflug vergebens unternommen hätte, und ich bezweifelte, daß sie darüber sehr glücklich wäre.

Nach einigen Minuten der schweigenden Musterung war sich die Frau anscheinend über irgend etwas klargeworden, und sie kam auf mich zu. Einer der drei Männer tat dasselbe, ohne die Frau zu sehen, aber beide wurden enttäuscht. Als sie mich fast erreicht hatten, schob sich der Schiffsoffizier durch die Menge, stieß die beiden mit dem Ellbogen beiseite und verbeugte sich dann sehr entschieden vor mir.

»Eure Hoheit, wir haben Euch erwartet«, sagte er mit rauher Stimme, die schwer daran arbeitete, einen zivilisierten Tonfall anzunehmen. »Ihr müßt nicht unter diesem Pöbel hier warten. Eure Kabine steht bereit.«

»Vielen Dank, Chief«, antwortete ich und gab vor, seine Reaktion auf mein Kostüm nicht zu bemerken. Er war ein großer Mann, größer als jeder der drei, die hergekommen waren, um Leibwächter zu werden. Er trug die dunkelgoldene Uniform eines Mannschaftsmitglieds des Schiffs mit den Rangfarben auf den Ärmeln, und seine dunklen Augen glitten immer wieder zu meinem Haar. Er versuchte wohl, sich zu vergewissern, daß ich keine Hochstaplerin wäre. Ich ging hinter ihm auf die Schleuse zu, wo der Steward wartete, betrat das Schiff, ohne zurückzuschauen, und ging daraufhin zur Kabine, die bereits für mich hergerichtet war.

Es brauchte eine Weile, bis alle Passagiere überprüft und eingeschifft und im öffentlichen Teil des Schiffs Platz genommen hatten, aber ich verbrachte die Zeit nicht damit, diesem Vorgang zuzusehen. Die Kabine, in der ich mich befand, war von der gleichen Art leuchtend angestrichener Schuhschachteln, die ich auch bei meinem Weggang gehabt hatte, genügend Platz für mich, mein Gepäck, zwei Landungsliegen und ein Gitterrost, durch das leise Musik tönte. Außerdem strömte frischere Luft herein, als im öffentlichen Teil zur Verfügung stand. Ich legte mich auf eine der Liegen und schnallte mich an. Ich fragte mich, ob der Kapitän des Kreuzers ebenfalls über mein Äußeres empört gewesen war, als er vorhin zur Verabschiedung gekommen war, und es nur nicht gezeigt hatte. Ich fragte mich, was Quentin Darborough jetzt tat, und warum er das Schiff vor zwei Tagen auf einem Planeten verlassen hatte, der nicht sein Ziel gewesen war. Ich fragte mich, was die Frau in Schwarz gewollt hatte, und gab mir nicht die Mühe, mich dasselbe wegen des Mannes zu fragen. Wie lange würde mein Besuch wohl dauern? Das war einer der Gedanken, die ich zu meiden gesucht hatte, aber sobald er einmal aufgetaucht war, konnte ich ihn nicht mehr verdrängen.

*Was bist du für ein Kind?** fragte mich mein Bewußtsein schweigend und ungeduldig. **Du bist hier, weil du es nicht ertragen konntest, die Forderungen eines Mannes zurückzuweisen, der mehr von einem verzogenen Balg an sich hat, als du es jemals haben wirst. Es ist stets nach seinem Willen gegangen, und das wird immer so sein, und du hättest seinen Brief mit der angemessenen Verzierung zurückschicken und dann das Ganze vergessen sollen.**

Aber ich konnte und tat es nicht, was jetzt also? wollte ich ebenso schweigend wissen, wobei ich meinen weißen Buschhut anstarrte, der auf der zweiten Liege lag. *Übersehe ich ihn, als sei er jemand von Unterhalb, wenn ich dort ankomme, oder falle ich mit Tränen und Küssen über ihn her?*

Warum versuchst du nicht, so zu handeln, wie du es tust, wenn du ein bankrottes Unternehmen inspizierst? fragte die Stimme in mir. Sie war noch immer sehr ungeduldig. **Distanziert, leicht mißbilligend, äußerst desinteressiert, beständig auf die Uhr blickend. Durch diese Routine bringst du fünfzigjährige Firmenchefs dahin, daß sie blaß werden und schwitzen, warum versuchst du's also nicht?**

Mein Vater ist von Adel, keine Firma, ein völlig anderer Schlag, konterte ich, mußte jedoch bei dieser Idee grinsen. Wenn man Leute aus dem Gleichgewicht bringt, erfährt man manchmal etwas über sie, das sie einem nicht hatten sagen wollen, was einem zustatten kommen kann, gleich, wo man sich aufhält.

Und wie lange* erwartest *du zu bleiben? beharrte die Stimme und weigerte sich, Entgegnungen anzuhören. **Hast du erwartet, herzukommen und auf immer zu Hause willkommen zu sein? Würdest du hier bleiben, selbst wenn sie sagten, du könntest es tun?**

Nein, antwortete ich langsam und mit nur kurzem Zögern, weil ich darüber sowieso keinen Zweifel verspürte. Ich wurde noch immer von dem sehnsüchtigen Verlangen eines zwölfjährigen, hinausgeworfenen Kindes getrieben, aber ich wußte ganz genau, daß ich niemals für immer auf Plateau bleiben wollte. Ich hatte mir ein Leben im Herzen eines modernen, zivilisierten Clusters aufgebaut, ein vorwiegend einsames Leben, aber es war noch immer das meine. Ich verspürte keinerlei Drang, die Dekoration für einen Prinzen von Plateau zu werden, ein hübsches Spielzeug, das die meiste Zeit damit verbringt, sich für seinen hochherrschaftlichen Gatten noch schöner zu machen. Meine Mutter hatte mit jener Art zu leben Erfolg gehabt, ebenso wie es bei den meisten weiblichen Adeligen der Fall zu sein schien, aber das war nichts für mich.

Was, im Namen Gottes und des gesunden Menschenverstands, bringt dich so durcheinander? wollte die Stimme einen Schritt vor der Verzweiflung wissen. **Entweder hast du einen hübschen, langen, angenehmen Aufenthalt oder einen kurzen, faden, unangenehmen. Auf jeden Fall wird dir dieser Besuch für den Rest deines Lebens reichen, und das nächste Mal kannst du ihm sagen, er möge bitte zu dir kommen. Wenn du dir überhaupt die Mühe machst, ihm zu antworten.**

»Bleib cool und laß dir von ihm aus der Hand fressen«, summte ich unterdrückt, wobei ich auf besagte Hand hinabsah. Jene Stimme des anderen Ichs könnte vielleicht ohne jegliche Schwierigkeiten damit zurechtzukommen, aber ich war mir meines äußeren Ichs nicht so sicher. Mein Vater hatte mir etwas voraus, das von einem Teil meines eigenen Bewußtseins unterstützt wurde, einen Einfluß, den ich womöglich nicht brechen konnte. Ich hatte die Wahl, aufzugeben, ehe ich überhaupt angefangen hätte, oder zu versuchen, es durchzustehen, gleich, wie ich mich wirklich dabei fühlte. Ich würde sicherlich nicht aufgeben, aber es würde interessant werden zu sehen, wie die Dinge selbst mit jenem festen Entschluß liefen.

Die Triebwerke des Schiffs sprangen an, die gepanzerten Sicherheitsstreben schlossen sich mit einem Klicken, eine kurze Ankündigung ertönte statt der leisen Musik, und dann waren wir auf und davon. Der Wiedereintritt in die Atmosphäre war der einzige unterscheidbare Teil des Ausflugs, und die Schiffsmannschaft war viel zu erfahren, als daß dies irgendein Problem dargestellt hätte. Nachdem wir gelandet und ausgerollt waren, war ich erleichtert, daß die Zeit der Langeweile vorüber war, und ich verspürte ein schwaches Anzeichen der Freude. Wenn ich damit anfinge, mich auf die Begegnung zu freuen, verlief sie vielleicht besser, als ich es mir ausgemalt hatte.

Der Schiffsoffizier kam, um mich aus meiner Kabine zu geleiten, und er schien noch mehr schockiert darüber, daß ich die Zeit nicht zum Umziehen genutzt hatte. Das Mannschaftsmitglied, das mein Handgepäck trug, bewahrte eine knurrige, gezwungene Höflichkeit, aber ich gab noch immer vor, es nicht zu bemerken. Ich folgte ihm durch das Schiff zur Schleuse und dann die Rampe hinab zur Rollbahn des Hafens. Sogleich setzte ich den Hut auf, weil die Sonne so sehr strahlte. Es war erst Vormittag, aber das Lodern der Rollbahn reichte aus, daß einem die Augen tränten. Während wir auf die großen Zollgebäude zugingen, versuchte ich, nach Porttown hinüberzusehen, aber wir waren zu weit entfernt, als daß ich mehr als die nächstgelegenen hellen Plastikbauten hätte sehen können. In Porttown lebten Mannschaftsmitglieder, ebenso viele der Leibwächter, wenn sie keinen Dienst hatten, und ich hatte es niemals aus der Nähe gesehen.

»Willkommen, Eure Hoheit, Willkommen!« Eine überlustige Stimme zog meine Aufmerksamkeit auf sich, fort von dem vergeblichen Bemühen, etwas mehr sehen zu wollen, als vernünftig war. »Da Ihr früher als erwartet eingetroffen seid, ist es meine angenehme Pflicht, für Euer Wohlbefinden zu sorgen, bis jemand eintrifft, der Euch zu Eurem Haus bringt.«

Der Mann, der das Zollgebäude verlassen hatte und herangetreten war, um mich zu begrüßen, war irgendwo in den Vierzigern, fett und schlampig. Er brauchte dringend eine Rasur und womöglich einen Drink, und er schwitzte heftig. Sein rundliches Gesicht hätte mit einer unfreundlichen Miene natürlicher gewirkt statt mit dem gegenwärtigen Versuch eines herzlichen Willkommens, und das dünne Haar hing ihm in knappen schmierigen Strähnen in die Stirn. Er wischte sich feuchte Handflächen an einem bereits schmutzigen goldfarbenen Uniformhemd ab, und die kleinen dunklen Augen versuchten immer wieder, zu der Kleidung hinüberzuflackern, die ich trug.

»Es ist noch niemand hier?« fragte ich und spürte die ersten Regungen eines Ärgers. »Wie viele Stunden zu früh sind wir eigentlich?«

»Öh, kommt doch herein, ich habe ein ruhiges kühles Eckchen für Euch«, antwortete er und mied meinen Blick, als er nach dem Gepäck griff, das das Mannschaftsmitglied trug. »Gut, daß Ihr so zeitig gekommen seid, es soll heute ein wirklich glühendheißer Tag werden.«

Er nahm das Gepäck und ging leicht seitlich zurück zum Zollgebäude, während er mit den Augen versuchte, mich mitzuziehen, und es blieb mir nichts weiter übrig, als ihm zu folgen. Der Schiffsoffizier und das Besatzungsmitglied waren bereits auf dem Weg zurück zu ihrem Schiff, und für einen Augenblick war mir danach, auf dem Absatz kehrtzumachen und mich ihnen anzuschließen. Die ganze Zeit über hatte ich den Verdacht gehabt, die Heimkehr wäre etwas wirklich Blödes, und jetzt bestätigte sich dieser Verdacht.

Die Außenwände des Zollgebäudes waren von einem leuchtenden, jedoch unreflektierenden Gold und transparent genug, daß man hindurchsehen konnte. Irgend jemand anderer in Uniform öffnete eine Tür, als mein charmanter Führer sie erreichte, und wurde auf der Stelle mit der Übergabe meines Gepäcks belohnt. Mein Führer übernahm die Aufgabe, die Tür aufzuhalten, und sobald wir eingetreten waren, drückte er sich an mir vorbei, um wieder die Führung zu übernehmen.

»Gleich hier entlang, Prinzessin, und in einer Minute werdet Ihr es wieder kühl haben«, sagte er mit seiner freudigen Stimme, während er wieder seitlich ging und mich dabei anblickte. »Wenn Ihr etwas zu essen oder zu trinken wünscht, ich habe etwas vorbereiten lassen.«

Aber die Anti-Ptomain-Spritzen für nachher werden extra berechnet, dachte ich, während ich ihm folgte und mich dabei langsam umschaute. Das Zollgebäude war eine große offene Etage mit einem langen niedrigen Schalter rechts von den Türen, winzigen abgeteilten Würfeln aus durchsichtigem Kunststoff unmittelbar vor und hinter uns sowie einigen wenigen gemütlich aussehenden Sesseln in einem Bereich von schätzungsweise acht mal zehn Metern links, die Richtung, in die wir gingen. Die Männer hinter dem Schalter saßen untätig da oder redeten miteinander, die Männer in den Würfeln wateten durch Papierstapel. Das hellerleuchtete Gebäude war nicht wirklich kühl und gemütlich, aber es war beträchtlich besser als die Hitze draußen. Ich erinnerte mich nicht daran, daß das Klima auf Plateau dermaßen unbehaglich war, aber es *war* so etwas wie eine lange Zeit her.

»Tretet ein und setzt Euch, Prinzessin«, rief mein Führer fröhlich und streckte den Arm in Richtung auf die gemütlich aussehenden Sessel aus, die wir gerade erreicht hatten. »Im Krug dort ist eisgekühlter Fruchtsaft, und diese Sandwiches sind frisch zubereitet. Nehmt, was immer Ihr mögt!«

»Hören Sie auf, mich Prinzessin zu nennen!« sagte ich, während ich an ihm vorbei und über eine unsichtbare, jedoch deutliche Schwelle zu dem abgetrennten Bereich trat und auf der Stelle die wahre Behaglichkeit einer echten Klimaanlage verspürte. »Das hört sich an, als sei ich jemandes Schoßhündchen. Sie hängen sich besser ans Telefon und rufen jemand an, den Sie für geeignet halten. Wenn derjenige nicht binnen zwanzig Minuten auftaucht, brauchen sie sich keine Mühe geben, überhaupt zu kommen.«

Ich starrte ihn direkt an und sah die Verwirrung, die er zusammen mit einer sehr direkten Furcht verspürte, und seine Augen zeigten, wie hart sein Verstand arbeitete, um zu verstehen, was hier geschah. Er kniff die kleinen Augen noch weiter zusammen, wischte sich wieder die Handflächen am Hemd ab und nickte kurz mit dem runden unrasierten Kopf.

»Ja, ich werde gleich anrufen«, stimmte er zu, stand jedoch noch immer da und starrte mich an. »Öh – wie lange sind Sie von hier weg?«

»Ich denke, die Antwort wird bald lauten: ›nicht lange genug‹.« Ich fragte mich, worauf er wartete. »Wollten Sie sonst noch etwas?«

»Nein, ich schätze, sie werden sich darum kümmern«, entschied er laut und blickte unwillkürlich an mir hinauf und hinab. »Das tun sie immer.«

Er wandte sich um und ging auf den Bereich mit den Würfeln zu, der sich jetzt links von mir befand, und dieses Mal ging er, ohne sich umzusehen, und überließ es mir, den Hut mit einem Stirnrunzeln abzunehmen. Rätselhafte Bemerkungen bedeuten gewöhnlich weniger, als die meisten Leute glauben, und sie werden gewöhnlich eher deshalb geäußert, damit man verärgert, und weniger, damit man informiert ist. Ich entschied, der Mann hatte einfach versucht, so anstößig zu sein, wie er es sich getraute, und ging hinüber, mich zu setzen.

Wenige Minuten später wurden die anderen Passagiere vom Schiff hereingetrieben, zusammen mit einer weiteren Gruppe, die womöglich von einem zweiten Schiff stammte. Acht oder zehn Mitglieder der Hafenwache kamen mit ihnen herein, sie benutzten Schlagstöcke, um die jetzt größer gewordene Gruppe dorthin zu dirigieren, wo sie sie hinhaben wollten. Die Wächter, deren Uniformen mit den roten Hemden und goldfarbenen Hosen sie deutlich kennzeichneten, umringten die Gruppe, und die Neuankömmlinge gehorchten ihnen mit einem Hauch von Verwirrung, jedoch nichtsdestoweniger rasch. Die Frauen und Kinder wurden in die Mitte der Halle dirigiert, und es wirkte fast so, als würden die Frauen von den Wächtern eher inspiziert statt nur beobachtet. Die Neugier der Wächter war natürlich, schätzte ich, und dann verspürte ich selbst eine gewisse Neugier. Die drei Leibwächter-Aspiranten von meinem Kreuzer wurden zusammen mit einem weiteren von irgendeinem Schiff, das die anderen Kolonisten hergebracht hatte, durch eine Öffnung am Ende des niedrigen Schalters dirigiert, und die Frau in Schwarz ging mit ihnen. Sie blieb hinter den Männern stehen, wandte sich um und sah zu mir hinüber, machte Anstalten, wieder herüberzukommen, wurde jedoch von einem der Wächter daran gehindert. Sie sah ihn an, ohne den Gesichtsausdruck zu verändern, und dachte offensichtlich über das nach, was er ihr gesagt hatte, hob daraufhin die Schultern und folgte den vier Männern durch die Tür im Schalter. Ich wußte immer noch nicht, was sie von mir gewollt haben könnte, aber das herauszufinden, hätte die öde Zeit schneller verstreichen lassen können.

Die öde Zeit währte genau achtzehn Minuten, und ich verspürte eine winzige Enttäuschung, daß nicht statt dessen zweiundzwanzig Minuten verstrichen waren. Meine Verärgerung war mit jeder Minute gewachsen, und nach exakt zwanzig Minuten wäre ich dort hinausgegangen und hätte mir ein Schiff gesucht, das zu irgendeinem Kreuzer oder Frachter aufgebrochen wäre, der außerhalb der Atmosphäre parkte. Nach genau achtzehn Minuten betrat eine sehr vertraute Gestalt das Gebäude, eine, die ich sechs Jahre lang nicht gesehen hatte, jedoch eine, die ich kaum vergessen könnte. Traegar, der persönliche Sekretär meines Vaters, hatte sich nicht viel verändert, und er hatte gewiß nichts von jener kühlen distanzierten Aura verloren, in die er sich wie in eine bodenlange Robe einhüllte. Das hellbraune Haar war schick frisiert, das dünne Gesicht glatt rasiert, und die leichte goldfarbene kurze Hose sowie das langärmelige Hemd mit den roten diagonalen Streifen waren völlig makellos, als habe er sie in dem Augenblick angezogen, da er durch die Tür getreten war. Die Hitze des Tages hatte natürlich nicht gewagt, ihn zu berühren, und sobald er in der Halle war, wandte er sich unmittelbar in meine Richtung. Beim Näherkommen bemerkte ich, daß seine Augen mit deutlicher Mißbilligung erfüllt waren, und daraufhin fühlte ich mich beträchtlich besser. Die einzigen Male, da ich Traegar jemals fast glücklich und frohen Herzens gesehen hatte, war bei den Gelegenheiten gewesen, da er mir unerträglichen Schmerz bereitet hatte, und mir war nicht klargewesen, wie sehr ich den Mann verachtete.

»Eure Hoheit«, sagte er, während er vor meinem Stuhl mit einer Verbeugung stehenblieb, immer noch eine volle Minute zu früh. Er hatte sich Zeit dabei gelassen, durch die Halle zu gehen, hatte jeden einzelnen der leichten Schritte genossen. »Ich werde Euch ein Zimmer suchen, wo Ihr Eure Kleidung wechseln könnt, und dann können wir gehen.«

»Das einzige, was ich wechseln werde, ist meine Meinung«, sagte ich zu ihm, ehe er sich abwenden konnte. Ich saß noch immer gemütlich in dem Sessel, ein Bein über das andere geschlagen, und ließ die Hände von den Sessellehnen herabhängen. »Wenn ich aus diesem Sessel aufstehe, wird das nur geschehen, um mit Ihnen zum Haus zu fahren oder allein zum Schiff zurückzukehren. Die Entscheidung liegt ganz bei Ihnen, und Ihnen bleiben noch zweiundvierzig Sekunden, sie zu treffen.«

Er runzelte die Stirn, und seine Augen wurden

schmal, als er mich zum erstenmal nach seinem Erscheinen direkt ansah. Seine Überraschung zeigte sich deutlich, und er war nicht sehr erfreut davon, daß ich mir keine Mühe gab, seinem starren Blick auszuweichen. Es waren sechs Jahre her, seitdem ich ihn das letzte Mal gesehen hatte, und obgleich ich wußte, daß es nicht danach aussah, war ich wesentlich reifer geworden.

»Eure Hoheit, Euer Vater, der Prinz, wird nicht erfreut sein«, sagte er. Die Stimme war noch immer gleichmäßig und beherrscht, und er versuchte, den Befehlston wiederzuerlangen. Er war nicht daran gewöhnt, daß man ihm widersprach, und es gefiel ihm nicht.

»Mit was für einem Ergebnis?« fragte ich unbeeindruckt, woraufhin ich absichtlich auf die Uhr an meinem Handgelenk blickte. Ich bluffte nicht, obgleich ich Gefallen daran fand, schwierig zu sein, und schließlich schien er das zu verstehen.

»Seine Hoheit würde es mir niemals vergeben, wenn Ihr wieder geht«, sagte er im Versuch, die Worte einschmeichelnd und höflich klingen zu lassen, statt kurz angebunden und wütend. »Bitte hier entlang!«

Ich holte mir den Hut vom Nachbarsessel und stand auf, wobei ich seinem Blick erneut begegnete. In meinem Blick lag nicht mehr Triumph, als darin gelegen hätte, wenn es ein geschäftliches Treffen gewesen wäre, und das schien dem Mann noch mehr Sorgen zu bereiten. Er war sowohl schwerer als auch leichter aus dem Gleichgewicht zu bringen als der gewöhnliche Firmenboß; schwerer deshalb, weil viele langjährige höhere Diener des Adels dazu neigten, dieselbe Attitüde von absoluter Unberührbarkeit anzunehmen wie der Adel; leichter, weil er letzten Endes doch nichts weiter als ein Diener war. Ein Firmenboß mochte buchstäblich Macht über Leben und Tod der Leute in seiner Umgebung haben, aber er mußte unablässig daran arbeiten, diese

Macht zu erhalten. Wenn man in eine derartige Macht hineingeboren wurde und darin aufgewachsen ist, ganz zu schweigen von dem *Wissen,* daß sie einem das restliche Leben gehört, wird man einfach eine andere Persönlichkeit.

»Das Fahrzeug steht gleich draußen«, wurde mir mit einer weiteren Verbeugung mitgeteilt, dann hatte er mich fest am Ellbogen gepackt, und wir gingen hinüber zur Tür. »Seine Hoheit wäre selbst gekommen, aber er ist unglücklicherweise von seinen Pflichten daran gehindert worden.«

»Natürlich wäre er gekommen«, kommentierte ich, innerlich überrascht davon, daß Traegar etwas dergleichen gesagt hatte. Noch nie zuvor hatte er sich für meinen Vater entschuldigt, und es war ein Anzeichen dafür, wie weit er aus dem Gleichgewicht geraten war.

Das Fahrzeug, das auf uns wartete, war ein Luftwagen, aber einen so gewöhnlichen Ausdruck hätte Traegar niemals verwendet. Der Pilot hielt die hintere Tür auf. Seine rote Uniform glänzte hell vor dem blaßgoldfarbenen Wagen, und seine Seitenwaffe war das einzige, was den Glanz abmilderte. Während Traegar mich in den Wagen bugsierte, fragte ich mich, warum wir einen von Vaters persönlichen Leibwächtern als Piloten benötigten. Versuchten sie, mich zu beeindrucken? Das schien ihnen nicht sehr ähnlich, aber ich wußte noch immer nicht, warum man mich nach Hause gerufen hatte.

»Der Brief meines Vaters besagte, daß er mich benötige«, meinte ich aus einem jähen Impuls heraus und beobachtete dabei Traegar, während er sich neben mich setzte. »Wozu genau benötigt er mich?«

»Seine Hoheit würde es sehr bevorzugen, Euch das persönlich zu sagen«, antwortete Traegar und entspannte sich in der klimatisierten Atmosphäre des Wagens, ehe er die Augen auf mich richtete. »Ihr habt Euch in den letzten Jahren verändert, nicht wahr, Eure Hoheit? Einen Augenblick war es so, als spräche man mit Eurem Vater.«

»Nur einen Augenblick?« fragte ich und hob eine Braue. »Gewöhnlich bleibt das viel länger so.«

»Ich war bloß unvorbereitet auf die Veränderung«, sagte er mit einem kleinen kalten Lächeln, ein Anzeichen dafür, daß er sich wieder in der Gewalt hatte. »Keine hochgeborene Dame dieser Welt würde auch nur in Betracht ziehen, so wie Ihr zu reden und zu handeln – ganz zu schweigen, sich auf diese Weise zu kleiden, wie Ihr es tut. Ich fürchte, in dieser Hinsicht wird Seine Hoheit eine Menge zu sagen haben.«

»Das ist lediglich einer der Unterschiede zwischen uns, Traegar«, murmelte ich und schenkte ihm ein verschlagenes Lächeln. »Ich fürchte Seine Hoheit *nicht,* insbesondere nicht, seitdem ich entdeckt habe, wie gut ich allein zurechtkomme. Hat er mein kleines Dankeschön vom vergangenen Jahr erhalten?«

»Er ... hat einen Scheck erhalten«, gab Traegar zu. Das Lächeln war ihm völlig vergangen, und seine Eiseskälte taute an den Rändern etwas auf. »Es bestand ein grundlegender Unterschied zwischen jener Geldmenge und der ursprünglich genehmigten Summe.«

»Fünf Jahre Arbeit mit einer solchen Summe machen sich bezahlt«, sagte ich und gab ihm noch immer mächtig Druck. »Meine Buchhalter bekamen einen Anfall, als ich darauf bestand, alles auf einmal auszuzahlen. Es war fast der Gewinn eines Monats.«

»Die Zinsen«, sagte er mit einem steifen Kopfnicken, und die dunklen Augen versuchten, nicht so auszusehen, als seien sie erschüttert.

»Die gesamte Summe«, korrigierte ich leise, setzte mich in meinen Sitz zurück und wandte den Blick von ihm ab. Einige Leute sind lediglich von Äußerlichkeiten beeindruckt, wie zum Beispiel soziale Stellung und die Höhe des Bankkontos, und Traegar war einer von ihnen. Wenn man ein völliger Snob ist, besteht das größte Problem jedoch darin, daß man sich, wenn einem jemand diese Überlegenheit unter die Nase reibt, in einer Lage befindet, in der man auf sich selbst herabblicken muß. Traegar saß schweigend da, während er an sich herabsah, und hatte zweifelsohne keine Ahnung, daß ich an ihm geübt hatte. Er war keine allzu harte Nuß zum Knacken gewesen, aber er war nun einmal nicht mein Vater.

Der Pilot blieb auf dem Rollfeld, bis wir fast in Porttown waren, und dann endlich hob er ab. Während wir über die leuchtend gefärbten Gebäude stiegen, sah ich, daß einige der weiter vom Hafen entfernten Gebäude nicht so gut in Schuß gehalten wurden wie die, die man besser sehen konnte. Ein paar der Gebäude waren Lagerhallen in dermaßen schlechtem Zustand, daß sie baufällig sein mußten, aber der Rest bestand aus gepflegten Häusern und Läden. Die meisten wenigstens. Leute gingen durch die Straßen, aber keiner von ihnen sah auf, als wir über sie hinwegflogen.

Es war eine Sache von Minuten, bis wir Porttown hinter uns gelassen hatten, und dahinter begannen die Grundstücke der Herrschaftshäuser. Wir flogen nicht hoch genug, daß wir die äußeren Grenzen der Anwesen hätten erkennen können, die sich zu beiden Seiten fast bis zum Ende des Plateaus erstreckten, wodurch es so aussah, als ginge es mit den wunderschönen hügeligen Wiesen und den kleinen Baumgruppen ewig so weiter. Wir überflogen einen kleinen See mit lustig bemalten Booten, die an einem sauberen weißen Dock vertäut waren, und ich erinnerte mich an jenen See. Man hatte mich als Kind zu Ausflügen dorthin mitgenommen, und diese Zeit ragte selbst nach all jenen Jahren in meiner Erinnerung heraus. Damals war ich glücklich gewesen, selig vor Glück, und warum hätte ich es nicht sein sollen? Ich war ein kleines Kind gewesen, und noch immer erwünscht.

Die Grundstücke auf dem Plateau reihten sich aneinander wie an einer Schnur, eins folgte dem anderen, alle von derselben Größe. Wenn sie unterhalb des Plateaus angelegt worden wären, wo sich der übrige Planet ausbreitete, hätten sie dasselbe getan, aber der Adel lebte grundsätzlich auf dem Plateau. Am Fuß des Plateaus befand sich das Territorium derer von Unterhalb, wo all jene Kolonisten arbeiteten und sich abrackerten, einen Planeten zu besiedeln. Es war eine Welt, um die sich anständige junge Damen niemals kümmerten. Das war die Antwort, die ich das eine und einzige Mal erhalten hatte, als ich gefragt hatte, und ich hatte niemals wieder gefragt; es war anscheinend auch nicht wichtig genug gewesen, und gerade jetzt hatte ich andere Dinge im Kopf, die meine Aufmerksamkeit auf sich zogen.

Wir überflogen vier Anwesen, ehe wir zu unserem Ziel abbogen. Hier standen zehn Herrschaftshäuser beieinander, Die Stadt mitten darunter, zwischen Nummer fünf und sechs. Sie war letzten Endes das Herrschaftshaus des Großprinzen, und er besaß sogar einen guten Anteil am offenen Land innerhalb der Grenzen Der Stadt. Alle Adeligen von Plateau waren gleichgestellt, doch der Großprinz war der erste unter gleichen und mußte daher in Der Stadt wohnen und herrschen. Es war ein unglaublich schöner Ort, ein Märchenland aus pastellfarbenem Kristall und Glas mit hohen goldenen Türmen und silbernen Zufahrten. Kurzzeitig wünschte ich mir, das Haus meines Vaters und sein Grundstück lägen auf der anderen Seite von Porttown; ich hätte mich gefreut, Die Stadt wiederzusehen, und irgendwie ahnte ich zugleich, daß ich enttäuscht gewesen wäre.

Wir gingen auf einer der gepflasterten Straßen des bogenförmigen Landebereichs nieder und fuhren danach zum Haus; wir fuhren nicht am Vordereingang vor, sondern an einem der privaten Familieneingänge. Die Stimme in mir grinste nur höhnisch über diese Geste, die man sicherlich arrangiert hatte, um mit meinen Gefühlen zu spielen, aber der größere Teil meines

Ichs mußte zugeben, daß es funktionierte. Mehr denn je fühlte ich mich weniger wie ein Besucher, sondern mehr wie jemand, der heimkehrte, und die feste Entschlossenheit, ihnen allen zu zeigen, was sie weggeworfen hatten, geriet allmählich ins Wanken. Ich war zu Hause, weil ich benötigt wurde, und selbst wenn sich tatsächlich herausstellte, daß man lediglich mein Talent in Geschäfts- und Gelddingen benötigte, änderte sich nichts an der Tatsache, daß ich zu Hause *war.*

Der uniformierte Leibwächter öffnete Traegar die Tür, und dieser half mir schweigend hinaus. Am Eingang standen zwei weitere Wächter, zusammen mit zwei grüngekleideten Dienern, die beide sofort herbeieilten. Einer holte mein Gepäck aus dem Luftwagen, der andere hingegen blieb anderthalb Meter vor mir stehen und verneigte sich. Traegar starrte ihn nachdenklich an und winkte ihn dann näher.

»Führe Ihre Hoheit zu der schattigen Speise-Terrasse und bringe ihr etwas zur Erfrischung«, wies er den Diener an, wobei er sich wie sein übliches unerschütterliches Selbst anhörte. »Es mag eine Weile dauern, bis Seine Hoheit bereit ist, sie zu begrüßen, und er wünscht, daß sie es inzwischen gemütlich hat. Ich habe unglücklicherweise anderswo dringende Verpflichtungen.«

Traegars Verbeugung war ganz deutlich mir zugedacht, aber er begegnete nicht einmal meinem Blick, ehe er sich umwandte und davonschritt. Ich hatte das Gefühl, er hätte bei mir bleiben sollen, aber er konnte sich nach der Unterhaltung, die wir gehabt hatten, nicht dazu überwinden. Ich tupfte mir den jähen Schweiß vom Gesicht, nahm die Verbeugung des Dieners mit einem leichten Nicken entgegen und folgte ihm ins Haus.

Die Hallen waren ebenso kühl und wunderschön, wie ich sie in Erinnerung hatte, aber sie wirkten um ein beträchtliches stiller. Natürlich konnte der leise Schritt von Dienern in grüner Kleidung, die weiche Stoffschuhe trugen, nicht mit dem vom Marmor widerhallenden Geschrei von sechs kleinen Kindern konkurrieren, die begeistert Fangen spielten, und jene Tage wären auch dann längst dahin, wenn ich geblieben wäre. Meine drei Brüder und zwei Schwestern waren älter als ich gewesen, und ich fragte mich auf einmal, wo sie waren und wie es ihnen ging. Die seltenen Zeiten, zu denen wir einander nahegestanden hatten, wurden weit überwogen von jenen Zeiten der bitteren Auseinandersetzungen und der Rivalität, aber wir waren damals allesamt Kinder gewesen, was in Wahrheit bedeutete: Mitglieder einer anderen Spezies.

Der Diener geleitete mich schweigend hinaus auf die Speise-Terrasse, schenkte ein Glas mit etwas voll, das kalt genug war, um das Glas beschlagen zu lassen, und reichte es mir, wobei er auf die lange Reihe wärmender und kühlender Schüsseln auf dem Seitenbüffet wies. Daraufhin verbeugte er sich und verschwand. Die schattige Terrasse war erfreulich kühl und hell, und eine leichte Brise wehte. Ich legte meinen Hut beiseite und stand auf, um mir die Terrasse näher anzusehen, und ein kleines Lächeln der Erinnerung lag mir auf dem Gesicht. Niemandem unter vierzehn Jahren war der Zutritt gestattet worden, was meinen Bruder dazu veranlaßte, zu prahlen und zu protzen, als er endlich jenes magische Alter erreicht hatte. Wir übrigen waren grün vor Neid gewesen und hatten einen Plan nach dem anderen geschmiedet, bei der erstbesten Gelegenheit in jenes verbotene Territorium einzudringen. Meine jüngste Schwester war zu ängstlich gewesen, um der Herausforderung zu trotzen, aber auch wir übrigen haben es niemals getan. Irgendwie hatte Vater von unseren Plänen erfahren, und das war's dann gewesen. Ich ging zu der Marmorbalustrade der Terrasse und blickte über den wunderschönen hügeligen Rasen hinaus, erinnerte mich daran, wieviel ich darum gegeben hätte, auch nur einen einzigen winzigen Blick von diesem Punkt aus auf die Szenerie werfen zu können. Schließlich erhielt ich jetzt mehr als einen winzigen Blick, konnte mich jedoch nicht entscheiden, ob der Preis, den ich dafür bezahlt hatte, die Sache wert gewesen war.

»Warte nur, bis ich es erzähle. Junge, wirst *du* aber Ärger kriegen!« sagte eine Stimme hinter mir, und ich wandte mich so rasch um, daß ich fast den Drink verschüttet hätte, den ich in der Hand hielt. Einen Augenblick lang befand ich mich wieder in jenen Tagen des verbotenen Territoriums, und das Herz hämmerte mir in der Brust bei dem Gedanken, an einem Ort ertappt worden zu sein, wo ich nicht sein durfte. Der Mann, der nur ein wenig hinter mir stand, grinste, das gutaussehende Gesicht legte sich in Falten der puren Freude. Er hatte helle Augen und blondes Haar, fast wie das meine, exakt wie das meine, um genau zu sein, abgesehen jedoch von dem Rotton. Er war größer als ich und anscheinend einige Jahre älter, und er war …

»Jamis«, keuchte ich, konnte es nicht wirklich glauben, und dann fügte ich hinzu: »Du *bist* Jamis?«

»Der und kein anderer«, sagte er lachend und trat vor, um mir das Glas aus der Hand zu nehmen. »Du gibst mir besser dein Glas, ehe du es zerbrichst und dich schneidest. Du weißt, man kann von dir nicht erwarten, daß du auf dich selbst aufpaßt.«

Er blickte mir in die Augen, wie ich ihm in die Augen sah, und dann hatte ich die Arme um ihn gelegt und drückte ihn, so fest ich konnte, und blinzelte die Tränen aus den Augen. Mein Bruder drückte mich mit einem Arm, verstärkte die Umarmung, und dann waren wir wieder getrennt und versuchten, den jeweils anderen mit den Blicken abzutasten.

»Kleine Schwester, du bist zu einer verteufelt schönen Frau herangewachsen«, sagte er schließlich, und das Grinsen kehrte allmählich zurück. »Ich glaube, du tätest gut daran, Mutter nicht unter die Augen zu treten.«

»Du bist auch nicht gerade eine Beleidigung fürs Auge, Bruder«, stellte ich fest, weil ich sah, wie stattlich er geworden war. Das Hemd stand am Kragen offen und hatte lange Ärmel, und es war fast das gleiche, das Traegar getragen hatte. Der Hauptunterschied bestand darin, daß Traegar das Emblem des Hauses trug, dem er diente, während Jamis ein Prinz jenes Hauses war.

»He, du sollst keine Komplimente zurückgeben, du sollst dich um weitere bemühen«, lachte er, überrascht, jedoch irgendwie erfreut. »Weiß der hohe und mächtige Fourmin-Cluster nicht, wie man Frauen ausbildet?«

»Dort macht man's auf die gefährliche Weise«, sagte ich und fand es unmöglich, sein Grinsen nicht zu erwidern. »Sie lassen es zu, daß sich die Frauen selbst ausbilden. Meinst du nicht, ich könnte jetzt meinen Drink zurückbekommen? Man könnte sagen, ich habe die letzten paar Jahre damit verbracht zu üben, wie man etwas festhält.«

»Ich gehe das Risiko ein und vertraue dir«, entschied er, während er mir das Glas zurückreichte. »Als Kind bist du niemals ungeschickt gewesen, lediglich ungestüm. Du warst stets mehr interessiert an deinen eigenen Plänen als an dem, was rings um dich vor sich ging. Ich glaube noch immer, du hast damals mit Absicht die Suppe über mich geschüttet.«

»Ich habe es mit Absicht getan«, gab ich mit einem verschämten Lächeln zu, wobei ich mich dieser Zeit ebenso deutlich entsann wie er. »Du hast mich wütend gemacht, aber du warst zu groß, um es dir so heimzuzahlen, wie ich es wirklich gewollt hätte. Es hieß also, entweder vergessen oder dich in Suppe zu ertränken, daher habe ich die Suppe gewählt.«

»Du solltest mehr Respekt vor deinem ältesten Bruder haben«, sagte er in gespieltem Ernst und richtete einen strengen Finger auf mich. »Mich in Suppe zu ertränken ist nicht die Weise, wie man Respekt zeigt. Jetzt bin ich froh darum, daß dich Vater so bestraft hat, wie er es tat.«

Jamis scherzte, er neckte mich, wie er es stets getan hatte. Auf einmal jedoch teilte ich diese Stimmung nicht mehr. Ich spürte, wie das Lachen erstarb, als ich mich von ihm abwenden wollte, aber seine Hand auf meiner Schulter hinderte mich daran.

»Ich verstehe nicht, warum du nicht draußen geblieben bist, wenn du dort glücklich warst«, sagte er, und jetzt teilte er *meine* Stimmung. »Du hast ihn noch nicht gesehen, nicht wahr?«

»Wenn ich erwartet hätte, daß er mich am Hafen trifft, hielte ich noch immer den Atem an«, sagte ich, wandte mich um und sah meinen Bruder auf völlig andere Weise an. »Was hast du damit gemeint? Falls du es vergessen hast, ich wurde hinausgeworfen.«

»Und das macht den ganzen Unterschied, nicht wahr?« sagte er und lächelte wenig erheitert, als er mir die Fingerrücken aufs Gesicht legte. »Du bist immer meine Lieblingsschwester gewesen, weißt du, und nicht, weil du so ein hübsches Mädchen gewesen bist. Du hattest eine Zähigkeit, die ich einfach bewundern mußte, eine Zähigkeit, die wir Jungens eigentlich alle haben sollten. Die anderen waren süße kleine Flaumbälle, genau das, was sie sein sollten, aber du ... Und du hast diese Zähigkeit noch immer, stimmt's, nur noch mehr davon? Er wird fuchsteufelswild wegen dieses Outfits sein, wir wissen es beide, daß er das sein wird, aber du willst noch immer nicht, daß er dich weinen sieht.«

»Nein, ich will nicht, daß er mich weinen sieht«, stimmte ich zu und verspürte die Notwendigkeit, mich meines Bruders zu versichern. »Ich habe gelernt, wie man andere Leute zum Weinen bringt. Jamis, wenn du so unglücklich bist, warum bleibst du dann hier? Mein Haus ist nicht so groß wie dieses hier, aber du bist jederzeit willkommen. Ich hätte dir liebend gerne dabei geholfen, dein eigenes Leben zu führen.«

»Inwiefern?« fragte er, sehr damit beschäftigt, mir das Haar zu glätten. »Wie viele Möglichkeiten hält dein Cluster für Prinzen bereit, denen nichts weiter beigebracht worden ist, als Prinzen zu sein? Ich bin nutzlos, Regan, und ich lebe noch nicht einmal mehr hier. Ich lebe in Der Stadt als Teil des Hofstaats des Großprinzen, zusammen mit meiner Frau.«

Er sprach mit solch leichter, unbesorgter Beiläufigkeit, daß es mich fröstelte, als habe sich eine dunkle Wolke vor die Sonne geschoben. Er wich auch weiterhin meinem Blick aus, und das machte mich wütend.

»Jamis, hör auf damit!« fauchte ich und schlug ihm die Hand weg. »Niemand ist nutzlos, es sei denn, er will es sein, und du hast es niemals sein wollen. Was ist mit dir passiert, und warum lebst du in Der Stadt und nicht hier?«

»Verdammt«, sagte er und blickte auf die Hand, die ich weggeschlagen hatte, ehe er den Blick hob, ein verzerrtes Grinsen auf dem Gesicht. »Auf dieser Welt tun Frauen so etwas nicht mit Männern, meine Schwester, und du kannst froh sein, es das erstemal bei deinem dich liebenden Bruder getan zu haben. Bis jetzt habe ich geglaubt, das einzige, was ich in dieser Welt am meisten möchte, wäre eine Frau mit ein wenig Geist, aber jetzt bin ich mir dessen nicht mehr so sicher. Hättest du etwas dagegen, wenn ich veranlasse, daß Vater nach dir schickt?«

»Wie würde es dir gefallen, wenn du klatschnaß wirst?« fragte ich, wobei ich mein noch immer volles Glas in der Hand wog. »Wenn du meine Fragen nicht beantwortest, wird dir genau das zustoßen.«

»Ich habe gesagt, nur ein wenig Geist«, konterte er und versuchte, mir einen jener neckisch-strengen Blicke zuzuwerfen, aber er war wirklich nicht in der Stimmung für solche Spiele. Er seufzte, als ich einfach bloß dastand und wartete, und wies dann auf ein großes breites Sofa von heller Goldfarbe. »Wenn du darauf bestehst, alles zu erfahren, setzen wir uns besser. Es könnte eine Weile brauchen.«

Ich war wirklich nicht in der Stimmung, mich zu setzen, aber es hatte keinen Sinn, die Geschichte dadurch hinauszuzögern, daß ich Ärger machte. Jamis wollte sie nicht wirklich erzählen, und sobald wir saßen, nahm sein freundliches Gesicht einen suchenden Ausdruck an.

»Du warst so jung, als du gegangen bist, zu jung, um zu wissen, was wirklich los war«, begann er, den Blick irgendwo in der Luft mitten zwischen uns beiden, obwohl er mir gegenüber saß. »Keiner von uns wußte wirklich, was geschehen würde, bis es geschah. Chalm, Willin und mir wurde klar, daß einer von uns ausgewählt würde, Vater nachzufolgen, wenn die Zeit käme, und daß ich als Ältester die besten Chancen hatte. Als die Zeit der Entscheidung nahte, war ich zweiundzwanzig, Chalm einundzwanzig und Willin zwanzig, und man forderte uns auf, uns Frauen auszuwählen. Alle Söhne aller Häuser suchten sich Frauen aus, und wir wurden in die Stadt gebracht, Maran und Annce eingeschlossen. Unsere Schwestern mußten natürlich dort sein, damit andere Söhne sie wählen konnten, ebenso wie du hättest dort sein müssen, wenn du noch immer daheim gewesen wärst.

Es war ein wenig überraschend zu bemerken, daß wir alle annähernd im gleichen Alter waren, die Jungen Anfang Zwanzig, die Mädchen knapp darunter, aber das wirre Treiben, in das wir hineingeworfen wurden, hinderte uns am Nachdenken«, fuhr er mit einem weiteren Seufzer fort. »Wir ritten mit den Mädchen aus und schwammen mit ihnen, aßen gemeinsam und gingen mit ihnen spazieren, tändelten und tanzten mit ihnen auf den nächtlichen Partys, küßten sie in den Schatten und brachten sie zurück in ihre Wohnungen. Einige gab es, mit denen wir mehr als das getan hätten, aber da waren Diener, die uns beständig überwachten, die jede von uns geschlossene Freundschaft, jeden Schritt, den wir taten, notierten. Man hatte uns davor gewarnt, irgendeines der Mädchen zu berühren, ehe sie unsere Frau würde. Viele weibliche Diener strichen da herum und waren für jeden Mann zu haben; ein Mädchen zu kompromittieren, das womöglich die Frau eines anderen Mannes wurde, war völlig unnötig.«

An diesem Punkt blickte er auf, einen leisen erschöpften Ausdruck im Gesicht. Er fragte sich offensichtlich, wie ich es aufnahm, in so viele Männergeheimnisse eingeweiht zu werden. Genau zu diesem Zeitpunkt nahm ich es nicht anders als ausdruckslos auf, also entschied er, er könne ebensogut fortfahren.

»Die Festlichkeiten dauerten drei Wochen«, sagte er mit einem Schulterzucken und lehnte sich weiter in das Sofa zurück. »Jeder von uns lernte jedes der Mädchen kennen, und dann forderte man uns auf, unsere Wahl zu treffen. Wir wurden in unsere Wohnungen zurückgeschickt, um darüber nachzudenken, daraufhin mußten wir den Namen unserer Wahl auf ein Stück Papier schreiben und es dem persönlichen Sekretär des Großprinzen bringen. Das Ganze schien mir völlig unsinnig, besonders, da die Mädchen einander sehr ähnlich waren, aber da es getan werden mußte, habe ich es eben getan. Ein voller Tag verstrich, ohne daß wir die Mädchen hörten oder sahen, und dann wurden wir in einen großen Konferenzsaal gerufen, wo uns der Großprinz erwartete.

Es gab exakt dreißig Sitze rund um den Konferenztisch, einen für jeden von uns«, berichtete Jamis. »Der Großprinz wartete, bis wir uns alle mit einem Drink gesetzt hatten, hob dann ein Blatt Papier auf und fing an, Namen zu verlesen. Jeder männliche Name war mit einem weiblichen Namen verlesen, und als er aufhörte und das Papier beiseite legte, brauchten wir nicht lange, bis uns auffiel, daß drei Namen fehlten.

›In dieser Periode der Entscheidung war die Anzahl

der Damen lediglich siebenundzwanzig‹, sagte er uns, wobei er sich mit einem seltsamen Glitzern in den Augen umsah. ›Das bedeutet, nur siebenundzwanzig von euch werden in der Lage sein, sich Frauen zu erwählen, also werden nur siebenundzwanzig von euch für einen gehobenen Posten in Frage kommen. Die drei, deren Namen nicht aufgerufen wurden, mögen jetzt gehen.‹

›Einen Augenblick!‹ brach es aus einem der drei schockierten Männer heraus, der sofort auf die Füße sprang. Er war eher ein Junge, wirklich, etwa zwanzig und ungelenk für das Alter, nicht schrecklich groß und eindeutig übergewichtig. ›Ich verstehe nicht, was hier vor sich geht, Eure Hoheit. Ich habe eine Wahl getroffen, wie man mich gebeten hat.‹

›Es wurde Euch geheißen, Ihr wurdet nicht gebeten, und Ihr habt keine sehr gute Wahl getroffen, junger Francil‹, antwortete der Großprinz und blickte zu dem Jungen auf, und das Glitzern wurde sogar noch stärker. ›Als Ihr Eure erste Wahl unterbreitet habt, war die betreffende junge Dame bereits von jemand anderem erwählt worden, der ein wenig rascher geantwortet hatte. Daraufhin wurdet Ihr um eine zweite Wahl gebeten, aber Ihr habt drei Stunden gebraucht, einen zweiten Namen zu unterbreiten. Bis dahin war Eure zweite Wahl ebenfalls schon in Anspruch genommen, wie die übrigen jungen Damen. Ihr beiden Kumpane in Unentschlossenheit seid ebensolche Zauderer gewesen, also seid Ihr drei aufgefordert, unsere Mitte zu verlassen. Wir haben jene nicht nötig, die unfähig sind, auch nur die einfachsten Entscheidungen zu treffen.‹

Francil hatte nichts weiter zu sagen, insbesondere, als Mitglieder der persönlichen Leibwache des Großprinzen vortraten, um ihn und die beiden anderen aus dem Raum zu geleiten«, sagte Jamis und runzelte die Stirn bei der Erinnerung. »Ich glaube, die meisten von uns standen unter Schock, und der Großprinz wußte das, und es freute ihn. Nachdem wir uns schließlich wieder zusammengerissen hatten, sahen wir, wie er uns beobachtete, schmale Augen in einem ausdruckslosen Gesicht, viel näher, als es uns lieb gewesen wäre.

›Um jetzt fortzufahren‹, sagte er mit einer schnurrenden Raubkatzenstimme und lehnte sich im Sessel zurück. ›Diese zweite Liste enthält lediglich die Namen der Damen, und ihre Positionen auf dieser Liste wurden in ihrem sechzehnten Jahr bestätigt oder auf den neuesten Stand gebracht. Ihre ursprünglichen Positionen sind natürlich begründet worden, als sie zwölf geworden waren.‹

Daraufhin fing er an, erneut die Namen zu verlesen, diesmal mit Zahlen vor den Namen, von eins bis siebenundzwanzig. Nachdem er zu Ende gelesen hatte, richteten sich jene Augen wieder auf uns.

›Hat jemand von Euch die Zahl vermißt, die zu seiner zukünftigen Frau gehört?‹ fragte er, und jenes Glitzern wuchs erneut. ›Nein? Ausgezeichnet. Wollen sich jene, die mit den Nummern eins bis zehn gepaart sind, bitte erheben?‹

Niemand schien sonderlich begierig, sich zu erheben, aber nach etwa einer Minute Füßescharren und Räuspern standen zehn von uns. Willin, der gleich neben mir saß, war einer der zehn, und zum erstenmal in meinem Leben tat mir der eingebildete Rüpel leid. Er sah fast ebenso bleich und erschrocken aus wie die übrigen, und er hatte eine Hand auf den Stuhl gelegt, vielleicht, um sich vor dem Umfallen zu bewahren.

›Edle Prinzen, erlaubt mir, der erste zu sein, der Euch beglückwünscht‹, sagte der Großprinz nach einer sehr langen Pause, da er vielleicht darauf gewartet hatte, daß einer umfiele. ›Die von euch erwählten Damen sind jene mit den größten Talenten, das bedeutet, jeder von Euch ist jetzt Erbe der Position und des Grundbesitzes seines Vaters. Sobald die Heiratszeremonie beendet ist, wird es an Euch sein, die Talente Eurer Frauen unter Kontrolle zu halten. Erneut meine Glückwünsche.‹

Regan, du hast keine Vorstellung davon, wie schockiert wir alle waren.« Jamis erhob sich vom Sofa und ging hin und her. »Es brauchte eine Weile, bis wir zwei und zwei zusammenzählten, aber worauf es am Ende hinauslief, war dieses: die Frauen hatten die Talente, aber ihre Männer mußten eine starke Intuition haben; so, schätze ich, könntest du es nennen. Sie mußten intuitiv wissen, wo in einer bestimmten Situation das Talent lag und es entschlossen als ihr Eigentum behaupten. Keiner von uns wußte, wie viele Punkte die Mädchen bei ihren Tests erreicht hatten, aber alle, die den Besitz jener Frauen mit Talent für sich in Anspruch nahmen, mußten ebenfalls Anspruch auf das gesamte Erbe anmelden. Chalm, Willin und mir wurden schließlich unsere Bräute übergeben, wir kehrten für die Hochzeitszeremonien hierher zurück, und dann nahm Willin die Ausbildung auf. Vater hatte darauf gewartet, sie ihm zukommen zu lassen.«

»Aber das macht überhaupt keinen Sinn«, protestierte ich, während ich verwirrt den Kopf schüttelte. »Sich eine der talentiertesten Frauen zu erwählen, ist eher purer Zufall als Intuition, und es beweist noch nicht einmal, daß sie besonders viel Glück hatten. Das Ganze ist einfach zu lächerlich, um es in Worte zu fassen. Und was ist mit den anderen von euch, denjenigen, die nicht unter den ersten zehn waren?«

»Hast du das noch nicht erraten?« Jamis blieb vor dem Sofa stehen, um mit jenem verzerrten Grinsen auf mich herabzusehen, das auf einmal eher bitter statt erheitert wirkte. »Vater war ebenfalls einer von drei Söhnen, wie wir alle es eben sind. Der einzige der drei, der jedoch Nachwuchs bekommen darf, ist der als Erbe auserwählte Sohn, jener, der eigene Erben benötigen wird. Wir anderen wurden zeitweilig verändert, um sicherzustellen, daß es keine Unfälle gibt. Während die Dreißig näherrücken, leben wir in der Stadt und warten, und sobald sie vorüber sind, der neue Großprinz gewählt ist und alle Erben in ihr Erbe eingesetzt sind, beobachten wir das Oberhaupt der Familie. Sobald seine Frau mit Sicherheit schwanger ist, zählen wir die Tage, und wenn sie ihm einen gesunden Sohn gebiert, wird unsere Veränderung dauerhaft gemacht.«

»Ich glaub's einfach nicht!« Ich atmete heftig, war schockierter, als ich es seit Jahren gewesen war. »Das ist barbarisch! Aber ich versteh's immer noch nicht. Wenn sie so etwas tun werden – warum sitzt du dann noch immer herum und wartest, daß es geschieht? Warum gehst du nicht fort?«

»Wohin?« fragte er, und seine Verachtung war kaum merklich heftiger. »Zu der Insel, wohin sich Vater und seine Gleichaltrigen in den Ruhestand zurückziehen werden? Die einzigen, die dorthin dürfen, sind ehemalige Familienoberhäupter, Diener und Leibwächter. Nein, wenn die Dreißig beginnen, werde ich teilnehmen und wie alle anderen versuchen, den Platz des Großprinzen einzunehmen. Gewöhnlich erhält ihn eines der sich zurückziehenden Familienoberhäupter – schließlich haben sie Jahr um Jahr damit verbracht zu lernen, wie man mit den Talenten ihrer Frauen umgeht –, aber enttäuschte Erben haben ihren Anteil an Sitzungsperioden gehabt. Es ist eine riskante Sache, aber ich habe mich entschlossen, es zu versuchen.«

»Ich verstehe noch immer nicht«, sagte ich und nippte abwesend an dem Drink, den ich bis dahin lediglich in der Hand gehalten hatte. Ich hatte etwas Süßes und Kühles erwartet, aber es stellte sich als etwas Alkoholisches heraus. Ich blickte das Glas mit all der Verwirrung und dem aufkeimenden Ärger an, den ich verspürte, und Jamis lachte kurz auf.

»Hör auf damit, dieses kindische Gesicht zu schneiden und gib's her!« sagte er und streckte die Hand aus, um mir das Glas aus der Hand zu nehmen. »Wenn du so unglücklich gewesen wärst zu bleiben, hättest du den Wert von Gläsern mit diesem Inhalt schätzen gelernt.«

»Du meinst, ich hätte gelernt aufzugeben?« fragte ich hart und stand auf, während er ein gutes Drittel des Drinks in einem Schluck hinunterkippte. »Es gefällt mir nicht aufzugeben, Jamis, das hinterläßt einen ganz entschieden schlechten Geschmack im Mund. Du sagst immerzu, du hast entschieden, das und das zu tun, aber was ist mit deiner Frau? Was denkt *sie* darüber? Und was geschieht, wenn der Versuch fehlschlägt? Was wirst du dann tun?«

»Du meinst, wenn ich dann immer noch lebe?« fragte er und blickte mit mehr Belustigung auf mich herab, als er seit seinem Auftauchen gezeigt hatte. »Die meisten derjenigen, die den Versuch bei den Dreißig unternehmen, überleben *nicht;* es ist nicht einfach, und es ist kein Spaß. Für jene wenigen, die überleben – ebenso wie für jene, die nicht den Mumm haben, es überhaupt erst zu versuchen –, ist noch immer Die Stadt da, und der Großprinz, wer es auch immer ist oder wird, braucht einen Hofstaat. Über die Jahre hinweg zeigt die Anzahl des Hofstaats eine Tendenz nach unten, aber sie ist stets am höchsten vor den Dreißig, wie jetzt. So habe ich gehört, daß du heute zurückkehrst; Gerüchte breiten sich wie ein Lauffeuer in einer derart gelangweilten Menge aus. Und was meine Frau betrifft, so hast du vergessen, daß wir die Hochzeitszeremonie durchlaufen haben. Sie denkt und tut ohne Widerrede, was ich ihr sage, so lange das nicht ihren Bemühungen im Wege steht, sich noch schöner für mich zu machen. Wenn es den Bemühungen im Wege steht, verzieht sie das Gesicht und beklagt sich, aber sie gehorcht mir noch immer.«

»Du kannst von Glück sagen, daß du mir das Glas weggenommen hast«, sagte ich düster und verschränkte die Arme, während sein Grinsen breiter wurde. »Mehr kann ich nicht tun, um nicht mein Angebot zurückzuziehen, das ich dir unterbreitet habe. Es ist nicht ohne Reize, falls dein Gehirn jetzt nicht zu vernebelt ist, sie zu sehen. Es spielt keine Rolle, wie wenig du zu wissen glaubst; jemandem, der nichts weiß, kann man etwas beibringen, wohingegen jemand, der bereits alles weiß, ein hoffnungsloser Fall ist. Ebenso wie jemand, der kampflos aufgibt.«

»Ich glaube, ich habe entschieden, daß mir intelligente Frauen überhaupt nicht gefallen«, gab er zurück, beträchtlich weniger spöttisch im Vergleich zur Härte seines Blicks. »Es geschähe dir nur recht, wenn ich dich deswegen verhafte und dich für unser beider restliches Leben aus dem Verkehr ziehe. Da du vor einer Weile unbeantwortete Fragen erwähnt hast, wie wäre es, wenn du dich jetzt mit der Frage beschäftigen würdest, die ich gestellt habe? Du warst fort von hier und völlig frei; warum bist du zurückgekehrt?«

»Ich bin eingeladen worden«, sagte ich und wünschte mir plötzlich, ich hätte den Drink nicht weggegeben. »Vater hat mir einen Brief geschickt, worin es hieß, daß er mich benötige. Hat er irgendwelche finanziellen Schwierigkeiten, bei deren Bereinigung ich ihm irgendwie helfen könnte?«

»Vater?« fragte Jamis mit spöttischem Gelächter, während er das Glas, das er hielt, zwischen beiden Handflächen rollte. »Er hat soviel Geld, daß selbst Willin außerstande wäre, bemerkenswerte Verluste zu verursachen. Glaubst du wirklich, unser Vater würde von einer Frau finanzielle Ratschläge annehmen?«

»Nein«, grollte ich, während ich aus dem dünnen weißen Jackett schlüpfte, ein Zugeständnis an die zunehmende Hitze. »Ich kann mir nicht vorstellen, daß er überhaupt einen Ratschlag von einer Frau annimmt. Jamis, hat es dich je gestört, daß Mutter zu sehr damit beschäftigt war, Vater zu gefallen, um uns auch nur die geringste Beachtung zu schenken? Ich glaube, ich war fünf oder sechs, ehe mir klar wurde, daß nicht mein Kindermädchen diejenige gewesen war, die mir das Leben geschenkt hatte.«

»Ich habe länger gebraucht, die Wahrheit herauszubekommen«, sagte er und legte mir erneut die Hand an die Schläfe. »Hin und wieder habe ich mich gefragt, wer diese Frau war, die uns gelegentlich zu sich kommen ließ, so daß sie uns betrachten und dann wieder hinauswinken konnte. Als ich herausfand, daß sie unser Erscheinungsbild überprüfte, um sicherzustellen, daß Vater mit uns zufrieden wäre, habe ich keine Zeit mehr damit verschwendet, darüber nachzudenken. Willst du etwa andeuten, Vaters Haltung wäre anders, wenn sich unsere Mutter nicht so verhalten hätte?«

»Nun, was spricht dagegen?« fragte ich und überlegte, warum er so verstört aussah. »Wenn ein Mann Jahre damit verbringt, mit so einer Frau zusammenzuleben, erwartet er allmählich, daß sich alle Frauen so verhalten. Wenn er sich an etwas anderes gewöhnt hat, wären seine Verhaltensweisen entsprechend.«

»Regan, ich glaube, ich fange jetzt erst an zu verstehen, wie wenig du von dem weißt, was geschieht, wenn ein Mann und eine Frau auf dieser Welt verheiratet sind«, sagte er langsam. Sein Blick war düster, und den Drink, den er festhielt, hatte er offenbar vergessen. »Es ist die Grundlage für alles andere, was vor sich geht, der hauptsächliche Grund, weswegen Männer, und Männer allein, unsere Welt regieren. Siehst du das nicht? Es ist ...«

»Entschuldigt mich, Eure Hoheit«, unterbrach eine kühle Stimme, und wir wandten die Köpfe und sahen, daß Traegar an den Terrassentüren aufgetaucht war. »Seine Hoheit, der Prinz, bittet seine Tochter jetzt zu sich, und ich bin zu ihrer Begleitung hergesandt worden.«

»Fühlen Sie sich imstande, uns beide zu begleiten, Traegar?« fragte ich verärgert über die Unterbrechung, und mir stand es bis *hier oben* mit dem ›Hoheit‹-Unsinn. »Mein Bruder, Prinz Jamis, wird mich begleiten.«

»Ich glaube nicht, Eure Hoheit«, entgegnete Traegar

viel zu rasch und zu glatt, ein bösartiges Glitzern in den Augen. »Seine Hoheit, Euer Vater, möchte Euch allein sehen, ein Wunsch, den Prinz Jamis sicherlich respektieren wird.«

»Nun?« Ich blickte einem jetzt schweigenden Jamis ins ausdruckslose Gesicht. »Da es nichts mehr zu verlieren gibt, sollte es leicht sein, jemandem ins Gesicht zu spucken. Kommst du mit?«

»Ich würde das Taschengeld, das ich erhalte, kaum in diese Kategorie einordnen«, antwortete er brummend, dann wandte er sich von mir ab, und das Glas war schon auf dem Weg zu seinen Lippen. »Ich fürchte, Regan, ich bin immer noch ein hoffnungsloser Fall.«

Daraufhin leerte er langsam das Glas, wobei er offensichtlich versuchte, einen besonders schlechten Geschmack im Mund loszuwerden. Ich wurde allmählich derart wütend, daß ich zitterte, aber abgesehen davon konnte ich einfach nichts tun. Ich legte ihm sanft und verlegen die Hand auf die Schulter, dann hob ich meinen Hut auf und folgte einem ganz und gar nicht höhnisch grinsenden Traegar.

»Schwester«, vernahm ich, als ich gerade die Tür erreichte, die der Sekretär meines Vaters geöffnet hatte. Ich blieb stehen und blickte zurück. »Du warst stets meine Lieblingsschwester, und das bist du noch immer.«

Daraufhin blickte er mich direkt an, das Lächeln auf seinem hübschen Gesicht war warm und aufrichtig, der Körper war aufgerichtet, die Schultern nicht mehr so zusammengesackt wie bei Traegars Worten, sein Gehabe und sein Verhalten machten aus jedem Zentimeter von ihm einen Prinzen. Ich erwiderte sein Grinsen auf genau die gleiche Weise, dann ging ich durch die Tür ins Haus und fühlte mich besser, als ich es während der letzten zwölf Jahren getan hatte.

Dieses Gefühl hielt jedoch nicht lange an. Traegar hatte sofort die Führung übernommen, sobald wir in den klimatisierten Hallen waren, und diesmal war sein Schritt alles andere als müßig. *Stellt sicher, daß ich nicht zu spät zur Hinrichtung komme,* dachte ich, während ich sowohl Jacke als auch Hut zum linken Arm beförderte. Wenn das alles war, würde ich mit ihm Schritt halten.

Warum sollte es nicht jemand anderes Hinrichtung werden? fragte die Stimme in meinem Bewußtsein. Sie verspürte wohl noch immer meinen Ärger. **Gefällt dir etwa, was sie Jamis antun und wogegen er nichts unternimmt? Er hat ihnen sogar dabei* geholfen, *daß sie es dem eigenen Sohn und deinem Bruder antun!**

Nein, es hatte mir nicht gefallen, was geschehen war, und diesmal brauchte mich mein anderes Ich nicht zu piesacken, damit ich das wußte. Zum erstenmal, seitdem ich jenen Brief erhalten hatte, war ich eher verärgert als nervös, freute mich eher auf das Treffen, als daß ich vor dem Gedanken daran zurückgescheut wäre. Ich wußte noch immer nicht, was mir mein Vater mitzuteilen hatte, aber ich bekam allmählich eine ziemlich gute Vorstellung davon, was ich ihm zu sagen wünschte.

Traegar führte mich durch die Halle und an schweigenden, eifrig beschäftigten Dienern vorüber zur Tür des offiziellen Studierzimmers meines Vaters, ein zweiter Ort, der für seine Kinder stets tabu gewesen war – bis es geschah, daß er nach ihnen schickte. Wenn nach einem geschickt wurde, war das stets eher eine Zeit des Zitterns und Zagens gewesen, nicht des Frohlockens, denn wir wurden nur dann ins Studierzimmer gerufen, wenn wir bestraft werden sollten. Als er nach der Tür griff, strahlte Traegar eine solche Aura von Zufriedenheit aus, daß ich auf der Stelle wußte, daß ich nur um der Erinnerungen willen, die er für mich barg, zu diesem Raum gebracht wurde. Beim Gedanken an dieses schmutzige Spiel wuchs meine Wut derart, daß ich entschlossen an Traegar vorbei in dieses Zimmer ging.

Mein Vater saß hinter dem Schreibtisch am anderen Ende des großen Zimmers, und bei meinem Anblick stand er auf und ging langsam um die Vorderseite des Tischs herum. Wütend und empört mochte ich beim Eintritt in diesen Raum gewesen sein, aber bei seinem ersten Anblick wurde daraus ein einziges Durcheinander. Er war anscheinend nicht ganz so groß, wie ich ihn in Erinnerung hatte, sein Gesicht sah jedoch noch immer so gut aus wie stets, und nur wenige Linien waren hinzugekommen. Sein tadelloses blondes Haar hatte ein paar graue Stellen, die zwölf Jahre zuvor noch nicht darin gewesen waren, aber seine Haltung war so aufrecht und herrschaftlich, wie sie nur sein konnte, die hellen Augen direkt und fordernd. Während er mich anblickte, suchte ich nach irgend etwas, das ich hätte sagen können, irgend etwas, das jenes Lächeln auf sein Gesicht zauberte, das ich manchmal sehen durfte und worin ich mich hatte wärmen können. Ich war mir nicht sicher, ob ich imstande wäre, mich zu etwas so Kompliziertem zu zwingen wie ›guten Tag‹ zu sagen, aber wie sich herausstellte, ersparte er mir diese Schwierigkeit.

»Das ist alles, Traegar, du kannst gehen«, sagte er zu dem Mann, der hinter mir stand, und sobald er sich verbeugt hatte und die Tür hinter uns geschlossen war, legte er los: »Wie kannst du es wagen? Wie kannst du mich mit einer solch unentschuldbaren Vorstellung in Verlegenheit bringen?«

Nach einem Augenblick der Verwirrung verstand ich, daß er beinahe vor Wut zitterte. Ein weiterer Augenblick erinnerte mich an die Kleider, die ich trug, und wenn Kildran dort neben mir gestanden hätte, hätte ich sie womöglich umarmt.

»Nun, mir geht es gut, Vater, und wie geht es dir?« antwortete ich und überlegte, daß Schmerz ebensosehr weh tut, wenn man den Schlag erwartet, und vielleicht sogar mehr. »Wie lange ist das jetzt her? Meine Güte, ich glaube wirklich, es sind zwölf Jahre.«

»Du wagst es, unverschämt zu deinem Vater zu sein?« wollte er wissen und tat einen unbedachten

Schritt auf mich zu; seine Stimme klang erstickt vor Ärger. »Du hättest das ganze Leben lang nicht vergessen sollen, was man dich gelehrt hat!«

»Ich habe keine Schwierigkeiten dabei, mich an alles zu erinnern, was man mich gelehrt hat«, antwortete ich mit jener beiläufigen Art, von der ich wußte, daß sie ihn noch mehr aufbringen würde, und warf mein Jackett und den Hut auf einen Sessel, ehe ich ihn wieder ansah. »Du wärest überrascht, was ich sonst noch alles gelernt habe. Ist das der Grund, weshalb du mich gebeten hast zurückzukehren? Dir die Gelegenheit zu verschaffen, meine Kleidung und meine Manieren zu kritisieren?«

»Du wurdest nicht gebeten, dir wurde befohlen zurückzukehren«, sagte er noch immer wütend, doch er unternahm einen erfolgreichen Versuch, wieder ruhig zu werden. »Die anderen haben Ablenkungen und Beschützer gefunden und hätten nicht geantwortet. Selbst nachdem du mir ebenbürtig geworden bist, ist es für mich persönlich eine Zeitverschwendung und eine Beleidigung, aber dagegen kann man nichts machen. Du bist die einzige, die es sein kann, also sollst du es sein.«

»Was kann und soll ich sein?« fragte ich verzweifelt und stemmte die Fäuste in die Hüften. »Du hättest mir sagen sollen, daß ich einen Dolmetscher benötigen würde, ich habe vier sehr gute auf meiner Gehaltsliste. Zudem gefällt mir der Ausdruck ›befohlen‹ nicht. Diese Phrase klingt sehr vertraut, und obgleich ich mich entsinne, wo ich sie gehört habe, gefällt sie mir noch immer nicht. Meine Tage, da ich auf Befehl herumgeschoben wurde, sind längst vorüber.«

»Mein liebes Kind, das verstehst du völlig falsch«, korrigierte er mich, und das Lächeln, das er mir schenkte, war so wunderschön, wie es seit eh und je gewesen war – auf jeden Fall ohne jede Spur von Wärme. »Deine Tage, da du ›auf Befehl herumgeschoben wirst‹, beginnen gerade erst. Diejenigen, auf die ich gewartet habe, sind bereits eingetroffen. Säubere deine Gedanken von all diesen Absurditäten wie Gehaltslisten; du wirst dich damit niemals mehr plagen müssen.«

»Wovon, zum Teufel, redest du überhaupt?« Ich hatte angesichts dieser Farce einer Heimkehr völlig die Geduld verloren, aber da wurde plötzlich eine der beiden Türen zum Studierzimmer aufgestoßen. Die Schwelle, die sich zu meiner Linken befand, füllte sich augenblicklich mit rotuniformierten Leibwächtern. Einige davon trugen die Insignien des Hauses meines Vaters, andere die Insignien des Großprinzen. Ein paar stellten sich an die Wände des Raums, aber die übrigen umringten die Neuankömmlinge, von denen einer der Großprinz persönlich war.

»Mein lieber Freund, Ihr ehrt mein Haus«, begrüßte mein Vater den Mann, ging zu ihm hin und schüttelte ihm die Hände. Der Großprinz war deutlich älter als mein Vater, aber er war ebenso groß und aufrecht und fast so attraktiv. Im Bewußtsein einer unbegrenzten Macht nahm er die Hände meines Vaters, während er zu mir hinübersah.

»Andere Orte sind schrecklich korrumpierend, aber selbst so muß ich meine Glückwünsche aussprechen, alter Freund«, erklärte er, wobei sein Blick über mich hinwegglitt, wie ich es nicht erwartet hätte. »Sie ist absolut perfekt – was sollte man auch anderes von einem Mann Eures Kalibers erwarten?«

»Nicht ganz perfekt, aber Eurem Zweck entsprechend, alter Freund«, korrigierte mein Vater mit einem Kichern. »Man versucht, das Unangemessene bei seiner Frau zu bezwingen, aber man hat nicht immer damit Erfolg. Ihr habt ihn mitgebracht?«

»Begleitet von zweien seiner Gefolgsleute«, kicherte der Großprinz. Es war das gönnerhafteste Geräusch, das ich seit längerer Zeit gehört hatte. »Er wartet draußen in der Halle, aber es besteht keine Veranlassung, ihn länger als nötig in Eurem Haus bleiben zu lassen.«

Daraufhin hob der Großprinz eine Hand, wobei er

sich noch nicht einmal die Mühe gab nachzusehen, ob jeder das Signal mitbekommen hatte, aber offensichtlich war dies der Fall. Die Leibwächter und Mitglieder der Eskorte des Großprinzen traten rasch zurück, um drei weiteren Männern den Eintritt in das Zimmer zu gestatten, Männer, die offenbar jeder anstarren *mußte*. Die Mitglieder der Eskorte starrten sie nervös an, und die Leibwächter beobachteten sie argwöhnisch, und ich wußte, daß ich solche Männer noch nie zuvor gesehen hatte.

Alle drei Männer waren wie Leibwächter gebaut, aber so schlank, wie Männer solcher Größe nur sein können, mit harten, drahtigen Muskeln und sonnenverbrannter Haut, Augen, die alles in sich aufnahmen und allem mißtrauten, Händen, denen es schwerfiel, sich von langen häßlichen Messern fernzuhalten, und mit Bewegungen, die unmittelbare Befehlsgewalt über jeden in ihrer Umgebung voraussetzten. Inmitten der höfischen Gesellschaft und der zivilisierten Umgebung gingen sie barfuß und trugen nichts weiter als ein Tuch, das sie sich um die Leibesmitte geschlungen hatten, die Brust war von nichts weiter als gekreuzten Lederstreifen bedeckt, von denen einer das Messer an der rechten Hüfte hielt. Einer der drei ging voraus, seine leichte Arroganz wetteiferte mit der des Großprinzen. Das hellbraune Haar war länger, als es hätte sein sollen, die hellen Augen eher violett als blau. Er wäre ein schlicht aussehender Mann mit unerwartet hübschen Augen gewesen, wenn sich da nicht die Furche einer breiten Narbe über die linke Seite des Gesichts gezogen hätte. Mit dieser Narbe war er tatsächlich häßlich, aber er blieb vor meinem Vater und dem Großprinzen stehen und blickte sie an, als seien diese unansehnlich.

»Ich bin so lange hingehalten worden, wie ich's ertragen kann«, sagte er ihnen entschieden mit einer tiefen Stimme, worin eine Überzeugung mitschwang, die ihresgleichen suchte. »Entweder kommt Ihr jetzt mit Eurem Anteil des Kuhhandels herauf, oder Ihr könnt die Sache vergessen.«

»Es besteht wirklich kein Grund zu Drohungen«, antwortete der Großprinz, und in seinen Augen blitzte es vor Heiterkeit. »Prinz Davin Edolin, erlaubt mir, Euch meinen zeitweiligen Gast vorzustellen, den Prinzen von Unterhalb. Und wie war der Name noch gleich ... Ah, ja! Gareth. Und was sonst noch auf den Namen Gareth folgt.«

»Ein Name ist alles, was ich brauche«, antwortete der Mann. Er gab überhaupt nichts um die Bemühungen des Großprinzen, ihn zu beleidigen. »Wo ist sie?«

»Mein lieber Junge, sie steht dort«, sagte der Großprinz mit einem Kichern und zeigte auf mich. »Ist hier wirklich jemand unter uns, der ein richtiger Mann ist und sie nicht erkennt?«

Erneut schenkte der Mann der Ohrfeige des Großprinzen keinerlei Beachtung, während er den Blick auf mich richtete, und dann ging er auf mich zu und musterte mich, als wäre ich ein Pelzmantel oder ein Pferd, dessen Anschaffung er sich überlegte. Der Prinz von Unterhalb, hatte der Großprinz gesagt, aber das war natürlich nichts weiter als eine weitere Beleidigung. Im Unterhalb gab es keine adligen Familien, aber von dort *mußte* diese Kreatur gekommen sein.

»Warum ist sie so angezogen?« fragte der Mann, ohne den Blick von mir zu wenden, und auf seinem häßlichen Gesicht lag ein Stirnrunzeln absoluter Mißbilligung. »Sie sieht zu jung aus. Dreh dich um, du!«

»Den Teufel werde ich tun!« fauchte ich, womit ich auf die einzigen Worte reagierte, die an mich gerichtet waren. Daraufhin blickte ich den Mann an, dem ich es zu verdanken hatte, daß ich in diese Welt geboren worden war. »Vater, ich habe mich schon zuvor gefragt, was hier los ist. Sollte es dir nicht möglich sein, dieser Anfrage nachzukommen, so gehe ich auf die gleiche Weise hier heraus, wie ich hereingekommen bin – und zwar auf der Stelle.«

Mein Vater lächelte schwach, um der Tatsache Nachdruck zu verleihen, daß er zwar jedes Wort gehört hatte, mir jedoch keine Beachtung schenkte, und er hielt den Blick auf den Großprinzen gerichtet. Der Großprinz lächelte ebenfalls, aber im Rücken des Mannes von Unterhalb.

»Ihr habt gehört, daß sie Prinz Davin als ihren Vater anerkannt hat, also müßt Ihr wissen, daß sie nicht zu jung ist«, sagte er, ungerührt von der Tatsache, daß der Mann, zu dem er sprach, ihm noch immer den Rücken zukehrte. »Und was ihre Kleidung betrifft, so hat das keinerlei Bedeutung. Entweder wird sie so akzeptiert, wie sie ist, oder nicht. Jedenfalls wird es keine weiteren Angebote an Kandidatinnen geben.«

»Ich habe stets gewußt, daß ihr Leute von Oben nur sehr wenig Talent zur Ausbildung der Frauen habt«, kommentierte der Mann von Unterhalb, womit er die Ohrfeige zurückgab und mich weiterhin finster anblickte. »Eines Tages werden wir euch lehren müssen, wie man das anstellt. Der Handel gibt nicht viel her, aber ich nehme sie.«

»Sehr weise von Euch«, murmelte der Großprinz mit tiefer Befriedigung in den glitzernden Augen. »Und Ihr braucht Euch nicht darum zu sorgen, sie auszubilden; nach der Zeremonie wird das nicht nötig sein.«

Der Mann vor mir grunzte unverbindlich, und das war alles, was ich noch zu hören beabsichtigte. Es waren Rasende, Wahnsinnige, jeder einzelne von ihnen, aber mir war zehnmal schlimmer zumute als ihnen, weil ich hierher zurückgekehrt war. Ich trat zu dem Ledersessel, worauf ich Hut und Jackett geworfen hatte, und streckte die Hand aus, um beides wieder an mich zu nehmen. Auf einmal jedoch lagen Hände auf meinen Armen, die mich vom Sessel zurückzogen. Ungläubig sah ich mich um. Zwei der Leibwächter meines Vaters, auf jeder Seite einer, hielten mich an den Armen fest und zwangen mich dazu, in die Mitte des Raums zurückzukehren. Der Großprinz führte seine ›zeitweiligen Gäste‹ bereits zur Tür hinter dem Schreibtisch meines Vaters, und noch während sie hindurchgingen und verschwanden, sah ich, wie mein Vater mich anblickte und dabei kicherte. Ich stemmte mich gegen die rohen schmerzhaften Hände, die mich über den Teppich zerrten, ohne daß ich sie daran hätte hindern können, und dann blickte ich wild auf meinen Vater.

»Bist du denn völlig verrückt geworden?« wollte ich wissen und verfluchte meine Stimme dafür, daß sie zitterte. »Ich habe keine Ahnung, welchen Wahnsinn du vorhast, aber du wirst damit niemals durchkommen! Ich bin eine Bürgerin des Fourmin-Clusters, und jeder in meinem Stab weiß, wohin ich gegangen bin! Wenn ich nicht zurückkehre, werden sie mich suchen!«

»Es wird keine Veranlassung geben, dich zu suchen«, antwortete er mit einem weiteren Kichern – er amüsierte sich wirklich. »Morgen wird Traegar eine formelle Ankündigung deiner Heirat zusammen mit einer privaten, von dir unterschriebenen Botschaft losschicken, daß du nicht zurückkehren wirst. Der Fourmin-Cluster erkennt die übergeordneten Rechte und Pflichten an, die jemand dem Cluster und dem Planeten seiner Geburt gegenüber hat, und seine Offiziellen werden nicht einschreiten. Auf Plateau hat ein Vater das Recht, die Hochzeit seiner Tochter zu arrangieren, und du, meine Liebe, wirst dieses Recht anerkennen, indem du ihm zustimmst.«

»Du *bist* verrückt!« brach es aus mir heraus. »Du erwartest von mir, jenen … jene … *Kreatur* zu heiraten, weil du es willst? Ich werde es nicht tun, hörst du mich? Ich werde es nicht tun!«

»Natürlich wirst du es tun, Kind«, korrigierte er mich, und sein gutaussehendes Gesicht strahlte mich auf eine Weise an, von der ich geträumt hatte, und zwei seiner Finger hoben sich zu meinem Kinn. »In dieser Sache hast du keine Wahl. Bringt sie hinein!«

Die Leibwächter gehorchten ihm auf der Stelle, und obgleich ich kämpfte und zu treten versuchte, wurde ich über die Schwelle gezogen. Das Studierzimmer meines Vaters war ein großer freundlicher Raum, und der Raum dahinter war ebenso groß – aber nicht annähernd so freundlich. Der Teppich war von einem tiefen Blau, und an den Wänden hingen Vorhänge von der gleichen Farbe, die Beleuchtung war gedämpft und ehrfurchtgebietend, und es befand sich nicht mehr als ein einziges Möbelstück darin, rechts von der Schwelle, in der Nähe der Wand auf der anderen Seite. Die drei von Unterhalb und der Großprinz standen davor und beobachteten sorglos, wie die beiden Leibwächter mich zu ihnen zerrten. Ich versuchte, mir einzureden, daß ich mich inmitten eines schrecklichen Alptraums befand. Nichts von dem war real, nichts davon *konnte* real sein, insbesondere nicht jener Raum, von dessen Existenz ich nichts gewußt hatte. Ich hatte auf dem Kreuzer erneut mit dem Trinken angefangen, viel mehr als die drei Drinks, die mich so eigentümlich gestimmt hatten, und jetzt bezahlte ich dafür. Wegen jener Drinks befand ich mich inmitten eines Alptraums und konnte nicht aufwachen. Trotz der Klimaanlage brach mir am ganzen Körper der Schweiß aus, aber ich konnte einfach nicht aufwachen.

»Bringt sie her!« wies der Großprinz die beiden Leibwächter an und zeigte auf das Möbelstück, vor dem er stand. Es war etwa hüfthoch und aus dunklem Holz gefertigt, besetzt mit silbernen Beschlägen, oder zumindest etwas, das wie silberne Beschläge aussah. Als ich näher gezogen wurde, sah ich die beiden flachen Platten, die oben eingesetzt waren, etwa zwanzig mal dreißig Zentimeter, und vor der Platte rechts war ein fünf Zentimeter dicker Halbkreis eines silbrigen Metalls. Sobald ich das regalähnliche Objekt erreicht hatte, winkte der Großprinz, und man drückte mir die rechte

Hand in Richtung auf die rechte Platte. Ich kämpfte mit jeder Unze Kraft, die ich hatte, konnte jedoch nicht verhindern, daß der dicke Halbkreis angehoben und über meinem Handgelenk abgesenkt wurde. Als ich das Klicken vernahm, wußte ich, daß ich gefangen war; meine Hand lag gezwungenermaßen flach auf der Platte, und mir pochte das Herz so laut, daß es das Geräusch übertönte, mit dem mein Vater näher trat.

»Unter normalen Umständen präsidiert ein Mann über die Hochzeiten seiner Söhne in diesem Raum«, verkündete er, und die Stimme war kultiviert, wirkte erfreut und sehr gelassen. »In diesem Fall jedoch ist es die Hochzeit meiner Tochter, da ihr zukünftiger Gatte außerstande ist, seinen Vater um eine ähnliche Zeremonie zu bitten. Nehmt ihre linke Hand in Eure rechte, junger Mann, und legt Eure linke Hand flach auf die Platte!«

Der Leibwächter zu meiner Linken ließ meinen Arm los, doch ehe ich die silberne Handschelle hätte erreichen können, die meine rechte Hand unbeweglich festhielt, wurde meine linke Hand erneut ergriffen, diesmal von der Kreatur von Unterhalb. Meine Hand verschwand in der seinen, und er drückte die andere Hand flach auf die Platte und sah daraufhin ruhig meinen Vater an.

»Völlig korrekt«, erkannte mein Vater an, und seine Haltung zeigte eine ganz leise Überraschung über die korrekte Ausführung. »Hiermit erteile ich dieser Hochzeit meinen Segen, in Übereinstimmung mit meiner Macht als Prinz eines Herrschaftshauses von Plateau.«

»Nein!« schrie ich, erfüllt von wilder Furcht und wütend vor Entsetzen. »Nein! Das kannst du nicht! Nein!«

»Doch«, sagte er mit einem amüsierten Lächeln, und dann streckte er die Hand aus, um etwas auf der Rückseite des Regals zu berühren.

Ich weiß wirklich nicht, ob ich gekreischt habe, aber ich weiß bestimmt, daß ich es tun wollte. Ich befand mich jäh inmitten einer leuchtend gelben Explosion, die lautlos, jedoch so intensiv und alles durchdringend war, daß alles andere um mich her ausgeblendet wurde. Das leuchtende Gelb drang sengend in mich ein, griff jedes Nervenende in meinem Körper an, und dann war es verschwunden, hinterließ nichts weiter als den Schatten seines Loderns. Allmählich nahm ich wieder Dinge wahr, die nicht explosiv gelb waren, und fand heraus, daß man mich auf den Boden gelegt hatte.

»... wirst in ein paar Augenblicken wieder in Ordnung sein«, sagte mein Vater gerade, und sein Tonfall wischte lässig Widersprüche beiseite. »Die Zeremonie nimmt die armen Lieben ziemlich mit, wißt Ihr ...«

»Ich habe lediglich ein Prickeln verspürt, wie bei einem leichten elektrischen Schlag«, warf der Mann aus Unterhalb ein, und seine Stimme war näher als die meines Vaters. »Ist das alles, was zu tun ist?«

»Hattet Ihr eine Zeremonie erwartet, die einen halben Tag dauert, komplett mit Kinderchor?« fragte der Großprinz mit spöttischem Tonfall. »Ihr habt jetzt eine Frau von Oben. Wann bekomme ich mein Cresshion-Feld?«

»Sobald ich meine Frau vom Plateau auf mein eigenes Territorium gebracht habe«, gab der Mann neben mir zurück. »Es wird einfacher für Euch sein, Eure Ungeduld zu zügeln, wenn Ihr Euch daran erinnert, daß meine beiden Freunde und ich nicht wissen, wo jenes Feld ist. Die einzigen mit jenem Wissen befinden sich außerhalb Eurer Reichweite, und falls wir nicht zurückkehren, geht dieses Feld in Flammen auf.«

»Ihr erwartet von mir, Euch zu glauben, Ihr würdet ungezählte Milliarden Tonnen von Cresshion verbrennen?« fragte der Großprinz und versuchte, das Ganze lächerlich klingen zu lassen, was ihm jedoch nicht gelang. »Ich habe dieser Drohung keinen Glauben geschenkt, als Ihr sie zum erstenmal ausgesprochen habt, und ich schenke ihr auch jetzt keinen Glauben.«

»Ihr wißt es besser«, sagte der Mann von Unterhalb schlicht, und nicht der geringste Bluff lag in der Stimme. »Jenes Feld bedeutet für uns keine Milliarden, nur für Euch, und jene Probe, die ich Euch geschickt habe, zeigt, wie vorzüglich das Cresshion ist. Zieht Eure zahmen Schläger zurück, und Ihr werdet eine Stunde, nachdem wir Lifttown verlassen haben, Erntemannschaften auf den Weg schicken können. Folgt Eurem Drang und laßt sie ihren Sinn für Humor ausüben, und Ihr könnt zusehen, wie hübscher blauer Rauch in Schwaden emporsteigt.«

»Eines baldigen Tages werdet Ihr Eure Unverschämtheit bereuen, mein lieber Prinz von Unterhalb«, sagte der Großprinz mit haßerfüllter Stimme. »Ich verspreche Euch, daß jene Patrouillen sehr begierig sein werden, Euch meine Grüße zu überbringen.«

»Sie haben sich schon früher Mühe gegeben, mich zu finden, mein Alter«, gab die Kreatur zurück, und seine Stimme klang völlig unbesorgt, ja sogar desinteressiert. »Wenn Ihr glaubt, damit etwas erreichen zu können, schickt noch mehr von ihnen aus. Meine Männer können diese Zielübungen gebrauchen. Und *mein* Wort in einer bestimmten Angelegenheit habt Ihr auch: eines Tages *werden* wir uns wiedersehen.«

An diesem Punkt versuchte ich, mich auf dem Teppich zu bewegen und zumindest die Augen aufzubekommen, aber mir gelang es lediglich, ein Ächzen hervorzubringen. Zunächst hatte ich mich so gefühlt, als wäre mir absolut keine Kraft geblieben, als läge sogar das Atmen jenseits meiner Möglichkeiten, aber allmählich ging die Schwäche vorüber. Mein vergeblicher Versuch zeigte, daß sie nicht sehr rasch vorüberging, aber ich hatte eindeutig das Gefühl, als ginge es mir bald wieder besser.

»Euer ... liebendes Weib erholt sich allmählich«, bemerkte der Großprinz, dessen Tonfall zur Boshaftigkeit zurückkehrte. »Ich schätze, jetzt solltet Ihr wirklich gehen.«

»Mein Weib ist mit beträchtlich mehr Liebe zu mir erfüllt, als ich ihr gegenüber«, antwortete die Kreatur unbesorgt. »Sie hat einem Zweck zu dienen, und sie wird ihm dienen; an nichts weiter bin ich interessiert. Ihr werdet entschuldigen, wenn ich gewisse Vorsichtsmaßnahmen ergreife.«

»Da die Frau Euch gehört, trifft das auch auf alle Entscheidungen zu, die sie betreffen«, sagte der Großprinz mit einem Kichern, während ich Hände spürte, die mich auf den Bauch drehten. Gegen jene Hände konnte ich mich nicht wehren, ebensowenig dagegen, daß mir die Arme auf den Rücken gezogen wurden. Im nächsten Augenblick spürte ich Leder an den Handgelenken, und dann wurde ich wirklich *gefesselt,* als wäre ich ein wildes und gefährliches Tier!

»Das sollte ihre hysterischen Anfälle auf ein Mindestmaß reduzieren«, sagte die Kreatur, nachdem der letzte Knoten festgezogen war. »Jedenfalls bis zu der Zeit, da ich ihr bessere Manieren beibringe.«

»Gewiß«, sagte der Großprinz gedehnt und mokierte sich erneut. »Meine Männer werden Euch zurück zur Stadt bringen und Euch hinab nach Lifttown eskortieren. Es würde mir gar nicht gefallen, wenn es irgendwelche Mißverständnisse mit den Wächtern von Lifttown gäbe.«

»Zumindest bis ihr die Lage des Felds kennt«, sagte der Mann von Unterhalb trocken, und dann verspürte ich erneut Hände an mir. Verzweifelt zwang ich mich dazu, rechtzeitig die Augen zu öffnen, nur um zu sehen, wie ich auf seine linke Schulter gehoben wurde und dort wie ein Sack Kartoffeln herabhing. »Jetzt bin ich bereit!«

Ich hob den Kopf, wandte ihn zur Seite und sah den Großprinzen winken, und dann wurde ich zur Tür getragen! Zurück zur Stadt und hinab nach Lifttown, hatte er gesagt, hinab nach Unterhalb war das, was er gemeint hatte! Das Entsetzen hielt mich wie nie zuvor in seinen Klauen, all jene schrecklichen Geschichten über Unterhalb, die man mir als Kind erzählt hatte, stiegen in mir hoch. Mir erstarrte das Blut in den Adern, und ich kämpfte wild, während ich mich umsah und nahe daran war zu schreien.

»Vater, bitte!« bettelte ich mit schwacher Stimme, als ich seinen Blick auf mich gerichtet fand, und ich war gewillt, alles zu tun, was er sagte, wenn er nur dafür sorgte, daß dem, was geschah, ein Ende gesetzt wurde. Ich war völlig gelähmt, und ich konnte nichts anderes tun, als flüsternd zu wiederholen: »Vater, bitte!«

Seine Augen und sein Gesichtsausdruck zeigten, daß er mich gehört hatte, daß er genau wußte, wie entsetzt ich war, wie vollständig er gewonnen hatte. Daraufhin schenkte er mir ein Lächeln, jenes warme, erfüllende Lächeln, das ich stets so geliebt hatte, und dann wandte er sich bewußt ab, um mit dem Großprinzen zu plaudern, und er ließ zu, daß ich in unvorstellbare Schrecken hinausgetragen wurde.

Kapitel 3

Ich stand so sehr unter Schock, daß ich von der Fahrt in die Hauptstadt nichts wahrnahm. Mein Bewußtsein hatte ich erst wieder erlangt, als der Luftbus, mit dem wir fuhren, mit einem kleinen Ruck landete und anschließend auf dem Boden weiterfuhr. Die drei Männer von Unterhalb und ich saßen nebeneinander auf Sitzen, zehn der Leibwächter des Großprinzen auf einigen der anderen Sitze uns gegenüber, und ich konnte mich keines einzigen Worts entsinnen, das gesprochen wurde. Es war fast so, als würde die Szenerie vor meinen Augen entstehen wie eine flüchtig hingeworfene Skizze. Ich vermochte nichts von dem zu glauben, was tatsächlich geschah, und der Unglaube hielt die Welt hinter einem dichten Schleier.

So muß man damit umgehen, sagte die Stimme in mir und hörte sich äußerst angewidert an. **Einfach dort sitzen und vorgeben, du würdest träumen. Das soll also erreichen, daß deine Handgelenke nicht mehr gefesselt sind und daß diese drei Ungeheuer aus deiner Umgebung verschwinden. Du hast eine Menge Zeit damit verbracht, dich zu fragen, wie dein Besuch verlaufen würde; ich glaube, jetzt kannst du mit Sicherheit sagen, daß du es herausgefunden hast.**

Aber das hier kann nicht in Wirklichkeit geschehen! protestierte ich schweigend, während ich allmählich meine Handgelenke hinter mir an der Sitzlehne spürte. Das Gefühl überwältigte mich, irgendwohin gebracht zu werden, wohin es *jemand anderer* wünschte. *Ich bin Bürgerin eines sehr einflußreichen Clusters, und man wird dort nicht zulassen, daß ich einfach entführt werde!*

Wie sollen sie es herausfinden? gab mein praktisches Selbst zurück. **Dein wundervoller Vater wird dafür sorgen,* *daß jedermann glaubt, alles wäre in Ordnung, daß es aufgrund deiner eigenen Entscheidung geschehen ist. Hast du vergessen, daß du nicht entführt, sondern verheiratet worden bist, legal und unauflöslich verheiratet? Auf dieser Welt wählen die Väter die Gatten für ihre Töchter aus; sieh mal, was dein Vater für dich ausgewählt hat!**

Was mein Vater ausgewählt hatte, saß rechts unmittelbar neben mir, aber ich wandte nicht den Kopf, um ihn anzusehen. Ich hatte an Heirat niemals anders gedacht als an etwas, womit ich nichts zu tun haben wollte, und ganz besonders nicht mit einer Kreatur von Unterhalb. Jetzt jedoch hatte ich beides. Daraufhin überkam es mich, wie tief mich mein Vater gehaßt haben mußte, daß er etwas dermaßen Schreckliches getan und es auch noch *erheiternd* gefunden hatte. Ich konnte mir nicht vorstellen, was ich getan hatte, daß er mir gegenüber so empfand, und dann entsann ich mich, daß mir jegliches Talent fehlte. Er hatte meine schrecklichen Testergebnisse als persönliche Beleidigung aufgefaßt, das war jetzt nur allzu klar; diese … Heirat … war seine Weise, diese Beleidigung zu rächen. Er tat mir etwas an, das schlimmer war als das, was ich ihm angetan hatte. Offensichtlich bedeutete es keinen Unterschied für ihn, daß das, was *ich* getan hatte, nicht mit Absicht geschehen war; er war eifrig darauf bedacht gewesen, seine Ehre zu rächen, und das hatte er getan. Soviel zu der Möglichkeit, daß er vielleicht bereit gewesen wäre, mich wieder zu lieben; soviel zu der Möglichkeit, daß es überhaupt so etwas gab wie Liebe.

Das Schockgefühl schwand weitaus rascher, als ich es für möglich gehalten hätte, was vielleicht jenem Teil meines Naturells zu verdanken war, der darauf beharrte, der Wirklichkeit ins Gesicht zu sehen, aber sein Dahinschwinden hinterließ eine tiefe Niedergeschlagenheit und ein überwältigendes Gefühl der Leere. Ich saß zusammengesunken in meinem Sitz, das Bewußtsein völlig leer, und ich schloß mich damit dem Schweigen im Bus an. Die Leibwächter hatten starre Blicke auf die Männer von Unterhalb gerichtet, eine Mischung aus Mißtrauen und Ekel und einer unverblümten Feindseligkeit, aber einer der starren Blicke schloß mich ebenfalls ein, und das war ein Blick des Grolls. Keiner von ihnen zeigte eine Spur der Besorgnis um das, was aus mir würde, sondern lediglich einen tiefen Groll, daß ich jemandem von Unterhalb gegeben worden war, statt jemandem von ihnen. Ich fand diese Haltung sehr passend und einleuchtend, ein passendes Gegenstück zu der Schwermut, in die ich mich eingehüllt hatte. Jedermann wollte mich, weil ich Mitglied des Adels von Plateau war; abgesehen davon hätte ich ihnen nicht gleichgültiger sein können.

Nach wenigen weiteren Minuten wurde der Bus langsamer, und dann blieb er völlig stehen. Die Leibwächter standen auf und gingen als erste zur Tür; sechs traten hinaus, und vier warteten im Innern, und dann waren wir an der Reihe. Die Kreatur mir zur Rechten legte mir eine Hand auf den Arm und zog mich hoch, schob mich daraufhin zur Tür und verschwendete kein einziges Wort mit Anweisungen. Er blickte sich flüchtig um, während er als erster aus dem Bus trat, wobei er mich hinter sich herzog, und seine beiden Freunde folgten unmittelbar nach. Die Sonne war höher gestiegen, und mit ihr die Hitze, und beide trafen mich hart nach dem klimatisierten Dämmerlicht des Busses.

»Wir gehen gleich nach unten«, sagte die Kreatur zu einem der Leibwächter, wobei er den Passagierliften mehr Beachtung schenkte als den Blocks von Behelfslagerhallen rings um uns her. Jener Teil Der Stadt, der sich so nahe an den Frachtliften am Rand des Plateaus befand, hatte nichts Anmutiges oder Schönes an sich. »Euer Boß wird die genaue Lage jenes Cresshion bald erfahren.«

»Du glaubst, du hast es geschafft, was, du Abschaum?« knurrte einer der Leibwächter, und die Finger der rechten Hand streichelten liebevoll den Griff der Schußwaffe, die er in einem Halfter trug. »Du weißt, wir haben Befehl, dich heute nicht anzurühren, aber das ist nur für dieses Mal. Wenn wir dich da unten in der Müllgrube kriegen, wo du herkommst, wirst du dir wünschen, du hättest niemals die Frechheit gehabt, dein Gesicht dort zu zeigen, wo es nicht hingehört. Und wenn wir mit dir fertig sind, wirst du keins mehr haben.«

»Wenn du es das nächstemal versuchst, warum bringst du dann nicht deinen Schießprügel mit?« schlug die Kreatur vor, völlig ungerührt von dem, was der Leibwächter gesagt hatte. »Die Prinzen mögen angeordnet haben, daß niemand mit fortgeschrittener Bewaffnung Lifttown verlassen darf, aber laß dich davon nicht abhalten. Es ist das einzige, was dich ein wenig länger am Leben hält in der ... Müllgrube, und ich habe schon immer dieses spezielle Modell für meine Sammlung haben wollen.«

Bei dieser Erwiderung preßte der Leibwächter die Zähne fester zusammen, und er funkelte die Kreatur von Unterhalb an. Nach einer Minute wandte er sich um und stolzierte zum nächstgelegenen Passagierlift davon, womit er die Kreatur dazu veranlaßte, ihm zu folgen. Da deren Hand noch immer meinen Arm umfaßt hielt, ging ich ebenfalls diesen Weg, und alle anderen folgten uns.

Eine beträchtliche Anzahl von Arbeitern und Wächtern auf dem gesamten Gelände starrte uns nach, und wenn wir keine Eskorte gehabt hätten, hätten wir es möglicherweise nicht bis zum Lift geschafft. Er stand wie ein schwerer Metallkäfig am Rand des Plateaus, einer von dreien, die imstande waren, etwa zwanzig Personen zu befördern. Die einstmals hellgraue Farbe war verschmiert und blätterte ab. Trotz der Hand auf meinem Arm merkte ich, wie sich meine Schritte verlangsamten. Das Entsetzen, das ich zuvor im Haus meines Vaters verspürt hatte, drang wieder durch die Benommenheit, die sich auf mich herabgesenkt hatte. Ich war niemals im Unterhalb gewesen, und nach all jenen Geschichten, die darüber erzählt wurden, hatte ich nicht einmal davon geträumt, dorthin zu gehen. Ich verlangsamte den Schritt noch weiter und sperrte mich gegen die Hand auf meinem Arm, die versuchte, mich hin zu jenem Metallkäfig zu zerren. In mir war eine Kälte, trotz der flimmernden, niederdrückenden Hitze ringsumher, und der Leibwächter, der vorhin das Wort ergriffen hatte, drehte den Kopf und blieb daraufhin stehen, um zu lachen.

»Sieht so aus, als wollte die Lady nicht mit dir gehen, Abschaum«, kommentierte er mit einem höhnischen Grinsen, und das Gelächter war schmutzig und spöttisch. »Sie hat vielleicht davon gehört, daß die von Unterhalb keine Verwendung für Frauen haben, weil es ihnen besser gefällt, es miteinander zu treiben. Jetzt weiß ich, warum du es so eilig hast; du mußt jemanden finden, der für dich aus ihr eine Frau macht.«

Die Kreatur von Unterhalb war damit beschäftigt, mich daran zu hindern, daß ich mich freikämpfte und davonlief, was jedoch nicht bedeutete, daß er die Beleidigung nicht gehört hätte. In seinen violetten Augen blitzte es vor Ärger, als er mich zu sich zerrte, mich von den Füßen hob und diesmal in den Armen wegtrug. Statt jedoch dem Leibwächter zu antworten, schoß er einen Blick auf seine beiden Gefährten. Er warnte sie anscheinend vor irgend etwas, aber ich war zu beschäftigt damit zu kämpfen, um es in Erfahrung zu bringen. Ich trat mit den halbhohen Schuhen und versuchte, den Armen zu entkommen, die mich festhielten, aber ich wurde einfach in den Käfig getragen.

Fast noch ehe sich alle in dem Käfig befanden, wurden die Türen geschlossen, und der Lift setzte sich in Bewegung. Er rollte zum Rand des Plateaus und passierte dann die Kante, wobei das Quietschen und Kreischen besagte, daß der Käfig jetzt lediglich von den Kabeln über dem Abgrund gehalten wurde. Gegen das in mir anschwellende Entsetzen schloß ich fest die Augen und ich kämpfte härter als jemals sonst im Leben darum, keinen Laut von mir zu geben. Windböen stießen uns jetzt hin und her. Mir war so schlecht vor Furcht, daß ich glaubte, ich würde mich übergeben. Ich hätte mich nicht besser gefühlt, wenn ich den Weg hinabgestiegen wäre, den die Mitglieder des Adels gingen, ein eher privater und weniger erschreckender Weg, von dem ich einmal gehört hatte, und da war ich noch sehr jung gewesen. Nur Leibwächter und Leute von Unterhalb benutzten Passagierlifte – als ob es etwas zählte, was es war, das einen direkt hinab in die Hölle brachte.

Eine solche Fahrt hätte ruhig verlaufen sollen, nur daß dem nicht so war. Mein Haar wurde vom Wind umhergewirbelt, und sobald der Wind nachließ, fingen die Kommentare an, in Gang gesetzt von jenem Wächter, der bislang das Reden übernommen hatte. Er sagte etwas davon, welche Verschwendung es sei, daß man mich nicht einem richtigen Mann gegeben hätte, woraufhin er beschrieb, was *er* getan hätte, wenn ich ihm überlassen worden wäre. In meinem ganzen Leben hatte ich ein solches Gerede noch nie gehört, und sehr rasch verursachte es mir noch mehr Übelkeit als die Furcht, die ich verspürte. Die anderen Leibwächter lachten und fügten unflätige Kommentare hinzu, und währenddessen sagte der Mann, der mich festhielt, kein einziges Wort. Ich hielt die Augen fest geschlossen und gab vor, nichts von dem Gerede zu hören, und ich dachte daran, daß mein Bruder Jamis niemandem gestattet hätte, so über mich zu reden, aber Jamis war nicht da. Nur eine Kreatur von Unterhalb war da, die die Arme fest und besitzergreifend um mich geschlossen hatte und der meine Demütigung nicht gleichgültiger hätte sein können.

Abrupt hüpfte der Lift einige Male auf und nieder und zeigte somit an, daß er den Grund erreicht hatte. Ich öffnete rechtzeitig die Augen, um zu sehen, daß die Leibwächter den Käfig verließen, und dann waren wir an der Reihe. Ich wurde in eine noch drückendere Hitze hinausgetragen, obgleich sich die Schatten des Plateaus hoch über uns erhoben. Trotz der Hitze wurde ringsumher hektisch gearbeitet. Nicht weit rechts befand sich der erste der Frachtlifte, und schwitzende Männer luden Säcke, Kisten und Fässer ein, sie riefen einander zu, wenn es notwendig war, und wurden ihrerseits von Wächtern in roten Uniformen angebrüllt. In dem grauen Staub standen überall Wagen herum, die darauf warteten, daß sie mit dem Abladen an die Reihe kämen, und als ich wieder auf die Füße gesetzt wurde, konnte ich einen Blick auf Lifttown erhaschen, zumeist rohe Lagerhallen ohne Anstrich.

»Deine Drangs sind dort drüben, genau da, wo du sie zurückgelassen hast«, sagte der Oberwächter, auf dessen Gesicht nun ein bösartiges Grinsen lag, zu der Kreatur neben mir. »Man hat ihnen bereits gesagt, sie sollen dich durch das Tor schleusen. Wir werden dich nur noch bis dorthin begleiten – was wirklich zu schade ist. Ich hätte nämlich gern gewußt, welcher von diesen beiden in der Hochzeitsnacht deine Stelle bei dem Mädchen einnimmt. Oder sollen es beide sein?«

»Du hast ein großes Maul, wenn der Vorteil auf deiner Seite ist, Schläger«, sagte die Kreatur, die die Hand nun fest um den Arm eines seiner Begleiter gelegt hatte. »Wenn du je den Mut hast, selbst durch diese Tore zu schreiten, sollen sie herumerzählen, daß du mich suchst. Dann werden wir uns im Zweikampf messen. Oder wir vier, falls du die Messer mitzählen willst. Laß mich nicht zu lange warten!«

Er stieß mich vorbei an den nicht mehr länger grinsenden Leibwächtern zu der Stelle, wo drei Tiere inmitten von bleichem Gras an einen Pfosten gebunden waren. Die Drangs sahen nicht sonderlich gesund aus. Ihr dunkel-oranges Fell war matt, sie ließen die kleinen Köpfe hängen, und die mittelgroßen Körper waren dünner, als sie es hätten sein sollen. Eines von ihnen scharrte mit einem Vorderhuf nach dem Gras, vielleicht versuchte es, etwas zum Fressen zu finden, und es wirkte nicht gerade enttäuscht, als einer der Männer von Unterhalb die Suche unterbrach, indem er die Zügel löste. Es war womöglich lange genug dort gewesen, um zu lernen, daß es an einem Ort wie diesem hier nichts Geeignetes dort gab.

Die Gefährten der Kreatur sattelten verärgert ihre Drangs, saßen dann auf und warteten, während ich in den dritten Sattel gehoben wurde und ihr Anführer sich hinter mich schwang. Wenn mir irgend etwas – *irgend etwas!* – eingefallen wäre, das ich hätte tun können, so hätte ich es getan, aber ich verstand allmählich, daß ich in der Falle steckte. Selbst wenn ich imstande gewesen wäre, von dem Drang herabzuspringen, hätten mich die Wächter, die schweigend am Lift standen und uns beobachteten, nicht dorthin zurückkehren lassen, woher ich gekommen war. Man hätte mich der Kreatur übergeben, die mich mit dem muskulösen rechten Arm um die Hüfte festhielt, um jenem bestimmten Zweck zu dienen, den er im Kopf hatte.

Selbst im Schritt brauchten wir nicht lange, bis wir das Ende von Lifttown und den Maschendrahtzaun erreichten, der es umgab. Die grauen Zollgebäude waren düster und leblos gewesen, selbst die Gebäude, die offensichtlich eher Wohnhäuser als Lagerhallen gewesen waren, und sogar diejenigen, aus denen Musik und Gelächter gedrungen war. Keiner der beiden Männer, die zu beiden Seiten ritten, wandte den Kopf, um sich diesen Ort anzusehen. Sie verhielten sich weiterhin abweisend, als hätten sie Furcht, von etwas angesteckt zu werden, und der Mann hinter mir wirkte nicht anders. Er übersah ebenfalls alles um ihn herum, bis wir vor dem Metallzaun und dem rotgekleideten Mann stehenblieben, der ihn bewachte.

»Öffne das Tor!« befahl er dem Wächter, der vortrat und mit zusammengekniffenen Augen zu ihm aufsah.

»Halts Maul!« gab der Wächter zurück und spie in den Staub ihm zu Füßen. »Wer hat dir die Erlaubnis gegeben, Andenken mit hinauszunehmen? Solche wie die da gehören nicht zu Abschaum wie euch, warum läßt du sie also nicht hier bei uns? Wir werden uns *wirklich* gut um sie kümmern.«

»Wie würde es dir gefallen, wenn der Großprinz erfahren würde, daß du es gewesen bist, der ihn daran gehindert hat, schnellstmöglich das zu bekommen, was er haben möchte, Schläger?« gab die Kreatur zurück und überhörte das Gelächter der anderen Wächter. »Er wird dich fragen, warum du seinen Befehlen nicht gefolgt bist, und dann wirst du ihm Rede und Antwort stehen müssen. Weißt du was, Schläger? Der Gedanke daran macht mich traurig, selbst bei jemandem wie dir.«

Der Wächter versteifte sich, aber auf seinem Gesicht lag mehr Furcht als Ärger, und selbst die anderen lachten nicht mehr. Der Mann winkte schroff den anderen Wächtern zu und trat zurück, womit er die weitere Unterhaltung beendete, und gab uns den Weg frei zu dem Tor, das jetzt aufschwang. Wir ritten als erste hindurch, die anderen beiden Männer folgten, und dann hatten wir Lifttown hinter uns gelassen.

Ich hatte gedacht, ich hätte mich beruhigt und würde mich daran gewöhnen, bis zum Hals in einem Alptraum zu stecken, aber es dauerte tatsächlich eine Weile, ehe ich aufhörte, an das Tor zu denken, das hinter mir verschlossen und verriegelt worden war, und allmählich erst erfaßte ich, durch welche Gegend wir ritten. Nahe der Stadt gab es nicht viel zu sehen, lediglich eine schmutzige, von Baumstümpfen gesäumte Straße. Nach einer Weile jedoch gab es mehr Bäume als Stümpfe, dann Bäume ohne Stümpfe, und schließlich führte die Straße durch Bäume, Gras und Büsche, die sich in nichts von entsprechenden Gewächsen auf einer anderen Welt unterschieden. Keine Dämonen oder Ghule, die aus ihrem Versteck sprangen, um Reisende anzugreifen und zu verschlingen, keine wabernden trostlosen Sümpfe, die bereit waren, jeden zu verschlucken, der sich ihnen näherte, keine verdrehten alten Weiber, die gackerten, während sie sich daran machten, aus Kindern eine Mahlzeit zuzubereiten. Nichts außer grünem Gras, grünem Gebüsch, grünem Laubwerk sowie einer lauen Brise, die dafür sorgte, daß die Hitze etwas weniger drückend war. Die drei Männer paßten sich dem Schweigen ringsumher an, bis wir die Straße an einem Punkt verließen, wo die Bäume dichter standen, und dann stieß der Mann zu meiner Linken langsam den Atem aus und wischte sich mit einem Unterarm über die Stirn.

»Gareth, das möchte ich im Leben nicht mehr durchmachen müssen«, sagte er, wobei er sich eher bis auf die Knochen erschöpft als lediglich müde anhörte. »Zunächst habe ich geglaubt, sie würden uns niemals lebendig rauslassen, und dann hat's so ausgesehen, als wären *wir* diejenigen, die den letzten Kampf anfangen müßten. Ich hoffe, sie erweist sich verdammt noch mal rasch der Mühe wert.«

»Ich würde das zehn Mal durchmachen, um einen Schuß auf die Dreißig zu bekommen«, antwortete die Kreatur, die mich festhielt, und seine Stimme war noch mehr ein Knurren, als sie es zuvor gewesen war. »Sie ist bei weitem nicht das Beste, was sie zu bieten haben, aber das werde ich meinerseits ausgleichen. Die von Oben werden nicht wissen, was ein richtiger Kampf ist, bis sie sich in einem Kampf mit mir wiederfinden. Hat einer von euch schon etwas entdeckt?«

»Nein, aber das bedeutet überhaupt nichts«, sagte der zur Rechten, und er hörte sich mehr wie die Kreatur hinter mir an als der Mann, der zuerst gesprochen hatte. »Sie müssen keine Schläger hinter uns herschicken, um uns auf der Spur zu bleiben. Wir sollten bald etwas dagegen unternehmen.«

»Dafür ist schon vorgesorgt«, antwortete die Kreatur, und in seiner Stimme schwang Zuversicht mit. »Gleich vor uns.«

Für die nächsten paar Minuten senkte sich erneut Schweigen herab, und dann umrundeten wir ein dichtes Gebüsch und fanden nicht drei Drangs vor, sondern vier. Es waren größere und robustere Exemplare, und sie trugen zusätzlich Satteltaschen. Nicht weit von ihnen blieben die drei Männer stehen, und der Mann zur Rechten schwang sich sofort von seinem Reittier und überließ es uns übrigen, langsamer abzusteigen, während er zu den Satteltaschen hinüberging und in einem Beutel wühlte. Als ich auf dem Boden stand, kehrte er bereits mit einem gebogenen Metallstück in Händen zurück, und die Kreatur zog mich vorwärts, so daß der metallene Apparat sowohl auf mich als auch auf ihn und den anderen Mann gerichtet war. Weil nichts geschah, grunzte er zufrieden und richtete daraufhin den Apparat auf sich selbst, wobei er offensichtlich dasselbe Resultat erhielt. Als er den Apparat auf unsere Drangs richtete, hatte dies jedoch ein anderes Ergebnis zur Folge. Bei jedem Drang klingelte der Apparat auf eine andere Weise. Die drei Männer sprangen hektisch zu den Tieren hin, befestigten die Zügel der beiden äußeren am Sattel des mittleren, schlugen daraufhin den Drangs auf die Flanken und jagten sie davon. Die drei dürren Reittiere machten sich mehr mit erschöpfter Entschlossenheit als Begeisterung davon und waren bald außer Sichtweite.

»Ich hoffe, dir ist die Tatsache nicht entgangen, daß es drei verschiedene Transponder gab«, sagte der Mann mit der Metallvorrichtung und richtete sie ein letztes Mal auf uns alle sowie die neuen Reittiere, ehe er sie wieder versteckte. »Du gräbst besser ein Loch und verbirgst dich für eine Weile, Gareth, ansonsten werden sie es für dich erledigen. Der Großprinz wollte Vorsorge für den Fall treffen, daß wir drei uns getrennt hätten. Dann wären sie dir gefolgt.«

»Der Großprinz will mich anscheinend wiedersehen«, erwiderte die Kreatur humorlos, während er auf eines der Drangs zuging. »In Wirklichkeit will er mich bei sich haben, wenn er von seinen Schlägern umringt ist, aber dazu wird es nicht kommen. Wenn er mir erneut gegenübersteht, wird er völlig auf sich gestellt sein – und er wird gerade lange genug leben, um das Treffen zu bereuen. Wir ziehen uns besser um und verschwinden von hier, ehe sie bemerken, was wir getan haben.«

»Und du solltest ein wenig mehr darauf achten, was dir zusteht«, sagte der dritte Mann, dessen Hand sich jäh um meinen Arm schloß. »Deine Braut gibt anscheinend nicht viel auf unsere Gesellschaft.«

Ich hatte mich langsam von den abgelenkten Männern zurückgezogen, im verzweifelten Bemühen, von ihnen wegzukommen, obgleich ich keine Ahnung hatte, wohin ich gehen würde, aber die Hand auf meinem Arm setzte meinem Fluchtversuch ein Ende. Mich heftig gegen die Finger zu stemmen, die mich festhielten, bewirkte nichts weiter, als daß er den Griff fester schloß, und dann wurde ich gewaltsam zurückgezerrt.

»Natürlich gibt meine Braut nicht viel auf unsere Gesellschaft«, sagte die Kreatur, und er hatte einen seltsamen Ausdruck in den hellen Augen, als er auf mich zuging. »Meine Braut ist eine von Oben, eine leibhaftige Prinzessin, und wir sind nichts weiter als Abschaum von Unterhalb. Sie hätte sich eher in den Wäldern verlaufen und wäre gestorben, statt bei ihrem neuen Gatten zu bleiben. Habe ich recht, Prinzessin?«

Er blieb vor mir stehen und blickte auf mich hinab, wobei er diesen Ausdruck in den Augen hatte, der nur aus Haß zu bestehen schien. Es war ein Gefühl, woran ich mich über die Jahre hinweg gewöhnt hatte, und deshalb sagte ich: »Nenne mich nicht Prinzessin!«

Ich hatte die Worte nicht so herausgefaucht, wie ich es gern getan hätte, aber das hielt die beiden anderen Männer nicht davon ab, mit echter Belustigung aufzulachen. Derjenige vor mir sah kurz überrascht aus, aber Humor war wohl nicht Teil seines Mienenspiels.

»Schon wieder Befehle«, bemerkte er und verschränkte die Arme, als er mich wieder starr anblickte. »Ihr von Oben verschwendet keine Zeit, wenn es darum geht, einen von Unterhalb an seinen Platz zu verweisen. Aber wo sind die Schläger, die diese Befehle durchsetzen sollen? Was ist geschehen, kleines Mädchen? Bist du unachtsam gewesen und hast sie verlegt und wartest jetzt auf deinen Vater, damit er dir neue kauft?«

Seine Freunde lachten abermals, aber angesichts der Erwähnung meines Vaters wollte ich kein Wort mehr laut aussprechen, sogar nicht mehr sagen. Ich wandte mich von ihm ab, wobei ich mich fragte, warum ich überhaupt zu einer Kreatur wie ihm gesprochen hatte, aber seine linke Hand schoß zu meinem Gesicht und zwang mich, ihn erneut anzusehen.

»Du solltest dich damit abfinden, daß dein Vater dir von jetzt an keine neuen Spielsachen mehr kauft«, sagte er, und seine Stimme war wiederum ein Knurren. »Du kannst gleichfalls vergessen, was jemand wie du von einem Gatten erhält, der ein Prinz ist. Ich bin jetzt dein Gatte, und selbst wenn ich etwas hätte, das ich dir schenken könnte, würdest du es nicht bekommen. Wenn du sehr, sehr gut bist und sehr, sehr viel Glück hast, ist das einzige, was du erwarten *kannst,* daß deine hübsche Haut frei von Narben bleibt. Jetzt setze dich da hin, bis ich mich um dich kümmern kann!«

Er stieß mich grob ins Gras, ehe er sich abwandte. Ihn kümmerte nicht, daß ich hart aufprallte und auf die Seite fiel. Ich war außerstande, mich zu fangen, weil meine Handgelenke hinter mir zusammengebunden waren. *Mein Weib ist mit beträchtlich mehr Liebe zu mir erfüllt, als ich ihr gegenüber,* hatte er zu dem Großprinzen gesagt, und er hatte offensichtlich nicht gelogen. Einen Augenblick lang lag ich im Gras und war mir bewußt, daß die beiden anderen Männer kurz in ihrer Beschäftigung innegehalten hatten, dann mühte ich mich auf, ohne einen von ihnen anzusehen. Anstatt zu bleiben, wohin ich gehörte, war ich nach zwölf langen Jahren heimgekehrt. Ich hatte etwas gesucht, und ich hätte wissen sollen, daß ich es niemals finden würde; statt dessen hatte ich etwas völlig anderes gefunden, und es gab niemanden außer mir selbst, dem ich die Schuld dafür geben konnte.

Ich war zu tief in Gedanken versunken, als daß mir aufgefallen wäre, was um mich herum vor sich ging. Innerhalb weniger Minuten wurde ich aus meinen Grübeleien gerissen. Die drei von Unterhalb hatten die Kleider gewechselt. Jetzt trugen sie billige Lederhosen, Lederstiefel und abgetragene Baumwollhemden, und als einziges von dem, was offensichtlich Verkleidung gewesen war, hatten sie die Messer an ihrer Seite behalten. Derjenige, der rechts von mir geritten war, bestieg auf die gleiche Weise sein Drang, wie es der andere Mann bereits getan hatte, und dann blickten die beiden auf ihren Anführer hinab.

»Verschwendet keine Zeit, an euer Ziel zu gelangen«, wies er sie an, wobei er der Satteltasche kaum Beachtung schenkte, die er gerade packte. »Ihr wißt, wieviel Zeit uns bleibt, ehe die Patrouillen hinter uns her sein werden, also trödelt nicht herum. Wenn sie die Verfolgung aufgegeben haben, werde ich es euch wissen lassen.«

»Verstanden«, sagte derjenige, der zur Rechten geritten war, und tauschte dabei Blicke mit dem zweiten Mann aus. »Du solltest ebenfalls den Kopf unten behalten. Viel Glück, Gareth.«

Die beiden Männer hoben die Hand zum Abschied, schwenkten ihre Drangs herum und machten sich mit beträchtlicher Geschwindigkeit in verschiedene Richtungen auf den Weg. Es hatte fast so ausgesehen, als habe der Mann seinen Worten noch etwas hinzufügen wollen, es sich jedoch im letzten Augenblick anders überlegt. Er hatte einen kurzen Blick auf mich geworfen, aus welchem Grund, wußte ich nicht, aber es machte keinen Unterschied. Die Kreatur, mit der man mich zurückgelassen hatte, kam zur mir herüber, zog mich auf die Füße und zerrte mich wortlos zu dem vierten Drang.

Sobald ich im Sattel saß, wurden mir die Handgelenke losgebunden und an den Sattelknauf gefesselt, eine Verbesserung, die lediglich meine Arme und mein Gleichgewicht betraf, und dann ritten wir mit derselben Geschwindigkeit wie die anderen davon. Der Mann von Unterhalb führte mein Drang in eine dritte Richtung, so rasch es der dichter werdende Wald erlaubte, und warf dabei von Zeit zu Zeit einen Blick zurück, um sicherzustellen, daß ich nicht aus dem Sattel gefallen war. Wenn ich nicht festgebunden gewesen wäre, hätte ich dafür gesorgt, daß ich gefallen wäre. Ich konnte jedoch lediglich in der Richtung weiterreiten, in die ich geführt wurde, immer weiter weg von jeglicher Zivilisation, tiefer hinein in eine Welt, die ich niemals hatte betreten wollen.

Mein Zeitsinn war normalerweise ziemlich verläßlich, aber nach all dem, was ich hatte durchmachen müssen, schien die Zeit endlos zu vergehen. Die Sonne stand hoch über den Bäumen, unter denen wir hindurchritten, und die Hitze des Tages wurde durch den blättrigen grünen Baldachin ein wenig abgeschwächt. Meine Bluse war naß vor Schweiß, und meine Hose war nicht mehr länger weiß, und wenn ich nicht eine gute Reiterin gewesen wäre, wäre ich aus dem Sattel gefallen, festgebunden oder nicht. Als Kind hatte ich ein reinrassiges Drangpony besessen, und in späteren Jahren hatte ich mein reiterisches Können mit anderen Reittieren auf anderen Welten auf der Höhe gehalten, aber so etwas wie das, was ich in jenen Stunden durchmachen mußte, hatte ich nie zuvor erlebt. Einmal hielten wir an und warteten kurz, während das Schnurren von Luftwagenmotoren über den Baumwipfeln ertönte, aber sobald sich das Geräusch in der Ferne verloren hatte, ging es wieder los, dieses Mal schneller als zuvor.

Als wir schließlich anhielten, verbrachte ich einen Augenblick damit, auf das Geräusch von Maschinen zu lauschen, ehe mir aufging, daß die Kreatur neben mir tatsächlich abstieg. Es wurde allmählich dämmrig unter den Bäumen, als nahte der späte Nachmittag. Der Mann von Unterhalb stand neben meinem Drang und löste den Lederriemen, der mich am Sattel festhielt. Eine Minute später lag ein großer Arm um meine Taille, und dann wurde ich auf den Boden gesetzt.

»Wir bleiben lediglich solange hier, bis sich die Reittiere etwas ausgeruht haben«, sagte er schroff, während er mich zu einem Baum hinüberzog und mich dann an dessen Seite niederdrückte. »Während dieser Zeit bleibst du genau hier, damit ich dich im Auge behalten kann.«

Er selbst saß nicht einmal einen halben Meter neben mir im Gras, gleich neben den Satteltaschen, die er seinem Drang abgenommen hatte, und sobald er sich gesetzt hatte, zog er sie zu sich. Ich war zu müde, um ihn zu beobachten, und war daher völlig überrascht, als er mich auf einmal an den Handgelenken faßte.

»Ich werde dir für einige Zeit die Fesseln abnehmen«, brummte er, während er an dem Leder arbeitete, das mich festhielt. »Dort, wo wir hingehen, gibt es nicht viele medizinische Einrichtungen, und nach allem, was ich durchgemacht habe, um dich zu bekommen, möchte ich dich nicht verlieren …«

Er brach abrupt ab, als das Leder abfiel, und es folgte

ein Augenblick des Schweigens. Dann hatte er seine Hände um die meinen gelegt. Er sah sich kurz die Schrammen und Schnitte an, wobei er unzweifelhaft den Anblick genoß, und berührte sie dann sanft mit zwei Fingern.

»Du hast wirklich eine zarte Haut«, bemerkte er, und der Tonfall war noch immer gleichmütig. »Frauen von Unterhalb haben eine rauhere Haut. Andererseits muß sie auch rauher sein, stimmt's? Morgen tut dir bestimmt alles weh.«

Ich war auf dem besten Weg, daß mir jetzt schon alles weh tat, aber es gab keinen Grund dafür, es zu erwähnen. Er ließ meine Hand los und wühlte dann wieder in einem Beutel, und ich legte einfach die Unterarme auf die übereinander gelegten Knie und genoß meine zeitweilige Freiheit. Sobald wir uns wieder in Bewegung setzten, würde er mich erneut fesseln, soviel war mir klar.

»Hier, iß das!« vernahm ich kurz darauf, und eine Hand, die ein Stück getrocknetes Fleisch hielt, tauchte vor meinem gesenkten Blick auf. Selbst wenn ich hungrig gewesen wäre, hätte ich nichts haben wollen, das aussah wie altes abgenutztes Leder, also gab ich mir keine Mühe, es zu nehmen, was jedoch nicht im Sinne meines Gemahls war.

»Iß es!« wiederholte er mit härterer Stimme und hielt es mir abermals hin. »Wenn du deinen Zweck erfüllt hast, bist du frei und kannst alles tun, was du willst, dich zu Tode hungern eingeschlossen, aber soweit sind wir noch nicht. Bis das geschieht, wirst du tun, was man dir sagt!«

Unter normalen Umständen hätte ich ihm keine Beachtung geschenkt, gleich, was er gesagt oder getan hätte. Ohne daß ich es selbst richtig gewollt hätte, streckte sich meine Hand aus und nahm das Fleisch, und dann biß ich hinein, so gut ich konnte, und unternahm jede Anstrengung, es zu schlucken. Er grunzte zufrieden und widmete sich wieder dem eigenen Mahl, und ich fragte mich den Rest unseres Aufenthalts – nachdem ich schließlich das getrocknete Fleisch mit Hilfe von etwas Wasser herunterbekommen hatte –, warum ich so gehandelt hatte. Der einzige Zug meines Charakters, der sich niemals zu ändern schien, war mein Unwille, Befehle entgegenzunehmen, ein Zug, der mich schon als Kind in Schwierigkeiten gebracht hatte; warum die Dinge jäh anders verlaufen waren, konnte ich mir nicht vorstellen, und ich hatte nicht die geringste Ahnung, wo ich mich befand. Ich war vor Schreck erstarrt gewesen, als ich das Plateau verlassen hatte, war eingetaucht in alte Kindheitserinnerungen, aber Entsetzen hat die Angewohnheit, sich rasch zu verflüchtigen, insbesondere, wenn keine der erwarteten Phantasien Wirklichkeit wird. Irgend etwas anderes würde geschehen, und ich wünschte mir zu wissen, was es wäre.

Unsere Rast fand ihr Ende, ohne daß ich mit meinen Überlegungen weitergekommen wäre. Ohne jede weitere Unterhaltung wurde ich auf die Füße gezogen und zu meinem Drang zurückgebracht. Sobald ich im Sattel saß, erwartete ich, daß mir erneut die Handgelenke gefesselt würden, und ich war überrascht, als das nicht geschah. Statt dessen wurden mir die Fußknöchel mit zwei Lederriemen an die Steigbügel gebunden, und dann waren wir wieder unterwegs, noch immer ohne ein Wort. Es war offensichtlich, daß mein Fänger um das Wohlergehen seines hart errungenen Besitzes besorgt war, zumindest bis er jenem ominösen Zweck gedient hätte, also war seine Besorgnis verständlich. Ich hielt mich am harten Lederknauf des Sattels fest, während die Bäume vorüberhuschten, und versuchte, nicht an meine Müdigkeit zu denken.

Noch weitere unzählige Stunden gingen vorüber, bis die Sonne unterging und Dunkelheit uns umhüllte. Sobald es vollständig dunkel war, verlangsamte sich unser

Schritt ein wenig, jedoch nicht genügend, daß das Bewußtsein wirklich Frieden gefunden hätte. Die Kreatur wußte anscheinend, wohin sie ritt, und ihr Drang war gleichermaßen zuversichtlich, und dann stellte sich heraus, daß beider Zuversicht gerechtfertigt war. Wir waren gerade noch etwas langsamer geworden, als eine Anzahl Männer aus dem Wald vor uns trat: einer trug eine Pechfackel, die übrigen waren mit Messern sowie grob geschnitzten Bögen bewaffnet, und dann erschienen weitere Männer zu beiden Seiten. Schließlich hielten wir völlig an, und dann lachten die Männer ringsum und brachen in gedämpfte Hochrufe aus.

»Verdammt, wenn du's nicht geschafft hast, Gareth«, sagte einer der Männer vor uns erstaunt, während er sich dem Drang näherte, so daß er dem Mann von Unterhalb die Hand schütteln konnte. Andere traten näher, um dasselbe zu tun und ihm auch auf den Rücken zu klopfen, und er nahm das Lob in gehobener Stimmung und mit tiefer Befriedigung entgegen.

»Wir hatten uns allmählich Sorgen um dich gemacht«, sagte ein anderer mit einem Gelächter in der Stimme, dann trat er zurück, damit die anderen auf ihre Weise ihre Glückwünsche ausdrücken konnten. »Wir hatten gedacht, du würdest es vor Einbruch der Dunkelheit bis hierher schaffen, und als das nicht der Fall war, haben wir uns Sorgen gemacht. Wir haben vergessen, daß du ein brandneues Weib hast, und du hast dir wohl die Zeit nehmen wollen, sie ein wenig besser kennenzulernen.«

»Das ist das eine, was ich nicht tun werde, es sei denn, ich bin besinnungslos betrunken, Raf«, antwortete die Kreatur mit einem Schnauben, während die anderen wieder laut auflachten. »Und das ist das letzte, was mich dazu veranlassen könnte. Was uns soviel Zeit gekostet hat, war all das Hin und Her beim Thron, der Versuch, sich da rauszuwinden und sie mir nicht geben zu müssen. Wenn sie nicht nach diesem Feld so lechzen würden, hätten sie ihr Wort nicht gehalten und uns festgesetzt; aber Strall hatte recht gehabt, als er sagte, Cresshion wäre der Schlüssel zum Kuhhandel, den sie sich unmöglich entgehen lassen könnten. Der Großprinz hat unentwegt von all dem Geld geredet, das auf dem Spiel stünde; was ihn jedoch wirklich bewegt hat, war der Gedanke an die Macht.«

»Diese Leute da draußen in den Clustern müssen verrückt sein, wenn sie Cresshion benutzen, aber ich schätze mal, ihr Wahnsinn ist unser Vorteil«, sagte derjenige, der Raf genannt wurde. »Okay, Burschen, laßt ihn jetzt wenigstens ins Lager reiten und von diesem Drang absteigen. Dann geben wir alle eine Runde aus!«

Die Männer traten mit einer Mischung aus Widerstreben und Erwartung zurück, so daß der Weg für uns frei wurde und wir weiterreiten konnten. Es sah nicht so aus, als könnte man in dem dunklen Wald sehr weit reiten, aber zwei der Neuankömmlinge schoben plötzlich einen Teil des Gebüschs beiseite. Dahinter war etwas, das aussah wie eine von Fackelschein erhellte Lichtung, und als mein Reittier durch die Öffnung geführt wurde, sah ich, daß es ein festverwobenes, mit Blättern bedecktes Tarnnetz war, das an zwei Bäumen befestigt war. Sobald wir hindurch waren, erkannte ich, daß ähnliche Netze überall in der großen Lichtung hingen, ein Gewirr aus Zweigen und Ästen, das alles nach oben hin abschirmte.

Der Ritt endete vor einem von mehreren großen braunen Zelten. Mein Fänger stieg ab und trat zu mir, um mir die Fußknöchel loszubinden. Wieder einmal wurde ich von dem Drang gezogen. Statt jedoch zu dem Zelt gebracht zu werden, das ich erwartet hatte, führte man mich auf ein Gebäude aus Holz und Tarnnetzen zu, das neben dem Zelt stand, jedoch näher zur Mitte der Lichtung. Eine Tür öffnete sich, und ich wurde hineingeworfen, und dann wurde die Tür fest hinter mir verschlossen. Es gab weder Fackeln noch

Lichter irgendwelcher Art, so daß ich nichts deutlich sehen konnte, aber das wenige, was vorhanden war, benötigte nicht mehr als den Fackelschimmer, der durch die Holzbalken und die Netze drang, um es zu erleuchten. Ein schmutziger Fußboden, eine dünne alte Matte mit einer alten Decke, die man darauf geworfen hatte, ein hölzerner Stuhl sowie ein schmaler Bereich in einer Ecke, der durch eine zweite Decke abgeteilt war, die man davor gespannt hatte.

»Besonders luxuriöse Annehmlichkeiten für unsere Prinzesinnen von Oben«, sagte mein neuer Gemahl, und eine tiefe Befriedigung war in ihm, als er die Tür endlich zugebunden hatte. »Hinter der Decke ist ein Eimer, das ist deine private Örtlichkeit. Morgen wird es ein anstrengender Tag, also solltest du heute nacht …«

»Gareth!« unterbrach ihn eine weibliche Stimme mit einem Kreischen, und der Mann wandte sich gerade rechtzeitig um, ehe ihn die Gestalt, die sich auf ihn gestürzt hatte, fast umgeworfen hätte. Das Mädchen war jung, dunkelhaarig und attraktiv, und ihr Gelächter hinderte sie nicht daran, den Mann von Unterhalb auf eine Weise zu küssen, gegen die er offensichtlich nichts einzuwenden hatte. Der Kuß währte, bis er ihr die Hand aufs Haar legte, und dann wand sie sich los und blickte ihn mit gespieltem Ernst an.

»Nun, du hast vielleicht Nerven«, stellte sie fest und warf den Kopf in den Nacken, als sei sie wirklich verärgert. »Läufst weg und heiratest, und dann kehrst du zurück und küßt mich, als wärst du nicht verheiratet. Du solltest dich schämen!«

»Oh, das tue ich, Seera, das tue ich wirklich«, stimmte der Mann von Unterhalb zu und grinste, während er das Mädchen wieder zu sich heranzog. »Ich schäme mich so sehr, daß ich alles mit dir nachholen werde. Wie würde es dir gefallen, mit mir meine Hochzeitsnacht zu verbringen?«

»Das ist das beste Angebot, das ich bekommen

werde, und natürlich nehme ich es an«, antwortete das Mädchen lachend, wobei sie ihm die Hände auf die Brust legte. »Solange du sie dazu bringst, daß die Feier nicht zu lange dauert.«

»Nicht, wenn ich morgen so früh wie möglich losziehen möchte.« Dann legte er einen Arm um das Mädchen und führte sie zu einem Zelt. »Es fällt schwer zu glauben, Seera, mein Mädchen, aber wir sind wirklich auf dem Weg. Es wird funktionieren, ich weiß es, und dann können wir vergessen, daß wir als Ausgestoßene und Verräter gelebt haben. Wir werden lernen, wie es ist, ein Mensch zu sein. Für die anderen wird es ebenfalls so sein, und sie werden uns dankbar sein, du wirst sehen, sie werden ...«

Seine Stimme erstarb, als andere Stimmen laut wurden, Stimmen, die gratulierten und ihn willkommen hießen, und dann hörte ich nur noch unterdrückte Ausbrüche von Gelächter. Ich war ausgeschlossen von ihrer Feier. Einen kurzen Augenblick schien es, als wäre ich wieder in der Schule, wohin man mich geschickt hatte – das Gefühl war sehr ähnlich –, aber ich schüttelte dieses Gefühl rasch ab und ging zur Tür. Sie war lediglich zugebunden, nicht verschlossen, aber sie hätte ebensogut verschlossen sein können, denn bei dieser festen Verschnürung erreichte ich gar nichts. Der Türspalt war nicht breit genug, um eine Hand hindurch zu stecken, obwohl ich gewillt war, beim Versuch ein wenig Haut zu opfern. Meine Hand paßte einfach nicht hindurch, und das war's dann auch.

Ich wandte mich meinem Gefängnis zu, ging zu dem luxuriösen Bett und setzte mich darauf. Einst, als ich noch klein gewesen war, war ich in einen Teil des Hauses geraten, wo ich nicht hätte sein dürfen. Mein Vater hatte mich gefunden, und er hatte wütend mein Kindermädchen gerufen, damit es mich dorthin zurückbrächte, wo ich hingehörte. An jenem Tag hatte er Gäste gehabt, einige der anderen Prinzen, und mein Kindermädchen hatte mich mit zitternden Armen aufgehoben und mich eilig zurück in mein Zimmer gebracht, woraufhin es mich fest mit den Worten ermahnt hatte, daß kleine Mädchen nicht überall herumwandern sollten, wo es ihnen gefiel. Wenn sie umherwanderten und dorthin gerieten, wo sie nicht hingehörten, würden die Leute sie nicht mehr für nette kleine Mädchen halten und sie auch nicht mehr liebhaben. Sie hatte mich gefragt, ob ich das wollte, und ich hatte verneint, was sie zufriedenstellte; die gleiche Zufriedenheit hatte mich jedoch nicht überkommen wollen.

Jahre danach hatte ich mich gelegentlich gefragt, wie weit eigentlich ein kleines Mädchen wandern *könnte*, ehe die Leute aufhörten, es liebzuhaben, aber es war mir niemals gelungen, es herauszufinden. Bis zu diesem einen Tag war es mir niemals gelungen, es herauszufinden.

Ich legte mich auf der dünnen Matte nieder, schlang die alte Decke um mich, schloß die Augen und versuchte zu schlafen.

Kapitel 4

Bei Anbruch der Morgendämmerung wurde es im Lager betriebsam, und ich war wach, so daß ich die Aktivitäten verfolgen konnte. Ich war müde genug gewesen, um in der Nacht zuvor fast augenblicklich in Schlaf zu fallen, aber sobald die erste Erschöpfung vorüber war, öffneten sich meine Augen und weigerten sich daraufhin, sich wieder zu schließen. Es war noch immer die vom Fackelschein erhellte Dunkelheit, in die ich starrte, aber das machte keinen Unterschied.

Ich saß auf der Matte, mit dem Rücken an die hölzerne Wand meines Gefängnisses gelehnt, als einer der Männer von Unterhalb auf der Lichtung zu der Tür kam, um mich anzustarren. Er war ein großer Mann mit dunklem Haar und Augen sowie einem mürrischen Gesicht, gekleidet wie alle die anderen, mit Baumwollhemd, Lederhose und halbhohen Schuhen. Er trug einen Dolch an der Hüfte, und ich dachte, er sei derjenige, der in der Nacht zuvor Raf genannt worden war. Mehrere Augenblick lang starrte er mich schweigend an und ging daraufhin weiter, kehrte jedoch kurz darauf mit einem Bündel zurück. Er ließ das Bündel fallen, bis er die Tür aufgeknotet hatte, und dann nahm er es auf und trat ein.

»Heute durchqueren wir offenes Land, und deine Kleidung wird auf eine Meile Entfernung zu sehen sein«, sagte er und warf mir das Bündel vor die Füße. »Zieh diese Kleidung *auf der Stelle* aus!«

Er blickte mich angewidert an – noch jemand, dem mein Geschmack in puncto Kleidung nicht gefiel. Jene von Unterhalb nahmen allmählich die schlechten Angewohnheiten der von Oben an, aber ich bezweifelte, daß irgend jemand, der nicht in meiner Lage gewesen wäre, es auf diese Weise gesehen hätte. Der Blick des Mannes – ganz zu schweigen von meiner Umgebung – ließ in mir den Wunsch aufkommen, mir die alte Decke über den Kopf zu ziehen und mich zu verstecken, bis alles vorüber wäre; statt dessen jedoch schüttelte ich bloß den Kopf.

»In den vergangenen Tagen habe ich mich an diese Kleider gewöhnt«, sagte ich und übersah bewußt, wie schmutzig und übelriechend sie geworden waren. »Ich werde sie anbehalten.«

»Natürlich, von Oben«, knurrte der Mann, und er war auf einmal so wütend, daß er vortrat und mich an den Haaren hochzog. »Ihr seid immer so verflucht viel besser als alle anderen, stets gebt ihr Befehle und seid euch immer zu gut, um sie entgegenzunehmen! Das erstemal, als *ich* versucht habe, einen Befehl zu verweigern, ließ mich jener Prinz von seinen Schlägern an einen Pfahl binden und auspeitschen, ›um mir Manieren beizubringen‹, wie er sagte. Zieh dir diese Kleider *auf der Stelle* aus, ehe ich mich dazu entschließe, dir dieselbe Lektion zu erteilen.«

Das Entsetzen, von dem ich geglaubt hatte, es hätte sich in Nichts aufgelöst, verspürte ich jäh wieder am ganzen Körper. Der Schmerz, den mir der wütende Mann von Unterhalb verursachte, war sehr durchdringend, und er hielt mich so nah an seinem Körper, daß ich seinen Schweiß riechen konnte. Der Gedanke, ihn wirklich zu berühren, machte mich schwach und krank. Die von Unterhalb waren nicht völlig menschlich, war mir immer und immer wieder gesagt worden, und wenn man einen von ihnen berührte, würde das mit Sicherheit Krankheit und Fäulnis bei dem Betreffenden verursachen. Ich war so verängstigt, daß ich mich weder bewegen noch sprechen konnte.

»Du glaubst, ich bluffe?« wollte der Mann wissen und schüttelte meinen Kopf heftig an dem Haar, das er festhielt. »Du glaubst, ich würde mich nicht trauen, so etwas einem von Oben anzutun? Ich habe genügend Schläger getötet und brenne darauf, bei einem von ganz oben weiterzumachen, aber dich kann ich nicht töten, weil dich Gareth noch braucht. Einige glauben zwar, wenn man einem von Oben das Licht ausbläst, bringt das einen Tag der Krankheit, aber das wär's noch immer wert, selbst wenn es so käme.«

Ich verstand einfach nicht, wovon er redete, und das Nächste, was geschah, war dermaßen schockierend, daß ich es zunächst gar nicht fassen konnte. Mit beiden Händen griff er nach meiner orange-roten Bluse und riß sie völlig entzwei, und daraufhin wurde ich mit dem Gesicht nach unten auf den schmutzigen Boden geworfen. Ich lag dort mit klingelndem Kopf und konnte nicht glauben, daß das hier alles wirklich geschah. Ich keuchte, als Leder meinen Rücken traf, und wäre fast vor Schmerz in Tränen ausgebrochen, aber alte Gewohnheiten haben ein zähes Leben. Ich hatte mich stets geweigert, in Tränen auszubrechen, gleich, wie schlimm es gekommen war, und jene Demütigung war zwar schmerzvoll, aber nicht von sehr langer Dauer. Seltsam genug: nachdem sie vorüber war, war der größte Teil des Schmerzes und der Furcht verschwunden, und daß man mir die restliche Kleidung abstreifte, war nichts weiter als beschämend. Zitternd lag ich im Staub, nackt bis auf die Haut, und alles tat mir weh. Ich hatte dennoch kein anderes Gefühl, als daß meine Heimkehr jetzt vollständig wäre.

»Das nächste Mal, wenn dir jemand sagt, du sollst etwas tun, wirst du dich sicher mächtig beeilen«, sagte der Mann von Unterhalb mit einer tiefen Befriedigung in der Stimme. Er trat vor, blieb stehen und blickte auf mich hinab, während er sich den Gürtel wieder umschnallte. »Du solltest so rasch wie möglich diese Kleider anziehen. Gareth mag nicht an dir interessiert sein, aber es gibt ein paar unter uns, die nichts gegen ein kleines Häppchen hätten, nicht bei so einem Körper, wie du ihn hast. Aber das darfst du selbst entscheiden. Bei uns ist es üblich, den Leuten die Freiheit der Wahl zu lassen.«

Er kicherte, als er sich abwandte, um die Kleider aufzuheben, die er mir abgenommen hatte, ging hinaus und band die Tür wieder zu, nachdem er mir einen letzten grinsenden Blick geschenkt hatte. Ich rührte mich nicht, bis er verschwunden war, daraufhin drehte ich mich in dem Schmutz um und betrachtete die Kleidung. Sie war alt und abgetragen und bestand aus blauem Baumwollstoff, aber ich kämpfte mich dennoch hinein, ehe ich mich wieder erhob. Der Gedanke, daß dieser Mann von Unterhalb zurückkehren und versuchen könnte, mich zu berühren, verursachte mir noch immer Übelkeit, und ich war eifriger darauf bedacht, daß es nicht dazu käme, als von der Vorstellung angeekelt, die abgelegten Kleider von jemand anderem zu tragen.

Abgesehen davon, daß sie mir am Rücken scheuerten, paßten sie nicht allzu schlecht, obgleich mir das Kleid bis zu den bloßen Fußknöcheln reichte. Der Mann von Unterhalb hatte mir die Stiefel weggenommen, und auf dem schmutzigen Fußboden zu stehen, fühlte sich jetzt völlig anders an. Als ich jung gewesen war, hatte man uns barfuß gehen strikt untersagt, und obgleich ich es unter gewissen Umständen in späteren Jahren getan hatte, war es niemals unter Umständen wie diesen gewesen. Ich starrte auf meine Füße hinab, die unter dem Saum des Kleids hervorragten, blickte mich erneut in meinem Gefängnis um und setzte mich daraufhin wieder auf meine Matte.

Ich versuchte, nicht an meine schreckliche Lage zu denken, als jemand vor meiner Tür stehenblieb und sie aufband. Ich blickte auf und sah, daß es die Frau war, die letzte Nacht meinen Fänger so warm begrüßt hatte, und sie trug ebenfalls etwas bei sich. Nachdem sie die Tür aufbekommen hatte, bemerkte ich, daß sie hohe

Schuhe unter ihrem langen Kleid trug, und in den Händen hielt sie eine hölzerne Schüssel.

»Ich habe mir gedacht, du könntest womöglich zu hungrig sein, um darauf zu warten, bis sie vorbeikommen und dir etwas zu essen bringen«, sagte sie, als sie sah, wie ich ihr zuschaute, und ihr Verhalten war beträchtlich schüchterner als am Abend zuvor. »Du bist ein solches Essen sicher nicht gewöhnt, aber ich habe es erst vor ein paar Minuten eigenhändig zubereitet. Hier, versuch mal!«

Sie kam näher, hockte sich nieder und hielt mir die Schüssel hin; sie war anscheinend ängstlich darum bemüht, freundlich zu sein, aber ich wußte nicht, warum sie sich die Mühe gab. Es war mir sehr deutlich gemacht worden, wie beliebt die von Oben bei denen von Unterhalb waren. Ich rückte hin und her, versuchte, mich wegen meines schmerzenden Rückens nicht zuviel zu bewegen, und machte keine Anstalten, die mir entgegengehaltene Schüssel zu nehmen.

»Vielen Dank, aber ich bin nicht sehr hungrig«, gab ich schärfer zur Antwort, als ich beabsichtigt hatte. »Es war freundlich von dir, mir etwas zu essen zu bringen.«

»Ich weiß, du magst mich nicht, aber wenn du nicht ißt, wirst du sterben«, sagte sie, und ihr Gesichtsausdruck wurde ängstlich. »Ich hätte dir Gareth nicht einfach so wegnehmen sollen, wie ich es letzte Nacht getan habe, aber ich konnte dich im Dunkeln nicht sehr gut sehen. Ich hatte eine hochnäsige Frau von Oben erwartet, und ich wollte, daß du dich so fühlst, wie wir uns zumeist fühlen; schließlich wußte ich nicht, daß du so bleich, müde und verstört warst ... Was ich zu sagen versuche, ist, daß ich mich dafür entschuldige, was ich getan habe, und ich möchte es wiedergutmachen. Wenn du hier unten nicht ordentlich ißt, wirst du nicht lange überleben. Sieh mal, ich habe sogar ein wenig Obst hineingetan.«

Sie hielt die Schüssel näher, so daß ich hineinschauen

konnte, und was ich sah, war ein klumpiger gelbbrauner Haferbrei, in den irgendwelche purpurrote Beeren hineingemischt waren. Selbst wenn ich Appetit verspürt hätte, wäre er mir beim Anblick jener schrecklichen Masse vergangen. Während ich das Essen anstarrte, entsann ich mich auf einmal, wie mich jene Kreatur tags zuvor zum Essen gezwungen hatte, um sicherzustellen, daß ich für ihren Zweck überleben würde, und verstand daraufhin, daß dieses Mädchen versuchte, dasselbe auf ihre Weise zuwege zu bringen. Wenn ich nicht überlebte, wären alle ihre sorgfältig ausgearbeiteten Pläne gescheitert.

»Vielleicht werde ich in der Lage sein, in einer kleinen Weile zu essen«, sagte ich schließlich und versuchte so zu klingen, als habe sie mich überzeugt. »Würde es dir etwas ausmachen, die Schüssel einfach hierzulassen?«

»Nein, natürlich macht es mir nichts aus«, sagte sie mit einem Lächeln der Erleichterung und stellte die Schüssel auf den Boden neben meiner Matte. »Die ganze Zeit über unter Beobachtung zu stehen, muß unerträglich für dich sein, also wirst du es vorziehen, wenn du beim Essen nicht angestarrt wirst.« Sie zögerte kurz, hielt die Hände verschränkt, während sie mein Gesicht musterte, und fügte daraufhin hinzu: »Hier gibt es nicht viele Männer wie Gareth; er wird nicht zulassen, daß dich jemand verletzt. Wenn alles erledigt ist, wird er dich wieder gehen lassen. Es wird überhaupt nicht schlimm sein.«

»Das wird es sicherlich nicht«, sagte ich mit der schwachen Andeutung eines Lächelns, wobei ich mir kurz ins Gedächtnis rief, wie besorgt und rücksichtsvoll er mich bislang behandelt hatte. Mit meiner Zustimmung hatte ich erreicht, daß dieses Mädchen keinen Grund hatte, seine tröstlichen Versicherungen fortzusetzen, obgleich es dies klar und deutlich tun wollte. Sie erhob sich und verließ mein Gefängnis, band die Tür wieder zu und schenkte mir ein letztes aufmunterndes Lächeln, dann machte sie sich ihres Wegs. Sobald sie verschwunden war, nahm ich die Schüssel, die sie zurückgelassen hatte, vergewisserte mich, daß niemand zusah, und schüttete dann den Inhalt in den Eimer hinter dem Vorhang. Danach kehrte ich zu meiner Matte und den nutzlosen, ziellosen Gedanken zurück, denen ich mich zuvor schon hingegeben hatte.

Wenig später tauchte vor der Hütte mein Fänger mit einigen Männern auf, die gebannt zuhörten, was er gerade sagte. Sie standen beieinander und setzten ihr Gespräch fort, bis fünf Drangs herbeigebracht wurden, dann löste sich die Versammlung auf, und jeder schüttelte dem anderen die Hand. Nachdem das ebenfalls erledigt war, näherte man sich zum letztenmal meiner Tür.

»Steh auf, Mädchen!« sagte die Kreatur, als die Stricke gelöst wurden, und seine Geste war abrupt und ungeduldig. »Wir haben heute einen harten Ritt vor uns, und es ist Zeit zum Aufbruch. Mach dir keine Sorgen, weil du all den Luxus hinter dir lassen mußt. Du wirst mehr davon vorfinden, wenn wir unser Ziel erreicht haben.«

Er ging nicht soweit, ein Lächeln zu zeigen, aber die Befriedigung in seinen hellen Augen war ein Ersatz dafür. Es blieb mir nichts weiter übrig, als aufzustehen und den Anweisungen zu folgen. Sobald ich die Tür durchschritten hatte, konnte ich seinen Blick auf mir spüren, und dann legte sich mir eine Hand auf die Schulter.

»Du hast recht gehabt, Raf, das Kleid wird ausreichen«, sagte die Kreatur, während er mich festhielt. »Aber wir brauchen noch etwas für dieses Haar.«

»Ich habe hier ein Tuch von einem der Mädchen«, entgegnete der andere und näherte sich mit einem quadratischen grauen Stoff. »Es wird ihr Haar nicht vollständig bedecken, aber es sollte ausreichend sein, bis wir das Lager erreichen. Hier, Mädchen, zieh's drüber!«

Man reichte mir den dünnen Stoff, aber ich hatte nicht die leiseste Ahnung, was ich damit tun sollte. Überraschenderweise begriffen sie rasch, daß ich nicht wußte, was sie von mir wollten, und die Sache wurde für mich erledigt. Das Quadrat wurde zu einem Dreieck gefaltet, das Dreieck legte man mir übers Haar und verknotete es in meinem Nacken, und dann faßte mich eine Hand unterhalb der kurzen Ärmel meines Kleids und führte mich hinüber zu den Drangs. Mehrere Hände hoben mich in den Sattel, und das Kleid erwies sich als weit genug, daß ich im Herrensitz reiten konnte, und dann ließ man mich allein, während die anderen Drangs bestiegen wurden. Kurz darauf bewegten wir uns durch zum Abschied winkende Männer und Frauen. Die Kreatur hielt meine Zügel und führte, die anderen drei ritten hinter mir. Die Netze wurden gehoben und gaben den Weg frei hinaus in den Wald, und dann waren wir unterwegs.

Die nächsten paar Stunden kamen wir zügig voran, und unser Schritt beschleunigte sich noch, nachdem wir den Wald verlassen hatten und in eine öde Landschaft ohne jegliches Anzeichen von Besiedlung vorgedrungen waren. Mein Drang unterschied sich nicht von dem, das ich tags zuvor gehabt hatte, aber es jetzt zu reiten, erwies sich als völlig anders. Der Rock meines Kleids war gerade bereit genug, daß meine Füße die Steigbügel erreichten, aber selbst so sind Steigbügel dem bloßen Fuß nicht so nützlich wie für den beschuhten Fuß. Ich mußte mich mit Knien und Händen festklammern, wobei ich dem schmerzenden Rücken keine Beachtung schenkte, da ich wußte, daß die drei Männer hinter mir, falls ich herabfiele – zufällig oder absichtlich –, anhalten, mich zurück in den Sattel werfen und dann weiterreiten würden. Es war offensichtlich, daß dies der Grund dafür war, warum ich nicht wieder gefesselt worden war; jemanden festzubinden, der unter Beobachtung steht, ist Zeitverschwendung.

Ich nahm gerade lange genug eine Hand vom Sattelknauf, um mir den Schweiß von der Stirn zu wischen, und verspürte dabei den Ärger, der den ganzen Morgen über in mir gewachsen war. Nachdem wir den Wald verlassen hatten, war die Sonne zunächst von grauen Wolken verborgen gewesen, aber ihre Abwesenheit hatte die Hitze schlimmer statt besser werden lassen, und ich teilte die Stimmung des Wetters. Jene Leute fügten mir alles und jedes zu, was sie wollten, und ich war dessen überdrüssig. Trag dies, iß das, reite auf dem Drang – aber mache dir keine Sorgen, der Held von Unterhalb namens Gareth wird sich um dich kümmern. Es war Wahnsinn, ein wacher Alptraum, aber schlimmer als das, es war etwas, woran ich überhaupt nicht gewöhnt war. Ich war zu lange auf mich selbst gestellt gewesen – ganz zu schweigen davon, Vorgesetzte über andere zu sein –, um meine gegenwärtige Lage hinnehmen zu können.

Aber ich wurde dazu gezwungen. Die Kreatur, die mich hergebracht hatte, hielt meine Zügel fest in der Hand, und trotz der Tatsache, daß die übrigen hinter mir ritten, hatte er sich hin und wieder umgedreht, um sich zu vergewissern, daß ich nicht irgendwie verschwunden wäre. Ich hatte keine Ahnung, wohin ich seiner Ansicht nach hätte fliehen können, aber nach Stunden des Nachdenkens wußte ich: wenn ich die Chance erhielte, mich von ihm zu entfernen, würde ich sie ohne einen Augenblick des Zögerns ergreifen.

Nach einigen Stunden näherten wir uns schließlich einem Fluß, und wir ritten nicht weit von dessen linkem Ufer daran entlang, was mir neuen Stoff zum Nachdenken bot. Wir hatten für keine Art von Mahlzeit angehalten, und wir hielten uns nahe am Fluß, was womöglich bedeutete, daß unser Ziel nicht weit entfernt vor uns lag und der Fluß darauf zuführte. Die letzten paar Stunden hatte die Kreatur ängstlich den Himmel abgesucht, der immer dunkler geworden war, und er versuchte offensichtlich, einem näher kommenden Gewitter zu entfliehen. Ich hatte mich ebenfalls ängstlich umgesehen und versucht, eine Fluchtmöglichkeit zu entdecken, ehe wir unser Ziel erreichten, aber ich war außerstande gewesen, etwas zu finden. Es gab ein weiteres Gefängnis, das mich erwartete, aber ich fand nichts, was mir bei der Flucht helfen konnte.

Und dann kam die Gelegenheit so rasch, daß ich, wenn ich hätte anhalten und entscheiden müssen, ob ich sie ergreifen sollte oder nicht, sie gewiß verpaßt hätte. Auf einmal fielen dicke Regentropfen auf uns herab, die Vorboten des drohenden Sturmgewitters, aber die Regentropfen kamen nicht allein. Nach einem vorausgehenden Rumpeln befanden wir uns jäh inmitten von Blitz und Donner. Es war ein Gewitter, das auf anderen Planeten gewöhnlich seine Zeit braucht, bis es sich genähert hat, aber wenn ich überrascht war, so reagierten die Drangs mit Panik.

»Ouuu!« rief einer der Männer hinter mir, was mich dazu veranlaßte, mich umzudrehen, obgleich mein Reittier scheute und aufschrie. Der gewaltige Blitzstrahl und der ohrenbetäubende Donner hatten alle Drangs in Aufruhr gebracht, insbesondere jene drei, die nicht mit anderen zusammengebunden waren, im Gegensatz zu meinem Reittier, das an das Drang vor ihm gebunden war. Gerade als ich mich umdrehte, fiel das erschrockene Tier des Mannes in einen Galopp und zog die beiden anderen mit sich, und der peitschende Regen verstärkte noch ihre Panik. Die Kreatur, welche die Zügel meines Reittiers festhielt, hatte bei dem Ruf angehalten und darum gekämpft, daß sich sein eigenes Reittier den durchgehenden Drangs nicht anschloß, und das war die Gelegenheit, auf die ich gewartet hatte. Unbemerkt rutschte ich vom Rücken meines nervös umherspringenden Drangs und lief auf den Fluß zu.

Blitzlicht flammte auf und Donner grollte, und der Regen fiel immer stärker, während ich auf den Fluß zustolperte. Ich hatte beabsichtigt, mehr zu rennen und weniger zu stolpern, aber der steinige Boden unter meinen bloßen Füßen behinderte meine Flucht. Es wurde immer schwieriger, in der herabstürzenden Sintflut etwas zu erkennen, insbesondere Wurzeln und Grasbüschel, die mich unentwegt zum Stolpern zu bringen versuchten, aber der Fluß war nicht mehr weit. Ich schaffte es bis zum Ufer, schenkte dem hinter mir, was ein Ruf hätte sein können, keinerlei Beachtung und sprang sofort ins Wasser.

Ich war ziemlich flach eingetaucht, und sobald ich die Oberfläche durchbrochen hatte, schwamm ich zum anderen Ufer. Der Sturm wühlte den Fluß ein wenig auf, aber Schwimmen war beträchtlich einfacher, als es Laufen gewesen wäre. Mein langer Rock zerrte ein wenig an den austretenden Beinen, aber ich war eine hervorragende Schwimmerin, die mehrere Medaillen gewonnen hatte. Die meisten Sportarten erfordern eine enge Gemeinschaft mit anderen, Schwimmen tut man jedoch allein, solange man sich von Staffelwettbewerben fernhält. Ich hatte in der Schule mit dem Schwimmen angefangen und es anschließend beibehalten, um mich in Form zu halten, und jetzt bereitete mir die ruhige Flußströmung überhaupt keine Schwierigkeiten. Ich sah das andere Ufer in meiner Reichweite. Ich war der Kreatur entkommen, die mich gefangengenommen hatte, und das allein zählte.

Ich weiß nicht genau, wann mir aufging, daß ich verfolgt wurde, aber ich erinnere mich genau, wie meine Hochstimmung auf der Stelle verflog. Ich drehte mich um die eigene Achse im Wasser, um einen Blick nach hinten zu werfen, ohne den Schwimmzug zu unterbrechen, und erblickte den männlichen Körper nicht weiter als vier Längen hinter mir, der kräftige Züge tat, um aufzuholen. Durch den dichten Regen konnte ich nicht sagen, wer es war, und der Atem wäre mir fast weggeblieben beim Gedanken, es könne derjenige sein, der Raf genannt wurde. Ich war mit sparsamen Bewegungen geschwommen, um mir den Schmerz im Rücken zu ersparen, aber das war jetzt zweitrangig; sobald ich sicher wußte, daß ich verfolgt wurde, schwamm ich mit aller Kraft, die mir zur Verfügung stand.

Dies stellte sich jedoch beim Erreichen des anderen Ufers als nicht ausreichend heraus. Das Ufer war gerade hoch genug, daß ich nicht hinaufspringen und einen Vorteil aus dem knappen Vorsprung ziehen konnte, den ich noch hatte. Immer wieder trieb mich das Adrenalin in meinen Adern dazu an, die klatschnasse Grasböschung hinaufzuklettern, und zu spät begriff ich, daß es das vollgesogene schwere Kleid war, das mich im Wasser hielt. Ein Arm schloß sich um mich, während ein anderer nach dem Ufer griff, und mein Fluchtversuch war gescheitert.

Ich fand erst heraus, wer es war, als wir uns beide am Ufer befanden. Eine Faust in meinem Haar hielt mich fest, dann wurde ich auf das Gras gezerrt und sah, daß es mein sogenannter Gatte war, der mich eingeholt hatte. Durch den herabströmenden Regen und den heftigen Sturm sah ich sein ausdrucksloses Gesicht, und dann wurde ich auf die Füße gezogen, trotz der Tatsache, daß wir beide kaum zu atmen vermochten.

Wir mußten einige Schritte stromaufwärts gehen, aber als wir die Felsgruppe und den nahezu unsichtbaren Höhleneingang erreichten, bemerkte ich, daß die Kreatur womöglich jeden Zentimeter dieses Gebiets kannte; ich wäre niemals imstande gewesen, ihm zu entkommen, selbst wenn ich es geschafft hätte, allein aus dem Wasser zu kommen. Ich wurde in bleierne Dunkelheit geworfen, er ließ meinen Arm lange genug frei, daß ich einen Augenblick lang herumtasten konnte; es folgte eine Reihe kratzender Geräusche, und dann fing eine winzige Flamme zu brennen an, die sich rasch ausbreitete, sobald sie einen Ansatzpunkt hatte. Sie breitete sich von der Spitze einer Fackel aus, und daraufhin nahm er mich erneut beim Arm, während ich vorangestoßen wurde.

Nach einem halben Dutzend Schritte den schmalen Felskorridor hinab erreichten wir den Zugang zu einem quadratischen Raum, der nichts weiter als einen Haufen Brennholz zur Linken barg, und, etwas näher, einen größeren Haufen gleichartigen Holzes zur Rechten. Ein harter Stoß schleuderte mich gegen die Rückwand, und als ich aufsah, zündete die Kreatur mit dem Fackellicht das Brennholz an. Ich blieb einfach auf dem Boden sitzen und schenkte dem Wasser, das von mir herabtropfte, oder der unerwarteten feuchten Kühle in der Höhle keinerlei Beachtung. Ich war zu deprimiert, um die verschiedenen Verletzungen an mir zu bemerken oder mich um überhaupt etwas zu kümmern.

»Also gut, du kannst jetzt dieses Kleid ausziehen und es herüberbringen«, durchbrach die Stimme der Kreatur das Schweigen. »Wir werden hierbleiben, bis der Sturm vorüber ist, und klatschnaß in dieser Zugluft herumzusitzen, kann dir eine Lungenentzündung einbringen. Wenn das Kleid trocken ist, kannst du es zurückhaben; bis dahin wirst du beim Feuer sitzen.«

Erneut gab er mir Befehle, aber mein früherer Ärger war völlig verschwunden. Ein überwältigendes Gefühl der Niederlage hatte mich erfaßt, und selbst Zögern wäre eine nutzlose Geste gewesen. Ich stand langsam auf, ohne ihn dabei anzusehen, zog mir das Kleid aus, ohne daran zu denken, wie nackt ich dann wäre, und schritt zaghaft über den kalten Felsboden, um die Anweisungen vollständig zu befolgen. Näher am Feuer war der Fels von einem helleren Grau, und ich musterte ihn, während ich ihm den klatschnassen Lumpen hinhielt, der zuvor ein Kleid gewesen war.

»Wenn du den Arm vor dich hältst, ist das nicht sonderlich viel«, bemerkte die Kreatur verächtlich, als er den tropfenden Stoff an sich nahm. »Es ist erfreulich zu sehen, wie wohlgeformt meine neue Braut ist, aber das macht keinen Unterschied. Soweit es mich betrifft, ist das älteste Weib von Unterhalb zehnmal besser als die schönste Frau von Oben.«

Die Worte wurden fast wie eine Herausforderung ausgesprochen, aber da ich seine Gefühle in dieser Hinsicht bereits kannte, verkniff ich mir eine Erwiderung. Ich war dabei, mich abzuwenden, wollte nichts weiter, als dorthin zurückkehren, wo ich gesessen hatte, aber auf einmal faßte er mich am Arm und hielt mich auf.

»Deine Knie und der linke Ellbogen bluten«, sagte er, und diesmal sprach er um ein beträchtliches ruhiger. »Sobald der Sturm vorüber ist, werden wir den Ritt zum Lager fortsetzen, und dort wird sich jemand um deine Verletzungen kümmern.«

Ich hatte dem nichts zu entgegnen, also stand ich einfach da und wartete darauf, daß er meinen Arm freigegeben würde. Ein Augenblick verstrich in schlichtem Schweigen, und dann schloß sich der Griff um meinen Arm eher fester, als daß sie sich lockerte.

»Was ist los, Mädchen, hältst du mich nicht für gut genug, um mit mir zu reden?« knurrte er und riß mich näher zu sich, umfaßte mein Kinn und zwang mich, zu ihm aufzublicken. »In den letzten beiden Tagen waren kein halbes Dutzend Worte aus dir herauszubekommen gewesen, und ich bin es allmählich leid ...«

Er endete abrupt, als er hinab in meine Augen blickte, und der Ärger wich aus seinem häßlichen Gesicht, wobei er die Stirn runzelte. Ich hielt mich sehr still in seinem Griff, versuchte sogar, ganz flach zu atmen, und augenblicklich löste sich dieser Griff.

»Also gut, hab keine Angst, ich werde dir nicht weh tun«, sagte er so leise, als könnte er das Pochen meines Herzes ebenso deutlich hören wie ich. »Ich habe gedacht, du wärst wie jede andere von Oben, aber jetzt sehe ich, du bist … Setz dich hier ans Feuer. Niemand wird dir weh tun.«

Daraufhin ließ er mich los und wandte sich mit dem Kleid in der Hand ab, und ich verlor keine Zeit damit, ihm den Rücken zuzukehren, ehe ich auf die Steine nahe beim Feuer sank. Ich fuhr mit einer Hand durch mein tropfnasses Haar und haßte mich dafür, daß ich trotz der Wärme des Feuers zitterte. Ich hatte zu entkommen versucht, und alles, was ich erreicht hatte, war, daß ich das graue Kopftuch verloren hatte. Nie zuvor in meinem Leben war ich so verängstigt gewesen, aber jene Zeit des Schreckens wurde allmählich zu viel, weit mehr, als ich ertragen konnte. Ich hätte meine Kräfte sammeln und einen neuen Fluchtversuch planen sollen, aber ich fühlte mich zu niedergeschlagen, zu verängstigt, zu verloren. Ich wollte nur noch zittern, und selbst die Stimme in mir war verstummt.

Ich hörte das Geräusch, wie Wasser aus Stoff gewrungen wurde, und dann ging die Kreatur ein wenig umher, vielleicht legte er mein Kleid dorthin, wo er auch sein Hemd hingelegt hatte. Als ich ihn schließlich ansah, trug er lediglich seine Lederhose und jenes lange Messer. Die Stiefel hatte er höchstwahrscheinlich zurückgelassen, ehe er in den Fluß gesprungen war. Er nahm sich Zeit bei dem, was er tat, und dann hörte ich, wie er sich nicht weit entfernt hinsetzte. Irgendwo in der Ferne tobte weiterhin der Sturm, der Boden war hart und unbequem, und einzig das Schweigen beruhigte meine Sinne – bis es erneut gebrochen wurde.

»Was ist das?« kam die jähe Frage, und außer Neugier schwang noch etwas anderes in seiner Stimme. »Es kann kein Kratzer von einem Felsen sein. Verdammt, wenn das nicht aussieht wie …«

Er verstummte, und dann lagen Hände auf meinem Arm, die meinen Rücken zum Feuer drehten, ehe sie das nasse strähnige Haar fortschoben. Diesmal währte das Schweigen ein wenig länger, und dann nahm er die Hände weg.

»Du bist damit geschwommen?« fragte er, und seine Stimme klang ungläubig und ein wenig verwirrt. »So rasch, daß ich dich fast nicht einholen konnte? War das der Grund, warum du fortgelaufen bist, damit man dir nicht noch einmal einen Gürtel über den Rücken zieht? Jene Striemen sind so dunkel, daß ich sie für Schatten gehalten habe. Wer hat das getan?«

Die letzte Frage wurde in einem merkwürdigen Tonfall ausgesprochen, aber es gab nichts als Antwort zu sagen. Nichts hätte irgendeinen Unterschied bedeutet, insbesondere nicht eine Aufzählung der Gründe für jede einzelne meiner Schrammen.

»Es muß vergangene Nacht geschehen sein, nachdem ich dich ins Lager gebracht habe, oder früh an diesem Morgen«, fuhr er fort und versuchte, so zu klingen, als sei es unerheblich. »Das waren die einzigen Zeiten, zu denen ich dich nicht im Auge hatte. Ich möchte, daß du mir sagst, wer es getan hat.«

»Es war der, der Raf genannt wird«, hörte ich mich antworten, überrascht davon, daß es mir etwas ausmachte. »Er hat es heute morgen getan, als er gekommen ist, um mir die Kleider wegzunehmen.«

Das Eingeständnis rief ein weiteres Schweigen hervor. Mein Unterbewußtsein hatte eine weise Entscheidung getroffen, wurde mir klar, das neueste Schweigen war ein deutlicher Beweis dafür. In diesem Augenblick wollte ich einfach nichts weiter als in Ruhe gelassen werden, was jedoch unglücklicherweise nicht sofort geschah.

»Er muß einen Grund gehabt haben«, sagte die Kreatur schließlich, womit er zu einem wohl kaum überraschenden Schluß kam. »Raf ist ein guter Mann, und er tut so etwas niemals ohne einen Grund. Wenn wir das Lager erreichen, werde ich ihn fragen.«

Diesmal war das folgende Schweigen erwartungsvoll, als rechne er damit, daß ich etwas einwenden würde, aber ich konnte einfach nicht die passenden Worte finden. Raf war ein guter Mann, und er hätte mir niemals ohne Grund weh getan; Fall abgeschlossen, Erklärung gefunden, keine Einwände oder Entschuldigungen akzeptiert. Ich legte die Arme fest um mich, saß einfach da und starrte auf den grauen Felsboden.

Der Sturm draußen wütete unvermindert, und ich entdeckte, daß es möglich ist, nackt auf einem harten Steinboden einzuschlafen. Ich erwachte, weil mir eine Hand auf die Schulter gelegt wurde, und als ich die Augen öffnete, sah ich das blaue Kleid, das mir hingehalten wurde.

»Das Kleid ist jetzt trocken, und der Sturm ist vorüber«, erklärte er, und die hellen Augen, jetzt im schwächer werdenden Feuer dunkler, beobachteten mich, das Haar darüber sah ebenfalls merkwürdig dunkler aus als vorhin, als es feucht gewesen war. »Es ist Zeit zu gehen.«

Ich nahm das Kleid und stand steif auf, spannte die rechte Hand und mühte mich, wieder etwas Leben in den Arm zu bekommen, auf dem mein Kopf gelegen hatte. Die Kreatur verblieb in der Hocke, aber ich spürte die Art und Weise, wie mich seine Augen berührten, eine Musterung, die ebenso beiläufig wie aufdringlich war. Ich genoß es keineswegs, auf diese Weise angesehen zu werden, und mühte mich, so rasch ich konnte, in das Kleid hinein.

Nun ja, zumindest mußt du dir nicht wegen* ihm *Sorgen machen, sagte die Stimme in mir, während ich darum kämpfte, das Kleid rasch anzuziehen.

Er schaut mich zwar durchdringend an, aber Gatte oder nicht, das ist wahrscheinlich alles, was er tun wird.

Ich wünschte, die anderen würden ähnlich empfinden, erwiderte ich und war erleichtert darüber, wieder von meinem anderen Ich zu hören. **Sie machen mir wirklich angst, aber das wird mich nicht daran hindern, als erstes die-*

*ses Kleid auszuziehen, wenn ich je wieder die Gelegenheit erhalte, in einen Fluß zu springen.**

Die Stimme in mir pflichtete mir mit warmer Billigung bei, und damit war mein innerer Dialog beendet. Die Kreatur hatte sich aus der Hocke aufgerichtet, und es war Zeit für uns zu gehen.

Es wurde allmählich später Nachmittag, als wir aus dem Höhleneingang traten, und die Hitze stieg bereits wieder auf. Der schlammige Boden war mit Laub bedeckt, weich, jedoch nicht gerade angenehm, um darauf zu gehen. Eine kräftige Hand umfaßte meinen Arm, als ich einen Blick auf den angeschwollenen Fluß warf, ehe ich vom Ufer fortgeführt wurde.

Je weiter wir gingen, desto dichter standen die Bäume, und abermals gab es nicht ein einziges Anzeichen menschlicher Behausungen. Ich war an zivilisierte Welten gewöhnt, die dicht bevölkert waren und alle Annehmlichkeiten besaßen, die nur Jahrhunderte harter Arbeit hervorbringen konnten, und hatte nichts dagegen einzuwenden, daß mir das am besten gefiel. Die Siedler von Plateau befanden sich noch immer inmitten dieser harten Aufbauarbeit, und wenn ich es hätte selbst tun müssen, hätte ich nicht gewußt, wo ich hätte anfangen sollen.

Wir gingen schweigend weiter, und der Mann von Unterhalb schaute sich hier und da um, als läse er unsichtbare Wegweiser. Ich hatte nicht erwartet, mich nach dem Nickerchen auf einem derart ungemütlichen Ruhelager besser zu fühlen, aber jetzt war ich durchaus imstande, mit dem Mann Schritt zu halten. Da es noch immer hell war, erwartete ich, unser Ziel erblicken zu können, ehe wir es erreichten, und erneut wurde ich überrascht; der ruhige, schweigende, einsame Wald wurde noch ein wenig dichter, und dann betraten wir eine von Netzen verborgene Lichtung wie jene in der Nacht zuvor. Statt Zelten standen hier verschieden große Holz- und Riedhäuser und kleinere Hütten; Männer, Frauen und Kinder liefen umher, und im Gegensatz zum letzten Lager schien diese Siedlung auf Dauer errichtet zu sein. Auf der anderen Seite schien es sogar Läden zu geben, aber es wurde mir nicht gestattet, einen zweiten Blick darauf zu werfen. Die Hand auf meinem Arm dirigierte mich auf eine Hütte zu, die abseits von den anderen stand, und dann gingen wir hinein.

»Helni, bist du da?« rief der Mann von Unterhalb. Ein grober Vorhang war mitten durch den kleinen Raum gespannt. Die Hütte aus Ried hatte einen hölzernen Fußboden, und in dem Teil, wo wir standen, fiel nichts weiter ins Auge als zwei unverglaste Fenster ohne Vorhänge, drei kleine Wandlampen, die ein eher grünliches als weißes Licht ausstrahlten, und eine dunkelgrüne Matte, die peinlich sauber aussah. Die Matte lag zu unserer Rechten unter einem der Fenster, und bei ihrer Betrachtung hätte ich fast das Erscheinen der Frau verpaßt, die hinter dem Vorhang hervorkam. Sie schien nicht älter als vierzig zu sein, trotz der grauen Strähnen in ihrem langen, hellbraunen Haar, und ihr abgetragenes, knöchellanges grünes Kleid war ebenso hübsch und einfach wie der Raum, in dem wir standen. Sie lächelte herzlich, als sie den Mann von Unterhalb sah, und trat vor den Vorhang.

»Gareth, ich bin so froh«, sagte sie und nahm die Hand, die er ausstreckte, in ihre beiden Hände. »Die anderen sind vor etwa zwei Stunden eingetroffen. Sie haben zwei Drangs mitgebracht und haben alle mit ihrem Kummer angesteckt. Sie haben einen Suchtrupp zum Fluß geschickt, also solltest du sie wissen lassen, daß es dir gutgeht.«

»Ich habe Bomar draußen gesehen, ich werde ihn mit einer Nachricht schicken«, stimmte die Kreatur zu, und die Wärme seiner Stimme erwiderte das Lächeln der Frau. »Während ich weg bin, möchte ich, daß du dir das Mädchen anschaust und dich um ihre Verletzungen kümmerst. Wir haben den Sturm in der Schutzhöhle abgewartet, und der scharfkantige Fels hat ihrer Haut ein wenig zugesetzt. Ich bin gleich zurück.«

Sein Weggang bedeutete, daß mein Arm endlich frei war, aber ich war lediglich auf einer körperlichen Ebene befreit. Die dunklen Augen der Frau lagen auf mir, und ich hatte noch niemals einen derart durchdringenden Blick gesehen.

»Er hat dir weh getan, und er bedauert es, aber er würde das niemals einem von Oben gegenüber zugeben«, sagte sie im Plauderton, ohne daß ihr Blick flackerte. »Über die Jahre hinweg habe ich die Wunden deines Gatten oftmals behandelt, aber seine inneren Verwundungen sind die schlimmsten. Er ist sehr schwer von den Herrschern dieser Welt gedemütigt worden, und jenseits eines gewissen Punktes ist Vergeben für erlittenen Schmerz unmöglich. Gareth hat jenen Punkt überschritten, als er zehn Jahre alt war.«

Sie dachte offensichtlich, sie würde mir etwas Bedeutsames mitteilen, aber ich konnte nicht ganz erfassen, was sie mir damit sagen wollte. Sehr früh im Leben hatte ich gelernt, daß es reine Zeitverschwendung ist, wütend auf die Mächtigen zu sein; man kann das halbe Leben damit verbringen, sich auf eine Auseinandersetzung mit ihnen vorzubereiten, nur um dann im kritischen Moment herauszufinden, daß sie sich nicht einmal daran erinnern, wer man ist. Oder, wie in meinem Fall, daß sie sich entsinnen, daß es ihnen jedoch völlig gleichgültig ist.

»Du betrachtest ihn nicht als deinen Gatten«, überlegte sie gerade so, als hätte ich ihr widersprochen. »Du siehst keinen von uns so, wie es die anderen von Oben tun, aber du weigerst dich, den Gedanken in Betracht zu ziehen, mit Gareth verheiratet zu sein. Laß mich aber erst einmal sehen, was wir tun können, um dem Mißfallen, das der Fels dir entgegengebracht hat, etwas entgegenzusetzen. Setz dich dort drüben hin!«

Sie zeigte auf die saubere grüne Matte, ehe sie sich abwandte, wobei sie vielleicht dachte, sie hätte mich mit ihrem Hexengehabe beeindruckt. Unsere Kindermädchen hatten uns immerzu Geschichten von Frauen von Unterhalb erzählt, die *Den Blick* hätten, in Großbuchstaben und unterstrichen, aber die Erwachsenen hatten gelegentlich dieses Gerede erwähnt und dabei stets gelacht. Die angebliche Hexerei war eine Zielscheibe des Spotts unter den Prinzen, stets gut für echte Belustigung, und allmählich empfanden wir Kinder ebenso.

Da ich noch immer nichts zu sagen hatte, ging ich zu der Matte, setzte mich darauf und beobachtete dann die Frau, die mit einem sauberen Baumwolltuch und zwei zugedeckten hölzernen Schüsseln zu mir kam. In einer der Schüsseln war lediglich Wasser, und mit dem eingetunkten Tuch wischte sie mir das eingetrocknete Blut von den Schrammen, über welche die Kreatur so besorgt zu sein schien. Männer von Oben hatten nichts für die Vorstellung übrig, daß ihre kostbaren Besitztümer beschädigt wurden, und in dem unterschied sich der Mann von Unterhalb in nichts von seinen gehaßten Feinden. In der zweiten Schüssel befand sich eine hellbraune Paste, und die Frau war fast damit fertig, sie auf die zerkratzte Haut zu streichen, als mein Fänger zurückkehrte.

»Wie geht es ihr?« fragte er, während er eintrat, und seine hellen Augen gingen zu meinen bloßen Beinen. »Sieht für mich nicht sonderlich ernst aus, aber ich wollte, daß du dich um sie kümmerst.«

»Du hast recht, es ist nichts Ernstes«, antwortete die Frau und bedeckte sorgfältig die Schüssel mit der braunen Paste. »Nun, es besteht noch nicht einmal die Gefahr einer Infektion, aber das betrachte ich als völlig zweitrangig. Es ist töricht, sich deswegen über jemanden Gedanken zu machen, der so schlecht genährt ist wie dieses Mädchen. Hast du dafür dein Leben riskiert?

Eine Frau von Oben zu bekommen, die du verletzen und mißbrauchen kannst und die dann vor deinen Augen langsam stirbt?«

»Nein!« protestierte die Kreatur. Er spürte offensichtlich die scharfe Mißbilligung in der Stimme der Frau. Aus dem Augenwinkel bemerkte ich, daß sie zu ihm aufsah. Der Mann, den sie anstarrte, war bestürzt, jedoch gleichfalls verwirrt.

»Helni, ich verstehe das nicht«, fuhr er mit verstörter Stimme fort. »Ich habe ihr überhaupt nichts Schlimmes angetan, und ich habe ihr ganz gewiß nicht die Nahrung verweigert. Ich habe sie selbst gestern auf dem Weg gefüttert, und Seera hat ihr heute morgen das Frühstück gebracht. Davor war sie oben auf dem Thron und muß sich so ernährt haben, wie es dort üblich ist. Hat sie dir gesagt, ich hätte sie verletzt und hungern lassen?«

»Gareth, sie hat kein einziges Wort mit mir gesprochen«, seufzte die Frau, sammelte ihre Sachen zusammen und stand langsam auf. »Ich bin mir nicht ganz sicher, aber ich glaube kaum, daß sie mit irgend jemandem von uns sehr viel gesprochen hat, und das ist nicht natürlich. Sie sollte jedem in Sichtweite zuschreien, wie schrecklich sie behandelt worden ist, oder vor Entsetzen hysterisch kreischen. Es wäre möglich, daß sie sich zurückhält, aber das tut sie in Wirklichkeit ebensowenig. Sie wahrt eine merkwürdige Distanz, und es macht mich besorgt, daß sie sich keine Mühe gibt, irgendwelchen Protest über ihre Behandlung anzumelden. Was du ihr gestern gegeben hast, war die erste und einzige Mahlzeit dieses Tages für sie gewesen, und was Seera ihr heute morgen gebracht hat, ist unberührt geblieben. Soviel kann ich sehen, klar und deutlich und ohne jede Möglichkeit eines Irrtums. Wenn du nicht dafür sorgst, daß man ihr angemessen zu essen gibt, wird sie es einfach sein lassen – bis sie stirbt.«

»Vielleicht ißt sie nicht, weil sie Angst vor mir hat«, sagte der Mann, und aus irgendeinem Grund hörte er sich unzufrieden an. »Zunächst habe ich angenommen, sie würde mich als jemand übersehen, der zu tief steht, um ihn zur Kenntnis zu nehmen, aber ich habe entdeckt, daß sie sich wirklich vor mir fürchtet. Und du hast recht damit, daß sie kaum ein Wort sagt, noch nicht einmal, wenn sie verletzt wird. Sie ist eine von Oben, und ich schätze, es macht keinen Unterschied, aber ich möchte sie nicht verlieren, ehe ich mein Ziel erreicht habe. Was soll ich also tun?«

»Laß sie sich eingewöhnen und sorge dafür, daß sie etwas ißt«, entschied Helni mit einem weiteren Seufzer. »Ich weiß nicht, wie ich es bei jemandem mit einem vollständigen Talent hinbekommen soll, aber morgen werde ich vorbeikommen und versuchen, durch sie hindurchzugreifen. Sie hat nicht eher alles verwischt, bis sie verstanden hat, was ich tat; wenn ich sie also davon überzeugen kann, mir zu vertrauen, mag ich imstande sein zu helfen.«

»Der morgige Tag gehört ganz dir«, versprach die Kreatur und trat vor, beugte sich zu mir nieder, faßte mich wieder beim Arm und zog mich dann auf die Füße. »Ich habe die Absicht, am darauffolgenden Tag mit ihrer Ausbildung anzufangen, und ich weiß nicht, wieviel Zeit für etwas anderes bleiben wird. Den morgigen Tag werde ich mit Strall verbringen und die Besonderheiten dessen lernen, was ich zu tun habe.«

»Eine Arbeit als Lehrer, für die Strall sein Leben geben würde«, kicherte die Frau und schüttelte nachsichtig den Kopf. »Ich glaube, er hat sich die größten Sorgen gemacht, während er auf deine Rückkehr gewartet hat. Wenn er nicht in die Planung für den Tag der Krankheit verstrickt gewesen wäre, als die anderen eingetroffen sind, wäre er in dieser Minute womöglich draußen auf der Suche.«

»Trotz der Tatsache, daß er unter keinen Umständen dort draußen etwas zu schaffen hätte«, stimmte der Mann zu und teilte die Erheiterung der Frau. »Sobald ich dafür gesorgt habe, daß man sich um *sie* kümmert, werde ich nach ihm sehen.«

»Eine ausgezeichnete Idee«, sagte die Frau mit einem anerkennenden Nicken und ging daraufhin mit uns zur Tür der Hütte. Ihr Blick lag auf mir, als ich hinausgebracht wurde, und in ihren Augen lag noch immer eine tiefe Besorgnis, die mit ziemlicher Sicherheit auf die Tatsache gerichtet war, daß mich niemand verlieren wollte, bis ich das vollbracht hatte, was auch immer sie im Sinn hatten. Es war angenehm, derart beliebt zu sein – ganz zu schweigen von meinem gesteigerten Selbstwertgefühl.

Das Gebäude, zu dem ich geführt wurde, schien sehr vertraut, und als sich die Tür vor mir öffnete, fand ich sogleich den Grund heraus. Obwohl es nicht in der Mitte des Lagers stand und die Tür mit einer hölzernen Haspel und nicht mit Lederriemen gesichert wurde, war mein neues Gefängnis genau das gleiche wie dasjenige im ersten Lager. Ich wurde durch die Tür gestoßen, die Tür wurde hinter mir verschlossen und gesichert, und man überließ es mir, mich auf mich selbst gestellt ›einzugewöhnen‹. Ich blickte mich in dem leeren Raum mit dem schmutzigen Boden um, ging daraufhin zu der Matte und setzte mich.

Ich hatte nicht bemerkt, wie sich die Dämmerung herabgesenkt hatte, bis die Leute damit anfingen, Fackeln im Lager aufzustellen und stehenblieben, um mit jenen, an denen sie vorüberkamen, zu plaudern. Ich belauschte ein paar der freundschaftlichen Gespräche durch die Balken meines Gefängnisses. Es war mir ein Rätsel, wie Leute so aufgeschlossen sein und soviel von sich selbst mit irgend jemandem, der vorbeikam, teilen konnten. Es war mir stets schwergefallen, mich mit jemandem zu verbünden, außer in einer Geschäftsbeziehung, was sehr gut zu mir zu passen schien. Ich brauchte keine Freunde und hatte nicht im geringsten etwas dagegen, daß mich niemand mochte.

Dies brachte mich dazu, über Helni und den Besuch nachzudenken, den sie mir am nächsten Tag abstatten wollte. Ich rutschte auf der Matte umher, um eine bequemere Stellung für meine linke Schulter zu finden, und ein höhnischer Gedanke tauchte kurz in mir auf. Sie hatte meinem Fänger erklärt, daß sie mein Vertrauen erwerben wolle, als wäre ich nicht dagewesen oder taub, und ihr war nicht aufgegangen, wie sehr sie ihre Zeit vergeudete. Über die Jahre hinweg hatte ich gelernt, niemandem zu vertrauen, und mein Vater hatte jene Erkenntnis auf die vollständigste Weise bestätigt, die möglich war.

Warum sollte ich ihr vertrauen? Sollte ich glauben, ich befände mich am bestmöglichen Ort unter den erfreulichsten Umständen? Daß jedermann tief besorgt um mein Wohlergehen war und mir nur alles Gute wünschte? Daß mein Gatte ein Prachtkerl von einem Mann war, ein wahrer Prinz, der mich innig liebte? Es war möglich, daß sie dachte, sie könne meine Neugier erwecken für das Vorhaben, für das sie mich anscheinend benötigten, aber selbst da irrte sie sich. Mich kümmerten ihre Pläne nicht, und es war mir vollkommen gleichgültig, worin sie bestanden. Das einzige, was mich beschäftigte, war, wie ich diesen schrecklichen Ort und jenen Planeten verlassen könnte, um dann einen Platz zum Verstecken zu finden. Ich war ein leichtgläubiger Narr, und ich würde mich für immer deswegen hassen.

Wenige Minuten später zogen Stimmen an meiner Tür meine Aufmerksamkeit auf sich, und ich wandte den Kopf und sah, daß sich dort vier Männer befanden. Einer von ihnen war mein Fänger, der jetzt um ein beträchtliches weniger glücklich aussah. Ich konnte seinen Gesichtsausdruck deutlich erkennen, weil der Mann rechts von ihm eine Fackel hielt, ein hochgewachsener, schlanker Mann mit gleichmäßigen Zügen, der aufgeregt durch die Balken hindurch zu mir hereinspähte.

Derjenige, der Raf genannt wurde, stand genau hinter ihm. Jene drei warteten, während der vierte, ein Jugendlicher, der etwas trug, die Haspel öffnete und eintrat, um seine Last vor meiner Matte abzusetzen. Nachdem er verschwunden war, kamen sie herein. Der Junge hatte eine Schüssel mit Essen hingestellt, aber sie beachteten sie ebensowenig, wie ich es tat.

»Gareth, alter Junge, du hast's wirklich geschafft«, schwärmte der Neuankömmling und trat mit seiner Fackel vor, um auf mich herabzustarren. »Die ganze Zeit über hatte ich befürchtet, sie hätten dir eine Doppelgängerin angedreht, aber schon beim ersten Blick wird deutlich, daß sie völlig authentisch ist. Ich kann daher nicht verstehen, warum du vor der Notwendigkeit zurückschreckst. Jeder andere Mann an deiner Stelle würde sich glücklich schätzen.«

»Es ist eine Sache des persönlichen Geschmacks«, kommentierte der zweite Mann, als er sich dem ersten zugesellte, um auf mich herabzustarren. »Bist du absolut sicher, daß es notwendig ist? Wir haben uns der Hochzeitszeremonie unterzogen, und sie hatten nichts davon gesagt ...«

»Natürlich haben sie es nicht erwähnt«, unterbrach ihn der erste Mann verächtlich. »Es gibt nur eine Phase in ihrem Leben, in der sie sich selbst verleugnen, und dann auch nur auf begrenzte Weise für eine begrenzte Zeit. Es wäre so, als würde ein Fisch dem anderen sagen, er solle nicht zu schwimmen vergessen. Wenn es nötig ist, dir die Notwendigkeit zu beweisen, werde ich das für dich tun. Sie soll deine Gattin von Oben sein, aber sie sieht noch nicht einmal in unsere Richtung. Du könntest ihr vorschlagen, jene Schüssel mit Essen aufzuheben, die sie anscheinend nicht haben will, und zu essen anfangen? Und denke dran, ich habe gesagt *›vorschlagen‹*.«

»Also gut«, stimmte die Kreatur kleinlaut zu. Dann veränderte sich seine Stimme ein wenig. »Es ist viel zu lange her, daß du etwas gegessen hast, Mädchen. Warum ißt du nicht?«

Ich starrte in die wachsende Dunkelheit außerhalb meines Gefängnisses, verstand nichts von dem, was sie gerade besprachen, und es kümmerte mich noch weniger. Es stimmte, ich hatte in letzter Zeit wenig gegessen, aber ich hatte keinerlei Appetit auf irgend etwas, das sie mir anbieten konnten. Zu diesem Zeitpunkt war mir alles egal.

»Jetzt gib ihr einen direkten Befehl!« sagte der Mann mit der Fackel, und er hörte sich sehr erfreut an.

»Ich habe dir gesagt, du sollst essen«, knurrte die Kreatur verärgert. »Tu's jetzt!«

Ich hatte nicht die Absicht, irgend etwas in dieser Hinsicht zu tun, aber plötzlich ertappte ich mich dabei, wie ich nach der Schüssel griff und sie näher schob. Völlig benommen nahm ich den hölzernen Löffel, um den dicken, warmen Fleischeintopf in mich hineinzuschaufeln, während meine linke Hand den Kanten hellen Brots herausfischte, den man in die Schüssel gelegt hatte, und ich hörte kaum, wie der erste Mann kicherte.

»Siehst du?« meinte er, wobei er sich an die Kreatur wandte. »Das ist der Grundstein, der während der Hochzeitszeremonie gelegt worden ist. Sobald der Stromkreis geschlossen ist, wirst du dieselbe Resonanz erhalten, selbst wenn du keinen solchen Vorschlag machst. Das wird während des Wettkampfs lebensnotwendig für dich sein, aber falls du glaubst, du könntest auch so gewinnen …«

»Also gut, Strall, du hast dein Ziel erreicht«, fauchte die Kreatur zornig. »Wenn ich haben will, was sie haben, werde ich tun, was sie tun! Selbst wenn ich mich bis auf den Grund meiner Seele beschmutzt fühle! Ich werde mich nur darauf besinnen, wie viele Leben auf dem Spiel stehen, und meine Augen vor allem anderen verschließen.«

»Gareth, Mann, nimm es nicht so schwer«, drängte

Raf, während er vortrat und dem anderen Mann eine Hand auf die Schulter legte. »Du *tust* es für uns alle. Üblicherweise fügen sie uns weit Schlimmeres zu, und sie tun es, weil sie es tun wollen. Laß uns eine Weile in dein Haus gehen, vielleicht können wir dich in die richtige Stimmung versetzen.«

»Das ist eine gute Idee«, sagte der erste Mann, und seine Stimme klang zuversichtlich, als er den anderen hinausfolgte. »Ihr beide geht voraus und vergnügt euch, und ich werde alles für die nächsten Tage vorbereiten. Es wird alles nach Wunsch verlaufen, und sobald wir es haben, wirst du sehen, wie gut es zu den grundlegenden …«

Seine Stimme erstarb, als sie weitergingen und sich dann trennten. Die beiden Männer betraten das nächstgelegene Haus, der dritte mit der Fackel ging woanders hin. Ich saß im Dämmerlicht und beendete das Mahl, das sie mir gegeben hatten, und ich konnte die Schüssel erst beiseitelegen, als sie leer war. Ich stand noch immer unter Schock, aber dennoch versuchte ich, darüber nachzudenken, was geschehen war. Ich verdrängte alle negativen Gedanken aus meinem verängstigten Bewußtsein und nahm die abgenutzte Decke, die man mir gegeben hatte, legte mich nieder und zog sie mir über den Kopf.

Es schien unglaublich, aber irgendwie gelang es mir, dennoch Schlaf zu finden. Als ich jäh erwachte, lag die Decke nicht mehr länger über dem Kopf, und die von Fackelschein erhellte Düsternis außerhalb meines Gefängnisses war menschenleer. Zunächst wußte ich nicht, was mich geweckt hatte, doch dann bewegte sich links neben meiner Matte ein Schatten.

»Musses tun«, lallte die Stimme des Schattens, und trotz der schweren Zunge wußte ich auf der Stelle, daß es mein Fänger war. »Will's nicht tun, weil's alles ist, woran ich gedacht hab', das ist alles, was ich tun will. Brauch keine Gewalt mehr über mich, sie haben mehr als genug, aber jetzt tu' ich's, und verdammt, wenn ich's nicht schaffe. Ist dennoch nicht gut, die von Oben hassen Abschaum, und du wirst noch nicht mal mit mir reden. Du wirst es tun, wenn ich's will, aber wozu soll das gut sein? Sie haben Sklaven, also muß ich einen haben, wunderschöne Sklavin, weiche Haut wie ein Baby. Jetzt werd ich mal sehn, wie sie sich anfühlt, so wirklich aus der Nähe.«

Mein vom Schlaf benommenes Bewußtsein versuchte vergeblich zu verstehen, was er da sagte. Mein Herz pochte heftig, und dann gab es keine weiteren Worte mehr, die um Verständnis warben. Seine Hand nahte sich der Decke und zog sie von mir weg, und Entsetzen war ein zu blasses Wort, um zu beschreiben, was ich fühlte. Ich sah die Tür zu meinem Gefängnis hinter ihm offenstehen, aber obgleich ich versuchte, auf die Füße zu springen und hinüber zu rennen, ließ er es nicht zu. In einem Augenblick war er über mir, sein großer Körper hielt mich gefangen, seine Hände berührten mich überall, seine Lippen suchten nach den meinen. Sein Atem war ekelerregend, der Gestank nach Alkohol so unerträglich, daß ich würgte, und er küßte mich, wie er mich berührte. Ich wollte kreischen, wie ich zu kämpfen versucht hatte, über meine Lippen kam jedoch nur ein Winseln, ein trauriger, entsetzter, hilfloser Laut, dem der dunkle Schatten über mir keinerlei Beachtung schenkte. Er nestelte an meinem Kleid, während er mich küßte, vor seinen Händen gab es kein Entkommen, und dann fing er an, das Kleid nach oben zu ziehen, sein keuchender Atem wurde noch schwerer. Ein Wimmern stieg mir in der Kehle hoch, als ich schließlich zugeben mußte, daß ich wußte, was er mir antun würde, aber auch dem schenkte er keinerlei Beachtung.

Er wechselte lediglich die Position und fing an, mir weh zu tun! Mir weh zu tun! Mir weh zu tun! …

Kapitel 5

Vor geraumer Zeit war die Sonne aufgegangen, genauer gesagt, als ich es nicht wahrgenommen hatte, obgleich ich es gesehen hatte. Menschen gingen im Lager umher, und gelegentlich ertönte ein Gelächter, das bei mir jedoch lediglich als Geräusch ankam. Ich saß in meinem Gefängnis auf der Matte, hatte den Kopf gegen die Riedwand gelehnt und die abgenutzte Decke fest um mich gezogen. Mein Bewußtsein war mit einem undurchdringlichen Nebel erfüllt, dicht und grau, und Gedanken konnten sich darin einfach nicht bilden. Es war seltsam, machte mir jedoch nichts aus, weder der Nebel noch das Fehlen jeglicher Gedanken; ich saß einfach da und dachte an überhaupt nichts.

»Guten Morgen, Eure Hoheit«, tönte eine muntere Stimme. »Ihr habt vergangene Nacht sicher gut geschlafen, in Eurer letzten Nacht in Gefangenschaft. Ich habe entschieden, daß es das beste wäre, wenn Ihr heute nacht in eine angemessenere Umgebung gebracht werdet, um es so auszudrücken. Das würde Euch gefallen, nicht wahr?«

Mir kam der Gedanke, daß diese Stimme zu dem Mann namens Strall gehörte, und auch, daß er in meinem Gefängnis stand. Seine Worte nahm ich durch den Nebel nicht auf, aber das war unwichtig. Nichts war wichtig, nichts und niemand.

»Wir haben Euch ein Frühstück gebracht, Prinzessin«, fuhr die beschwingte Stimme fort, und die Worte waberten zusammenhanglos in dem Nebel. »Ihr habt ein wenig mager und bleich ausgesehen, aber darum werden wir uns kümmern. Ihr müßt stark sein für das, was vor Euch liegt, wir möchten nicht, daß Ihr …«

Der Mann hielt inne und verfiel in Schweigen, das

mir weitaus besser gefiel, dann aber lagen Hände auf mir und drehten mich mit dem Rücken zur Wand statt mit der Schulter. Vor mir war ein Gesicht, aber es war kein glückliches Gesicht. Ich blickte es nicht wirklich an, sah es nur rein zufällig, und das zählte nicht mehr als alles andere auch.

»Seid Ihr in Ordnung?« fragte das Gesicht langsam, und das Stirnrunzeln darauf war bedeutungsvoller als die Frage. »Warum starrt Ihr so vor Euch hin? Verdammt noch mal, ich glaube, sie hört mich nicht einmal! Was, zum Teufel, ist geschehen? Bo, geh und hole Gareth, weck ihn auf, wenn's sein muß, aber bring ihn augenblicklich her!«

»Er kommt bereits, Mister Strall«, sagte eine jüngere Stimme. »Er sieht aus, wie sich alle am Tag der Krankheit fühlen, aber er kommt. Raf ist bei ihm.«

»Gareth, was ist geschehen?« wollte das Gesicht wissen. »Keines meiner Worte dringt zu ihr vor, und ich glaube, seitdem ich hergekommen bin, hat sie nicht einmal geblinzelt. Könnte jemand gekommen sein, nachdem du gegangen bist?«

»Gib ihr ein paar Klapse und frage sie dann«, sagte die zweite der beiden neu hinzugekommenen Gestalten, nachdem sie beide hinter dem Gesicht stehengeblieben waren, und die schleppend gesprochenen Worte klangen unbesorgt. »Denen von Oben muß man es auf die harte Tour beibringen, so wie wir es lernen. Sie ist einfach noch zu sehr in Gedanken bei der vergangenen Nacht, um sich die Mühe zu geben, dir zu antworten. Das Beste, was sie je gehabt hat, möchte ich wetten, und sie hat vielleicht gewinselt und gestoßen wie …«

Ein lautes Klatschen ertönte, als hätte jemand einen Schlag mit dem Handrücken erhalten, und die Gestalt, die gesprochen hatte, knallte hart gegen die Wand neben der Tür. Ich versuchte beständig, mir einzureden, daß ich nicht verstand, was sie sagten, daß ich nicht wüßte, was vor sich ging, aber mir wurde wieder sehr kalt, trotz der Decke um mich, und ich atmete allmählich schwerer.

»Das beste, was sie je gehabt hat«, knurrte eine andere Stimme, die ich nicht wiedererkennen wollte. »Ich hab dir gesagt, ich würde sturzbetrunken werden, Raf, aber du hast mir immer wieder nachgeschenkt, hast mir gesagt, sie verdient es nicht besser. Und ich habe auf dich gehört. Verdammt, ich bin ein größerer Schwachkopf als du, weil ich auf dich gehört habe.«

»Nimm's nicht so schwer, Gareth, und sag mir einfach, was passiert ist«, meinte das Gesicht vor mir. »Willst du damit sagen, daß du betrunken gewesen bist, und dich nicht daran erinnerst, was du ihr angetan hast? Aber hätte es denn so schlimm sein können? Du hast kein Messer dabei gehabt, oder? Daran wäre sie nicht gewöhnt gewesen ...«

»Verdammt, Stall, sie ist überhaupt nichts gewöhnt!« brach es aus dem anderen Mann hervor, und eine seltsame, schneidende Rauheit lag in seiner Stimme. »Ich erinnere mich sehr wohl, was ich ihr angetan habe. Vergangene Nacht war ich zu betrunken, so daß es mir nichts ausgemacht hat, aber ich habe nicht aufgehört, darüber nachzudenken. Strall, ich habe sie vergewaltigt, und sie ist ... war ... *war*, verdammt ...!«

»Das ist unmöglich«, sagte das Gesicht vor mir, und es klang und wirkte wie betäubt, während sich die Gestalt dahinter niederhockte und eine große Hand in Richtung auf mein Gesicht ausstreckte. »Sie kann keine Jungfrau gewesen sein, das ist einfach unmöglich. So lassen sie sie nicht ...«

Die Stimme des Gesichts vor mir verschwand aus meiner Wahrnehmung, während sich diese Hand meinem Gesicht immer weiter näherte, eine Hand, die ich nicht sehen wollte. Aber ich sah sie, und in wenigen Augenblicken würde sie mich berühren; das Atmen fiel mir immer schwerer und schwerer, und ich konnte mich nicht bewegen, nicht einmal kreischen, und ...

»Gareth, sag ihr, sie soll damit aufhören!« fauchte das Gesicht vor mir, und die beiden Hände näherten sich meinen von der Decke umhüllten Armen. »Rasch, ehe sie hysterisch wird!«

»Keine Angst!« sagte diese andere Stimme, an die ich mich nicht erinnern wollte. »Niemand wird dir je wieder weh tun, also brauchst du keine Angst zu haben. Beruhige dich jetzt und glaub mir, daß alles wieder gut werden wird.«

Die Hand zog sich zurück, und alles, was man mir gesagt hatte, war die absolute Wahrheit. Alles *würde* in Ordnung kommen, und zwar sehr, sehr bald. Ich verstand das, und ich war imstande, mich gegen die Wand zurückzulehnen und wieder durchzuatmen.

»Gott, was für eine verfahrene Situation«, sagte das Gesicht vor mir und tätschelte mir die Arme, ehe es sie losließ. »Irgendwie haben sie uns übers Ohr gehauen, aber ich verstehe es noch immer nicht. Sie ist authentisch, darauf wette ich mein Leben, aber sie hätte keine Jungfrau sein dürfen. Vielleicht kann sie uns einige Antworten geben … Gareth, sag ihr, daß sie meine Fragen beantworten und nicht bestürzt sein soll. Und nur für den Fall, daß sie antwortet – wie heißt sie eigentlich?«

»Ich habe nicht die geringste Ahnung«, murmelte die andere Stimme nach einer kurzen Pause, und die Worte klangen undeutlich, als hätte der Mann den Kopf gesenkt. »Bei der Heirat habe ich nicht daran gedacht, und als ich sie vergewaltigt habe, war ich zu betrunken. Das nächste Mal wird es meine erste Frage sein.«

»Du siehst zum Kotzen aus«, meinte das Gesicht und wandte sich wieder ab. »Warum gehst du nicht nach Hause und kurierst deinen Kater? Ich werde dich wissen lassen, wenn ich etwas herausfinde.«

»Ich bleibe«, sagte die andere Stimme entschlossen. »Ich habe stets daran geglaubt, daß man im nachhinein besser dazu imstande ist, eine Sache richtig zu beurteilen. Ich hab's getan, und dieser Kater soll zum Teufel gehen! Mädchen, rede mit Strall und beantworte seine Fragen und laß dich von nichts durcheinanderbringen!«

»Vielleicht ist es besser so«, meinte das Gesicht mit einem Seufzer, und dann richtete es sich wieder auf mich. »Ich bin Kedrick Strall, junge Lady, und Ihr könnt mich Kedrick nennen. Wie lautet Euer Name?«

»Regan«, antwortete ich mit brüchiger Stimme.

»Das ist ein sehr hübscher Name«, sagte das Gesicht und schenkte mir ein Lächeln. »Gareth hat mir gesagt, daß Prinz Davin Euer Vater ist. Stimmt das?« Ich nickte, und er lächelte erneut. »Nun, hättet Ihr dann nicht vor einigen Jahren verheiratet werden sollen, als Eure Brüder und Schwestern und all die anderen geheiratet haben? Oder habt Ihr geheiratet, und Eurem Gatten ist unmittelbar danach etwas zugestoßen?«

»Ich bin nicht verheiratet worden«, sagte ich und schüttelte leicht den Kopf. »Ich konnte nicht verheiratet werden, weil ich nicht hier war.«

»Weil Ihr nicht hier wart …«, wiederholte das Gesicht und warf einen kurzen Blick zur Seite. »Das verstehe ich nicht, Regan. Warum wart Ihr nicht hier?«

»Weil ich vor zwölf Jahren auf eine Schule geschickt wurde«, antwortete ich und verspürte nur den Geist dessen, was ich normalerweise verspürte, wenn ich darüber sprach oder nachdachte. Dann sagte ich ihnen alles: wie es auf der Schule war, wie ich mich auf einen Abschluß gefreut hatte, wodurch die Dinge schlimmer und nicht besser geworden waren, wie es mir dennoch gelungen war, mit meinem Leben zurechtzukommen – und wie der Brief meines Vaters, der mir sagte, daß ich daheim benötigt würde, aus heiterem Himmel gekommen war. »Ich verstehe noch immer nicht, wozu ich benötigt wurde«, schloß ich schließlich, wobei ich mir der vier schweigsamen Gestalten bewußt war, die mir ohne Unterbrechung zugehört hatten. »Ich verstehe nicht, warum ich hier bin und was alle von mir wollen. Ich weiß nur, daß sehr bald alles gut werden wird.«

Daraufhin blickte ich auf und erwartete, daß mich vier Gesichter anstarren würden, aber es war nur eines da. Kedrick Strall hatte den Kopf gesenkt und auf die Hände gestützt, und das Gesicht des Jüngsten der vier war völlig abgewandt; der Mann, an den ich mich nicht erinnern wollte, starrte zwischen den Balken meines Gefängnisses hinaus und hatte mir den breiten Rücken zugewandt, und so verblieb nur das Gesicht von Raf.

Er starrte mich an, und seine dunklen Augen sahen sehr merkwürdig aus.

»Ich hatte eine Schwester«, sagte Raf auf einmal heiser, und die Worte waren so leise, daß man sie fast nicht verstehen konnte. »Einer dieser Prinzen verkündete Sonderurlaub für seine Schlächter und ließ sie ins Depot West gehen, um nach Frauen Ausschau zu halten, mit denen sie feiern konnten. Der Gatte meiner Schwester hatte seine letzte Ernte zum Depot gebracht, und sie hatte ihn begleitet, um ein paar notwendige Dinge einzukaufen und um mit den Arbeitern zu plaudern, ehe sie zur Farm zurückkehrten. Sie war eine der acht Frauen, die die Schlächter mitgenommen haben, und sie haben sich einen Teufel darum geschert, daß sie schwanger war. Am nächsten Tag, als sie die Frauen zurückbrachten, war sie infolge einer Fehlgeburt bewußtlos, die sie nicht einmal bemerkt hatten, und tags darauf war sie tot. Ich hätte niemals gedacht, einer Frau zu begegnen, der man übler mitgespielt hätte als meiner Schwester. Ich dachte, Ihr wärt eine von ihnen und hättet verdient, was wir Euch angetan haben ...«

Raf weinte und unternahm überhaupt nichts dagegen, seine Gefühle zu verbergen. Ich entschied, daß er niemals gelernt hatte, andere seinen Kummer nicht sehen zu lassen, und daß er immer noch traurig über den Verlust seiner Schwester war. Dann war er verschwunden. Die anderen drei sahen ihm nicht hinterher; sobald er jedoch fort war, wandte sich das Gesicht, an das ich mich nicht erinnern wollte, von den Balken ab und blickte zu Kedrick hinüber.

»Ich glaube, ich weiß jetzt besser als er selbst, wie er sich fühlt«, sagte er zu dem noch immer sitzenden Kedrick, und die Worte waren nahezu unhörbar. »Sie wußten, was ihr hier unten zustoßen würde, sie *mußten* es wissen, insbesondere, sobald wir herausgefunden hätten, daß sie für uns nutzlos ist. Aber sie haben sie dennoch hergeschickt, weil *sie* keine Verwendung für sie hatten. Sie sind nicht menschlich, Strall, sie können es nicht sein, und wir haben uns etwas vorgemacht, als wir glaubten, wir könnten sie bei ihrem eigenen Spiel schlagen. All die Pläne, das Risiko und der Schmerz – für nichts und wieder nichts!«

»Du irrst dich, Gareth, und sie irren sich auch«, antwortete Kedrick, der sich jäh aufrichtete. »Ich habe lange genug für sie gearbeitet, um zu lernen, wie unbarmherzig und selbstsüchtig sie sind, aber ich habe ebenfalls bemerkt, daß sie glauben, ihre Ansichten seien die einzig vorhandene Realität. Die Aufzeichnungen kann jedermann einsehen, so wie ich sie gelesen habe, aber die ursprünglichen Regeln wurden vor so langer Zeit aufgestellt, daß sie sich nicht mehr an alle Einzelheiten erinnern. Es ist *unmöglich,* daß eine Frau von Oben kein Talent hat, und daß sie das Gegenteil glauben, ändert nichts daran.«

»Ich verstehe nicht, was du damit sagen willst«, protestierte der andere Mann mit einem Stirnrunzeln. »Wie sie uns selbst gesagt hat, waren ihre Testergebnisse als Zwölfjährige so unzureichend, daß man sie deswegen fortgeschickt hat. Wenn es auch nur den Hauch einer Chance gegeben hätte, daß sie ein Talent besitzt, hätten sie das nicht getan.«

»Das ist der springende Punkt«, gab Kedrick jetzt etwas lebhafter zurück. »Diese Egoisten hätten sie nicht am Leben lassen sollen, damit sie eine Erinnerung an die Unvollkommenheit eines ihrer Mitglieder bleibt.

Aber weswegen wurde sie fortgeschickt? Weswegen wurde sie nicht zum Vergnügen für einen ihrer männlichen Sprößlinge behalten, der fürs Kastrieren vorgesehen war? Nur Familienoberhäuptern ist die Fortpflanzung gestattet. Warum sollten sie sich also darum kümmern, wie untalentiert die Frau eines nicht ausgewählten Prinzen war? Die Wahrheit ist, daß die Aufzeichnungen ihnen nicht gestatten, die Tötung eines ihrer weiblichen Mitglieder auch nur in Betracht zu ziehen, Gareth, aber ihnen ist gleichfalls streng verboten, eine völlig untalentierte Frau in eine ihrer Familien einheiraten zu lassen. Entscheidend ist jedoch die Tatsache, daß keines ihrer weiblichen Mitglieder völlig untalentiert sein *kann,* eine Tatsache, die sie vergessen haben oder falsch interpretieren. Sie sind zu dem Schluß gekommen, daß ein negatives Testergebnis dasselbe sei, wie untalentiert zu sein, und in ihrem Bewußtsein hat das Ergebnis sie dazu gemacht.«

»Aber wozu soll uns das jetzt nutzen?« fragte der andere Mann verwirrt. »Wie kann sie ein Talent benutzen, von dem sie nichts weiß? Und wenn alle ihre weiblichen Mitglieder talentiert sind, warum hat sich dann bei den Tests nichts gezeigt?«

»Ich habe keine Ahnung, was bei den Tests schiefgelaufen ist«, antwortete Kedrick mit einem Schulterzucken. »Für unsere Zwecke zählt das jedoch nicht. Wir müssen ihr dabei helfen, ihr Talent zu finden, und dann wird sie imstande sein, es zu gebrauchen. Danach würde ich liebend gern die Gesichter des hohen und mächtigen Großprinzen und dieses grausamen Hurensohns Prinz Davin Edolin sehen, wenn ihnen zum erstenmal aufgeht, daß die arme, nutzlose Regan Edolin gar nicht so nutzlos ist ...«

»Was ist los?« fragte der andere Mann, als Kedrick jäh in Schweigen verfiel. »Warum starrst du sie so an?«

»Regan Edolin«, sagte Kedrick und starrte mich noch immer an. »Wie groß stehen die Chancen, daß es zwei von ihnen gibt? Regan, Mädchen, Ihr habt gesagt, Ihr hättet im Fourmin-Cluster mit Euren Geschäften begonnen, nicht wahr? Ja, ich glaube schon. Wird diese Gesellschaft zufällig ›Häßliches-Entlein-GmbH‹ genannt?«

»Okay, sie hat zweimal genickt«, unterbrach ihn der andere Mann ungeduldig. »Hat das etwas zu bedeuten?«

»Ich wünschte nur, du würdest es zu würdigen wissen«, entgegnete Kedrick mit einem seltsamen Lächeln. »Die ›Häßliches-Entlein-GmbH‹ war erst wenige Jahre tätig, da verließ ich das heimatliche Büro und bin als Geheimer hergekommen, aber die GmbH erschütterte bereits die Geschäftswelt. Nach wenigen Drinks waren die meisten ihrer Konkurrenten bereit zu schwören, daß sie Zauberei benutzen würde, aber das war lediglich ehrfürchtiges Gerede. Jemand wie sie ist seit Jahrhunderten nicht mehr in der Geschäftswelt aufgetaucht, und wenn wir dieses Gehirn dazu bekommen, für *uns* zu arbeiten, gibt es nichts mehr, was wir nicht …«

»Einen schönen guten Morgen allerseits«, sagte eine warme weibliche Stimme. »Unterbreche ich gerade eine wichtige Sitzung? Gareth, ich habe gedacht, du wolltest mit Strall trainieren?«

»Helni«, sagte der andere Mann, und diesmal klang er überrascht. »Ich habe vergessen, daß du dich … Sieh mal, das ist jetzt nicht die allerbeste Zeit für deine Anwesenheit. Etwas ist geschehen, und ich glaube nicht, daß sie bereit ist, mit dir zu reden. Strall und ich haben versucht …«

»Was meinst du damit?« unterbrach ihn Helni, und die Wärme war jetzt aus ihrer Stimme verschwunden. »Warum sitzt sie in die Decke eingehüllt da, wenn es bereits warm genug ist, daß einem in gewöhnlicher Kleidung ungemütlich wird? Mein Gott, jetzt kann ich's spüren. Sie steht unter Schock!«

Eine Gestalt kam hinter Kedrick hervor und stellte

sich links neben mich, ging in die Knie und legte mir einen Arm um die Schultern. Dazu mußte sie mich etwas von der Wand wegziehen, gegen die ich lehnte, aber das machte mir nichts aus. Ich wußte, daß alles gut wäre, und mehr zählte nicht.

»Helni, keiner von uns ist stolz auf das, was geschehen ist, aber wir haben die Sache wieder ins Lot gebracht«, sagte Kedrick und blickte auf die Gestalt, die mich umarmte. »Sie wird noch wertvoller für uns sein, als wir gedacht hatten, und ich verspreche dir, es wird nicht mehr geschehen. Du weißt, wir werden deine Hilfe benötigen, also ...«

»Willst du mich dazu überreden, daß ich nicht danach frage, was passiert ist?« fauchte Helni zutiefst verärgert. »Nun, offensichtlich hat sich meine Frage erübrigt, weil ich bereits weiß, wie ihr dieses entsetzliche Geschehen bereinigt habt! Also erwartet ihr, daß sie wertvoll für euch ist, ja? Ohne auch nur zu wissen, was *sie* erwartet?«

»Was meinst du damit?« fragte Kedrick und warf einen kurzen Blick auf den anderen Mann. »Sie ist verängstigt und verwirrt, was nicht sonderlich überraschend ist. Es wird uns einige Mühe kosten, bis sie versteht, daß sie jetzt in Sicherheit ist, aber sie *wird* es verstehen.«

»Oh, Strall, ich wünschte, du könntest sie so spüren, wie ich es tue«, sagte Helni mit einem Seufzer. »Wenn du dazu in der Lage wärst, würdest du sehen, daß Sicherheit ihr nichts mehr bedeutet. Sie ist öfter gedemütigt worden, als ihr euch vorstellen könnt. In *ihren* Augen sieht es so aus, daß Gareth sich betrinken mußte, ehe er sich dazu überwinden konnte, sie zu *vergewaltigen!* Habt ihr irgendeine Vorstellung davon, was das für jemanden bedeutet, der sich zeit seines Lebens unerwünscht gefühlt hat? Es ist die letzte Verwundung, die sie hinnehmen kann. Jetzt spürt sie, daß bald alles gut sein wird, weil sie darauf wartet zu sterben! O ja, ihr habt alles in Ordnung gebracht – fast ebensogut wie die Prinzen und Schlächter alles in Ordnung bringen!«

Der Mann, an den ich mich nicht erinnern wollte, befand sich unvermittelt neben Kedrick, und angesichts des Ausdrucks auf beiden Gesichtern wandte ich mich ab und schloß die Augen. Ich wollte nur noch allein gelassen werden, bis alles gut wäre, aber sie wollten mir den Gefallen einfach nicht tun.

»Verdammt sollen wir sein, wenn wir nicht alles in Ordnung bringen!« knurrte der Mann, an den ich mich nicht erinnern wollte, und seine Stimme war erfüllt von der Weigerung hinzunehmen, was das beste für mich wäre. »Wir müssen noch mal von vorn anfangen, aber *du,* mein Mädchen, mußt jetzt schlafen, bis ich dich aufwecke …«

Helni ging im Raum hin und her, und ihre Bewegungen zeigten deutlich, wie verärgert sie war. Es hätte mir nicht gleichgültiger sein können, ob sie nun verärgert war oder nicht; ich saß einfach da und nippte an dem heißen Getränk, das mir zusammen mit der Mahlzeit gebracht worden war, und ich fragte mich, ob irgendeine Möglichkeit bestünde, je wieder eine anständige Mahlzeit essen zu können.

»Ich verstehe nicht, weshalb du so widerspenstig bist, Mädchen«, sagte die Frau auf einmal, blieb auf der Stelle stehen und wandte sich mir zu. »Die letzten beiden Tage haben wir alles getan, um mit dir zu arbeiten, und jetzt willst du nach Plateau zurückgebracht werden! Ist das deine Art, uns für unsere Bemühungen zu denken?«

»Du vergißt anscheinend, daß ich mich an diese Bemühungen erinnere«, bemerkte ich und nippte an der dicklichen weißen Masse in meinem Becher. »Es wäre klüger von euch gewesen, diese Erinnerungen zu entfernen, statt ihnen lediglich die Schärfe zu nehmen. Wie ich es sehe, schulde ich auf dieser Welt niemandem etwas.«

»Noch nicht einmal uns? Wir haben dir das Leben wiedergeschenkt!« warf Kedrick Strall ein. Er saß nicht weit entfernt auf dem sauberen Riedboden und hielt einen Becher in Händen, und wie die Frau mühte er sich, die Fassung zu bewahren. »Du warst bereit, freiwillig in den Tod zu gehen. Wir haben dich da rausgeholt, und jetzt willst du uns nicht einmal zuhören?«

»Warum sollte ich das tun?« gab ich zurück, ohne den Blick aus seinen dunklen Augen zu meiden. »Wegen eures ausgeklügelten Plans bin ich überlistet worden und auf diese Welt zurückgekehrt, bin zu einer Heirat gezwungen, in die Wildnis entführt und geschlagen worden, man hat mich hungern lassen und vergewaltigt. Jetzt soll ich euch dafür dankbar sein? Wirklich, Mister. Strall, Sie haben während der letzten Stunden versucht, mich soweit zu bringen, daß ich das glaube, aber Sie haben nichts erreicht. Meinen Sie nicht, es sei an der Zeit aufzugeben?«

»Nicht, bevor Ihr Euch anhört, was wir zu sagen haben«, preßte der Mann zwischen den Zähnen hervor und verlor dabei den Kampf um seine Selbstbeherrschung. »Ich sehe jetzt, warum Ihr den geschäftlichen Ruf habt, daß jeder nach Eurer Pfeife tanzen muß. Wir haben einen schwerwiegenden Fehler begangen, aber so etwas geschieht zumeist nur dann, wenn Leute verzweifelt sind. Wenn Ihr uns anhört, werdet Ihr sehen, daß wir keine andere Wahl hatten. Wir haben *Euch* geholfen, als Ihr Hilfe benötigt habt, und jetzt bitten wir Euch, für uns das gleiche zu tun.«

»Wenn Sie meine Hilfe so dringend benötigen, lassen Sie mich frei und bitten *dann* darum«, gab ich zurück und erwiderte seinen Blick noch immer. »Eine Gefangene zu sein, unterstützt meinen Wohltätigkeitsdrang nicht sehr nachhaltig, selbst in den besten Zeiten nicht, als mir dergleichen niemals zugestoßen ist. Sobald ich an meinen Schreibtisch zurückgekehrt bin, werde ich all meine Ressourcen vom ›Häßlichen Entlein‹ auf Ihr Problem lenken, und das ist ein Angebot, das ich gewöhnlich nicht ohne eine immense Gewinnerwartung mache. Nehmen Sie's an, oder lassen Sie's bleiben!«

»Verdammt, wir können es nicht annehmen!« rief der Mann, während er sich aufrichtete, und seine Mundwinkel zuckten vor Ärger. »Selbst wenn wir Euch zum Fuß des Plateaus zurückbringen würden – wie wollt Ihr dann auf die Oberfläche gelangen? Die Schläger von Lifttown sind nicht zur Verschönerung der Landschaft da! Selbst wenn Ihr zur Oberfläche kämt, was dann? Ihr bräuchtet eine Genehmigung, um den Planeten zu verlassen, und nach allem, was sie Euch angetan haben – wie schnell würdet Ihr Eurer Ansicht nach diese Genehmigung erhalten? Könnt Ihr nicht verstehen, daß Ihr nicht *unsere* Gefangene seid, sondern ihre?«

»Solange ich noch immer hier festsitze, verfängt dieses Argument nicht im geringsten«, gab ich kalt zurück, womit ich ihm zeigte, wie sehr mich sein Ärger beeindruckte. »Ihre Aufgabe ist es, mich zum Plateau zurückzubringen, und lassen Sie es meine Sorge sein, wie ich vom Planeten wegkomme. Wenn Sie mit mir ins Geschäft kommen wollen, ist das die einzige Möglichkeit.«

Strall warf angewidert die Hände hoch, wandte sich ab und ließ Helni zurück, die mich auf eine Weise anstarrte und wieder wegsah, wie sie es schon den ganzen Morgen über getan hatte. Die vorangegangenen beiden Tage waren nicht allzu deutlich in meiner Erinnerung, da sie vor allem aus Essen, Schlafen und Begegnungen mit Leuten bestanden, die mir Dinge zumurmelten, an die ich mich nicht mehr erinnern konnte, aber dieser Morgen war anders verlaufen. Ich war im Hinterzimmer eines kleinen Hauses erwacht, eine gemütliche Brise wehte durch die offenen Fenster, ich war einigermaßen sauber und mein Bewußtsein erfüllt von allem, was geschehen war, die jähe Erkenntnis eingeschlossen, daß ich zumindest zeitweise mit Drogen betäubt worden war. Ohne die Verzerrung, die der Schock hervorgerufen hatte, war ich imstande gewesen, das Ganze so hinzunehmen, wie ich eine geschäftliche Katastrophe hingenommen hätte, aber die Erkenntnis war nicht schwergefallen, daß ich niemals ohne die Hilfe meines anderen Ichs mit diesen Leuten zurechtkommen könnte. In den vergangenen Jahren hatte ich gelernt, mich in geschäftlichen Situationen mit jenem anderen Ich eng zu verzahnen, wodurch mir die Entscheidung leichter fiel, wie ich mich diesem wunderbaren Volk gegenüber zu verhalten hätte, das mir eine so große Hilfe gewesen war. Sie hatten das Zusammentreffen mit dem Ich, welches das ›Häßliche Entlein‹ zur Blüte gebracht hatte, nicht sehr genossen, aber ich hatte ihnen nicht die Kontrolle über die Lage zugestanden, so daß sie es hätten ändern können. Sie waren hereinspaziert und bereit gewesen, die Dankbarkeit eines zitternden, armen, mißbrauchten Mädchens entgegenzunehmen, und hatten statt dessen Regan Edolin vorgefunden, die Verhandlungsleiterin der Firma.

»Willst du nichts über dein Talent erfahren?« fragte die Frau auf einmal, und ihre blauen Augen wurden schmal. »Ich kann verstehen, warum du uns nicht helfen willst, aber was hältst du davon, dir selbst zu helfen? Wenn du herausfindest, worin dein Talent besteht, kannst du lernen, es zu deinem Vorteil zu beherrschen.«

»Warum redest du eigentlich mit mir, als wäre ich ein einfältiges Kind?« fragte ich so beiläufig, daß die Frau vor Ärger noch mehr errötete. »Ich habe euch beide sagen hören, daß ich ein Talent haben müsse, aber selbst wenn dem so wäre – was ich nicht eine Minute lang glaube –, würde am Ende nicht ich von dessen Besitz profitieren. Meinst du etwa, ich hätte vergessen, was mir diese unsägliche ›Heiratszeremonie‹ angetan hat? Jegliches Talent, das ich entwickelte, würde Eigentum dieser Kreatur werden, also bemühe dich nicht.«

»Gareth ist keine Kreatur«, stieß die Frau zwischen

den Zähnen hervor, und ihre Augen funkelten. »Er ist ein guter Mann und hilft seinen Leuten, gleich, was es ihn kostet, und ich könnte selbst dann nicht stolzer auf ihn sein, wenn er mein eigener Sohn wäre! Jede unserer Frauen wäre froh, ihn als Gatten zu haben, aber du sitzt einfach da und weigerst dich, selbst die Vorstellung in Betracht zu ziehen ...«

»Helni, hör bitte auf, dich an der Nase herumführen zu lassen!« unterbrach sie Strall. Der Mann stand auf, ging hinüber und legte der wütenden Frau einen Arm um die Schulter. »Dieses unschuldig aussehende Mädchen hat mehr Erfahrung darin, das, was sie will, von den Leuten zu bekommen, als alle von Unterhalb zusammengenommen, und gerade jetzt möchte sie uns so sehr verärgern, daß wir angewidert aufgeben und sie als hoffnungslosen Fall abstempeln. Ich werde dich daran erinnern, daß sie nicht so skrupellos ist, wie sie vorgibt, wenn *du* mich daran erinnerst. Während der vergangenen beiden Tage hatten wir eine schwere Zeit; wollen wir doch versuchen, jetzt daraus Nutzen zu ziehen!«

»Ja, du hast recht, Strall.« Die Frau holte tief Luft, während ihr Blick zu mir zurückkehrte. »Das Wissen um das, was sie hat durchmachen müssen, erleichtert es erheblich, sie zu verstehen, aber dieser giftige Charakter würde besser zu einem fünfzigjährigen Mann passen. Wir müssen etwas unternehmen, um sie loszuwerden.«

»Was willst du loswerden?« fragte unvermittelt eine andere Stimme, was jeden dazu veranlaßte, sich umzudrehen. Als ich sah, wer es war, schloß ich die Hand fester um den Becher, aber ich unternahm keine Anstrengung, wieder wegzuschauen.

»Gareth, du kommst gerade rechtzeitig«, sagte Strall zur Begrüßung, und sein Grinsen paßte zu dem Lächeln der Frau, während der dritte von Unterhalb zu ihnen trat. »Wie ist es gelaufen?«

»Hervorragend«, antwortete der von Unterhalb mit

einem zufriedenen Kichern und griff nach dem Becher, den ihm Strall hinhielt, und leerte ihn in einem einzigen Zug. »Genau wie wir erwartet haben. Sie hatten fast das ganze Feld abgeerntet, und mehr als vier Dutzend Schläger haben das Gebiet überwacht. Sie hatten keine Ahnung, daß wir bereits herausgefunden haben, daß wir hereingelegt worden sind, also rechneten sie nicht mit einem Gegenschlag. Rense hat das Zielgebiet von einem Baum in mehr als einhundert Metern Entfernung mit einem Brandpfeil getroffen, und ich habe nie zuvor ein sich rascher ausbreitendes Feuer oder hübscheren blauen Rauch gesehen. Wir haben uns eilig verabschiedet, ehe der Wind sich drehte, aber als letztes haben wir gesehen, wie diese dämlichen Schläger auf das Feuer *zuliefen.* Hätte keine nettere Bande sein können.«

»Wenn sie es in dieser Konzentration überstanden haben, werden sie süchtig nach dem Leben werden«, sagte Strall mit einem Kopfschütteln. »Der Großprinz muß Schläger geschickt haben, die nichts vom Cresshion verstanden, weil er sichergehen wollte, daß sie keine Proben für den privaten Verkauf abzweigten. Das bedeutet, sie werden keine Chance haben, sich zu schützen. Es überrascht mich nicht, aber ich empfinde nur Ekel.«

»Zu schade, daß wir nichts wegen des bereits abgeernteten Cresshions unternehmen konnten«, meinte der große Mann von Unterhalb und sah sich um, bis er das Tablett entdeckte, worauf der Krug mit der weißen Flüssigkeit stand. »Eine Weile lang wird man in dem Gebiet nicht mehr sicher atmen können, aber wir haben Flieger gehört, noch ehe wir hierher zurückgekehrt sind. Sie werden Arbeiter mit Atemschutzausrüstung einsetzen, um zu bergen, was nicht verbrannt ist, und danach liegt es außerhalb unserer Reichweite.«

»Jetzt wissen sie, daß wir wütend sind, weil wir ausgetrickst worden sind«, sagte Strall gelassen. »Sie haben das halbe Cresshion-Feld verloren, aber sie werden sich ins Fäustchen lachen, weil wir alles verloren haben. Sie glauben, sie müßten sich wegen uns keine Sorgen mehr machen, was uns einen Vorteil verschafft, wenn wir uns tatsächlich in Bewegung setzen.«

»Der Brand dieses Feldes wird uns noch etwas anderes einbringen«, warf Helni ruhig ein, während sie zusah, wie ihr Idealbild eines guten Mannes an dem Getränk nippte, das er sich eingeschenkt hatte. »Selbst auf der abgeernteten Hälfte wird jetzt nichts mehr wachsen, und sie werden die Zerstörung eines erstklassigen Anbaugebiets nicht ungestraft durchgehen lassen. Wann wird eurer Ansicht nach der Tag der Krankheit kommen?«

»Sehr rasch«, meinte Strall, und seine Zufriedenheit war aus ihm entschwunden. »Darum können wir es uns nicht leisten, weitere Zeit zu verschwenden, aber genau das tun wir gerade. Ich glaube, wir werden deine Hilfe benötigen, Gareth. Deine Frau ist nicht daran interessiert, sich unsere Sorgen anzuhören.«

»Warum nicht?« fragte der Große von Unterhalb um ein beträchtliches milder, als ich erwartet hatte, und blickte zu mir herab. »Kümmert es dich nicht, daß Leute dazu gezwungen sind, das Leben in der Hölle zu verbringen, Mädchen?«

»Das tun die meisten Leute sowieso«, bemerkte ich und unternahm keinerlei Anstrengung, diese seltsamen hellen Augen zu meiden. »Wenn du den Held der Unterdrückten dieses Clusters suchst, schaust du in die falsche Richtung. Den größten Teil meines Lebens habe ich damit zugebracht, mich um mich selbst zu kümmern. Warum sollten andere Leute nicht dazu gebracht werden, ein gleiches zu tun?«

»Wenn man es so betrachtet, hast du wohl recht«, räumte er ein und nickte nachdenklich. »Aber wie würde es dir gefallen, wenn wir dich hinaus in die Wälder führten, eine Weile lang im Kreis ritten, damit du den Rückweg ganz bestimmt nicht mehr finden könntest, und dich dann einfach verlassen würden?«

»Hört sich gut an«, stimmte ich sofort zu und stellte meinen Becher beiseite. »Wann brechen wir auf?«

»Sie ist davon überzeugt, den Planeten verlassen zu können, wenn wir sie gehen lassen«, ergänzte Strall, der hinter dem Mann von Unterhalb stand. »Wir halten sie angeblich gefangen, verstehst du, und sie will mit ›Schlägermethoden‹ nicht kooperieren ...«

»Wir sollten sie ein paar Schlägern vorstellen«, antwortete die Kreatur und schnaubte spöttisch, ehe er erneut aus seinem Becher trank. »Das sind die einzigen Methoden, die sie verstehen. Für mich hört sich das so an, als würde sie nicht die ganze Geschichte kennen, und du kannst nicht erwarten, daß sie sich auf unsere Seite stellt, ohne sie zu kennen. Machen wir es uns doch alle gemütlich, und dann kannst du mit der Erzählung anfangen.«

»Wie ich bereits sagte, ich bin nicht interessiert«, beschied ich den Mann von Unterhalb, der sich offenbar auf dem Riedboden niederlassen wollte, wobei ich mich insgeheim fragte, was er durch seine vorgebliche Geduld zu erreichen hoffte. »Weshalb glaubst du, ich würde wegen dir meine Meinung ändern?«

»Schlägermethoden«, belehrte er mich heiter, und diese hellen Augen verliehen seinem häßlichen Gesicht einen Hauch von Belustigung. »Strall ist nicht der Typ, ich jedoch bin's, und ich glaube, du weißt das. Meine Empfehlung wäre, dich zu setzen und zuzuhören.«

Mit diesen Worten setzte er sich einfach auf den Platz, den er einen Augenblick zuvor ausgesucht hatte, und er kreuzte die gestiefelten Beine vor sich, damit er gemütlicher saß. Strall und Helni setzten sich ebenfalls, und, wie sie unwillkürlich meinem Blick auswichen, war fast ebenso merkwürdig wie das, was der große Mann von Unterhalb tat. Er hätte mir befehlen können, ihm zu gehorchen, und ich hätte es tun müssen, und dennoch hatte er es vorgezogen, mir nichts weiter als eine ›Empfehlung‹ zu geben. Ich wußte nicht, worauf sie hinauswollten oder warum sie sich überhaupt die Mühe mit Geschichten oder Erklärungen gaben. Sie hätten meine volle Kooperation ohne irgendwelche Anstrengungen haben können, verschwendeten jedoch statt dessen Zeit mit Überzeugungsarbeit. Drei Augenpaare richteten sich auf mich und sagten mir wortlos, sie wären bereit, also suchte ich mir mein eigenes Stück Riedboden und setzte mich nieder. Ich würde allem zuhören, was sie zu sagen hätten, und würde mir anhören, was sie hinzufügten, wenn ich mich noch immer weigerte, das zu tun, was sie wollten.

»Wie ich Ihnen bereits gesagt habe, ist mein Name Kedrick Strall«, fing der Mann an, sobald ich mich niedergelassen und das lange blaue Kleid über den Beinen glattgestrichen hatte. »Nicht erwähnt habe ich bisher, daß ich kein Einheimischer dieser Welt bin, noch nicht einmal ein Siedler. Vor einigen Jahren ist der Haldyne-Cluster hinreichend kolonisiert gewesen, um ein eigenes Cluster Native Affairs Bureau zu erhalten. Ich wurde vom Graffis-Cluster versetzt und sollte dabei helfen, diese Sektion einzurichten. Damals bin ich zum erstenmal auf Plateau aufmerksam geworden.«

»Sie sind ein Ceenaber?« fragte ich überrascht, und ich entsann mich auf einmal, daß jener Mann von mir und dem ›Häßlichen Entlein‹ etwas gewußt hatte, ohne daß ich es ihm gesagt hätte. »Aber was tun Sie dann auf *dieser* Welt? Hier gibt es keine einheimische Bevölkerung, um die man sich kümmern müßte, also gibt es auch kein Ceenab-Büro.«

»Sie irren sich, wenn Sie meinen, daß es keine einheimische Bevölkerung auf Plateau gäbe«, sagte er mit einem Lächeln und setzte die Ellbogen auf die gekreuzten Beine. »Jeder, der auf dieser Welt geboren wurde, ist ein Einheimischer, und gleiches gilt für jeden, der mit der Absicht hergekommen ist, hier Wurzeln zu schlagen. Die Einheimischen eines Planeten sind diejenigen, die dort leben, und das gilt für Menschen ebenso wie für Exoten. Ich gebe zu, die meisten Leute sind nicht vertraut mit dieser speziellen Interpretation der Jurisdiktion des Büros, was jedoch nicht bedeutet, daß sie nicht existieren würde. Wenn *irgendein* höheres Lebewesen Schwierigkeiten mit den Leuten hat, die seine Welt beherrschen, ist das eine Angelegenheit des Büros.

Über Plateau gab es nicht mehr als ein Geflüster hier und eine Frage da, aber das reichte aus, unsere Neugier zu wecken. Sobald wir mit der Überprüfung angefangen hatten, entdeckten wir, daß *keine* Personen, die ausgezogen sind, den Planeten zu besiedeln, jemals wieder mit Familie oder Freunden in Berührung gekommen sind, aber jene, die auf Plateau Arbeit angenommen haben, wo der Adel lebt, schickten regelmäßig Briefe und Bänder. Danach ist jemandem aufgefallen, wie viele Leibwächter vom Plateau-Adel angeheuert werden, und eine vage Neugier verfestigte sich zum Argwohn. Neue Siedler auf einem rauhen Planeten könnten womöglich zu beschäftigt damit sein, sich ihr Leben aufzubauen, um Zeit fürs Briefeschreiben zu finden, aber das bedeutete auch, sie waren zu beschäftigt, um Schwierigkeiten zu machen. Und dann brachte jemand die Frage nach dem Adel auf.«

Der Mann seufzte und rutschte umher, wobei er mich ansah, als erwartete er von mir, ich könnte die Bedeutung seiner letzten Bemerkung erfassen, aber ich hatte nicht die leiseste Ahnung, worauf er hinauswollte. Der Adel von Plateau war der Adel von Plateau; was sollte daran fragwürdig sein?

»Regan, ist Ihnen nie aufgefallen, daß sich Ihre Familie und die Familien der anderen Häuser von den anderen Menschen im Cluster unterscheiden?« fragte Strall, der offensichtlich erkannt hatte, daß ich ihm nicht folgen konnte. »Alle Männer sind vom gleichen physischen Typus, was ebenso für die Frauen gilt. Beide Geschlechter zeigen nur langsam ihr körperliches Alter, und trotz strikter und fortwährender Inzucht ist die große Mehrheit ihrer Nachkommen gesund. Und die Nachkommen selbst – drei männliche und drei weibliche in jeder Familie, keine Variante, keine nicht ordnungsgemäße Geburt. Haben Sie so etwas im Fourmin-Cluster oder sonstwo gesehen?«

»Ich hatte nie das Gefühl gehabt, das Familienleben anderer Leute ginge mich etwas an«, antwortete ich mit einem Stirnrunzeln, und ich war mir der beiden anderen Augenpaare, die mich beobachteten, deutlich bewußt. »Meine Hausangestellten sind alle ledig, meine Firmenangestellten haben gelernt, ihre persönlichen Angelegenheiten zu Hause zu lassen, und in einem anderen Zusammenhang ist diese Frage niemals aufgetaucht. Ich habe nicht die Angewohnheit, jeden, dem ich begegne, nach seiner Familiengeschichte zu befragen.«

»Mit anderen Worten, Sie haben keine Freunde, weil Sie sich von Ihren Mitmenschen immer abgekapselt haben«, sagte der Ceenaber mit einem Nicken, und die dunklen Augen waren merkwürdig traurig. »Wenn Sie das nicht getan hätten, dann hätten Sie gesehen, wie ungewöhnlich Ihre Familie und der gesamte Adel sind.

Unserem Büro fiel das sofort ins Auge, sogar ohne einige der Einzelheiten, die ich gerade erwähnt habe. Wenn wir herausfinden wollten, was los war, konnte das nicht auf die lange Bank geschoben werden. Wir warteten auf eine passende Gelegenheit, aber die Zeit verstrich, ohne daß etwas Nützliches auftauchte, und wir schmiedeten schon Pläne, jemanden als Leibwächter hinzuschicken – als plötzlich eine freie Stelle für einen Privatsekretär angeboten wurde, nur männlich. Auf den meisten Planeten wäre eine solche Festlegung illegal gewesen, aber wir waren so erfreut, daß wir um diesen Punkt nicht einmal stritten.

Da ich derjenige mit der größten Erfahrung im Feld war, wurde ich für das Bewerbungsgespräch auf Plateau bei Prinz Riccard Niemann ausgewählt. Meine

Haltung war ›zurückhaltend-arrogant‹, und ich sollte durchblicken lassen, daß ich wußte, daß ich es mit jemandem zu tun hatte, der mir übergeordnet war. Meine Beglaubigungsschreiben waren bewußt sehr beeindruckend. Der Prinz sah, daß ich bereits zuvor für den Adel gearbeitet hatte und daß man in höchstem Maße mit mir zufrieden gewesen war; er bemerkte, daß ich Untergebene behandelte, als sei ich selbst von Adel, und stellte mich gleich am nächsten Tag ein. Man sagte mir, ich solle Anweisung geben, man solle meine persönliche Habe, wo immer sie sich befand, packen und versenden, und dann wurde ich in meine neue Tätigkeit eingeführt.

Anfangs tat ich nichts weiter, als meine Arbeit zu erledigen und mich ansonsten nur um meine eigenen Angelegenheiten zu kümmern«, fuhr der Mann fort, sogar während er aufstand, auf den Krug mit dem weißen Getränk zuging und einen Becher suchte und füllte, ehe er zu seinem Platz auf dem Fußboden zurückkehrte. »Gelegentlich schickte ich Briefe an meine ›Familie‹, die lediglich besagten, daß ich mich eingewöhnte, und selbst davon schickte ich nur wenige und in großen Abständen. Ich wußte genau, daß ich streng überwacht wurde, und die einzige Weise, Argwohn zu zerstreuen, besteht darin, langweilig zu sein im Verbund mit ein paar sehr wenigen kleinen illegalen Tätigkeiten. Ich hatte das letzte Wort bei gewissen Anstellungen, Entlassungen, Beförderungen und Verkäufen, und ich war nicht zurückhaltend darin, diskrete Bestechungen oder Schmiergelder anzunehmen. Ich verbündete mich gelegentlich mit anderen Privatsekretären, schloß jedoch keine echten Freundschaften, und ich war sehr vorsichtig darin, niemals irgendwelche Belange meines Arbeitgebers mit jemandem zu besprechen. Ich brauchte fast ein Jahr, aber eines Tages entdeckte ich, daß ich der Überwachung entronnen und akzeptiert war, soweit das ein Außenseiter jemals sein kann.

Da begann natürlich meine richtige Tätigkeit«, fuhr er mit einem Seufzer fort und nippte an seinem Becher. »Bestimmte Gebiete waren mir bislang verboten gewesen, insbesondere durfte ich mich gewissen sorgfältig gehüteten Aufzeichnungen nicht nähern, und diese waren jetzt meine bevorzugten Ziele. Ich entschloß mich, ein wenig nachzuforschen, ehe ich meinen wirklichen Mitarbeitern von meiner neubewilligten Bewegungsfreiheit berichtete, eine Entscheidung, die auf der Tatsache beruhte, daß ich erst vor kurzem einen meiner nichtssagenden Briefe abgeschickt hatte und niemandem Veranlassung geben wollte, daß er sich fragte, warum ich so rasch einen weiteren Brief schickte. Ich erledigte meine Schnüffelei, und langsam trat ein deutliches Bild zutage, eines, das mit den Menschen dieser Welt angefangen hatte.

Ich entdeckte, daß Siedler mit dem Versprechen freien Landes und unbegrenzter Möglichkeiten auf diese Welt gelockt wurden, aber das war alles, was sie erhielten, und auch nicht ganz umsonst. Man sagte ihnen, wo sie sich anzusiedeln hätten, wieviel Land sie bearbeiten müßten und wann sie ihr Getreide einzubringen hätten. Man berechnete ihnen niemals etwas für ihr Land, aber Saatgut und Zuchtvieh waren eine völlig andere Angelegenheit, ebenso wie Kredite, die ihnen den Unterhalt sicherten, bis ihre eigenen Farmen mit der Produktion anfingen. Dieses Startkapital bekamen sie alle als ›Vorschuß‹ und mußten es in Raten zurückbezahlen, doch die Summen waren zu groß für jeden der Siedler, um sie vollständig zu begleichen, gleich, wieviel Geld sie mitgebracht hatten. Wenn sich irgendeiner von ihnen gegen die Auflagen sträubte und verlangte, den Planeten zu verlassen, statteten ihm gewisse Mitglieder der Sicherheitskräfte des Planeten einen Besuch ab, die ihn stets davon überzeugten, seine Meinung wieder zu ändern. Die Siedler waren im Grunde Gefangene, die keine andere Wahl hatten als das zu tun, was man ihnen sagte.«

»Natürlich hatten sie eine Wahl«, widersprach ich, erneut verärgert darüber, wie ein Kind behandelt zu werden. »Selbst ich kann mehr als eine Wahl erkennen. Sie hätten sich zusammenschließen und ignorieren können, was man ihnen sagte, oder sie hätten weiterziehen können, um ein Land zu besiedeln, das nicht so nah am Plateau liegt. Eine ganze Welt ist ein großer Ort, und wenn man sich die Mühe gibt, sich darin zu verlieren, wird man vermutlich nicht leicht gefunden.«

»Das waren genau die ersten Gedanken, die mich überkamen«, sagte Strall mit einem Nicken und einem unbewegten Gesichtsausdruck, und er gab mir den Eindruck, er habe eben auf jenen Einwand gewartet, den ich vorgebracht hatte. »Diese Welt war kaum gefüllt, und Land zur Besitznahme war vorhanden, warum also sind die Siedler nicht einfach gegangen und haben es in einem anderen Gebiet in Besitz genommen? Und da es mehr von ihnen gab als Adlige und Schläger zusammen, warum haben sie nicht entsprechend gehandelt? Siedler in Grenzgebieten neigen dazu, härter zu sein als andere Menschen, also ergab nichts davon einen Sinn, selbst wenn man die Tatsache in Betracht zieht, daß der einzige Hafen auf dem Plateau liegt. Wenn der Adel nur lange genug dazu gezwungen wäre, ohne Exportgüter zu leben, wäre ihm schließlich das Geld ausgegangen und er hätte keine Bedrohung mehr für jene unter ihrem mächtigen Thron dargestellt.

Herauszufinden, warum das nicht geschehen war, dauerte ein wenig länger, und die Spur führte mich bis fast zur ersten Generation des Adels und den Bergleuten zurück, die er zum Planeten gebracht hatte, damit diese den Grundstein zu seinem Vermögen legten. In einer derartigen Aufbruchstimmung geht es den meisten Bergleuten fast ebensogut wie ihren Arbeitgebern, abgesehen von der Tatsache, daß die lebensfeindliche Welt, auf der sie schürfen, nicht ihnen gehört. Die alten Aufzeichnungen, die ich gefunden habe, zeigten, wo die Minen lagen, was aus jeder herausgeholt, an wen das unraffinierte Produkt verkauft und wieviel dafür bezahlt wurde. Der Gewinn wurde hinterher aufgeteilt und auf individuelle Konten transferiert, aber außer ganz zu Anfang der Operation wurde den Bergleuten kein Anteil abgegeben. Und nicht nur das: Gesundheits-, Sicherheits- und Standard-Inspektoren kamen regelmäßig zu den verschiedenen Bergwerken, aber keiner der Arbeiter hatte sich je beklagt!«

»Vielleicht wußten sie nicht, daß sie ausgetrickst wurden«, schlug ich vor und weigerte mich, der offensichtlichen Spur zu folgen, auf der er mich entlangführte. »Die Rechnungsabschlüsse ihrer Banken zu überprüfen, dürfte ihnen nicht leichtgefallen sein, warum also sollten sie sich darum kümmern? Wenn es nach Abschluß der Operationen Unregelmäßigkeiten gegeben hätte, dann hätten sie sich jederzeit beschweren können, sobald sie den Planeten verlassen und es herausgefunden hatten.«

»Aber das ist der springende Punkt«, legte er los, ebenso erfreut von dem Pfad, den ich selbst eingeschlagen hatte. »Sie haben sich niemals beschwert, und, was mehr zählt, sie haben den Planeten niemals verlassen. Nachdem die begrenzten Rodungs-Operationen beendet waren, haben sie um ihren Status als Siedler nachgesucht und ihn erhalten, nicht als Farmer, sondern erneut als Bergleute, und diesmal haben sie noch nicht einmal eine symbolische Bezahlung erhalten. Danach kam eine neue Siedlergeneration, und die Bergleute wurden in den Aufzeichnungen niemals mehr erwähnt.«

»Eine Unterlassung, die Sie offensichtlich verdächtig finden«, bemerkte ich. »Was haben Sie danach getan – sich dazu entschlossen, ihre Nachfahren aufzuspüren und sie zu fragen, was aus ihren Vorvätern geworden ist?«

»Das wäre keine sehr aussichtsreiche Vorgehensweise

gewesen«, widersprach er mir und übersah absichtlich die Absurdität meines Vorschlags. »Ich habe mich entschieden, beim Adel selbst Untersuchungen anzustellen, bei der zehnköpfigen Forschungs-Crew, die diese Welt geortet und für sich in Anspruch genommen hatte. Mit anderen Worten, Ihre allerersten Vorfahren, die vor ihrer Entdeckung nichts Adeliges an sich gehabt hatten.«

Bei seinen Worten überkam mich ein merkwürdiges Gefühl. In meiner frühen Schulzeit wurde niemals eine Zeit erwähnt, da meine Familie und die anderen nicht königlich gewesen waren, aber vernünftigerweise mußte man das erwarten. Wenige jener hohen und mächtigen Adligen gaben etwas darum, sich einer Zeit zu entsinnen, als ihre Vorfahren lediglich Mitglieder der breiten Masse gewesen waren.

»Prinz Riccard besaß einen altehrwürdigen Altar, auf dem ein Buch lag«, fuhr Strall fort, wobei er so tat, als würde er mich nicht genau beobachten. »Das Buch war unter Glas, und niemandem war gestattet, in seine Nähe zu kommen, aber es waren Tradition und mit eiserner Faust durchgesetzte Befehle, welche die Leute fernhielten, keine elektronischen Schutzvorrichtungen. Ich mußte höllisch aufpassen, aber ich war imstande, dieses Buch aus seiner Vitrine herauszubekommen und es nach und nach zu lesen, was sich als sehr aufschlußreich erwies. Es war ein Tagebuch, womöglich von einem Vorfahr Prinz Riccards geschrieben, der erste, der die allgemeinen Aufzeichnungen der Gruppe auf dem neuesten Stand hielt, und er zeichnete jene ersten Tage in allen Einzelheiten auf.

Mein Gedächtnis ist nicht gut genug, um es Ihnen Wort für Wort zu zitieren, aber das ist auch nicht notwendig. Jene zehn Männer, die alles in ein Expeditionsschiff investiert hatten, wählten für ihre Untersuchung jenen Cluster, und im zweiten Jahr fanden sie einen Planeten, den sie Plateau nannten. Sie zeichneten ihre Inbesitznahme nach den entsprechenden Regularien der Erstentdeckung auf. Statt jedoch mit dem üblichen zweiten Schritt fortzufahren, nämlich finanzielle Unterstützung zu beantragen, die ihnen helfen sollte, den Planeten zu kolonialisieren, schienen sie für die Öffentlichkeit zu verschwinden. Heimlich trafen sie sich mit jemandem, den sie offensichtlich schon vor ihrer Expedition gekannt hatten, ein unwichtiger Wissenschaftler in der Forschungsabteilung einer sehr großen Firma. Sie diskutierten mit ihm die Einzelheiten ›des Plans‹, der anscheinend schon einige Zeit zuvor ausgearbeitet worden war, und daraufhin luden sie eine Menge an Ausrüstung auf das Schiff, die sie sich irgendwie angeeignet hatten, und dann verließen sie erneut die Bereiche der Zivilisation.

Diesmal reisten sie jedoch nicht allein. Ihr Tagebuch beschreibt, wie sie elf zuvor ausgewählte Frauen mitnahmen – gewöhnlich durch Entführung, einige wenige durch Versprechungen von Geld und Stellung. Auf dem einstmals geräumigen Expeditionsschiff herrschte ein ziemliches Chaos. Zusätzliche zwölf Menschen belasteten nicht nur die Systeme ihres Schiffs, sondern trieben die Männer fast in den Wahnsinn, bis es ihnen gelang, ihre elf hysterischen Frauen nahezu dauerhaft zu betäuben. Sie flogen direkt zurück zu jenem Planeten, der jetzt als das Eigentum von zehn von ihnen registriert war, machten die gestohlene Ausrüstung betriebsbereit, wozu sie die Energiesysteme des Schiffs benutzten, und dann fing ihr neuestes Mannschaftsmitglied mit den ›Einstellungen‹ an – hauptsächlich bei den elf Frauen, die sie entführt hatten.«

Strall hielt inne und entsann sich, daß er einen Becher hielt und nahm einen tiefen Zug. Die beiden von Unterhalb hatten seine Geschichte sicherlich zuvor schon gehört, aber sie unterbrachen ihn ebensowenig wie ich selbst.

»Der Tagebuchschreiber kannte die Einzelheiten der

Einstellungen nicht, sonst hätte er sie mit Sicherheit beschrieben«, fuhr der Mann fort und starrte dabei in seinen Becher. »Die Frauen waren bewußt um bestimmter, sehr notwendiger Charakterzüge willen ausgewählt worden, und keiner der Männer gab darüber hinaus auch nur irgend etwas um sie, noch nicht einmal, als sie vor Todesangst schrien, nachdem sie die Prozeduren durchgemacht hatten. Der Tagebuchschreiber merkte lediglich an, wie erleichtert die Männer waren, daß sie immer nur an einer Frau die Prozedur durchführen konnten – soll heißen, nur jeweils eine konnte ihren Frieden stören. Der überaus größte Teil jener Prozeduren war *nicht* körperlich, für die Frauen jedoch schienen sie die schlimmsten zu sein. Es gab ebenfalls Prozeduren, denen sich die Männer unterziehen mußten, aber diese waren so unbedeutend, daß sie lediglich eine kurze Anmerkung über ein leichtes Unbehagen wert waren. Danach gab es keinen weiteren Hinweis mehr darauf.

Nach über einem Monat waren alle Einstellungen beendet, und die Frauen standen wieder unter Betäubungsmitteln«, sagte Strall mit einem Seufzer und heftete den Blick auf mein Gesicht. »Sie brauchten zusätzliche Zeit zur ›Genesung‹, doch abgesehen davon war alles wie geplant verlaufen. Man rief eine allgemeine Versammlung ein, damit alle Männer genau wußten, was zu tun und warum der letzte Schritt erforderlich war. Diesmal hatte sich der Tagebuchschreiber Notizen gemacht, um sicherzugehen, daß er nichts ausließ.

Zu Beginn wurden die Männer daran erinnert, warum jene elf Frauen ausgewählt worden waren – man mußte berücksichtigen, daß eine oder zwei von ihnen auch nicht im entferntesten attraktiv waren. Sie hatten Frauen mit bestimmten Qualitäten benötigt, und zehn dieser elf Frauen hatten jene Qualitäten im Übermaß. Die elfte Frau diente einem besonderen Zweck, aber darüber wird später mehr zu sagen sein.

Die Ausrüstung war so entworfen worden, daß man sehr ungewöhnliche Ergebnisse erhielt, die eine Anzahl von Jahren in Reichweite des technischen Machbaren gelegen hatten, jedoch niemals von den zivilisierten Mitgliedern der wissenschaftlichen Gemeinschaft erforscht worden waren. Es war möglich, jemanden mit einer bestimmten Charaktereigenschaft zu nehmen – hohe Überredungskunst, zum Beispiel, oder lebhafte Vorstellungskraft – und diese Eigenschaft in eine Fähigkeit zu verwandeln, die andere wesentlich direkter zu beeinflussen vermochte, als es für gewöhnlich der Fall war. Einmal eingestellt, konnte der Überredungskünstler jeden dazu nötigen, das zu tun, was er ihn tun lassen wollte, ohne daß derjenige es bereuen würde und eine Möglichkeit hätte, die Entscheidung später rückgängig zu machen. Jene mit Einbildungskraft konnten andere glauben machen, sie sähen und spürten, was der Träumer täte, ebenso lebhaft und realistisch wie diese. Die Frauen, die sie ausgewählt hatten, besaßen allesamt solche Charakterzüge – außer der Überredungskunst, da es zu gefährlich wäre, sie unter der Kontrolle eines einzelnen Mitglieds der Gruppe zu halten –, und jetzt waren diese Charakterzüge in Fähigkeiten verwandelt worden.«

»Aber wenn das möglich war, warum haben die Männer das nicht an sich selbst getan?« fragte ich, außerstande, die Frage zurückzuhalten. »Alle zehn konnten als Persönlichkeiten Nieten sein, und selbst der Mangel an Vorstellungskraft kann eine Waffe sein, wenn man die Fähigkeit hat, sie anderen aufzuzwingen. Warum haben sie diese Talente Fremden verliehen?«

»Sie haben die Prozeduren vergessen, denen man sich notwendigerweise unterziehen mußte, um diese Fähigkeiten zu erhalten«, erinnerte mich Strall, ein humorloses Lächeln auf den Lippen. »Diese Männer hätten sich Höllenqualen unterzogen, nur um zweitbeste Talente zu erhalten, nicht, wenn sie genau das haben konnten, was sie wollten, während die Schmerzen jemand anderer auf sich nehmen mußte. Sie hatten auch einen anderen Grund, aber dazu muß ich weiter ausholen.

Da die Frauen die erforderlichen Fähigkeiten hatten, war es für die Männer offenbar notwendig, die Frauen unter Kontrolle zu halten. Ein Apparat war entwickelt worden, der das rasch, leicht und schmerzlos – zumindest für die Männer – tun sollte. Der Apparat würde jede Frau an einen bestimmten Mann binden, und er würde es ihr unmöglich machen, etwas aus eigenem Antrieb zu tun; er würde die Kontrolle über ihr Steuerungszentrum im Gehirn – das, was gewöhnlich der Wille genannt wird – völlig ihm übergeben. Jener besondere Apparat existierte schon seit geraumer Weile in Gestalt eines Beruhigers, der im Strafsystem Anwendung fand, sowie als Persönlichkeitsjustierer, der bei überzeugten Psychopathen eingesetzt wurde, aber ihr Wissenschaftler hatte zwei der therapeutischen Apparate adaptiert, nachdem er sie zu einer einzelnen Einheit verbunden hatte, die ihren Zwecken exakt diente. Er war ebenfalls auf eine Weise modifiziert, die notwendig war, falls er seinen Zweck erfüllen sollte, aber alle Männer hießen jene Veränderung gut. Sie selbst würden ›den Stromkreis‹ im Prozeß der Anbindung ›vervollständigen‹, was ihnen völlige Kontrolle über die Frauen gäbe, die sie ›heirateten‹, sobald die Prozedur vollzogen wäre.«

Es war nicht meine Absicht, daß mein Blick in jenem Moment zu der Kreatur hinüberhuschte. Gareth schenkte mir ein liebenswürdiges Lächeln, und seine hellen Augen sahen mich direkter an als je zuvor. So rasch ich konnte, richtete ich meine Aufmerksamkeit wieder auf Strall und ignorierte den Anflug eines schrecklichen Gefühls, ehe ich mir seiner auch nur richtig bewußt geworden wäre.

»Anschließend machte sich der Wissenschaftler daran, das Gleichgewicht der Modifikationen zu verändern«, fuhr Strall fort, wobei er den Inhalt seines Bechers inspizierte. »Die Frauen waren in die Lage versetzt, ihre Fähigkeiten an die weiblichen Nachkommen weiterzugeben. Diese geschlechtsgebundene Bedingung war wegen des Geschlechts der ursprünglich Veränderten notwendig, aber sie waren gegenüber allen Männern unfruchtbar geworden, die nicht auf die Weise genjustiert waren, wie es bei den zehn geschehen war. Es war für die Frauen ganz und gar unmöglich, nach einer Bindung andere Liebhaber zu akzeptieren als ihre Gatten, aber es war nicht auszuschließen, daß jemand entdecken würde, was geschehen war, und eine oder mehrere Frauen entführen würde, um eine eigene mächtige Dynastie zu gründen. Jeglicher Versuch würde scheitern, und das war alles, was irgendeinem von ihnen Sorgen bereitete.

Dann sagte man ihnen, jeder von ihnen müsse sechs Kinder zeugen, drei männliche und drei weibliche«, fuhr Strall fort und trank schließlich den Becher leer, den er so lange angestarrt hatte. »Die eingesetzte Technik war sehr weit fortgeschritten, und sie würden sicherlich jene Art von Nachkommen erhalten, die sie sowohl benötigten als auch wünschten, aber bei drei Kindern von jedem Geschlecht war die Wahrscheinlichkeit größer, daß eines von ihnen ihren Idealvorstellungen mehr entsprach als die anderen. Schon sehr früh hatten sie entschieden, welche Eigenschaften sie für ihre Kinder wünschten, weil sie sichergehen wollten, daß ihr projektiertes Reich durch eine zweite oder gar dritte Generation Unvermögender nicht herabsank und verlorenging. Von da an würden die Genjustierungen weiterhin Frauen hervorbringen, trotz der unvermeidlichen Veränderung und Streuung der neugeschaffenen Fähigkeiten. Ihre Söhne würden keinerlei Anzeichen der geschlechtsgebundenen Talente zeigen, aber das Potential für jene Talente wäre in ihren Genen und würde daher an ihre Töchter weitergegeben. Es wurde erwartet, daß über die Generationen hinweg die wiedervereinigten Gene als verstärkte Fähigkeiten in den Mädchen auftauchen würden, was sicherstellte, daß die individuellen Talente nicht verlorengingen. Der Test, den sie machen, weist nach, welches der Mädchen die stärksten Talente besitzt.

Sobald die Männer begriffen hatten, warum sie die Frauen heiraten mußten und wie die Zeremonie vor sich ging, wurde ihnen von der elften Frau berichtet. Sie war aus zweierlei Gründen hergebracht worden: einer davon bestand darin, Modell für die anderen zehn zu sein, und das war der Grund, der zuerst besprochen wurde. Die Frau war eine atemberaubende Schönheit mit flammend goldenem Haar, und die Genpaare, die ihr Aussehen und ihre Eigenschaften beschrieben, waren auf die Gene der anderen zehn Frauen kopiert worden. Deswegen wären ihre Nachkommen unverkennbar, da die Haarfarbe in den geschlechtsgebundenen, bereits entwickelten weiblichen Charakterzügen festgelegt war. Auf diese Weise würden die Männer eine ihrer Frauen auf den ersten Blick erkennen und wären deshalb in der Lage, sich über sie genau auf dem laufenden zu halten. Und die Tatsache, daß alle Schönheiten wären, war natürlich nur eine besondere Zugabe.

Der zweite Grund für die Anwesenheit der Frau war folgender: sie sollte eine Belohnung für den Wissenschaftler darstellen, der es den zehn Abenteurern nicht gleichtun und ein Reich errichten oder eine neue Rasse begründen konnte. Der Mann war steril, hatte kein Interesse an Kindern oder einem Reich und wollte für seine Bemühungen nichts weiter, als sein Leben in Luxus zu verbringen, umgeben von Dienern und bewundert von wunderschönen Frauen seiner Wahl. Die zehn Männer betrachteten seine Wünsche als durchaus begründet und entschieden ohne jede Feindseligkeit, daß es einen Platz inmitten des Plateaus geben sollte, der ihre Landsitze beherbergen würde, der ihm gehören sollte, solange er lebte. Ich glaube, die Geschichte erklärt, warum Die Stadt, die in Wirklichkeit ein elfter Bezirk ist, keine eigene Erbfolge hat, ganz zu schweigen von all den anderen Dingen. Vermutlich sehen Sie Ihre Vergangenheit jetzt ein wenig klarer.«

»Wie die Tatsache, daß wir nicht völlig menschlich sind?« fragte ich, ohne irgend etwas bei dieser Enthüllung zu empfinden. »Ich kann nicht sagen, ich hätte das erwartet, ich bin jedoch auch nicht überrascht. Sind Sie jetzt fertig, oder gibt es noch etwas anderes, von dem Sie glauben, ich müßte es unbedingt wissen?«

»Versuchen Sie doch nicht so zu tun, als sähen Sie den springenden Punkt bei der ganzen Sache nicht.« Strall richtete anklagend einen Zeigefinger auf mich. »Wenige Monate nach dieser Versammlung wurden die ersten Bergleute auf den Planeten gebracht, und was ihnen zugestoßen ist, ist jetzt offensichtlich. Sie waren die ersten Opfer der neuen Fähigkeiten der Frauen, aber sie waren verdammt noch mal nicht die letzten. Jeder Mann, jede Frau, jedes Kind auf diesem Planet ist Gefangener jener Fähigkeiten, und *darum* können sie dem Adel nicht vorschreiben, was er tun soll! Wenn sie es versuchen, werden sie erdrückt, gnadenlos und entschieden, weil diese Hunde Verstärker benutzen, die bis zum Horizont von Plateau reichen! Wenn sie zu fliehen versuchen, benutzen sie Luftfahrzeuge, um sie zu finden, und sie löschen sie auf unvorstellbar grausame Weise aus! *Das* ist der Punkt, den ich herausstellen wollte und den Sie nicht unbeachtet lassen können!«

»Und was soll *ich* Ihrer Meinung nach daran ändern?« fragte ich, wobei ich angesichts seines Ärgers bewußt ruhig blieb. »Soll ich alle Adligen zum Zweikampf herausfordern und bis auf den letzten Mann, die letzte Frau auslöschen? Es tut mir leid, Ihre Seifenblase zum Platzen bringen zu müssen, aber meine beste Sportart ist Schwimmen, nicht Fechten oder Ringkampf.«

»Ich glaube, Sie wissen, daß wir Sie nicht für den physischen Teil benötigen«, gab er zurück, wobei er mühsam seinen Zorn zügelte, während Helni vor Ärger unruhig auf ihrem Platz hin- und herrutschte. »Betrachtet man die ganze Genmanipulation und die Inzucht Ihrer Vorfahren, so ist es unmöglich, daß Sie nichts von den Talenten geerbt haben, gleich, *was* die Tests gezeigt haben. Sie sind Gareths Frau geworden, weil ihr beide an den Dreißig teilnehmen könnt. Gareth ist dazu bereit, Sie sind es jedoch noch nicht. Die einzig mögliche Chance besteht darin, daß ihr beide die Stellung des Großprinzen gewinnt, und das können Sie nicht ableugnen.«

»Nein? Nun, dann hören Sie mir jetzt gut zu«, konterte ich mit einem Hauch von Geringschätzung wegen des idiotischen Vorschlags, den er gerade gemacht hatte. »Sie erwarten nichts weiter von mir, als ein Talent zu finden, an dessen Existenz ich noch nicht einmal glaube, und dann soll ich Ihren Freund begleiten, wenn er Teilnahme an den Dreißig verlangt? Ich glaube wirklich, Sie haben zuviel Zeit hier unten verbracht, Mister Strall. Eine weitaus bessere Idee wäre es zu warten, bis Ihre Ceenabischen Mitarbeiter kommen und Sie suchen. Lassen Sie *sie* dann all den armen Unglücklichen helfen, um die Sie sich solche Sorgen machen.«

»Ich wünschte wirklich, das wäre möglich, Prinzessin«, antwortete er mit beträchtlicher Bitterkeit. »Ich bin jetzt seit Monaten hier im Unterhalb, aber es ist schwer zu sagen, wann meine Leute herausfinden werden, daß ich mich nicht mehr auf dem Plateau aufhalte. Als mich Prinz Riccard und seine Schläger beim Lesen des Tagebuchs erwischten, hatte ich keine Möglichkeit mehr, einen kurzen Bericht über meine Entdeckungen abzuschicken. Was bedeutet: selbst wenn meine Leute herausfinden, daß ich in Schwierigkeiten stecke, woher sollen sie wissen, daß sie einen verdammt guten Grund dafür haben, sich in die Angelegenheiten einer unabhängigen Welt einzumischen? Und selbst wenn sie den Verdacht haben, sie müßten es tun, wie sollten sie mich finden? Ich muß der Tatsache ins Auge sehen, daß ich auf mich selbst gestellt bin und unter den gegebenen Umständen den bestmöglichen Plan ausarbeiten muß. Das habe ich getan.«

»Wenn dieser Wahnsinn Ihre Vorstellung des bestmöglichen Plans ist, sind Sie wirklich zu lange hier unten«, sagte ich ihm unverblümt und bemerkte, wie sein Blick angesichts der Endgültigkeit meiner Worte hart wurde. »Bis zum Beginn der Dreißig sind es nur noch ein paar Wochen, und selbst wenn ich nicht genau weiß, worum es dabei geht, weiß ich doch genügend, um mir darüber im klaren zu sein, daß blutige Anfänger keine Chance haben. Tut mir leid, Mister Strall, aber sorgfältig kalkulierter Wahnsinn ist die einzige Art von Wahnsinn, auf die ich mich einlasse, aber Ihr Plan erfüllt diese Anforderung nicht ganz.«

Dann stand ich auf und schenkte Strall und Helni, die sich verstört erhoben, keine Beachtung. Der Mann suchte nach weiteren Argumenten, aber es war die Frau, die das Schweigen brach.

»Ich kann nicht verstehen, warum du so handelst«, brach es aus ihr heraus, und sie hielt die Hände über der Brust verschränkt. »Es ist herzlos und gemein von dir. Du hast gar nichts von dem Mädchen an dir, das wir über die letzten paar Tage hinweg kennengelernt haben. Du weigerst dich rundheraus, uns zu helfen, und ich verstehe nicht, *warum.*«

»Helni, ich habe nicht die leiseste Ahnung, wen Sie vor sich zu haben glauben«, antwortete ich und brachte meinen Becher zum Krug, statt mich umzudrehen und die Frau anzusehen. »Ich bin daran gewöhnt, ein Geschäft auf intelligente Weise zu erledigen, doch Hoffnungen und Wunschdenken haben nichts mit Intelligenz zu tun. Es ist hart, Leuten zu sagen, sie sollen einem Traum den Rücken kehren, aber es ist ehrlicher, als zu lügen und den Unsinn einen Plan zu nennen, wenn nicht die geringste Aussicht auf Erfolg besteht. Nehmen Sie meinen Ratschlag an und vergessen Sie das Ganze einfach, es ist niemandes Zeit und Mühe wert.«

»Sie können nicht Menschen und ihre Schicksale lediglich als eine geschäftliche Angelegenheit betrachten«, sagte Strall unwirsch, als ich nach dem Krug griff, der auf dem rohen hölzernen Tisch stand, das einzige Möbelstück im Raum. »Etwas, das im Geschäftsleben ein unkalkulierbares Risiko darstellt, kann verzweifelt notwendig sein, wenn es Menschen betrifft. Sie kehren uns nicht einfach den Rücken zu, gehen davon und lassen die Menschen auf diesem Planeten im Stich! *Ihr* größtes Problem, junge Dame, besteht darin, daß Sie immer nur mit Zahlen und Fakten umgehen, aber Sie sind nicht im geringsten daran gewöhnt, mit den Menschen umzugehen, die dahinterstehen. Sie sollten wohl einmal vom hohen Roß in den Schmutz herabsteigen, wie wir übrigen.«

»Aber genau das ist es!« Ich wandte mich schließlich um und sah ihn an. »Ich bin *nicht* eine von euch, und ich werde es niemals sein. Ich bin der Feind, eine der Gehaßten von Oben, und noch so viele eurer wohlgemeinten Worte werden das nicht ändern. Oder habt Ihr völlig vergessen, daß es nicht meine Idee war hierherzukommen? Dieser Geniestreich war der Ihre, Mister Strall, und ich wünsche Ihnen viel Glück dabei, mit den Folgen zu leben.«

Während ich an meinem Getränk nippte, stand der Mann da und starrte mich enttäuscht an, die Hände zu Fäusten geballt, die Lippen fest aufeinander gepreßt. Es ist faszinierend, Leuten, die Pläne mit ihrem Blutdruck statt mit den kleinen grauen Zellen machen, dabei zuzusehen, wenn sie schließlich mit der Realität in Berührung kommen, genauer gesagt, wenn sie damit zusammenprallen. In der Regel vermieden sie es, damit in Berührung zu kommen. Die Frau neben Strall war auf ihre

Weise ebenso aus der Fassung geraten wie er, und schließlich beendete der vierte unserer kleinen Gruppe das Schweigen.

»Ich glaube, wir alle könnten jetzt eine Pause vertragen«, sagte die Kreatur und stand mit einer Anmut auf, die die anderen beiden nicht gezeigt hatten. »Strall, warum gehst du nicht mit Helni ins Lager und siehst nach unseren Verwundeten? Ich werde morgen ein Stoßtruppunternehmen durchführen, also muß ich wissen, wer daran teilnehmen kann.«

»Ich glaube, du könntest Verstärkung gebrauchen«, sagte die Frau, während sie mich anfunkelte und sich dann erhobenen Hauptes zur Tür wandte. Der Ceenaber sah aus, als wollte er weiterdiskutieren, aber ein Blick auf das ruhige Gesicht der Kreatur reichte, daß er es sich anders überlegte. Er nickte widerstrebend, funkelte mich auf fast dieselbe Weise an wie die Frau und stapfte daraufhin hinaus, um jemanden zu finden, dem er besser gewachsen war. Ich blieb mit meinem letzten Gegner allein, der den Blick auf mich richtete und mit echter Belustigung lächelte.

»Ich bin beeindruckt«, sagte er und nippte an seinem Becher, wobei er mich nicht aus den Augen ließ. »Ich habe geglaubt, *ich* wäre gut darin, Leuten das Wasser zu reichen, die mich hereinlegen wollen, aber du hast mich geschlagen. Hast du diese Verhaltensweise trainiert?«

»Ich weiß nicht, wovon du redest«, entgegnete ich, als ich mich von ihm abwandte und versuchte, so endgültig und uninteressiert wie möglich zu klingen, aber ich schätze, man muß zivilisiert sein, um einen Wink mit dem Zaunpfahl zu verstehen. Die Kreatur stieß einen Laut der Belustigung aus und fuhr mit dem Thema fort, das ich fallenlassen wollte.

»Ich rede davon, wie du zurückschlägst, wenn du angegriffen wirst«, sagte er gelassen. »Du wirst nicht körperlich gewalttätig, aber du findest die innig geliebten Hoffnungen deines Gegners und drehst ihnen den

Hals um. Ich möchte wetten, daß bislang jeder dafür hat zahlen müssen, wenn er dir etwas angetan hat.«

»Du wirst die Wette verlieren«, erwiderte ich knapp und sah der dickköpfigen Kreatur in die Augen, die es nötig hatte, daß man die Dinge beim Namen nannte. »Ich habe mein Verhandlungsgeschick erst kürzlich zur Vollendung gebracht, aber in der Geschäftswelt habe ich so etwas wie einen Bahnrekord erzielt. Statt meine Zeit mit weitschweifigen Argumenten zu verschwenden, könntest du wie ein kleiner tapferer Mann den Rückzug antreten und zu deinen Freunden zurückkehren. Ich habe dir bereits alles gegeben, was du jemals von mir bekommen wirst, mag es dir zum Vorteil gereichen oder nicht.«

Als ich mich diesmal abwandte, schenkte ich meinem Getränk alle Aufmerksamkeit, während ich darüber nachdachte, wie glücklich es sich traf, daß die weiße Flüssigkeit sich als Erfrischungsgetränk erwiesen hatte. Alkoholische Getränke bekamen mir nicht gut, und wenn ich hier herauskommen wollte, mußte ich alle meine Sinne beisammen haben.

»Wenn du erwartest, ich würde mich wegen gestern nacht entschuldigen, verschwendest du deine Zeit«, vernahm ich seine Stimme, ebenso ruhig wie zuvor, jedoch beträchtlich weniger erheitert. »Es gibt einige Dinge, für die man sich nicht entschuldigen kann, nicht bei der Person, der man sie angetan hat. Wir werden wieder von vorn anfangen, wie zwei Fremde, die miteinander auskommen und einander kennenlernen müssen, um einem gemeinsamen Zweck zu dienen. Da wir seit einer Woche verheiratet sind, ist es an der Zeit, daß wir einander kennenlernen. Du wirst mich Gareth nennen, und ich dich Regan.«

»Ich würde es dabei bewenden lassen«, sagte ich ohne mich umzuwenden. »Unsere Absichten stimmen nicht überein, und ich kenne dich schon viel besser, als ich dich womöglich jemals kennenlernen wollte. Es ist wirklich schade, aber du hast deine Reinheit für nichts und wieder nichts geopfert. Die Schlange, die du an deinem Busen genährt hast, wird deine Feinde nicht vergiften.«

»Kannst du niemals damit aufhören, kluge Sprüche zu klopfen?« fragte er verärgert. »Als dein Gatte ist es meine schmerzliche Pflicht, dir mitzuteilen, daß es allmählich verflucht ermüdend wird, dir zuzuhören. Komm hier herüber und mache dich bereit, selbst ein bißchen zuzuhören. Gareth wird dem kleinen Mädchen ein paar Tatsachen des Lebens beibringen.«

Seine Stimme war hart geworden, während er seine Befehle erteilt hatte, und am wütendsten machte mich, daß ich außerstande war, ihn zu überhören. Mein Körper wandte sich um und ging zu ihm hinüber, als hinge er an Fäden, und als er mir winkte, mich zu setzen, tat ich das gleichermaßen ohne jedes Zögern. Ein weiterer Augenblick, und er lag vor mir auf dem Rietboden ausgestreckt auf der Seite, und er sah äußerst vergnügt drein.

»Wir machen das zum Lebensfaktum Nummer eins«, sagte er, während er mir direkt in die Augen sah. »Dank der sogenannten Leute auf dem Thron bist du jetzt in einer schlimmeren Lage als der letzte Trottel von Unterhalb. Du mußt alles tun, was ich dir sage, und wenn du dich mir widersetzt, kann ich deine Haltung ebenso einfach ändern. Wie würde es dir gefallen, wenn du begierig wärst, jeder meiner Launen nachzukommen und mir die Hände zu küssen, falls ich mich daran erinnerte, einen Blick in deine Richtung zu werfen?«

»Bitte, mir wird ganz übel«, sagte ich und schloß die Augen, wobei mir die Hitze in die Wangen schoß. Ich wollte nicht glauben, daß er mir das wirklich antun würde.

»Tatsachen des Lebens neigen dazu, Realität zu werden«, bemerkte er, und ich spürte, wie mir der Becher aus der Hand genommen wurde. »Wir stellen den Becher beiseite, bis du dich besser fühlst. Rietböden sind nicht so leicht zu säubern wie Marmor.«

Ich öffnete wieder die Augen und sah, wie er den Becher nicht weit von meinem rechten Knie hinstellte, und dann richtete er seine Aufmerksamkeit wieder auf mich.

»Tatsache Nummer zwei«, fuhr er fort, während er die Flüssigkeit in seinem Becher langsam schwenkte. »Wenn du darüber nachdenkst, wirst du bemerken, daß du seit deinem Erwachen so handeln konntest, wie es dir gefallen hat, selbst mir gegenüber. Mir gefällt der Gedanke nicht, mit einer Marionette verheiratet zu sein. Ich kann auf meine Weise mit dir fertig werden, ohne die Hilfe irgendeiner Maschine. Mir wurde absolute Macht über dich verliehen, aber ich werde selbst entscheiden, wie ich sie ausüben werde.«

Ich mußte ihn bei diesen Worten einfach anstarren, wobei ich mich fragte, was er dadurch zu erreichen hoffte, daß er vorgab, der großherzige Held der Hilflosen zu sein. Wenn er Dankbarkeit erwartete, würde er bald die Folgen von Plan A erkennen.

»Tatsache drei betrifft dich unmittelbar«, sagte er, nachdem er einen weiteren Schluck seines Getränks genommen hatte, und der Ausdruck in seinen Augen war jetzt schwach verändert. »Ich bezweifle, daß irgend jemand leugnen würde, ich wäre dir etwas schuldig, und ich leugne es auch nicht. Deswegen habe ich dir befohlen, dich nicht vor mir zu fürchten, und daß es funktioniert, ist die einzige positive Seite an diesem Wahnsinn. Der Befehl wird es mir erschweren, dir Respekt beizubringen, aber du hast es nicht verdient, in Angst und Schrecken versetzt zu werden. Ich habe dir nicht befohlen, das zu vergessen, was dir angetan worden ist; ich habe lediglich das Entsetzen aus deiner Erinnerung entfernt.«

»Laß es mich wissen, wenn es an der Zeit ist, dir meinen Dankesbrief zu schicken.« Ich brauchte mein anderes Ich, um die Stimme ruhig zu halten. Aufgrund des Befehls mochte ich mich vielleicht nicht vor ihm fürchten, aber schreckliche Erinnerungen bergen mehr als einfache Furcht. Glücklicherweise wußte ich genau, wer jene Leute waren und was sie von mir wollten, aber ich wäre mit Sicherheit noch glücklicher gewesen, wenn ich mich überhaupt nicht an sie hätte erinnern müssen.

»Ich weiß, dies löst unsere Probleme nicht, aber Strall hat mich davon überzeugt, nicht mehr zu unternehmen«, fuhr er fort. »Wenn ich dir die Erinnerungen wegnähme, würdest du mich am Ende hassen, ohne den Grund dafür zu wissen. Es auf sich beruhen zu lassen, wird alles viel einfacher machen.«

»Nun, natürlich wird es das«, stimmte ich zu, wobei es mir schwerfiel zu glauben, daß man von mir erwartete, diese Unterhaltung ernst zu nehmen. »Jemanden zu hassen, ist stets einfacher, wenn man den Grund für den Haß kennt. Ich verstehe nicht, wie du etwas anderes annehmen konntest.«

»Wie würde es dir gefallen, wenn ich mich ein wenig der Züchtigung meiner Ehefrau widmen würde?« fragte er, und die Worte waren milder als der Ausdruck in seinen Augen. »Du bist mit der Taktik der starken Hand vertraut, also solltest du wissen, daß das eine bevorzugte, altbewährte Sache ist, die die Männer immer wieder mit demselben Gefühl der Befriedigung erfüllt. Wenn du glaubst, ich würde das nicht tun, dann sag es.«

Ich griff nach meinem Becher, ohne ein Wort zu sagen, denn ich war mir der Tatsache bewußt, daß er nicht bluffte. Männer wie er zögern niemals, wenn sie beweisen wollen, wie groß und stark sie sind.

»Nun, womöglich haben wir den frechen Antworten ein Ende bereitet und fangen jetzt mit dem ernsthaften Gespräch an«, sagte er, während ich mein Getränk trank, und erwähnte in keiner Weise, daß ich ihn ebenfalls nicht ansah. »Wie ich vorhin aufzeigen wollte, werden wir unsere Gefühle nicht einfach dadurch los, daß wir sie begraben, ebensowenig, wie man den Gestank eines Müllhaufens nicht überdecken kann, indem man ein paar Zentimeter Dreck darüber schüttet. Die einzige Weise, wie man Probleme bewältigen kann, besteht darin, ihnen ins Gesicht zu sehen.«

Ich weigerte mich, mir auch nur bildlich vorzustellen, wie die Menschen von Unterhalb einem Müllhaufen ins Gesicht blickten, statt ihn zu vergraben, aber ich hielt meine Zunge im Zaum. Wir führten eine ernsthafte Diskussion, und ernsthafte Diskussionen sollten nicht unterbrochen werden.

»Tatsache des Lebens Nummer vier wird dir ebensowenig gefallen, aber ich bin wirklich nicht der Ansicht, daß ich dir deine schönen Tage hier unten verderbe«, fuhr er fort, während ich meinen braunen Keramikbecher sowie die dicke weiße Flüssigkeit darin untersuchte. »Nachdem ich deine Geschichte gehört hatte, erkannte ich, daß dich diese heuchlerischen Leute schlechter behandelt haben als jeder von uns, so daß dich das beinahe zu einem von uns macht. Als du eine von denen gewesen bist, konnte ich mir nicht eingestehen, daß ich dich attraktiv fand, selbst wenn du meine Frau *wärst.* Jetzt kann ich alles zugeben, was mir gefällt – und ich habe die Absicht, genau dies zu tun.«

Wenn ich noch immer Einwürfe gemacht hätte, hätte ich mich dafür entschuldigt, leider keine Purzelbäume schlagen zu können, aber mein neuer Bewunderer schien nicht an meiner Meinung interessiert zu sein. Ich tunkte einen Finger in die dicke Masse meines Bechers und steckte den Finger in den Mund, wobei ich weiterhin bescheiden und angemessen schwieg.

»Deshalb habe ich gesagt, wir werden von vorn anfangen«, fuhr er nach kurzem Zögern fort. »Es war falsch, daß wir einander als Feinde betrachtet haben, denn wir wissen jetzt, daß wir in Wirklichkeit Verbündete sind. Diese verdammten Leute von Oben sind daran schuld, und gemeinsam werden wir dafür sorgen, daß sie es bereuen, sich jemals mit uns eingelassen zu haben. Als erstes werden wir einander besser kennenlernen, und zusammen werden wir unschlagbar sein. Hast du verstanden, was ich dir damit sagen will?«

Bei den letzten Worten hatte er sich aufgesetzt und starrte mich direkt an, also erwiderte ich seinen Blick und nickte. Danach verstrich ein Augenblick, da er darauf wartete, daß ich dem Nicken etwas hinzufügte, und als ich das nicht tat, rutschte er unruhig hin und her.

»Ist das alles?« fragte er, und eine blasse Verärgerung lag in seinen Augen. »Nichts außer einem Nicken? Du stimmst also mit mir überein?«

»Ich habe verstanden, was du gesagt hast«, erklärte ich, während ich wieder meinen Becher und das Getränk untersuchte. »Darüber hinaus magst du dir ins Gedächtnis zurückrufen, daß man mich gebeten hatte, keine frechen Antworten zu geben. Da ich nicht genau weiß, was du unter einer frechen Antwort verstehst, habe ich mich auf ein Kopfnicken beschränkt. Es hätte mir wirklich überhaupt nicht gefallen, wenn du gedacht hättest, ich wäre wiederum pampig.«

Ich tunkte die Fingerspitze in die weiße Flüssigkeit und brachte sie ein zweites Mal zum Mund, aber das war das letzte Mal, daß ich es tat. Eine große Hand umschloß mein Handgelenk, der Becher wurde mir entwunden, und dann hob diese Hand mein Gesicht an.

»Da du verstanden hast, was ich gesagt habe, warte ich darauf, deine Meinung zu meinen Absichten zu hören«, sagte er, und seine Ruhe wirkte mühsam beherrscht. »Wenn mir irgend etwas, das du sagst, nicht gefällt, werde ich es dich wissen lassen.«

»Womöglich, indem du handgreiflich wirst«, bemerkte ich und lehnte mich zurück. »Da mir jedoch großmütigerweise Furchtlosigkeit gewährt worden ist, glaube ich, daß ich das, was ich loswerden will, auf jeden Fall sagen werde.

Du behauptest, daß die Hölle, durch die ich gegangen bin, lediglich die Schuld deiner verhaßten Feinde von Oben ist, aber sie waren nicht diejenigen, die als erste einen gewissen Handel abschließen wollten, oder?« Meine Stimme wurde zunehmend schriller, obgleich ich versuchte, sie gleichmütig klingen zu lassen. »Sie waren ebenfalls nicht diejenigen, die mich hierhergezerrt, mich wie ein Tier eingesperrt, mich geschlagen und dann vergewaltigt haben. Weil sich deine ursprünglichen Pläne zerschlagen haben, hast du unversehens eine große Anziehungskraft zu mir entdeckt, so groß, daß du zweimal damit gedroht hast, mich wieder zu schlagen. Deine Zuneigung mir gegenüber ist derart tief, daß du gewillt bist, jedes Talent, das ich womöglich in mir entdecke, zu akzeptieren, und dein großzügiges Angebot einer begrenzten Freiheit soll mich ermutigen, danach zu suchen. Du hast entschieden, daß du von vorn beginnen willst, daß wir einander besser kennenlernen? Nun, ich habe Neuigkeiten für dich, mein Freund: soweit es mich betrifft, war das erste Mal einmal zuviel, und ich möchte dich *überhaupt nicht* kennenlernen!«

Ich stand auf und ging hinüber zur Wand, und ich zitterte nur ein wenig angesichts dessen, was ich in die Tirade hineingelegt hatte. Diese ganze Sache war ein einziger, lange währender Alptraum, und ich glaubte allmählich, ich würde niemals daraus erwachen. Ich konnte mir nicht vorstellen, wie es wäre, wenn ich mein restliches Leben damit verbrachte, von einem Traum in den nächsten zu fallen, aber ich hatte sehr viel Angst davor, was ich herausfände.

»Das sind jene Gefühle, die ich hoffentlich durch einen Neuanfang erreichen kann«, sagte die Kreatur nach einer kurzen Pause mit einem Seufzer, und ich hörte, wie er aufstand. »Man kann dir nicht vorwerfen, daß du mir nicht traust, aber du mußt verstehen, daß der Handel, um den wir gebeten haben, sich nicht auf jemanden wie dich bezog. Wir hatten von ihnen erwartet, sie würden uns irgendeine Witwe geben, die es nicht aushalten konnte, kein Familienoberhaupt mehr zu sein, oder eine Frau, die bei einer Intrige gegen den Großprinzen erwischt worden wäre oder eine, die aus lauter Verzweiflung Selbstmord begehen wollte. Aber diese Frauen hätten alle Talente besessen, während man von dir glaubte, du hättest überhaupt keines. Sie haben versucht, uns zu überlisten, kleines Mädchen, und indem sie dich benutzten, haben sie geglaubt, sie hätten uns ausgetrickst. Willst du ihnen das durchgehen lassen, nachdem sie dich so benutzt haben?«

»Nur bis ich zum ›Häßlichen Entlein‹ zurückgekehrt bin«, antwortete ich grollend, wobei ich zu der Wand vor mir sprach, während ich die Arme um mich legte. »Ich kenne jedes Holding und Investment, das sie besitzen, und vor ein paar Jahren haben sie großes Interesse an diesem neuen Cluster gezeigt, das noch nicht einmal benannt worden ist. Es wird ein leichtes sein, sie dazu zu ermutigen, sich zu übernehmen, und sobald sie das tun, werde ich ihnen den Boden unter den Füßen wegziehen. In zwei Jahren werden sie Almosenempfänger sein.«

»Zwei Jahre ...«, echote er, und dann wurde ich herumgedreht, damit ich ihm ins Gesicht sehen sollte, obgleich sein Gesicht ausdruckslos war. »Hast du eine Ahnung, wie viele unschuldige Leute in zwei Jahren tot sein werden? Oder was jene, die überleben werden, bis dahin durchgemacht haben? Ich weiß nicht das Geringste über diesen Cluster, auch nichts über Holdings und Investments, und es ist mir verdammt noch mal egal. Ich weiß lediglich, wie es ist, mit *ihnen* als Herrschern auf einem Planeten zu leben, aufzuwachsen und sich ständig verbeugen und sie ›Eure Hoheit‹ und ›Mein Herr‹ zu nennen und jedes Almosen anzunehmen, das auszuteilen sie sich bemüßigt fühlen! Ich möchte nur meine Hand auf sie legen, auf so viele von ihnen, wie ich kann, und spüren, wie sie leiden, während sie sterben! Nicht in zwei Jahren, sondern jetzt, gottverdammt, *jetzt*!«

Er stand jetzt mit gesenktem Kopf da, die Hände zu Fäusten geballt, und der Kampf um die Selbstbeherrschung quälte ihn am ganzen Körper. Nach einer Minute warf er den Kopf zurück und atmete tief durch, und als er sich mir zuwandte, war die Wildheit aus dem breiten vernarbten Gesicht verschwunden.

»Es tut mir leid, aber wenn es um die von Oben geht, verliere ich meine Selbstbeherrschung«, sagte er, wobei er sich offensichtlich noch immer darum bemühte, die Wut in den Griff zu bekommen. »Ich habe zu sagen versucht, daß wir es uns nicht leisten können, zwei Jahre zu warten, selbst wenn es eine Chance für dich gäbe, vom Planeten wegzukommen. Du solltest dich damit abfinden, daß du hier feststeckst, genauso wie wir anderen auch, und wenn wir nichts unternehmen, wird es niemand sonst tun. Dir bleiben nicht viel mehr als ein paar Wochen, und falls nicht vorher etwas geschieht, wirst du Gelegenheit dazu erhalten, mich bei weitem besser kennenzulernen, als dir lieb ist.«

»Was willst du damit andeuten?« fragte ich und überlegte, ob ich mich ebenso mißtrauisch anhörte, wie ich mir vorkam. »Wenn du erneut versuchst, mich zu bedrohen, wird das nichts Gutes bringen.«

»Es ist keine Drohung«, erwiderte er mit einem Schulterzucken, wobei er eine große Hand auf die Wand oberhalb meiner linken Schulter legte. »Es ist mehr eine Vorahnung der kommenden Dinge. Wenn wir die Dreißig nicht nutzen können, um die Macht zu erringen, wird uns bis zum Heranwachsen der nächsten Generation keine Chance mehr über den Weg laufen. Während der Jahre, die wir darauf warten, werden wir als Mann und Frau leben, hier oder an einem anderen

Ort, werden das meiste dessen durchmachen, was jedermann sonst auch zu ertragen hat. Ein Mann braucht eine Frau, die ihm während einer solchen Wartezeit Gesellschaft leistet, und in Übereinstimmung mit den Gesetzen dieser Welt gehörst du mir. Wie ich es sehe, wirst du eine sehr dekorative Gesellschaft sein.«

»Du bist völlig übergeschnappt!« fauchte ich und ertappte mich dabei, daß ich zur Wand zurückgewichen war, die er noch immer berührte, abgestoßen von der Art, wie er mich anblickte. »Ich werde niemandes Frau sein, und insbesondere nicht deine!«

»Diese Entscheidung kommt ein wenig zu spät«, sagte er und drückte sich von der Wand ab, um dann die Achseln zu zucken. »Du bist bereits meine Frau, und es ist an der Zeit, daß du das lernst. Wir werden damit anfangen, daß du etwas tun wirst, was du sicherlich nie zuvor getan hast: eine Mahlzeit mit deinen eigenen Händen zubereiten. Jenseits dieser Tür ist ein Feuer zum Kochen, und in dem Alkoven neben der Tür befinden sich Töpfe, Pfannen und Geschirr. Bei meiner Rückkehr erwarte ich, ein Essen vorzufinden, zu dem wir uns gemeinsam niederlassen können. Du wirst mit mir essen, also schlage ich vor, du gibst dir alle Mühe, darauf zu achten, daß du uns nicht vergiftest.«

Ich erhaschte einen flüchtigen Eindruck von Belustigung in diesen Augen, und dann war er gegangen. Er war zur Tür hinaus geschlendert, nachdem er mir zum Abschied zugenickt hatte. Ich stand einfach da und starrte die offene Tür an, seine Bemerkungen über gemeinsame Ehejahre versuchten ihr Bestes, daß mir schlecht wurde, und daraufhin sank ich dort auf den Rietboden, wo ich gestanden hatte.

Du kannst es ihm nicht durchgehen lassen, daß er so mit dir geredet hat, ärgerte sich die Stimme in mir, und sie war verteufelt wütend. **Laß ihn wissen, daß du ihm nicht gehörst und keinerlei Absicht hast, irgendwo auf diesem Planeten zu bleiben, insbesondere nicht hier im Unterhalb.**

Ich glaube kaum, daß er mir zuhören wird, gab ich zur Antwort, während ich auf meine ineinander verschränkten Hände hinabsah. *Ich weiß, es gefällt dir nicht, das zu hören, aber ich habe Angst.*

Du hast keine Angst, du bist lediglich bestürzt, gab die Stimme zurück, und sie hörte sich sehr fest und zuversichtlich an. **Nach dem, was du durchgemacht hast, wäre jeder bestürzt. Du wirst dich fest in den Griff bekommen, und dann wird es dir wieder gutgehen. Wenn du vernünftig darüber nachdenkst, wird dir klarwerden, wie absurd die Vorstellung ist, du habest Jahre mit jenem … jenem …**

Es ist nicht absurd, es ist eine absolute Lüge, unterbrach ich, lehnte mich wieder gegen die Rietwand und schloß die Augen. *Er will mich genausowenig wie jeder andere, aber er glaubt, das wüßte ich nicht. Ihm ist nicht klar, daß ich weiß, wie rasch er zu seinen Frauen von Unterhalb zurückgekehrt sein wird, wenn er nicht das erhält, was er von mir haben will, also hat er mir gedroht, damit ich bei ihm bleibe. Was mich wirklich erschreckt, ist der Gedanke, wie allein ich sein werde, wenn ich nicht vom Planeten weg kann. Es wird keinerlei Geschäftspartner oder Diener geben, nicht hier unten, und wie kann ich überhaupt ohne jemanden leben? Ich hatte so wenig, aber nicht einmal das …*

Nicht, Regan, du weißt, daß ich immer bei dir sein werde, drängte die Stimme und zeigte ihre übliche Beherrschung, während mir Tränen über die Wangen liefen. Die Stimme wußte, daß ich weinte, versuchte jedoch nicht, mich daran zu hindern; Weinen war völlig in Ordnung, solange man nicht zuließ, daß es jemand bemerkte, und in diesem Augenblick war niemand da, der es hätte sehen können. Mein anderes Ich half mir die meiste Zeit über dabei, stark zu sein, aber hin und wieder mußte ich einfach ich selbst sein, mußte den Schmerz spüren, den mein Elend verursachte.

Niemand kann behaupten, an mir sei nichts Abstoßendes, schluchzte ich schweigend und legte die rechte Wange auf den Rietboden, während ich mich zusammenrollte.

Er ist ein völlig Fremder, eine Kreatur von Unterhalb, und er hatte sich dazu zwingen *müssen, mich zu vergewaltigen! Ich hatte stets geglaubt, daß mich Männer zumindest wegen meines Aussehens haben wollten, aber jetzt sehe ich, daß dies bereits früher geschehen wäre, wenn ich einen von ihnen hätte näher an mich herankommen lassen. Wenn sich herausstellt, daß ich diese Welt nicht verlassen kann, wirst du nicht mehr in der Lage sein, mich auf die gleiche Weise wie beim letzten Mal aufzuhalten. Ich* werde *mich umbringen. Ich* werde *es einfach tun müssen!*

Die Stimme erwiderte nichts, weil sie ebensogut wie ich wußte, daß es die Wahrheit war. Nachdem ich den Schulabschluß gemacht hatte, nach sechs endlosen Jahren des Kampfes, nur um herauszufinden, daß ich daheim noch immer nicht willkommen war, hätte ich es beinahe getan. Meinem anderen Ich war es nur um Haaresbreite gelungen, mich aufzuhalten, indem es stundenlang mit mir darüber diskutiert hatte, wieviel besser es doch wäre, wenn ich ihnen statt dessen zeigte, was sie davongeworfen hatten. Es hatte mich schließlich überzeugt, das scharfe Messer wegzulegen, aber der Gedanke hatte mich nie mehr losgelassen. Das nächste Mal würde ich es zu Ende bringen. Nur die Toten waren immerzu allein, und falls ich allein sein müßte, wollte ich tot sein.

Ich verbrachte einige Zeit damit, einfach auf dem Fußboden zu liegen und mir zu wünschen, es sei bereits an der Zeit, den Kampf aufzugeben, aber es war natürlich noch nicht an der Zeit. Man kann den Kampf nicht aufgeben, bis man alles verloren hat, bis nichts mehr übrig ist, das man versuchen kann, und das war noch nicht geschehen. Das Leben wäre um ein beträchtliches einfacher für mich gewesen, wenn dem nicht so gewesen wäre, aber jetzt blieb mir nichts anderes übrig, als mich mit einem Seufzer aufzusetzen. Mir war ein Auftrag erteilt worden, und ob ich nun von dem Zwang befreit war oder nicht – je länger ich zögerte, desto stärker verspürte ich den inneren Impuls. Ich würde alles tun müssen, was die Kreatur mich hieß, eine Tatsache, bei der mein anderes Ich vor Wut die nicht-existenten Zähne bleckte, aber jetzt war ich für die Ablenkung dankbar.

Ich stand auf und strich über das blaue Kleid, wobei ich mich fragte, ob alle von Unterhalb durchs Leben gingen und dabei nichts weiter als ein einziges Gewand trugen, oder ob sie sich einfach für etwas entschieden, das ihnen gefiel, und sich dann eine ganze Garderobe davon anfertigen ließen. Die Kreatur und sein Freund Strall hatten verschiedene Baumwollhemden zusammen mit ihren üblichen Lederhosen getragen, aber Helni war in demselben grünen Kleid gewesen, wie ich mich erinnerte, und das blaue Kleid wurde allmählich viel zu vertraut. Ich wäre weitaus glücklicher gewesen, wenn ich hätte baden und etwas Sauberes anziehen können, aber die von Unterhalb schienen in dieser Hinsicht keine Bedürfnisse zu haben.

Die Tür stand noch immer offen, und da sich niemand in der Nähe des kleinen Hauses aufhielt, machte ich mich auf die Suche. Nur wenige Leute hielten sich in der Nachmittagswärme auf, in die das Lager getaucht war, aber da sie alle mit ihren eigenen Angelegenheiten beschäftigt waren, konnte ich mich um meine kümmern, ohne belästigt zu werden. Der erwähnte Alkoven enthielt beträchtlich mehr, als ich erwartet hatte. Ich durchwühlte die hölzernen Regale, um nachzusehen, was mir zur Verfügung stand, wählte daraufhin einen Metalltopf und stieg damit herab.

Ich mußte die meisten der unvertrauten Kräuter und Gewürze kosten, ehe ich wußte, was mit ihnen anzufangen war, aber nachdem der Eintopf schließlich fertig war, fand ich, daß er sehr viel besser geworden war, als ich erwartet hatte. Ich war nicht daran gewöhnt, auf einem offenen Feuer zu kochen, aber das Kochen selbst war etwas, das ich seit Jahren getan hatte. Gekocht wird normalerweise allein, und es hatte mir stets eine große Befriedigung verschafft, aus einer zufälligen Sammlung von Dingen, die man vielleicht als Zutaten betrachten konnte, etwas Schmackhaftes zuzubereiten. Ich war der Ansicht, daß Kochen eigentlich genau wie das Geschäft war, denn es ging um die Muster, nur daß die Ergebnisse nahrhafter als die finanzielle Belohnung waren, aber im Kochen lag ein wenig mehr Gefahr und Herausforderung; wenn man in der Geschäftswelt einmal einen Fehlgriff tat, verliert man lediglich sein Geld, aber geschieht das gleiche in der Küche, wird dein Magen dich noch tagelang daran erinnern.

Ich richtete mich auf und sah die Sonne so niedrig stehen, daß ich kaum erkennen konnte, was ich tat, aber es war auch nichts mehr zu tun übrig, und falls ich Holz zum Feuer hinzulegte, wie ich es zuvor getan hatte, würde der Eintopf zweifellos anbrennen. Alles so zu belassen, wie es war, schien mir eine weitaus bessere Idee, daher ging ich zum Haus zurück. Ein sanftes purpurrosa Licht erhellte das saubere Innere und wärmte die Dunkelheit darin. Es war nichts weiter als ein Standard-Immerglühlicht, das hoch in einer Ecke des Zimmers angebracht worden war, aber es wirkte wie ein magischer Glanz in dieser zurückgebliebenen, primitiven Umgebung. Es war von selbst angegangen, nachdem der Lichtpegel tief genug gefallen war, aber als ich mir überlegte, wie wenig es zu beleuchten gab, konnte ich mir nicht vorstellen, warum sich irgend jemand die Mühe gegeben hatte, es dort anzubringen. Ich fand eine Stelle auf dem Rietboden in der Nähe der Wand und lehnte mich dagegen; das Vergnügen, das ich aus dem Kochen gezogen hatte, schwand allmählich, und ich wußte nicht, wie ich dieses Gefühl hätte wieder zurückrufen können.

Meine Gedanken kreisten um sich selbst, aber wenig später trat eine Gestalt über die Schwelle ins Haus. Ich blickte auf und sah die Kreatur, war jedoch überrascht, daß er zwei hölzerne Schüsseln mit Löffeln darin trug, und der Wohlgeruch meines Eintopfs stieg aus den Schüsseln. Ich hatte erwartet, er hätte darauf bestanden, bedient zu werden, und ich verstand nicht, warum er diese Aufgabe übernahm.

»Ich glaube einfach nicht, wie dieses Zeug duftet«, sagte er, als er mich erblickte, sein Gesicht keine Handbreit über einer der Schüssel, der Gesichtsausdruck nahezu hingerissen. »Es hat mich in dem Moment gefangengenommen, da ich in seine Reichweite kam, und es hat noch nicht wieder losgelassen. Ich muß sichergehen, daß du nichts hinzugefügt hast, was die meisten Rezepte nicht erfordern, also koste es rasch. Wenn ich noch sehr viel länger warten muß, ehe ich selbst kosten kann, werde ich noch den Löffel aufessen.«

Er kam näher, hockte sich hin und reichte mir die zweite Schüssel, wobei mich seine Augen verfolgten, als ich sie nahm. Da kam mir der Gedanke, daß ich das Essen vergiftet haben *könnte,* nur daß es mir nicht eingefallen war und daß es womöglich auch nichts Gutes eingebracht hätte. Ohne Gift kann man eine Mahlzeit eigentlich nur ruinieren, und angesichts dessen, was mir zuvor in jenem Lager zum Essen gereicht worden war, hatte ich genug von ungenießbaren Mahlzeiten. Statt einen Kommentar abzugeben, nahm ich den Löffel und genoß daraufhin das Ergebnis meiner Bemühungen.

Er wartete, bis ich zwei Mundvoll geschluckt hatte und gerade mit dem dritten Mundvoll anfing, ehe er sich niedersetzte, und daraufhin schaufelte er sein Essen in sich hinein, wobei er *ihm* seine volle Aufmerksamkeit schenkte. Als seine Schüssel leer war, stand er wieder auf, ging hinaus und kehrte anschließend mit der fast vollständig gefüllten Schüssel zurück. Er wirkte nicht so glücklich, wie er es zuvor gewesen war, und sobald er sich wieder hingesetzt hatte, fand ich den Grund dafür heraus.

»Das ist alles, was übriggeblieben ist, also werden wir

es uns teilen müssen«, sagte er und winkte mit der Schüssel. »Es ist wirklich jammerschade, weil ich drei solcher Portionen hätte essen können. Wo, zum Teufel, hast du so gut kochen gelernt?«

»Wenn ich nicht auf Geschäftsreisen bin, genieße ich es, für mich selbst zu kochen«, antwortete ich und verzichtete auf Einzelheiten. »Du kannst unbesorgt alles aufessen. Ich esse selten mehr als eine Portion von irgend etwas.«

»Sieht man«, kommentierte er, wobei er den Blick von meinem Gesicht abwärts flackern ließ, ehe er sich wieder dem Essen widmete. »Du bist nicht weit entfernt davon, die Grenze zwischen schlank und hager zu überschreiten, und das wird dir hier unten nicht weiterhelfen. Wenn du nicht richtig ißt, wirst du nicht überleben, also mache das nächste Mal doppelt soviel wie heute abend. Hast du mich verstanden?«

»Warum beharrst du darauf zu glauben, ich würde deine Sprache nicht sprechen?« gab ich zurück und war verärgert genug, daß ich das Interesse an dem wenigen verlor, was noch in meiner Schüssel war. »Du brauchst auch nicht unsere Zeit mit übertriebener Sorge zu verschwenden. Ich wäre dir keinesfalls von Nutzen, gleich, wieviel du mir in die Kehle stopfst.«

»Übertriebene Sorge«, wiederholte er nachdenklich. »Hübsches Wort, hochklassig und kultiviert. Gut, daß meine Mutter mich alles gelehrt hatte, was sie wußte, andernfalls hätte ich vielleicht fragen müssen, was es bedeutet.«

»Wenn dir meine Ausdrucksweise nicht gefällt, such dir doch jemand anderen zum Reden«, gab ich zurück und spürte aus irgendeinem Grund das Gewicht dieser hellen Augen stärker als zuvor. »Diese Unterhaltung war schließlich deine Idee.«

»Und da sie meine Idee war, wird sie so lange dauern, wie ich es möchte«, konterte er gelassen. »Warum versuchst du jedesmal, einen Kampf anzufangen, wenn ich mit dir reden will? Hast du etwas dagegen, mit Leuten auszukommen?«

»Keineswegs«, räumte ich ein und setzte meine Schüssel beiseite, ehe ich ihn wieder anblickte. »Hattest du eigentlich noch eine Frage?«

»Du versuchst schon wieder, mich wütend zu machen«, bemerkte er, wobei er noch immer keine Schwierigkeiten dabei hatte, den Versuch nicht zu beachten. »Ich glaube, dein Problem besteht darin, daß du Angst davor hast, andere zu nahe an dich herankommen zu lassen. Du glaubst, man tut dir weh, wenn du das zuläßt.«

»Wie kommst du auf so eine blöde Idee?« fragte ich und stellte sicher, daß sich meine Brauen hoben. »Ich kann mir einen solchen Unsinn nicht vorstellen.«

»Bloß, weil du von einer kleinen Gruppe von Menschen betrogen worden bist, bedeutet das noch lange nicht, daß dir jeder für alle Zeiten dasselbe antun wird«, fuhr er hartnäckig fort und senkte den Blick auf seine nahezu leere Schüssel, damit ich nicht den Unmut in seinen Augen erkennen konnte. »Du mußt lernen, Leuten eine Chance zu geben, die sich um deine Freundschaft bemühen, und du mußt unterscheiden zwischen jenen, die dir weh tun, und jenen, die dir lediglich helfen wollen.«

»Ja, es zahlt sich gewiß aus«, grübelte ich und tippte mir mit einem Finger auf die Lippen, nach jenen Ausschau zu halten, insbesondere, wenn sie einem soviel davon erzählen, was sie einem anbieten. Und soviel über die Leute, die das Angebot machen.«

Als ich ihn wieder ansah, lagen seine Augen erneut auf mir, diesmal ohne jeden Versuch, die Verärgerung darin zu verbergen. Er benutzte einen oder zwei Augenblicke, um die Überbleibsel des Eintopfes aufzuessen, und setzte daraufhin die leere Schüssel beiseite.

»Ich glaube, ich werde Strall zustimmen müssen«, sagte er und stand leichtfüßig auf. »Wenn ein loses

Mundwerk eines der Talente ist, das deine Leute züchten, so hast du darin bereits Vollkommenheit erreicht. Wenn du die Örtlichkeiten aufsuchen mußt, dann tu's jetzt. Auf dem Stundenplan für morgen steht eine ganze Menge, also heißt es in zehn Minuten: Licht aus.«

Daraufhin drehte er sich um und schritt aus dem Haus, was nicht unbedingt eine Enttäuschung war. Ich erhob mich und überlegte dabei, daß es absurd war, gleich nach Sonnenuntergang zu Bett zu gehen, aber es hatte zumindest den Vorteil, unerwünschte Gesellschaft loszuwerden. Und was hätte man sonst an einem solchen Ort tun können? Die Örtlichkeiten, die er erwähnt hatte, waren ein kleines hölzernes Gebäude in einiger Entfernung von den Häusern. Helni hatte darauf hingewiesen und die Funktion in nüchternen Worten erklärt. Wenn ich die Wahl gehabt hätte, hätte ich das Ding nicht benutzt, aber jetzt blieb mir nichts anderes übrig, als mich auf eigene Faust in die vom Fackelschein erhellte Dunkelheit hinauszubegeben.

Nachdem ich zum Haus zurückgekehrt war, fand ich meinen Gesprächspartner auf mich wartend vor, aber er hatte anscheinend nicht lange gewartet. Er wandte sich um, als ich eintrat und winkte daraufhin zu dem anderen Zimmer.

»Du kannst vorgehen und dich ins Bett legen«, beschied er mich und drehte sich wieder zu der Immerglühlampe hoch oben in der Wandecke. »Ich werde das Licht ausmachen und die Tür verschließen.«

Es hätte mir nichts ausgemacht, diese Dinge selbst zu erledigen, wenn ich ihn dadurch rascher losgeworden wäre, aber ich hätte womöglich Schwierigkeiten dabei gehabt, das Licht zu erreichen, also war es unnötig, über diesen Punkt zu diskutieren. Wortlos ging ich ins Schlafzimmer und schloß die Tür hinter mir.

Das Zimmer war beträchtlich dunkler als das andere, aber nachdem ich das Bett erreicht hatte, hatten sich meine Augen an den spärlichen Fackelschein gewöhnt, der durch die Fenster hereindrang. Da ich an jenem Morgen auf dem einzigen Möbelstück im Raum erwacht war, nannte ich es ein Bett, aber die Verwandtschaft hinsichtlich dem, was normalerweise ein Bett genannt wurde, war irgendwie etwas vage. Das Ruhelager bestand aus vier zusammengeklammerten Holzbrettern mit etwas, das anscheinend eine Rietmatte war und vom oberen sowie mittleren Teil herabhing. Darauf lag eine rechteckige Decke, die mit irgend etwas ausgestopft war. Das Füllmaterial war nicht ganz hart, aber weich war es auch nicht, und es gab natürlich keine Möglichkeit, die Nachgiebigkeit, Länge oder Höhe einzustellen. Eine weitere Decke nahm den Platz eines Oberflächen-Thermostaten ein, aber Decken stellen sich nicht auf die Temperatur ein, die der Körper am behaglichsten findet. Das Bett stand einen Schritt oberhalb der Matte, auf der ich in dem Gefängnisgebäude geschlafen hatte, aber die Leute von Unterhalb betrachteten es als puren Luxus und extremen Fortschritt. Ich seufzte, während ich mir das blaue Kleid auszog, der einzig mögliche Kommentar in einer derartigen Situation.

Ich war gerade unter die Decke geschlüpft und schob Wunschgedanken an Schlafanzüge beiseite, da öffnete sich die Tür zu dem Zimmer und gab den Blick auf eine große, dunkle Gestalt frei. Ich verspürte einen schrecklichen Schlag in der Brust, der als ein unterdrücktes Keuchen über meine Lippen kam, und die Finger klammerten sich fest an die Decke, aber abgesehen davon konnte ich nicht sprechen oder mich bewegen. Die dunkle Gestalt war *er,* und er kam zur anderen Seite des Betts hinüber.

»Ich möchte nicht, daß du erschrickst«, sagte er, als er stehen blieb. Seine Stimme hatte diesen befehlenden Tonfall, und das beschattete Gesicht blickte auf mich herab. »Es ist etwas, das getan werden muß, wenn du jemals vergessen willst, was zuvor geschehen ist. Beruhige dich einfach und hab keine Angst.«

»Was tust du hier?« fragte ich mit zitternder Stimme und ärgerte mich, weil ich nur wegen seiner Worte wieder sprechen konnte. Die Furcht, die ich verspürt hatte, *war* verschwunden – das meiste davon –, aber ein starkes Gefühl des unrechtmäßigen Eindringens war verblieben. »Diese Hütte hat man *mir* gegeben, und du hast kein Recht, hereinzuspazieren und einfach …«

»Tut mir leid, aber dieses Haus gehört mir«, unterbrach er mich und machte sich daran, sein Hemd aufzuknöpfen. »Es mag stimmen, daß ich nur gelegentlich hier geschlafen habe, aber es gehört noch immer mir. Wo hätte ich denn deiner Erwartung nach meine Frau sonst unterbringen sollen?«

»Dieses Gefängnis erscheint mir auf einmal eine verdammt attraktive Alternative zu sein«, sagte ich, und mir wurde noch unbehaglicher, als er das Hemd auf den Rietboden warf, sich hinsetzte und sich mit seinen Stiefeln abmühte. »Wenn du dich dazu entschlossen hast, wieder einzuziehen, werde ich auf der Stelle ausziehen.«

»Du bleibst genau da, wo du bist«, widersprach er sofort, und der Befehl hielt mich davon ab, die Decke beiseite zu werfen und mein Kleid zu suchen, wie ich es beabsichtigt hatte. »Wenn wir gewußt hätten, was deine Leute uns zumuten würden, wärst du niemals eingesperrt worden, also hör mit der Stichelei auf. Du gehörst hierher, und hier wirst du bleiben.«

Mit diesen Worten stand er auf und griff mit den Schattenhänden nach der Lederhose, und ich konnte nichts anderes tun, als das Gesicht abzuwenden. Er ließ nicht zu, daß ich mich fürchtete, aber er ließ mir ebenfalls keine Bewegungsfreiheit, und es waren noch immer einige Dinge außer Furcht in Betracht zu ziehen. Es verstrich anscheinend überhaupt keine Zeit, bis ein weiterer Körper unter die Decke schlüpfte, ein großer, unbekleideter Körper, und jene Dinge, die nicht Furcht waren, wurden allmählich schlimmer.

»Es ist nichts Falsches oder Unnatürliches daran«, sagte er besänftigend und sehr nah, jedoch berührte er mich nicht. »Wie man mir gesagt hat, fühlen sich die meisten Mädchen so, wenn sie das erste Mal mit einem Mann im Bett sind, und trotz allem ist dies wirklich das erste Mal für dich. Dreh dich auf die Seite und sieh mich an!«

»Ich möchte das nicht tun«, flüsterte ich, als mein Körper ihm gehorchte, und ich weigerte mich, ihm ins Schattengesicht zu sehen. »Warum zwingst du dich mir abermals auf? Es wird dir nicht helfen, ich schwöre es, es wird dir nicht helfen!«

»Das hängt davon ab, von welcher Art Hilfe du redest«, antwortete er mit einem leisen Kichern, und die Augen, die auf mir lagen, fühlten sich an wie ein körperliches Gewicht. »Und du kannst damit aufhören, nur an Gewalt zu denken, denn es wird keine Gewalt geben. Wir werden einander lediglich kennenlernen, ebenso wie jedes andere verheiratete Paar. Gib mir deine Hand!«

Mein Widerstreben war so groß, daß ich mich nicht bewegen konnte, folglich mußte er hinabgreifen und meine Hand nehmen, statt einfach darauf zu warten, daß ich sie ihm überließ. Ich wußte nicht, was er tat oder warum er es tat, aber ich wußte genau, daß ich wollte, er solle aufhören; statt jedoch aufzuhören, legte er sich meine Hand flach auf die Brust.

»Siehst du? Der Schmerz ist ganz unbedeutend, und der Kontakt verursacht keine sofortige Übelkeit«, merkte er an, während er meine Hand über eine dicke Matte weicher Stacheln bewegte. »Dies ist ein Teil dessen, wie sich ein Mann anfühlt, und es soll sogar Frauen geben, die das Gefühl genießen.«

»Wenn man lange genug sucht, findet man Leute, die so gut wie alles genießen«, brummte ich und ertappte mich dabei, daß ich ihn nicht davon abhalten konnte, meine Hand ebenso über seine Schulter und seinen Arm gleiten zu lassen. »Wirst du mich bitte loslassen?«

»Das ist genau das, was ich zu tun beabsichtige«, sagte er und ließ meine Hand endlich los, so daß ich sie zurückziehen konnte. »Jetzt wirst du dasselbe freiwillig tun.«

Ich konnte nicht glauben, daß er das gesagt hatte, aber meine Hand hatte keine Zweifel. Trotz meines fortwährenden Widerstrebens hob sie sich erneut ihm entgegen. Daraufhin strich sie über seine Brust, seine Schulter und seinen Arm. Es fiel mir auf, wie seltsam er sich anfühlte, zumeist glatt, abgesehen von gelegentlichen Furchen, aber viel härter, als ich erwartet hatte, daß sich männliche Haut anfühlte. So hatte ich niemals irgend jemanden berührt, außer mich selbst, und das Gefühl war überhaupt nicht dasselbe.

»Das ist gut, mach einfach weiter«, ermutigte er mich, aber er selbst lag nicht mehr einfach nur still da. Sein stahlharter Arm fuhr unter meine Handfläche, als er sie anhob, und dann lagen die ausgespreizten Finger auf meinem bloßen Rücken. »Siehst du, dieser Teil ist auch nicht so furchtbar schrecklich. Du berührst deinen Gatten, und ich berühre meine Frau, und daran ist nichts Falsches.«

»Das ist deine Meinung«, gelang es mir zu sagen, und ich zwang mich dazu, nicht vor seiner Hand zurückzuzucken, damit ich mit meiner Hand nicht weiter vordringen mußte. »Du hast gelogen, als du gesagt hast, du würdest mich nicht dazu bringen, dir zu gehorchen, und du hast gelogen, als du gesagt hast, du würdest mich zu nichts zwingen. Warum gibst du dir jetzt die Mühe, darauf zu bestehen, daß du die Wahrheit sagst?«

»Ich habe nicht gelogen im Hinblick auf die Macht, die ich über dich habe«, beharrte er leise und fing damit an, die Hand über meinen Rücken zu bewegen, so, wie sich meine Hand noch immer auf ihm bewegte. »Wenn es eine andere Möglichkeit gäbe, wiedergutzumachen, was ich dir angetan habe, hätte ich es getan, aber mir fällt keine andere Möglichkeit ein. Vielleicht ist das so, weil ich an nichts anderes denken will, aber sobald wir jene Erinnerungen begraben haben, *wirst* du die Wahl haben, ein Bett mit mir für etwas mehr als nur zum Schlafen zu teilen. Und ich zwinge dir nichts auf, ich halte dich nur davon ab zu kneifen. Laß es uns etwas gemütlicher machen, und dann wollen wir herausfinden, was du vom Küssen weißt.«

Es war kaum eine Überraschung, daß seine Auffassung von ›es uns gemütlicher machen‹ bedeutete, daß er den rechten Arm unter mich legte und näherrückte, aber es gefiel mir noch immer nicht. Seine rechte Hand lag auf meinem Rücken, die linke Hand fuhr zu meinem Gesicht, und dann senkten sich seine Lippen auf die meinen, berührten sie kurz ein- oder zweimal, ehe sie sich darauf niederließen. Ich hatte ebensosehr eine Wahl, mich von ihm küssen zu lassen, wie ich eine Wahl bei allem anderen hatte, aber das war nicht meine einzige Sorge. In jener Position waren wir uns viel zu nah, und es war alles, was ich tun konnte, um nicht unfreiwillig gegen seinen Körper gedrückt zu werden.

»Na schön, du weißt also auch nichts vom Küssen«, sagte er mit einem Seufzer, als er den Kopf hob. »Waren dort überhaupt keine Männer, wo du zuletzt gelebt hast? Auf dieser Welt müßte ein Mädchen in einem Verschlag großgezogen werden, um ebenso unerfahren zu sein, wie du es bist.«

»Vielleicht können die Mädchen auf dieser Welt nichts Besseres mit ihrer Zeit anfangen«, gab ich zurück, und aus irgendeinem Grund fühlte ich mich völlig verstört, obwohl es mir nicht gleichgültiger hätte sein sollen. »Da ich etwas Besseres zu tun habe, muß ich mich wegen nichts schämen. Wenn du also unglücklich bist, so ist das schlimm genug für dich. Ich bin nicht diejenige, welche *dich* zu etwas zwingt.«

»Nein, du brauchst dich wegen nichts schämen«, stimmte er zu, womit er mich überraschte. »Die

Schande gebührt allen Männern, die sich jemals von dir fortjagen ließen. Sie müssen blind und dumm gewesen sein. Ist das nicht ein Glück, daß du dir bei *mir* deshalb keine Sorgen machen mußt? Hier, leg deine Hand hinter meine.«

Seine linke Hand war von meinem Gesicht zwischen uns gewandert, die Handfläche mir zugewandt, und dorthin gegangen, wo ich ihn mit meiner Hand am Handrücken berühren sollte. Ich verstand nicht, warum er nicht wollte, daß sie sich von dort wegbewegte, und dann mußte ich ganz abrupt an etwas anderes denken.

»Da du ganz offensichtlich vor dem hier zurückweichst, habe ich entschieden, daß wir als nächstes besser dorthin gehen«, sagte er, ohne mein schockiertes Keuchen zu beachten, und seine Finger lagen fest auf meiner rechten Brust. »Dies wird auch nicht so schlimm sein, wie du glaubst, und es ist noch immer nichts falsch daran. Es ist eine der Möglichkeiten, wie man eine Frau erregt – und einen Mann –, und darum wird es für gewöhnlich nicht in der Öffentlichkeit getan. Es macht soviel mehr Spaß, wenn der Mann und die Frau allein sind.«

In meinem Kopf wirbelten Worte umher, ohne in der Lage zu sein, den Weg aus meinem Mund zu finden, und ich hatte keine Ahnung, wie ich mich wirklich fühlte. Jedesmal, wenn er mir sagte, es sei nichts falsch an dem, was wir taten, hatte es mein Bewußtsein ganz genau so aufgenommen, aber es gab anscheinend noch immer einen Teil meiner selbst, den die Konditionierung nicht erreicht hatte und nicht erreichen konnte. Es war peinlich, wenn er derart die Hand auf mich gelegt hielt, wobei die Finger sanft mein Fleisch kneteten, und meine Hand lag hinter ihm, als würde ich ihn dazu ermutigen, mich zu berühren. Ich fühlte mich ebenfalls … merkwürdig … wegen der Berührung, nicht erschrocken, weil ich es nicht sein konnte, aber ganz gewiß und unbestreitbar merkwürdig.

»Ja, die Körper der meisten Menschen reagieren normal, wenn diese Menschen es zulassen«, murmelte er, und aus irgendeinem Grund billigte er mein Unbehagen eher, statt daß es ihn erheiterte. »Du hast eine lange Zeit damit zugebracht, deinem Körper zu erzählen, er könne nicht normal sein, aber jetzt erzähle ich ihm, daß er es sein kann, und er hat keine andere Wahl, als mir zuzuhören, ebenso, wie er dir hat zuhören müssen. Selbst wenn du dich dazu entschließt, mir hinterher den Rücken zuzukehren, wirst du deswegen nicht gleichzeitig jedem anderen Mann den Rücken zukehren. Du wirst wissen, was körperliches Vergnügen ist, und du wirst keine Angst davor haben, es hinzunehmen, was dich ein wenig für das entschädigen sollte, was dir angetan worden ist. Statt des Drangs, die Männer davonzujagen, wirst du imstande sein, sie, sofern du es willst, in einer Reihe vor dich hinzustellen. Heb mir das Gesicht entgegen!«

Mein Gesicht hob sich, und er senkte erneut die Lippen, jedoch nicht zu jener Art unterstützenden Kusses, den er zuvor versucht hatte. Er küßte mich langsam, jedoch kurz, und versuchte dabei deutlich, meine Lippen dazu zu bewegen, ihn ebenfalls zu küssen, und irgendwie war das genau das, was geschah. Ehe ich es wußte, küßten meine eigenen Lippen die seinen, aber das Gefühl wurde fast noch unbehaglicher als das fortwährende Drücken und Streicheln seiner Hand auf meiner Brust. Meine linke Hand war zwischen uns auf seiner Brust gefangen, und meine rechte Hand lag hinter seiner linken, was wohl eine fortwährende Ermutigung bedeuten sollte, und das fühlte sich ebenfalls eher einschränkend als richtig an. Es gab noch etwas, das ich hätte tun sollen, aber er gestattete es mir nicht.

»Viel besser«, murmelte er in erneuter Anerkennung und zog den Kopf während einer unbehaglichen, unsinnig kurzen Zeitspanne zurück. »Ich wußte, es wäre hübsch, eine Frau wie dich in meinen Armen zu halten, aber es ist mir nie klargeworden, wie hübsch das ist. Es ist ebensogut, dich zu berühren wie, dich anzusehen, vor allem, da du jetzt damit anfängst, dich zu entspannen und es zu genießen.«

Mir wurde klar, daß es die Konditionierung sein mußte, die mich dazu brachte, Aufregung und Freude angesichts seiner Worte der Zufriedenheit zu verspüren, aber selbst während ich schweigend seine Unfairneß verfluchte, konnte ich nicht verhindern, daß sich das Gefühl der Befriedigung – und des Verlangens nach mehr – in mir weiter ausbreitete. Wenn dies das war, was die Frauen des Adels auf dem Plateau fühlen sollten, so war es kein Wunder, daß sie den größten Teil ihrer Zeit damit verbrachten, sich für ihre Gatten schön zu machen und herauszuputzen …

»Jetzt werde doch nicht wieder frostig!« wurde ich sanft ermahnt, als ich keuchte, herausgerissen aus der Ablenkung, in die mich mein Gedankengang geführt hatte. Meine rechte Hand befand sich nicht mehr länger hinter seiner linken, sie war verschoben worden, während ich achtlos gewesen war, und jetzt hatten sich die Positionen umgekehrt. Seine Hand war hinter der meinen und hielt sie fest, und die Härte, gegen die meine Handfläche gepreßt wurde, hatte nichts mit seinem Arm oder seiner Brust zu tun.

»Dies ist ein weiteres Beispiel dafür, wie sich ein Mann anfühlt«, beschwichtigte er mich, aber er wollte den Griff auf meiner Hand nicht lockern. »Genauer gesagt ist es so, wie sich ein Mann anfühlt, wenn er es genießt, eine Frau in den Armen zu halten. Du bist der Grund dafür, weißt du, gerade so, wie es sein soll, also lernst du wirklich sehr rasch. Du hast das Recht, mich ebenso zu berühren, wie ich dich berühre, also entspanne dich und genieße deine Rechte, während wir ein wenig mehr das Küssen üben.«

Diesmal hob sich mein Gesicht, ohne daß es mir hätte gesagt werden müssen, und es wurde rasch schlimmer als zuvor. Nicht nur, daß er mich noch immer auf die gleiche kurze Weise küßte, sondern ich *war*, entsprechend den Anweisungen, auch entspannt, und ich *genoß* es, ihn zu berühren. Was nicht heißen soll, daß ich nicht ebenfalls peinlich berührt und verwirrt gewesen wäre, aber das Vergnügen schirmte das meiste davon ab. Ihn zu berühren, *war* mein Recht, und die Aufregung und das Verlangen stiegen erneut angesichts des Wissens hoch, daß *ich* diejenige war, die ihn so erregt hatte. Zuvor hatte ich niemals mehr getan, als einem Mann die Hand zu schütteln, wenn es sich nicht vermeiden ließ, und *ich* hatte *ihm das* angetan! In diesem Moment hörten die kurzen Küsse auf; ein längerer begann, und ich war in den seltsam aufregenden Geschmack der Lippen vertieft, die auf die meinen gepreßt waren.

Wieviel Zeit verstrich, weiß ich nicht mehr, aber ich ertappte mich auf einmal dabei, wie ich wegen eines scharf ansteigenden Unbehagens wimmerte. Da überkam es mich, daß seine Hand die meine nicht mehr länger festhielt, sondern sich statt dessen zu einer anderen Stelle bewegt hatte – auf mir! Seine streichelnden, tastenden Finger waren schlimmer als die kurzen quälenden Küsse, und ich entdeckte, daß ich weder stilliegen noch normal atmen konnte. Es war peinlich, so berührt zu werden, aber das Unbehagen war weit, weit schlimmer.

»O ja, du *bist* für mich bereit, nicht wahr?« murmelte er, während ich nach Atem rang, und die Worte klangen ebenso belustigt wie zufrieden. »Fühlt sich das nicht gut an, was ich jetzt tue?«

»Nein, bitte, nein, tu's nicht!« keuchte ich, und doch war es unmöglich, diese schreckliche Berührung zu meiden. »Es ist schrecklich, und ich kann's nicht länger ertragen, also hör bitte auf! Ich fühle mich dabei so … so …«

»Erregt«, erklärte er, und es hörte sich so an, als hätte

er sich wesentlich besser unter Kontrolle als ich. »Je erregter du bist, desto einfacher und genußvoller wird es für dich sein. In einer weiteren Minute oder zwei werde ich damit anfangen, dein Verlangen zu stillen, und wenn ich es tue, wirst du darüber nachdenken, wie sehr du diese Befriedigung brauchst, wie sehr du sie willst und wie gut sie sich anfühlt. Und es *wird* sich gut anfühlen, das verspreche ich dir. Sag mir, daß du es glaubst!«

»Ja, ich glaube dir«, flüsterte ich, und ich wußte, es war die Wahrheit, und meine Hand schloß sich fester um ihn. »Du wirst mein Verlangen stillen, und es wird wundervoll sein, aber warte nicht länger. Ich halte es nicht aus, wenn du wartest!«

Er kicherte erneut, während er damit fortfuhr, mich zu peinigen, aber selbst die schlimmste Folter endet irgendwann einmal. Gerade, als ich bereit war zu schreien, wälzte er sich über mich, während er leise davon sprach, was er mit dem zu tun gedachte, was ich festhielt. Ich war schrecklich verlegen und quälte mich fast selbst mit dieser Verlegenheit, aber er ließ es nicht geschehen. Trotz meines atemlosen Ausbruchs erreichte er meine Absicht langsam und sanft, und dann lag ich in seinen Armen, seine Lippen auf den meinen, und die Freude, von der er gesprochen hatte, hatte bereits angefangen.

Kapitel 6

Als ich am Morgen erwachte, war ich allein in dem Bett, und eine Minute oder auch zwei konnte ich mich nicht recht entschließen, ob das etwas Gutes war oder nicht. Ich fühlte mich benommen, jedoch sehr behaglich und befriedigt, nicht wirklich wach genug, um meinen Verstand zu gebrauchen, nur mit der Erinnerung an Gefühle. Es war noch sehr früh, ein tiefer, goldener Schimmer und das Singen der Vögel deuteten darauf hin, daß der neue Tag eben begann, und die Decke fühlte sich gut an in der kühlen Morgenluft. Ich rekelte mich ein wenig und fand sie ein wenig zu kratzig, um wirklich gemütlich zu sein, legte mich daraufhin auf die Seite und barg das Gesicht in einer leicht kratzenden Falte. Das klare Licht des Tages machte aus dem Gedanken daran, was in der Nacht zuvor geschehen war, eine Zeit des Errötens, eine Reaktion, an die ich nicht gewöhnt war und die mir nicht gefiel, der ich jedoch nicht Einhalt gebieten konnte. Ich war ebenfalls verwirrt, doch das half nun nicht im mindesten.

Warum all das Sich-an-die-Brust-Schlagen? fragte mein anderes Ich, ruhig und neugierig wie üblich. **Entweder hast du es genossen und mußt dich daher nicht beklagen, oder du hast es nicht getan und hast Grund zur Klage. Kannst du denn nicht sagen, was zutrifft?**

Ob ich es genossen habe oder nicht, hat damit nichts zu tun, gab ich zurück, schweigend, jedoch heftig. *Er hatte kein Recht, mir das anzutun, ebensowenig, wie er das Recht hatte, als er mir weh getan hat. Und wie soll ich denn* wissen, *ob ich es genossen habe oder nicht? Wenn er es wollte, könnte er mich dazu bringen, es zu genießen, lebendig gehäutet zu werden.*

Das hat etwas für sich, grollte die Stimme, gab sich jedoch nicht geschlagen. *Diese Konditionierung ist Mord, und wenn man dir nicht ausdrücklich sagt, du sollst eigenständig denken, überläßt du automatisch* ihm *das Denken. Aber es mag hilfreich sein zu wissen, daß* ich *es genossen habe.**

Wie soll denn das *hilfreich sein?* fragte ich und hob das Gesicht von der Decke, damit ich atmen konnte. *Du hast nicht mehr Erfahrung mit jener Sache als ich, und ich erinnere mich noch immer daran, was er mir das erste Mal angetan hat. Egal, was er sagt, er versucht einfach nur, daß ich ihrem verrückten Plan zustimme. Selbst wenn sich herausstellen sollte, daß ich nicht wieder allein sein muß.*

Wenn ich laut gesprochen hätte, hätte ich den allerletzten Satz gemurmelt, denn das war der Punkt, der mich am meisten bestürzte und verwirrte. In der Nacht zuvor war mir gesagt worden, daß ich aufgrund dessen, was man mir antäte, in der Zukunft jeden Mann akzeptieren würde, der mir etwas bedeutete, und das war etwas, wozu ich mich bislang nicht hatte durchringen können. Ich rutschte ein wenig unter der Decke umher, und mir war noch immer nicht sehr wohl bei dem Gedanken, aber was wäre, wenn ich mich an ihn gewöhnte? Es gab nur sehr wenige Männer in den Clustern, die so dachten wie Quentin Darborough, der junge Finanzmagnat, den ich auf dem Kreuzer nach Plateau getroffen hatte. Niemals banden sie sich lange Zeit an eine Frau, aber während sie sich austobten, waren sie sehr aufmerksam. Das wäre sogar noch besser, als Geschäftspartner oder Diener zu haben, und falls das, was der Ceenaber Strall gesagt hatte, zutraf, waren Komplikationen eher unwahrscheinlich. Falls die Kreatur an mir ebenso sein Vergnügen gehabt hatte, wie es den Anschein hatte, so *war* ich womöglich gar nicht so schlecht, wie ich immer geglaubt hatte, und vielleicht war eine kurze Weile mit verschiedenen Männern nicht *zu* viel erwartet …

»Einen guten Morgen, Frau«, sagte plötzlich eine

Stimme, und dann wurde ich geküßt, ohne daß ich eine Ahnung gehabt hätte, von woher er gekommen war. Sein großer Körper beugte sich eine oder zwei Minuten über mich, und als er sich zurück in die Hocke setzte, sah ich, daß die Tür hinter ihm offenstand. Ich war zu sehr von meinen eigenen Gedanken in Beschlag genommen gewesen, um ihn eintreten zu sehen, was bedeutete, es war an der Zeit für mich, etwas aufmerksamer zu sein.

»Zunächst hatte ich gedacht, du würdest schlafen, und dann habe ich gesehen, daß du nachdachtest«, bemerkte er und lächelte mich an, wobei er die Finger über dem Schoß verschränkte. »Wenn du über dasselbe nachgedacht hast, woran ich mich erinnere, entschuldige ich mich dafür, angenehme Erinnerungen unterbrochen zu haben ...«

Ich errötete über das ganze Gesicht, und sein Lächeln weitete sich zu einem Grinsen, was man typischerweise von jemandem wie ihm erwarten konnte. Erziehung hat eine Menge mit guten Manieren zu tun, wie ich weiß, aber das Fehlen des einen ist ein Grund für das andere, jedoch keine Entschuldigung.

»Was veranlaßt dich zu glauben, die Erinnerungen seien wirklich so angenehm?« fragte ich und versuchte nicht darauf zu achten, wie ich errötete. »Hast du die Absicht gehabt, Befehle zu erteilen und es dann einfach vergessen? Ich sollte annehmen, daß du jetzt endlich mit deiner Vergewaltigung ins reine gekommen wärst.«

»Verdammt, ich habe vergessen, wie du deine Gegenangriffe startest«, sagte er mit einem Seufzer, und das Grinsen war jetzt verschwunden. »Es ist noch zu früh, um eine wirkliche Veränderung zu erwarten. Nein, kleines Mädchen, ich habe keine Befehle gegeben, woran du dich erinnern solltest, ich habe lediglich gehofft. Wenn die vergangene Nacht für dich nicht so gut gewesen ist wie für mich, müssen wir uns das für das nächste Mal vornehmen. In der Zwischenzeit wird der Tag nicht jünger, und ich bin hungrig. Was gibt's zum Frühstück?«

In diesem Augenblick lag in seinen Augen eine merkwürdige, sehr freimütige Belustigung, und ich konnte sie ebensowenig verstehen, wie ich die Bedeutung seiner Worte verstehen konnte. Ich zweifelte nicht daran, daß es noch immer schrecklich viel mit dem Plan zu tun hatte, den sie sich weigerten aufzugeben, aber ebenso bekam ich allmählich das Gefühl eines sehr schwachen Schattens von Unsicherheit.

»Nichts gibt's zum Frühstück, es sei denn, du verschwindest von hier, damit ich mich anziehen darf«, stellte ich fest, womit ich auf die einzige Frage antwortete, auf die ich Antwort geben konnte. Beim Gedanken, wieder eine Mahlzeit zuzubereiten, fühlte ich mich ein wenig besser, aber ich war nicht gewillt, nackt herumzustolzieren.

»Du bist wirklich eine harte Frau«, sagte er mit einem weiteren Seufzer, während er sich aufrichtete, und er sah aus, als sei gerade sein Lieblingshaustier gestorben. »Mich vor die Wahl zu stellen, entweder den Anblick meiner Frau zu genießen oder das, was sie kocht, ist grausam, aber womöglich ist es am besten so. Anschauen führt manchmal zu Verspätungen beim Essen, und wir haben heute eine Menge zu erledigen.«

Hinter dem Blinzeln, das er mir schenkte, lag ein Grinsen, aber er war zu rasch verschwunden und hatte die Tür hinter sich geschlossen, als daß sich meine Verwirrung zu seiner Belustigung hätte hinzufügen können. Mir *gefiel* die Weise nicht, wie er mich behandelte, aber da ich zuvor noch nie so behandelt worden war, wußte ich nicht, wie ich damit klarkommen sollte. So konnte ich lediglich häßliche Dinge murmeln, während ich aus dem Bett stieg und das ungeliebte blaue Kleid anzog.

Ich besuchte die Örtlichkeiten, fand einen Eimer Wasser in der Nähe unserer Hütte, so daß ich mir wenigstens Hände und Gesicht abspülen konnte, und machte mich anschließend daran, das Frühstück zu bereiten. Selbst zu dieser frühen Stunde liefen schon etliche Leute im Lager, und aus irgendeinem Grund nickten oder lächelten mir diejenigen zu, die zufällig an mir vorüberkamen. Da ich sie nicht kannte und auch nicht kennenlernen wollte, reagierte ich nicht freundlich, aber keiner von ihnen wartete auf eine Antwort oder schien zu bemerken, daß keine erfolgte. Das war überhaupt nicht die Art, wie sich die Leute andernorts verhielten – schließlich *gibt* es Dinge wie Anstand und sozialer Status oder das Fehlen desselben –, und ich grübelte so sehr darüber, was *diese* Leute dachten, was sie täten, daß das Frühstück zubereitet war, ehe ich es mitbekam oder das Kochen wirklich genießen konnte.

Als das Essen vom Feuer kam, vergingen möglicherweise volle sechzig Sekunden, bis die Kreatur wieder auftauchte, aber das möchte ich wirklich nicht beschwören. Er wurde anscheinend von meinen Kochkünsten angezogen, wie ein Magnet Eisen anzieht. Es war nichts weiter als ein einfaches Fleisch- und Käseomelette, das ich aus dem zusammengeworfen hatte, was ich in der Vorratskammer gefunden hatte, aber ihm blieb nichts anderes übrig, als zu warten, bis wir in die Hütte zurückgekehrt waren und uns hingesetzt hatten, ehe er es in Angriff nehmen konnte. Ich hatte weniger davon genommen, als ich ihm gegeben hatte, aber er war damit fertig und griff nach dem Krug und den Bechern, die er mitgebracht hatte, ehe ich auch nur zur Hälfte fertig war. Er füllte die Becher mit der dicken weißen Flüssigkeit, reichte mir einen und lehnte sich daraufhin mit einem zufriedenen Seufzer zurück, bis ich den letzten Bissen zu mir genommen hatte.

»Ich weiß nicht, wie du etwas dermaßen Gutes so langsam essen kannst«, bemerkte er anschließend, während er an seinem Becher nippte. »In zwanzig Jahren werde ich es womöglich mit einem Bissen herunterschlucken.«

»Meiner Ansicht nach würden bereits zwanzig *Tage* es ganz schön alt aussehen lassen«, gab ich zurück und benutzte meinen Becher in dem Versuch, die wohltuende Freude herunterzuspülen, die ich plötzlich verspürte. Die Konditionierung sorgte dafür, daß ich mit den Dingen, die ich tat, zufrieden sein *wollte,* also entschloß ich mich, daß ich verdammt sein sollte, wenn ich es täte.

»Du hast die Töpfe und Schüsseln vom letzten Abend nicht gespült«, bemerkte er und überhörte offensichtlich den Kommentar, den *ich* abgegeben hatte. »Wir haben jetzt keine Zeit dafür, also werde ich jemand anderen darauf ansetzen müssen, aber sobald wir zurück sind, wirst du dich darum kümmern. Die Leute hier in der Umgebung neigen dazu, die eigene Last zu tragen, und sie ziehen es vor, wenn diejenigen um sie herum dasselbe tun.«

»Saubermachen war stets Aufgabe der Leute gewesen, die für mich arbeiten«, bemerkte ich meinerseits und schenkte meinem Getränk eine Menge mehr an Beachtung als seinen indirekten Bemerkungen, irgendwohin zu gehen. »Wenn den Leuten hier diese Vorstellung nicht gefällt, ist das einfach nur schade. Sie mögen freiwillige Lastenträger sein, aber ich bin es nicht, und falls ich überleben sollte, kann ich das auch ohne ihre gute Meinung tun.«

»Wir müssen wirklich etwas gegen deine Vorurteile unternehmen«, sagte er mit einem Seufzer, setzte daraufhin den geleerten Becher beiseite und stand auf. »Wir werden das zur Nummer zwei auf der Liste machen, wenn wir zurückkehren, aber im Augenblick ist es fast an der Zeit aufzubrechen, also werden wir dich verkleiden.«

»Was meinst du mit ›verkleiden‹?« fragte ich und merkte, daß der Versuch, ihn zu ignorieren, weniger als gewinnbringend gewesen war. »Und wo willst du mich überhaupt hinbringen?«

»Das wirst du herausfinden«, war die ganze Antwort, die ich erhielt, zusammen mit einem Grinsen, ehe er mich am Arm nahm und mir auf die Füße ›half‹. Es gab nichts weiter zu tun, als mich an eben jenem Arm aus der Hütte drängen zu lassen, in Richtung auf das gewisse Ziel, das die erbärmliche Kreatur im Sinn hatte.

Zumindest bis zum ersten Halt auf dem Weg zu jenem Ziel. Eine kleine Hütte auf der gegenüberliegenden Seite des Lagers beherbergte ein liebenswürdiges junges Mädchen in einem verschmutzten Kleid, das, nachdem es der Kreatur einen Kuß gegeben hatte, für den es eigentlich viel zu jung hätte sein müssen, ihn hinausjagte und die Tür schloß. Irgendwie, durch unaufhörliches Geplapper hindurch, wurde mir das Kleid abgestreift, und anschließend wurde ich auf einen hölzernen Stuhl innerhalb einer niedrigen Metallwanne gesetzt und einer raschen, jedoch gründlichen Haarbehandlung unterzogen. Die Knoten im Haar wurden mit mehr Geschwindigkeit als Vorsicht gelöst, und dann wurde eine feuchte Masse in die Strähnen eingekämmt. Man hatte mir ein schmutziges Tuch um die Schultern gelegt, und während des Einkämmens wischte das Mädchen mehrere Male mit einem feuchten Tuch über meinen Nacken. Als ich herauszubekommen versuchte, was da getan wurde, unterbrach sie ihren fast endlosen Wortschwall und sagte etwas über die Mixtur, die an der Haut haftete und anschließend die Kleider verschmutzte, wenn sie nicht auf der Stelle entfernt wurde, und kehrte daraufhin zu ihrem ursprünglichen Thema zurück – was auch immer das sein mochte. Nach den ersten beiden Minuten hörte ich nicht länger zu, weil ich wußte, wann ich im falschen Film war.

Mein Haar wurde dreimal gekämmt und mit einem Tuch abgerieben, und dann wurde mir freudestrahlend mitgeteilt, daß alles erledigt wäre und ich mich wieder anziehen könnte. Da mir kein Spiegel angeboten wurde, zog ich eine Strähne des Haars nach vorn, dem man soviel Aufmerksamkeit gewidmet hatte, und starrte sie überrascht an. Statt seiner üblichen goldenen Färbung mit den rötlichen Strähnen war es jetzt von einem undefinierbaren mittleren Braun, eine Farbe, die in keinster Weise unnatürlich wirkte. Da ich ein schmutziges Braun oder Schwarz erwartet hatte, war ich angenehm überrascht, und das Mädchen lachte angesichts meiner Reaktion.

»Du meinst, du bist die einzige, die ihre Haarfarbe verstecken muß?« fragte sie und schüttelte über meine Naivität den Kopf. »Für die Typen ist das nicht so schlimm, die sind nämlich alle blond, aber die Mädchen müssen sie verbergen, oder die Schläger sind in Rudeln hinter ihnen her. Die Farbe wäscht sich lange Zeit nicht aus, aber wenn du dir die Haare wäschst, bleib außer Sichtweite, bis es wieder trocken ist. Wenn es naß ist, schimmert die echte Farbe hindurch. Nimm dich vor den Schlägern in acht. Die werden ganz wild, wenn sie Halbies sehen.«

»Halbies«, wiederholte ich mit einem Stirnrunzeln, denn ich hatte das Wort noch nie zuvor gehört. »Soll das etwas mit der Haarfarbe zu tun haben?«

»In gewisser Weise«, antwortete das Mädchen mit einem Kichern. »Halbies sind die, die jene von Oben den Mädchen verpassen, die als Diener am Thron arbeiten. Wenn sie ihnen einen dicken Bauch gemacht haben, schicken sie sie wieder hier runter und suchen sich neue Mädchen. Die Halbies kommen immer gleich raus, blonde Typen und rotblonde Mädchen, so wie alle am Thron sein sollen, nur daß es hier unten nicht so'n Erfolg hat. Wie kommt's, daß du das nicht weißt?«

»Vielleicht, weil ich ein bißchen langsam bin«, antwortete ich und sah von dem Mädchen weg, als bereute ich, heute morgen gefrühstückt zu haben. Der Gedanke machte mich buchstäblich krank, daß derlei Dinge tatsächlich geschahen, daß Leute, die sich adelig nannten, derartig unmoralisch sein konnten. Auf einmal jedoch vernahm ich wieder Jamis' Stimme, der mir berichtete, wie man die Erben vor den Mädchen der eigenen Klasse gewarnt hatte. Damals war mir der Gedanke nicht gekommen, daß die Dienerinnen, die er erwähnt hatte, Mädchen waren, denen in dieser Angelegenheit keine Wahl blieb und die nicht wußten, wie sie sich selbst schützen könnten. Es war ebenfalls offensichtlich, daß die Beschränkungen hinsichtlich Fortpflanzung, die man den Frauen von Oben auferlegt hatte, nicht von den Männern geteilt wurden. Sie pflanzten ihre Seitentriebe, wie es ihnen gefiel, und verbannten sie anschließend nach Unterhalb, wo sie ihnen keine Sorgen bereiteten. Ein weiteres feines Beispiel für Wärme, Fürsorge und Edelmut.

»Vergiß nicht, die Haare wieder zu färben, wenn sie auswachsen«, warnte mich das Mädchen, das mit meinem Kleid herüberkam. »Wenn die Schläger ein Halbie-Mädchen erkennen, werden sie zum Tier. Du solltest in Gareths Nähe bleiben und auf ihn hören. Er wird dich von Schwierigkeiten fernhalten.«

Der ernste Blick, den ich bei diesen Worten von ihr erhielt, war ziemlich unpassend bei einem Mädchen, das so viel jünger als ich selbst war. Ich legte auch keinen besonderen Wert auf Ratschläge, aber das war meine Angelegenheit und nichts, was ich mit einem Kind diskutieren wollte. Ich stand auf und nahm mein Kleid wieder an mich, schlüpfte hinein und verließ daraufhin die Hütte.

Mein Fänger wartete draußen auf mich, aber er war nicht mehr länger allein. Wenige Fuß entfernt standen mindestens zwei Dutzend Männer mit ihren Drangs, und alle sahen aufgeregt aus und waren mit Messern und Schwertern bewaffnet. Die Riemen, welche die Kreatur und seine beiden Kumpane auf dem Plateau über die nackte Brust gespannt hatten, wurden jetzt auf die gleiche Weise getragen. Was die Männer vorhatten, wußte ich nicht, und keiner schien bereit, mich in Kenntnis zu setzen.

»Nun seht euch das an«, bemerkte die Kreatur mit einem Grinsen und trat näher, wobei er zwei Drangs führte. »Hat dir schon einmal jemand gesagt, daß du mit braunem Haar genauso hübsch bist? Vielleicht sogar noch hübscher. Komm schon, ich werde dir beim Aufsteigen helfen.«

»Ich brauche keine Hilfe«, sagte ich zutiefst verärgert über seine lächerlichen Bemerkungen. »Ich möchte lediglich meine Stiefel zurückhaben, wenn das von dieser Bande von Dieben nicht zuviel verlangt ist.«

»Nun, es ist nicht nett von dir, meine Männer als Diebe zu bezeichnen«, tadelte er mich, wobei er noch immer grinste, während er mich zur Seite eines der Drangs führte. »Du kannst deine alten Stiefel nicht zurückbekommen, das wäre so, als würde man zu einem Schläger gehen und sich ihm mit einer Faust aufs Maul vorstellen. Wenn du willst, daß *ich* dich mit einem Paar versorge, mußt du mich darum bitten. Und jetzt rauf mit dir!«

Ich hatte gerade den Fuß in den Steigbügel gesetzt, als er mich mit den Händen an der Hüfte umfaßte, und im nächsten Augenblick hatte er mich hochgehoben. Ich schwang mich mit einem leisen Fluch in den Sattel, weil ich in einem Kleid reiten mußte. Er hatte nichts weiter getan, als mir beim Aufsteigen zu helfen, aber ich weigerte mich, in diesem Punkt etwas Bedeutsames zu sehen; am wahrscheinlichsten war, daß er es lediglich getan hatte, um mich zu verärgern.

Mein Aufstieg war anscheinend ein Signal, denn eine Minute später befanden sich alle anderen im Sattel. Ich erwartete, daß mein Drang wie bereits Tage zuvor geführt wurde, aber ich wurde erneut enttäuscht. Ein gekrümmter Finger deutete an, daß ich meinem Fänger folgen sollte, und anschließend ritten wir alle auf das

Tarnnetz des Lagers zu, das bereits für uns aufgehalten wurde. Eine beträchtliche Anzahl von Frauen und ein paar Männer standen nicht weit von der Öffnung entfernt, die Frauen winkten und riefen den Reitern etwas zu, die Männer standen schweigend da, wirkten jedoch neidisch, und dann ritten wir durch die Öffnung und erreichten den Wald.

Zunächst kamen wir in dem dichten Wald nur langsam voran, aber nach und nach wurde der Wald lichter, so daß wir einen Schritt zulegen konnten. Vogelgezwitscher war über dem Geräusch von Dranghufen zu vernehmen, dem einzigen Geräusch, das unsere Gruppe verursachte. Seit wir das Lager verlassen hatten, hatten die Männer, die mit uns ritten, kein Wort mehr gesprochen, nicht einmal eine geflüsterte Unterhaltung geführt. Sie schienen sehr damit beschäftigt, sich umzusehen, obgleich es um uns herum nichts Auffälliges gab. Ich neige dazu, von Bäumen nur in begrenztem Maß begeistert zu sein, aber die Männer rings um mich her fanden sie anscheinend faszinierend.

Wir ritten weiter und weiter, folgten gelegentlich einem rauhen Pfad, ehe wir ihn wieder verließen, und dann gesellten sich die beiden Männer zu uns, die vorausgeritten waren. Jetzt kehrten sie mit einem dritten Mann zurück, der nicht wie die restliche Gruppe gekleidet war. Obgleich er ein Messer hatte, trug er ein Hemd, und sobald er näher kam, wurde mir klar, daß ich ihn kannte.

»Raf, wie ist es gelaufen?« fragte ihn die Kreatur, als er vor uns die Zügel angezogen hatte. Unsere Gruppe war beim Herannahen der drei stehengeblieben. »Haben sie die Lieferung erhalten?«

»Etwa drei Stunden vor Morgengrauen«, lautete die Antwort, und die Augen des Neuankömmlings lagen kurz auf mir, ehe sie zu dem Mann zurückkehrten. »Der Flieger war so leise, daß ich ihn sah, ehe ich ihn hörte, und die Schläger haben ihn in kürzester Zeit entladen.

Es wird keine Attrappen-Lieferung gewesen sein wie das letzte Mal.«

»Sie können sich eine Attrappen-Lieferung nicht leisten«, antwortete die Kreatur, und sein schwaches Lächeln verhärtete seinen Ausdruck, statt ihn weicher werden zu lassen. »Etliche Motorenelemente sind dabei auszubrennen, und wenn sie diese nicht rechtzeitig ersetzen, werden sie einen Großteil der Ernte verlieren. Wenn dieses spezielle Getreide nicht wirklich wichtig für die Prinzen wäre, würden sie sich nicht so sehr darum bemühen, also müssen die Elemente funktionieren. Wie stark ist die Wache, die sie zurückgelassen haben?«

»Ich habe fünfzehn gezählt, aber es könnten weitere im Gebäude sein«, antwortete Raf, wobei sein Blick wiederum kurz zu mir herüberflackerte. »Keine Apparate irgendwelcher Art und nichts, das ungewöhnlich aussieht ... Gareth, du wirst doch nicht *sie* mit auf den Raubzug nehmen, oder? Sie könnte verwundet werden.«

»Nein, ich habe sie zu einem anderen Zweck mitgenommen«, sagte die Kreatur mit einem Lächeln und blickte gleichfalls in meine Richtung. »Ihr beide werdet zurückbleiben, und du kannst sie im Auge behalten, während ich beschäftigt bin. Ich werde nach dem Raubzug bei Joban erwartet.«

»Joban hat großes Vertrauen zu dir, nicht wahr?« meinte der andere Mann mit einem Lachen, und er sah jetzt glücklicher aus. »Oder vielleicht hat er auch nur Vertrauen zu uns übrigen, Gareth, du weißt, ich reite lieber mit dir, anstatt Teil der Rückendeckung zu sein, aber ich hoffe, du weißt ebenfalls, ich würde nicht zulassen, daß ihr etwas zustößt. Darauf hast du mein Wort.«

»Das weiß ich, Raf, und darum lasse ich sie auch bei dir zurück«, sagte die Kreatur belustigt. »So, wie sie ihr Mundwerk aufreißt, ist sie womöglich bei den Schlägern sicherer als bei einem von uns, aber das möchte ich nicht. Du warst von Anfang an dabeigewesen, also kann ich auf dich zählen, daß du ihr nicht mehr antust, als sie ein bißchen zu würgen. Denke einfach stets daran, daß sie meine Frau ist. Regan, von jetzt an wirst du mit Raf reiten, also gib acht auf das, was er sagt, und mache ihm das Leben nicht schwer. Wenn dich die Anwandlung überfällt, denke einfach nur an all jene schmerzhaften Strafen, die ich bislang noch nicht angewendet habe, und laß die Anwandlung vorübergehen.«

Die erbärmliche Kreatur blies mir einen Kuß entgegen und verschwand daraufhin mit seinen Männern. Raf kämpfte darum, nicht das Gesicht zu verziehen, und sobald die anderen verschwunden waren, blickte er mich mit dunklen, sehr belustigten Augen an.

»Er hört sich an wie der Gatte meiner Schwester«, vertraute er mir an, und er war irgendwie weicher geworden als der Mann, den ich zuvor gekannt hatte. »Sie war eine echte Wildkatze und hat ihm gewöhnlich die Hölle heiß gemacht, aber er war völlig verrückt nach ihr. Sie war ebenfalls völlig verrückt nach ihm, obgleich er ihr den Hintern versohlte, wenn sie zu weit gegangen war. Das war natürlich, ehe sie das Baby bekam ...«

Schmerz flackerte kurz in seinen Augen, ehe er ihn verbannte, und jäh erinnerte ich mich an das, was er über seine Schwester erzählt hatte. Sie war bestialisch ermordet worden, und ich überlegte, wie ich mich fühlen würde, wenn es Jamis gewesen wäre, der so sinnlos gestorben wäre. Statt jedoch bei diesem Thema zu verweilen, entschied ich, es sei an der Zeit herauszufinden, was sich dort draußen abspielte.

»Meinst du, Seine Hoheit wäre vor den Kopf gestoßen, wenn du mir sagtest, was los war?« fragte ich, während ich einen Blick in die Richtung warf, wohin die anderen davongeritten waren. »Ich versuche nicht, dich in Schwierigkeiten zu bringen, wenn diese Information geheim sein sollte.«

»Ich habe gehört, daß du jetzt auf unserer Seite stehst, also sehe ich keinen Grund dafür, dir nicht alles zu erzählen«, antwortete er mit einem Schulterzucken, woraufhin das Grinsen wieder zurückkehrte. »Machst du dir eine Gewohnheit daraus, ihm das ins Gesicht zu sagen? ›Eure Hoheit‹, meine ich.«

»Ich habe versucht, es mir zur Gewohnheit zu machen, ihm nichts ins Gesicht zu sagen«, erwiderte ich säuerlich, wobei ich mich fragte, was der Mann so belustigend fand. »Und ich bin auf niemandes Seite außer meiner eigenen, also betrachte ihn nicht als meinen Freund, nur weil er dein Freund ist.«

»Manchmal braucht es eine Weile, ehe die Frau eines Mannes sein Freund wird«, gab der Mann von Unterhalb zurück, während er sich die Nase rieb. »Es spielt keine Rolle, ob du auf unserer Seite bist oder nicht, solange du nicht auf *deren* Seite bist. Sobald du einmal lange genug hier unten bist, wirst du immer wieder zurückkommen. Gewöhnlich ist das so.«

Daraufhin schlug er mit seinen Drang die Richtung ein, in der die Gruppe verschwunden war, und winkte mir zu folgen.

»Wir wollen ihnen nicht an den Fersen kleben, aber ich möchte zu einem Ort gelangen, wo wir den Angriff beobachten können«, erklärte er, während wir uns durch die Bäume schlugen. »Ich bin nicht der einzige, der Rückendeckung gibt, aber ich möchte den Angriff nicht verpassen. Wir werden langsam reiten, damit wir genügend Abstand halten.«

»Langsam reiten klingt gut für mich«, stimmte ich zu und rutschte im Sattel hin und her. »Bei einem rascheren Tempo schmerzen meine Füße, ganz zu schweigen von anderen Körperteilen. Was hat es mit diesem Angriff auf sich, und was bedeutet ›Rückendeckung‹?«

»Unsere Leute wollen ein Ersatzteillager ausrauben«, erklärte er mir, wobei Raf emsig damit beschäftigt war, sich umzusehen, wie es Gareth getan hatte. »In diesem

Gebiet gibt es viele Farmer, die lieber Schoßtiere der Oberen wären statt freie Männer, also machen sie es so, wie es die Prinzen haben wollen. Statt Farmen zu besitzen, die unabhängig sind, benutzen sie all diejenigen Maschinen, die es ihnen ermöglichen, die Farm rascher und einfacher zu betreiben, wodurch sie sogar ihre Seelen verpfänden, um die Maschinen zu bezahlen. Sie holen viermal mehr als das heraus, was die anderen Farmer erwirtschaften, aber sie stecken verteufelt viel tiefer drin, weil jene Maschinen nur eine kleine Weile halten, ehe einige Teile davon den Geist aufgeben.

Siehst du, die Oberen haben diese Maschinen so konstruiert, damit sie ihren Schoßtierchen stets einen Strick fest um den Hals knoten können. Sobald du eine Farm errichtest mit einem Apparat zur Bewässerung deiner Felder, mußt du diesen Apparat immer wieder benutzen und sicherstellen, daß er richtig funktioniert. Andernfalls stirbt dein Getreide ab, und du steckst tiefer in der Tinte denn je. Wenn diese Narren genügend Getreide verlieren, werden sie die Finger von den Apparaten lassen *müssen,* was die Stricke um ihre Hälse löst und sie *unserem* Standpunkt näher bringt. Die Oberen wollen nicht, daß das geschieht, aber wir wollen es, also nehmen wir die Ersatzteile weg.«

»Einfach so?« fragte ich, und es fiel mir schwer zu glauben, was ich gerade hörte. »Ihr glaubt, ihr könnt einfach mit Messern und Schwertern hineingehen und den Wachmännern die Ersatzteile wegnehmen, die sie mit Zähnen und Klauen festhalten? Habt ihr denn je von Feuerwaffen gehört?«

»Sicher haben wir von Feuerwaffen gehört«, antwortete er, und er war offensichtlich belustigt über meine Entrüstung. »Tatsächlich haben wir schon mehr als nur davon gehört, und deswegen machen wir uns auch keine Sorgen. Vor vielen Jahren, lange vor Gareths Zeit, hatten die Freiheitskämpfer einen Anführer, der ein ehemaliger Schläger war. Es hat ihm nicht gefallen, was auf dieser Welt vor sich ging, aber als Schläger konnte er nichts dagegen tun. Daraufhin versuchte er, von der Welt wegzukommen, um etwas zu unternehmen, und wurde erwischt. Diese Oberen verschwenden keine Arbeiter, wenn sie es nicht müssen, also endete der Ex-Schläger hier unten als einer von uns.

Sobald er die Kämpfer überzeugt hatte, daß er kein Spitzel war, überredete er sie dazu, ein paar Fallen aufzustellen. Er kannte die Schläger und ihre Signale und wußte, welches Depot und welche Station ein lohnendes Ziel darstellte. Nachdem die Fallen aufgestellt waren, griffen sie an, vier oder fünf Orte gleichzeitig. Jedermann redet noch immer davon, wie gut alles funktionierte. Die Schläger wurden überrollt, ohne zu wissen, was los war, und sie verloren alles, weil sie nicht geglaubt hatten, daß wir den Mut hätten, sie auf diese Weise anzugreifen. Der Ex-Schläger hat einen von den erbeuteten Apparaten dazu benutzt, einen Hilferuf zu senden, wobei er vorgab, mitten in der Botschaft abgeschnitten zu werden. Du glaubst es nicht, aber sie waren dumm genug, ihnen einen Flieger zur Unterstützung zu schicken.«

Ich saß auf meinem langsam schreitenden Drang und starrte den kichernden Mann an, und auf einmal verstand ich die Bedeutung dessen, was er mir gerade erzählte. Die von Unterhalb hatten eine große Menge fortgeschrittener Ausrüstung erbeutet, und dann hatten sie diese Ausrüstung dazu benutzt, um weitere zu bekommen!

»Ich glaube, jetzt hast du es begriffen«, sagte er, nachdem er mir einen weiteren Blick zugeworfen hatte, wobei sich Befriedigung mit Belustigung mischte. »Wir haben Verluste hinnehmen müssen, als wir den Flieger erbeutet haben, aber wir haben ihn schließlich bekommen, und dann haben wir unsere Beute weggekarrt. Die Oberen haben natürlich versucht, die Sachen zurückzubekommen, aber das meiste davon war für sie verloren, und die übrigen waren damit beschäftigt, ihre Schläger zu finden. Wir haben immer wieder Depots und Stationen überfallen, haben noch mehr erbeutet, und dann haben sie eines Tages alles aus diesen Stationen fortgeschafft und anschließend den Schlägern, die dort arbeiteten, ihre Schußwaffen abgenommen. Sie wollten uns dazu bringen, alles aufzubrauchen, was wir hatten, verstehst du, und dann wären sie imstande gewesen, uns auszulöschen.«

»Aber ihr habt das, was ihr hattet, nicht aufgebraucht«, stellte ich fest, und es war für mich eine Tatsache. »Ihr habt die Waffen für Notfälle aufgehoben.«

»Natürlich haben wir sie aufgehoben«, sagte er, und es klang wie Spott über die Einfalt jener, die von den Kämpfern Dummheit erwartet hatten. »Wenn man etwas nicht ersetzen kann, bewahrt man es auf, bis man es wirklich benötigt. Der ursprüngliche Plan sah vor, genügend Waffen zu bekommen, um den Thron anzugreifen, und glaube ja nicht, die Oberen hätten das nicht herausbekommen. Aus diesem Grund tragen die Schläger hier unten in den Stationen, Depots oder auf Patrouille lediglich Messer oder Schwerter, und wir beobachten sie aufmerksam, ob das alles ist, was sie haben. Wenn sie sich zeigen und mehr dabei haben, werden wir unsere Reserven einsatzbereit machen, und es ist leichter, einen Hinterhalt zuschnappen zu lassen, als einen Hinterhalt zu überleben. Die Rückendeckung soll vor einem Raubzug die Anwesenheit von Feuerwaffen überprüfen und sicherstellen, daß sie während des Raubzugs nicht aus der Versenkung auftauchen. In diesem Fall verlieren wir die Männer, die den Raub durchführen, aber diejenigen, die mit der nächsten Welle kommen, werden nicht so leicht abzuwehren sein. Und danach hätten wir einfach mehr von dem, was wir brauchen.«

»Also vertrauen die Männer, welche die Raubzüge unternehmen, darauf, daß der Adel seine Wächter nicht wieder bewaffnet«, sagte ich, ein Gedankengang, der mir mißfiel. »Wenn sie sich irren, werden sie nicht einmal Zeit haben, zu bereuen, daß sie Dummköpfe gewesen sind. Aber was ist mit der Weise, wie sie bekleidet sind? Ist das ein Signal, daß sie bereit sind, Selbstmord zu begehen?«

»Es ist ein Signal, das stimmt, aber es hat nichts mit Selbstmord zu tun«, gab Raf zurück, jetzt noch belustigter als zuvor. »Wir unternehmen eine Menge Raubzüge, und wir möchten, daß die Schläger wissen, wer sie besiegt, aber das ist nicht das einzige, was zu bedenken ist. Wir möchten nicht, daß unschuldige Farmer oder Rancher niedergemacht werden, weil sie in der Nähe irgendwelcher nervösen Schläger herumreiten, die sich von ihnen bedroht fühlen. Wenn wir sie schlagen wollen, tragen wir Kampfriemen, und wir schlagen sie niemals, wenn wir nicht jene Riemen tragen. Schläger sind dumm, aber sie haben gelernt, daß ein Mann in einem Hemd sich nicht auf sie stürzen wird – was Gareth sie gelehrt hat. Die Riemen waren seine Idee, und sie haben über die Jahre hinweg viele Leben gerettet, einige davon waren unsere.«

»Mit einer verborgenen Option darin«, sagte ich, mehr damit beschäftigt, die Sache durchzudenken, als dem Mann Aufmerksamkeit zu widmen. »Wenn jemals der Tag kommt, der eine Änderung der Spielregeln erfordert, werden die Wächter noch immer nach den alten Regeln spielen und völlig überrumpelt werden. Der Trick ist gut, kann jedoch nur einmal angewendet werden, aber jener Schlag kann vernichtend sein. Keine schlechte Idee.«

»Du bist wirklich rasch von Begriff, nicht wahr?« fragte er, und seine dunklen Augen sahen mich anerkennend an. »Strall hat uns gesagt, daß du sehr intelligent bist, du erkennst schnell Möglichkeiten, wo es die meisten anderen nicht tun. Wenn wir dich dazu bringen können, daß dein Gehirn für unsere Seite arbeitet, werden die Schläger und die Oberen nicht wissen, wie ihnen geschieht.«

Daraufhin zögerte er, der Ausdruck in seinen Augen änderte sich, und all die Belustigung, die er verspürt hatte, verließ ihn gänzlich.

»Ich hab das nicht sagen wollen, nicht so, wie es herauskam, aber ich konnte die Worte nicht zurückhalten«, begann er und tastete blindlings herum. »Ich kann noch nicht einmal sagen, daß mir das, was ich dir angetan habe, leid tut, weil das nicht ausreicht. Ich habe noch nie zuvor jemandem weh getan, der es nicht verdient hätte, und ich hätte auch dir nicht weh getan, wenn wir nicht von den Oberen auf dem Thron reingelegt worden wären. Aber wenn ich je die Gelegenheit erhalte, es ihnen heimzuzahlen, werde ich es tun, gleich, was es mich kostet, das verspreche ich dir. Jetzt sollten wir uns wieder auf den Weg machen. Ich glaube, der Angriff hat bereits begonnen.«

Er trieb sein Drang zu einem schnelleren Tempo an, ohne mir Gelegenheit zu geben, überhaupt etwas zu sagen; nicht daß ich gewußt hätte, was ich ihm hätte entgegnen sollen, selbst wenn ich die Möglichkeit dazu gehabt hätte. Die von Unterhalb hatten anscheinend die Gewohnheit, lieber Feststellungen zu treffen als sich zu entschuldigen, und ich war mir noch immer nicht im klaren, wie ich es aufnehmen sollte. Man kann eine Entschuldigung entweder annehmen oder zurückweisen, Feststellungen jedoch lassen einem nicht die gleiche Wahl; man kann sie ignorieren oder zurückweisen, aber das ändert nichts an der Tatsache, daß sie aufgestellt wurden. Ich ließ zu, daß mein Drang den Schritt ebenfalls beschleunigte, und auf diese Weise gelang es mir, das Thema zu wechseln.

Raf hatte recht gehabt. Der Kampf hatte bereits angefangen, und, das wurde immer offensichtlicher, je näher wir dem Waldrand kamen. Jenseits der dünner werdenden Bäume sah ich ein langes, eingeschossiges

Gebäude, aus dessen Fenstern dichter Rauch quoll. Durch zwei Eingänge hasteten einige rotgekleidete Wächter ins Freie, die Schwerter in Händen hielten, trotz der offensichtlichen Schwierigkeiten, die sie aufgrund des Rauchs hatten. Die Angreifer waren abgestiegen und bereits in Nahkämpfe verstrickt, und der Mann neben mir kicherte erneut.

»Dieser Pechrauch treibt sie jedes Mal heraus«, bemerkte er, während er ruhig dem brodelnden Handgemenge zusah. »Wir verwenden ihn noch nicht lange genug, daß es sich unter ihnen schon herumgesprochen hätte, insbesondere, da wir niemanden am Leben lassen, der darüber sprechen könnte, und hinterher beseitigen wir alle Spuren. Dieses brennende Pech ist wirklich schlimm, und selbst wenn man es löscht, hören der Rauch und der Gestank nicht sofort auf. Wir schießen Brandpfeile durch die Fenster und ersetzen daraufhin das zerbrochene Glas, also werden sie nicht wissen, was geschehen ist. Es ist für uns von Vorteil, daß sie diese Stationen an gerodeten Stellen errichten, ohne Bäume und Büsche ringsum, ansonsten hätten unsere Bogenschützen Schwierigkeiten damit, ihre Pfeile dorthin zu bringen, wo sie sie haben wollen.«

»Wenn diese Maschinenteile so wichtig sind, warum werden sie dann nicht den Leuten geliefert, die sie brauchen, statt sie an einem Ort zu belassen, von wo sie geraubt werden können?« fragte ich und wandte die Augen von dem Anblick eines rotgekleideten Gefallenen ab, dessen Uniform mit verschiedenen Rottönen befleckt war. »Das macht doch überhaupt keinen Sinn.«

»Es macht Sinn, wenn man es richtig betrachtet«, erwiderte Raf und hatte für mich nur einen kurzen Blick übrig, während er die Zerstörung mit Hingebung betrachtete. »Wenn sie versuchten, die Ersatzteile von der Ladefläche eines Lastwagens auszugeben, hätten wir es leichter als hier – wir haben das bei der Attrappen-Ladung bewiesen, mit der sie uns zum Narren halten wollten. Wenn sie einen Flieger benutzten, um die Teile anzuliefern, müßten sie irgendwann an einer geeigneten Stelle landen, und du entsinnst dich, was ich von Hinterhalten erzählt habe. Wenn sie diese Teile mit einer wirklich schweren Eskorte ausschickten, um uns davon abzuhalten, die Ladung unserer Waffensammlung hinzuzufügen, würden sich ihre Farmer anfangen zu wundern und sich Sorgen machen, wer für den Transport bezahlen müßte, und sie würden sich fragen, wie lange das aufrechterhalten werden könnte, selbst wenn ihnen nicht zusätzliche Kosten für besondere Dienste aufgebürdet werden. Die Farmer würden überlegen, ob sie sich nicht von diesen Maschinen abwenden sollten, und die Oberen möchten nicht, daß sie solche Überlegungen anstellen. Sie bringen statt dessen die Ersatzteile heimlich zu einer Station und hoffen, wir finden es nicht eher heraus, bis ihre Schoßtierchen kommen und die Teile erhalten. Es wird eine Weile dauern, ehe sie herausfinden, daß es nicht funktioniert.«

Seine Erklärung versickerte eher, als daß sie endete, und sein Drang setzte sich wieder in Bewegung; beide waren offensichtlich zu interessiert an dem Kampf, um sich lange davon ablenken zu lassen. Die Bäume dünnten ziemlich abrupt vor uns aus, und das Gebäude stand jenseits der Straße hinter den ausdünnenden Bäumen. Wir hörten das Kreischen der verwundeten Männer, die wütenden oder verzweifelten Rufe, das Geräusch von Waffen, die auf Waffen krachten, oder den dumpfen Schlag, wenn sie Fleisch trafen. Tote oder sich fieberhaft windende Körper lagen auf dem Boden – nicht alle davon waren Wächter –, und wir rochen den Gestank, den das Gemetzel hervorzurufen schien. Die Männer, die noch auf den Füßen standen, wirkten wie hirnlose Wilde, die mit aller Macht versuchten, einander zu vernichten. Arme wurden geschwungen, Körper schwitzten, Gesichter verzerrten sich schrecklich, und mich schauderte, als ich wegsah. Sie waren nicht wirklich menschlich, keiner von ihnen, und alles in mir wünschte, daß ich irgendwo anders sein könnte.

Und dann überkam es mich, daß dies eines der Dinge war, die ich zustandebringen wollte, und der Mann, der zu meiner Bewachung zurückgelassen worden war, hatte seine Befehle mißverstanden. Er war wachsam jedem gegenüber, der sich mir in der Absicht näherte, mir etwas anzutun, aber er achtete nicht auf das, was *ich* tat. Er und sein Drang entfernten sich immer weiter von mir, sie waren noch immer völlig vom Kampf beansprucht, und das war die Gelegenheit, auf die ich gewartet hatte. Ich zog an den Zügeln, und mein Drang ging einige Schritte rückwärts, ehe ich mich nach rechts wandte und mich klammheimlich durch die Bäume davonmachte.

Ich wartete, bis das Gebäude außer Sicht war und die meisten der Geräusche durch die Entfernung abgedämpft waren, ehe ich den Wald verließ und auf die Straße ging. Wenn ich die Straße benutzte, würde ich schneller vorwärtskommen, und ich entschloß mich, vorläufig darauf zu bleiben. Mein Herz klopfte und die Hände zitterten heftig, aber je weiter ich ging, ohne daß sich jemand hinter mir zeigte, desto besser fühlte ich mich, und auf der Straße atmete ich erleichtert auf. Ich würde es fertigbringen, von dieser schrecklichen Welt zu verschwinden und dorthin zurückzukehren, wo ich hingehörte, und dann wäre ich an der Reihe, mit ein paar Überraschungen aufzuwarten. Die ›Häßliche-Entlein-GmbH‹ hatte ein verborgenes Potential, das bislang noch niemand entdeckt zu haben schien, und dieses Potential gedachte ich als meine Hauptwaffe gegen den Wohlstand und die Macht von Plateau einzusetzen. Breiter Wohlstand ist selbstschützend und selbsterneuernd, und sobald er einmal in Bewegung gesetzt worden ist, ist es fast unmöglich, ihn aufzuhalten, seinem Kurs jedoch eine andere Richtung zu geben, ist nicht ganz so schwierig. Wenn man das Ungeheuer Behemoth aufhalten will, tritt man ihm nicht in den Weg; man lockt es hinter sich her in Treibsand, sobald man sich eine eigene Brücke zur Flucht gebaut hat. Ich mußte unbedingt an meinen Schreibtisch zurück, um diese Brücke zu errichten, aber sobald es einmal getan wäre …

Die Straße entlangzureiten war einfacher, als sich den Weg durch den Wald zu bahnen, aber es war auch weniger angenehm, da nichts vor der wachsenden Hitze des Tages Schatten spendete. Ich wußte, ich mußte jenen Fluß finden, den wir überquert hatten, und auf die andere Seite zurückkehren, aber jede verstreichende Minute ließ den Gedanken ans Schwimmen anziehender werden als den Gedanken an eine einfache Überquerung. Mein Drang bewegte sich gemächlich dahin, und ich entdeckte, daß ich allmählich die Ruhe der Landschaft ringsumher genoß. Es war ein schöner Morgen für einen Ritt nach irgendwo, aber mit der Freiheit als meinem Ziel wurde er noch besser.

Die Ruhe währte nicht einmal eine halbe Stunde. Die Straße, der ich folgte, wand sich um das Gehölz zu meiner Rechten, wobei einige Kurven die Sicht auf die restliche Straße nahmen. Ich ritt dahin, während meine Gedanken damit beschäftigt waren, Pläne sowohl für die Gegenwart als auch für die Zukunft auszuarbeiten, und Flucht und Rache waren zu angenehme Themen, als daß auch nur eines davon hätte zu kurz kommen dürfen. Dann bog ich um eine Kurve und fand mich plötzlich praktisch inmitten zweier bedeckter Wagen nebst einer Anzahl begleitender Reiter wieder. Sie kamen auf der Straße auf mich zu in die Richtung, aus der ich kam, und die Männer, welche die Drangs ritten und auf den Wagen saßen, trugen die Uniformen von Wächtern.

Ich war zu überrascht, um mehr zu tun als zu starren, während sich die kleine Kluft zwischen uns schloß, wobei ich mich insgeheim verfluchte, weil ich meiner Umgebung nicht genügend Beachtung geschenkt und die Wächter nicht kommen gehört hatte, und deswegen dachte ich zuerst, ich wäre noch einmal davongekommen. Die Wächter starrten mich ebenfalls an, und sie sahen nichts weiter als eine Frau von Unterhalb. Es gab keinen Grund, mich aufzuhalten, und wir waren bereits dabei, einander zu passieren, da wurde eine große Hand ausgestreckt, die meine Zügel packte. Mein Drang schnaubte und fuhr herum, außerstande, den Weg in die ursprüngliche Richtung fortzusetzen, und mein Herz fing erneut zu hämmern an.

»Was machst du da eigentlich?« fragte ich mit, wie ich hoffte, einer leichten Gereiztheit, und ich sah in das grinsende Gesicht oberhalb der Hand, die mich festhielt. »Ich habe keine Zeit, herumzustehen und zu reden, also laß bitte meine Zügel los.«

»Ich habe nicht ans Reden gedacht, Mädchen«, sagte der Wächter mit demselben Grinsen und veranlaßte einige der anderen dazu, dreckig zu lachen. »Wie würde es dir gefallen, einige Zeit damit zu verbringen, umherzureisen und dir die Aussicht anzusehen, jedoch nicht vom Rücken eines Drangs aus? Wird nicht länger als ein paar Wochen dauern, und dann kannst du dorthin zurückkehren, woher du gekommen bist.«

»Ist vielleicht keine sonderlich gute Idee, eine aus der Gegend hier mitzunehmen«, warf ein zweiter Wächter ein, während ich versuchte, mir etwas auszudenken, was ich sagen könnte – und nebenbei nicht in Panik zu geraten. »Der Boß möchte nicht, daß der Abschaum in dieser Sektion aufgereizt wird, deswegen fahren wir schließlich mit einem Puffwagen. Wenn du eine ihrer Frauen in einem Puffwagen mitnimmst, verschwenden wir einfach nur unsere Zeit.«

»Womöglich gehört sie gar nicht zu dem Abschaum vom Land, an den der Boß denkt«, gab der erste bedächtig zurück, und zwar auf eine Art, die besagte, er habe sich womöglich schon dazu entschieden, das zu tun, was *er* tun wollte. »Du sagst mir jetzt den Namen deiner Leute, Mädchen, und dann werde ich dir sagen, ob du eine ganze Menge Männer wirklich glücklich machen kannst.«

Ich öffnete die Lippen, während ich den großen, dunkeläugigen und grinsenden Wächter anstarrte, wobei ich mich an jeden Namen erinnerte, der in meiner Hörweite gefallen war, und ich fand keinen, der irgendwie von Nutzen gewesen wäre. Nicht nur, daß die Familiennamen weggelassen worden waren, sondern die einzigen mir zur Verfügung stehenden Vornamen waren solche, welche die Wächter nicht schätzen würden, nicht in dem Ausmaß, daß sie mich gehen ließen. Mich unter der Folter zu befragen, darin wären sie gut, aber um mir aus dieser Patsche zu helfen, dazu brauchte ich etwas, das ich nicht hatte.

»Ich höre nicht, daß sie deine Frage beantwortet, Lan«, sagte ein dritter Wächter, einer, der anscheinend nur ein wenig links hinter mir war und der sich belustigt anhörte. »Vielleicht denkt sie darüber nach, wer ihre Leute sein sollen, statt darüber, wer sie wirklich sind. Wollen wir doch mal sehen, ob ich ihr nicht ein bißchen auf die Sprünge helfen kann.«

»Weiß deine Hilfe stets zu schätzen, Captain«, gab der Wächter namens Lan mit einem Gelächter zu, als sich mir ein dicker Arm um die Hüfte legte, was mich dazu veranlaßte, erst zu keuchen und dann aufzuschreien. Der Arm hob mich von meinem Drang und zog mich aus dem Sattel, obgleich ich versuchte, mich mit den Knien festzuhalten. Meine Hände ließen die Zügel fahren, um an dem unerwarteten Griff um meine Mitte zu zerren, und ich war zu aufgeregt, um nach dem Sattel zu greifen, und sobald ich einmal weggehoben worden war, war es einfach zu spät. Ich kämpfte wild, während ich vor jemanden hingesetzt wurde, der die Insignien eines Captains trug, und das heisere Gelächter des anderen Wächters machte es noch erheblich schlimmer. Ich fand heraus, daß es den Mann nicht weiter kümmerte, daher versuchte ich, ihm mit den Fäusten ins Gesicht zu schlagen. Er zog meine beiden Handgelenke hinter meinen Rücken und hielt sie mit der linken Hand umklammert, und sein Griff war so fest und schmerzhaft, daß ich ein zweites Mal keuchte.

»Ich hoffe, du findest nicht heraus, daß wir sie aufgeben müssen, Lan«, sagte er schleppend, wobei er wußte, daß er mir weh tat, und er genoß diesen Gedanken. »Sie ist eine echte Augenweide, besser als alles, was wir in den Wagen haben, und wir verdienen einen Bonus dafür, daß wir diese Puffwagen zu den Stationen und Depots fahren.«

Der Widerling hatte mich daran gehindert, von seinem Schoß zu gleiten, indem er mir eine Hand in den Magen gepreßt hatte, aber diese Hand blieb nicht dort. Er betatschte mich durch das Kleid und zwickte mich heftig, als ich zu treten anfing. Trotz seiner Worte versuchte er lediglich, mich zum Aufkreischen zu bringen, aber es liegt ein unerwarteter Vorteil darin, wenn man daran gewöhnt ist, regelmäßig mißbraucht zu werden. Er tat mir ganz schön weh, aber ich *schrie* nicht, um ihm die Befriedigung zu rauben, und das tat es sicherlich. Ein Teil von mir plapperte in meinem Kopf, daß ich verrückt sei, ihn wütend zu machen, aber ich war diejenige, die Befriedigung verspürte, als sein Grinsen zu einem wütenden Knurren wurde. Es war den Schmerz wert, der mir angetan wurde, der mir immerzu angetan worden war und den man mir vielleicht immerzu antäte.

»Warum nehmen wir sie nicht mit zum Depot, Captain?« fragte derjenige, der Lan genannt wurde, seinen verärgerten Anführer direkt ins Gesicht. »Es sind nur ein paar Meilen die Straße hinauf, und du kannst ihr beibringen, wirklich nett zu dir zu sein, während die Wachmannschaft die Puffwagen benutzt. Es ist nicht ratsam, es einer Frau von diesem Abschaum mitten auf der Straße zu besorgen, jedenfalls nicht in dieser Sektion. Eine Patrouille hat's nicht zurückgeschafft, außer in Einzelteilen, und alles deswegen, weil sie angehalten haben, um ein bißchen Spaß zu haben. Das wirst du rausfinden, wenn du länger hier unten bist …«

»Niemand hat dich nach deiner Meinung gefragt, Sergeant!« fauchte der Mann, der mich festhielt, und sein ärgerliches Knurren hatte ein anderes Ziel gefunden, nicht jedoch sein zermalmender Griff. »Ich bin hier runtergeschickt worden, um euch ein wenig Rückgrat beizubiegen! Der Abschaum hat Angst vor *uns,* nicht umgekehrt, und ihr müßt lernen, wie man das hinbekommt! Sobald wir es dieser hier gezeigt haben, werdet ihr sehen, wie rasch das läuft, wie rasch sie …«

Es gab ein merkwürdiges wimmerndes Geräusch, gefolgt von einem dumpfen Schlag. Die Worte des Captains waren wie abgeschnitten, und er grunzte und schloß die Hand noch fester um meine Taille, wobei sich sein Körper auf eine sehr unerwartete Weise aufrichtete. Ich hätte ihm vielleicht die Befriedigung verschafft, daß ich einen Schmerzenslaut von mir gegeben hätte, wenn sich sein Griff nicht unmittelbar darauf gelockert hätte, aber mir ging plötzlich auf, daß kein Laut, den *ich* womöglich von mir gegeben hätte, über den Tumult hinweg zu hören gewesen wäre, der jäh rings um mich her angefangen hatte. Der Griff um meine Taille war locker genug geworden, daß ich mich losreißen und zu Boden rutschen konnte, wofür ich keine Zeit verlor, und dann wandte ich mich um, schockiert von dem, was vor sich ging.

Der Captain rutschte fast auf die gleiche Weise wie ich von seinem Drang, aber er tat es nicht absichtlich, und er landete auch nicht auf den Füßen. Er rutschte aus dem Sattel und landete mit dem Gesicht voran auf dem Boden, eine kleine Blutspur aus seinem Mund war zu erkennen, ehe er aufschlug, und dann sah ich den Pfeil, der aus seinem Rücken hervorstand. Er lag still dort, wo er hingefallen war, und es war wenig wahrscheinlich, daß er von dem Aufschlag Schmerzen verspürt hatte. Ich trat von dem Körper zurück, mehr zurückgestoßen als erschrocken. Gewöhnlich hält Ärger die Furcht fern, aber ich verspürte nicht mehr länger denselben Ärger.

Rings um mich her war der Kampf in vollem Gange, Von Pfeilen durchbohrte Wächter lagen am Boden, und Drangs mit leerem Sattel wieherten und bäumten sich auf und versuchten, den geschwungenen Schwertern und kreischenden, fallenden Körpern auszuweichen. Ich wich gegen eines der großen Wagenräder zurück, stand einfach da und hielt es fest, wobei mir erst verspätet klar wurde, daß die Wächter gegen Männer mit bloßem Oberkörper kämpften. Einige der Gesichter waren vertraut, aber ich verstand nicht, wie sie vom Depot zu diesem Teil der Straße gekommen waren. Als ich sie verlassen hatte, war der Kampf noch in vollem Gang gewesen, und ich konnte mir nicht recht vorstellen, daß sie sich von einem Kampf entschuldigten, um zu einem zweiten zu eilen.

Ich hatte mich seitlich hinter das Rad gedrückt, nachdem der Kampf vorüber war. Die meisten der Männer von Unterhalb saßen noch immer im Sattel, die blutigen Schwerter fest in den Fäusten, die Kreatur unter ihnen, aber es war plötzlich offensichtlich, daß ihnen niemand mehr geblieben war, gegen den sie das Schwert erheben konnten. Leblose rotgekleidete Körper lagen überall, einige hielten noch immer Waffen, die sie nicht mehr gebrauchen konnten, und dann ritt eine Gestalt mit Hemd aus dem Gehölz heraus. Raf war voller Zufriedenheit, und als er neben der Kreatur stehenblieb, lächelte er.

»Das war's, Gareth, niemand von diesem Dreck ist entkommen«, verkündete er, und er schlug dem anderen Mann von Unterhalb auf die Schulter. »Nichts mehr weiter zu tun, als sich um die Verwundeten zu kümmern und die Geschenke zu inventarisieren, die wir gerade von den Oberen erhalten haben.«

Er wies mit dem Kinn in Richtung auf die beiden Wagen, aus dem kein Laut drang, aber der Mann, den er angesprochen hatte, schüttelte den Kopf, weil er anderer Meinung war.

»Es gibt etwas anderes, das *ich* tun werde«, sagte die Kreatur, die hellen Augen jäh auf mich gerichtet, die Stimme fast ein Knurren. »Seht nach den Verwundeten, ich werde in einer Minute bei euch sein.«

Daraufhin trieb er sein Drang an und ritt genau auf mich zu, aber er blieb etwa anderthalb Meter vorher stehen und stieg ab. Sobald er auf dem Boden stand, hielt er inne, um das Schwert an der Uniform eines Gefallenen abzuwischen, ehe er es wieder in die Scheide steckte, woraufhin er den Weg in meine Richtung fortsetzte. Die Sonne stand hoch genug, daß sie auf seinem bloßen, schweißbedeckten Oberkörper glitzerte, und als er vor mir stehenblieb, sah ich jede Menge verschmiertes Blut an ihm.

»Was, zum Teufel, hast du dir eigentlich dabei gedacht?« wollte er mit eben jenem knurrenden Tonfall wissen, die Fäuste in die Hüften gestemmt, und die hellen Augen funkelten mich an. »Meinst du etwa, du wärst in einer jener Parkanlagen, von denen mir Strall erzählt hat, wo man so lange herumwandern kann, wie es einem gefällt, und man sich um nichts sorgen muß? Hast du etwa die Schläger *gesucht*, nur um zu sehen, ob sie so schlimm wären, wie jedermann gesagt hat? Und wer hat dir erlaubt, auf eigene Faust loszureiten, wo du doch keine Ahnung hast, wohin du wolltest ...«

»Ich wußte genau, wohin ich ging«, unterbrach ich seine Tirade steif. Dazu war ich imstande, jedoch nicht dazu, hinter dem Rad hervorzukommen. »Ich wollte zurück nach Hause, wo ich hingehöre, und du hast kein Recht, mich aufzuhalten. Du bist ein mörderischer Barbar wie all die anderen. Ich möchte mit keinem von euch etwas zu tun haben, und ich *werde* nach Hause gehen!«

»Es gibt eine Anzahl Dinge, die du tun *willst,* aber das ist keines davon«, gab er zurück, die Arme vor der Brust verschränkt, die heftige Verärgerung in der Stimme jetzt offensichtlicher, da er nicht mehr länger schrie. »Als erstes *willst* du ohne meine besondere Erlaubnis nirgendwohin gehen, und das ist ein Befehl. Das zweite ...«

»Gareth!« Der Ruf unterbrach das, was womöglich eine endlose Liste hätte werden sollen, und er fuhr mit dem Kopf herum, um auf das hintere Ende des Wagens zu blicken, in dessen Nähe wir standen. »Du solltest dir das hier ansehen.«

Er warf einen letzten funkelnden Blick in meine Richtung, ehe er sich davonmachte, mir Raum verschaffte – und die Gelegenheit –, schließlich hinter dem Rad hervorzukommen. Versuchsweise wollte ich direkt in das Gehölz auf der anderen Seite der Straße gehen, aber es war einfach genau so, wie ich es befürchtet hatte. Ich konnte daran denken, wegzugehen, aber lediglich auf eine distanzierte Weise; den Entschluß zu fassen, es zu tun, oder sogar nur den *Versuch* zu unternehmen, diese Entscheidung zu treffen, lag völlig jenseits meiner selbst. Es war, als hätten meine bloßen Füße im Staub der Straße Wurzeln geschlagen. Ich stand mit geballten Fäusten da und haßte die erbärmliche Kreatur dafür, daß sie mir das angetan hatte, und war völlig hilflos, irgend etwas zu tun, um das zu ändern.

»Regan, komm hier rüber!« rief das Objekt meines Hasses und lenkte meine Aufmerksamkeit auf den Wagen zurück. »Ich möchte, daß du dir ansiehst, was beinahe dein neues Heim geworden wäre.«

Ich hatte keine Ahnung, wovon er redete, und keinerlei Interesse, irgendwo in seiner Nähe zu sein, aber manchmal kann Neugier schlimmer als Befehle sein, die man nicht zurückweisen kann. Ich hatte wirklich nicht verstanden, was diese Wächter in ihren Wagen herumkarrten, aber sobald ich den Spalt zwischen den Planen am hinteren Wagenteil erreicht und hineingesehen hatte, sagte mir die Übelkeit in mir, daß ich mal wieder dumm und naiv gewesen war. Der große, schwere Wagen war angefüllt mit groben, tuchbedeckten Matten, und auf den Matten lagen Frauen mit geschminkten Gesichtern und hier und da Tätowierungen auf ihren ansonsten nackten Körpern.

»Mobile Puffs«, sagte die Kreatur hinter mir. Er nannte die Sache für den Fall beim Namen, daß ich es nicht selbst sehen konnte. »Den Farmern in dieser Gegend wurde gesagt, daß die Prinzen so etwas hier tun, damit sich ihre Schläger nicht an den Farmfrauen vergriffen. Diese Frauen sind ebensowenig freiwillige Arbeiter, wie es die Farmfrauen wären, aber sie kommen aus einem anderen Distrikt, also haben die Schläger entschieden, es würden keine heftigen Gefühle erregt, wenn man sie benutzt. So wie sie aussehen, ist es ziemlich offensichtlich, daß sie an jedem Schläger-Depot zwischen hier und Lifttown angehalten haben.«

Zwei der Männer von Unterhalb gingen zwischen den Frauen im Wagen umher, untersuchten diejenigen, die unbeweglich dalagen, ließen jedoch die übrigen in Ruhe. Einige der Frauen hatten sich zusammengerollt, die Gesichter in den Armen verborgen, als wären sie entsetzlich beschämt, aber einige weinten leise, mit lächelnden Gesichtern, als wäre ein schlimmer Traum endlich vorüber. Jede einzelne, die ich sehen konnte, hatte irgendwo Schrammen, einige sogar in den Gesichtern, und das Gefühl des Leids war so heftig, daß es fast körperlich schmerzte. Als ich die Hand der Kreatur auf meiner Schulter spürte, wurde mir klar, daß ich zu ihm zurückgewichen sein mußte, aber noch nicht einmal das ließ den Wunsch in mir aufsteigen, wieder vorzutreten.

»Wir sollten die Drangs zusammentreiben, welche die Schläger nicht mehr brauchen werden, Gareth«, sagte einer der Männer im Wagen, ohne von der Frau aufzusehen, über die er sich gerade beugte. »Viele dieser Mädchen können nicht laufen, und ein paar sind so schlimm dran, daß sie noch nicht einmal wissen, daß es vorüber ist. Wir müssen sie rasch zu Helni bringen, werden aber keinen von diesen Wagen durch die Wälder kriegen.«

Der Mann, der sich schließlich von den Frauen, um die er sich gekümmert hatte, entfernte, nickte mir zu, aber ich sah das lediglich aus dem Augenwinkel. Es war die Frau selbst, die meine Aufmerksamkeit in Anspruch genommen hatte, und nachdem ich sie eine Minute lang angestarrt hatte, verstand ich, warum sie so vertraut wirkte. Unter dem dicken Make-up waren es die Züge jener Frau, die auf demselben Kreuzer wie ich auf den Planeten gekommen war, die großgewachsene, hellhaarige, blauäugige Frau in dem schwarzen Overall, die ein- oder zweimal versucht hatte, zu mir herüberzukommen und mit mir zu sprechen. Ich erinnerte mich daran, gedacht zu haben, daß sie aussah wie die Männer, und daß sie nach Plateau gekommen war, um Wächter zu werden, jedoch enttäuscht sein würde, wenn sie herausfände, daß für diesen Job nur Männer angeheuert würden. Ihre Haut war schlimmer zerkratzt als jene der anderen Frauen, und sie wimmerte vor Schmerz, obgleich sie bewußtlos war; mir kam der Gedanke, daß sie vermutlich ihrer Enttäuschung lautstark Ausdruck verliehen hatte und ihr deshalb ein Job gegeben worden war, den sie nicht verlangt hatte oder hatte haben wollen. Es schien merkwürdig typisch für das Verhalten, das man von jenen erwarten mochte, denen ich mich einst zugehörig gefühlt hatte, jene, die sich selbst adelig nannten. Die Frau war geschlagen und wiederholt vergewaltigt worden, weil sie es gewagt hatte, ihnen die Stirn zu bieten, und selbst als ich mich abwandte, wußte ich, daß sie sich sehr befriedigt hatten fühlen müssen, weil sie sie hierher geschickt hatten.

Ich fand heraus, daß es niemandem etwas ausmachte, wenn ich neben einem der Wagen stand und dessen Planen musterte, während die verwundeten Männer und grausam mißhandelten Frauen auf Drangs geschafft wurden. Die Männer von Unterhalb waren zufrieden, weil nur einer der ihren getötet und nicht mehr als drei verwundet worden waren, und ich konnte nicht verstehen, wie sie soviel Gewalttätigkeit so gelassen hinnehmen konnten. Wenn man tote Körper nicht direkt ansah, konnte man sich einreden, sie täten nur so als ob, aber man kann dasselbe nicht mit bleichen Männern tun, die in blutverschmierten Bandagen gewickelt waren und mit brutal behandelten Frauen, die wimmerten, wenn eine Hand sie berührte. Ich glaube, ich hielt den Atem an, bis das Geräusch der Hufe im Wald verschwand, und erst dann war ich imstande, mich vom Anblick jenes Wagens abzuwenden.

»Nun, das wäre erledigt«, sagte die Kreatur zu Raf, als sie beide an mich herantraten. »Wenn die Männer beim Depot ebensogut gekämpft haben, könnt ihr übrigen euch zurückbegeben, während Regan und ich zu Joban aufbrechen.«

»Wenn sie jetzt noch nicht fertig sind, wird nicht mehr viel übrigbleiben«, entschied Raf und schenkte mir ein halbes Lächeln. »Weißt du, wir haben ihr noch nicht dafür gedankt, daß sie dieses Manöver unternommen hat. Wenn wir alle mitten beim Aufräumen im Depot gewesen wären, statt hinter ihr her zu sein, wäre diese Bande über uns hergefallen. Bogenschützen kämpfen nicht so gut mit Fensterscheiben oder Putzlappen in den Händen.«

»Oh, ich habe die Absicht, ihr zu danken«, sagte die Kreatur und wandte den Kopf, um mir erneut diesen seltsamen hellen Blick zuzuwerfen. »Wenn du ihre Flucht nicht bemerkt hättest, und mir nichts davon gesagt hättest, hätte sie jetzt womöglich ebenso ausgesehen wie die armen Seelen, ganz zu schweigen davon, daß sie sich auch so gefühlt hätte. Ich werde ihr danken, sobald mir etwas Passendes einfällt.«

Daraufhin nahm er mich beim Arm und zog mich zu den Drangs, die bereits auf uns warteten, aber ich war zu erschüttert, um mir wegen seiner Drohung Gedanken zu machen, obgleich Raf besorgt aussah. Ich machte den Fehler, einen Blick auf die gefallenen Wächter zu werfen, und mußte entdecken, daß die Männer von Unterhalb nicht bloß die Frauen und Verwundeten in die Sättel gesetzt hatten, während ich weggeschaut hatte. Sie hatten ihrem Haß auf die Männer, die sie getötet hatten, freien Lauf gelassen, selbst nachdem die Feinde tot waren, und mir war während meines ganzes Lebens noch nicht so übel geworden.

Wir ritten durch die Wälder und nicht auf der Straße zurück zum Depot. Jene wenigen Männer, die zurückgelassen worden waren, warteten im Unterholz nicht weit entfernt von dem langen, niedrigen, jetzt verlassenen Gebäude, und sie und diejenigen, die bereits mit uns ritten, setzten den Weg mit uns unter den Bäumen fort, bis wir eine rohe, hölzerne Hütte neben einer schmalen Seitenstraße erreichten, die den Wald durchschnitt. Neben der Hütte stand ein offener Wagen, kleiner als diejenigen, die wir auf der breiten Straße zurückgelassen hatten, dessen Ladung zugedeckt war. Einige der Männer spannten vier Drangs vor den Wagen, während die Kreatur ihre Brustriemen abstreifte und sie durch ein Hemd ersetzte; daraufhin hob er mich von meinem Drang herunter und half mir auf den Wagensitz. Als letzte Geste händigte die Kreatur ihr Schwert Raf aus, dann kletterte er neben mich auf den Wagen.

»Wir werden im Lauf des morgigen Tages von Joban zurückkehren«, sagte er zu den Männern in den Sätteln, während er einen leicht lädierten, breitkrempigen Hut unter dem Sitz hervorzog und ihn sich aufsetzte. »Vielleicht unternehme ich noch einige Besuche in der Nachbarschaft, also erwartet uns nicht zu früh zurück. Wenn wir länger als bis morgen abend bleiben, werde ich Bescheid sagen.«

»Und falls wir etwas Wichtiges aufschnappen, werden wir dir Bescheid geben«, versicherte ihm Raf, während sein Anführer schwere Lederzügel von einem Stück runden Metalls zu seiner Linken löste. »Grüß Joban von uns!«

Die Kreatur winkte schweigend, zog das Metallstück zurück und schlug daraufhin die Drangs mit den Zügeln, die er festhielt. Ratternd und quietschend ruckte der Wagen an, während die Männer in den Sätteln mit ihren Tieren kehrtmachten, und dann ging ein jeder seines Wegs.

Nach wenigen Minuten mündete die schmale Seitenstraße in die Hauptstraße, und dann waren wir wieder zurück im Sonnenschein. Die Fahrt war ein wenig bequemer, als es uns die Seitenstraße ermöglicht hatte, aber diese Welt mußte noch einen langen Weg zurücklegen, ehe sie gepflasterte Straßen hätte. Der Wagensitz hatte eine Rückenlehne und rechts eine dünne Stange, an der ich mich festhielt, aber das Brett unter mir fühlte sich an, als wäre es aus Metall statt aus Holz gemacht, und meine Füße erreichten nicht ganz die Bodenbretter unter dem Sitz oder die Fußstütze davor. Auf dem harten Sitz durchgerüttelt zu werden, war daher die einzige Möglichkeit, die mir blieb, und es wäre um einiges schlimmer gewesen, wenn ich nicht so abgelenkt gewesen wäre, auch wenn ich mir diese Ablenkung nicht freiwillig ausgesucht hatte.

»Wie ich sehe, genießt du diese Fahrt nicht sonderlich«, sagte die Kreatur auf einmal und brach das Schweigen. »Es wäre bequemer für dich, auf einem Drang zu reiten, aber dieser Wagen ist unsere Tarnung. Farm-Familien benutzen Wagen, wenn sie einander besuchen, und wir geben vor, eine Farm-Familie zu sein – was in diesen unsicheren Zeiten das sicherste ist, was man tun kann. Jobans Grundstück ist nicht weit entfernt, also werden wir nicht allzu lange fahren. Gut so?«

Als ob es etwas geändert hätte, wenn ich gesagt hätte, daß es nicht gut so war! Ohne auf etwas anderes als die Felder zu blicken, die rechts von der Straße anstelle der Wälder auftauchten, nickte ich, was die Diskussion hätte beenden sollen. ›Hätte sollen‹ ist jedoch sehr häufig gleichbedeutend mit ›wünschen‹.

»Irgend etwas bedrückt dich«, entschied mein scharfsinniger Gefährte, während er seine Musterung meiner selbst fortsetzte. »Irgend etwas abgesehen von der Fahrt, meine ich. Hättest du etwas dagegen, mir zu sagen, was es ist?«

Die Stimme in meinem Kopf lachte höhnisch, sie war bereit, irgendeine Bemerkung von der Art abzugeben, man solle keine Zeit oder keinen Atem verschwenden, aber zumindest einmal wollte ich nichts Derartiges sagen. Ich hatte keinen Grund zu glauben, daß es einen Unterschied bedeutete, nicht nach allem, was geschehen war, aber ich konnte einfach nicht schweigen.

»Ich weiß, daß jene Männer den Frauen in den Wagen Schreckliches angetan haben«, sagte ich, wobei ich ihn noch immer nicht ansah, während ich versuchte, etwas Kraft in meine Stimme zu legen. »Ich weiß ebenfalls, wie sehr du und deine Leute sie dafür hassen, wie sie euch alle behandeln, wie sie euch dazu veranlassen, euch wie Tiere zu fühlen. Ich schätze, das wäre ein Grund, mit ihnen zu kämpfen und sie zu töten, aber wie habt ihr das ... mit ihren Körpern ... tun ... können ...«

Ich wandte den Kopf, um ihn anzustarren, fürchtete mich fast davor, was ich in seinen Augen sehen würde. Solche Leute hatte ich noch nie zuvor kennengelernt, Leute, die wie jeder andere lachten und redeten und sich daraufhin umdrehten und jene töteten, die sie als ihre Feinde erachteten und deren Körper sie verstümmelten. Die toten Wächter hatten keine Gesichter mehr gehabt, und ihre Unterleiber waren aufgeschlitzt worden. Wenn nicht mein anderes Ich dagewesen wäre, hätte ich mich bei diesem Anblick übergeben, und es bestand keinerlei Gewähr dafür, daß dies nicht noch geschähe. Die Kreatur erwiderte mein Starren, und er schien aufrichtig bestürzt zu sein. Er zog jäh die Zügel an, um die Drangs zum Stehen zu bringen, befestigte daraufhin das schwere Leder und nahm mich in die Arme.

»Ich werde dir nicht weh tun, also bleib still sitzen und laß mich dich festhalten«, befahl er, während ich versuchte, vor diesen Händen und Armen zurückzuweichen, den breiten Händen und muskulösen Armen einer Kreatur von Unterhalb. »Du bist so blaß, als wolltest du bewußtlos werden, und jetzt, da wir angehalten haben, sehe ich, daß du zitterst. Lehne dich einfach gegen mich und hab keine Angst.«

Ich hatte keine andere Wahl, als das zu tun, was er gesagt hatte, aber er verstand noch immer nicht, daß Furcht nur ein Gefühl unter vielen ist, in zahlreichen Fällen noch nicht einmal das beherrschende Gefühl. Ich hatte keine Angst, als er meine Wange gegen seine hemdbedeckte Brust drückte, wobei mich jene kräftigen Arme ganz fest hielten, aber das bedeutete nicht, daß ich mich beruhigte.

»Ich hätte mich fragen sollen, wie du das alles wohl aufnehmen würdest«, murmelte er sanft, indem er mir das Haar streichelte. »Alle anderen hier unten sind daran gewöhnt, und es fällt so schwer, sich eine andere Lebensweise vorzustellen … Kleines Mädchen, wir haben diese Körper aus einem bestimmten Grund verstümmelt, und das nicht nur deshalb, weil oft genug denen, die zu uns gehören, Schlimmeres angetan wird. Wir müssen diese Schläger auf jede uns mögliche Weise aus der Fassung bringen, und wenn wir sie so zerhacken, werden sich die übrigen fragen, wann das geschehen ist.«

»Das verstehe ich nicht«, sagte ich, wobei ich mir allmählich der Wärme bewußt wurde, welche die Sonne seinem Hemd verliehen hatte. »Selbst wenn sie die Körper eine Weile lang nicht finden, wird ihnen eine Autopsie alles sagen, was sie wissen wollen. Und warum würde es helfen, wenn sie sich fragten ...«

»Kleines Mädchen, dies ist nicht die zivilisierte Welt, von der *du* kommst«, unterbrach er mich, und die streichelnde Hand versuchte noch immer, mich zu beruhigen. »Die Ärzte und die Ausrüstung, die sie hier haben, können lediglich feststellen, was den Schläger getötet hat und wie lange er schon tot ist. Und selbst wenn sie sagen, daß das, was dem Körper angetan worden ist, ihm *nach* dem Tod zugefügt wurde – glaubst du wirklich, ein Schläger, der hier auf Patrouille reitet, Meilen entfernt von Lifttown und nur mit Schwert oder Bogen bewaffnet, wird sich nicht fragen, ob sie ihm die Wahrheit sagen? Für sie ist die Gefahr, getötet zu werden, Teil des Jobs, aber die Möglichkeit, zu Tode gefoltert zu werden – oder gefoltert und verstümmelt und dann am Leben gelassen zu werden –, ist eine völlig andere Geschichte. Es macht sie nervös und achtlos und weniger eifrig als gewöhnlich, sich mit den Räubern einzulassen. Wenn sie siegesgewiß wären, wäre es etwas anderes, aber zu viele von ihnen haben jemanden verloren, und wenn man die Leichen seiner Freunde eingraben muß, gräbt man ebenfalls den Samen des Zweifels ein. Ich will nicht sagen, daß einige meiner Männer es nicht genießen würden, die Schläger zu Hackfleisch zu verarbeiten, aber das ist nicht der Grund, weswegen es geschieht.«

Ich wollte, daß mir noch immer übel wäre, aber mein anderes Ich war zu beeindruckt von der psychologischen Kriegsführung, um mich weit genug gehenzulassen, damit es auch wirklich dazu kam. Ich hatte einmal gesehen, wie das Ansehen des Senior-Vizepräsidenten einer großen Gesellschaft ruiniert wurde, und zwar als

Anschauungsunterricht für den Präsidenten jener Gesellschaft; eine deutliche Botschaft, die dem Präsidenten sagte, er solle die geplante Übernahme nicht torpedieren. Der Präsident, der älter war, hatte bedeutend mehr Macht als der Vizepräsident, hatte jedoch entsprechend mehr Punkte, an denen er angegriffen werden konnte. Die Demonstration gnadenloser Strenge war bemerkt worden, der Präsident hatte resigniert, um mit einem anderen seiner Spielzeuge zu spielen, die Übernahme war abgeschlossen worden – und keiner hatte sich überhaupt an den Namen des Senior-Vizepräsidenten erinnert, der ruiniert worden war. Der Zweck von Werkzeugen ist es, zugunsten höherer Ziele weggeworfen zu werden, und das ändert sich noch nicht einmal dann, wenn sie wie Wächter geformt sind oder ausführende Organe – oder ungewollte Töchter. Es hat mich stets erstaunt, wie viele Leute jedes Werkzeug wegwerfen, das sie haben – ohne einmal verstanden zu haben, was sie damit alles hätten erreichen können.

»Und du benutzt also auch diese Kriegslist, um Druck auf den Adel auszuüben, nicht wahr?« riet ich, während ich versuchte, mich von ihm wegzudrücken und aufrecht zu sitzen. »Wenn die Wächter nervös genug sind, werden sie verlangen, fortgeschrittenere Bewaffnung tragen zu dürfen. Wenn dem Verlangen stattgegeben wird, erhältst du die Gelegenheit, einiges dem Vorrat hinzuzufügen, den du bereits hast; wenn ihm nicht stattgegeben wird, werden die Wächter entweder den Dienst quittieren und den Planeten verlassen, oder sie werden sich weigern, weiterhin auf Patrouille zu gehen und die Depots und Stationen zu bemannen. Wenn sie kündigen, bist du sie los, wenn sie sich verweigern, bist du sie los, wenn sie gefeuert und ersetzt werden, fängst du das Spiel einfach wieder von vorn an. Was geschieht, wenn der Adel schließlich eine Möglichkeit herausfindet, dir zu kontern?«

»Sie können uns nicht kontern, also hör auf, dir deswegen Sorgen zu machen«, sagte der Idiot mit einem Schnauben, und er verlor mich aus dem Griff. »Du bist ein helles kleines Mädchen, weil du soviel bemerkt hast, aber dir entgeht offensichtlich der Rest. Wenn sie uns aufhalten wollen, müssen sie uns finden, und dazu müssen sie ihre cleveren Maschinen einsetzen. Wir sind nicht alle an einem Ort versammelt, und wir beobachten genau, was vom Thron nach Unterhalb kommt. Jede unserer Gruppen ist zu sterben gewillt, wenn es uns die Chance bietet, uns genügend zu bewaffnen, um den Thron anzugreifen. Die Oberen wissen das, also welche andere Wahl haben sie, als auf heißen Kohlen zu sitzen?«

»Sie haben die klassische Wahlmöglichkeit«, begegnete ich seiner sanften Herablassung, und ich war mehr als verärgert über die selbstgefällige Überheblichkeit dieses Do-it-yourself-Militärexperten. »Ihr seid hier in einer Lage, die man als Bevölkerung in Gefangenschaft bezeichnen kann, und historisch gesprochen sind Rebellen und Guerillakämpfer nur dann effektiv, wenn sie kein Gewissen haben. Wie willst du die nächste Patrouille schlagen, wenn sie dich für das letzte Massaker mit dem Blut Unschuldiger bezahlen lassen? Nicht einen einzigen deiner eigenen Leute, die glücklich zu sterben gewillt sind, sondern fünf kleine Kinder für jedes einzelne deiner Opfer? Mit einer versprochenen Rate von zehn zu eins für deinen nächsten Raubzug, und zwar alles Menschen, die du kennst und für die du zu kämpfen meinst. Die Geschichte der Cluster ist keines der bevorzugten Themen, die den Kindern auf Plateau gelehrt werden, aber das bedeutet nicht, daß keiner der Wächter dieses Thema studiert hätte. Wenn dieser Vorschlag noch nicht gemacht worden ist, dann kannst du dir verdammt sicher sein, daß es nur eine Frage der Zeit ist.«

»Ich hätte das Ganze nicht angefangen, wenn nicht die Möglichkeit bestanden hätte, daß dies geschieht«, sagte er, und seine hellen Augen musterten mich unter der Krempe des staubigen Huts hervor, und darin lag nichts von der Bestürzung, die ich zu sehen erwartet hatte. »Es gibt einen bestimmten Grund, weswegen sie nicht Vergeltung üben können, und ich bin mir sicher, du erhältst die Einzelheiten auf dieselbe Weise, wie du den Rest der Informationen gesammelt hast. Weißt du, es ist schon merkwürdig, wie du dich vor ein paar Minuten von einem hübschen kleinen Mädchen, das Trost gebraucht hat, zurück in die streberische Kritikerin verwandelt hast, von der wir in den vergangenen Tagen soviel gesehen haben. Ich möchte wissen, wie du das hinkriegst.«

»Nichts ist geschehen«, sagte ich mit einem Kopfschütteln, noch mehr verärgert über die merkwürdige Weise, wie er mich ansah. »Der Anblick der verstümmelten Leichen hat mich bestürzt, was jedoch nicht bedeutet, daß ich auf ewig bestürzt bleiben müßte. Ich bin kein ›kleines Mädchen‹, das ›Trost‹ braucht.«

»Wenn das stimmte, wäre es furchtbar«, bemerkte er und nahm die Zügel wieder in die Hand, während er seinen vorangegangenen Unsinn fallenließ. »Ich habe entdeckt, daß ich es genieße, eine Frau zu haben, die gelegentlich getröstet werden muß, eine Frau, die mehr von einem kleinen Mädchen hat, als sie zugeben möchte. Trost spenden ist etwas, das uns näher zusammenbringt.«

Der Blick, den er mir schickte, ehe er mit den Zügeln schlug, barg einiges an Belustigung in sich, gerade so, als würde er mich auslachen. Wir setzten uns wieder in Bewegung, und zwar mit einem Ruck, bei dem ich nach dem Handgriff packte, und das setzte meiner Absicht abrupt ein Ende, etwas zu finden, um es diesem Gelächter entgegenzusetzen. Ich konnte mich nicht einmal daran erinnern, jemals zuvor ausgelacht worden zu sein, von *niemandem,* und es hätte mir noch nicht einmal dann gefallen, wenn mich jemand ausgelacht hätte, der mir gleichgestellt gewesen wäre. Daran zu denken, daß diese Kreatur von Unterhalb, ein gewöhnlicher Gesetzloser, es wagte ...! Unter dem Geräusch von Danghufen und dem Quietschen des Wagens brummte ich noch kurz vor mich hin und machte mich anschließend wieder daran, die Fahrt schweigend zu erdulden.

Wir benötigten mehr als eine Stunde, bis wir schließlich an unser Ziel gelangten. Eine kleine Weile nach unserer Unterhaltung endete der Wald und hinterließ zu beiden Seiten der Straße nichts weiter als weite, bebaute Felder. Jetzt verstand ich, warum sich die Kreatur einen Hut aufgesetzt hatte, aber ich entschied rasch, lieber zu braten und die Augen zusammenzukneifen, statt ihn um etwas zu bitten. Als wir die Straße verließen und auf eine schmalere Spur abbogen, die sich durch die Felder wand, wurde das Holpern des Wagens noch schlimmer. Die Spur war in einem schlechteren Zustand, als es die Straße gewesen war, obgleich sie anscheinend häufig befahren wurde.

Wir sahen die Gebäude schon aus einiger Entfernung. Das kleinste der drei Gebäude war überraschend weiß, rot und gelbbraun verziert, ein eingeschossiges Haus mit hübschen Vorhängen, das hier völlig fehl am Platz wirkte. Es hatte eine Veranda, Blumen, Büsche, einen Brunnen und einen Baum, und es strahlte Frieden und Zufriedenheit aus. Hinter dem Haus befand sich ein großes, helles rotes Gebäude mit einigen Türen und einem eingezäunten Bereich, und rechts davon befand sich ein langes, niedriges gelbbraunes Gebäude mit noch mehr Türen. Ich sah mehrere Leute, die um die beiden größeren Gebäude herum arbeiteten, ehe wir nahe genug ans Haus kamen, das uns die Sicht darauf versperrte, und dann rollten wir aus.

»Was ist denn das?« fragte die Kreatur und befestigte die Zügel, ehe er sich umwandte, um hinabzuklettern. »Es sieht aus, als seien wir rechtzeitig zum Mittagessen gekommen. Melias Küche war die beste, die ich je gekostet habe – bis ich deine kennengelernt habe. Rutsch hier herüber, dann helfe ich dir hinab.«

Er stand dort, blickte zu mir herauf und wartete; er wußte, was ich durchzumachen hätte, um allein von jenem Wagen herabzusteigen, und diesmal fiel mir die Wahl leicht. Er war willens zuzulassen, daß ich einen Narren aus mir machte, weil er mir erlaubte, alleine herabzusteigen, aber dieses Freiheitsangebot anzunehmen gab ich mir nicht die Mühe. Wenn ich seine Hilfe annahm, würde mich das rascher und beträchtlich einfacher auf die Füße bringen, und das war sicherlich das kleinere von zwei Übeln. Kommentarlos rutschte ich über den hölzernen Sitz und beugte mich daraufhin zu den erhobenen Armen und großen Händen hinab, die auf mich warteten. Er schloß die Hände um meine Taille und hob mich vom Wagen, als wäre ich leicht wie eine Feder, und mit meinen Händen faßte ich die breiten harten Schultern, jedoch wurde ich nicht sofort auf die Füße gestellt.

»Weißt du, ich glaube, das ist fast so gut wie trösten«, sagte er, während er mich vor sich hielt und unsere Gesichter dabei auf gleicher Höhe waren, seine gebeugten Arme felsenfest und unbeweglich. »Aus irgendeinem Grund genieße ich es fast ebensosehr, dich zu berühren, wie es mir gefällt, dich zu Bett zu bringen.«

Mir war es zuvor nicht aufgefallen, aber er hatte den Hut abgenommen, und die hellen Augen leuchteten hell in dem Schatten des Baums, unter dem wir standen.

»Ich glaube, dieser Beobachtung kann ich mich anschließen«, sagte ich und weigerte mich sehr heftig, an eine andere Härte als die seiner Schultern und Arme zu denken, die ich gerade unter meinen Händen spürte. »Ich genieße es ebensosehr, auf diese Weise gehalten zu werden, wie ich es genieße, von dir zu Bett gebracht zu werden. Bitte laß mich herunter!«

»Wenn du herunter willst, mußt du mit einem Kuß

bezahlen«, sagte er, und sein schwaches Grinsen änderte nichts an der Entschlossenheit in seinen Augen. »So macht man es auf deiner alten Welt, nicht wahr? Niemand tut etwas für jemanden, wenn er nicht bezahlt wird. Als ich das zum erstenmal gehört habe, gefiel mir diese Vorstellung nicht, aber man sollte wirklich nichts verdammen, ehe man es nicht ausprobiert hat, und das ist es, was ich jetzt tun werde. Sag meinen Namen und küsse mich!«

Ich kämpfte gegen die Weise an, wie er mich hielt, und versuchte, mich freizustemmen, aber ich hätte mich ebensogut gegen den Wagen stemmen können, mit dem wir gefahren waren. Die erbärmliche Kreatur zog einen Vorteil daraus, daß er soviel stärker als ich war, und das machte mich wütend.

»Du bist eine erbärmliche Kreatur von Unterhalb, und ich warte lieber, bis du vor Erschöpfung zusammenbrichst, als daß ich dich küsse«, entgegnete ich aufgebracht und wünschte mir, ich wüßte, wie ich die Fäuste auf die Weise gebrauchen könnte, wie es manche Leute taten. »Für etwas zu bezahlen, das man gar nicht hatte haben wollen, ist nichts weniger, als einer Erpressung nachzugeben.«

»Dir gefällt Erpressung nicht?« fragte er, und sein Grinsen wurde breiter, obgleich ich versuchte, ihn zu treten. »Ich meinerseits kann nicht sagen, daß ich darin etwas Falsches sehe, insbesondere, wenn ich es bin, der dich erpreßt, aber wenn es dir nicht gefällt, muß ich etwas anderes probieren. Sag meinen Namen und küß mich dann!«

Seine Stimme hatte auf einmal jenen befehlsgewohnten Tonfall angenommen, der direkt die Konditionierung aktivierte und meinen Willen durch den seinen ersetzte. Ich wurde nicht dazu gezwungen, ihm zu gehorchen, ich wurde dazu gezwungen, ihm gehorchen zu *wollen,* was mich dazu brachte, ihm die Arme um den Hals zu legen, leise »Gareth« zu murmeln und ihn daraufhin zu küssen, als sei es eher ein Vergnügen denn ein Zwang. Seine Lippen schmeckten die meinen, noch während ich den Geschmack seiner Lippen aufnahm, und nach einem zeitlosen Augenblick oder auch zweien stand ich plötzlich wieder auf den Füßen.

»Du hast einen verflucht verderblichen Einfluß auf mich«, murmelte er und ließ die Hände über meinen Rücken gleiten, während er mir in die Augen sah. »Ich habe mir selbst das Versprechen gegeben, diese Macht über dich niemals mehr zu benutzen, wenn es nicht unbedingt sein muß, aber du hast mich dazu gebracht, dieses Versprechen zu brechen. Schämst du dich eigentlich nicht?«

Ich war noch immer zu aufgeregt und verwirrt, um auf seine idiotische Frage zu antworten, aber es stellte sich heraus, daß er keine Antwort erwartete. Sein Grinsen blitzte kurz auf, als er mir durchs Haar strich, und dann blickte er mich auf etwas ernsthaftere Weise an.

»So nebenbei, von jetzt an wirst du von mir als Gareth sprechen und denken«, sagte er ruhig, jedoch fest. »Mir selbst wäre es egal, aber ich habe entdeckt, daß es meine Gefolgsleute bestürzt, wenn ich von meiner eigenen Frau eine Kreatur genannt werde. Es tut mir leid, daß dies ein Befehl sein muß, aber er wird nicht ewig währen. Sobald ich die Oberen soweit gebracht habe, daß sie auf ihren Bäuchen kriechen und um Gnade betteln, kannst du mich so nennen, wie du magst.«

Sein Grinsen kehrte zurück, und er beugte sich ein letztes Mal nieder, um mit seinen Lippen die meinen zu streifen, ein letztes Mal, das nicht notwendigerweise seine eigene Wahl war. Soweit ich wußte, hatte er die Absicht, dort bis Sonnenuntergang zu stehen, er wurde jedoch vom Erscheinen eines Mannes unterbrochen, der um die Seite des Hauses gekommen war.

»He, laß das, du Casanova«, sagte der Mann fest, während er näher kam, wobei er sich Hände und Gesicht an einem dünnen bedruckten Tuch abwischte.

»Das ist ein ehrbarer Besitz, und ich hab nichts dagegen, daß du ein Techtelmechtel mit hübschen kleinen Täubchen hast. Warum, zum Teufel, heiratest du nicht wie ein ehrbarer Mann und kümmerst dich nachts im eigenen Bett um das, was dich zwickt?«

»Komm schon, Joban, du warst derjenige, der mich eingeladen hat, erinnerst du dich?« erwiderte Gareth mit einem Gelächter, wandte sich um, einen Arm um mich gelegt, und blickte dem Mann ins Gesicht. »Sonnenuntergang ist noch weit weg, wenn's noch nicht mal Mittag ist, und das Jucken mag nicht immer warten. Wirst du allmählich alt, daß du dich nicht mehr daran erinnerst, wie es ist, ein bißchen Spaß zu haben?«

»Wenn ich mich nicht dran erinnern würde, wie's war, Spaß zu haben, würde ich dir nicht einen Rüffel geben«, gab der andere Mann zurück und schob den Hut in den Nacken, als er das breite, schreiend bunte Tuch in die Tasche steckte. Daraufhin legte er die Hand auf den Mann, der unmittelbar neben mir stand. »Jucken oder nicht, tut gut, dich zu sehen, Junge, insbesondere, wenn du in so guter Verfassung bist, daß du Späße machst. Ihr Vater weiß, daß du mit ihr gehst?«

»Wie sollte er auch nicht«, entgegnete Gareth mit breiterem Grinsen und vervollständigte den Handschlag, den der andere Mann angeboten hatte. »Wirst du endlich damit aufhören, dir zu überlegen, die Drangpeitsche zu holen, wenn ich dir erkläre, dies ist Regan – meine Frau?«

»Verdammt soll ich sein!« rief der andere Mann aus und grinste breit. »Du meinst, du bist hingegangen und hast's getan? Verdammt, Junge, warum hast du mir das nicht gesagt, statt mich hier stehen zu lassen und dir was zu sagen, was du nicht mehr länger hören mußt? Ich sollte gerade deswegen diese Peitsche holen.«

»Dann wäre ich nicht mehr in der Form, um das zu tun, was ein Gatte tun soll«, lachte Gareth, wobei ihm die Tatsache nicht entging, daß seine Hand noch immer warm und glücklich geschüttelt wurde. »Ich habe sie mitgebracht, Joban, damit du und Melia sie kennenlernen könnt. Sie ist noch nicht richtig an mich gewöhnt, es steht eine Menge zwischen uns, worüber ich nicht reden kann, aber zum erstenmal freue ich mich auf etwas mehr, als einfach nur mit denen von Oben fertig zu werden.«

»Du denkst dran, dich niederzulassen«, sagte Joban mit einem Nicken, und tiefe Zufriedenheit zeigte sich in den dunklen Augen, als er Gareths Hand losließ, um mein Gesicht zu mustern. »Hätte nie gedacht, daß ich das noch mal erleben würde, aber ich freue mich um so mehr. Sei willkommen auf meinem Besitz, Regan, Mädchen, und doppelt willkommen als Gareths Frau. Meine Frau und ich, wir mögen den Jungen hier. Er kann dir noch kein eigenes Haus bieten, also betrachte so lange, bis er's tut, unser Haus als das deine und mach dir deswegen keine Sorgen. Du kannst die Gastfreundschaft erwidern, sobald er euer Haus gebaut hat.«

Der Mann hatte mir seine große, sonnengebräunte Pranke entgegengestreckt, wie er es demjenigen gegenüber getan hatte, der sein Freund war, und aus irgendeinem Grund hatte ich ihm ebenfalls die Hand gegeben. Seine Finger schlossen sich sanft um die meinen, eher ein warmer Willkommensgruß und kein kalter, seelenloser Händedruck von kalkulierter Festigkeit, den ich erwartet hatte. Es fiel nicht schwer, die Hand wieder zurückzuziehen, weg von dem seltsamen Mann, seiner merkwürdigen Freundlichkeit und Gelassenheit, und darüber lächelte er.

»Das Mädchen ist ein bißchen scheu, nicht wahr?« bemerkte er seinem Freund gegenüber, und die dunklen Augen blinzelten. »Sie ist so wegen der Art, wie du sie herumgescheucht hast? Ein Mann sollte sich nicht so über die Scheuen hermachen, Junge, es bekommt ihnen viel besser, wenn man ihnen nicht die Sporen gibt.«

»Sie ist nicht genau das, was du scheu nennen würdest«, antwortete der Mann, den ich nun in Gedanken nur noch Gareth nennen konnte, während er mit einem schwachen, wehmütigen Ausdruck auf mich herabblickte. »Sie hat während ihres Lebens viele Verletzungen erlitten, Joban, einige davon stammen sogar von mir, und Leuten zu vertrauen gehört nicht zu den Dingen, die sie jetzt schon tun kann. Es gefällt ihr nicht, mit mir verheiratet zu sein, und sie hat sogar schon wegzulaufen versucht. Wenn sie also dir gegenüber unbeherrscht wird, wie sie es schon jedem anderen gegenüber geworden ist …«

»Dieses kleine Mädel hat deinen Waldleuten die Hölle heiß gemacht?« unterbrach ihn Joban mit einem Kichern, offensichtlich amüsiert bei dem Gedanken. »Und sogar versucht, sich allein auf die Socken zu machen? Wenn ich seh', wie häßlich du bist, häßlich wie die Sünde, kann ich ihr das noch nicht mal so richtig übelnehmen, aber ich bin nirgendwo auch nur annähernd so schlimm. Wir beide werden wirklich gute Freunde werden, nicht wahr, kleines Mädchen?«

»Wissen Sie, es ist wirklich sehr seltsam, wie jedermann in diesen Tagen mein Freund werden möchte«, bemerkte ich in das Grinsen des anderen Mannes hinein, wobei ich nichts unternahm, seinen Blick zu meiden. Aus irgendeinem Grund erinnerte mich das an meine ersten Tage in der Schule. »Und es wäre wirklich nett, wenn ihr euch einen anderen Kosenamen für mich ausdenken könntet. ›Kleines Mädchen‹ wird allmählich langweilig.«

»Verdammt, sie hat wirklich Haare auf den Zähnen, was?« meinte der Mann, während Gareth verletzt aussah, und dann sah Joban seinen jüngeren Freund finster an. »Was hast du mit ihr angestellt, daß sie so sauer reagiert? Wenn eine meiner Töchter so geredet hätte, dann hätte ich mir ihren Mann mal ganz genau angesehen.«

»Ich kann dir lediglich sagen, daß sie allen Grund hat, mir zu mißtrauen«, murmelte Gareth mit einem unbehaglichen Schulterzucken, wobei er dem Blick des anderen Mannes auswich. »Ich versuche, das zu ändern, aber das ist wie Schwimmen gegen den Strom. Es hilft auch nicht, daß ich und meine Leute sie für einen bestimmten Plan benötigen. Sie glaubt, das ist der einzige Grund, weshalb ich ihr Beachtung schenke.«

»Habt ihr denn keine Spiegel in eurem Wald?« fragte Joban mit einem Stirnrunzeln und winkte daraufhin mit der Hand, während er den Kopf schüttelte. »Nein, das würde bei einer wie ihr kaum das Eis brechen. Jeder Mann würde sich bei einem hübschen Gesicht wohl fühlen, und sie sieht nicht aus wie eine, die einfach irgendeinen Mann will. Du wirst ihr zeigen müssen, daß du nicht einfach irgendein Mann bist, Junge, und dann wird sie vielleicht nicht mehr allein Streifzüge unternehmen.«

»Ein Streifzug war nicht ganz das, was sie im Sinn hatte«, antwortete Gareth, und der Ärger war in seine Augen zurückgekehrt, als er mich wieder anblickte. »Sie wußte nicht, wohin sie ging oder was sie tat, und sie hatte noch nicht einmal genug Verstand, die Straße zu meiden. Sie ist direkt einer Gruppe von Schlägern in die Arme gelaufen, und wenn ich nicht mit ein paar Männern hinter ihr hergejagt wäre, würde sie jetzt nicht dort stehen und mich anfunkeln.«

»Was ein schreckliches Hindernis für deine großartige Pläne gewesen wäre«, sagte ich zu ihm, während Joban jetzt die Stirn runzelte. »Und wenn ich so achtlos gewesen wäre, mich umbringen zu lassen, nun, das wäre noch schlimmer gewesen. Wie wärst du jemals imstande gewesen, mich zu ersetzen?«

»Das ist nicht komisch, Mädchen«, sagte Joban, während Gareth sich versteifte und der Ausdruck in seinen Augen kälter wurde. »Ich kenne diesen Mann, seit er ein kleiner Junge gewesen ist, nicht mehr als zehn oder elf, und es ist nicht seine Art, Leute schlecht zu behandeln. Du weißt, du hast einen Fehler gemacht, als du weggelaufen bist, und jetzt versuchst du, ihm die Schuld in die Schuhe zu schieben, damit du das nicht zugeben mußt. Eine blöde Sache hört nicht auf, blöd zu sein, bis du es eingestehst.«

»Ist schon komisch. Als ich sagte, ihr Plan sei blöde, hat ihn das nicht aufgehalten«, sagte ich zu dem Mann, während ich die Arme angesichts seiner offensichtlichen Mißbilligung verschränkte. »Sie haben lediglich weiter darauf beharrt, daß es unvernünftig von mir sei zu verlangen, freigelassen zu werden. Da ich es nicht sonderlich schätze, gefangengehalten zu werden, habe ich zu fliehen versucht. Unglücklicherweise hat das nicht funktioniert.«

»He, Junge, bist du dir sicher, daß du mit ihr verheiratet bist?« fragte Joban und schenkte Gareth einen raschen Seitenblick. »Sie hört sich verteufelt, noch mal, nicht so an, als wüßte sie das.«

»Sie weiß es«, antwortete der jüngere Mann düster, und die hellen Augen waren nahe daran zu funkeln. »Regan tut jetzt genau das, wovor ich dich zu warnen versucht habe – sie gibt ihr Bestes, um auf möglichst effiziente Weise Schwierigkeiten zu machen. Sie weiß nicht, warum ich sie hergebracht habe, aber da ich ihre Flucht vereitelt habe, wird sie das jetzt dadurch wettmachen, daß sie den Besuch ruiniert. Es gefällt ihr, die Dinge auf solche Weise wieder ins Lot zu bringen.«

»Ein Mädchen, das so etwas tut, könnte gutes Zureden gebrauchen«, sagte Joban, offensichtlich ein wenig unglücklich mit mir, wenn der Blick in seinen Augen irgend etwas zu bedeuten hatte. »Warum du dich mit ihr verheiratet hast, ist deine Angelegenheit, Junge, aber wenn du die Absicht hast, weiter mit ihr verheiratet zu bleiben, mußt du das in Ordnung bringen. Kein Mann braucht eine Frau, die ihn wie einen Schläger behandelt.«

»Gerade im Augenblick glaubt sie, sie hätte jedes Recht zu klagen, und ich kann es ihr nicht verdenken«, erklärte Gareth und starrte mich jetzt ebenfalls an. »Sie *ist* nicht fair behandelt worden, aber sie muß verstehen, daß ihr keine andere Wahl bleibt. Sie sitzt hier fest wie wir übrigen auch. Ich werde verdammt noch mal alles dafür tun, daß sie wieder herauskommt, aber ich werde verhindern, daß sie sich in Gefahr bringt. Wenn sie unglücklich wird, weil ich sie beschütze, wird sie eben unglücklich bleiben müssen.«

»Zumindest so lange, bis du davon überzeugt bist, daß du von mir keine Hilfe zu erwarten hast«, sagte ich, wobei ich es nicht nötig fand, einen von beiden direkt anzusehen. »Ich bin gewillt zu wetten, daß du daraufhin zu viele andere Dinge finden wirst, die deine Aufmerksamkeit in Anspruch nehmen, um dir die Mühe zu machen, mir auf der Spur zu bleiben, und das wird das Ende deines großartigen Entschlusses sein.«

Keiner von beiden schien in der Lage, eine Erwiderung zu finden, wie ich es beinahe erwartet hatte, und dann entglitt ihnen die Möglichkeit dazu. Die Tür des Hauses, in dessen Nähe wir standen, öffnete sich, und eine Frau trat in die Sonne hinaus. Sie war brünett und hübsch und trug ein lohfarbenes knöchellanges Kleid. Als sie Gareth erblickte, lächelte sie und kam auf der Stelle mit weit geöffneten Armen auf uns zu.

»Gareth, du Teufel, es war an der Zeit, daß du wieder zu einem Besuch kommst«, sagte sie mit warmer, leiser Stimme, und sie lachte ruhig, während Gareth auf sie zueilte und sie noch fester umarmte als sie ihn. »Wenn Joban nicht hin und wieder nach dir schicken ließe, würden wir dich vielleicht niemals sehen.«

»Das ist eine Lüge, Melia, und du weißt es«, sagte der Mann mit spöttischem Ernst, während er sie auf Armeslänge vor sich hielt. »Es mag vielleicht eine Prüfung sein, das häßliche Gesicht deines Gatten anzusehen, aber du machst das immer wieder wett. Ihr beide werdet mich niemals auf Dauer loswerden, also gewöhnt ihr euch besser an die Vorstellung. Jetzt wollen wir aber die allerwichtigste Frage beantwortet haben: wann gibt's Mittagessen?«

»Ach, Gareth«, lachte die Frau und stieß ihn leicht an. »Alles, woran du je denkst, ist dein Magen, aber wenn ich draußen in den Wäldern leben müßte, wäre ich ebenfalls ständig am Verhungern. Das Mittagessen wird bald fertig sein, und du und Joban, ihr könnt euch umsehen bis ... Nun, Gareth, wer ist denn das?«

Mitten im Satz war der Blick der Frau auf mich gefallen, und anstatt daß sie verärgert gewesen wäre, schien sie erfreut darüber zu sein, einen neuen Gast entdeckt zu haben. Ich erwartete, daß die Erklärungen erneut anfingen, feinfühlig und weitschweifig am Anfang, aber Joban hatte seine eigenen Vorstellungen von diesem Thema.

»Das hier ist Regan, Melia, und sie und der Junge sind verheiratet«, erklärte er ihr, und seinen unverblümten Worten fehlte jede Entschuldigung. »Man könnte sagen, sie ist ein wenig eigensinnig und weiß noch nicht so genau, was gut für sie ist. Sie hat versucht, von ihm wegzulaufen, und als das nicht funktioniert hat, ist sie über ihn hergezogen.«

»Nun, ich könnte nicht sagen, daß ich ihr das übelnähme«, antwortete die Frau mit einem Stirnrunzeln und ließ Gareth los, der näher zu mir trat, ehe sie ihn wieder ansah. »Es freut mich zu hören, daß du endlich verheiratet bist, du Teufel, aber hast du nichts von Joban gelernt? Das arme Mädchen sieht aus, als hätte es einen Monat lang nichts zu essen bekommen, und dieses Kleid ist älter als ich. Und was ist mit Schuhen? Glaubst du, es macht ihr Spaß, barfuß im Schmutz herumzulaufen? Und sieh dir den Sonnenbrand an, den sie im Gesicht bekommt! Hast du ihr keinen Hut gegeben, damit sie keinen Hitzeschlag bekommt? Wenn das deine Vorstellung davon ist, wie man sich um seine

Frau kümmert, junger Mann, ist es ein wahrer Segen, daß du nicht früher geheiratet hast.«

Die Liste ihrer Kritikpunkte endete mit einer sehr ernsthaften Bemerkung, welche die Männer dazu veranlaßte, merkwürdige Blicke auszutauschen. Auf einmal lag ein beschützender Arm um mich, und aus der Kritik wurde ein Befehl.

»Ihr beide geht vor und kümmert euch um das Gespann«, sagte sie unwirsch. »Während ihr damit beschäftigt seid, werde ich mich um diese arme Mädchen kümmern, und dann werden wir zu Mittag essen. Bis dahin möchte ich eure Gesichter nicht sehen!«

Der Arm um meine Schultern drängte mich auf das Haus zu, und die Geste war beträchtlich sanfter als der funkelnde Blick, mit dem sie die Männer bedachte. Statt zu diskutieren, traten die beiden großen Männer so rasch beiseite, wie sie konnten, wobei mir wirklich die Spucke wegblieb.

Ehe ich mir dessen bewußt wurde, schloß sich die Haustür hinter mir. Drinnen war es noch hübscher und freundlicher, als es das äußere Erscheinungsbild gewesen war, mit weiß getünchten Wänden, leuchtend roten Vorhängen und ordentlichen, sauber geschrubbten Töpfen und Pfannen, die an einer der Wände hingen. Ein fleckenloses rot-weißes Tischtuch bedeckte einen großen Tisch mit Stühlen zu beiden Seiten. Der Raum war groß genug, um eine stattliche Anzahl Leute zu beherbergen, ohne daß es eng wurde, und ein merkwürdig aussehender, rechteckiger Herd aus Metall auf einer Seite war bedeckt mit Töpfen, aus denen es verlockend duftete. Ein Mädchen ungefähr in meinem Alter stand vor dem massigen Metallherd und überprüfte etwas unter einem Deckel, während es etwas anderes umrührte, aber ich wurde eilig an ihm vorbeigebracht, selbst als es aufsah. Der Arm um mich hatte ein bestimmtes Ziel im Sinn, eine Tür auf der anderen Seite des Raums. Die Tür wurde geöffnet, und ich wurde hindurchgeschoben, in eine fensterlose, von Lampenlicht erhellte Dämmerung, und dann wurde die Tür fest hinter uns geschlossen.

»Ich habe noch kein Tier gesehen, das so ignorant wie ein Mann gewesen wäre«, brummte die Frau, während sie mich dort stehen ließ, wo ich gerade stand, zu einem rechteckigen Loch im Fußboden links von der Tür ging und sich davor niederkniete. »Behandelt eine Frau schlimmer, als er ein Drang behandeln würde, und wundert sich dann, warum sie nichts mit ihm zu tun haben will. Du ziehst diesen Lumpen gleich aus, Mädchen, und während du dich in der Badewanne entspannst, werde ich etwas Passendes für dich zum Anziehen suchen. Hat dir Gareth nicht die eigenen Kleider gelassen, als er dich mit sich in den Wald gezerrt hat?«

»Aus irgendwelchen Gründen schienen meine Kleider niemandem sehr zu gefallen, und er war darin keine Ausnahme«, sagte ich und fragte mich dabei, woher sie gewußt hatte, daß es nicht mein eigenes Kleid war. »Sie brauchen sich auch keine Mühe zu geben, daß ich mich hier behaglich fühle. Ich werde mich nicht eher behaglich fühlen, ehe ich nicht wieder zu Hause bin.«

»Wieder bei Vater und Mutter, meinst du?« fragte die Frau ein wenig spöttisch über die Schulter, doch der größte Teil ihrer Aufmerksamkeit war nach wie vor auf das rechteckige Loch gerichtet. »Wenn du zu ihnen zurückkehrst – wirst du damit aufhören, Gareths Frau zu sein? Er wird einfach hinter dir herkommen und dich wieder zurückholen, und dein Vater wird nicht den kleinen Finger rühren, um ihn daran zu hindern, nicht, wenn es Gareths Recht ist. Und ist es nicht ein törichter Wunsch, zurück zu deinen Eltern gehen zu wollen, da du jetzt eine erwachsene Frau bist? Du mußt dir dein eigenes Leben einrichten, Kind, nicht zu jemandem zurücklaufen, der es für dich eingerichtet hat.«

»Das Leben, zu dem ich zurückkehren möchte, *habe* ich mir selbst eingerichtet«, gab ich zurück, wobei ich die Schärfe in meinen Worten ebenso fühlte wie hörte. »Es ist ein Leben, das ich gegenüber diesem bei weitem vorziehe, und es ist zufälligerweise so, daß ich *nicht* die Frau Ihres Freundes Gareth bin. Ich bin niemals gefragt worden, ob ich ihn heiraten wollte oder nicht, von niemandem. Was mich betrifft, so ist die ganze Sache etwas, das ich nicht anzuerkennen brauche.«

»Du hörst dich genauso an wie ich«, sagte die Frau mit einem Lächeln und wandte sich kurz um. »Als mich mein Vater mit Joban verheiratet hat, habe ich mir geschworen, niemals seine Frau zu sein. Ich habe gekreischt und geschrien und diesen Mann mit Dingen beworfen, und er mußte mich aus dem Haus meines Vaters hinaustragen und festhalten, ehe er mich in dieses Haus gebracht hatte. Sobald wir drinnen und für uns waren, setzte er mich nieder und sagte, er würde mich mit dem Gürtel züchtigen, falls ich nicht aufhören würde zu kreischen. Dann erklärte er mir, es wäre bereits geschehen und es gäbe nichts, was ich tun könnte, um es ungeschehen zu machen. Ich war seine Frau, und er war mein Mann, und mochte es auch nicht fair gewesen sein, daß ich einfach aufgrund einer Weisung meines Vaters verheiratet werden konnte, so war es doch die Weise, wie es stets getan wurde. Ich konnte sagen, er wäre nicht mein Mann, bis ich wund in der Kehle war, aber das hätte nichts an den Tatsachen geändert. Ich mußte mich entweder an die Vorstellung gewöhnen oder lange Jahre damit verbringen, mich elend zu fühlen.«

Die Frau kicherte bei ihren Erinnerungen; sie bewegte den Arm in dem Loch, als sei sie dabei, es mit einem Tuch auszuwischen, und ich konnte ihr lediglich den Rücken zukehren und zu den glatten Scheiten rechts an der Wand gehen. Lange Jahre des Elends waren das *einzige,* was mich erwartete, insbesondere, wenn ich an einen solchen Ort gebunden war. Mir war befohlen worden, nicht wieder fortzulaufen, und ich konnte noch nicht einmal daran denken, es zu tun, und dennoch konnte ich den Gedanken nicht ertragen, dort zu bleiben, wo ich war. Ich schlang die Arme um mich, als sei mir kalt, obgleich nichts weiter als warme Luft durch eine verstrebte Öffnung in der Decke kam. Ich haßte es, auf dieser Welt zu sein, haßte es wirklich, aber es würde mir möglicherweise niemals gelingen, sie wieder zu verlassen.

»Na, na, Kind, jetzt steh doch nicht so da und laß den Kopf hängen. Und weine doch nicht«, drängte die Frau sanft. Sie war auf einmal nahe genug neben mir, daß sie die Arme um mich legen konnte. »Ich bin jetzt seit vielen Jahren Jobans Frau, und in all den Jahren hat es keinen Kummer gegeben. Ich habe eine Weile gebraucht zu verstehen, daß mich mein Mann liebte, es jedoch einfach nicht laut aussprechen konnte. Viele Männer sind voller Worte, wenn es andere Männer betrifft, jedoch ebenso sprachlos, wenn sie mit einer Frau zu sprechen haben. Wenn mein Mann mit *mir* hätte über das Heiraten reden müssen, statt mit meinem Vater, wäre er niemals imstande gewesen, es zu tun. Gareth ist ebenso ignorant wie Joban und all die anderen, aber er ist gleichfalls ebenso gutherzig, sobald ihm jemand sagt, was er falsch macht. Er wird dir ein guter Mann sein, wart's nur ab, und sieh mal, ob er es nicht bereits ist. Ich habe mich bislang noch nie geirrt. Gib ihm lediglich eine kleine Weile, und dann, wenn es nicht funktioniert, können wir uns zusammensetzen und uns irgend etwas ausdenken.«

Sie hielt mich fest an sich gedrückt und summte die Worte des Trostes, gerade so, als wäre ich ein kleines Mädchen statt einer erwachsenen Frau von nahezu ihrer Größe. Merkwürdig genug, daß ich mich ein wenig wie jenes kleine Mädchen fühlte, und noch merkwürdiger war, daß ich tatsächlich Trost empfand. Ein flüchtiger, staunender Gedanke kam mir, der fragte, ob es so wäre, wenn man ein Mutter hatte, oder jemanden, der sich wirklich um einen sorgte und einem helfen wollte. Es war ein schrecklich hinterhältiges Gefühl, eines, das man immer und immer wieder fühlen wollte, aber zu diesem Zeitpunkt gab ich nichts darum, wie süchtig es machte. Wenn die Zeit kam, würde mir mein pragmatisches anderes Ich dabei helfen, ihm zu widerstehen und es nicht zu beachten, aber genau in jener Minute brauchte ich es wirklich, mich so fest an Melia zu drücken, wie sie es ihrerseits auch tat, und ihr ohne Worte den Schmerz in mir zu zeigen und ihn von ihr besänftigen zu lassen.

Wir standen einige Minuten lang schweigend da, ich hatte Melia den Kopf auf die Schulter gelegt, während sie mir das Haar streichelte, und dann seufzte sie auf.

»Ich glaube, du hast diese Umarmung mehr als das Bad gebraucht, aber heißes Wasser und das Gefühl, sauber zu sein, haben ihre eigene Magie«, sagte sie und tätschelte mir die Schulter, doch daraufhin wurde sie etwas brüsker. »Diese Männer werden bereits ungeduldig auf ihr Mittagessen warten, also wollen wir dich mal sauber und angekleidet kriegen. Nachdem sie wieder verschwunden sind, können wir noch ein bißchen weiterreden.«

Sie ließ mich daraufhin zu dem Loch im Fußboden zurückgehen und zog an einer dünnen Kette, die an der Wand darüber hing. Das lenkte meine Aufmerksamkeit auf die Spritzdüse, die aus der Wand nicht weit oberhalb des Lochs hervorragte, insbesondere wegen des Wassers, das jetzt daraus hervorströmte und ins Loch hinabfloß. Es fiel mir schwer zu glauben, daß Leute tatsächlich solche Bäder nahmen, als wollten sie in einem winzigen, rohen Pool schwimmen, aber sobald Melia die Temperatur des Wasserstrahls mit einer Hand geprüft und sich dann wieder aufgerichtet hatte, blieben mir keine Zweifel.

»Wenigstens so zu tun, als stünde man auf der Seite der Oberen, hat *einige* Vorzüge«, sagte sie, während sie wieder auf mich zukam. »Ohne ihre Pumpen hätten wir den Wassertank auf dem Dach mit Eimern zu füllen, und wir müßten gleichfalls eine Möglichkeit finden, das Wasser zu erwärmen, sobald das Wetter kalt wird. Jetzt wollen wir dich aber aus diesem schrecklichen Kleid kriegen und es irgendwohin legen, wo du es eine Weile nicht ansehen mußt. Gareth ist ein guter Mann und ist es stets gewesen, aber er hat nicht mehr Geschmack als die restlichen dieser Raufbolde, mit denen er reitet.«

»Woher hast du gewußt, daß ich dieses Kleid nicht mochte?« fragte ich, während sie mir heraushalf, zu neugierig, um die Frage für mich zu behalten. Sie lachte leise, während ich mir das Ding über den Kopf streifte, und nahm es dann, als ich es ihr reichte.

»Kind, es gibt nur eine Möglichkeit, in Erfahrung zu bringen, ob einer jungen Frau ihre Garderobe gefällt«, sagte sie und schnitt ein Gesicht wegen des blauen Dings, das sie hielt. »Wenn sie stolz dasteht, gefällt ihr, was sie anhat, gleich, wessen Idee es anfangs gewesen ist. Wenn sie aussieht, als wünschte sie sich, unsichtbar zu sein, weiß man, daß ihr Mann die Hand im Spiel hatte. Man sollte annehmen, Männer, die klug genug sind, Schönheiten wie uns zu erwählen, sollten ebenfalls einen guten Geschmack haben, um uns angemessen auszustatten.«

Sie blinzelte mir zu, ehe sie sich erneut daran machte, das Loch im Boden zu überprüfen. Sie beobachtete es einen Augenblick lang, ehe sie eine zweite Kette dazu benutzte, den Zufluß zu hemmen, dann wandte sie sich halb um und bat mich zu sich. Als ich hinüberging, entdeckte ich, daß es sich nicht bloß um ein Loch im Boden handelte, sondern vielmehr um ein Bassin, das mit einer funkelnden Tonschicht ausgekleidet war, die bis zum Rand des Lochs emporreichte. Das Wasser darin war klar und nicht dunkel, nicht mit Schlamm vermischt, und ich verspürte jäh den Reiz, den die Aussicht mit sich brachte, wieder sauber zu sein.

»Du setzt dich einfach hin, gleitest hinein und genießt es, dich darin zu räkeln, Kind«, sagte Melia und lächelte wegen des Ausdrucks, der auf meinem Gesicht zu sehen gewesen sein mußte. Dann ließ sie die Augen über mich gleiten, und ihr Lächeln wurde noch amüsierter. »Und wenn man deine Hände außer Betracht läßt, glaube ich zu sehen, warum Gareth mit dir kämpft. Wenn er gewinnt, wird er dich ohne Wenn und Aber behalten, genauso, wie er es sich schon seit Jahren erträumt. Hat er dir von seinem Traum erzählt?«

Ich schüttelte den Kopf, während ich mich langsam in das Wasser hinabließ, nicht sonderlich daran interessiert, mehr über den großartigen Gareth und seine Pläne, die verhaßten von Oben zu stürzen, zu erfahren, aber das wurde mir erspart, denn Melia lächelte nur.

»Nun, das ist etwas, worüber er reden muß, wenn er dazu bereit ist«, sagte sie, während sie mir zusah, wie ich mich auf dem schleimigen, glänzenden Ton niederließ. »Manchmal glauben die Leute, die Träume anderer Leute seien dumm, und es ist nicht an mir, deinen Mann zu verteidigen. Ihr beide werdet die Sache zwischen euch bereinigen, und ich habe andere Dinge, um die ich mich kümmern muß. Wie zum Beispiel, dir das Haar hochzustecken, ehe es naß wird. Es braucht jetzt noch wirklich keine Wäsche.«

Es überkam mich, daß mein Haar vielleicht ausgetrocknet wäre, ohne daß ich es bemerkt hätte, und daß sich Melia darum gegen das Waschen aussprach, aber das Wasser, worin ich saß, fühlte sich zu gut an, um mir über irgend etwas Sorgen zu machen. Das Loch – oder die ›Wanne‹, wie es Melia nannte – war gerade groß genug, daß ich mich zurücklehnen und die Beine ausstrecken konnte, was ich auch tat, sobald mein Haar aus dem Weg war. Ich schloß die Augen, nachdem meine Gastgeberin den Raum verlassen hatte, und ließ das köstliche warme Wasser die vielen kleinen Verletzungen meines Körpers liebkosen – und die eine oder die beiden größeren. Dort zu sitzen war ebenso angenehm wie zu schwimmen, jedoch ohne die Anstrengung, was zu diesem Zeitpunkt völlig in Ordnung für mich war. Seit ich auf jene unwirtliche Welt gekommen war, war die Ausübung einer gesunden Lebensweise gänzlich unnötig geworden.

Wenige Minuten später öffnete sich die Tür, und Melia war zurückgekehrt, jedoch nicht mit leeren Händen. Statt des blauen Kleids, das sie mitgenommen hatte, trug sie etwas in Gelb und Weiß, das aussah, als sei es liebevoll gemacht und sorgfältig gepflegt worden, mit einem langen weißen Unterrock, den man darunter tragen sollte, sowie einem Paar kurzen, weich aussehenden gelben Lederstiefeln. Das Kleid sah für mich viel zu gut aus, um es einfach anzunehmen, ohne die Anstrengung zu machen, dafür zu bezahlen, aber obgleich ich unablässig argumentierte, während ich gewaschen, abgetrocknet und angekleidet wurde, war Melia anscheinend schwerhörig geworden. Sie überhörte alles, was sie nicht zu hören wünschte, als sei es niemals gesagt worden, schüttelte den langen Rock meines Kleids ein weiteres Mal auf, nahm mich daraufhin bei der Hand und zog mich hinter sich her aus dem Raum.

Im übrigen Haus war es angenehm kühl und nicht zu dämmrig, um all die Leute zu erkennen, die um den langen Tisch in dem großen Vorderzimmer saßen. Es waren zwölf Männer, Joban und Gareth eingeschlossen, und Tanise, die ich beim ersten Eintreten gesehen hatte, und obwohl sich das Essen hoch auf dem Tisch türmte, aß niemand. Bei unserem Erscheinen brachen die Gespräche ab; jene am diesseitigen Ende des Tischs drehten sich um und starrten herüber, und es war plötzlich so still, daß ich das Geräusch meiner Röcke hören könnte, während ich neben Melia herging. Das Kleid war aus dem gleichen leichten, reizenden Material gefertigt, das köstlich anzufassen und zu tragen war, aber bei dem jähen Schweigen spürte ich ebenso jäh, daß das Kleid wärmer war, als ich gedacht hätte.

»Aus Rücksichtnahme auf eure Mägen verschiebe ich die Vorstellung auf ein anderes Mal, aber achtet darauf, daß euch die Augen nicht aus dem Kopf fallen«, sagte Melia, während sie mich zu den um den Tisch versammelten Männern führte. »Dies ist Regan, die einige Tage bei uns bleiben wird – zusammen mit Gareth, der zufälligerweise ihr Gatte ist.«

Ein Chor des Jammerns und Stöhnens erhob sich um den Tisch; Joban kicherte und Gareth grinste dabei, aber ich war mir nicht sicher, wie *ich* die offensichtlich spontane Reaktion aufnehmen sollte. Machten sie sich alle bloß lustig, versuchten sie zu erreichen, daß sich ihr gerade angekommener Freund behaglich fühlte? Oder konnten sie wirklich … denken … und sagen …, daß ich für sie ebenso interessant aussah wie eine gewöhnliche Frau …

»Bring sie nur gleich hier rüber, Melia, ich habe ihr einen Platz freigehalten«, sagte Gareth und erhob sich von seinem Sitz am anderen Ende des Tischs neben Joban, der an der Kopfseite des Tischendes saß. »Und ehe ich zu sehr damit beschäftigt sein werde, zu essen und meine wunderschöne Frau anzustarren, will ich dir dafür danken, daß du ihr dieses Kleid geliehen hast. Ich wünschte, wir würden an einem Ort leben, wo sie solche Kleider die ganze Zeit über tragen könnte.«

»Mach dir keine Sorgen, Junge«, sagte Joban, als Melia einfach lächelte und Gareths Worte beiseite winkte. »Du wirst diesen Tag schon noch erleben, wir alle werden es. Aber bis dahin wird dieses Essen kalt sein, selbst wenn es zufällig morgen sein sollte, also greifen wir zu!«

Jedermann gab Laute der Begierde und Zustimmung von sich und griff nach den verschiedenen Platten und Schüsseln. Gareth jedoch blieb stehen, bis ich ihn erreichte, als gäbe es ein Gesetz, das ihn daran hinderte, sich wieder zu setzen. Nachdem ich dort angekommen war, zog er meinen Stuhl hervor, wartete, bis ich mich niedergelassen hatte, und setzte sich daraufhin links neben mich.

»Die anderen mögen nicht mit mir einer Meinung sein, aber ich glaube, das Warten hat sich mehr als gelohnt«, murmelte er, und er hielt die Augen auf mich gerichtet, während ich versuchte, mich selbst und das Kleid ordentlich in dem Stuhl zu plazieren. »Dein Anblick weckt in mir den Wunsch, der Tag wäre bereits vorüber.«

»Wenn du versuchst, mir den Appetit zu verderben, hast du damit Erfolg«, antwortete ich ohne aufzusehen, und hielt die Stimme gesenkt, wie er es getan hatte. »Nach all dem Sirup mit Zucker kann ein normales Essen nur noch fade schmecken.«

»Ich frage mich, inwieweit Schläge etwas dabei erreichen, einer Frau beizubringen, Komplimente mit einem einfachen ›Dankeschön‹ anzunehmen«, überlegte er laut. »In den nächsten Tagen werde ich womöglich versuchen müssen, es herauszufinden.«

»Gareth, sorge dafür, daß sie so viel ißt, wie du in sie hineinstopfen kannst«, rief Melia von ihrem Platz am anderen Endes des Tischs herüber, und ihre Hände waren damit beschäftigt, die Platten zu jedem Gast kreisen zu lassen. »So dünn ist sie vielleicht gut anzuschauen, aber es wird ihr sicherlich nicht helfen, wenn sie es am nötigsten hat.«

»Ganz genau mein Gedanke«, stimmte das Tier mit einem Grinsen zu, und das schien das Signal zum Beginn einer sehr merkwürdigen Mahlzeit zu sein. Jedermann am Tisch, die große Mehrheit davon völlig Fremde, reichte Gareth Schüsseln und Platten, so daß er mir den Teller füllen konnte, und zur selben Zeit drängte, befahl und ermutigte man mich, meinen Teller so rasch und so oft wie möglich zu leeren, wie ich konnte. Obgleich ich verärgert war, hatte ich am Ende mehr gegessen, als ich es normalerweise tat, zumal das Essen fast das beste war, das ich je gekostet hatte. Die Tischgespräche glitten schließlich zu anderen Themen als dem Fehlen von Körperfett ab, und ich war imstande, die Mahlzeit in erfreulicher Ruhe und Muße zu beenden.

Sobald das Mahl beendet war, dankten die Männer ihrer Gastgeberin und verließen anschließend das Haus, nur Joban und Gareth standen noch immer an einer Seite des Raums und redeten. Melia und das Mädchen machten sich daran, den Tisch abzuräumen, doch ehe ich mich dazu entschieden hatte, ihnen zu helfen, kam Gareth herüber und zog mich mit sich zu Joban, indem er mir den Arm um die Schultern legte.

»Ich möchte dich wissen lassen, daß ich jetzt gehe, aber ich werde zum Abendessen zurücksein«, sagte er, sobald er wieder zu dem anderen Mann getreten war. »Entspann dich einfach und verbringe die Zeit mit Melia, und du wirst noch nicht einmal bemerken, daß ich verschwunden bin.«

»Natürlich werde ich bemerken, daß du verschwunden bist«, entgegnete ich und trat zur Seite, um seinem Arm zu entrinnen. »Die Erleichterung wird außergewöhnlich sein. Warum bleibst du nicht noch ein bißchen länger, sagen wir, eine Woche oder einen Monat? Ich würde Jahre vorschlagen, aber ich fürchte, du könntest einen falschen Eindruck erhalten.«

»Oh, ich könnte von nichts, was *du* gesagt hast, einen falschen Eindruck bekommen«, gab er trocken zurück und verschränkte die Arme, während Joban kicherte. »Du äußerst deine Meinung immer so kristallklar. Jobe, wenn sie während meiner Abwesenheit irgendwelche Schwierigkeiten macht, hast du meine Erlaubnis, sie hinter die Scheune zu bringen und ihr eine tüchtige Lektion zu erteilen. Vielleicht begreift sie, daß sie darauf achtet, was sie sagt, wenn sie eine Zeitlang im Stehen verbringen muß.«

»Du hast anscheinend das Wesentliche nicht verstanden: ich weiß *stets*, was ich sage«, meinte ich zu ihm und schenkte der wachsenden Belustigung des anderen Mannes keine Beachtung. »Deine bevorzugten Gewaltanwendungen könnten Erfolg dabei haben, daß ich es nicht mehr ausspreche, aber sie können mich nicht davon abhalten, es zu denken. Das kann nur ein gebrochenes Versprechen tun, aber das sollte dich nicht abhalten. Hat es bislang ja auch nicht. Mach dir einen schönen Nachmittag, ich weiß, ich werd's tun.«

Ich schenkte ihm ein freundliches Nicken, wandte mich um und ging davon, wobei ich das Gefühl des Bodens durch die weichen, niedrigen Stiefel genoß, die ich jetzt trug. Ich hatte erreicht, daß meine Kommentare den Mann verärgert hatten, der behauptete, ich sei seine Frau, und das war genau das, was ich gewollt hatte. Sobald er einmal davon überzeugt wäre, daß ich zu nichts nutze war, würde ich ihn ebenfalls davon überzeugen, daß der bestmögliche Ort für mich möglichst weit entfernt von ihm läge. Wenn mir das gelänge, sollte es überhaupt kein Problem sein, den ›Lauf-nicht-weg‹-Befehl aufzuheben.

Nachdem der Tisch abgedeckt war, hatten die letzten beiden Männer das Haus verlassen, und ich war auch Tanise vorgestellt worden. Das Mädchen war kleiner als Melia und ich und scheu wegen seines ziemlich einfachen Aussehens, aber Melia benötigte nur ein paar Minuten, bis es lächelte und leise lachte. Die Überreste wurden beiseite gelegt, das Geschirr abgewaschen und abgetrocknet, und dann war die Hausarbeit erledigt und wir konnten andere Dinge tun, während wir uns unterhielten.

»Tanise und ihr Mann sind jetzt seit mehr als einem Jahr hier, und ich habe jede Minute davon genossen«, sagte Melia gerade, während sie sich ein letztes Mal umschaute, um sich zu vergewissern, daß in dem großen Raum nichts am falschen Platz stehengelassen worden war. »Wenn einer der Jungens eine Frau findet, bitten sie üblicherweise die Prinzen um ein eigenes Grundstück und verschwinden dann, um für sich selbst zu bauen und zu arbeiten. Deve jedoch, Tanises Mann, hat Jobans Angebot angenommen, als Partner zu bleiben, und er wird den Betrieb hier leiten, wenn Joban zu alt geworden ist, es selbst zu tun. Deve hat Tanise ein Haus gebaut, aber es ist nur sehr langsam angelaufen, wegen des Produktionsplans, den die Prinzen neulich eingefordert haben; deshalb leben sie noch immer bei uns – sie alle.«

Ich schenkte Melia den verständnislosen Blick, den sie anscheinend erwartet hatte, ein Blick, aufgrund dessen sie kicherte und einen Finger krümmte. Daraufhin führte sie uns hinaus, links von der Tür des Badezimmers in einen Teil des Hauses, der von dem großen Vorderzimmer aus nicht zu sehen war. Über der Halle lagen zwei Türen einander gegenüber, und zusammen mit Tanise, die uns strahlend begleitete, führte Melia uns durch die Tür auf der linken Seite.

Der Raum war ziemlich groß, und anstelle der weißgetünchten Wände war das Holz geglättet und poliert. Hellblaue Vorhänge flatterten an den offenen Fenstern, spielten in der leichten, angenehmen Brise, eine dazu passende Decke lag auf dem robuster aussehenden Bett, und zwei blaue Vorleger aus irgendeinem gewebten Material lagen zu beiden Seiten des Bettes auf dem Fußboden. Drei wunderschön geschnitzte Truhen standen ebenfalls an den Wänden rund um den Raum, und zwei gemütlich aussehende Sessel waren vor einer kleinen, jedoch reichlich mit Steinen versehenen Feuerstelle arrangiert. Alles war ebenso primitiv wie der vordere Raum, nicht viel besser als das Waldlager und seine Hütten, wenn ich es mit meinem eigenen Haus verglich, aber über dieser hübschen kleinen Behausung lagen ein bezwingender Friede, eine Würde und ein Stolz, die sich einem Beobachter unerbittlich mitteilten. Während ich auf der Türschwelle stand und mich umschaute, ging Melia zu einem großen, blau besetzten Kasten, der sich auf Beinen vom Fußboden erhob, spähte hinein und kicherte daraufhin zufrieden.

»Nun sieh dir mal das an, Tanise«, sagte sie freudig und griff in den Kasten. »Der süße Kleine ist wach, aber er gibt keinen Laut von sich. Er muß wohl nachgedacht haben.«

Vorsichtig hob sie einen kleinen Körper aus dem Kasten, der um die Mitte in weißes Tuch gehüllt war und ein kleines grünes Hemd über der Brust trug. Das Baby gluckste erfreut und hob eine winzige Faust ihrem Mund entgegen, lachte daraufhin und stieß merkwürdige, unverständliche Laute aus, als sie vorgab, die kleine Hand zu beißen. Tanise hatte sich lächelnd zu den beiden gestellt, und nachdem sie das kurze dunkle Haar des Babys geglättet hatte, wandte sie sich wieder mir zu und schüttelte den Kopf.

»Ich weiß nicht, was ich ohne Melia getan hätte«, sagte sie, wobei sie offensichtlich jedes Wort so meinte, wie sie es sagte. »Dem kleinen Jungen das Leben zu schenken, war ziemlich hart, aber sie ist jede Minute bei mir gewesen, hat geholfen, wo sie nur konnte, und später hat sie auf ihn aufgepaßt. Ich bin längere Zeit krank gewesen, und ich fühle mich noch immer nicht so stark, wie ich sollte, aber er vermißt mich nicht oder die Liebe, die ich ihm geben will. Melia liebt ihn wie ihren eigenen Sohn.«

»Wie viele Kinder hast du gehabt?« fragte ich Melia, die noch immer mit dem Baby spielte, und ich hatte irgendwie das Gefühl, ich könne diese Frage stellen, ohne aufdringlich zu wirken. Die Leute von Unterhalb hatten ganz deutlich andere Verhaltensweisen als jene der zivilisierten Cluster, sie zeigten ihre Kinder mit ebensoviel Stolz und Offenheit vor, wie andere ein reinrassiges Haustier oder einen maßgefertigten Luftwagen vorzeigen würden. Aus dem Augenwinkel sah ich, wie

Tanise auf einmal unbehaglich dreinschaute, Melia jedoch lächelte schwach und schüttelte den Kopf.

»Ich habe keine eigenen gehabt«, antwortete sie und ließ das Baby an ihrem Kleid ziehen, während sie mich anschaute. »Ich hätte gedacht, Gareth hätte dir gesagt, daß ich eine Halbie bin. Meine Mutter war hübsch genug gewesen, daß das Auge eines Prinzen auf sie gefallen ist. Er hat sie eine Woche lang zu sich genommen und sie dann zurückgeschickt, als seine Jagdgesellschaft weiterzog, aber es war zu spät. Sie und mein Stiefvater haben bald herausgefunden, daß ihr Leib befruchtet war, aber es gab keine sichere Methode, das aufzuhalten, also hatten sie mich. Niemals haben sie *mir* die Schuld für das gegeben, was ich war, und sie haben mir stets soviel Liebe geschenkt wie meinen Brüdern und Schwestern.«

»Tut ... mir leid«, sagte ich lahm und fühlte mich schuldig, als hätte ich das Verbrechen selbst begangen. Es war einer *meiner* Leute gewesen, der es begangen hatte, und ich fühlte mich entsetzlich beschämt.

»Kein Grund für dich, daß es dir leid tut«, sagte sie mit einem tröstenden Lächeln, als habe sie gewußt, wie ich mich fühlte. »Ich hätte Babys haben können, wenn ich einen Halbie geheiratet hätte – oder sogar dann, wenn ich bloß mit einem geschlafen hätte –, aber nachdem ich das verstanden hatte, verstand ich ebenfalls, wie ich Joban gegenüber empfand. Als er um meine Hand anhielt, wußte er, daß ich ihm niemals Söhne schenken könnte, es sei denn, es wären welche von jemand anderem, aber das machte ihm nichts aus. Nach einer Weile wußte ich, daß ich, wenn ich *seine* Söhne nicht haben könnte, von niemandem welche haben wollte, und er respektierte das, anstatt alle Jahre oder auch alle zwei Jahre einen blonden Hausgast einzuladen. Einige Männer, die Halbies geheiratet haben, tun das und verschaffen sich so eine Familie auf die umständliche Art und Weise, aber Joban wollte das nicht, weil er wußte, daß ich es nicht wollte. Er hat mich stets geliebt, siehst du, und das ist einer der Gründe, weshalb ich ihn liebe.«

Ihre hellen Augen leuchteten, während sie über die Liebe sprach, und ich konnte lediglich äußerst schwach lächeln. Es fiel mir schwer zu verstehen, wie es manche Leute fertigbrachten, so glücklich zu sein und die Liebe zu finden, wenn es anderen noch nicht einmal gelang, einen Freund oder zwei zu finden. Ihre Eltern hatten sie geliebt, ihr Gatte liebte sie, und sie hatte zweifelsohne keine Schwierigkeiten dabei, selbst zu lieben; sie hatte absolut damit recht gehabt, als sie gesagt hatte, sie müßte mir nicht leid tun.

»Nun, mein Kind, warum stehst du eigentlich abseits?« fragte sie abrupt und lenkte meine Gedanken wieder in den Raum, worin ich stand. »Warum bist du nicht hier drüben und erfreust dich an dem kleinen munteren Burschen?«

»Ich kann ihn vor hier aus genausogut sehen«, antwortete ich mit einem Schulterzucken und fragte mich, warum sie so etwas gefragt hatte. »Warum sollte ich näher kommen?«

»Du *sollst* nicht näher kommen, Mädchen«, antwortete sie und kam auf mich zu. »Du solltest den Wunsch haben, näher zu kommen. Hast du je darüber nachgedacht, wie es wäre, wenn du selbst einen solchen kleinen Liebling hättest? Kannst du dir ausmalen, daß dieser kleine Junge der deine wäre?«

Da stand sie auch schon genau vor mir und hielt das Baby, so daß ich es sehen konnte, ohne daß die Entfernung mich daran gehindert hätte. Er war klein und wunderbar vollkommen und schaute sich mit dunklen Augen in der Welt um; die Augen waren voller Neugier und Interesse, aber das Leben, das ich mir aufgebaut hatte, hatte keinerlei Vorkehrungen für jemanden wie ihn getroffen. Und daraufhin entsann ich mich, daß ich mich glücklich schätzen konnte, daß ich ein solches

Leben aufgebaut hatte; damit es anders verlaufen wäre, hätte ich einen der Prinzen oben auf dem Plateau gebraucht, und das war etwas, was ich *niemals* getan hätte.

»Melia, ich kann mir tatsächlich *nicht* vorstellen, daß er meiner wäre«, sagte ich und unternahm keinerlei Anstrengung, die kleine Hand zu berühren, die sich meinem Gesicht entgegenstreckte. »Mein Leben war stets mit anderen Sorgen erfüllt gewesen, und sehr bald wird es wieder mit ihnen erfüllt sein. Babys waren niemals eine jener Sorgen gewesen.«

»Das ist bloß deshalb so, weil du zuvor noch niemals einen Mann gehabt hast«, antwortete sie beinahe brüsk. »Da du jetzt mit Gareth verheiratet bist, wirst du alles über Babys lernen müssen, und zwar sobald du kannst. Er wird dich nicht ohne Kampf gehen lassen, Mädchen, und er ist daran gewöhnt, Kämpfe zu gewinnen. Falls du verlierst, solltest du vorbereitet sein.«

»Es ist schon viele Jahre her, seit ich zum letztenmal einen Kampf verloren habe«, sagte ich zu ihr und war erneut völlig verärgert beim Gedanken an meinen ›Gatten‹. »Die Bilanz deines Gareth ist nicht ganz so gut wie meine, und er weiß das. Wenn man sich darüber Sorgen macht, daß man verliert, führt das häufig genug den Verlust herbei, um den man sich Sorgen gemacht hat, und das ist ein weiterer Vorteil auf meiner Seite. Wenn er aufgibt und sich davonmacht, wird das Gewinn genug für mich sein.«

»Er ist *dein* Gareth, nicht meiner«, gab sie im gleichen festen Tonfall zurück, und nichts wies darauf hin, daß sie meine Verärgerung teilte. »Und falls du glaubst, er würde aufgeben und sich davonmachen, so kennst du ihn schlecht. Er wird niemals bei etwas aufgeben, das er auf Teufel komm raus haben will, er ist so gewesen, seit er klein gewesen ist, und ich erwarte nicht, daß er sich jemals ändert. Du mußt lernen, mein Kind, wie schwer es für eine Frau ist, dagegen anzukämpfen, und du solltest dir auch allmählich Gedanken über Gewinn und Verlust machen. Manchmal kann ein Verlust den größten Gewinn deines Lebens darstellen. Nun, jetzt wollen wir dir etwas über Babys beibringen.«

Ohne Vorwarnung reichte sie mir das Baby, und ich war so überrascht, daß ich es hielt, ehe ich auch nur daran denken konnte, mich zu weigern. Tanise lachte freundlich über meine Panik, und Melia übersah sie, und ehe ich wußte, wie mir geschah, war ich schon mitten darin, dem Kleinen die Windeln zu wechseln. Bei mir wurde es zu einem entsetzlichen Schlamassel, den jedoch außer mir niemand zu bekümmern schien, und dann ließen Melia, das Baby und ich Tanise allein, so daß sie sich ausruhen konnte. Seitens des Mädchens hatte es kein Wort der Klage geben, und es war Melias Entscheidung gewesen, daß es sich ausruhen sollte, aber als wir die Tür hinter uns schlossen, mußte ich zugeben, daß Tanise weniger hellhäutig, sondern vielmehr bleich war. Sie hätte wirklich einen Arzt aufsuchen sollen, aber Unterhalb schien sich nicht vieler Ärzte rühmen zu können.

Die nächsten paar Stunden fingen bestürzend an, aber ich gewöhnte mich mehr und mehr daran, ein kleines, sich windendes Leben in den Armen zu halten, und es wurde immer entzückender. Melia, die sich schlicht weigerte, das Baby zurückzunehmen, brachte mir bei, wie man es halten, herumtragen und mit ihm spielen mußte, und sie führte die ganze Zeit über weiter aus, wieviel besser ich es fände, wenn das Baby, das ich hielt, das meine wäre. Das Wissen, daß ich niemals ein eigenes Baby haben würde, fing an zu schmerzen und brachte mein anderes Ich dazu, insgeheim gegen meinen Vater und den restlichen Adel zu wüten, aber ich weigerte mich rundheraus, mich durch irgend etwas von der Freude ablenken zu lassen, die es bedeutete, eine völlig unkritische kleine Person zu halten, der es völlig egal war, was andere von mir dachten. *Er* mochte mich, und das war alles, was ihn interessierte, und andersherum war das auch alles, das mich interessierte.

Schließlich wurde es notwendig, den kleinen Deve seiner Mutter zurückzugeben, so daß sie ihn stillen konnte, und sie summte ihm zu, während sie ihn mir abnahm. Ich lehnte mich in dem überraschend gemütlichen hölzernen Stuhl zurück und sah ihr beim Fortgehen zu und erkannte verspätet, daß sie ihre eigene Zeit mit dem Baby hingegeben hatte, so daß ich ihn halten und mit ihm spielen konnte, und ich war dankbarer dafür, als ich ihr je hätte sagen können. Ich war eher daran gewöhnt, daß Leute mir etwas vorschrieben, statt etwas für mich zu tun, und ich hatte nicht die leiseste Ahnung, wie man jemandem dafür dankte, einem diese Art von Erinnerungen zu schenken, die man für das restliche Leben hegen und pflegen würde. Mir war aus einer Anzahl verschiedener Gründe nach Weinen zumute, aber dafür war jetzt kaum die Zeit oder der Ort.

Als Melia aus dem großen Vorderzimmer zu mir zurückkehrte, verkündete sie, es sei an der Zeit, mit dem Abendessen anzufangen, diejenige Mahlzeit, die ich gewöhnlich Diner nannte, aber gleich, wie man sie nun nannte, es bedeutete noch immer Kochen. Sie mußte mir zeigen, wie ihr Herd benutzt wurde, ein weiterer Apparat, der von den Oberen zur Verfügung gestellt wurde und der eine Energiezelle statt Holz oder irgendeiner Art von fossilem Brennstoff benötigte, und sie mußte mir gleichfalls sagen, wieviel von jedem zuzubereiten wäre, aber abgesehen davon ließ sie mir völlig freie Hand. Es kostete mich einige Mühe, einige meiner Lieblingsrezepte einer Armee anzupassen, aber die Küche war gut bestückt mit fast allem, was ich benötigte, und alles Fehlende heranzuschaffen, war eine Sache von Minuten. Einmal kam Melia herein, kostete die Soße, die ich gerade über das Gemüse gießen wollte, hob die Augenbrauen und verließ mich mit einem kleinen, äußerst zufriedenen Lächeln. Danach bekam ich sie nicht mehr zu Gesicht, bis es fast Essenszeit war.

Die Männer waren einzeln oder zu zweit hereingekommen, sie sahen müde aus, jedoch frisch gewaschen, und sie grüßten mich, Melia und Tanise freundlich, ehe sie ihre Plätze bei Tisch einnahmen. Sie brauchten nicht lange, bis ihnen klar wurde, daß *ich* gekocht hatte, und das machte sie leicht nervös, aber keiner von ihnen ging so weit, seine Zweifel laut zu äußern. Ich lächelte in mich hinein, während ich mir vorstellte, wie sie sich vergiftet glaubten, folgte jedoch Melia darin, sie nicht zu beruhigen. Schließlich waren es große, starke, hart arbeitende Männer; sicherlich würden sie von irgendwoher die Courage finden, den ersten Bissen zu nehmen.

Joban und Gareth kamen als letzte, und mein Gemahl schenkte mir ein entschuldigendes Schulterzucken sowie ein schwaches Grinsen, offensichtlich sein Ausdruck des Bedauerns über die Tatsache, daß er überhaupt zurückgekehrt war. Als ich die Platten, die ich trug, zu dem hinzufügte, was sich bereits auf dem Tisch befand, stieß ich einen tiefen Seufzer aus und schüttelte den Kopf, meine Variante von »Nun, was soll man machen? Einige Tage sind eben einfach nur unglücklich«, und ich wurde mit einem Aufblitzen von Ärger in seinen Augen belohnt. Er hatte sich auf eine andere, eher enttäuschtere Reaktion meinerseits gefreut, und war es nicht eine Schande, daß er seinerseits dahingehend enttäuscht wurde?

Nachdem sich jeder gesetzt hatte und die Platten weitergereicht wurden, fiel der Gesprächspegel von heiter zu völliger Stille, offensichtlich in drohender Erwartung dessen, was bald gegessen werden mußte. Einigen der Männer war aufgefallen, daß der Geruch der angebotenen Speisen überhaupt nicht schlecht war, aber das angespannte Schweigen wurde erst durchbrochen, als einer von ihnen den Mut fand, wirklich zu kosten, was er sich vorgelegt hatte. Sehr wenig Zeit wurde mit dem Kauen des ersten Mundvolls verbracht, und sobald das zweite hinab war, blickte der Mann zu Gareth hinüber, und zwar mit einem Ausdruck, der wirklich Groll zu sein schien.

»Verdammt, wenn du nicht der glücklichste Mann bist, den ich je gesehen habe«, beklagte er sich und hörte sich aufrichtig gekränkt an. »Nicht nur, daß du die hübscheste Frau geheiratet hast, die mir je unter die Augen gekommen ist, sondern es stellt sich jetzt auch noch heraus, daß sie sogar kochen kann! Wenn es das ist, was das Leben in den Wäldern einem Mann einbringt, dann geh ich gleich morgen früh mit dir dahin zurück!«

Darüber lachte jeder, Gareth eingeschlossen, insbesondere, da der Mann seine Worte anscheinend ernst meinte, und dann machten sie es sich gemütlich und genossen das Essen, von dem sie befürchtet hatten, es würde ihnen nicht schmecken. Ich genoß mein eigenes Essen, während einer seinen Nachbar dazu drängte, »etwas von dem komisch aussehenden Fleisch hier« zu probieren, oder ein anderer anbot, das Gemüse »mit dem Papp« weiterzureichen, wenn er dafür das »Käsebrot« erhielt. Ich hätte niemals geglaubt, daß ich Freude daran finden würde, für einen Pöbel wie den hier zu kochen, aber es hatte wirklich großen Spaß gemacht.

Zum Ende der Mahlzeit war nicht mehr sonderlich viel übriggeblieben, und einige der Männer hatten Schwierigkeiten mit dem Aufstehen, als es an der Zeit war, sich zu verabschieden. Zum erstenmal bemerkte ich, daß Lampen anstelle des Tageslichts schienen, als sich die Tür in die Dunkelheit draußen öffnete, und ich bemerkte ebenso, wie müde ich mich fühlte. Es war ein sehr langer Tag gewesen, und er wäre nicht vorüber, ehe nicht das Geschirr, die Töpfe und so weiter abgewaschen und aufgeräumt wären. Mir hätte es sehr gefallen, wenn jetzt meine Hausangestellten zusammen mit unserem Geschirrspüler und der Sterilisationseinheit erschienen wären, aber da dies wenig wahrscheinlich war, nippte ich an meinem Getränk, um die Küchenarbeit noch ein wenig hinauszuzögern. Ich hätte mich natürlich weigern können, beim Spülen mitzuhelfen, und sicher hätte niemand darauf bestanden, zumindest nicht Melia. Aber wenn ich sitzen geblieben und die Hilflose gespielt hätte, wäre es nicht fair gewesen, also schindete ich lediglich ein wenig Zeit, indem ich an dem dicken, warmen, weißen Getränk in meiner Tasse nippte und mit halbem Ohr dem Gespräch zwischen Joban, Gareth und Tanises Gatten Deve zuhörte.

»… und es schien immer dieselbe Geschichte zu sein«, sagte Gareth gerade zu Deve, etwas, das er anscheinend bereits Joban erzählt hatte. »Ich habe mit keinem der vier viel Zeit verbracht, einfach ein kurzer, nachbarschaftlicher Besuch, aber ihre Antworten waren fast Wort für Wort dieselben. Wenn sie nicht diese Ersatzteile für ihre Maschinen erhielten, würden sie ihre Ernte verlieren, schlimmer jedoch als das: die Prinzen würden sie niemals vergessen lassen, daß sie einen Mißerfolg gehabt hatten. Nicht die Maschinen, *sie*, und sie alle wirkten so, als versuchten sie zu entscheiden, ob sie bleich vor Furcht oder verteufelt wütend sein sollten.«

»Würde es ihnen nicht übelnehmen, wenn sie Angst hätten«, sagte Joban und nippte ruhig an seiner Tasse. »Weiß gar nicht, warum die Oberen soviel Weizen haben wollen, aber sie wollen's, Teufel noch mal, und sie wollen nichts von Problemen hören. Sie haben gesagt, wir würden bis zum Hals im Dreck stecken, wenn wir die Ernte vermasselten, aber sie können das nicht durchhalten, wenn sie nicht diese Ersatzteile rausrücken.«

»Das ist eines der Dinge, die mich beunruhigen«, sagte Deve, und seine dunklen Augen zeigten seine Verstörung. »Nie zuvor haben sie uns so hart wegen unserer Ernten zugesetzt wie in diesem Jahr, also kann niemand sagen, was sie tun werden, wenn diese Ernte nicht eingebracht wird. Die letzten sieben, acht Monate haben sie sich wie Verrückte verhalten, um sicherzustellen, daß niemand etwas anderes anbaut als diesen Weizen.«

»Nun, wenn das verrückt ist, so ist das jene Verrücktheit, die ich gerne sehe«, sagte Gareth, und sein Gesichtsausdruck zeigte völlige Befriedigung, während er sich noch etwas von dem weißen Getränk in den Becher goß. »Sie hatten die Farmer in diesem Gebiet genau da, wo sie sie haben wollten, gerade verängstigt genug, daß sie alles taten, was ihnen gesagt wurde, aber jetzt ist der Druck zu stark. Man kann einem Mann mit eigenem Besitz nicht erzählen, daß man ihm für etwas die Schuld geben wird, woran man *selbst* schuld ist. Da wird er nicht mehr stillhalten. Wenn sie das noch länger beibehalten, werden sie mehr Erfolg als ich dabei haben, die Farmer auf meine Seite zu treiben.«

»Einen Augenblick«, sagte ich und unterbrach damit ihr Gespräch, denn mein müder Sinn hatte schließlich aufgenommen, was sie gesagt hatten. »Ihr redet dauernd von Weizen. Wie viele Farmen hier in der Gegend sollen Weizen anbauen?«

»Alle«, antwortete Joban mit einem spöttischen Schnauben, wobei er ebenfalls den Kopf schüttelte. »Hab noch nie so was Bekloopptes gehört. Wollen, daß wir nicht mehr als eine Getreideart anbauen. Wenn wir nicht unseren eigenen Weg gehen, wird uns auf Dauer nur Brot zum Fleisch ganz schön zum Hals raushängen.«

»Aber natürlich«, keuchte ich und gab keine Antwort auf das, was er zu mir gesagt hatte, sondern auf das jähe Muster, das sich vor meinem inneren Auge ausgebreitet hatte. »Ich war niemals mit diesen Handelsgütern wirklich beschäftigt gewesen, aber ich habe dennoch nicht den Fehler begangen, sie nicht zu beachten.

In den vergangenen paar Monaten ist im Graffis-Cluster der Preis für Weizen wie ein defekter Fahrstuhl hinabgeschossen, weil jemand den Markt übersättigt. Jedermann hat angenommen, daß der mysteriöse Anbieter in einen privaten Handel verstrickt war, der daneben gegangen ist, und deshalb zu Dumping-Preisen verkaufen mußte, aber so ist es nicht gewesen. Die Preise gingen noch weiter in den Keller, und die meisten derjenigen, die jetzt noch versuchen, Weizen zu verkaufen, werden aus dem Markt gedrängt oder enden mit durchschnittener Kehle, und bald wird es keine weiteren mehr *geben*, die noch Weizen im Angebot haben. An diesem Punkt wird jemand das Monopol für Weizen an sich gerissen haben, und die Preise werden wie eine Rakete in die Höhe schießen, und die Termingeschäfte …«

»Würde es dir etwas ausmachen, wieder unsere Sprache zu sprechen?« unterbrach mich Gareth unvermittelt, und ich blickte auf und sah, wie mich Joban und Deve ebenso anstarrten. »Es macht uns nichts aus, dir aus Höflichkeit zuzuhören, aber gelegentlich hilft es einem zu wissen, wovon du sprichst.«

»Was du gehört hast, war die Blaupause für einen Mord«, sagte ich, jäh erfüllt von Enttäuschung, daß ich keinen Knopf drücken und meinen Stab für eine Besprechung zusammenrufen konnte. »Die Prinzen von Plateau sind darauf aus, jeden im Graffis-Cluster auszuplündern, und das ist womöglich erst der Anfang. Wenn jedermann die schmutzigen Einzelheiten kennen würde, könnte man sie aufhalten – oder, noch besser, sie dafür bluten lassen –, aber wie sollte ich imstande sein, irgend etwas von hier aus zu unternehmen? Ich muß dorthin zurück, wo ich hingehöre!«

»Du bist bereits dort, wo du hingehörst«, sagte das erbärmliche Tier mit einem erfreuten Lächeln, streckte die Hand aus und streichelte mir mit dem Rücken eines Fingers die Wange. »Du brauchst dir keine Sorgen wegen der Prinzen zu machen, darum kümmere ich mich bereits. Wenn ich mit ihnen fertig bin, werden sie sich in ihrem eigenen Blut wälzen.«

»Falls sie nicht zuerst dasselbe mit dir machen«, fauchte ich und hieb seine Hand von meinem Gesicht weg. »Du hast überhaupt keine Vorstellung davon, wie wichtig ihnen gerade jetzt ihre Produktionspläne sind, nicht wahr? Du glaubst, sie würden es durchgehen lassen, daß du ihre Pläne durchkreuzt, und einfach lachen, als wäre es ein Jux? Wenn man in Betracht zieht, daß sie den Weizen für ein Butterbrot bekommen, können sie ihn zu Dumping-Preisen anbieten und noch immer einen Profit machen – wenn sie nicht gestohlene Maschinenteile ersetzen und Todesprämien an die Zunft der Wächter zahlen müssen. Du kostest sie *Geld,* mein guter Freund, und sie können es sich nicht leisten, dich ungeschoren davonkommen zu lassen!«

»Wenn es ihnen nicht gefällt, werden sie mich jagen müssen«, sagte er mit jener Einfalt von zufriedener Erwartung, die eine Maus haben mag, wenn ihm eine Raubkatze ins Auge fällt, die es in eine Falle locken will. Das einzige, was die Maus nicht erwartet, ist, daß die Falle nicht funktioniert, und deshalb wird die Katze anschließend der perläugigen kleinen Plage antun können, was ihr beliebt.

»Wenn es an mir wäre, täte ich etwas Unerwartetes«, sagte ich in seine selbstgefällige Befriedigung hinein und erhob mich daraufhin. »Ich weiß nicht, welche Optionen ihnen offenstehen, um ihren nächsten Schritt vorherzusagen, aber ich wette um dein Hemd, daß sie dir beim nächsten Mal keine Wahl lassen werden. Sie müssen dich neutralisieren, also *werden* sie einen Weg finden.«

»Ich glaube, die Wette halte ich«, sagte er mit einem Grinsen, wobei er zu mir aufschaute. »Wenn sie versuchen, mich zu treffen, indem sie die Farmer hier in der Gegend unter Druck setzen, werden die Pächter sich das nicht gefallenlassen. Sie unterstützen mich nicht wirklich, in keinster Weise so wie Joban, also werden sie es nicht zulassen, daß man ihnen wegen mir etwas antut. Die Prinzen sind auf den guten Willen der Farmer angewiesen – keine Kooperation, keine Ernten –, also werden sie versuchen, mich und meine Plünderer auszuschalten. Und wenn ich diese Wette gewinne, kleines Mädchen, werde ich dir das Hemd ausziehen – persönlich.«

Bei dieser Bemerkung kicherten die beiden anderen Männer. Sie genossen den Gedanken ebenso offensichtlich wie das Tier, aber ich war so verärgert, daß ich noch nicht einmal Verlegenheit verspürte. Gewöhnlich bewundere ich zuversichtliche Menschen, aber Dummheit, die sich als Gewißheit kleidet, war mir stets ein Greuel.

Melia und Tanise räumten den Tisch ab, und da ich nicht länger müde war, half ich ihnen dabei. Melia sah so aus, als wollte sie mir etwas sagen, aber ich war zu sehr in eigene Gedanken verstrickt, um mich zu fragen, was sie von mir wollte. Nachdem wir fertig waren, wünschte Tanise eine gute Nacht und verließ den Raum, wodurch sie Melia die Möglichkeit gab, über mich herzufallen.

»Mein Kind, du mußt lernen, daß es nicht klug ist, deinem Mann in Gegenwart anderer Männer die Leviten zu lesen«, sagte sie mit leiser Stimme und legte mir dabei den Arm um die Schultern. »Wenn es so weit kommt, daß er sich um Kopf und Kragen redet, braucht er niemanden, der auch noch Öl ins Feuer gießt, und falls sich herausstellt, daß er recht hat, bist du diejenige, die sich zum Narren gemacht hat. Wenn sich Männer irren, schmerzt es sie mehr als uns, und dann müssen sie getröstet werden, so daß sie wieder stark sein können. Jemandem Schmerz zuzufügen, ohne ihm in diesem Schmerz zu helfen, macht alles noch schlimmer. Schlaf gut heute nacht, wir sehen uns morgen früh!«

Sie umarmte mich sanft mit einem warmen Lächeln, verließ daraufhin den Raum und ließ mich nachdenklich zurück. Ihre Worte hatten eine Saite tief in mir angeschlagen, die mich an dem Versuch gehindert hatte, darauf zu beharren, daß Gareth nicht mein ›Mann‹ war. Die Leute von Unterhalb hatten anscheinend einige merkwürdige Standpunkte, insbesondere, wenn es das Heiraten betraf, aber sie wußten offensichtlich auch mehr als nur ein wenig über den Schmerz …

»Nun, ich glaube, es ist Zeit, daß wir zu Bett gehen«, sagte eine Stimme hinter mir, und ich wandte mich um und sah Gareth, der sich gähnend streckte. »Joban und Deve haben noch einige Entscheidungen über Grundstücke zu besprechen, und wir halten sie lediglich davon ab, wenn wir bleiben.«

»Es besteht wohl kaum eine Chance, daß ich ein eigenes Zimmer bekomme«, sagte ich, während ich wenig begeistert zu ihm aufblickte. »Ich bin sogar gewillt, mich hinter dem Haus auf dem Boden niederzulassen.«

»Du solltest wirklich damit aufhören, mich so zu ermutigen«, murmelte er mit einem schwachen Grinsen und legte einen Arm um mich. »Ermutigung erregt mich, und wenn andere Leute in der Nähe sind, kann das sehr peinlich sein. Zu unserem Zimmer geht es hier entlang.«

Ich war zu müde, folglich gestand ich in diesem Punkt eine zeitweilige Niederlage ein, und ließ mich von ihm aus dem Vorderzimmer führen. Rechts vom Badezimmer befanden sich zwei weitere Türen, und Gareth öffnete diejenige am Ende des Gangs. Das Zimmer war bereits von Lampen erhellt.

»Dieses Haus besitzt in der Tat alle modernen Annehmlichkeiten«, informierte er mich und zeigte auf das Badezimmer. »Sanitäre Anlagen im Haus, um dein Entzücken noch zu vergrößern, kleines Mädchen.«

»Ich glaube kaum, daß mein Herz stark genug ist, um mein Entzücken auszuhalten«, brummte ich, während ich an ihm vorüberging und ihm daraufhin die Tür vor der Nase zuschlug. Genau in diesem Augenblick *war* ich glücklich darüber, sanitäre Anlagen im Haus vorzufinden, selbst wenn sie nur aus einem sauber gestrichenen hölzernen Sitz über einem schmalen Graben bestanden, der mit fließendem Wasser gefüllt war. Ich habe nicht mehr Ahnung davon, wie moderne sanitäre Einrichtungen funktionieren, als die meisten Leute, und es spielt auch keine Rolle. Solange man sie erreichen kann, ohne von Regen oder Schnee durchweicht zu werden, ist es definitiv ein Schritt nach vorn.

Ich ließ mir Zeit dabei, die Örtlichkeit zu benutzen, und hoffte, mein Zimmergenosse würde zu müde sein, um lange wachzubleiben, aber soviel Glück hatte ich nicht. Als ich herauskam, stand die Tür zu unserem Zimmer offen. Im Schein der Lampe sah ich, daß Gareth gerade sein Hemd auszog.

»Um Zeit zu sparen, habe ich die Örtlichkeiten im Freien benutzt«, sagte er, als er mich erblickte, und er trat vor, um den Portier zu spielen. »Es wird spät, und wir müssen morgen früh aufstehen.«

»Hast du eigentlich noch nie etwas davon gehört, morgens einmal auszuschlafen?« fragte ich und betrat unser Zimmer, das fast genauso aussah wie der Raum von Tanise. Die Fenster mit den gelben Vorhängen standen weit offen und ließen die angenehm kühle Abendluft ein, und über einer hölzernen Truhe lag das blaue Kleid, mit dem ich hergekommen war, und selbst im Lampenschein war zu sehen, daß es gewaschen worden war. Ich hatte nicht gewußt, was Melia getan hatte, während ich das Essen zubereitete, allmählich bekam ich jedoch eine Vorstellung davon.

»Wenn man nicht früh am Morgen anfängt, zerrinnt einem die Zeit unter den Fingern, ehe man beendet hat, was man sich vorgenommen hat«, antwortete er und schloß die Tür, ehe er zu dem Bett hinter mir zurückkehrte. »Strall hat mir von fortschrittlicheren Welten erzählt, aber ich glaube kaum, daß mir ein Leben gefiele, wo man sich nicht im Dunkeln hinsetzen und die Füße hochlegen kann, ohne eine Menge dessen zu verpassen, was vor sich geht. Wenn man die ganze Nacht Partys besucht, wann soll man da schlafen?«

»Diese Leute verschlafen den größten Teil des Tages«, sagte ich und wandte mich zu ihm um. »Nicht viele von denen müssen sich um Raubzüge während der Stunden des Tageslichts Sorgen machen. Ich dachte, du hättest gesagt, ich könnte selbst entscheiden, ob ich mit dir schlafe oder nicht? Das hier sieht für mich nicht so aus, als bliebe mir eine Wahl.«

»Ich glaube gesagt zu haben, daß du schließlich jene Wahl haben würdest«, antwortete er und blickte mich lediglich an, als er sich aufs Bett setzte, um die Stiefel auszuziehen. »Sobald ich sehe, daß du dich entspannt und unbeschwert dabei fühlst, mit mir das Bett zu teilen, werde ich wissen, daß du über das meiste, was ich dir angetan habe, hinweg bist, und es wird die Zeit der Wahl sein. Im Augenblick ist es einfach noch zu früh.«

»Zu früh«, brummte ich wie ein unzufriedenes Echo und weigerte mich, den Atem für die Frage zu verschwenden, wie lange es noch dauerte, bis es nicht zu früh wäre. Wenn er darauf wartete, daß ich begierig darauf wäre, mit ihm zu Bett zu gehen, könnten wir vielleicht damit anfangen, die Zeitskala zu verwenden, die man für geologische Zeitalter benutzte.

Da ich den Zeitpunkt der freien Wahl noch nicht erreicht hatte, ging ich zur rechten Seite des Betts und setzte mich hin, um mir die Stiefel auszuziehen; daraufhin stellte ich mich mit noch immer abgewandtem Rücken hin, um gleiches mit dem Kleid zu tun. Es ärgerte mich, daß mir noch nicht einmal die Wahl geboten wurde, auf welcher Seite des Betts ich schlafen wollte. Statt also den langen weißen Unterrock auszuziehen, nachdem ich das Kleid auf eine weitere der geschnitzten Truhen gelegt hatte, behielt ich ihn an und wandte mich wieder dem Bett zu. Ich hatte noch nicht einen Schritt getan, da sah ich schon Gareth, der die Arme verschränkt hatte und an der Wand in der Nähe der Lampe lehnte, die Augen direkt auf mich gerichtet, und er schüttelte langsam den Kopf. Er hatte anscheinend gewußt, daß ich etwas Derartiges vorhatte, und er stand schon bereit, um mir das zu verweigern.

Ich drehte ihm rasch wieder den Rücken zu, und zwar nicht nur wegen meiner mißbrauchten Gefühle oder weil ich aufgebracht war. Es stimmte, ich wollte nicht, daß das Tier mich ansah, wenn ich nackt war, aber es stimmte ebenfalls, daß *er* nackt war – und nichts unternahm, um dies zu verbergen. Wenn man einen nackten Mann ansieht, ist das so … verschieden … von dem Anblick, wenn man ihn völlig bekleidet oder mit entblößtem Oberkörper ansieht, und die Tatsache, daß es ihm anscheinend nichts ausmachte, dort so zu stehen, machte mich nervös. Ich streifte den Unterrock über den Kopf, warf ihn auf das Kleid und zog mich dann hastig zum Bett zurück.

»Auf diese Weise rennst du noch mal in dein Verderben«, sagte er belustigt. »Es ist nichts Falsches daran, wenn ein Mann und eine Frau den Körper des anderen betrachten, also besteht kein Grund dafür, daß du dich so zierst. Dreh dich um und sieh doch mal genau hin, wenn du magst.«

»Zufälligerweise mag ich nicht«, brummte ich zur Antwort und griff nach der umgeschlagenen Bettdecke. »Außerdem wäre es mir sehr recht, wenn du damit aufhören würdest, mir von all den Dingen zu erzählen, an denen nichts falsch ist, wenn man sie tut. Solange es noch immer zu früh für dich ist, deine angeblichen Versprechen zu halten, bin ich völlig uninteressiert daran, daß man mir etwas beibringt.«

»Du könntest eine kleine Lektion durchaus ertragen«, gab er trocken zurück, während ich zwischen die ungebleichten Leinendecken schlüpfte und die Augen noch immer abgewandt hielt. »Mit anderen Leuten zurechtzukommen, erfordert Übung, und du kannst dich glücklich schätzen, daß ich mehr Geduld als die meisten habe.«

Ich vernahm ein Klappern, dann blies er das Licht

aus und tauchte den Raum in Dunkelheit. Ich fand eine große Erleichterung in der Dunkelheit, zumindest, bis er das Bett erreicht und zu mir unter die Decken gekommen war. Ehe ich ins Bett gestiegen war, hatte es ziemlich groß gewirkt, aber sobald ich nicht mehr länger allein war, hatte sich meine Meinung in diesem Punkt rasch geändert.

»Wenn du weiter versuchst wegzurutschen, wirst du am Ende auf dem Fußboden landen«, sagte er, während er mich mit dem rechten Arm umschlang und der linke zum Kissen über meinem Kopf ging. »So kannst du mir nicht zeigen, daß es dir nichts ausmacht, mit einem Mann im Bett zu sein.«

»Wie wäre es, wenn ich es mit einem anderen Mann versuchte?« schlug ich vor, und mir war sofort unbehaglich bei der Weise, wie er die linke Hand auf meiner linken Seite ausspreizte. »Unvoreingenommenheit ist für gewöhnlich einfacher, wenn man nicht persönlich in die Sache verstrickt ist.«

»Einfacher, mag sein, macht aber verteufelt weniger Spaß«, murmelte er, und er berührte nun leicht mit den Lippen die Seite meines Gesichts. »Möchtest du nicht wissen, was zu tun ist, wenn du mit diesem anderen Mann im Bett bist, was er tun wird und was er von dir erwartet? Er wird nicht imstande sein, dir einfach zu sagen, daß du Interesse zeigen solltest, weißt du, und er wird seinerseits ein wenig Ermutigung brauchen. Meinst du nicht, du müßtest wissen, wie das abläuft?«

Ich zögerte, weil ich mir nicht sicher war, was er im Sinn hatte, abgesehen davon, daß er erneut einen Vorteil zu erringen versuchte. Ich wußte nicht, warum er nicht einfach das tat, was er die Nacht zuvor getan hatte, aber er hatte wirklich einen wunden Punkt angesprochen.

»Ich … habe gedacht, es funktioniert so, daß … der Mann … nun, weißt du, und die Frau einfach …« Meine

Hände, die zu dem muskulösen Arm gewandert waren, der mich umfing, hatte ich völlig unter Kontrolle, aber meine Zunge hatte sich anscheinend entwirrt oder entrollt, und sie verweigerte sich meinen Bemühungen, sie richtig zu gebrauchen. Darüber hinaus sah ich ihn irgendwie noch immer nackt dort stehen, und bei unserem Gesprächsthema wurde mir allmählich so unbehaglich zumute, wie es in der vergangenen Nacht gewesen war.

»Du hast gedacht, der Mann macht sich über die Frau her, und die Frau nimmt es einfach hin, so gut sie es kann«, sagte er und listete damit angenähert das auf, was ich versucht hatte herauszubekommen, glücklicherweise ohne den Spott, den ich erwartet hatte. »Auf diese Weise geschieht es womöglich öfter, als es das sollte, aber Sex sollte beiden Seiten Spaß machen, also wollen wir einmal sehen, ob wir das nicht hinbekommen. Dreh dich mir zu, und scheu nicht davor zurück, wenn sich unsere Körper berühren.«

Seine Worte waren kein Befehl, sie waren nichts weiter als ruhige Anweisungen, also war ich imstande, ganz kurz zu zögern, ehe ich sie befolgte. Schließlich *würde* es mir in der Zukunft helfen, wenn ich wüßte, was ich täte.

»Da, siehst du? Das war doch gar nicht so schrecklich«, gab er anerkennend zu, und seine Hand lag jetzt auf meinem Rücken, als ich mich an ihn lehnte. Es fühlte sich noch immer sehr merkwürdig an, so nahe an seinem warmen, harten Körper gehalten zu werden, aber es war anscheinend nicht mehr die entsetzliche, fremdartige Erfahrung, die es zu Beginn gewesen war. »Jetzt lege deine Arme um mich und küsse mich, wie ich dich küsse. Es wird ebenfalls dabei helfen, wenn du die Hände ein wenig beim Küssen umherbewegst.«

Wenn man seine Größe in Betracht zog, war es gar nicht so einfach, die Arme um ihn zu legen, insbesondere den Arm, der unter ihm lag, aber er hatte nicht dieselben Schwierigkeiten. Wo ich ihn fast nicht mit den Armen umfassen konnte, hielt er mich fest umschlungen, als ich das Gesicht hob. Ganz kurz berührten mich einladend eine Lippen und sie verlockten mich dazu, dasselbe zu tun; dann hob sich seine Hand zu meinem Hinterkopf, und der Kuß, der mir geschenkt wurde, war tatsächlich sehr ausdauernd. Ich versuchte, mich darauf zu konzentrieren, dasselbe zurückzugeben, was ich erhielt, aber das wachsende Unbehagen in mir war ablenkend, fast ebenso störend wie das, was mir, wie ich fühlte, gegen die Hüfte gepreßt wurde.

»Nun ja, das war doch überhaupt nicht schlimm«, murmelte er, als der Kuß schließlich ein Ende gefunden hatte, während er mir mit der Hand durchs Haar und über den Rücken streichelte. »Ich habe es ebenso genossen, wie dich zu berühren. Deine Berührung war etwas widerstrebend, aber mit mehr Erfahrung wirst du darüber hinwegkommen. Zu diesem Zeitpunkt genießen einige Männer weitere Vorspiele einer anderen Art, aber ich ziehe es vor weiterzumachen. Das nächste Mal zeige ich dir einige der Vorspiele, die euch beiden gefallen werden, aber im Augenblick möchte ich, daß du dir bewußt bist, was geschieht, wenn du nicht wild herumhüpfst, wie du es vergangene Nacht getan hast. Folge einfach meiner Führung.«

Seine ›Führung‹ bestand darin, daß er mein linkes Bein nahm und es über sein rechtes hob, während er die Stellung wechselte, und dann wurde das, was sich gegen meine Hüfte gepreßt hatte, in mich hineingesteckt, ein sehr bestimmtes Gefühl, das man nicht ignorieren konnte. Automatisch versuchte ich, diesem Gefühl zu entrinnen, aber die große Hand auf meinem Hintern hinderte mich an einem Zurückweichen, und anschließend konnte ich nichts anders und mußte den Atem einziehen, als er sein Vorhaben vollendet hatte.

»Dich zu berühren, hat gezeigt, daß du für mich bereit bist«, sagte er, während er mich noch immer festhielt. »Das ist einer der Gründe für die Berührung, um herauszufinden, ob die Frau in deinen Armen ebenso bereit ist wie du selbst. Von meinem Standpunkt aus ist das sehr lustvoll. Wie gefällt es dir?«

»Ich … weiß nicht, wie es mir gefällt«, gelang es mir zu antworten, meine Wange an seiner Schulter, meine Hände auf seiner Brust und seinem Rücken; mein Körper scheute davor zurück sich zu bewegen, wollte sich jedoch gleichzeitig irgendwie bewegen. »Ist es … das, was die meisten Männer anschließend tun? Mit einem … Gespräch fortfahren?«

»Einige«, sagte er mit einem Kichern, und seine rechte Hand reizte jetzt meine Brust. »Wenn du das Gefühl hast, etwas mehr tun zu wollen, versuche es einfach. Experimentieren kann viel Spaß bereiten.«

Der Drang stillzuliegen verschwand anscheinend rasch, also versuchte ich, mich umherzubewegen und das zu erhalten, wozu ich mehr und mehr das Verlangen verspürte. Ich versuchte es wieder und wieder, aber was ich wollte, geschah nicht.

»Es funktioniert nicht«, sagte ich schließlich, halb eine Anklage, halb eine Bitte um Hilfe, gerichtet an den breiten, harten Mann, der so tief von mir Besitz ergriffen hatte. »Kannst du mir sagen, was ich falsch mache?«

»Nicht falsch, nur unvollständig«, sagte er und näherte sich meinem Gesicht, so daß er mich küssen konnte. »Um die besten Ergebnisse zu erzielen, bedarf es einer Zusammenarbeit, keine einseitige Aktion. Laß es uns zusammen machen!«

Daraufhin bewegte er sich über mir, und als er damit anfing, mit den Hüften zuzustoßen, während er mich fest in den Armen hielt, fingen meine eigenen Bewegungen damit an, das zu tun, was ich von ihnen erwartete. Es war ein gemeinsames Bewegen, vielleicht zum erstenmal seit unserem Zusammentreffen arbeiteten wir völlig gemeinsam, und es wurde absolut köstlich.

Kapitel 7

Draußen war es noch immer dunkel, als ich in Erwartung des neu hereinbrechenden Tages erwachte. Es war nicht das übliche Erwachen gewesen, aber nichts hielt mich davon ab, es durch und durch zu genießen. Gareth hatte die Gelegenheit ergriffen, mir zu zeigen, daß Sex Spaß machen konnte, selbst wenn wir uns nicht von Angesicht zu Angesicht gegenüber waren, und irgendwie fühlte er sich auf diese Weise noch größer an. Schließlich war mir aufgegangen, daß es dumm wäre, die Freude, die ich verspürte, anzuzweifeln, also hatte ich damit aufgehört und genoß sie ganz einfach. Nachdem es vorüber war und er mich kurz in den Armen hielt, um mich zu küssen, gab ich dem nahezu überwältigenden Drang nach, ihn womöglich noch heftiger zu küssen, und daraufhin kicherte er.

»Ich glaube, du machst rascher Fortschritte, als ich erwartet hatte«, sagte er leise, während sein beschattetes Gesicht auf mich herabblickte. »Nur noch ein bißchen mehr Übung, und es wird nicht mehr zu früh sein. Du wirst natürlich noch immer meine Frau sein, aber die Wahl wird bei dir liegen.«

Ganz kurz erlebte ich einen Stich des Bedauerns, ein Gefühl, das mich dazu veranlassen wollte, über das gerade Gesagte zu diskutieren, aber das machte keinen Sinn. Ich hatte mich am Vorabend beklagt, daß er mir *nicht* erlaubt hatte, meine Wahl zu treffen, nicht wahr? Ich konnte nicht wirklich wollen, mich weiter mit einem Mann von Unterhalb zu verbünden, oder? Natürlich konnte ich das nicht, und ich würde es gewiß nicht tun, was also gab es da zu bedauern?

»Es ist Zeit zum Aufstehen, aber aus irgendeinem Grund sträubt sich etwas in mir, das Bett zu verlassen«, sagte er, während er mich noch immer an sich gedrückt hielt. »Willst du mir einen letzten Kuß schenken, um mich auf den Weg zu schicken?«

Es gab keinen Grund dafür, ihm den Kuß zu verweigern, also hob ich das Gesicht und küßte ihn. Es war seltsam, wie sanft ein heftiger Kuß sich anfühlen konnte, aber weitaus besser war es, wenn man von zwei offenen Armen umfangen war und gegen einen harten, unbekleideten Körper gepreßt wurde, während man dasselbe tat. Wir hatten das Linnen angewärmt, und zu jener frühen Stunde fühlte sich die Decke wohlig an, aber in diesem Augenblick wäre es auch ohne sie gemütlich gewesen. Wir teilten einen langen Kuß, dann einen oder zwei kurze, und dann war es an der Zeit, aufzustehen und sich anzukleiden.

»Es war vielleicht ein wenig voreilig von mir, langes Schlafen zu verdammen«, sagte Gareth mit einem Seufzer und verließ das Bett auf seiner Seite, während ich es auf meiner tat. »Es würde mir gefallen, wenn du meinen Verlust ausgleichst, indem du Melia dazu bringst, daß du das Frühstück zubereitest.«

Während er sprach, war er eifrig damit beschäftigt, nach seinen Kleidern zu greifen; er hatte mir den Rücken zugewandt, und ganz kurz wünschte ich mir, er hätte die Lampe angezündet. Ich hätte mein spöttisches Lächeln verbergen müssen, aber bei Licht hätte ich ihn anblicken und es genießen können, wie er mich ansah. Er hatte recht gehabt, daß darin nichts Verletzendes lag.

Warum bittest du ihn nicht einfach, die Lampe anzuzünden? fragte mein anderes Ich schweigend in meinem Kopf. **Du bist nicht dumm genug zu glauben, er würde sich weigern, oder?**

Ich habe keinen Grund, ihn um so etwas zu bitten, gab ich steif zurück und widmete mich meinen Kleidern, um dieses Thema zu beenden. *Er ist nichts weiter als ein Mann von Unterhalb, der mir nicht im geringsten etwas bedeutet, und sobald er sieht, daß ich für seine Zwecke unnütz bin, wird er zu seiner nächsten Freundin von Unterhalb laufen.*

Hoffst du, daß er es tun wird, oder fürchtest du es? gab die Stimme jetzt spöttisch zurück. **Diesmal kannst du nicht leugnen, daß du es genossen hast, und wenn es so weitergeht, wirst du außerstande sein, es zu beenden. Er wird es beenden müssen, und vielleicht bist du dann nicht darauf vorbereitet. Er ist so warm und hart, und er fühlt sich so gut unter deinen Händen an, und an deinem Körper, und ... **

Hör auf! verlangte ich so bestürzt, daß ich es fast laut ausgesprochen hätte. *Soll ich mich etwa mit ihm hier niederlassen? In jenem Waldlager, das so komfortabel eingerichtet und fortschrittlich ist? Ich kann meine Zeit mit Kochen verbringen, während er sich die Zeit mit Essen und mit Plündern vertreibt, und so dann und wann kann er mit einem weiteren naiven Plan gegen meine Verwandten herausrücken, den ich zerpflücken kann. Zusammen mit dem Herumalbern im Bett sollte das ein großartiges Leben sein.*

Und ohne Kinder, fügte ich betrübt hinzu, als die Stimme keine Antwort gab, etwas, das sie tat, wenn sie meinen Argumenten nichts entgegenzusetzen hatte. Kinder bedeuteten mir nicht so furchtbar viel, ich war viel zu sehr mit meiner Arbeit beschäftigt gewesen, daß es mir überhaupt aufgefallen wäre, aber einem Mann wie Gareth würde es auffallen, und es würde ihm gar nicht gefallen. Ich brauchte einen Mann – oder Männer –, die nichts mit Kindern zu tun haben wollten, Männer, die sich einfach im Bett vergnügen und dann verabschieden wollten. Ich hielt einen Augenblick inne, ehe ich das Kleid anzog, und spürte, wie sehr mein Haß Leuten gegenüber gewachsen war, die mich absichtlich zu dem gemacht hatten, was ich war, und ließ daraufhin den Haß aus meinem Bewußtsein fließen, während ich das Kleid überstreifte. Haß wie jener war Zeitverschwendung, das wußte ich so gut wie jeder andere, aber es gab etwas anderes, das ich ebensogut wußte. Jene anderen Männer, die ich träfe, so viele oder so wenige es wären – ich würde niemals für einen von ihnen kochen.

Ich stieg in meine Stiefel, statt mich hinzusetzen und sie anzuziehen, und als ich mich umwandte, stellte ich fest, daß ich allein im Zimmer war. Die Tür stand offen, und als ich hinging, bemerkte ich, daß statt dessen die Tür zum Badezimmer geschlossen war. Es schien, daß diesmal Gareth seinen Anspruch als erster erhoben hatte, und so war ich an der Reihe, das zu benutzen, was sich auch immer draußen befand. Ich hörte gleichfalls, wie sich in anderen Teilen des Hauses etwas rührte, und ich wollte tun, was ich zu tun hatte, und daraufhin zurückkehren und mit der Zubereitung des Frühstücks beginnen.

Die alternativen Örtlichkeiten waren noch immer besser als das, was im Wald zur Verfügung stand; sie befanden sich hinter dem Haus, in Richtung auf das große rote Gebäude. Als ich sie verließ, stieg gerade die Sonne auf, und wunderschöne goldene und rote Streifen erhellten den Himmel. Die Morgenröte veranlaßte die Vögel zu singen und erwärmte die Luft und machte alles frisch und neu. Ich ging unter dem breitblättrigen Baum entlang, den ich auf dem Hinweg passiert hatte, und genoß das Lärmen der Vögel über mir, und dann … da war etwas … wie der Beginn einer Vibration … als wäre die Luft dabei zu schimmern …

… ich blieb unter dem Baum stehen … verstand nicht, was geschah … meine Hände fuhren zum Kopf … das Atmen fiel allmählich schwer …

… ich stand im Freien … ich wußte es … aber es fühlte sich an, als würde sich etwas … um mich herum formen … mich von der Welt abschließen … die Vögel sangen noch immer … völlig ungerührt … aber ich konnte nicht stehen … es fing an zu schmerzen … das Vibrieren … es war Schmerz … überall Schmerz …

… hinab auf die Knie … ich konnte das Gras nicht durch das Kleid spüren … alles schmerzte … in der

Vibration summte etwas … ich lag auf der Erde, krümmte mich … die Arme fest um mich gelegt gegen den Schmerz, der nicht aufhören wollte … bitte, hör auf, bitte, hör auf! … er hörte nicht auf … ich krümmte und wand mich auf dem Boden … der Schmerz …

»Für das Verbrennen des Getreides, für den Diebstahl von Ersatzteilen, für die Verspätungen bei der Ernte«, flüsterte eine Stimme in meinem Kopf, eine Stimme, die liebte und genoß, was sie tat und sagte. »Die Teile werden zurückgegeben und verteilt werden, oder dies wird in zwei Tagen wieder geschehen, die Strafe für eine nicht angemessen durchgeführte Ernte. Die Kranken können nicht ernten, und sollte es keine Ernte geben, wird es Krankheit geben. Heute wird es keine Ernte geben.«

… Gelächter in meinem Kopf, zusammen mit der summenden Vibration … helles, klingelndes Gelächter und Schmerz … es schmerzt … hör auf … bitte … Arme fest um sich geschlossen … und es hört nicht auf … es hört nicht auf … hört nicht …

Schmutz und Gras drückten gegen die Wange. Ich hatte die Augen vor der untergehenden Sonne geschlossen und lag dort auf dem Boden und glaubte nicht, daß es schließlich vorüber war. Der ganze Tag war verstrichen, der schreckliche Schmerz verschwunden, der lange genug gewährt hatte, daß ich das Bewußtsein verloren hatte, der daraufhin jäh abgeklungen war und mich einer tiefen, in Wellen kommenden Übelkeit überlassen hatte, jene Übelkeit, die einen rasch entleert und daraufhin trocken weiterwürgen läßt. Nach der Übelkeit kam das Frösteln, es ließ meine Zähne klappern und spannte Knochen und Muskeln bis zum äußersten an, und daraufhin kam das rasende Fieber, das alles in mir zu einem gestaltlosen, kraftlosen Mus verwandelte. Mir war gerade genügend Zeit geblieben, damit mir klar wurde, daß jene schwere Benommenheit ein ständiger

Begleiter alles übrigen gewesen war, da kehrte der Schmerz zurück, und alles fing von vorn an.

Ich wühlte auf dem Boden umher, meine Wange schmerzte von den kleinen Steinchen darunter, ich wünschte, ich hätte die Kraft zu wimmern, wünschte, ich wüßte, was geschehen war. Mein ganzer Körper tat weh, und mir war noch immer übel, der Gestank um mich her war schrecklich, und meine Kehle fühlte sich heiß und rauh vom Erbrechen an. Ich wußte, ich brauchte Wasser zum Trinken, ich würde sterben, wenn ich mir nicht wenigstens den Mund ausspülen könnte, und das brachte mich weiter voran, genügend, daß mein Umherwühlen der Anfang einer echten Bewegung wurde. Ich brauchte eine sehr lange Zeit, mindestens Äonen, bis ich mich schließlich auf die Knie aufgerichtet hatte, die Handflächen im Gras, mit hängendem Kopf, und ich war fast bereit zu einem Versuch, mich aufzustellen – da faßte mich ein Arm um die Hüfte, zog mich ein paar Fuß vorwärts und half mir daraufhin, mich auf den Boden zu setzen.

»Hier, trink etwas, aber langsam«, sagte Gareth und reichte mir zitternd etwas, das aussah wie eine rohe Feldflasche. »Bist du in Ordnung?«

Die Frage war absurd, wenn man in Betracht zog, wie ich mich noch immer fühlte; was sie jedoch noch schlimmer machte, war die Art, wie *er* aussah und sich anhörte. Seine Stimme war heiser, als wäre seine Kehle ebenso wund wie die meine, das sonnengebräunte Gesicht war bleich, die Hände zittrig, der Körper vornübergebeugt, als würde er Schmerzen erleiden, die Kleider völlig in Unordnung. Ich setzte die Feldflasche an die Lippen und trank nur ein wenig, nahm etwas mehr, um mir den Mund auszuspülen, und schluckte daraufhin ein zweites Mal. Erst dann war ich imstande, den Kopf zu schütteln.

»Was ist geschehen?« fragte ich mit rauher Stimme; die Worte schmerzten in der Kehle, weigerten sich jedoch, unten zu bleiben. »War es ein Virus oder eine Lebensmittelvergiftung? Hat es dich zur gleichen Zeit erwischt wie mich? Was ist mit den anderen? Warum haben sie uns nicht geholfen?«

»Regan, die anderen konnten nicht helfen, weil sie dasselbe durchlitten haben.« Langsam hob er die Hand, um mich unbeholfen an der linken Wange zu berühren, wo mich der Stein verletzt hatte. »Es war kein Virus, und es war auch keine Lebensmittelvergiftung, es war etwas viel Schlimmeres als das. Es war der Tag der Krankheit.«

»Ich versteh' nicht«, sagte ich und spürte plötzlich, wie mich eine Gänsehaut überlief. »Ich habe zuvor schon davon gehört, ich weiß es. Was hat es zu bedeutet?«

»Das ist eines der Dinge, womit die Prinzen ihre Sklaven bestrafen«, sagte er, die Stimme noch immer erschöpft, jetzt jedoch erfüllt mit Haß, und der Ausdruck in seinen Augen war ebenso merkwürdig wild, wie er schon einmal zuvor gewesen war. »Sie verkünden nicht allzuhäufig einen Tag der Krankheit, aber wenn sie sich dazu entschließen, ist es notwendig, die Frauen zu benutzen, deren Talent die Suggestion ist, zusätzlich zu dem, was Strall einen Horizont-Verstärker nennt. Die Frauen suggerieren, wie krank ein jeder ist; ihr Talent läßt es für jeden zur Tatsache werden, der sie hören und verstehen kann, und die Maschine, die sie dazu benutzen, streut die Botschaft weit und breit aus, die anschließend vom Horizont zurückprallt und dabei ihre Kraft verstärkt. Zunächst schaffen sie ihre Schläger aus dem Weg, gewöhnlich jedoch nur wenige Minuten, ehe die Sendung anfängt, so daß wir ihre Abfahrt nicht als Warnung benutzen können. Wenn sie gehen, ist es zu spät, um irgend etwas zu unternehmen.«

»Wie könnte man denn etwas dagegen unternehmen?« wollte ich entsetzt und wütend zugleich wissen. »Bei einem feigen Angriff wie diesem? Leute in hilflos sich windende Würmer zu verwandeln? Dazu haben sie kein Recht.«

»Aber sie haben das Recht«, sagte er und lächelte sehr schwach angesichts meiner Entrüstung. »Die Prinzen sind unsere Herren, und als solche können sie uns alles antun, was ihnen beliebt. So wenden sie eben jenes Talent zur Suggestion alle paar Monate, um uns eine Nacht der Liebe zu schenken. Jede Frau, die nicht schwanger ist, und jeder Mann, dessen Frau nicht schwanger ist, verbringt diese Nacht in einer wilden Ekstase, und sie tun alles, was sie tun können, um sicherzugehen, daß sie, wenn die Morgendämmerung kommt, schwanger *ist.* Unsere Herren möchten, daß ihre Sklaven sich vermehren, siehst du, selbst wenn *sie* es nicht wollen. Wie es sich am nächsten Tag anfühlt, ist etwas, das man erlebt haben muß, um es zu glauben.«

»Ich versteh's noch immer nicht«, sagte ich kopfschüttelnd. »Genauer gesagt, ich weigere mich, es zu verstehen. Dies ist nicht bloß einfach Wahnsinn, es ist ...«

»Etwas, dem man Einhalt gebieten muß«, beendete er meinen Satz, und seine hellen Augen lagen wieder direkt auf mir. »Wir haben noch nicht einmal den Rest davon besprochen, wie Tage der Arbeit und die anderen Dinge, die sie uns mit Genuß antun. Tage der Krankheit und Nächte der Liebe fallen unter die Überschrift ›traurige Pflicht‹.«

»Pflicht!« keuchte ich zur Antwort, völlig außer mir. Es war die Pflicht des Adels, daß die von Unterhalb ihnen gehorchten, also wurde die Verhöhnung der Menschlichkeit, die sie verübten, womöglich als *Gerechtigkeit* angesehen!

»Wir sehen besser nach, wie es den anderen geht«, sagte er und erhob sich langsam. »Ich war wenige Meter hinter der Vordertür, als es zuschlug, und bin herausgekommen, um dich zu suchen und dich zum Haus zurückzubringen, aber die anderen waren alle drinnen. Du wappnest dich wohl besser, der Gestank wird ziemlich übel sein.«

Ich nahm den Arm, den er mir bot, um mir beim Aufstehen zu helfen, und mir wurde verspätet klar, daß das, was mir draußen zugestoßen war, jeden im Haus gleichermaßen getroffen hatte. Es wäre schlimmer als Übelkeit erregend, gezwungen zu sein, das eigene Heim auf diese Weise zu verschmutzen, das wunderschöne hübsche und saubere Heim, um das sich Melia so mühte. Und dann dachte ich an etwas, das mich auf der Stelle innehalten ließ.

»Das Baby!« keuchte ich, während ich die Faust um seinen Ärmel schloß und zu ihm aufblickte. »Dies muß auch dem Baby zugestoßen sein! Oh, Gareth, es muß ...!«

»Nein, nein, ist schon gut«, beschwichtigte er mich sofort und legte mir einen Arm um die Schultern. »Nur jemand, der versteht, was gesagt wird, ist davon betroffen, und der kleine Deve ist zu jung dazu. Er mag schmutzig und hungrig sein, aber ihm wird es gut gehen.«

Bei diesen Worten spürte ich, wie mich eine Woge der Erleichterung überlief, und das nicht nur wegen des Babys. Tanise und Melia wären untröstlich, falls ihm etwas zugestoßen wäre, und das konnte man ihnen kaum übelnehmen. Selbst so jemand wie ich, jemand, der nichts mit Kindern zu tun haben wollte, wäre auf das süße kleine Ding stolz gewesen.

»Ich glaube, du verstehst jetzt, warum es hier unten so wichtig ist, daß du deine Kräfte durch regelmäßiges Essen beibehältst«, sagte Gareth, während wir um die Vorderseite des Hauses herumgingen. »Du wirst erst dann spüren, wie hungrig du bist, wenn die Übelkeit ein wenig schwindet, jetzt jedoch hast du alles von dir gegeben, was du konntest, und du hast den größten Teil deiner Kraftreserven aufgebraucht. Zu mager zu sein, ist einen Schritt davon entfernt, an einem Tag der

Krankheit Selbstmord zu begehen, und ich habe schon erlebt …«

Er brach mitten im Satz ab, als ein Kreischen jener Art ertönte, das man von jemandem zu hören erwartete, dem bei lebendigen Leib die Eingeweide herausgerissen wurden. Es reichte aus, meine Aufmerksamkeit von dem beschmutzten Stück Boden abzulenken, wo Gareth unzweifelhaft den Tag verbracht hatte, ganz zu schweigen davon, daß es mich dazu veranlaßte, die Feldflasche mit dem lauwarmen Wasser fallen zu lassen. Der Mann neben mir jedoch rannte auf das Haus zu, also kämpfte ich mich so rasch hinter ihm her, wie es mein schmerzender Körper erlaubte.

Ein Teil meiner selbst fürchtete sich schrecklich davor, was uns im Haus enthüllt werden würde, aber ein anderer Teil weigerte sich, draußen zu bleiben. Mir wurde bewußt, wie kalt meine Hände waren, als ich durch die Tür trat, die Gareth offengelassen hatte, und mein Widerstreben einzutreten, wuchs gleichzeitig mit meiner Entschlossenheit. Drinnen war es dämmriger als draußen, ebenso ein wenig kühler, aber der Geruch nach Erbrochenem war ebenfalls vorhanden und bedeckte die Sauberkeit wie Schleim einen Juwel. Wie ich wußte, hätten einige der Lampen angezündet worden sein sollen, um die tiefen Schatten zu verjagen, worin all diese Leute standen, aber niemand hatte sich die Mühe gegeben. Ich blickte all diese breiten Rücken an, die das verbargen, worauf sie starrten, und spürte, wie sich die Kälte von meinen Händen über den restlichen Körper ausbreitete. Ich wollte nicht wissen, was jenseits von ihnen war, aber ich *mußte* es wissen, obgleich die Übelkeit zurückkehrte.

Ich entdeckte, daß ich jäh an dem langen Tisch innegehalten hatte und mit der Hand die Lehne eines der Stühle umklammerte, und der Grund für mein abruptes Innehalten ging mir erst jetzt auf. Irgendwo in der Nähe ertönte ein Weinen, ein tiefes, schluchzendes Geräusch des unermeßlichen Verlusts und gebrochenen Herzens, und es wurde von zwei männlichen Stimmen geteilt. Es hat etwas Schreckliches, wenn ein Mann weint, und nicht nur deshalb, weil viele Leute Weinen als Schwäche betrachten. Männer werden bewußt dazu erzogen, niemandem die Befriedigung zu schenken, sie weinen zu sehen; wenn nicht nur einer, sondern sogar zwei von ihnen im Angesicht eines jeden weinten, so wollte ich nicht wissen, was geschehen war.

Aber ich mußte es wissen. Ich legte die freie Hand auf meine Mitte, ein Versuch, den inneren Impuls zu unterdrücken, aber er weigerte sich, sich unterdrücken zu lassen. Er zog mich auf die Gruppe unsicher dastehender Männer zu, schob mich näher und näher an das heran, was ich sehen *mußte* – und dann stand Gareth vor mir und weigerte sich, mich vorbeigehen zu lassen.

»Du kannst nicht dort hingehen«, sagte er, und die Stimme war heiserer als zuvor, die großen Hände hielten mich an den Armen fest. »Regan, hör mir zu, du kannst nicht dort hingehen. Geh einfach wieder nach draußen und warte, bis ich zu dir komme.«

»Es ist Melia, nicht wahr?« flüsterte ich zitternd und versuchte noch immer, mich seinen Händen zu entwinden. »Es war ihre Stimme, ich weiß, daß sie's war, und ich muß ihr helfen. Gareth, laß mich los, ich muß ihr helfen!«

»Du kannst ihr jetzt nicht helfen, und du wirst auch nicht imstande sein, ihr später zu helfen, wenn du siehst, was geschehen ist«, beharrte er, und seine Stimme wurde laut, als er mich von der Gruppe Männer zurückstieß. »Regan … sie hat das Baby gehalten, als die Krankheit zuschlug … sie hat womöglich versucht, ihn in sein Bettchen zurückzulegen, anstatt ihn einfach auf den Fußboden zu setzen, wo er hätte verletzt werden können … bei den ersten Spasmen verkrampfen sich die Muskeln … fest … mit aller Kraft … Als sie daraus wieder aufgetaucht ist, hat sie gesehen, was sie getan hat … Joban und Deve sind bei ihr … Geh einfach hinaus.«

Wie betäubt blickte ich zu ihm auf, und in dem fahlen Licht, das durch die Tür kam, sah ich, wie ihm die Tränen an den Wangen herab und in den Stoppelbart liefen, der dabei half, sein Gesicht zu beschatten. Seine Hände ließen meine Arme los, so daß er sich umdrehen und zu der Gruppe von Männern zurückkehren konnte, also drehte ich mich ebenfalls um und ging aus dem Haus.

Als er zu mir kam, um mich wieder ins Haus zu bringen, war es draußen völlig dunkel, der Himmel ein Diadem von großen und kleinen Juwelen, den Sternen von Plateaus eigenem sowie anderen Clustern. Die ganze Zeit über hatte ich mit dem Rücken zum Haus dagesessen, die Geräusche von Kommen und Gehen überhört, die Geräusche des Kummers und der Verzweiflung. Ich, das zentrale Ich, hatte überhaupt nicht gedacht, aber Denken ist nur dann notwendig, wenn man sich noch nicht entschieden hat, was man tun will. Ich wußte, was ich tun würde, ohne Zögern und ohne jeden Zweifel, und nichts würde mich von jenem Entschluß abbringen. Mein anderes Ich, die Seite von mir, die niemals damit Schwierigkeiten gehabt hatte, stark zu sein, war nun völlig unter Kontrolle, in völliger Übereinstimmung mit meinem restlichen Ich. Sie würden für das bezahlen, was sie getan hatten, mit ihrem eigenen Blut und mit Schreien des Schmerzes, und ich würde dazu beitragen und daraufhin voller Glück zusehen, wie es geschah.

»Du kannst jetzt hineingehen«, tönte Gareths Stimme neben mir, und sie hörte sich unglaublich erschöpft an, als er sich herabbeugte, um mir auf die Füße zu helfen. »Es hat länger gedauert, weil wir uns nicht entscheiden konnten, was wir mit dem Körper des Babys tun sollten. Deve konnte uns keine Antwort geben, er weinte lediglich, und Tanise ist noch nicht wieder bei Bewußtsein. Der Tag hat sie so schlimm erwischt, daß sie womöglich ebenfalls nicht durchkommt, was dann das perfekte Ende dieser unglaublichen Krankheit wäre. Aber immerhin, falls sie stirbt, wird ihr niemand etwas von dem Baby erzählen müssen.«

»Was ist mit Melia?« fragte ich und blickte auf in den toten Ausdruck seines Gesichts. »Wie geht es ihr?«

»Melia ist noch immer am Leben«, antwortete er, »aber sie ist weit entfernt davon, unter den Lebenden zu weilen. Sie hält die Augen offen und starrt vor sich hin, aber sie gibt keine Antwort, wenn wir versuchen, mit ihr zu reden. Joban weigert sich, sie allein zu lassen, aber sie weiß noch nicht einmal, daß er da ist. Wir haben nicht die leiseste Ahnung, was zu tun ist.«

»Ihr müßt sie am Leben halten, bis ihr professionelle Hilfe bekommt«, sagte ich und setzte mich in Richtung auf das von Lampenlicht erhellte Haus in Bewegung. »Ich bin mir sicher, daß Profis imstande sind, Melia zu helfen.«

Er schwieg, während wir durch die Tür gingen, aber sobald wir einmal drinnen waren, legte er mir die Hand auf den Arm und drehte mich so, daß er mir ins Gesicht starren konnte. Ich erwiderte seinen Blick, wobei ich mich fragte, wonach er suchte, und ein merkwürdiger Ausdruck trat in sein Gesicht.

»Irgend etwas ist anders an dir«, sagte er schließlich, und diesmal hörte er sich verstört an. »Ich weiß, ich hätte dich nicht allein lassen sollen, nachdem ich dir erzählt habe, was geschehen ist, aber alle anderen schienen unter Schock zu stehen, und jemand mußte … Es sieht so aus, als hättest du nicht einmal geweint.«

»Ich glaube nicht, daß es einem hilft«, sagte ich mit einem Schulterzucken und verstand nicht so recht, was ihm Sorgen bereitete. »Das einzige, was anders an mir ist, sollte dich jedoch zufriedenstellen. Ich weiß jetzt noch nicht, wie ich es tun werde, aber ich werde Kontrolle über das Talent erhalten, das ich nach Stralls Ansicht habe, und wir werden in die Dreißig gehen und gewinnen.«

»Jetzt weiß ich, wie du wirklich empfindest«, sagte er leise, streckte eine Hand aus und streichelte meine Wange. »Du bist schwer verletzt worden, und jetzt bist du bereit zurückzuschlagen. Aber du weißt noch nicht, was das Betreten der Dreißig bedeuten kann, also werden wir darüber reden, sobald wir ins Lager zurückgekehrt sind. Es mag andere Dinge geben, die wir statt dessen tun können.«

»Was meinst du damit?« wollte ich wissen und stieß seine Hand beiseite, während ich zu verstehen versuchte, was falsch an ihm war. »Bist du nicht deswegen mit mir durch diese sogenannte Heiratszeremonie gegangen? Wolltest du nicht eine Frau von Oben, mit der du die Dreißig betreten könntest? Jetzt hast du das, was du haben wolltest, einen willigen Partner. Warum also solltest du ›andere Dinge‹ besprechen?«

»Vielleicht deshalb, weil ich nicht will, daß mein williger Partner verletzt wird«, antwortete er mit einem Schulterzucken seinerseits, womit er das Ganze völlig unwichtig erscheinen ließ. »Neulich habe ich über Alternativen zu den Dreißig nachgedacht, und eine oder zwei könnten einen besseren Weg darstellen. Wir werden das bereden, sobald wir zurück im Lager sind, und wir werden am Morgen dorthin aufbrechen. Im Augenblick glaube ich, du bereitest besser eine Mahlzeit für so viele Personen zu, wie essen können. Morgen wird für sie ein schwerer Tag werden, und sie werden alle Kraft benötigen, die sie zurückerhalten können.«

Er wirkte nur ein wenig zerstreut, als er sich umwandte und hinter das Haus davonging, vermutlich, um nach Melia und Tanise zu sehen, und ich konnte ehrlich nicht verstehen, warum er so handelte, wie er es tat. Das Entsetzen, das mir schließlich die Augen geöffnet hatte er, was getan werden mußte, hatte ihm die Augen für dieselbe Notwendigkeit verschlossen, aber ich hatte keinerlei Absicht, es dabei zu belassen. Sobald wir in sein Waldlager zurückgekehrt wären, würden wir sicherlich darüber reden.

Ehe ich auch nur daran denken konnte, ein Nahrungsmittel zu berühren, mußte ich erst saubermachen, was ich so rasch tat, wie ich konnte. Sobald ich wieder mein blaues Kleid angezogen hatte, bereitete ich eine Mahlzeit aus frischen und leichten Dingen, nichts, woran die Mägen eines jeden arbeiten müßten, um es zu verdauen, und als ich fertig war, waren weitere Männer eingetroffen und saßen am Tisch. Ein paar von ihnen halfen dabei, das Essen auszuteilen, aber es gab nur wenig Gespräche und gewiß kein neckisches Geplänkel. Es war ein schweigendes Mahl, an dem wir uns alle gütlich taten, zumindest bis Gareth auftauchte und sich zu uns setzte.

»Gareth, wie steht es um Melia?« fragte einer der Männer, eine Frage, bei der jeder mit dem Essen innehielt, um die Antwort zu hören. »Und was ist mit Tanise, Joban und Deve?«

»Melia geht es noch immer unverändert, aber Tanise scheint jetzt zu schlafen«, antwortete Gareth und griff nach einer Platte. »Joban und Deve geht's noch nicht sehr gut, aber sie versuchen sich zusammenzureißen. Sie werden Zeit und Hilfe benötigen, und wir wissen alle, daß sie auf euch zählen können. Ich werde morgen früh gleich nach dem Frühstück wieder zum Lager zurückkehren.«

»Du wirst tun, was sie gesagt haben?« fragte derselbe Mann, und der Ausdruck in seinen dunklen Augen zeigte Unsicherheit. »Du wirst die Teile holen und sie ihnen aushändigen?«

»Wenn ich es nicht tue, wird jedermann einen weiteren Tag der Krankheit durchmachen müssen«, sagte er wütend, die linke Hand neben seinem Teller zur Faust geballt. »Tage der Krankheit sind gewöhnlich etwas, das uns zustößt, damit wir in die richtige Richtung hüpfen, jetzt jedoch benutzen sie sie dazu, mich und meine Plünderer zu erpressen. Wenn wir diese Ersatzteile nicht weggenommen hätten, hätte es nicht funktioniert – niemand in dieser Gegend würde sich für etwas bestrafen lassen, das ein anderer getan hat –, aber ohne diese Ersatzteile werden eine Menge Ernten nicht eingebracht werden können. Die Farmer sind für ihre Ernten verantwortlich, folglich bin ich verantwortlich für ihre Fehlschläge und ihren Schmerz, falls ich die Ersatzteile behalte. Jetzt an ihnen festzuhalten, wird mehr Schwierigkeiten als Gutes bedeuten, also habe ich keine Wahl, außer sie zurückzugeben. Es sieht so aus, als hätte ich dank meines todsicheren Plans das letzte Hemd verloren.«

Bei diesen Worten richtete er den Blick auf mich, womit er mich wissen ließ, daß ich recht behalten hätte. Er hatte die Sicherheit seiner Stellung überschätzt, und deswegen war er unvorbereitet erwischt worden. Jetzt war er anscheinend ebenso wütend auf sich selbst wie auf den Adel. Zuzugeben, daß man dumm oder blind gewesen ist, ist sicherlich ein Schritt in die richtige Richtung, aber was sich als sein zweiter Schritt erwiese, wäre eher der springende Punkt.

Das Ende der Mahlzeit war für keinen am Tisch das Zeichen, zu Bett zu gehen. Nachdem die Männer fertig waren, gingen sie hinaus, um die notwendigen täglichen Dinge zu erledigen, die noch nicht getan worden waren, und Gareth und ich begannen mit unserer Hausarbeit. Seine Aufgabe war es, Deve und Joban lange genug von ihren Frauen wegzubekommen, damit sie aßen, und meine Aufgabe bestand darin zu sehen, ob ich Melia nicht dazu bringen konnte, etwas von der Suppe zu sich zu nehmen, die ich gekocht hatte. Joban weigerte sich, von ihrer Seite zu weichen, aber da ich anwesend war und Gareth ihn wegen Deve um Hilfe bat, willigte der große, wettergegerbte Mann schließlich ein und verließ den Raum.

Die Fütterung ging gleich von Anfang an so schlecht, wie ich befürchtet hatte – die hübsche, ausdruckslose Frau, die ein besticktes Nachtgewand trug, machte keinerlei Anstrengung, das hinabzuschlucken, was ich ihr an die Lippen hielt, und ich verbrachte den größten Teil der Zeit damit, ihr mit einer Leinenserviette Gesicht und Kinn abzuwischen. Es war so herzzerreißend, sie so leblos zu sehen, nachdem sie so lebendig gewesen war, aber es stachelte ebenfalls meine Wut an. Niemand oben auf dem Plateau wußte, was hier geschehen war, und selbst wenn sie es gewußt hätten, wäre es ihnen gleichgültig gewesen. Ich setzte mich neben sie aufs Bett, glättete ihr das Haar und streichelte ihr die Wange und fragte mich dabei, wie es möglich war, sich jemandem so nahe zu fühlen, den man erst so kurze Zeit kannte.

»Mach dir keine Sorgen, Melia, ich werde es ihnen heimzahlen«, flüsterte ich auf einmal eindringlich, stellte die Schüssel beiseite, und nahm Melia fest bei der Hand. »Für dich, für mich, für Tanise, für den kleinen Deve und den großen Deve und für alle in dieser ganzen verdammten Welt. Sie haben mir alles genommen – Familie, Freunde, fast das Leben –, aber laß bitte nicht zu, daß sie mir dich auch wegnehmen. Ich verspreche dir, ich werde es ihnen heimzahlen, also brauchst du dich nicht mehr länger zu vergraben. Wir alle brauchen dich so sehr … ich brauche dich … selbst, wenn es nur darum geht, Lebewohl zu sagen …«

Ich schmiegte meine Wange gegen die Hand, die ich festhielt, und weinte nicht wirklich, weil ich nicht wirklich allein war, wünschte jedoch fast, ich *könnte* weinen. Meine Mutter war immer eine ferne, gleichgültige Fremde gewesen, und ich hatte geglaubt, daß alle Mütter so wären, bis ich Plateau verlassen hatte. Nachdem ich gesehen hatte, wie die Mütter anderer Leute waren, fühlte ich mich hintergangen, und daraufhin hatte ich mich entschieden, daß es wirklich nicht viel ausmachte.

Ich hatte mein Leben als beträchtlich freier und unkomplizierter betrachtet ohne die hineindrängende Einmischung einer weiteren Frau, aber Melia mischte sich nicht ein, sie half und sorgte sich, und ich hatte sie gerade erst gefunden, und ich wollte sie nicht verlieren ...

»Solltest niemals Lebewohl sagen, sondern nur ›auf Wiedersehen‹«, flüsterte eine weiche, schwache Stimme, und auf einmal lag eine Hand auf meinem Haar und versuchte, es tröstend zu streicheln. »Wirkliche Freunde sagen niemals Lebewohl, es würde zu sehr schmerzen.«

Rasch hob ich den Kopf, um sie anzusehen, um mich selbst davon zu überzeugen, daß ich es mir nicht einbildete – und ich bildete es mir nicht ein! Sie sah schrecklich müde und bis ins Innerste verletzt aus, aber ihre Augen waren nicht mehr länger leer, und sie versuchte wahrhaftig, mir zuzulächeln!

»Oh, Melia«, rief ich, und es war mir gleichgültig, daß mir die Tränen über die Wangen liefen. »Ich bin so froh, daß du zurück bist!«

Die Hand, die ich hielt, schloß sich fest um meine Finger, aber das Lächeln, das sie versucht hatte, hatte überhaupt keine Chance gehabt. Sogleich fing das Weinen und Schluchzen wieder an, die Trostlosigkeit und die Qual einer Realität, der sie zu entfliehen versucht hatte, übermannten sie, und als ich die Arme um sie legte, kuschelte sie sich an mich, nicht mehr um des Trostes willen, sondern weil sie die Berührung brauchte. Sie hatte gewußt, daß die Erinnerung an das Entsetzen sie erwartete, wenn sie zurückkäme, aber sie hatte mich gehört und war zurückgekehrt. Sie würde jene, die sie benötigten, nicht auf immer freiwillig verlassen, und alles, was ich ihr zurückgeben konnte, war, immer und immer wieder zu wiederholen, daß ich das gegebene Versprechen einhielte.

Es dauerte nicht lange, bis sich die Tür zum Zimmer öffnete und Joban und Gareth eintraten, und Jobans sofortige Tränen waren Tränen eines ungelinderten Glücks. Er nahm sie mir ab und hielt sie fest in den Armen, wobei er ihr beständig sagte, daß alles in Ordnung käme, und dann war Deve ebenfalls da und erzählte ihr dasselbe. Was geschehen war, sei nicht ihre Schuld gewesen, versicherte er ihr unermüdlich, und so lange sie bei ihnen wäre, um ihnen über den Verlust hinwegzuhelfen, wären er und Tanise imstande, ein ganzes Haus voller Kinder zu haben. Als er sie dafür segnete, daß sie Tanise vor dem bewahrt hatte, was womöglich *ihre* Tat gewesen wäre – er war sich sicher, daß seine Frau niemals darüber hinweggekommen wäre –, schien sich Melias Trostlosigkeit ein klein wenig zu mildern. Nach einer langen Weile brachten wir es fertig, daß sie nicht mehr weinte, überredeten sie dazu, die restliche Suppe zu essen, und drängten sie daraufhin zu schlafen. Joban blieb natürlich bei ihr und hielt sie fest, während sie schlief, Deve küßte sie auf die Wange, ehe er zu Tanise zurückkehrte, und Gareth und ich verließen sie und gingen allein in das große Vorderzimmer zurück.

»Ich glaube, du könntest ebenfalls etwas Schlaf gebrauchen«, bemerkte mein Gefährte, während er auf mich herabblickte, selbst nicht gerade das blühende Leben. »Ich weiß nicht, wie du das hinbekommen hast, aber wir alle schulden dir mehr, als wir jemals vergelten können. Dich vor Erschöpfung zusammenbrechen zu lassen, wäre eine komische Art, es zu versuchen.«

»Ich habe überhaupt nichts getan«, widersprach ich mit einem Kopfschütteln. »Melia ist nicht jemand, der davonläuft und sich versteckt, nicht, wenn es noch immer Leute gibt, die sie brauchen. Sie hat einfach ein wenig Zeit benötigt, bis sie in der Lage war, sich dem Vorgefallenen zu stellen. Es war purer Zufall, daß ich dort war, als sie zurückkehrte, was jedoch bedeutet, daß ich noch nicht zu Bett kann. Keine dieser Teller und Schüsseln ist abgewaschen worden, und wenn sie am

Morgen erwacht und ein solches Durcheinander vorfindet, wird ihr niemand die Schuld dafür geben, daß sie wieder katatonisch wird.«

»Nun, wenn du es allein tust, wirst du die ganze Nacht brauchen«, sagte er, während er sich umschaute, sowohl auf das, was auf dem Tisch übriggeblieben war, als auch auf das, was auf dem Herd und der Anrichte stand. »Ich werde mit Jobe darüber reden müssen, ein paar mehr Frauen in dieses Haus zu holen.«

Mit diesen Worten begann er den Tisch abzuräumen und trug die Platten zu dem hochgestellten Waschzuber. Er stellte sie jedoch nicht eher hinein, bis er den Zuber mit sauberem Wasser gefüllt hatte. Ich entschied, daß er wohl wirklich begierig sein mußte, mich ins Bett zu bringen, und übernahm mit einem Schulterzucken meinen Teil, aber nachdem wir fertig waren und ich vom Badezimmer auf unser Zimmer ging, hatte er noch nicht einmal das Hemd ausgezogen.

»Ich habe noch ein paar Dinge zu erledigen, ehe ich mich in die Falle hauen kann«, sagte er, vielleicht als Antwort auf die Frage, die er mir vom Gesicht ablesen konnte. »Ich habe bloß darauf gewartet, dir einen Gutenachtkuß zu geben, ehe ich mich daranmache.«

Er grinste, während er mich in die Arme nahm, aber das Grinsen verschwand, sobald sich unsere Lippen trafen. Der Kuß war lang und leidenschaftlich, fast so, als hätte er seine Meinung geändert und wollte mich nicht verlassen, aber nachdem er vorüber war, drehte er sich tatsächlich um und ging. Sobald er verschwunden war, ging ich zum Bett und zog mich aus, wobei ein Teil meiner selbst wissen wollte, warum er mir geholfen hatte, wenn er mich nicht rasch zu Bett hatte bringen wollen. Jener Teil von mir hätte auch einige Zeit damit verbracht, über den Kuß nachzudenken, aber der Teil, der jetzt die Kontrolle übernommen hatte, mein anderes Ich, war eher daran interessiert, darüber nachzudenken, was ich dem Adel womöglich antun könnte, sobald ich mich von Angesicht zu Angesicht ihm gegenüber sähe. Er war sehr begierig darauf, eine Menge zu tun, und die restlichen Gedanken folgten am Ende statt dessen dieser Spur.

Gareth schlief noch immer, als ich kurz vor der Morgendämmerung erwachte, und ich ließ ihn schlafen, als ich hinausging, um mich ums Frühstück zu kümmern. Ich war von noch mehr Ungeduld erfüllt als in der Nacht zuvor, die mich dazu trieb, zurückzukehren und mit Strall zu sprechen. Ich wollte alles erfahren, was der Ceenaber über die Talente wußte, die die Frauen des Adels haben sollten, dann mein eigenes Talent finden und es auf Hochglanz polieren. Dafür blieb nicht mehr viel Zeit, und ich hatte das Gefühl, ich würde jede Sekunde benötigen.

Die Vorbereitungen für das Frühstück waren bereits in vollem Gang, als Melia auftauchte, die noch immer müde und verletzt aussah, jedoch nicht mehr verloren. Wir umarmten uns wortlos, und daraufhin fing sie an, den Tisch zu decken, obgleich ich ihr sagte, sie müsse das nicht tun. Dann verstand ich, daß sie es nötig hatte, sich zu beschäftigen, und ich versuchte nicht, nachdrücklich auf meinen Einwendungen zu beharren. Da wir beide uns die Arbeit teilten, stand das Essen auf dem Tisch, noch ehe die Männer eintrafen.

Nicht alle Männer zeigten sich, einige waren die ganze Nacht über tätig gewesen und waren deshalb jetzt mit Schlafen an der Reihe. Joban kam spät herein, gefolgt von einem Gareth, der sich noch immer ankleidete, und sogar Deve kam, um uns mitzuteilen, daß Tanise lange genug erwacht war, um etwas gekühlten Sothan zu trinken, ehe sie erneut in Schlaf gefallen war. Wiederum war das Mahl ein ziemlich ruhiges, da jeder bereits Melia beim Hereinkommen begrüßt und geküßt hatte, aber das Schweigen war nicht dasselbe, das es zuvor gewesen war. Die meisten der Männer wechselten einander darin ab, Gareth mit wortloser Zufriedenheit anzublicken, als wüßten sie, daß er etwas mehr plante und die gestohlenen Ersatzteile nicht lediglich zurückgeben wollte. Sie zählten auf ihn, daß er die Rache nähme, die sie selbst nicht nehmen konnten, und er wußte das anscheinend, ohne aufzublicken. Er saß links neben mir und hatte den Körper gereckt, und es war fast möglich, die Stärke zu verspüren, die er ausstrahlte.

Sobald das Frühstück vorüber war, war es an der Zeit aufzubrechen. Melia beharrte darauf, ich solle die Stiefel behalten, die sie mir gegeben hatte, und fügte sogar einen weitkrempigen Lederhut zum Schutz vor der Sonne hinzu. Keine von uns sagte Lebewohl, wir versprachen einander lediglich, uns bald wieder zu treffen, und fünf Minuten später saßen Gareth und ich wieder auf jenem Wagen und holperten vom Haus und den anderen Gebäuden fort. Ich legte meinen neuen Hut auf den Sitz zwischen mich und meinen Gefährten, da ich jetzt noch keinen Nutzen für ihn fand, und das schien ein Signal für das Ende des Schweigens zu sein.

»Sowohl Joban als auch Melia haben mich gefragt, warum du heute morgen so anders erschienen bist«, bemerkte er und blickte sich dabei in den Feldern um, statt mich anzusehen. »Sie haben gesagt, es hätte sich so angefühlt, als seist du sehr weit entfernt, als wärest du eher mechanisch höflich gewesen, statt es zu wollen. Melia bat mich, dir zu sagen, du solltest das Versprechen vergessen, das du ihr gegeben hast, du solltest bitte so tun, als hättest du es niemals ausgesprochen. Sie hat sich geweigert, mir zu sagen, was das für ein Versprechen gewesen ist, aber sie hörte sich an, als wäre sie besorgt um dich.«

»Ich habe mich schon gefragt, warum das Abschiednehmen so lange gedauert hat«, erwiderte ich und lächelte schwach darüber, daß Melia etwas für sich behalten hatte, was nur sie und mich anging. »Wann werden wir deiner Ansicht nach wieder im Lager sein?

Werden wir den Wagen an der Hütte zurücklassen und unseren Weg auf Drangrücken fortsetzen? Da wir auf diese Weise rascher vorankommen können, nehme ich das mit Sicherheit an.«

»Du scheinst einen ziemlichen Gefallen an dem Lager gefunden zu haben, daß du es kaum erwarten kannst, dorthin zurückzukehren«, sagte er, und diesmal wandte er den Kopf, um mein Profil zu mustern. »Warum die Eile?«

»Das habe ich dir bereits gesagt«, meinte ich und gab mir nicht die Mühe, seinem Blick zu begegnen. »Wenn es Zeit für die Dreißig ist, möchte ich dafür bereit sein. Selbst wenn sich herausstellt, daß mein Talent gering ist, kannst du dir verdammt sicher sein, daß ich das Beste daraus mache. Wenn wir mit jenen Leuten fertig sind, werden sie nicht wissen, wie ihnen geschieht.«

»Weißt du, es ist wirklich merkwürdig, aber ich könnte schwören, *dir* ebenfalls etwas gesagt zu haben«, meinte er und verschwendete nicht mehr als einen flüchtigen Blick auf die Straße. »Wenn du es nur heftig genug versuchst, wirst du dich vielleicht eines Kommentars darüber entsinnen, daß man Alternativen zu den Dreißig in Betracht zieht, also denke ich, daß du klug genug sein wirst, diesen neuen, blutdürstigen Charakterzug, den du angenommen hast, eine Weile lang dorthin zu schicken, woher er gekommen ist. Falls sich herausstellt, daß wir ihn schließlich doch benötigen, kannst du dir sicher sein, daß ich es dich wissen lasse.«

»Welche Alternativen zu den Dreißig gibt es?« fragte ich spöttisch und rutschte, indem ich mich an der Metallstange festhielt, ein wenig auf dem harten Holzsitz hin und her. »Nichts, was du tun kannst, wird den Adel wirklich treffen, wenigstens nicht auf eine Aufmerksamkeit erregende Weise. Warum also die Zeit und Mühe verschwenden?«

»Du hörst nichts von dem, was du nicht hören willst, nicht wahr?« fragte er zurück und hörte sich plötzlich erheblich mehr verärgert an. »Du näherst dich immer mehr dem Punkt, da du es auf die harte Tour erfahren wirst. Wer sagt, ich hätte keine anständige Alternative zu den Dreißig? Die Prinzen mögen das Wohlergehen der Farmer im Augenblick in ihren Händen halten, aber was werden Drohungen oder sogar Bestrafungen einbringen, wenn die Farmer nicht tun *können,* was ihre Herren möchten? Wie werden sich die Dinge ändern, wenn beispielsweise diese kostbaren Weizenfelder in Flammen aufgehen? Wenn du damit recht hast, wie wichtig der Weizen ist, sollte sein Verlust die Aufmerksamkeit der Prinzen erregen und sie gleichfalls wütend genug machen, daß sie mich mit den Waffen verfolgen, die ich haben möchte. Wenn das nicht der Fall ist, könnten sich die Dreißig als perfektes Angriffsziel für die Waffen erweisen, die ich bereits habe.«

»Du kannst von diesem Unsinn nichts wirklich ernst meinen«, sagte ich, wandte schließlich den Kopf und blickte ihn direkt an. »Wenn die Farmer keinen Weizen mehr haben, den sie ernten können, werden sie nicht mehr gebraucht werden, um die Ernte einzubringen, was bedeutet, sie sind auf einmal entbehrlich geworden. Selbst wenn die Hälfte oder mehr von ihnen aus Rache getötet wird, kümmert das niemanden auf dem Plateau, und jeder Verlust eines Lebens wird auf dir lasten. Was den Angriff während der Dreißig betrifft – wenn du dich daranmachst, etwas Wichtiges zu tun, hoffst du dann einfach, es wird nichts daherkommen, was dich ablenkt, oder stellst du nicht vorher sicher, daß dein Rücken frei ist, ehe du ihn umwendest? Deinen Gegner zu unterschätzen, ist das Schlimmste, was du tun kannst, auf dieser Welt und auf jeder anderen. Laß uns doch nicht dieselben Fehler machen wie sie, ja?«

»Warum habe ich bloß immerzu das Gefühl, mit jemandem zu sprechen, der mir überlegen ist, der geduldig versucht, meine Unwissenheit zu schulen und zu lenken?« wollte er wissen, und die hellen Augen waren unleugbar ärgerlich. »Was ist aus jenem hübschen Mädchen geworden, das immerzu versucht hat, mich zu beschuldigen, ich würde ihre scheue Nervosität ausnützen? Jenes hübsche Mädchen ist meine Frau, und ich möchte sie zurückhaben, so daß ich erklären kann, warum ich das Risiko nicht eingehen möchte, sie während der Dreißig zu verlieren. Verstehst du, was ich sage? Ich möchte sie zurückhaben!«

»Du bist ein Vollidiot!« sagte ich, jetzt selbst verärgert, und ich spürte, wie die unbändige Kraft meines anderen Ichs bei seinem Befehl verblaßte. »Das Beste, was du während eines Kampfs an deiner Seite haben kannst, sind jene Verhaltensmuster, die meine Firma aufgebaut haben! Sie *sind* überlegen, einfach allem und jedem, warum solltest du also so dumm sein, sie zurückzuweisen? *Möchtest* du den Rest deines Lebens nichts weiter als ein weiterer von Unterhalb sein, unter den gleichgültigen Fersen meiner liebenden Verwandten?«

»Das ist schon viel besser«, sagte er mit einem Nicken der Befriedigung und nahm alle Zügel in die linke Hand, so daß er die andere dazu benutzen konnte, sie mir um die Hüfte zu legen und mich näher zu ziehen. »Menschen bleiben nicht die ganze Zeit über kühl und distanziert, sie werden wütend und ungeduldig, ängstlich und beleidigend – und liebend. Regan, ich weiß, ich habe dich lediglich mit einem bestimmten Ziel im Hinterkopf geheiratet, und dann habe ich versucht, dich dazu zu überreden, dieses Ziel anzuerkennen, aber ich habe nicht das erwartet, was ich bekommen habe – eine Frau, in die ich mich verlieben würde. Ich glaube, wir können zusammen glücklich sein, wirklich glücklich, und darum möchte ich dich nicht dem aussetzen, was während der Dreißig geschieht. Ich werde mich um die Prinzen kümmern, das verspreche ich dir, ich werde einen Weg finden, sie für alles bezahlen zu lassen, was sie uns angetan haben, aber ich möchte dich nicht dabeihaben, während ich es tue.«

Er blickte mich mit dem offensten, ehrbarsten Ausdruck an, den ich je gesehen habe, und seine Augen waren mit jener Art von Milde erfüllt, die Jobans Augen gezeigt hatten, wenn er Melia angesehen hatte, und mir wollte nichts einfallen, was ich hätte entgegnen können. Die Vorstellung, jemand könne mich lieben, lag jenseits des Glaubens; sie war irgend etwas, wovon ich geträumt hatte, das ich jedoch in der realen Welt nicht erreichen konnte, etwas, von dem ich nicht wußte, was ich darauf antworten sollte. Passiert es einfach, daß man jemanden liebt, oder muß man es erlernen, wie man es lernt, zu gehen oder ein Drang zu reiten? Woher weiß man, daß man jemanden liebt – und woher weiß man, daß die Liebe wirklich erwidert wird?

»Geliebt zu werden ist für dich fast schmerzvoll, nicht wahr?« fragte er mit einem schwachen Lächeln, beugte sich hinüber und küßte mich auf die Stirn. »Ich hatte meine Mutter, und dann Joban und Melia, du jedoch hast niemals jemanden gehabt. Mach dir keine Sorgen, du wirst dich daran gewöhnen, genauso, wie du dich daran gewöhnt hast, im Bett ausgenutzt zu werden. Nach einer Weile findest du, daß es fast ebensoviel Spaß macht.«

Er kicherte und schlug mit den Zügeln, damit sich das Gespann rascher voranbewegte, und ich saß einfach da und lehnte mich gegen ihn und war noch nicht einmal imstande, den Hut zu erwähnen, auf dem ich nun halb kauerte. Das einzige, was ich im Augenblick tun wollte, war, zu Melia zurückzulaufen und sie darum zu bitten, mir zu erklären, was gerade geschah, aber das war natürlich etwas, das ich nicht tun konnte. Alles, was von jetzt an geschah, mußte ich mir allein erklären, eine Aufgabe, bei der ich nicht sonderlich viel Erfolg haben würde.

Unsere Fahrt im Wagen währte, bis wir die Hütte

erreichten, von wo aus wir zwei Tage zuvor aufgebrochen waren, und zwei Männer erwarteten uns dort, die das Fahrzeug und das Gespann übernehmen und uns statt dessen gesattelte Drangs übergeben sollten. Gareth sprach kurz mit ihnen, nachdem er mir beim Aufsteigen geholfen hatte, und dann bestieg er sein eigenes Drang und führte uns tiefer in die Wälder. Die Männer waren froh gewesen, ihn zu sehen, aber sie hatten etwas von ihrer Fröhlichkeit verloren, als wir davonritten.

Im Wald war es beträchtlich kühler als auf der Straße, und ich vermißte den Hut nicht, den ich auf dem Wagen zurückgelassen hatte. Ich versuchte weiterhin, mir etwas auszudenken, was ich dem großen Mann sagen könnte, der vor mir ritt, aber mein anderes Ich war zu verärgert darüber, daß man ihm die Kontrolle entrissen hatte, um das Problem auch nur eine Minute lang zu überdenken, und mein restliches Ich war ein totaler Ausfall. Was sollte man einem Mann entgegnen, der gesagt hatte, daß er dich liebt? Und was sollte man tun, wenn man später herausfand, daß es nicht so war?

»Laß uns an diesem Bach eine Minute lang anhalten und etwas trinken«, sagte Gareth über die Schulter und deutete auf den hübschen, munter dahinplätschernden Bach zu unserer Rechten. »Bislang sind wir gut in der Zeit, also wollen wir uns mit einer kurzen Rast belohnen.«

Mein Drang trottete dem seinen zwischen dünnen, anmutigen Bäumen zum Ufer des Bachs hinterher und stand daraufhin ruhig da, während Gareth herüberkam, um mich aus dem Sattel zu heben. Mit seinen Händen auf meiner Taille und meinen Händen auf seinen Armen wuchs meine Bestürzung über all die Aufmerksamkeit, die er mir geschenkt hatte, und sobald ich mit den Stiefeln auf dem Boden stand, konnte ich mich nicht mehr zurückhalten.

»Woher weißt du, daß du mich liebst?« brach es aus mir heraus, und ich sah zu ihm auf, während ich die

Frage stellte, die ich stellen mußte. »Wie fühlt es sich an, wenn man jemanden liebt?«

»Es fühlt sich an wie nichts, was man je zuvor empfunden hat«, sagte er mit einem freundlichen Lächeln auf seinem häßlichen Gesicht, und weder Spott noch Überheblichkeit lagen in den Worten oder in seiner Miene. »Es läßt einen wünschen, wie ein Idiot umherzuspringen, aus vollem Haß zu rufen und zu schreien oder jeden aufzusuchen, den man kennt, um ihm davon zu erzählen. Es läßt einen wünschen, in der einen Minute mit den bloßen Händen Bäume auszureißen und in der nächsten, deine Frau sehr behutsam in den Armen zu halten. Ich schätze, es ist eine Art geistiger Krankheit, aber es ist eine, von der man niemals geheilt werden möchte. Und woher ich weiß, daß du es bist, in die ich verliebt bin – dieser Teil ist einfacher zu erklären«, sagte er, während er mir einen Arm um die Schultern legte und mich von den Drangs wegführte, hinüber zu einem großen Baum nicht weit entfernt vom Bach. »Laß uns hier niedersetzen und es uns gemütlich machen, und dann werde ich dir alles darüber erzählen.«

Wir setzten uns Seite an Seite vor den Baum, ein wirklich angenehmer Platz, und Gareth legte erneut den Arm um mich, zog mich näher zu sich und lehnte sich daraufhin zurück.

»Wenn ein Mann damit aufhört, über all die Frauen nachzudenken, die er kennt, und seine Gedanken darauf beharren, bloß zu einer aus der großen Anzahl zurückzukehren, muß er sich eingestehen, daß etwas Besonderes an dieser einen Frau ist«, sagte er und ermutigte mich, es mir an seiner Brust bequem zu machen. »Wenn er sich selbst als verdammten Narren beschimpft, jedoch die Hände nicht von ihr lassen kann, wenn er ihre ständigen Beschimpfungen anziehender als die Komplimente der anderen findet, wenn er sie soweit hat, daß er sie zu jeder Zeit ins Bett bekommt und immer noch nicht damit aufhören kann, an sie zu denken – kleines Mädchen, das ist mehr als einfache, freundschaftliche Lust. Wenn der Gedanke daran, sie zu heiraten und verheiratet zu bleiben, ihm im Innern ein warmes Gefühl der Vollendung schenkt, wenn es ihn einfach glücklich macht, sie in den Armen zu halten, daß er für den Rest seines Lebens dort bleiben will, wo er ist, dann weiß er, daß er sich verliebt hat. Niemals habe ich erwartet, daß es mich treffen würde, Regan, aber jetzt, da es geschehen ist, möchte ich es nicht missen.«

»Du hast mich nicht gefragt, ob ich dich liebe«, machte ich ihn aufmerksam, während ich noch immer Bestürzung verspürte. »Macht die Tatsache, daß du mir befehlen kannst, dich zu lieben, diese Frage unwichtig?«

»Nein, die Frage ist nicht unwichtig«, sagte er, und Schmerz blitzte kurz in seinen Augen auf. »Aber dir befehlen, mich zu lieben, werde ich niemals tun, selbst wenn das bedeutete, dich zu verlieren. Tatsache ist, daß ich nicht von dir erwarte, daß du mich liebst, wenigstens eine lange Weile nicht, nicht nach dem, was ich dir angetan habe. Gib mir die Chance, dir zu beweisen, wieviel Liebe *ich* verspüre. Vielleicht stellt sich heraus, daß es genügend für uns beide ist. Ich liebe dich sehr, und ich bin sehr froh darum, daß du meine Frau bist.«

Daraufhin hob er mein Gesicht, und der Kuß, den er mir gab, war sehr tief und sehr zärtlich, aber obgleich ich ihn ohne Zögern erwiderte, stürmte mein Bewußtsein panikartig umher. Ich verspürte nichts von den Gefühlen, die er beschrieben hatte, und obgleich ich nichts darüber wußte, wie man Liebe schenkte oder erhielt, schien es doch nicht richtig, wenn alles nur in eine Richtung ging. Ich hatte entdeckt, daß ich es genoß, in seinen starken Armen gehalten zu werden, während er mich küßte und lehrte, wie Sex war, aber das war nicht Liebe. Seine warmen, beharrlichen Lippen steigerten meine Verwirrung beachtlich, und ich war sosehr in Gedanken versunken, daß das, was meine Aufmerksamkeit auf die Gegenwart lenkte, mehr als eine Überraschung war.

»Was tust du da?« fragte ich mit einem Keuchen, denn ich hatte entdeckt, daß ich flach aufs Gras gedrückt und der Rock meines Kleids hochgeschoben worden war. Dann lag er auf mir und drang in mich ein. Es war klar, daß mein Körper nichts dagegen hatte, was auf diese Weise mit ihm geschah, aber da waren noch andere Gesichtspunkte mit im Spiel.

»Wenn du nicht sagen kannst, was ich jetzt tue, bist du nicht so vorangeschritten, wie ich gedacht hatte«, antwortete er lachend und küßte mich leicht, während er sein Eindringen vollendete. »Sobald wir im Lager zurück sind, muß ich mich wieder mit Raub und Aufruhr beschäftigen, also weiß ich nicht, wieviel Zeit wir für angenehmere Dinge haben werden. Dies hier mag uns für eine Weile zusammenhalten.«

»Aber es ist hellichter Tag, und wir sind hier im Freien!« protestierte ich und versuchte, die um mich gelegten Arme zu lösen, während er damit anfing, die Hüften zu bewegen. »Was ist, wenn jemand vorbeikommt und uns sieht?«

»Dann wird er am Ende verteufelt neidisch sein«, murmelte er und weigerte sich, mich loszulassen und damit aufzuhören, mich zu küssen und zu streicheln. »Neidisch zu sein, wird jedoch nichts nutzen, denn du gehörst mir, und ich bin der einzige, der das Recht hat, dies zu tun.«

Daraufhin erstickte sein Kuß meinen Protest und die Hand an meinem Haar hielt meinen Kopf still, aber zum Schweigen gebracht worden zu sein, bedeutete nicht, daß mein Bewußtsein ebenfalls seine Meinung geändert hätte – oder zumindest nicht völlig. Sehr rasch verspürte ich das Vergnügen, das er erwähnt hatte, aber es war schrecklich peinlich, dort unter ihm zu liegen, während seine Kraft uns beiden das Vergnügen schenkte, dem ich mich in keiner Weise verweigern konnte, doch meine Gedanken schreckten bei der Vorstellung zurück, jeden Augenblick könnte jemand vorbeikommen. Da er so heftig zustieß, konnte ich nicht stilliegen. Seine Lippen verlangten von den meinen eine Erwiderung, und das war das schlimmste daran, daß er mich zur aktiven Teilnehmerin machte. Wenn jemand seine Stärke benutzt, um sich einem aufzuzwingen und einen zu verletzen, so ist das nicht *deine* Schuld, und niemand könnte das Gegenteil behaupten; wenn man sich dabei ertappt, es wider besseres Wissen zu genießen, wessen Schuld ist es dann?

Nachdem es schließlich vorüber war und er aufstand, um nach seiner Kleidung zu sehen, setzte ich mich um ein beträchtliches rascher auf und sah nach meiner eigenen Kleidung. Niemand war aufgetaucht, um zu lachen und mich zu dem Entschluß zu bringen, mich für den Rest meines Lebens zu verstecken, was jedoch nicht bedeutete, daß dieser Morgen in meiner Erinnerung zu einer Zeit der reinen Freude geworden wäre.

»Das habe ich wirklich gebraucht«, sagte er nach einem Augenblick und bot mir eine Hand, um mir auf die Füße zu helfen. »Du hast keine Vorstellung davon, wie es ist, einfach den Arm um dich zu legen, und sogar die Fahrt auf dem Wagen war ungemütlich. In diesem Zustand in den Sattel steigen zu müssen, ist etwas, das man niemals spüren möchte.«

»Ich halte es für ziemlich unwahrscheinlich, daß ich es möchte«, antwortete ich, übersah seine Hand und stand alleine auf. »Sind wir jetzt soweit, daß wir weiterreiten können?«

»Kleines Mädchen, es war nichts falsch an dem, was wir getan haben«, sagte er, während ich über mein Kleid strich, um das Gras und die Blätter herunterzubekommen. »Es ist dasselbe, was wir während der vergangenen paar Nächte im Bett getan haben, nur daß es hier kein Bett gab …«

»Wir waren hier nicht für uns«, unterbrach ich ihn, nicht schrecklich interessiert daran, was er zu sagen hatte. »Du mußt ein wirklich guter Mensch sein, daß du nirgendwo etwas Falsches siehst, wohin du auch blickst, aber ich fürchte, ich sehe die Dinge anders. Können wir jetzt gehen?«

»Einen Augenblick noch«, sagte er ruhig, wobei er mich am Arm faßte, damit ich ihn ansah. »Ich sehe, du bist bestürzt, und das möchte ich nicht, nachdem ich dich geliebt habe. Die Leute machen die ganze Zeit über solche Faxen, und nicht nur die Verheirateten. Ich wollte dir nicht weh tun. Du glaubst doch, daß ich dir nicht weh tun wollte, oder?«

Ich nickte widerstrebend, war bereit, ihm wenigstens das zu glauben, und er lächelte und küßte mich, ehe er nach unseren Drangs sah, und das Thema war beendet. Was ihn betraf, so war alles geregelt, mein Standpunkt jedoch war von seinem noch weit entfernt. Viele Dinge waren noch nicht einmal annähernd geregelt, und sich im Freien zu lieben, war eines der letzten davon.

Unsere Drangs hatten gegrast und im Bach getrunken, während Gareth und ich anderweitig beschäftigt gewesen waren. Wir stillten unseren Durst und stiegen daraufhin auf, um weiterzureiten. Der Ritt war lange und beschwerlich, und beim Erreichen der Tarnnetze des Lagers war ich wieder ebenso durstig wie hungrig. Wegen des dichten Laubdachs über uns fiel es schwer, genau zu sagen, wo die Sonne stand, als wir jedoch ins Lager ritten, wußte ich, daß es um die Mittagszeit war.

»Gareth!« rief eine Stimme, während wir uns der Mitte des Lagers näherten, eine Stimme, die, wie sich herausstellte, Kedrick Strall gehörte. Der Ceenaber eilte mit vier Männern, die hinter ihm hertrotteten, über die Lichtung, und er schien höchst erfreut zu sein, uns zu sehen. Wir zügelten die Drangs und stiegen ab, als Strall uns erreichte.

»Gareth, du kommst im richtigen Augenblick«, sagte der Mann mit einem Gelächter und schlug Gareth auf die Schulter. »Wir haben gerade davon gesprochen, jemanden loszuschicken, falls du nicht in der nächsten Stunde oder zwei auftauchen würdest. Ich habe Neuigkeiten, die du nicht glauben wirst.«

»Ich hoffe, es sind gute Neuigkeiten«, sagte Gareth und nahm die Begrüßung der anderen Männer ebenfalls entgegen. »Nach dem gestrigen Tag versteht es sich wohl von selbst, daß diese Ersatzteile zurückgegeben werden müssen, für die wir so hart gearbeitet haben. Haben die Experimente etwas gebracht, die du für den Tag der Krankheit vorbereitet hattest?«

»Das kann man wohl sagen«, sagte Strall und führte uns zu den Hütten. Einer der Männer hatte unsere Drangs genommen, und so blieb mir nichts weiter übrig, als Strall zu folgen. Ich war mehr daran interessiert, an einen ruhigen Ort zu gehen, wo ich mich einfach hinsetzen und nachdenken konnte, aber daß ich mir für eine Weile selbst überlassen würde, war anscheinend nicht Teil des Plans.

»Du entsinnst dich, welche Hoffnungen ich in die wächsernen Ohrstöpsel gesetzt hatte?« fragte Strall Gareth, während wir weitergingen, und sein Gesicht war beträchtlich lebhafter als beim letzten Mal, da ich ihn gesehen hatte. »Nun, wir haben sie jeden Morgen vor der Dämmerung den Freiwilligen eingesetzt, und gestern hat es sich bezahlt gemacht. Selbst die Verstärker konnten keinen Laut hindurchzwingen, und die Freiwilligen blieben unberührt.«

»Strall, das ist wirklich eine gute Nachricht«, sagte Gareth aufgeregt, und er blieb auf der Stelle stehen und legte dem anderen Mann eine Hand auf den Arm. »Wann können wir deiner Ansicht nach einen größeren Vorrat von diesem Wachs erhalten? Bald genug, um es im ganzen Gebiet zu verschicken, statt die Ersatzteile zurückzugeben?«

»Gareth, es würde zu lange dauern, auch wenn wir nur unsere Erkenntnisse unter die Leute bringen wollten«, protestierte Strall, und seine Begeisterung war augenblicklich verflogen. »Du mußt den Leuten Zeit lassen, Bienenwachs aufzutreiben, und dann müssen sie lernen, wie man es weich macht und einsetzt und wie lange es dauert, bis es hart wird. Sie benötigen ebenfalls einen Freiwilligen ohne das Wachs, um zu sehen, ob die Sendung anfängt oder nicht, ansonsten müßten sie den ganzen Tag taub herumlaufen. Die kurze Zeitspanne, die wir haben, reicht nicht aus, um all das in Gang zu setzen. Aber es spielt keine Rolle, ob die Ersatzteile zurückgegeben werden oder nicht. Der Kampf ist so gut wie vorüber.«

»Was meinst du damit, der Kampf ist so gut wie vorüber?« fragte Gareth ungläubig. »Strall, wovon redest du eigentlich?«

»Gareth, man hat mich gefunden«, sagte Strall mit dem Grinsen eines Kindes, das vor vielen Jahren in der Wildnis verlorengegangen war, und sein Gesicht sah um Jahre jünger aus. »Es war ein unglaubliches Glück, aber meine Leute haben es riskiert, und es hat sich ausgezahlt. Aleena, gesegnet sei ihr Herz, hat es freiwillig auf sich genommen. Es war für sie nicht so schwer, wie es für jemand anderen gewesen wäre, aber sie hätte verstümmelt oder getötet werden können, aber sie hat es dennoch getan. Sie werden heute abend hier sein, Gareth, und das ist der Anfang vom Ende.«

»Heute abend«, wiederholte Gareth, und auch bei ihm machte sich allmählich die Aufregung breit. »Deine Leute werden heute abend hier sein, und dann ist es ausgestanden! Hast du das gehört, Regan? Wir werden frei sein! Strall, erzähle mir alles von Anfang an.«

»Laßt uns zuerst in mein Haus gehen und es uns dort gemütlich machen«, sagte der Ceenabianer mit einem

Grinsen, und er genoß es, wie ich von Gareth gedrückt wurde. Trotz eines schwachen Unbehagens schien Gareth entzückt, und keiner der beiden Männer bemerkte offensichtlich, daß ich ihre Stimmung nicht teilte. Ich hatte Stralls Geschichte noch nicht gehört, und ich hielt es für angebracht, meine Hochstimmung aufzusparen, bis ich es getan hätte.

Sobald wir uns auf dem Rietboden in Stralls Hütte niedergesetzt hatten und jedem Tassen mit Sothan gereicht worden waren, machte es sich der Ceenabianer bequem und hob die Tasse zu einem Trinkspruch.

»Auf die Unersättlichkeit«, sagte er selbstgefällig. »Wenn die Prinzen nicht so engstirnig und gemein wären, oder wenn sie so klug wären, wie sie von sich glaubten, hätten sie sich nicht selbst ein Bein gestellt. Ich bin sehr glücklich zu sagen, daß sie es noch bedauern werden.«

Er hielt inne, um auf seinen Trinkspruch die Tasse zu leeren, und bedeutete uns, dasselbe zu tun, bevor er schließlich weitererzählte.

»Ihr beide erinnert euch daran, daß ich nicht in der Lage gewesen war, meinen Leuten zu schreiben, weil ich erst kurze Zeit vor dem Auffinden des Tagebuchs eine Nachricht geschickt hatte?« fragte er und setzte seine Tasse aufs Knie. »Ich habe gesagt, ich wüßte nicht, wie lange sie benötigten, bis ihnen klar würde, daß ich verschollen war, aber ich hatte nicht bedacht, daß meine Leute eine zuverlässigere Weise gefunden hatten, über mich auf dem laufenden zu bleiben, statt auf einen Brief zu warten. Ich hatte vergessen, daß der Großteil meines Gehalts auf meine ›Heimatwelt‹ überwiesen wurde.«

»Erzähl mir nicht, sie haben aufgehört, dir das Gehalt zu zahlen, ehe sie erfahren haben, was du vorhattest«, sagte ich und konnte nicht fassen, jemand könne derart unglaublich blöde sein. »Es hätte fast überhaupt keine Mühe gekostet, dich über deinen vermutlich letzten Job zurückzuverfolgen und herauszufinden, ob du allein gearbeitet hast. Dich nicht nur am Leben zu lassen, sondern auch die Möglichkeit außer acht zu lassen, daß du Partner hast – ich kann's einfach nicht glauben.«

»Die Früchte der Arroganz«, sagte Strall zufrieden und genoß diesen Punkt jetzt noch mehr, da ihn ein anderer zu würdigen wußte. »Wenn man so arrogant ist wie die Herrscher dieser Welt, sind nur die eigenen Anschauungen und Pläne wichtig. Sobald die Gelder nicht mehr überwiesen wurden, wußten meine Leute, daß etwas schiefgelaufen war, aber sie konnten nicht sofort nachfragen, was mit mir geschehen war. Wenn man ihnen eine Leiche präsentiert hätte, von der sich bei einer Obduktion herausgestellt hätte, daß ich an Verdauungsstörungen oder dergleichen gestorben wäre, hätten sie sich in einer äußerst unhaltbaren Lage befunden, also haben sie gewartet. Als keine Leiche irgendwelcher Art auftauchte, gingen sie davon aus, daß ich noch immer am Leben wäre, und entwarfen Pläne, um mich zu suchen.

Sie konnten nicht sofort Nachforschungen anstellen, da ansonsten sogar die Prinzen mißtrauisch geworden wären, außerdem mußten sie auf Aleena waren, die erst einen anderen Auftrag beenden mußte, dann jedoch waren sie bereit. Sie haben eines der Vorurteile der Prinzen ausgenützt, jenes nämlich, daß sie keine Frauen beschäftigen wollen, und haben Aleena hingeschickt, um nach einem Job als Schläger zu fragen. Nachdem sie abgelehnt worden war, sollte sie eine häßliche Szene machen, was sie auch tat, und jedermann hoffte, sie würde zu demselben Ort gebracht werden wie ich, was genau das ist, was geschah. Der glückliche Teil kommt jetzt, wenn euch klar wird, daß sie gerade dabei war, das Signal zur alleinigen Rückholung zu geben, als sie in genau das Lager gebracht wurde, in dem ich mich aufhalte.«

»Du meinst doch nicht etwa, sie war eine der Frauen, die wir den Schlägern abgenommen haben?« fragte Gareth entrüstet. »Strall, einige der Frauen in diesen mobilen Puffs waren halb tot, und alle waren so schlimm mißbraucht worden, daß sie möglicherweise niemals darüber hinwegkommen. Wußten deine Leute nicht, was es bedeutet, die Prinzen herauszufordern?«

»Mein Freund, sie wußten genau, worauf sie sich einlassen würde«, antwortete Strall in einem Tonfall, der Gareth beschwichtigen sollte. »Sie hielten es für äußerst wahrscheinlich, daß sie am Ende von den Männern mißbraucht würde, die sie beleidigt hatte, genauso, wie sie selbst es gewußt hat. Darum haben sie auf Aleena warten müssen. Aleena macht es nichts aus, wenn man ihr das antut, nicht wie den meisten Frauen, und das macht sie so unschätzbar wertvoll für uns. Verletzt zu werden erschreckt sie nicht, und das bedeutet, sie kann in einer Lage effizient arbeiten, in der andere zu nichts weiter imstande sind, als in einer Ecke zu sitzen und zu zittern.«

»Sie war diejenige mit dem hellblonden Haar«, sagte ich, weil ich mich jäh der Frau entsann, die auf dem selben Kreuzer wie ich zum Planeten gekommen war und die ich in den Wagen wiedergesehen hatte. »Sie hat nicht so ausgesehen, als hätte sie eine leichte Zeit hinter sich gehabt.«

»Sie hat mir erzählt, daß sie sich nicht sonderlich anstrengen mußte, die Prinzen zu provozieren«, antwortete der Ceenabier, und sein Gesichtsausdruck war verzerrt, als er mich ansah. »Sie hat mir ebenfalls erzählt, ihr beide wärt auf demselben Kreuzer hergekommen. Sie hatte dich von den wenigen Bilder erkannt, die du den Nachrichten-Sendern zu benutzen erlaubt hast. Ihre Instinkte haben ihr gesagt, daß sich etwas an deiner Ankunft gerade zu diesem Zeitpunkt falsch angefühlt habe, aber sie hatte keine Gelegenheit bekommen, dich zu warnen. Offensichtlich hatte sie es mehr als einmal versucht, aber sie konnte diese Sache nicht nachdrücklicher verfolgen, ohne sich selbst zu gefährden.«

»Wie ist es möglich, daß sie deinen Leuten mehr erzählen kann als du selbst?« fragte Gareth, der sich jetzt ein wenig ungeduldig anhörte. »Wenn sie eine Frau in einen Puff bringen, ist das einzige Eigentum, das sie mitnehmen kann, die eigene Haut. Wie konnte sie Signale geben?«

»Aleena ist als aktiver Feldagent mit einer Anzahl Apparate ausgerüstet, die ich nicht habe«, sagte Strall mit einem Lächeln. »Einer davon ist ein chirurgisch implantierter Antwortsender, der ein kontinuierliches Signal aussendet, durch den ihr Unterstützerteam auf ihrer Spur bleiben kann, wenn sie sich in einer gefährlichen Lage befindet. Wenn sie eine Rückholung benötigt oder wünscht, kann sie den Impuls des Signals verändern, und dann wissen sie, daß die Zeit gekommen ist. Sie hat das heute morgen getan, also werden sie heute abend nach Einbruch der Dunkelheit hier sein. Als wir sahen, in welchem Zustand sich jene Frauen befanden, haben wir entschieden, das Wachs bei ihnen ebenfalls anzuwenden, einfach nur für den Fall der Fälle. Wir können uns sehr glücklich schätzen, daß wir's getan haben.«

»Also werden heute abend deine Leute hier sein, und dann ist alles vorüber«, sagte Gareth, der aufstand und in der Hütte hin- und herging, und sein Tonfall war eine seltsame Mischung aus Freude und Enttäuschung. »Ich werde nicht auf jene Weise Rache nehmen, wie ich mir stets geschworen habe, aber ich werde zumindest dort sein und sehen, wie sie vom Thron gestürzt werden. Strall, ich muß dich um einen wichtigen Gefallen bitten: morgen oder übermorgen, wann auch immer deine Leute über sie herfallen, möchte ich mit ihnen gehen. Ich möchte dort sein und zusehen, wie die Leute dieser Welt von ihnen befreit werden. Wirst du mir das versprechen?«

Er stand dort und starrte die Wand an, ohne etwas zu sehen. Seine Augen hatten ein völlig anderes Bild vor sich, und Strall rührte sich unbehaglich, als er sich umwandte und den Rücken des großen Mannes von Unterhalb anblickte.

»Gareth, ich glaube, du verstehst nicht genau, wie diese Dinge ablaufen«, sagte der Ceenaber zögernd, wobei er versuchte, den Tonfall der Vernunft aufrechtzuerhalten. »Heute abend werde ich wieder mit meinen Leuten zusammentreffen, aber wir werden uns nicht den Prinzen entgegenstellen, zumindest nicht sofort. Zuerst werde ich einen Bericht aufsetzen, der als Grundlage für unseren Gang zum Gerichtshof dient. Der Gerichtshof wird den Prinzen befehlen, alle Aktivitäten gegen die Leute dieser Welt einzustellen, während die Vorwürfe untersucht werden, und sobald die Beweise erhärtet sind, werden die Prinzen gezwungen, als Strafe für das, was sie getan haben, ihre Welt zu verkaufen. Sie werden hinausgeworfen, mein Freund, ihre Macht wird gebrochen sein, und in Anbetracht der vielen unschuldigen Menschen, die darin verstrickt sind, wird der Gerichtshof die Sache nicht verschleppen. Die Sache wird geregelt, sobald alle Beweismittel eingegangen sind.«

Der Ceenaber schloß in einem aufgeregten, ermutigenden Tonfall, womit er versuchte, seinem Freund zu zeigen, wie großartig die Dinge geregelt werden würden, aber als sich Gareth umdrehte und ihn ansah, verriet seine Miene keine entsprechende Begeisterung. In der Hütte war es ziemlich dämmrig, aber Strall zuckte fast zurück, als er den Ausdruck in Gareths Augen erkannte.

»Also werden sie bestraft, indem man ihnen noch weiteren Reichtum aufnötigt«, sagte er, und seine Stimme war sehr leise, so daß sie zu seinem Ausdruck paßte. »Und wie bald wird das sein?«

»Nun ja, damit alles ordnungsgemäß abläuft, benötigen derlei Dinge Zeit«, wich Strall aus, wobei er noch immer versuchte, vernünftig zu klingen, diesmal jedoch sein Ziel um etliches verfehlte. »Wir haben es nicht gern, die Dinge zu vermasseln, indem wir versuchen, sie zu beschleunigen und dann noch einmal ganz von vorn anfangen müssen. Es ist für alle wirklich das beste …«

»Eineinhalb Standardjahre Minimum, eher zwei oder sogar noch mehr«, unterbrach ich ihn und empfand eine perverse Befriedigung, weil ich imstande war, einen Standpunkt gegen die Vernunft zu vertreten. »Und das auch nur, wenn alle Beweismittel zusammenpassen. Wenn das nicht der Fall ist oder wenn der Gerichtshof beschließt, sie nicht anzuerkennen, könnte die Entscheidung gegen uns ausfallen.«

»Gareth, es ist nicht so hoffnungslos, wie sie es klingen läßt!« protestierte Strall und stand auf, als sich die Muskeln am Kinn des anderen Mannes fester anspannten. »Ich habe mit eigenen Augen gesehen, was auf dieser Welt geschieht, und sie werden mich nicht davon abhalten, es zu bezeugen.«

»Ich muß mich darum kümmern, daß diese Ersatzteile zurückgegeben werden«, sagte Gareth beherrscht, ohne den Ceenaber anzusehen. »Es sieht so aus, als hätte das für mich wieder oberste Priorität.«

Der große Mann von Unterhalb leerte seinen Sothan in einem Zug, trat vor, um Strall seine Tasse zu geben, und verließ dann die Hütte, ohne dem noch ein Wort hinzuzufügen. Der Ceenaber sah ihm dabei zu, wie er durch die Tür verschwand, ein enttäuschter, hilfloser Ausdruck auf seinem Gesicht, und daraufhin wandte er sich mir zu.

»Warum, zum Teufel, versuchst du eigentlich, ihm jede Hoffnung zu rauben?« wollte er wissen, und die Worte waren hart und unsicher. »Ich möchte ihm dabei helfen zu verstehen, daß der Alptraum bald für jeden vorüber sein wird, aber du sagst ihm, er würde weitergehen!«

»Ich glaube nicht daran, daß sich Leute besser fühlen,

wenn man sie anlügt«, gab ich zurück, während ich zu ihm aufblickte. »Nach dem heutigen Abend wirst du verschwunden sein, um deinen Bericht vorzubereiten, von dem du dir soviel versprichst, aber die schrecklichen Dinge, die du beschreiben wirst, werden den Leuten, die du zurückläßt, weiterhin zustoßen. Das ist deine Vorstellung eines Alptraums, der vorüber ist?«

»Du vergißt den Unterlassungsbefehl, den wir erwirken werden, um die Sache zu beenden«, wandte er ein, wobei er versuchte, Kraft aus dieser Vorstellung zu ziehen. »Den werden wir innerhalb weniger Tage haben. Welchen Unterschied macht es also, wie lange alles übrige brauchen wird? Der Hauptpunkt ist der ...«

»Der Hauptpunkt ist der, daß dein Unterlassungsbefehl wertlos sein wird«, unterbrach ich ihn erneut und ließ meine Stimme so hart klingen wie die seine. »Er wird den Adel dazu zwingen, alle zukünftigen Handelsprofite bei einem Treuhänder zu hinterlegen, damit die Leute nicht finanziell übervorteilt werden; er wird fordern, daß alle Schulen jedermann auf derselben Grundlage offenstehen; er wird darauf beharren, daß alle Eingeborenen für alle offenen Stellen gleichermaßen in Betracht gezogen werden; er wird ebenfalls eine freie Presse, eine freies Rundfunksystem und die Garantie für Ausreisevisa für alle fordern, die sie beantragen. Er wird sich *nicht* auf Tage der Krankheit oder Tage der Arbeit oder Nächte der Liebe beziehen, und ich werde die Wächter nicht loswerden – kein Unterlassungsbefehl kann die Einstellung von Dingen fordern, die noch nicht bewiesen sind, noch wird er so unvernünftig sein, die einzig vorhandene planetarische Polizeimacht aufzulösen.« Daraufhin stand ich auf, strich mir über das Kleid, blickte ihn jedoch noch immer direkt an. »Sag mir, daß ich mich irre.«

Seine Lippen teilten sich, die Augen zeigten die Absicht, genau dies zu tun, aber dann überkam es ihn, daß ich keine Frau von Unterhalb war, der er einfach alles erzählen konnte. Dank der Schule, die ich so sehr gehaßt hatte, wußte ich fast alles, was er über Interventionen und Gerichtsverfahren der Ceenaber wußte, viel zuviel, um von Märchen und Wunschdenken von Heilsaposteln beeindruckt zu sein. Der Gerichtshof würde wirklich versuchen, die Dinge in Ordnung zu bringen, aber von ihm das Unmögliche zu erwarten, wäre eine Verschwendung von Zeit und Energie.

»Du hast einen weiteren Gesichtspunkt nicht bedacht«, sagte ich, als er den Blick von mir abwandte. Er bemerkte, daß er noch immer zwei Tassen in der Hand hielt und setzte Gareths leere Tasse ab. »Erinnerst du dich daran, was du mir über diese Bergleute erzählt hast? Sie haben sich niemals beklagt, selbst wenn sie dazu die Möglichkeit hatten, und sie haben sich stets dafür entschieden, auf dem Planeten zu bleiben. Was geschieht deiner Ansicht nach, wenn Tage der Krankheit zu Tagen der Belehrung würden? Wenn alle überlegten, wie glücklich doch ein jeder wäre und daß sie doch verrückt wären zu wünschen, irgend etwas würde sich ändern. Ich bin wirklich überrascht, daß sie das noch nicht getan haben, um sich der Rebellen zu entledigen. Aber sag mir doch, Strall: was würde geschehen?«

Sein Arm hatte mitten in der Bewegung innegehalten, während er meiner Frage zugehört hatte, und die leere Tasse hielt er über dem Tablett; dann setzte er sie rasch nieder, warf den Kopf herum und starrte in meine Richtung.

»Du sagst also, ich könnte außerstande sein, eine offizielle Beschwerde von irgend jemandem auf diesem Planeten zu bekommen«, krächzte er, und er sah jetzt bleich im Gesicht aus. »Aber das wird *mich* nicht davon abhalten, die Beschwerde einzureichen und zu bezeugen. Ich muß lediglich den zwangsweisen Druck erklären, der von der Fähigkeit einer ihrer Frauen hervorgerufen wird ...«

»Wirklich, Mister Strall, erwarten Sie, dieser Gerichtshof glaubt, daß Leute zu *solchen* Dingen fähig sind?« sagte ich im Tonfall eines höflichen, jedoch professionell zweifelnden Anwalts. »Das Tagebuch, das Sie angeblich gelesen haben, ist auf mysteriöse Weise verschwunden, und jeder auf Plateau befragte Siedler hat bei der Andeutung gelacht, daß man ihn übervorteilt. Die Stelle, die Sie bei Seiner Hoheit Prinz Riccard innehatten, war eine Vertrauensposition, und Sie selbst haben zugegeben, sein Vertrauen mißbraucht zu haben. Sie wurden ebenfalls dabei ertappt, Geld genommen zu haben, das Ihnen nicht zustand, womit Sie die armen, unschuldigen Händler jener Welt dazu gezwungen haben, *Sie* zu bestechen, ehe ihnen gestattet wurde, die Jobs auszuüben, die sie benötigten, um ihre Familien zu unterstützen, und deswegen werden Sie ins Planetengrenzgebiet verbannt, um Ihnen eine wohlverdiente Lektion zu erteilen. Das Leben auf einem Grenzplaneten ist hart, nicht wahr, Mister Strall? Ein zivilisierter Mann, nicht vorbereitet auf derartige Härten, leidet beträchtlich, und es ist nicht ungewöhnlich, daß er anfängt, sich Dinge einzubilden ...«

»Verdammt, das ist keine Einbildung!« schrie er und trat einen Schritt auf mich zu, ehe die wahnsinnige Wut in seinen Augen zu einem tiefen Abscheu wurde. Er wußte sofort, daß er dasselbe im Zeugenstand getan hätte; ein Ausbruch wie dieser wäre die Krönung gewesen, und der ganze Fall wäre verworfen worden. Der Gerichtshof hätte seiner Abteilung gesagt, sie solle dafür sorgen, daß er eine lange Ruhepause bekäme, und dann wäre er zum nächsten Fall übergegangen.

»Also erkennst du das Problem«, schloß ich mit versöhnlicher Stimme, während ich ihn beobachtete, wie er dort stand, eine Hand über den Augen, der Körper zusammengesackt, und beinahe hätte er das Sothan aus der Tasse verschüttet, die er noch immer festhielt. »In dem Augenblick, da du einen Unterlassungsbefehl erwirkst – oder ihnen auch nur den leisesten Hinweis darauf gibst, daß du dabei bist, so etwas zu tun –, in dem Augenblick ist das Spiel vorüber, und sie haben gewonnen.«

»Warte einen Augenblick, was ist mit dir?« wollte er plötzlich wissen, hob den Kopf und blickte mich mit neuerwachter Hoffnung an. »Du bist kein überarbeiteter, irrationaler Ceenaber mit Verfolgungswahn, du bist ein angesehenes Mitglied der Geschäftswelt. Ich soll verdammt sein, wenn ich irgendeinen Anwalt dabei sehe, wie er *dich* auseinandernimmt!«

»Nein, wirst du nicht«, verneinte ich mit einem Seufzer und wünschte mir, er wäre weniger persönlich verstrickt, so daß er wieder anfangen könnte zu denken. »Kein Anwalt, der sein Geld wert ist, würde auch nur versuchen, mich aus der Fassung zu bringen, nicht bei der Reputation, die ich habe, und insbesondere nicht, wenn es so unnötig wäre. Für mich würde die Befragung ungefähr so verlaufen: Sagen Sie mir, Eure Hoheit, waren Sie, ein hochangesehenes Mitglied der Geschäftswelt, erfreut, von Ihrem Vater mitgeteilt zu bekommen, daß Sie an einen Mann seiner Wahl verheiratet werden würden? Daß, als kontinuierliche Bemühungen um echte, wirkliche Gleichheit der Tüchtigen auf seiner Welt, Ihr Vater einen Mann gewöhnlicher Herkunft ausgewählt hatte? Waren Sie nicht vielmehr in der Tat wütend, daß die Gesetze von Plateau einem Vater gestatten, dafür zu sorgen, daß sich seine Tochter mit einem Gatten niederläßt, statt herumzulaufen und zu tun, was ihr gefällt? Schenkte es Ihnen nicht beträchtliche Befriedigung, wenn Ihr Vater auf die gleiche Weise gedemütigt und von seinem Platz in der Welt vertrieben würde, wie man es Ihrer Ansicht nach mit Ihnen getan hat? … Dann wären wir Partner beim Betrug, Strall, mit mir vielleicht als derjenigen, die deinen armen, instabilen Bewußtseinszustand ausnutzt, um meine schändlichen Pläne auszuarbeiten. Vergiß nicht, daß Reputation stets eine zweischneidige Waffe ist, selbst für vorbildliche Einwohner, und die Geschäftswelt hat nur sehr wenige davon.«

»Aber es gibt überall Dummköpfe, insbesondere an der Stelle, wo sich *meine* Stiefel befinden«, knurrte er, wieder wütend und enttäuscht. »Wenn wir Gareth sowie ein paar der anderen als Zeugen mitnähmen, wären sie als Aufrührer und Dissidenten abgestempelt – was sie auch sind. Deine Heirat sähe wie eine Bemühung aus, die Dissidenten zu beschwichtigen, eine noble Geste, und sie müßten lediglich traurig die Köpfe schütteln, wenn das Cresshion als Teil des Handels erwähnt würde. Wir würden erneut versuchen, sie durch den Dreck zu ziehen, ohne ein Fünkchen Beweismittel, und jeder, der hier zurückgelassen worden ist, würde noch immer lächeln und beschwören, wie glücklich er ist. Verdammt, Regan, damit können wir sie nicht durchkommen lassen! Was, zum Teufel, wirst du tun?«

»Das hängt ganz davon ab, wie gut du darin bist, jemanden zu überzeugen, der nicht so dickköpfig ist wie ich«, antwortete ich und nippte an meinem Sothan, während er mich mit streitlustiger Herausforderung ansah. »Wenn du erreichen willst, daß die Herren dieser Welt schwer gedemütigt werden, solltest du Gareth überzeugen, sich mit mir an den Dreißig zu beteiligen. Wir haben nur eine Chance, eine Beschwerde gegen den Adel zu unterbreiten, wenn Gareth und ich Mitglieder des Adels sind. Wir werden alles verlieren, was uns wie willige Märtyrer auf dem Altar der Justiz aussehen läßt. Glaubst du, du kannst ihn dazu überreden?«

»Zuletzt hatte ich gehört, du seist diejenige, die überredet werden müßte«, sagte er mit einem Stirnrunzeln. »Wie kommt es, daß sich das geändert hat?«

»Gestern ist etwas geschehen, das mich zu meiner Sinnesänderung veranlaßt hat«, erklärte ich, ohne mich in Einzelheiten zu verlieren. »Als ich Gareth von meiner Entscheidung berichtet habe, hat er mir mitgeteilt, daß er nicht in die Dreißig gehen will, da ich verletzt werden könnte. Ich sage dir das, damit du weißt, wie du deine Argumente färben mußt, und sorg dafür, daß sie stark genug sind, um zu überdauern, nachdem du gegangen bist.«

»Zähl nicht darauf, daß ich so schnell verschwunden bin«, entgegnete er und rieb sich nachdenklich das Kinn, während er mich anstarrte. »Wenn du dich rechtzeitig für die Dreißig vorbereiten willst, muß ich hierbleiben und dir helfen, und ich glaube kaum, daß dir diese Tatsache so entgangen ist, wie du vorgibst. Zunächst hast du meine Enttäuschung geschürt, dann hast du mir gezeigt, daß ich gebraucht würde, und dann hast du mich daran erinnert, daß ich vorhatte zu gehen. Ich glaube, du weißt verdammt gut, daß ich jetzt nicht gehen *kann,* aber ich frage dich lediglich, warum du Gareth nicht mit derselben Geschicklichkeit überzeugen kannst.«

»Er wird das nicht zulassen«, gab ich verärgert zu, und dann war ich noch zorniger, als ich das belustigte Aufblitzen in Stralls Augen sah. »Mir ist befohlen worden, in seiner Gegenwart keine meiner geschäftlichen Fähigkeiten zu gebrauchen, aber du magst bemerkt haben, daß er gegangen ist. Wenn er nicht hier ist, bin ich nicht an den Befehl gebunden, aber du wirst ihn ebenfalls dazu bringen müssen, den Befehl zu widerrufen. Wenn du das nicht tust, werde ich einfach nutzlos sein.«

»Das könnte sich als Ansichtssache herausstellen«, sagte der Ceenaber mit einem schwachen Grinsen, wobei er seinen Vorteil schamlos ausnutzte. »Wenn das so ist, wirst du damit leben müssen, den Befehl zu umgehen. Schließlich wird es dich nicht umbringen, *irgend jemanden* zu umgehen. Du kehrst jetzt zu deinem Haus zurück, und ich schicke Helni hinüber, daß sie mit dir anfängt, während ich Gareth bearbeite. Wieder in Kontakt mit meinen Leuten zu sein, verändert die Dinge zum Besseren hin, was die Dreißig betrifft, also glaube ich, daß keiner von uns beiden von den Ergebnissen meiner Argumente enttäuscht sein wird. Ist Euch das genehm, Eure Hoheit?«

»Soweit es geht, ja«, stimmte ich zu und schenkte ihm ein hochherrschaftliches Kopfnicken, wodurch er seinerseits ein wenig verärgert wurde. »Du hattest deinen Spaß, Strall, aber wir beide werden herausfinden, daß ich von diesem Befehl entbunden werden muß. Danach werde ich meinen Spaß haben.«

»Ich glaube, ich schätze unterschwellige Drohungen am meisten«, entschied der Ceenaber mit einem sachlichen Kopfnicken und ging zum Tablett hinüber, um endlich seine Tasse Sothan loszuwerden. »Insbesondere, wenn sie jemand ausspricht, der dafür berüchtigt ist. Nachdem ich Gareth wegen der Dreißig überzeugt habe, werde ich mich wohl ein wenig mit ihm über alternative Befehle unterhalten. Schließlich kann man soviel mit jemandem tun, der keine andere Wahl hat als einem zu gehorchen.«

Die Verneigung, die er vor mir machte, war völlig korrekt, und dann war er ohne ein weiteres Wort aus der Hütte verschwunden. Mein anderes Ich verspürte kalte Wut, daß er sogar einen leisen Hinweis darauf gegeben hatte, mich herauszufordern, aber mein restliches Ich war nicht ganz so zuversichtlich. Ich *war* Objekt von Gareths Befehlen, selbst wenn es meiner festeren Seite nicht gefiel, das zuzugeben, und sich Strall entgegenzusetzen, war nicht sehr klug gewesen. Ich würde den Ärger überwinden müssen, wie ich es manchmal bei meinem anderen Ich tat, und ich müßte den Mann bei nächster Gelegenheit wieder beruhigen.

Es dauerte nicht lange, zu Gareths Haus zu kommen, und ich bereitete mir zunächst etwas zu essen. Ich war gerade damit fertig, meinen Teller abzuwaschen, da erschien Helni. Diesmal trug sie ein bräunliches Kleid, und ihr Gesichtsausdruck war wachsam.

»Also hast du dich schließlich zur Zusammenarbeit entschlossen«, sagte sie und folgte mir in die Hütte zurück. »Was hat dich zu dem Entschluß geführt, wir seien es wert, deine kostbare Zeit darauf zu verschwenden?«

»Ich habe gesehen, wie eine Frau ein Baby zu Tode gedrückt hat, das sie liebte«, antwortete ich, als ich mich umwandte, um sie anzublicken, wobei ich absichtlich brutal war. »Ich sage dir das, damit du weißt, wie ernst es mir ist. Vergiß also alles, was ich das letzte Mal gesagt habe, und gib mir die Hilfe, die ich benötige. Selbst wenn es nicht das ist, was Gareth möchte.«

»Ich verstehe nicht«, sagte sie mit leiser, fast angewiderter Stimme, wobei sie eine Hand auf ihre Mitte und eine an den Mund legte. »Ich spüre die Wahrheit in dem, was du gesagt hast. Du bist nicht aus Eigennutz mit all dem einverstanden, aber Gareth ... Warum sollte er etwas gegen diese Idee haben, wo es doch von Anfang an sein Plan war?«

»Er glaubt, er habe seine Gründe, aber im Augenblick ist Strall dabei, ihn zu einem Sinneswandel zu bewegen«, sagte ich und trat etwas näher an sie heran. »Hat dir Strall erzählt, warum seine Organisation nicht wirklich helfen kann, warum wir die Dreißig benutzen müssen, wenn wir nicht alles verlieren wollen? Vielleicht hast du es sogar aus seinem Bewußtsein erfahren.«

»Ich kann von keinem Mann etwas erfahren«, bestritt sie, während sie mich merkwürdig ansah. »Frauen sind die einzigen, die ich lesen kann, und im Augenblick ist das Merkwürdigste, was ich spüren kann, das von dir benutzte ›wir‹ gewesen. Etwas ist geschehen, das dich zu einer von uns gemacht hat, nicht wahr? Es war mehr als die Tragödie, es war etwas, das damit zusammenhängt. Soviel läßt du mich sehen, jedoch nichts weiter.«

»Wie kann ich dich etwas tun lassen oder auch nicht, wenn ich nichts davon weiß?« fragte ich, schließlich neugierig wegen der Bemerkung, die sie gemacht hatte.

»Soweit ich weiß, stehe ich einfach hier und rede mit dir, nichts weiter.«

»Das ist bloß so, weil du es nur von einer Seite betrachtest«, sagte sie mit einem Kopfschütteln und richtete sich unbewußt auf, während sie sich allmählich wieder zusammenriß. »Jeder hat etwas, worüber er nicht reden möchte, und wenn ein Gespräch, in das man verwickelt ist, das verbotene Thema zu nahe streift, neigt man dazu, in Gedanken eine Mauer darum zu errichten, um sicherzustellen, daß man nicht zufällig etwas sagt, das zu sagen man niemals die Absicht gehabt hatte. Die Wände normaler Leute bewahren lediglich die Gedanken, aber die Mauern der Talentierten können ebenfalls das Bohren von anderen draußen halten. Es ist einer der Wege zu erfahren, daß jemand talentiert *ist.*«

»Und du hast dein eigenes Talent, weil du eine Halbie bist«, stellte ich fest und sah sie zum erstenmal richtig an. »Es ist nett zu wissen, daß einige meiner Verwandten derartig beschenkt sind, aber ich überlege noch immer, was ich tun werde, wenn ich mich in den Dreißig dem Gedankenlesen gegenübersehe.«

»Wenn das eines der Dinge ist, um die du dir Sorgen machst, kannst du's vergessen«, sagte sie und lächelte schwach, aber mit der ersten Wärme, die ich gesehen hatte, seitdem ich die Hilfe verweigert hatte. »Ich bin keine Halbie. Was ich tue, ist nicht Gedankenlesen, und keiner deiner Verwandten besitzt ein ähnliches Talent wie ich. Andernfalls wäre Gareth nicht imstande gewesen, mit der Lüge bei den Prinzen durchzukommen. Er *wußte,* wo das Feld von Cresshion war, aber es war zu seiner eigenen Sicherheit notwendig, darauf zu beharren, er wüßte es nicht. Keine der Frauen der Oberen kann auch nur eine Frau lesen, sonst würde die Hälfte der weiblichen Diener am Thron hingerichtet und die andere Hälfte wieder nach Unterhalb geschickt werden. Glaub mir, ich weiß, wovon ich rede.«

»Ich bin froh, daß irgend jemand weiß, wovon du redest«, sagte ich und fühlte mich vollkommen verwirrt. »Wenn du keine Halbie bist, wie kannst du dann talentiert sein? Und wenn du nicht die Gedanken liest, was *tust* du dann?«

»Was ich tue, ist teilen und verstehen«, sagte sie, und ihr Lächeln war jetzt schelmisch. »Ich teile so vollständig, was andere Leute fühlen, daß ich imstande bin zu verstehen, warum sie sich so fühlen. Ich bin nicht die einzige mit diesem speziellen Talent, und es funktioniert bei körperlichem Schmerz ebenso wie bei seelischem. Ich habe dieses Talent, weil ich *keine* Halbie bin, da Halbies niemals Talent zeigen. Meine Mutter war eine Halbie, und natürlich auch mein Vater, und diese Kombination hat ein Kind hervorgebracht, das talentiert ist, nicht jedoch so wie bei den Oberen. Etwas stößt anscheinend den Talenten zu, wenn sie verdünnt oder gefiltert werden, ehe sie weitergegeben werden, aber niemand hat sich je die Mühe gemacht, das herauszufinden.«

»Nun, falls Gareth und ich die Dreißig gewinnen, werden die Leute in der Lage sein, in eine Menge Dinge Einblick zu nehmen.« Ich ging zu einer Wand hinüber, setzte mich hin und lehnte mich dagegen. »Aber wenn Gareth und ich gewinnen, wird es keine Halbies mehr geben. Wir haben keine Zeit für kindische Zweifel. Bist du bereit anzufangen?«

»Ich hatte gedacht, ich wäre es«, gab sie zur Antwort, nur ein wenig entgeistert von der Weise, wie ich sie ansah. »Soviel können wir nicht tun, ehe nicht Strall zu uns stößt, aber du mußt mir alles über dein Leben erzählen, so daß ich mich mit dir enger vernetzen kann. Je besser ich dich verstehe, desto mehr kann ich dir dabei helfen, dein Talent zu entdecken.«

»Dann stehen also zuerst Erinnerungen auf dem Stundenplan«, pflichtete ich bei und sah zu, wie sie sich mir gegenüber niederließ. Sie wirkte nicht übermäßig neugierig, eher aufmerksam, und das machte es einfacher anzufangen.

Eine Anzahl Stunden verstrich, während derer ich redete und Helni zuhörte, lediglich unterbrochen von der Zubereitung und vom Trinken des Sothan. Wir wechselten uns bei der Zubereitung ab, und die ganze Zeit über wurde das Reden immer einfacher. Wenn ich nicht von meiner stärkeren Seite gestützt worden wäre, hätte ich es vielleicht nicht tun können, denn ich kaute alles wieder, was ich am liebsten völlig vergessen hätte, aber die Kraft war da, also benutzte ich sie so, wie sie gebraucht wurde. Ich hatte gerade die Zeit erreicht, als ich die ›Häßliche-Entlein-GmbH‹ aus dem Boden gestampft hatte, da wurde mein Monolog durch die Ankunft zweier Neuankömmlinge unterbrochen. Stralls Ausdruck war betont neutral, um keinerlei Information wegzugeben, aber Gareth unternahm keinen solchen Versuch.

»Guten Tag, Helni«, sagte er beim Eintritt in die Hütte, wobei er der Frau zunickte, während er zu dem Tablett mit Sothan hinüberging. »Du weißt, ich freue mich stets, dich zu sehen, aber ich hoffte, dich nicht hier vorzufinden. Ich könnte jemanden auf *meiner* Seite nötig haben.«

»Gareth, du weißt, ich bin stets auf deiner Seite – wenn du recht hast«, antwortete sie, und ihre Stimme war ruhig, gleichmäßig und mit sanfter Zuversicht erfüllt. »Wir alle haben sehr viel auf uns genommen, damit unser Plan gelingt; was macht dich also so bestürzt?«

»Ich bin nicht bestürzt, ich bin verteufel wütend«, sagte er mit ebenso gleichmütiger Stimme und wandte sich mit einem Becher in der Hand vom Tablett ab. »Strall hat mir stundenlang die Ohren vollgeredet und versucht, mir die Zustimmung zu etwas abzuringen, von dem ich überhaupt nichts hören will, und jetzt, wo ich nach Hause komme, sehe ich, daß du bereits damit angefangen hast, ohne auf meine Zustimmung zu warten. Das ruft nach ein wenig mehr als Bestürzung, meinst du nicht?«

»Ich habe gedacht, wir hätten bereits deine Zustimmung«, gab sie zurück und strich den Rock ihres braunen Kleids betont beiläufig glatt. »Versuchst du etwa zu sagen, daß all die Monate der Verschwörung, des Planens und der Hoffnung, all die Mühen und all die Gefahr für die Katz war? Daß wir unsere Zeit verschwendet und alles riskiert haben, nur damit du deine Meinung ändern kannst? War für dich die Möglichkeit, daß die Prinzen dich nicht wieder hätten gehen lassen, nichts weiter als ein wunderlicher Einfall?«

»Du weißt verdammt gut, daß es kein wunderlicher Einfall gewesen ist!« sagte er verärgert und trat einen Schritt vor, schien dann jedoch zu verstehen, daß ihn Helni provozieren wollte. Wenn er die Kontrolle über sich verlöre, würde er gleichfalls die Diskussion verlieren, und das war etwas, das er nicht geschehen lassen wollte.

»Helni, du weißt, daß ich mit einem sehr spezifischen Ziel im Hinterkopf hinauf zum Thron gegangen bin«, sagte er, und seine Stimme war wieder ruhig. »Mein Ziel war das Wohlergehen eines jeden auf diesem Planeten, ein Ziel, das ich noch immer verfolge, aber ich verließ den Thron mit etwas völlig Unerwartetem. Ich fand jemanden für *mich,* jemanden, von dem ich niemals geglaubt hätte, ihn zu finden und den ich sehr liebe. Ich habe eine Menge für die Leute auf dieser Welt aufgegeben; willst du mir etwa sagen, ich müsse sie ebenfalls aufgeben?«

Sein nüchterner, fragender Blick brachte die Frau, die neben mir saß, zum Schweigen und zwang sie dazu, den Blick auf ihre Hände hinabzulenken. Sie sorgte sich zu sehr um Gareth, um ihm etwas zu sagen, das ihn verletzte, ganz gleich, wer sonst noch darin verwickelt wäre, und als er sah, daß sie nichts weiter zu sagen hatte, kam ich an die Reihe.

»Kleines Mädchen, wir beide werden ein hübsches, langes Gespräch führen müssen«, sagte er, und seine Stimme war nicht mehr ganz so sanft wie zuvor, sie war in der Tat beträchtlich näher an einem Knurren. »Du hast Strall bearbeitet, damit er die Dinge auf deine Weise erledigt, und ich wette, daß du dasselbe mit Helni getan hast. Ich habe dir gesagt, ich möchte nicht, daß du in die Dreißig verstrickt wirst, und ich habe dir den Grund dafür genannt, aber nichts davon hat offensichtlich einen Eindruck bei dir hinterlassen. Ich glaube, ich werde etwas finden müssen, das einen Eindruck bei dir hinterlassen *wird.*«

Die Weise, wie er mit mir redete und mich ansah, brachte einen höchst bemerkenswerten Ausdruck auf Stralls Gesicht, eine Kombination aus Enttäuschung über Helnis Rückzug und Belustigung über das, was mir angedroht worden war. Da ich überhaupt keine Neigung verspürte, Gareths Argumentation zu folgen, *wußte* ich nicht einmal, was mir angedroht wurde, aber das spielte keine Rolle. Meine stärkere Hälfte war verschwunden, sobald der Mann die Hütte betreten hatte, und ich mußte mich jetzt auf das konzentrieren, worin mein zentrales Ich überhaupt nicht gut war.

»Wenn du zurückdenkst, wirst du herausfinden, daß ich niemals zugestimmt habe, die Dreißig zu vergessen«, sagte ich zu dem massigen Klotz, der neben dem Tablett mit Sothan stand, und es gefiel mir überhaupt nicht, wie kläglich sich meine Stimme anhörte. »Du hast nur davon geredet, was *du* willst und wie *du* dich fühlst. Was ist mit dem, was ich möchte?«

»Eine Frau hat das zu wollen, was ihr Gatte will«, antwortete er, immer noch nicht sonderlich glücklich mit mir. »Wenn sie nicht aufhört, etwas anderes als ihr Gatte zu wollen, könnte sie nicht lange genug leben, um zu lernen, wie man eine richtige Gattin wird. Die

Dreißig sind *gefährlich,* kleines Mädchen, und das gilt auch für dich. Ich weiß, du hast schwer daran gearbeitet, Strall Furcht einzujagen, indem du ihm erzählt hast, seine Leute wären nicht in der Lage, die Prinzen zu schlagen, aber das glaube ich nicht. Selbst wenn es eine Sache von Jahren ist, werden wir am Ende gewinnen.«

»Und in der Zwischenzeit lehnst du dich einfach zurück und nimmst alles hin, was sie uns antun werden«, sagte ich mit einem verzweifelten Nicken, wobei ich mich fragte, wie es ihm möglich war, so dickköpfig und dabei noch immer am Leben zu sein. »Gleich, was geschieht, du wirst ein braver Junge sein und dich einfach zurücklehnen, warten und hoffen. Nun, wenn du glaubst, ich würde dasselbe tun, so bist du dümmer, als du aussiehst.«

Zu diesem Zeitpunkt stand ich schon auf den Beinen, so daß ich ihn leichter anfunkeln konnte, und ich war wirklich wütend über die Mauer der Blindheit, die er um sich errichtet hatte. Er hatte behauptet, er wolle mich nicht in den Dreißig haben, weil er mich liebte; wenn es das war, was Liebe mit jemandem tat, so wollte ich mit Sicherheit *nichts* davon!

»Und was für eine heroische, todesverachtende Sache willst *du* tun?« fragte er, wobei er seine Verärgerung an keinem anderen Ort als in den Augen zeigte. »Wenn du planst, meinen Stoßtrupp anzuführen oder auch nur mit ihm zu reiten, kannst du das vergessen. Dir fehlen die notwendigen Qualifikationen, und ich habe viel angenehmere Jobs für dich im Hinterkopf.«

Er ließ seinen Blick auf eine unverschämte und eindringende Weise über mich gleiten, vielleicht im Versuch, es mir heimzuzahlen, daß ich ihn dumm genannt hatte, aber er erreichte damit lediglich, daß ich noch ärgerlicher wurde. Er wußte gut genug, daß die Teilnahme an einem Stoßtrupp für mich nicht in Betracht kam, selbst wenn ich es gewollt hätte, und das bedeutete, ich wußte *nicht,* was zu tun war. Es gab so wenig

Dinge auf dieser verdammten Welt, die man tun *konnte* ... Mein Ärger erstarrte jäh, als mir ein Gedanke kam, jene Art Gedanke, den ich gewöhnlich nicht von meinem anderen Ich erhielt. Die Überlegung war absolut unfair und verursachte einen kleinen Stich von Schuldgefühl bei der Aussicht, sie bei den starrköpfigen Narren anzuwenden, aber ich hatte kaum eine andere Wahl. Selbst ohne die Unterstützung durch meine innere Stärke mußte es getan werden.

»Ich glaube, ich muß dir nicht sagen, was du mit deinen angenehmen Jobs tun kannst«, sagte ich und verspürte noch immer den Ärger. »Da du dermaßen interessiert daran bist, dich von den Ceenabern abhängig zu machen, damit sie dir den Hals retten, sollte es dir nichts ausmachen, wenn ich dasselbe tue. Mister Strall, sobald Ihre Leute dem Unterlassungsbefehl nachkommen, erwarte ich die unmittelbare Erfüllung meines offiziellen Gesuchs, nach Hause gebracht zu werden.«

»Jetzt warte verdammt noch mal einen Augenblick!« knurrte Gareth, nicht mehr ruhig und beherrscht, und in den hellen Augen loderte es plötzlich. »Soweit es mich betrifft, *bist* du zu Hause, und als dein Gatte habe ich das Recht, diese Entscheidung zu treffen. Auf dieser Welt können Väter ihre Töchter an jeden verheiraten, wie es ihnen beliebt, und dein Vater hat dich an *mich* verheiratet!«

»Aber du hast mir gesagt, du würdest mich nur für einen bestimmten Zweck akzeptieren«, konterte ich, und die Weise, wie er drohend über mir ragte und auf mich herabfunkelte, wollte mir gar nicht gefallen, aber ich ließ mich nicht einschüchtern. »Wenn ich nicht länger für diesen Zweck benötigt werde, welchen Sinn hätte es dann, wenn ich bliebe? Ich habe umfassende Interessen zurückgelassen, ebenso wie meine Bürgerschaft in einem ziemlich einflußreichen Cluster. Da ich jetzt in Kontakt mit einer offiziellen Trans-Cluster-Agentur stehe – möchtest du darauf wetten, daß mich mein Einfluß nicht aus einer Heirat herausbekommt, zu der ich ursprünglich nie meine Zustimmung gegeben habe? Auf zivilisierten Welten erlaubt es das Gesetz nicht, daß Frauen zu einer Heirat gezwungen werden.«

Seine Kinnlade fiel herunter, als er dazu gezwungen wurde, die bittere Pille der Wahrheit zu schlucken, und womöglich wollte er wiederholen, daß er mich liebte, wußte es jedoch besser und tat es nicht. Nachdem er vor einiger Zeit gesagt hatte, er würde nicht erwarten, daß ich ihn ebenfalls liebte, konnte er wohl kaum an etwas appellieren, das nicht vorhanden war. Er entdeckte gerade, daß seine Optionen ernsthaft eingeschränkt waren, und er gab überhaupt nichts darum.

»Vielleicht sind deine einflußreichen Kontakte nicht so großartig, wie du denkst«, sagte er nach einer Minute, und er hatte die Hand fest um den Becher geschlossen, den er hielt. »Es wäre möglich, daß du zu dem Zeitpunkt, wenn der Unterlassungsbefehl in Kraft gesetzt wird, keine offiziellen Anfragen mehr aussprechen willst. Man hat Frauen gekannt, die ihre Meinung geändert haben.«

»Mit ein wenig ungenannter Hilfe von außen?« fragte ich verächtlich, womit ich durchblicken ließ, daß mich seine Drohung nicht beeindruckte. »Es gefällt mir gar nicht, dich zu enttäuschen, aber es ist an der Zeit, daß du ein paar Tatsachen des *zivilisierten* Lebens lernst. Meine offizielle Anfrage ist bereits bei Strall eingegangen, der pflichtgemäß seinen Leuten davon berichten wird. Danach werden *sie* mich pflichtgemäß von diesem Planeten herunterbringen, selbst wenn ich darauf bestehe, meine Meinung geändert zu haben, und darauf achten, daß ich dorthin zurückgebracht werde, woher ich gekommen bin. Wenn ich danach auf dem Absatz kehrtmache und wieder hierherkomme, so ist das meine Angelegenheit, aber sie *müssen* mich nach Hause bringen. Und versuch dir doch mal vorzustellen, was geschehen wird, wenn mich passenderweise ein unwiderstehlicher Drang zurückbringt – notwendigerweise über Offizielle am Hafen, die noch immer auf der Gehaltsliste meines Vaters und der anderen stehen. Möchtest du dir gerne die Chancen ausrechnen, daß ich unverzüglich hier herab nach Unterhalb und in deine männlichen Arme zurückgebracht werde?«

»Wenn du auf Strall zählst, daß er dir dabei helfen wird, deinen Willen durchzusetzen, so bist du diejenige, die enttäuscht werden wird«, sagte er, und sein spöttisches Schnauben paßte gut zu dem Laut, den *ich* von mir gab. »Er mag starrsinnige kleine Mädchen ebensowenig wie ich, also wenn du glaubst, er wird ...«

»Ah, Gareth, ich glaube, das sprichst du besser nicht aus«, unterbrach ihn Strall nach einigen hastigen Räuspern, und alle Spuren der Belustigung wurden ebenso eilig begraben, als sich der große Mann von Unterhalb umdrehte und ihn ansah. »Meine Agentur neigt dazu, in solchen Angelegenheiten sehr unnachsichtig zu sein, und ich *werde* ihre Anfrage in meinen offiziellen Bericht aufnehmen. Ich habe keine andere Wahl, also sieh mich nicht so an, als würde ich dich betrügen. Wir stehen unter gewissen Zwängen, damit wir nicht korrumpierbar werden, und alle Bürger der Cluster wissen das – deine Frau eingeschlossen.«

»Also würde ich sagen, ich *kann* auf Stralls Hilfe zählen, ob er sie nun leisten will oder nicht«, faßte ich zusammen, wodurch ich diesen wütenden Blick aus den hellen Augen wieder auf mich lenkte. »Wenn ich nichts habe, was mich zurückhält – wie zum Beispiel die Dreißig –, bin ich lediglich daran interessiert zu gehen.«

»Du hast dich gerade selbst ausgetrickst«, sagte ein finster dreinblickender Gareth durch die Zähne, und es gefiel ihm gar nicht, wie er manipuliert wurde. »Wenn Stralls Leute heute abend kommen und er von deiner Anfrage berichten *muß*, spielt es keine Rolle, ob ich einwillige, mit dir den Dreißig beizutreten oder nicht. Sie werden dich vom Planeten fortbringen, sobald sie Anklage gegen die Oberen erheben, und du wirst nicht imstande sein zurückzukehren. Es sieht so aus, als sei dieses Thema gestorben.«

»Nicht ganz«, korrigierte ich ihn langsam mit einem verschmitzten Lächeln. Die Diskussion verlief um ein Beträchtliches besser, als ich gedacht hatte, und ich genoß sie allmählich wirklich. »Wenn du Strall ein wenig genauer zugehört hättest, hättest du erfahren, daß er meine Anfrage in seinen *offiziellen* Bericht aufnehmen muß. Er wird erst dann einen offiziellen Bericht anfertigen, wenn er in sein Büro zurückkehrt, und wenn er hierbleiben und uns bei den Dreißig helfen muß, wird er nicht sofort zurückgehen. Alles hängt davon ab, ob er einen Grund zum Bleiben hat oder nicht.«

»Du verschwendest deine Zeit damit, ihr die Stirn zu bieten, Gareth«, sagte Strall sanft zu dem großen Mann, der sich aufgerichtet hatte und nach Worten suchte, und trat vor, um ihm eine tröstende Hand auf die Schulter zu legen. »Geschäftsmänner des gesamten Fourmin-Clusters haben das über Jahre hinweg versucht, und sie sind noch nicht einmal soweit wie du gekommen. Sie hat anscheinend das Talent, jede Möglichkeit zu erkennen, die in einer Situation liegt, und daraufhin die Dinge so zu manipulieren, daß alles nach ihrer Pfeife … He, was habe ich da gerade gesagt?«

Auf einmal starrte Strall ausdruckslos in die Luft, und die Erregung in seinen Augen zeigte, daß er wie wild nachdachte; die Hand, die noch immer auf Gareths Schulter lag, war vergessen. Die übrigen von uns starrten ihn einfach an und hatten keine Ahnung, wovon er eigentlich redete, und nach einem sehr langen Augenblick wurde er sich unserer wieder bewußt.

»Verdammt, war ich ein Dummkopf, daß ich das nicht eher gesehen habe!« keuchte der Ceenaber mit einem Grinsen, während mich seine Augen merkwürdig besitzergreifend ansahen. »Ich habe niemals deine

Biographie gelesen, Regan, also sag mir: Hast du einfach nur die Gelegenheit verpaßt, in ein Schachturnier verwickelt zu werden, oder hast du es aufgegeben, nachdem es für dich zu einfach zu gewinnen war?«

»Mit dreizehn habe ich fast ein Jahr lang gespielt, mit Mitgliedern des Lehrpersonals der Schule, habe es dann jedoch aufgegeben«, antwortete ich mit einem Stirnrunzeln, denn ich verstand nicht, wie er das gewußt haben konnte. »Ihnen allen hat es überhaupt nicht gefallen, so deutlich gegen mich zu verlieren, selbst denjenigen, die mich dazu überreden wollten, daß ich mich in die geplanten Meisterschaften des Planeten und des Clusters eintragen ließ. Sie hatten die Absicht, mich zu einem offiziellen Großmeister zu machen, damit ihre Niederlagen weniger schlimm aussehen sollten, aber zu dem Zeitpunkt war mir schon klargeworden, daß in diesem Spiel keine Herausforderung lag. Der Gegner legt sein Muster mit dem allerersten Zug fest, und jeder weitere Zug begrenzt das Muster noch weiter. Wie schwer ist es, ein bereits festgelegtes Muster vorauszuahnen?«

»Für dich und einen Computer?« fragte Strall mit noch breiterem Grinsen. »Offensichtlich überhaupt nicht schwer. Wir anderen jedoch empfinden es nicht so. Ist irgend jemand hier überrascht zu erfahren, daß eines der Talente, die für die Prinzen gezüchtet werden, die Kombination von Strategie und Taktik ist?«

»Aber ... das ist eines derjenigen Talente, die sie als äußerst wichtig erachten«, widersprach Gareth, während ich einfach dastand und Strall anstarrte. »Sie haben es dazu benutzt, ihren persönlichen Schutz einzurichten und um Kampagnen gegen uns durchzuführen. Du hast sogar gesagt, sie benutzen es in der Politik, um Vorteile aus den Gesetzen der Cluster zu ziehen und Durchbrüche zu erzielen, auf die sie ansonsten keinen Anspruch gehabt hätten. Wenn sie dieses Talent hat, warum haben sie sie dann jemals gehen lassen?«

»Sie haben sie gehen lassen, weil sie nicht *wußten*,

daß sie es hatte«, antwortete Strall und amüsierte sich noch immer. »Warum sie es nicht wußten, ist eine völlig andere Sache, aber sie waren zu dumm, es zu erkennen, nachdem sie sie mit der Nase darauf gestoßen hatte. Sie hat eine militärische Fähigkeit erfolgreich auf die Geschäftswelt übertragen, und ihnen ist es niemals auch nur aufgefallen.«

»Ich weiß, warum sie ihr Talent nicht finden konnten«, sagte Helni plötzlich, die noch immer auf dem Fußboden saß, und es waren die ersten Worte, die sie seit geraumer Zeit gesprochen hatte. Sie blickte keinen von uns an, und sie hörte sich fast zerstreut an, wodurch sowohl bei Strall als auch bei Gareth die Aufregung erlosch.

»Helni, geht es dir gut?« fragte Gareth besorgt und ging an mir vorbei, um sich neben der Frau hinzuhocken und ihr eine Hand aufs Haar zu legen. »Es fällt schwer, das in dieser Düsternis zu beurteilen, aber du siehst bleich aus.«

»Ich glaube, ich fühle mich noch immer schwach«, antwortete sie mit einem tiefen Atemzug, als würde sie sich aus einem schweren Schlaf erheben. »Es war ein solcher Schock – in meinem ganzen Leben habe ich noch niemals etwas Derartiges verspürt, und ich habe wirklich einige Zeit gebraucht, um mich daran zu gewöhnen. Wenn uns Strall nicht etwas über die Talente erzählt hätte, bezweifle ich, daß ich es verstanden hätte – aber auch so ist es fast unglaublich. Mein Gott, was haben sie weggeworfen, ohne es zu wissen!«

Sie blickte beinahe ehrfürchtig zu mir auf, und erneut wollte mir nichts einfallen, was ich hätte sagen können. Zu erfahren, daß mein Interesse am Geschäftsleben ein echtes Talent war, war überraschend gewesen, aber nicht gerade überwältigend. Helnis Ausdruck jedoch besagte, daß echte Enthüllungen bevorstanden, und wenn es mir ein wenig widerstrebt, sie zu hören, so hätte Strall nicht begieriger sein können.

»Du meinst, du hast herausgefunden, daß sie mehr als ein Talent hat?« fragte er die Frau und trat näher, um sich neben Gareth zu stellen, und sein Gesicht war nicht bloß begierig, sondern begeistert. »Und wir waren uns sicher, ihre Fähigkeiten wären minderer Art! Von welchem anderen Talent sprichst du, Helni? Kannst du beschreiben, was du empfindest?«

»Ich glaube, ihr solltet erst einmal etwas über die Hintergründe erfahren, die euch dabei helfen werden zu verstehen, warum es so ein gewaltiges Durcheinander gibt«, sagte sie und holte ein weiteres Mal tief Luft, während sie mir eine Hand entgegenhob. »Regan, ich werde ihnen etwas von dem erzählen, was du mir gesagt hast, und auch du mußt es von einer Unbeteiligten erfahren. Bist du einverstanden?«

»Ich habe dich niemals Geheimhaltung schwören lassen, wenn es das ist, wonach du fragst«, sagte ich und merkte dabei, daß mir sehr unbehaglich zumute war. »Wenn du ihnen etwas erzählen mußt, dann nur zu, aber warum muß *ich* denn ...«

»Weil du noch mehr als sie verstehen mußt«, unterbrach sie mich und wußte offensichtlich so gut, was ich sagen wollte, daß sie dem widersprechen konnte, ehe die Worte heraus waren. »Bitte, setzt euch hin und hört mir alle zu; ich werde nicht sehr lange brauchen.«

Widerstreben war ein blasser Ausdruck, um das zu beschreiben, was ich fühlte, aber das Kommende schien unvermeidlich zu sein. Die Tasse Sothan in meinen Händen war zu einer unerwarteten Last geworden, als ich mich auf den Fußboden nahe der Wand niederließ, aber auf einmal war sie verschwunden, weggenommen von Gareth, der Helni verlassen hatte und herübergekommen war, um sich neben mich zu setzen. Er setzte beide Becher, seinen und meinen, in kurzer Entfernung vor uns nieder, während Strall sich rechts von Helni und links von mir hinsetzte, und dann war die Frau bereit.

»Wir gehen zu der Zeit zurück, als Regan ein kleines Mädchen war«, begann sie, wobei sie entweder nicht bemerkte, daß sich mein Blick auf die Hände in meinem Schoß gerichtet hatte, statt ihr ins Gesicht zu sehen, oder es machte ihr nichts aus. »Ich glaube, es fällt uns, die wir in Unterhalb geboren worden sind, schwer, genau zu verstehen, womit sich die Kinder auf dem Plateau konfrontiert sehen, während sie aufwachsen, womit sie leben und wonach sie streben müssen. Vergeßt nicht, daß nur einer von jeweils drei Jungen das Erbe antreten kann und daß dieser der Skrupelloseste, Selbstsüchtigste, Gleichgültigste und Verschlagenste sein muß. Diese Charakterzüge jedoch sucht man nicht bei den kleinen Mädchen, und falls eines von ihnen Unabhängigkeit erstrebt, wird etwas dagegen getan.

Regan war ein sehr aufgewecktes kleines Mädchen, aber eines, das anders als seine Schwestern war«, fuhr Helni fort, und in ihrer Stimme lag jetzt deutlich starkes Mitgefühl. »Sie war in mancher Hinsicht wie sie, und man hatte ihr beigebracht, ihrem Vater gefallen zu wollen – als Vorbereitung dazu, schließlich einem Gatten zu gefallen –, aber während die beiden anderen fügsam waren, erforschte sie das Haus, ohne vorher um Erlaubnis zu bitten, sie schenkte den verzweifelten Befehlen ihrer Kindermädchen keine Beachtung – und sie wollte mit ihren Brüdern gleichziehen, die allesamt älter und größer als sie waren und die insgeheim ermutigt wurden, ihre kleinen Schwestern zu ärgern, wenn niemand zusah. Wenn die Jungen ungeschickt genug waren, bei schlechtem Benehmen erwischt zu werden, wurden sie bestraft, um sie zu lehren, beim nächsten Mal etwas achtsamer zu sein; sie wurden jedoch nicht davon abgehalten, es wieder zu tun. Regan wurde ebenfalls bestraft, aber in ihrem Fall lag der Zweck der Maßnahmen darin, ihr das Rückgrat zu brechen.«

Ich entdeckte, daß meine Lider geschlossen und nicht

bloß gesenkt waren und daß meine Hände im Schoß zu Fäusten geballt waren. Helni wiederholte lediglich Teile dessen, was ich ihr erzählt hatte, aber die Wiederholung hatte irgendwie an Tiefe gewonnen.

»Beim geringsten Hinweis auf schlechtes Benehmen ihrerseits, selbst wenn nur der Verdacht bestand, wurde Regan in das Arbeitszimmer ihres Vaters gerufen«, fuhr Helni fort, und ihre Stimme war jetzt leise vor Ärger. »Sie hat nicht die Einzelheiten dessen geschildert, was dort vor sich ging, aber ich habe den Verdacht, daß sie eher grausam geschlagen als streng ermahnt wurde, schlimm verwundet statt lediglich erschreckt. Ich habe ein wunderschönes Lächeln gespürt, Regan, während du von jenen Zeiten gesprochen hast, und ich habe ebenfalls eine unbeugsame Entscheidung deinerseits gefühlt.«

»Sie niemals sehen zu lassen, daß man weint«, flüsterte ich, während ich diesen Lederstock auf meinen Rücken niedersausen hörte, und anschließend fühlte ich, wie er traf. Stets war mir ein dünnes Tuch über den Rücken gelegt worden, damit die Schläge keine Narben hinterließen, aber das hatte die lodernde Pein nicht davon abgehalten, langsam einzudringen, hatte nicht verhindert, daß mir bei diesem Schmerz speiübel geworden war. Das erste Mal hatte es stattgefunden, da war ich sieben gewesen, und mein Vater hatte stets jenes wunderschöne Lächeln auf den Lippen, wenn es schließlich vorüber war.

»Dafür bringe ich ihn um, ich schwöre es, ich bringe ihn um«, flüsterte Gareth, und er zog mich jäh mit den Armen zu sich, während ich an der Wand zitterte. Nur ein sehr kleiner Anteil des Zitterns war Furcht; das übrige hatte eine zu abscheuliche Quelle, die ich nicht näher in Augenschein nehmen wollte.

»Selbst ihre eigenen Kinder sind nicht vor ihnen sicher«, bemerkte Strall, und er hörte sich an, als sei ihm so übel, wie ich mich einstmals gefühlt hatte. »Jedes

Mal, wenn ich etwas Neues erfahre, möchte ich sie mehr denn je vernichtet sehen, statt einfach nur abgesetzt. Aber was hat das zu tun mit …«

»Dem Rest?« unterbrach ihn Helni mit einem freudlosen Lachen. »Erinnerst du dich daran, was ich vom Zeitvertreib der kleinen Regan erzählt habe? Einer davon bestand darin, es den anderen heimzuzahlen.«

»Meinst du damit, sie hat es ihrem Vater dadurch heimgezahlt, daß sie bei den Tests so schlecht abgeschnitten hat?« wollte Gareth wissen, dessen Gedanken augenblicklich erfaßten, was auf einmal der einzig logische Schluß zu sein schien. Er hielt die Arme noch immer fest um mich geschlungen, hielt mich an sich gedrückt, und aus irgendeinem Grund hatte ich kein Interesse daran wegzurücken.

»Das ist unmöglich!« rief Strall ungläubig aus. »Sie hätte unmöglich etwas Derartiges tun können! Es gibt kein Talent, das dies zulassen würde!«

»Es gibt eines«, sagte Helni, die einzige von ihnen, die sich noch immer ruhig anhörte. »Sag mir, Regan: kommst du mit deiner inneren Freundin stets zurecht, oder diskutiert ihr manchmal?«

»Jeder diskutiert«, antwortete ich verärgert darüber, daß sie vorgab, für sie wäre es irgendwie anders. »Kommst *du* immer mit dir selbst zurecht? Tut das irgend jemand?«

Aus einem unbestimmten Grund erhielt ich keine unmittelbare Antwort, von keinem von ihnen, und ich spürte, daß Gareths Körper sehr ruhig geworden war. Ich mußte ihm zeigen, daß ich wieder aufrecht sitzen wollte, ehe sich sein Griff lockerte, und dann war ich imstande, mich unter den drei starrenden, wortlosen Gesichtern umzusehen. Wortlos, das war der Eindruck, den ich erhielt, insbesondere von Strall und Gareth; leere Köpfe hinter völlig reglosen Lippen.

»Was stimmt nicht?« fragte ich unbehaglich und

wurde allmählich verwirrt. »Warum seht ihr mich alle so an?«

»Regan, dies ist der Teil, den *du* verstehen mußt«, sagte Helni, deren hübsches Gesicht nur ein wenig der Verstörung zeigte, welche die Gesichter der anderen erfüllte. »Deine ... Freundin, diejenige, die womöglich dein ganzes Leben lang bei dir gewesen ist ... andere Leute habe keine derartigen Freunde.«

»Das ist lächerlich«, sagte ich mit einem kleinen Lachen, während ich mich noch immer unter ihnen umschaute. »Ich habe den richtigen Namen für mein anderes Ich herausgefunden, als ich darüber in Büchern gelesen habe. Leute wären scheu und ruhig, oder laut und schroff, und dann geschieht etwas, das ihr anderes Ich zum Vorschein bringt, wodurch sie anders werden, als sie es zuvor gewesen sind. Die meisten Leute haben anscheinend keine Kontrolle darüber, was mich ungeduldig genug machte, und ich hörte auf, darüber nachzulesen, aber ...«

Stralls langsames Kopfschütteln sorgte dafür, daß ich ebenso abrupt innehielt, wie es lautes Rufen getan hätte, und die Ehrfurcht in seinen Augen war ebenso verstörend, wie es zuvor bei Helni der Fall gewesen war. Ich wollte ihn beschuldigen, er täte dies nur, um es mir heimzuzahlen, aber irgendwie wußte ich, daß er die Ehrfurcht nur widerstrebend empfand.

»Bei den meisten Leuten besteht die größte Annäherung an ein anderes Ich in Stimmungsschwankungen, Regan«, sagte er, und seine Stimme mühte sich um einen Tonfall sanfter Geduld. »Du hast den Ausdruck möglicherweise beim Lesen einer dieser alten Abenteuerromane über heimliche Helden erfahren, die vorgaben, sanft und bescheiden zu sein, während sie in Wirklichkeit völlig anders waren. Deine Fähigkeit wurde ursprünglich Schizophrenie genannt – oder gespaltene Persönlichkeit –, und ehe es zu einem Talent wurde, betrachtete man es als geistige Krankheit. Helni, wie, zum

Teufel, hast du das herausbekommen? Und wie hat es ihr dabei geholfen, während des Tests ihr Talent zu verbergen?«

»Ich glaube, zum erstenmal geriet ich ins Grübeln, als wir sie zu überzeugen versuchten, sich mit unseren Plänen anzufreunden«, antwortete die Frau mit einem schwachen, jedoch warmen Lächeln in meine Richtung, und sie rieb sich mit der Hand die Braue. »Ihr entsinnt euch, wie wir mit ihr sprachen, als sie unter dem Einfluß des Wildgrases stand, und versuchten, sie zu beruhigen und den Schock abzumildern? Sie war zu keiner vernünftigen Unterhaltung fähig und alles, was sie sagte, zeigte uns mehr und mehr ein verletzbares junges Mädchen, das ihr ganzes Leben lang fast nichts anderes als Schmerz und Verrat gekannt hat. Sobald sie jedoch dem Einfluß des Wildgrases entzogen war, sahen wir uns etwas völlig anderem gegenüber.«

»Einem weiblichen Rejar, dem Bluttrinker«, stimmte Strall mit einem Nicken zu, während er einen belustigten Blick in meine Richtung schickte. »Ich habe mich so deklassiert gefühlt, als hätte sie das Schwert des Barbaren getragen und mir an die Kehle gesetzt. Hast du jemals einen der Rejar-Romane gelesen, Regan?«

»Ich glaube kaum, daß sie das wirklich nötig gehabt hätte«, sagte Helni mit einem breiteren Lächeln, während ich einfach den Kopf schüttelte. »Mein Eindruck war, daß deine fiktive Romanfigur Unterricht bei *ihr* nehmen könnte, ganz gleich, wie stark er ist. Aber ihr seht, worauf ich hinauswill: ich hatte immerzu das Gefühl, wir hätten es mit einer völlig Fremden zu tun.«

»Was auch der Fall war«, sagte Strall ebenfalls nickend. »Selbst jetzt fällt es mir schwer, es zu glauben. Zwei völlig unterschiedliche Persönlichkeiten in einem einzelnen Bewußtsein, die sich jedoch der jeweils anderen bewußt sind, die zusammenarbeiten und nicht wirklich anomal sind. Zwei gesunde, effektive Persönlichkeiten, die allem ins Gesicht sehen, was ihnen zustößt. Kein Wunder, daß es unmöglich ist, gegen sie die Oberhand zu behalten.«

»Nicht unmöglich, jedoch sehr, sehr schwierig«, korrigierte Helni, und der Ausdruck in ihren Augen sagte mir, daß sie sich womöglich dessen entsann, was ich ihr über meine Einladung nach Plateau erzählt hatte. Ich hätte mich dieser Dinge selbst entsinnen können, aber ich war noch immer zu sehr ... verstört ... von dem, was sie gerade sagten.

»Bis vor kurzem hatte ich nichts weiter als einen vagen Verdacht, doch dann bist du mit Gareth hereingekommen«, fuhr Helni fort. »Als Regan das erste Mal mit Gareth sprach, verspürte ich einen beträchtlichen Schock – die starke, unbeugsame Persönlichkeit, mit der ich gearbeitet hatte, war plötzlich zu einer verletzbaren, gefühlsbetonten Persönlichkeit geworden! Ich verstand nicht, was da vor sich ging, und dann spürte ich etwas, von dem ich mir sicher war, daß ich es mißverstehen mußte. Es war, als griffe Regan ... innerhalb ihrer selbst nach etwas, das sie nicht erreichen konnte. Es fühlte sich an, als würde es gewöhnlich andersherum ablaufen, das heißt, dieses Etwas käme zu ihr, aber aus irgendeinem Grund ist das anders geworden. Statt dessen ging sie zu ihm hin, und daraufhin hat sie die Diskussion für sich entschieden.«

»Indem sie getrickst hat«, sagte Gareth jäh, und ich wandte den Kopf und sah, daß er leicht verärgert wirkte. »Ich habe ihr gesagt, ich wollte keine abweisende Mauer statt einer Frau, und habe ihr entsprechende Befehle gegeben, aber sie ist anscheinend gut darin, sich Wege auszudenken, wie sie Befehle umgehen kann. Sie hat noch immer diese Wand errichtet, damit ich mir den Kopf daran einrennen kann.«

»Ich würde sagen, es ist ihre zweite Persönlichkeit, bei der die meisten Talente liegen«, sagte Strall, und seine Belustigung darüber, wie mich Gareth mit zusammengekniffenen Augen anstarrte, war stetig gewachsen. »Ohne sie hätte sie nicht gegen dich gewinnen können, also hat sie einen Ausweg gefunden.«

»Und so hat sie womöglich ihre Talente während des Tests verborgen«, sagte Helni ebenfalls belustigt. »Damals haben sich mit hoher Wahrscheinlichkeit die beiden Persönlichkeiten völlig getrennt, haben den Testern nichts gelassen, womit sie arbeiten konnten, außer Unempfänglichkeit. Ist es so abgelaufen, Regan?«

»Ich … erinnere mich nicht daran, es absichtlich getan zu haben«, antwortete ich, während ich mir die Stirn rieb wie in einem unbewußten Versuch, meine Gedanken auf Trab zu bringen. »Mein anderes Ich war so hartnäckig dazu entschlossen, alles, was man uns angetan hatte, heimzuzahlen, aber ich war mir nicht sicher, ob ich noch mehr von jenen … Korrektursitzungen ertragen könnte. Nach fünf Jahren davon … Beim Herannahen der Testzeit bemühte ich mich sehr heftig; alle konnten sehen, wie ich mich bemühte, also haben sie mir nichts angetan. Ich habe es allein versucht, und das habe ich niemals verstanden – bis jetzt. Selbst nach allem, was nachher geschehen ist, bin ich froh darüber, aber …«

»Aber was?« fragte Helni sanft, beugte sich vor und legte mir die Hand aufs Knie. »Regan, du hast mich wieder ausgeschlossen, und ich kann dich nicht erreichen.«

»Aber ich bin mehr allein, als ich mir jemals vorgestellt habe, nicht wahr?« fragte ich und überlegte vage, woher ich gewußt hatte, daß mir nichts von dem gefiele, was ich von ihr erfahren hatte. »Ich meine, ich habe stets gewußt, daß ich anders war als alle anderen, in der Familie, aus der ich stammte, aus Blicken, die ich für das erhielt, was zu tun ich imstande war – aber jetzt hast du mir gesagt, daß ich praktisch ein Außerirdischer bin, daß es womöglich sonst niemanden wie mich gibt … und es gibt nichts, was ich dagegen tun kann …«

Ich legte das Gesicht in die Hände und versuchte dadurch, die überwältigende Verzweiflung, die ich verspürte, in mir zu halten, und wünschte sehnlichst, daß diese merkwürdige Verbindung, die ich mit meinem stärkeren Selbst erlangt hatte, nicht durch Gareths offensichtliches Mißfallen getrennt worden wäre. Gerade jetzt brauchte ich seine Unterstützung, damit es mir sagte, daß ich nicht der entsetzliche Freak war, für den ich mich hielt, aber alles, was ich hatte, war das absurde Wissen, daß mein Vater schließlich recht gehabt hatte. Ich hatte ihm absichtlich Schande und Beschämung gebracht, hatte ihm in vollem Bewußtsein heimgezahlt, was er mir angetan hatte, also war es nicht irrational oder unvernünftig, daß er mir die Schuld dafür gegeben hatte. Wenn ich ihn das nächste Mal sähe, müßte ich mich entschuldigen – bevor ich versuchen würde, ihn dafür zu vernichten, daß er mich zu einem *Freak* gemacht hatte!

»Verzeih, wenn ich dich unterbreche, aber wir müssen etwas geradebiegen, ehe ich rasend werde«, meldete sich Gareth zu Wort, und seine Stimme hörte sich wirklich verärgert an. »Seitdem ich dich als meine Frau nach Unterhalb gebracht habe, hast du verdammt noch mal alles getan, um vorzugeben, daß ich nicht existiere, und ich glaube, es ist an der Zeit zu sagen, daß ich dessen müde bin. Würde es dir etwas ausmachen, mir direkt in die Augen zu blicken und *mir* zu sagen, daß du völlig allein bist?«

Ich ließ die Hände vom Gesicht herabsinken und blickte zu ihm hinüber, und ich sah den unerschütterlichen harten Ausdruck in den hellen Augen, die auf mich herabstarrten, und verstand einfach nicht. Gewöhnlich waren die Leute schmerzhaft freundlich zu jenen, die gerade herausgefunden hatten, daß sie Freaks waren, sie saßen nicht dort und waren wütend auf sie! Gab es denn nichts, was der riesige, häßliche Klotz von einem Mann von Unterhalb richtig machte?

»Du sagst das, weil ich dir leid tue, nicht wahr?« entschied ich nach einem Augenblick, nachdem ich es schließlich herausgebracht hatte. »Niemand möchte etwas mit einem Freak zu tun haben, also versuchst du ...«

»Verdammt, jetzt nennst du mich verrückt!« knurrte er und sah dabei noch verärgerter aus. »Du glaubst wirklich, daß du alles weißt, daß du das gesamte verfluchte Universum entschlüsselt hast, und daraus resultieren deine ganzen Schwierigkeiten. Du hast noch nicht einmal aufgehört, darüber nachzudenken, was es bedeutet, eine von Oben zu sein. Es bedeutet nämlich, daß du *sehr* verschieden bist, also nimmst du jetzt an, ich hätte ebenfalls niemals aufgehört, darüber nachzudenken. Du bist nicht die einzige auf dieser Welt, die weiß, wie man seinen Verstand gebraucht, kleines Mädchen, und es gefällt mir nicht zu sehen, wie du so tust, als würdest du denken. Jedes Mal, wenn du den Mund öffnest, nähern wir uns dem Zeitpunkt, da ich mich glücklich schätzen werde, dir einige jener Gewaltanwendungen zu demonstrieren, die du immer wieder erwähnst. Warum bleibst du also nicht einfach dort sitzen und hältst den Mund?«

Ich war so durcheinander, daß ich nichts weiter tun konnte, als ihn anzustarren, und ich hatte schreckliche Angst davor, elend und verletzlich auszusehen, ich war jedoch außerstande, etwas dagegen zu unternehmen. Er war dermaßen wirklich *fremd,* fremder als jedermann, den ich je gekannt hatte, und ich wußte nicht, was ich ihm zur Antwort geben sollte. Einen Augenblick lang musterte er mich weiterhin mit diesem harten Blick, aber sobald es klar war, daß ich ihm nichts erwidern konnte, legte er den Arm mit einer zufriedenen, geschäftsmäßigen Weise um mich, und dann drückte er mich wieder an sich.

»Jetzt sehe ich, warum sie möchte, daß dieser Befehl widerrufen wird«, sagte Strall mit einem Grinsen, bei dem ich mich noch schlimmer fühlte, und er rührte sich ein wenig. »Ohne ihre zweite Persönlichkeit hat *sie* keine Chance gegen *dich,* und ich bezweifle, daß sie daran gewöhnt ist – oder sich sehr behaglich dabei fühlt. Aber es bleibt noch immer eine Frage zu beantworten, Gareth, und das ist die entscheidende Frage. Gehe ich oder bleibe ich?«

»Du meinst, gehen wir zu den Dreißig, oder vergessen wir das Ganze, nicht wahr?« stellte Gareth eine Gegenfrage, und sein Ärger war zurückgekehrt und machte sich sogar dadurch bemerkbar, daß er den Arm fester um mich legte. »Ich würde sagen, mein süßes, sanftes, kleines Weib hat das bereits entschieden – es sei denn, ihr beide lügt in Hinblick darauf, was geschehen wird. Hast du gelogen, Strall?«

»Unglücklicherweise nein«, sagte der Ceenaber und wand sich ein wenig unter dem starren Blick, den er zweifelsohne erhielt, und seine Stimme klang nicht mehr belustigt. »Ich kann den offiziellen Bericht nur dadurch hinauszögern, indem ich bleibe, und das einzige, was mein Bleiben rechtfertigen kann, ist meine Unterstützung bei eurer Vorbereitung auf die Dreißig. Das Büro würde etwas Derartiges gutheißen, weil gleicher Zugang eines der ersten Rechte ist, das wir für die Entrechteten fordern. Wirst du es tun, Gareth?«

»Welche Wahl bleibt mir noch, wenn du mir keinen anderen Ausweg zeigst?« wollte er wissen, und angesichts dessen, wie Strall zurückzuckte, war ich froh darum, das Gesicht des großen Mannes von Unterhalb nicht sehen zu können. »Wenn ich mich weigere, verliere ich sie augenblicklich, wenn ich jedoch zustimme, habe ich zumindest im Kampf die Möglichkeit, sie zu beschützen. Wenn du eine formelle Erklärung meiner Absicht benötigst, lautet sie folgendermaßen: meine Frau und ich *werden* einen Versuch unternehmen, an den Dreißig teilzunehmen, Strall, aber ich garantiere, sie wird keine Genugtuung empfinden, daß sie mich zu dieser Entscheidung gezwungen hat. Nicht einmal ein kleines bißchen.«

»Sagt mal, mir ist gar nicht aufgefallen, wie dunkel es bereits geworden ist«, bemerkte Helni ziemlich eilig, wodurch sie Strall und mich vor einem sicherlich langen und unbehaglichen Schweigen bewahrte. »Das bedeutet, draußen wird's dunkler, und daher nähert sich die Zeit, da wir die erwartete Gesellschaft erhalten werden. Ich bin mir sicher, daß ihr Männer etwas zu tun habt, und Regan und ich sollten endlich damit anfangen, eine Mahlzeit zusammenzustellen.«

Ihr Tonfall mochte womöglich mehr mit Hoffnung als mit Zuversicht erfüllt gewesen sein, aber das hielt Strall nicht davon ab, rasch zu nicken, während er ebenfalls aufstand. Als ich entdeckte, daß der Arm um mich herum zurückgezogen wurde, stand ich auch auf, und einen kurzen Augenblick später waren sich alle einig. Mir wurde ein sehr direkter, ausdrucksloser Blick von Gareth gewährt, ehe sich die beiden Männer der Tür zuwandten, und dann waren Helni und ich allein.

»Ich glaube nicht, daß du diese Seite von ihm schon gesehen hast, nicht?« fragte sie, und dann lachte sie ein wenig, als ihr aufging, was sie gesagt hatte. »Was ich meinte, war, ich glaube nicht, daß du ihn schon in einer solchen Stimmung gesehen hast. Es gefällt ihm absolut nicht, zu irgendwelchen Dingen gezwungen zu werden, und das um so mehr, weil er um dich besorgt ist. Die nächsten paar Tage mit ihm könnten womöglich nicht sehr angenehm sein.«

»Im Gegensatz zu dem Spaß, den es die vergangenen paar Tage gemacht hat?« fragte ich und war wirklich erleichtert, als sich mein Bewußtsein wieder zusammensetzte und lebendig wurde. »Wenn er glaubt, er wird mich dazu bringen zu bedauern, daß ich ihn dazu gezwungen habe, seinen Plan zu vollenden, lebt er in einer Traumwelt. Die einzigen, die etwas bedauern werden, sind meine Verwandten.«

»Dir zuliebe hoffe ich, daß du recht hast«, antwortete sie und rieb sich mit einem Finger die Lippen, um ihre Belustigung zu verbergen. »Es ist nicht immer leicht für eine Frau, wenn sich ein Mann wie Gareth in sie verliebt, und ich glaube, du wirst das herausfinden. Versuch dich daran zu erinnern, daß dir der Teil, der imstande ist, ihn im Denken und Argumentieren zu übertreffen, nicht zu Verfügung stehen wird, wenn es an der Zeit ist, ihm unter die Augen zu treten, und dann wird die Sache vielleicht völlig in Ordnung kommen. Gehen wir los und fangen wir mit der Zubereitung der Mahlzeit an!«

Ich glaube wirklich nicht, daß ich sie mag, sagte mein anderes Ich schweigend in meinem Kopf, als Helni durch die Tür verschwand und mich einfach dort stehenließ. **Und du mußt wirklich etwas wegen diesem Gareth unternehmen.**

Ich werde froh sein, etwas wegen diesem Gareth zu unternehmen, pflichtete ich ebenfalls schweigend bei, nicht weit davon entfernt, dem Gedanken, was Helni betraf, ebenfalls zuzustimmen. *Sobald dir etwas einfällt, was ich tun könnte, wird das für mich oberste Priorität haben. Ist es möglich, ein einzelnes Individuum nachzuahmen?*

Ich hoffte auf eine zustimmende Antwort, damit meinem eigenen Gefühl des extremen Zweifels etwas entgegengesetzt würde, aber ich erhielt nichts weiter als ein anhaltendes Schweigen, das eine Weigerung darstellte, eine Niederlage zuzugeben. Mein anderes Ich gab die Suche nach einem Weg nicht auf, wie man Gareth davon abhalten konnte, mich zu belästigen, weil er so wütend war, aber an den Umgang mit Individuen war keine von uns beiden gewöhnt. Ich seufzte und folgte daraufhin Helni, froh darum, daß ich zumindest noch die Küchenarbeit hatte, worauf ich mich freuen konnte, und schloß alles andere fest aus meinem Bewußtsein aus.

Es war schon ziemlich lange nach Einbruch der Dunkelheit, ehe die ›Gesellschaft‹ eintraf und von Gareth und einigen von dessen Männern zusammen mit Strall und Aleena begrüßt und hergeführt wurde. Das ceenabische Schiff mußte sich keine Sorgen darum machen, daß man es auf Instrumenten entdeckte. Da jedoch Wächter in Unterhalb zurückgelassen worden waren, sobald der Tag der Krankheit vorüber war, waren Sichtkontakte eine völlig andere Sache. Das war der Grund, weshalb sie bis zur Dunkelheit gewartet hatten, und wir alle waren darüber weitaus glücklicher, als sie es vor der Landung gewußt hatten. Die Mannschaft des Schiffes hatte erwartet, einen Agenten, hoffentlich zwei, aufzunehmen; statt dessen wurden sie zum Abendessen eingeladen.

Helni hatte nicht lange gebraucht, bis sie begriffen hatte, daß ich beim Kochen weder Hilfe benötigte noch wünschte; dafür ließ ich ihr freie Hand dabei, sich um alles andere zu kümmern. Andere im Lager brachten weitere Platten und Teller, Becher und Krüge, Sothan und stärkere Getränke, zusammen mit einem großen Tisch, auf dem alles Platz fand. Helni organisierte das Heranholen und Aufstellen und bestimmte sogar zwei der Frauen, die mir das Essen aus dem Weg räumen sollten, sobald es bereit war, hineingetragen zu werden. Gegen Ende nutzte ich ihren Eifer aus und brachte sie dazu, auch den Abwasch zu übernehmen, und im Feuerschein sah ich, daß keine von beiden sich dagegen sträubte. Sie hatten offensichtlich etwas von dem Essen probiert, das ich zubereitet hatte, und zeigten mir gegenüber die Ehrerbietung, die gewöhnlich den talentiertesten Gourmetköchen vorbehalten ist. In Anbetracht dessen, was sie gewöhnlich zu essen bekamen, konnte ich ihnen das wirklich nicht übelnehmen, aber ich fragte mich, was sie täten, wenn sie jemals die Schöpfung jener Künstler zu kosten bekämen, denen *ich* begegnet war. Vielleicht in Ohnmacht fallen, dachte ich mit einem kleinen Lächeln, während ich den Rest des Gemüses auf eine Platte legte. Wenn man die Arbeit in Betracht zog, die sie mir ersparten, wäre das eine verdammte Schande gewesen.

Der letzte Rest des Essens war gerade nach drinnen gebracht worden, als die Reiter durch das Tarnnetz in das vom Fackelschein erhellte Dämmerlicht des Lagerbereichs kamen, und obgleich ich mir zu der Zeit etwas Sothan eingoß, erhielt ich eine minutiöse Beschreibung des Geschehnisses von einer seltsam aufgeregten Helni.

»Ich glaube, es sind vier, alles Männer«, sagte sie von der Schwelle her, wobei sie hinausspähte wie ein Kind, das die Ankunft eines geheimen Geschenks erwartet. »Wenn sie sechs zusätzliche Drangs mitgenommen haben, sind es vier, da ich zwei Drangs ohne Reiter erkennen kann.«

»Es ist immer möglich, daß sie zwei von ihnen auf dem Rückweg verloren haben«, schlug ich vor und nippte zaghaft an dem Sothan. »Solange sie jedoch noch immer vier von ihnen dabeihaben, brauchen wir ihre Achtlosigkeit nicht weiter erwähnen.«

»Verdammt, Regan, hör auf, mich auf den Arm zu nehmen!« protestierte sie, wobei sie die Augen noch immer nicht von den Neuankömmlingen abwenden konnte. »Verstehst du nicht, was das für eine unglaubliche Gelegenheit ist? Sie sind die Außenseiter, die auf *unserer* Seite sind, Leute, die mehr daran interessiert sind, uns zu helfen, statt sich vor den Prinzen zu verneigen und Kratzfüße zu machen! Sie sind hier, weil sie uns dabei helfen wollen freizukommen!«

»Sie sind Leute mit guten Absichten, die uns mehr von Nutzen wären, wenn sie diese guten Absichten gegen eine Brigade Berufssoldaten eintauschten«, korrigierte ich, womit ich versuchte, ihre Höhenflüge der Hoffnung ein wenig zu bremsen, die nur allzu wahrscheinlich jäh und ohne Vorwarnung ernüchtert würden. »Wenn Leute dem Gesetz gehorchen müssen, kann man von ihnen keine Wunder erwarten, Helni. Gesetze sind so angelegt, daß sie fair zu jedermann sein sollen, wenn die Wahrheit unbeachtet bleibt, was bedeutet, sie neigen sich stets zugunsten der Beredsamen statt zugunsten der Gerechtigkeit. Wenn das nicht so wäre, hätten wir es nicht nötig, uns in die Dreißig verstricken zu lassen.«

»Bei dir hört es sich fast so an, als seien sie hilflos«, sagte sie und wandte sich schließlich um, wobei sie mir den Blick eines verletzten Kindes zuwarf. »Strall hat sie so wunderbar beschrieben, und ich höre lieber auf ihn statt auf dich, aber ich spüre, daß du wirklich glaubst, was du sagst. Werden sie denn überhaupt keine Hilfe sein?«

»Als unsere Verbindung nach draußen werden sie schließlich eine beträchtliche Hilfe sein«, versicherte ich ihr. Ich wollte sie in Berührung mit der Wirklichkeit bringen, nicht in den Griff der Depression. »Es ist einfach so, daß sie nichts für uns tun können, bevor wir selbst etwas für uns tun, und damit meine ich den Gewinn der Dreißig. Danach kannst du damit anfangen zu glauben, daß sie imstande *sind,* Wunder zu bewirken.«

Sie lächelte erleichtert und wollte noch etwas sagen, wurde jedoch von der Ankunft der Gruppe unterbrochen, die sie so eifrig beobachtet hatte. Sie wurde von Strall angeführt, dessen grinsendes Gesicht ebenfalls dem eines Kindes ähnelte.

»... Gareths Haus, wo er zu uns stoßen wird, sobald er das Gespräch mit seinen Männern beendet hat«, sagte Strall gerade und wartete lediglich, bis Helni aus dem Weg getreten war, ehe er alle hinter sich hereinwinkte. »Wir werden euch einen raschen Überblick über das geben, was wir zu tun beabsichtigen, und dann hätte ich gerne einige Vorschläge, welche dokumentarischen Beweismittel die besten für uns wären. Ihr wißt bereits, in welcher ungewöhnlichen Lage wir uns hier befinden, also werden wir ... Ah, Regan! Ich freue mich, daß du hier bist. Wir haben eine unerwartete Überraschung für dich.«

»Wenn es eines gibt, was du mich nie tun sehen wirst, ist es ›woanders hinzugehen‹«, sagte ich zu ihm, und seine neue umfassende Herzlichkeit wollte mir gar nicht gefallen. »Und ich glaube wirklich, in diesem Jahrhundert habe ich genug von unerwarteten Überraschungen gehabt. Vielleicht solltest du deine Überraschung zurückhalten, bis das nächste Jahrhundert kommt.«

»Ich glaube kaum, daß er so lange warten möchte«, sagte Strall mit einem gezwungenen Kichern und in voller Absicht, den Rest dessen, was ich gesagt hatte, zu überhören. »Ihr beide seid alte Freunde, hat er uns gesagt, und alte Freunde mit einer Anziehungskraft wie der seinen sollten sich niemals die Beine in den Bauch stehen müssen. Wie Sie sehen können, ist sie gleich hier, Sir, und in so gutem Zustand, wie man unter den hiesigen Umständen erwarten kann.«

Zu diesem Zeitpunkt spürte ich, wie ich die Stirn runzelte. Abgesehen von der Tatsache, daß ich keine Freunde hatte, alte oder auch sonstige, hätte niemand, den ich kannte, auch nur ein wenig Gewicht in die Waagschale werfen können, um an einer verdeckten Operation der Ceenaber teilnehmen zu können. Hinter Strall und der blonden Aleena waren drei große Männer in braunen Schiffsanzügen in die Hütte gekommen, und als Strall zu demjenigen hinter ihm sprach, traten sie respektvoll beiseite und gaben schließlich den Blick auf ihn frei. Er lächelte mir ein sehr charmantes Lächeln zu, während er vortrat, so gutaussehend in seinem braunen Schiffsanzug, wie er es in einem roten und schwarzen formellen Anzug getan hätte. Ich erkannte ihn natürlich auf der Stelle, aber ich war zu verblüfft, um ebenfalls zu wissen, was ich sagen sollte.

»Regan, ich war so in Sorge«, sagte er in seinem entzückenden Bariton, während er auf mich zukam, wobei er keinen Zweifel daran ließ, daß er jedes Wort auch so meinte. »Ich war darauf vorbereitet, jeden Zentimeter dieses Planeten nach Ihnen abzusuchen, aber glücklicherweise ist es nicht mehr nötig. Geht es Ihnen auch wirklich gut?«

Er streckte die Hände aus, um meine freie Hand zu ergreifen, hielt sie zwischen seinen beiden und drückte sie sehr sanft, während er mir in die Augen sah. Dann, ohne Zögern oder ohne irgendein Gefühl der Verlegenheit, beugte sich Quentin Darborough herab und küßte mir die Hand.

Kapitel 8

Ich muß gestehen, ich hätte Sie mit der neuen Haarfarbe fast nicht erkannt«, sagte Quentin Darborough, sobald er meine Hand losgelassen hatte, wobei er den Blick über mich gleiten ließ, als suchte er mich nach Beschädigungen ab. »Wenn Sie Tarnfärbung benötigt haben, muß die Lage ernsthafter gewesen sein, als ich dachte, aber darüber brauchen Sie sich nicht mehr länger Sorgen zu machen. Sobald dieses kleine Treffen vorüber ist, werden Sie mit uns aufs Schiff gehen.«

»Einen Augenblick«, brachte ich schließlich heraus, weil ich schließlich vor Überraschung nicht mehr sprachlos sein wollte. »Erstens möchte ich wissen, was Sie hier tun, und zweitens, wer Sie zu meinem Reiseagenten berufen hat. Ich glaube kaum, daß Sie ein Treffen von gerade mal fünfzehn Minuten dazu berechtigt …«

»Psst, nicht so laut!« zischte er und warf einen raschen Blick über die Schulter zurück, ehe er mich beim Arm faßte und mich in den Hintergrund des Raums führte. »Unsere ceenabischen Verbündeten glauben, Sie und ich sind alte Freunde, was der einzige Grund ist, warum sie stillgehalten haben, als ich ihnen den Arm verdreht und an meinen Fäden gezogen habe. Sie waren nahe daran, mich auszuladen, und ich möchte nicht, daß sie noch mal den Drang dazu verspüren, bloß heftiger. Gerade im Augenblick ist meine persönliche Organisation zu beschäftigt, um mir den nötigen Rückhalt zu gewähren.«

»Ich möchte wissen, was Sie hier tun«, beharrte ich und senkte die Stimme so, daß mich die anderen nicht hören konnten, die gerade Helni vorgestellt wurden. »Zuletzt habe ich von Ihnen gehört, nachdem Sie den

Kreuzer auf einer Welt verlassen haben, die nicht Ihr ursprüngliches Ziel gewesen ist – hat es zumindest gerüchteweise geheißen. Haben Sie sich eine Gewohnheit daraus gemacht, irgendwo aus dem Blickfeld zu geraten, um dann auf irgendeiner Grenzwelt wieder aufzutauchen?«

»Nur, wenn mir keine andere Wahl bleibt«, antwortete er, und das Grinsen auf seinem sonnengebräunten, gutaussehenden Gesicht war sehr anziehend. »Außerdem bin ich nicht wirklich aus dem Blickfeld verschwunden. Als mir klar wurde, daß ich mich genau über Freelan befand, habe ich den Kreuzer sofort verlassen und bin in ein Sektionsbüro gestürmt, das ich dort unterhalte. Es war lediglich eine Sache von Minuten, ehe ich mit Ihren Leuten bei der ›Häßlichen-Entlein-GmbH‹ in Kontakt war, und sobald ich ihnen die ruchlose, exorbitante Summe überwiesen hatte, die sie verlangten, hatte ich eine Kopie Ihrer beabsichtigten Taktiken in Händen. Ich habe den restlichen planetarischen Tag damit verbracht, sie zu überfliegen, und habe dabei mit jeder verstreichenden Minute entdeckt, daß ich einen Gelegenheitskauf getätigt hatte, und dann nahm ich Verbindung zu meinen Leuten auf. Nachdem ich mit dem letzten gesprochen hatte, fand ich heraus, daß Tage vergangen waren.«

»Also haben Sie sich darauf gestürzt«, sagte ich und blickte ihm in die dunklen Augen, wobei ich ein Gefühl der Freude verspürte, das mir seine Komplimente verursacht hatten. »Wenn man in Betracht zieht, wie Sie die Neuigkeit anfangs aufgenommen haben, bin ich wirklich beeindruckt. Nicht viele Leute wären imstande gewesen, sich so rasch zusammenzureißen, und sie hätten gewiß nicht so rasch gehandelt. Sie verdienen einen Glückwunsch, Mister Darborough.«

»Ich glaube, Sie haben eher das Recht verdient, mich Quentin zu nennen«, sagte er mit einem breiteren Grinsen und nahm das Kompliment mit gut geübter Eleganz entgegen. »Und was ich verdient hatte, war ein Tritt in den Hintern, einen Gefallen, den Sie mir freundlicherweise erwiesen hatten. Nachdem ich aus meinem ausgiebigen Schlummer erwacht war, fiel es mir leicht, die notwendigen Entscheidungen zu treffen. Das ist schließlich eines meiner vielen Talente, selbst wenn ich ein wenig aus der Übung geraten war, die richtigen zu treffen. Mein Stab von Direktoren ist jetzt davon *überzeugt*, daß ich ein Genie bin, etwas, das sie vor kurzem noch bezweifelt haben.«

»Das erklärt noch immer nicht, weshalb Sie hier sind«, sagte ich und hoffte ernstlich, er konnte wirklich das Verdienst in Anspruch nehmen, die extremen Änderungen in der Politik, die mein Plan erforderte, durchgeführt zu haben. Wenn er es nicht getan hatte, würde er weniger seines Reichs retten können, als er erwartete.

»Sobald alles in Bewegung gesetzt war, hatte ich die Zeit, mich zurückzulehnen und über die Frau nachzudenken, die das alles ermöglicht hatte«, sagte er, verschränkte die Arme und lehnte sich mit einer Schulter an die Wand, an der wir standen. »Mir wurde bewußt, daß ich nie zuvor einer Frau mit einem derartig unglaublichen Verständnis dessen begegnet war, was wichtig für mich ist, und daß ich sie einfach aus meinem Leben zu einem unbekannten Ziel hatte davonsegeln lassen! Nie zuvor hatte ich gewußt, daß es möglich war, sich so idiotisch vorzukommen, und da es mir nicht gefällt, mir auch nur ein wenig idiotisch vorzukommen, habe ich erneut Ihr Büro angerufen, um herauszufinden, wohin Sie verschwunden waren. Ich war mehr als bereit, die Information zu kaufen, falls nötig, aber da jeder in Ihrem Stab noch immer unter Schock stand, ist das nicht nötig gewesen. Sie haben freimütig zugegeben, daß Sie für einen Besuch nach Plateau heimgekehrt seien, und wir waren völlig verblüfft zu erfahren, daß Sie geheiratet hatten und deshalb nicht zurückkehrten. Ich war gewillt zuzugeben, daß Sie möglicherweise geheiratet hatten, aber das im Stich zu lassen, was Sie aufgebaut hatten, das ergab einfach keinen Sinn – niemand mit Ihrem Talent würde etwas Derartiges tun. Bis zum Stehkragen voller Argwohn, daß etwas faul an der Sache wäre, fing ich damit an, jeden von Einfluß anzurufen, den ich kannte, wobei ich schwor, wenn keine offizielle Nachforschung in Gang gesetzt würde, würde ich meine Privatjacht mitten auf Plateaus größtem Hafen landen und Zeter und Mordio schreien – und da ist das Hauptquartier der Ceenaber an mich herangetreten. Um mich daran zu hindern, ihre ultra-geheime Arbeit zu ruinieren, ließen sie mich mitkommen, um nach Ihnen zu suchen, und jetzt habe ich Sie gefunden. Also, falls Sie es noch nicht bemerkt haben, hier bin *ich.*«

»Da sind Sie«, pflichtete ich ihm bei und erwiderte sein Grinsen mit einem Nicken, wobei ich eine ziemlich gute Vorstellung davon hatte, worin sein ›jeden von Einfluß angerufen‹ bestanden haben mußte. Cluster-Büros, selbst diejenigen, die gewöhnlich ganz genau nach dem Buchstaben des Gesetzes handeln, hatten manchmal die Angewohnheit, ihnen im Nacken sitzende Unruhestifter in ›Schutzhaft‹ zu nehmen, ein interessanter Euphemismus dafür, sie in kleinen, ruhigen Räumen einzuschließen und die Schlüssel wegzuwerfen. Wenn Quentin Darborough nicht nur frei herumlief, sondern ihm sogar die Erlaubnis erteilt worden war, einen kleinen Teil ihrer Operation zu übernehmen, so mußte er wirklich jede Schuld, die ein Cluster ihm gegenüber hatte, eingefordert haben. Einen Augenblick lang beeindruckte mich die Anstrengung wirklich, und dann fiel mir etwas auf, das mehr als beeindruckend war.

»Quentin, Sie *sind* hier!« sagte ich und legte ihm eine Hand auf die verschränkten Arme, während meine Gedanken rasten. »Wenn es nur die Ceenaber gewesen wären, hätte es niemals funktioniert. Sie hätten nicht gewußt, wovon ich redete, und das ›Häßliche Entlein‹ wird Erklärungen ebenso wie Anweisungen benötigen. Mein Stab arbeitet besser, wenn sie verstehen, was sie tun, und jetzt können Sie es ihnen erklären!«

»Es würde Ihnen doch nichts ausmachen, mir zu sagen, was ich ihnen erklären soll, nicht wahr?« fragte er, die dunklen Augen eher amüsiert als verwirrt. »Da ich ein Juwel unter der Kieseln der Ceenaber bin, fällt es nicht allzu schwer zu erraten, daß es etwas mit dem Geschäft zu tun hat, aber Ihre Angestellten sind nicht die einzigen, die besser arbeiten, wenn sie wissen, was sie tun.«

»Sie sollen meiner liebenden Familie und den übrigen Adeligen Feuer unterm Hintern machen«, sagte ich ihm, wobei ich spürte, wie eine glückliche Aufregung in mir hochstieg. »Eine zweite Front gegen sie zu eröffnen, insbesondere zum gegenwärtigen Zeitpunkt, ist absolut perfekt. Sie haben eine Gaunerei mit Getreide vor, und sie haben keine Ahnung, daß wir davon wissen. Anstatt die Sache aufzudecken, können wir einen Vorteil daraus ziehen. Ich bin gewillt, jede von Ihnen genannte Summe zu wetten, daß sie nicht bloß schwer interessiert sind, sondern sich gewaltig übernommen haben. Sie bewegen sich fast ausschließlich in einem Minenfeld, und sie haben womöglich ein paar hochdotierte Aktien abgestoßen, damit nichts schiefgehen kann.«

»Hört sich für mich so an, als würden sie eine Menge Kapital benötigen, wo es Papiere nicht tun«, grübelte er und zog dabei an seiner Unterlippe, während es hinter zerstreuten Blicken heftig in ihm arbeitete. »Ich frage mich, wer das für sie erledigt – und wie stabil dessen Nerven sind.«

»Das letzte Dutzend Jahre haben sie die Browen-Company benutzt«, sagte ich ihm ziemlich erleichtert, und ich war bereit, in das Gelächter einzustimmen, das er unmittelbar danach ausstieß. »Browen ist gut für unerschütterliche, stetig weiterlaufende Investitionen, aber zum Zuschlagen und Davonlaufen? Da muß man normalerweise in der Lage sein, Entscheidungen in weniger als sechs Monaten zu fällen.«

»Alik Browen muß der konservativste, unfähigste Typ sein, dem ich je begegnet bin«, stimmte Quentin mit einem Grinsen zu, dem ich mich anschloß. »Die Großmutter eines Feldarbeiters bringt mehr Gespür für den Markt auf, obgleich er sich die ganze Zeit über im Schweiße seines Angesichts abrackert. Er hat einmal einen häßlichen Kommentar über mich abgegeben, vor etwa sieben Jahren, und ich neige dazu, derlei Dinge nicht zu vergessen. Verursachen wir ihm eine Heidenangst, oder rütteln wir ihn nur einfach am Ellbogen?«

»Weder noch«, antwortete ich mit innerer Befriedigung. »Wir werden ihn unterstützen und ermutigen, und wir werden ihm einreden, daß er es *genau* richtig macht; wir werden ihn in dem Glauben lassen, alles würde zusammenpassen – bis er das begeht, was ihn mein Vater und die anderen begehen lassen wollen. Dann ziehen wir ihm den Boden unter den Füßen weg und sehen zu, wie sie *alle* hinunterfallen. Ich bin mir so sicher, wie ich nur sein kann, daß sie hinter einer der Welten in dem neuen Cluster her sind, was bedeutet, sie müssen so bald wie möglich handeln.«

»Kein Wunder, daß sie keine Papiere benutzen können«, sagte er mit gehobenen Brauen und schien kurz davor, vor Überraschung durch die Zähne zu pfeifen. »Eine Welt aufzukaufen, ist lediglich etwas für Kunden mit Barem und liegt jenseits der Möglichkeiten von Leuten mit ein paar jämmerlichen Groschen, wie Sie und ich. Wenn sie den Handel abschließen und daraufhin schwer verlieren, wird es vielleicht wie eine Lawine über sie kommen. Wenn es ihnen nicht gelingt, auf Verlangen mit dem Geld herauszurücken, werden sie mit der Liquidierung beginnen müssen, um sowohl den enormen Strafen als auch dem ursprünglichen Handel nachzukommen. Erzwungene Liquidierung ist ruinös, und falls wir nur ein wenig dazu beitragen, sie aufzuhalten, werden die Strafen noch schlimmer werden. Sie werden so rasch kein Hemd mehr unterm Hintern haben, daß sie nicht mal wissen werden, wie das geschehen ist.«

»Nachher können wir ihnen einen langen Erklärungsbrief schreiben, vorausgesetzt, sie befinden sich noch immer in einer Lage, ihn lesen zu können«, sagte ich, erfreut davon, wie rasch er mitkam. »Das einzige, was ihnen noch geblieben sein wird, ist diese Welt, aber das reicht aus, daß sie wieder von vorn anfangen – wenn wir nicht etwas tun, um sie daran zu hindern. Der Gewinn der Dreißig wird sich darum kümmern, selbst wenn sie das nicht verstehen – bis ihnen die Ceenaber auf die Köpfe fallen und sich als unsere vertrauenswürdigen Kämpfer an der dritten Front zeigen. Zu diesem Zeitpunkt werden sie sich einen Anwalt, der gut genug ist und uns vor dem Gerichtshof Schwierigkeiten bereiten könnte, womöglich nicht einmal mehr *leisten* können.«

»Und Sie sind persönlich in diese Sache mit den Dreißig verstrickt, jenem Ereignis, von dem der Ceenaber Strall ständig erzählt hat«, sagte er, und der Ausdruck in den dunklen Augen war wieder ernüchtert. »Das ist der Grund, weshalb Sie mich benötigen, um Ihre Angestellten beim ›Häßlichen Entlein‹ zu instruieren. Sie werden hier festgehalten und werden für einige Zeit nicht zurückkehren.«

»Ich bezweifle, ob ich versuchen würde, da herauszukommen, selbst wenn es jemanden hier gäbe, der meine Stelle einnehmen könnte«, sagte ich, denn ich wollte, daß er genau wußte, wie ich mich fühlte. »Den Adligen alles abzunehmen, was sie besitzen, wird verdammt gut sein, aber nicht so gut, wie sie von Angesicht zu Angesicht zu schlagen. Ich brauche das dringend, Quentin, und ich kann es nicht einfach anderen überlassen.«

»Das müssen Sie auch nicht«, versicherte er mir ruhig und streckte die Finger einer Hand aus, um mich an der Wange zu berühren. »Ich schulde Ihnen mehr als die Belohnung, die ich für diese Reorganisations-Tabellen bezahlt habe, und dort zu helfen, wo ich am meisten bewirken kann, wird die Schuld allmählich zurückzahlen. Nachdem alles vorüber ist, werden wir über andere …«

»Es scheint an der Zeit, daß wir uns etwas förmlicher begegnen«, unterbrach uns jäh eine Stimme, die bei weitem nicht die freundlichste war, die ich je gehört hatte. »Sie kennen meinen Namen, aber ich erinnere mich nicht daran, daß man mir Ihren Namen gesagt hätte. Sie sind einer der Ceenaber, nehme ich an?«

Sowohl Quentin als auch ich wandten den Kopf und blickten auf einen Gareth, der sich anscheinend neben uns materialisiert hatte; Gareths Augen lagen jedoch lediglich auf Quentin. Obgleich ich abrupt wieder auf mich selbst geworfen war, was die stärkere, schärfere Seite von mir betraf, bemerkte ich sofort, daß Strall Gareth nichts von Quentin erzählt hatte, und ich fragte mich, *warum* er es nicht getan hatte.

»Eigentlich bin ich überhaupt kein Ceenaber«, beantwortete Quentin die milde Aufforderung gleichmütig und verschränkte erneut die Arme, während er den großen Mann von Unterhalb leise anlächelte. Gareth überragte ihn um mindestens einen halben Kopf, und selbst im Schiffsanzug waren Quentins Schultern nicht so stattlich, aber er verbreitete eine Aura von Gelassenheit und gutem Benehmen um sich, die von Jahren ausgeübter Macht und Stellung herrührte, eine Aura, der gleichzukommen die wenigsten Leute auch nur hoffen konnten. »Mein Name ist Quentin Darborough«, fuhr er locker fort, »und Regan und ich sind Freunde aus einer etwas zivilisierteren Umgebung. Wenn ich mich recht entsinne, sind Sie derjenige, den Strall als Gareth vorgestellt hat, der Anführer dieser ruhmreichen Rebellen. Sie alle erledigen eine ausgezeichnete Arbeit unter beschwerlichsten Umständen, und ich fühle mich geehrt, in Ihrem Haus Gast zu sein.«

Gareth zögerte, während er sich unbewußt aufrichtete, sein Gesicht wurde ausdruckslos, und ich brauchte mich nicht zu fragen, weshalb. Ohne die Stimme zu heben oder auch nur einen Millimeter aus der Reihe zu tanzen, war Quentin gerade dadurch Gareths Herausforderung entgegengetreten, daß er ihn auf eine Weise gedemütigt hatte, die nach außen hin wie ein Kompliment wirkte und nur nach innen gerichtet hämisch grinste. Wenn er deswegen wütend würde, verlöre Gareth noch mehr an Boden, als er es bereits getan hatte, und Quentin hatte den Mann von Unterhalb fast so raffiniert in die Falle gelockt, wie ich es getan hatte. Quentin wäre ebenfalls ein Großmeister im Schachspiel – wenn ihm nicht gefährlichere Spieler besser gefallen würden. Offenbar erwartete er, daß Gareth explodieren würde, und er schien ziemlich überrascht, als er lediglich ein distanziertes Lächeln erhielt.

»Ihre Bewunderung ist völlig verständlich«, murmelte der Mann von Unterhalb auf eine lockere Weise, die mich ebensosehr überraschte. Sein Benehmen war vertraut, jedoch hatte er es meinem Gedächtnis zufolge noch niemals an den Tag gelegt. »Viele Männer, obgleich ungeeignet für das aktive Leben, haben dennoch Verlangen danach und merken deswegen, daß sie von denjenigen beeindruckt sind, die dabei erfolgreich sind. Bitte fühlen Sie sich nicht unwürdig, das ist ebenso unbequem wie unnötig. Sie sind so willkommen, wie Sie sind. Meine Frau und ich bestehen darauf.«

»Wie großzügig von Ihnen und Ihrer Frau«, gab Quentin mit kaum sichtbarem Ärger zurück, denn es gefiel ihm nicht, wie sich die Gewehre wieder gegen ihn gerichtet hatten, aber er wollte es sich nicht anmerken lassen. »Großzügigkeit findet man selten unter den Primitiven, und deshalb ist sie um so kostbarer. Ich bin mir sicher, daß Ihnen das bewußt ist. Bitte geben Sie meine

Komplimente an Ihre unzweifelhaft liebenswürdige Gatten weiter, die, wie ich weiß, sich für Sie als die perfekte Gefährtin erwiesen hat.«

»Eigentlich ist sie noch nicht ganz so perfekt«, antwortete Gareth mit einem noch immer schwachen Lächeln. Er genoß es, etwas zu wissen, das Quentin offensichtlich nicht wußte. »Und was das Weitergeben der Komplimente betrifft, warum tun Sie das nicht selbst? Sie steht hier gleich neben Ihnen.«

»Dann war mein Verdacht begründet«, sagte Quentin sofort und lächelte seinerseits, und alle Spuren eines vorgeblichen Ärgers waren verschwunden, als sich die Falle schloß. »Jetzt verstehe ich wirklich, warum sie sich an ihrer Familie rächen muß, und Sie haben völlig recht. Sie paßt überhaupt nicht zu Ihnen. Regan, Sie haben mehr als nur meine Komplimente, Sie haben meine Bewunderung und mein Mitgefühl. Wenn Sie mich jetzt entschuldigen wollen, werde ich mir etwas zu essen besorgen.«

Der dunkeläugige Mann beugte sich wieder über meine Hand, als wären er und ich die beiden einzigen Leute im Raum, dann nickte er Gareth liebenswürdig zu und schlenderte zu dem Tisch, an dem die Ceenaber saßen. Daraufhin fiel mir auf, daß einige von Gareths Männern ebenfalls den jetzt überfüllten Raum betreten hatten, und Raf beobachtete Quentin mit verschränkten Armen und sehr kalten Augen. Die Begegnung, deren Zeuge ich geworden war, war faszinierend gewesen – ein Beispiel eines verbalen Austauschs unter Experten, was bedeutete, daß ich nicht verstand, warum Raf, der ihn wirklich nicht gehört haben konnte, daran anscheinend so interessiert gewesen war.

»Wer, zum Teufel, *ist* dieser eingebildete Blödmann?« wollte Gareth auf einmal mit unterdrücktem Knurren wissen, womit er meine Aufmerksamkeit auf sich zurücklenkte. »Wenn er ein Beispiel dessen ist, was ein offener Tourismus dieser Welt bringen wird, so werde ich es mir noch mal überlegen, gegen den Adel zu kämpfen.«

»Es ist zu spät, um sich's noch mal zu überlegen«, erwiderte ich mit der schwachen Belustigung, die ich empfand, wobei ich zu seinem häßlichen, finsteren Gesicht aufblickte. »Quentin Darborough ist einer der sieben einflußreichsten Männer im Fourmin-Cluster, was ihn unter die zwanzig Top-Leute jenseits des Clusters bringt, und er ist derjenige, der mir dabei helfen wird, Plateaus finanzielle Stabilität zu zerstören. Wir werden meine Organisation unter seiner persönlichen Federführung dazu benutzen, und es wird ein riesiger *Spaß* werden.«

»Spaß«, echote der Mann von Unterhalb und blickte mit einem seltsamen Ausdruck auf mich herab. »Das war's anscheinend, was du mit ihm gehabt hast. Das muß das erste Mal gewesen sein, daß ich dich jemals habe lachen sehen, und mir war gar nicht klargeworden, daß es fehlte. Es sieht so aus, als müßten wir in dieser Richtung etwas unternehmen, und zwar ziemlich bald. Warum hast du ihm nicht gesagt, daß ich dein Gatte bin?«

Die Frage war merkwürdig, ebenso merkwürdig wie der Rest dessen, was er gesagt hatte, und ich hatte keine Ahnung, was für eine Antwort er erwartete. Die Wahrheit war verwickelter, als einfach zu sagen, daß das Thema nicht zur Sprache gekommen war, und ich glaube, er wußte es, aber noch ehe etwas anderes hätte gesagt werden können, erhob sich Stralls Stimme über das leise Summen der Gespräche im Raum.

»Ich glaube, es ist an der Zeit, daß wir zu dem Anlaß kommen, weshalb wir heute abend hier versammelt sind«, sagte er und blickte sich unter den vielen Gesichtern um. »Wenn sich jeder von euch einen Teller und etwas zu trinken besorgt hat, können wir anfangen.«

Ich merkte, daß ich noch immer meine Tasse Sothan festhielt, und da das alles war, woran ich mich interessiert fühlte, wollte ich es dabei belassen, aber Gareth hatte andere Vorstellungen. Er fragte mich, ob ich schon gegessen hätte, und als ich zögerte, um eine Ausrede zu finden, wartete er nicht, bis sie ausgesprochen wurde. Ich wurde zum Tisch hinübergedrängt, ein Teller wurde für mich gefüllt und die Tasse Sothan nachgeschenkt, und dann sagte man mir, ich solle gehen und mich neben einer bereits sitzenden Helni niederlassen und essen. Da die Worte als Befehl ausgesprochen wurden, blieb mir keine andere Wahl, aber ich mußte daran denken, daß er noch einen langen Weg gehen müßte, bis er es richtig hinbekäme – wenn das seine Vorstellung davon wäre, wie er mich zum Lachen bringen könnte.

Da alle außer Gareth und seinen Männern bereits versorgt waren, dauerte es nicht lange, ehe wir alle saßen und bereit waren. Strall war der einzige, der stehen geblieben war, und er lehnte sich mit der Schulter an eine Wand und blickte sich unter uns um.

»Für mich ist heute abend ein Traum wahr geworden«, sagte er und lächelte insbesondere Helni warm an. »Ich habe seit einer Ewigkeit auf die Gelegenheit gewartet, alten Freunden neue Freunde vorzustellen, und jetzt ist diese Gelegenheit endlich gekommen. Ehe ich mich jedoch in Sentimentalität verliere, werde ich euch allen sagen, daß uns ein Kampf bevorsteht, und hier ist der Grund dafür.«

Er begann mit dem, was er auf dem Plateau erfahren hatte, und fuhr daraufhin mit der Beschreibung fort, wie das Leben für Leute von Unterhalb war. Seine Erzählung gab jedem Zeit zu essen, selbst seinen Ceenab-Brüdern, welche die Stirn runzelten, während sie kauten und jedem Wort genau zuhörten.

»Also, wenn ihr euch hier unten umseht, werdet ihr Dinge finden, die euch ganz klar sagen, warum Plateau praktisch isoliert gehalten worden ist«, faßte er zusammen. »Trotz der Generationen, die seit den ersten Siedlern eingetroffen sind, gibt es noch nicht einmal größere

Orte in Unterhalb, ganz zu schweigen von Städten. Größere Orte führen die Leute zusammen und lassen sie auf einer geordneten Grundlage miteinander leben, und wenn unglückliche Leute zusammenkommen, fangen sie allzu oft damit an, Pläne gegen jene auszubrüten, die sie unglücklich machen. Das nächste, was an Städte heranreicht und was ihr hier unten vorfindet, sind Depots, wo einer begrenzten Anzahl von Leuten zu leben gestattet wird, so daß sie die notwendige Arbeit erledigen können – unter den Augen von Schlägern, die gewährleisten, daß sie zu eingeschüchtert sind, um irgendwelche Pläne zu schmieden. Die Wächter sind *keine* Polizeikraft, sie sind ein angeheuerter Schlägerhaufen, die strikte Befehle haben, auf allen Leuten herumzutrampeln, mit denen sie in Kontakt kommen.«

»Hört sich für mich an, als hätten wir mehr als genug, um damit zum Gerichtshof zu gehen«, sagte einer der Ceenaber mit einem ärgerlichen Tonfall in der Stimme. »Der Adel begeht ganz eindeutig eine Anzahl von Gesetzesbrüchen. Warum sitzen wir dann einfach hier herum und reden darüber? Je eher wir anfangen, desto früher werden diese Leute hier frei sein.«

»Es ist nicht ganz so einfach«, entgegnete Strall und winkte mit den Händen, um den zustimmenden Lärm zu dämpfen, der sowohl von den übrigen Ceenabern als auch von Gareths Männern aufstieg. »Prinzessin Regan Edolin war so freundlich, mir ein sehr anschauliches Beispiel dessen zu geben, wogegen wir anrennen würden, wenn wir einfach zum Gerichtshof gingen, ohne in Betracht zu ziehen, wen wir bekämpfen. Wenn sich Untersuchungsbeamte des Gerichtshofs hierher begeben, um Beschwerdeführer zu suchen und niemanden finden, der nicht bis zum Delirium glücklich ist, wem wird der Gerichtshof dann eurer Ansicht nach glauben? Solange der Adel jemanden mit einem Talent zur Suggestion sowie einen Verstärker hat, um ihn noch mächtiger zu machen, können wir es uns nicht leisten, ihn wissen zu lassen, was wir vorhaben. In dieser Situation wäre ein Unterlassungsbefehl nichts weiter als eine Warnung für den Adel, und wir möchten, daß er verwundbar ist, nicht gewarnt.«

»Was können wir dann tun?« wollte eine andere Stimme wissen, überraschenderweise Aleenas Stimme, jene Frau, die gekommen war, Strall zu suchen. »Ich habe ein persönliches Interesse daran, und ich möchte dafür sorgen, daß es die Hurensöhne dort trifft, wo es weh tut.«

Die Frau war eindeutig verärgert, und ihr Ärger war von jener kalten Art, die gewöhnlich die gefährlichste ist. Die von Unterhalb, die um den Tisch herum saßen, schienen das zu verstehen, die übrigen Ceenaber jedoch sahen sie mit einem merkwürdigen Ausdruck an, der sie dazu veranlaßte, spöttisch zu schnauben.

»Nein, ich spreche nicht davon, was sie mir angetan haben«, sagte sie mit spöttischer Belustigung. »Ihr wißt, daß mich so etwas nicht weiter kümmert und sogar Spaß machen kann, aber wir reden nicht von mir. Wir reden über jene armen Dinger, mit denen ich zusammengesteckt wurde, was eine gänzlich andere Geschichte ist. Ihr habt keine Ahnung, wie sehr sie sich fürchteten, daß sie noch nicht einmal kreischen konnten, und die ganze Zeit über haben jene Hurensöhne einfach gelacht und sie unten gehalten und sie auf Teufel komm raus vergewaltigt, aber niemand sollte dazu gezwungen werden, etwas zu tun, was jemand anderem gefällt. Es spielt keine Rolle, was einem gefällt, solange man den Anstand besitzt, das mit jenen Leuten zu machen, die dasselbe mögen. Dieser Dreck tut das nicht.«

Diesmal schienen die von Unterhalb verwirrt, während die Ceenaber verstehend und beipflichtend nickten, aber niemand hatte die Gelegenheit, einen Kommentar abzugeben. Aleena blickte zu Strall hinüber, und er verschwendete keine Zeit.

»Eines der Dinge, die wir tun können, ist etwas, das wir bereits seit geraumer Zeit planen«, sagte er, wobei er deutlich mit allem übereinstimmte, was die Frau gesagt hatte. »Alle dreißig Jahre halten die Prinzen eine besondere Prüfung ab, einen Wettstreit, um zu sehen, welcher von ihnen den Platz des Großprinzen für die nächsten dreißig Jahre einnimmt. Nach dem Wettstreit unterweist der alte Großprinz den neuen in dem, was er wissen muß, wofür er die Zeit zwischen den Dreißig und der Übergabe benutzt. Die Übergabe findet statt, wenn die Erben der zehn Häuser ihre Nachfolge antreten und ihre Väter sich in den wohlverdienten Ruhestand zurückziehen.«

Bei diesen Worten schnitt Strall eine Grimasse und fuhr daraufhin fort: »Worin dieser Ruhestand besteht, ist eine andere interessante Geschichte, aber gleich, wie sehr er die meisten der Prinzen verlockt, es gibt stets solche, die sich zum Wettstreit um den Platz des Großprinzen entschließen. Gewöhnlich ist es einer jener sich zurückziehenden Prinzen, der den Platz einnimmt, aber das eine oder andere Mal während einer langen Zeitspanne ist einer der enttäuschten Erben der Glückliche. Jene, die nicht dazu auserwählt wurden, die Familie und das Haus zu übernehmen, streben gewöhnlich danach, es zu versuchen, aber sie haben nicht die Fähigkeit, das Talent ihrer Frauen zu benutzen – oder irgendwelches eigenes Training –, welche die älteren Prinzen haben. Die meisten von ihnen vergeuden bei dem Versuch ihre Zeit und ihr Leben.«

»Aber wie hilft das *uns?«* fragte Aleena, und in der Frage lag mehr Verwirrung als Forderung. »Aus dem, was du sagst, entnehme ich, daß dieser Wettstreit lediglich auf die Prinzen und die enttäuschten Nachkommen begrenzt ist. Werden wir hoch pokern und darauf bestehen, daß sie andere zum Wettbewerb zulassen, was wird es uns einbringen? Würden wir nicht lediglich Zeit und Leben von hier unten vergeuden?«

»Nein«, sagte Strall, »oder zumindest hoffen wir das. Der Wettstreit *ist* beschränkt, aber nicht speziell auf Prinzen und Nachkommen. Er ist beschränkt auf jene, die Frauen von Oben haben, mit denen sie beitreten können, da der Wettstreit sich um die Fähigkeiten dieser Frauen konzentriert. Das ist einer der Gründe, warum Regan schließlich hier unten gelandet ist: Gareth hat den Prinzen irgend etwas, das sie ganz dringend haben wollten, gegen eine Frau von Oben verschachert. Die Prinzen glauben, daß sie ihn ausgetrickst haben, was bedeutet, daß sie sehr überrascht sein werden, wenn er auftaucht und Zutritt zu den Dreißig verlangt. Bis jetzt war das der Teil mit dem großen Fragezeichen dahinter – aber ich glaube, da der Kontakt zum Büro wiederhergestellt ist, können wir diese Sorge begraben.«

»Du hast gedacht, sie könnten ihre Überraschung schnell genug überwinden, um ihn gefangenzunehmen oder zu töten«, sagte Aleena verstehend. »Wie willst du *das* verhindern?«

»Wir haben ihm gesagt, er soll warten, bis der Wettstreit anfängt, und dann soll er einfach teilnehmen«, erwiderte Strall. »Es war nicht der großartigste aller Pläne, aber er hätte ihm die Chance gegeben, den Wettstreit zu gewinnen, ehe irgendwelche Fragen gestellt würden. Jetzt ist das natürlich nicht mehr notwendig. Wenn er GCNS anfordert, können wir sie ihm geben. Das war's, was ich dir zuvor schon zu sagen versuchte, Gareth, als du zu … beschäftigt … mit Zuhören warst.«

»Ich bin jetzt nicht beschäftigt, aber du hast mir noch immer nichts erzählt«, gab Gareth von seinem Platz unter den Männern zurück und runzelte ein wenig die Stirn, weil Strall grinste. »Wenn du über etwas verfügst, das die Chancen ein wenig ausgleicht, dann heraus damit!«

»Ich werde mehr als nur das tun«, sagte Strall zu ihm,

wobei sein Grinsen breiter wurde. »Wenn du GCNS anforderst – Gleiche Chancen, Notfall-Schutz –, können wir dir eine offizielle Eskorte zur Verfügung stellen, Leibwächter, die dich begleiten und für deine Sicherheit sorgen, bis der Wettbewerb anfängt. Danach mußt du dich um dich selbst kümmern, aber so wie ich dich kenne, kannst du es hinkriegen.«

»Vielen Dank«, antwortete Gareth trocken inmitten des Gekichers seiner eigenen Männer und der Ceenaber. »Deine grenzenlose Bewunderung ist inspirierend. Wenn ich lediglich um diese Eskorte bitten muß, und ich *bitte* darum, was kommt als nächstes?«

»Wir richten eine Live-Übertragung des Wettstreits ein«, fuhr Strall fort, wobei er sich die Hände rieb. »Die Übertragung wird vom GCNS-Gerichtshof überwacht, den wir zu diesem Zweck einberufen haben, und die Richter werden selbst sehen können, wozu der weibliche Adel fähig ist. Anschließend werden wir uns keine Sorgen darüber zu machen brauchen, daß die Prinzen die Meinungen ihrer Opfer manipulieren. Selbst wenn sie die Möglichkeit dazu erhalten – und ich bezweifle, daß die Richter es zuließen – wird es ihnen nichts nutzen. Ihre Anwälte werden in der Lage sein, ein Jahr lang zu schreien, ohne daß sie etwas bewirken.«

»Wenn sie sich noch Anwälte leisten können«, sagte Quentin Darborough von seinem Platz unter den Ceenabern aus. »Regan und ich haben so einen Plan, ihnen bei ihren Investments zu … helfen, könnte man sagen. Ich muß einige Zeit hier auf dem Planeten verbringen und mich mit ihr besprechen, und dann werde ich eure Chiffrier-Übertragungsgeräte benötigen. Das wird kein Problem sein, oder?«

Seine Stimme war sehr sicher und zugleich locker, ein Profi, der Amateure beim Killen dabeisein läßt, damit sie ihm ein bißchen helfen, und es war fast komisch, wie rasch Strall und die übrigen darauf hereinfielen. Sie wurden so gierig wie Kinder bei der Aussicht, bei einer hochrangigen üblen Trickserei zu helfen, was sich deutlich an Stralls unmittelbarer Zustimmung zeigte.

»Ich würde sagen, das wird mehr eine Hilfe als ein Problem sein«, antwortete er, und seine Augen funkelten bei dieser Aussicht. »Wenn die Prinzen in den Wettstreit gehen und dabei von Geldsorgen abgelenkt sind, werden Gareths Chancen noch besser stehen, und unsere auch. Ganz zu schweigen davon, daß man Leuten den schlimmsten Schmerz manchmal dadurch zufügen kann, daß man sie am Geldbeutel packt. Nun, für ein Vorbereitungstreffen haben wir, glaube ich, eine Menge Boden abgesteckt. Ich muß noch einige Einzelheiten mit meinen Mitarbeitern besprechen, ehe sie in ihr Schiff zurückkehren, aber das kann in meinem eigenen Haus geschehen. Ihr anderen solltet euch besser noch soviel Schlaf gönnen, wie ihr bekommen könnt. Morgen wird ein anstrengender Tag werden.«

Daraufhin fingen die Leute an, sich zu regen; sie waren bereit, das Treffen zu beenden, aber Quentin Darborough war noch nicht ganz fertig.

»Da ich eine kleine Weile bleiben werde, brauche ich einen Platz, wo ich wohnen kann«, sagte er, nachdem er aufgestanden war. »Irgend jemand wird mir seine Gastfreundschaft aufdrängen müssen.«

»O je«, murmelte Helni neben mir; der erste und einzige laute Kommentar, den jemand zustande brachte, als sich Quentin umwandte und *Gareth* ansah. Wenn ich die Worte in Betracht zog, die sie zuvor miteinander gewechselt hatten, konnte ich nicht glauben, daß er das tat, aber der große Mann von Unterhalb begegnete lediglich Quentins Blick, während er gleichfalls aufstand. Gareth schien weniger als jeder andere davon überrascht, worum er gebeten worden war, aber es war Strall, dem es gelang, die ersten Worte auszusprechen.

»Natürlich brauchen Sie irgendwo eine Bleibe, Mister Darborough; wie gedankenlos von mir, daß mir das nicht eher eingefallen ist«, plapperte er, und die Worte purzelten übereinander in ihrer Eile herauszukommen. »Morgen werden wir sehen, daß Sie einen eigenen Aufenthaltsort bekommen, aber heute abend müssen Sie mir die Ehre geben, bei mir zu bleiben.«

»Wie freundlich von Ihnen, daß Sie das angeboten haben, Mister Strall«, antwortete Quentin mit einem sehr schwachen Lächeln, die Augen noch immer auf Gareth gerichtet. »Einen Gentleman erkennt man stets an seinen Taten. Sobald ich diesen Teller losgeworden bin, werde ich zu Ihnen kommen, und übrigens – meine Komplimente an den ausgezeichneten Küchenchef, der unsere Mahlzeit bereitet hat. Wenn alles vorüber ist, möchte ich mich gern mit ihm treffen, um einige Rezepte auszutauschen.«

Der Mann schien das Schweigen nicht zu bemerken, als er zum Tisch hinüberging, und sobald er Teller und Tasse abgesetzt hatte, folgte er Strall mit weit langsamerem Schritt hinaus, als der Ceenaber gebrauchte. Einmal wandte er sich um, ehe er die Tür erreichte, und nickte und lächelte mir zu, ein Wunsch für eine gute Nacht, und dann war er in der vom Fackelschein erhellten Dunkelheit verschwunden, zusammen mit den Ceenabern, die ihm gefolgt waren. Mir war bekannt gewesen, daß Quentin Darborough den Ruf hatte, sich gut verkaufen zu können, aber nach dieser amüsanten Vorstellung mußte ich mich einfach fragen, welchem Zweck das Ganze wohl dienen mochte.

»Wenn er wirklich ein Freund von dir ist, wirst du ihm besser sagen, er soll das sein lassen«, flüsterte Helni beim Aufstehen, während sie sich das Kleid bürstete und die lautstarke Debatte von Gareths Männern sie fast übertönte. »Gareth wird sich angesichts einer solchen Herausforderung nicht lange ruhig verhalten, und solche Schwierigkeiten können wir im Augenblick nicht gebrauchen.«

»Wird sich wegen was nicht lange ruhig verhalten?« fragte ich, wandte mich um und blickte sie neugierig an. »Ich weiß, sie mögen einander nicht, aber man muß jemanden nicht mögen, um mit ihm zu kooperieren. Quentin Darborough ist es gewohnt, alles und jeden nach seiner Pfeife tanzen zu lassen, und das ist seit Jahren so. Da er und Gareth nicht eng miteinander zusammenarbeiten werden, muß ihn Gareth lediglich übersehen. Eine Herausforderung wird nirgendwo ins Spiel kommen.«

»Regan, gerade im Augenblick bin ich sehr dankbar dafür, mein Talent zu haben«, sagte sie, während sie mich merkwürdig anstarrte. »Wenn das nicht so wäre, würde ich dir niemals glauben, daß du nicht verstehst, was vor sich geht. Kind, dieser Mann, Quentin Darborough, fordert Gareth wegen *dir* heraus, er sagt ihm offen ins Gesicht, daß er die Absicht hat, dich ihm wegzunehmen. Ich kann nicht sagen, wie sicher er sich im Innern ist, aber wenn er dich ansieht, so ist es fast so, als würde er dich als die seine betrachten. Wenn er nicht rasch damit aufhört, wird Gareth ihm etwas antun.«

»Helni, das ist bescheuert«, sagte ich mit einem aufrichtigen Lachen. »Quentin ist nicht an mir als Frau interessiert, ich soll ihm lediglich dabei helfen, seine Geschäfte wieder auf festen Boden zu bringen. Hast du irgendeine Vorstellung davon, wie viele Frauen für die Chance kämpfen würden, seine Aufmerksamkeit auf sich zu lenken? Und er müßte noch nicht einmal unter ihnen auswählen. Wenn er wollte, könnte er sie alle haben.«

»Ich glaube, das ist der Kern der Sache«, sagte sie und sah jetzt völlig verzweifelt darüber aus, wie ich gelacht hatte. »Er *kann* jede von ihnen haben, und Männer sind im allgemeinen bekannt dafür, das haben zu wollen, was sie *nicht* haben können. Wie ist es möglich, daß bislang noch keine Männer um dich gekämpft haben, so wie du aussiehst?«

»Ich … kenne nicht viele Männer, außer als Geschäftspartner«, entgegnete ich und fühlte mich allmählich weniger belustigt von der Situation. »Und ich sage noch immer, es ist bescheuert. Ich habe den ganzen Fourmin-Cluster bereist, ganz zu schweigen von Graffis und Teilen von Haldyne, und ich habe noch nicht einmal davon *gehört*, daß Männer um eine Frau gekämpft hätten.«

»Ich weiß, es ist dir vielleicht nicht aufgefallen, aber Plateau ist eine Grenzwelt, kein seit langem besiedeltes Mitglied eines etablierten Clusters«, antwortete sie, wobei sie nur ein wenig den Kopf schüttelte. »Hier sind die Männer an den Kampf gewöhnt, gegen das Wetter, gegen Pflanzenschädlinge, gegen eine feindliche Umwelt, die noch nicht daran interessiert ist, sie zu akzeptieren – und gegeneinander, insbesondere, wenn es um eine Frau geht. Die beste und stärkste Frau wird ihnen die besten und stärksten Kinder ebenso schenken wie Kameradschaft und Unterstützung, also macht ihnen der Kampf nichts aus. Es ist ein erfülltes, glückliches Leben, worum sie kämpfen. Ich glaube, dein Freund weiß wirklich nicht, worauf er sich da eingelassen hat.«

»Er hat sich auf nichts eingelassen«, sagte ich und verstand endlich, was Helni als objektive Beobachtungen erachtete. »Er ist kein Mann, der nach einer Frau sucht, die ihm Kinder gebärt, und selbst wenn er das wollte, könnte ich das nicht tun. Du bist einfach dumm, Helni, und das ist auch Gareth, wenn er es so sieht wie du. Ich bin zu einem bestimmten Zweck hier, und danach werde ich nach Hause gehen.«

»Du meinst doch nicht etwa, daß dich Gareth einfach gehen lassen wird?« fragte sie ungläubig, wobei sie offensichtlich vergaß, was sie über meine Glaubwürdigkeit gesagt hatte. »Regan, erinnerst du dich nicht daran, daß er sich einzig und allein deshalb einverstanden erklärt hat, an den Dreißig teilzunehmen, weil er dich hierbehalten will?«

»Sobald die Dreißig vorüber sind, welche Wahl wird er dann haben?« stellte ich meine Gegenfrage und verstand schließlich eines der Dinge, die mich an seiner

Liebeserklärung gestört hatten. »Nicht nur, daß wir engen Kontakt zu den Ceenabern haben, er hat mir auch gleich zu Anfang erklärt, daß ich, sobald wir gewonnen hätten, frei wäre zu gehen, wohin es mir gefiele. Und du mußt dich ebenfalls daran erinnern, daß auf mich eine Firma wartet, zu der ich zurückkehren muß. Ereignisse neigen dazu, Leute in ihren Bann zu ziehen, Helni, insbesondere Leute wie mich. Ich hätte keine andere Wahl als zu gehen, und Gareth wird keine andere Wahl bleiben, als mich gehen zu lassen. Heben wir uns doch das Abspülen für morgen auf. Ich bin zu müde, um mich jetzt damit abzugeben.«

Daraufhin drehte ich mich um und ging auf den Tisch zu, um den Teller und die Tasse abzusetzen, wobei mir nur vage auffiel, daß Gareth mit seinen Männern fortgegangen war. Eine kurze Zeitlang hatte ich vergessen, wer genau ich war, hatte vergessen, daß diese beunruhigenden Liebeserklärungen im Rahmen des größeren Bildes nichts zu bedeuten hatten. Leute wie ich liebte man nicht, sie wurden um ihrer Fähigkeiten willen bewundert und um des Prestiges willen gehegt, das ihre Gegenwart anderen verlieh, nichts weiter. Sie mochten irgendwelche unnütze Zeit damit verbringen, mit dem Gedanken zu spielen, möglicherweise selbst jemanden zu lieben, aber das war eine Phantasie, die mit der realen Welt nichts zu tun hatte, etwas, das niemals geschehen konnte. Wenn die Dreißig vorüber wären, wäre ich wild darauf, zum ›Häßlichen Entlein‹ zurückzukehren, und jedes Mitglied aller darin zusammengeschlossenen Organisationen wäre glücklich, mich dort zurückzuhaben. Ich war eine VIP, und diese Farce einer erzwungenen Heirat wäre rasch annulliert.

Im Schlafzimmer zog ich mich im Dunkeln aus, ungeduldig mit mir selbst, weil ich mich wegen etwas niedergeschlagen fühlte, das sich einfach nicht definieren lassen wollte. Mein anderes Ich rührte sich, als wollte es etwas sagen, aber ehe es das tun konnte, öffnete sich die

Tür und Gareth trat herein. Schweigend ging er zur leeren Seite des Bettes hinüber und entkleidete sich, und sobald er nackt war, kam er zu mir unter die Bettdecke.

»Wir werden etwas unternehmen müssen, um zu entscheiden, wer auf welcher Seite schläft«, sagte er und rutschte auf dem Rücken herum, damit er etwas bequemer läge. »Im Augenblick ist es ein Wettlauf. Wer als letzter zu Bett geht, ist der Verlierer. Wenn wir nichts unternehmen, werden wir damit anfangen, am frühen Nachmittag zum Bett zu rennen.«

»Nun, das darf sicherlich nicht passieren«, stimmte ich zu und lächelte ein wenig in die Dunkelheit, weil das Problem so schrecklich wichtig für ihn war. »Ich glaube, wir müssen ein Opfer um des lieben Friedens willen akzeptieren, also nehme ich freiwillig diese Seite.«

»Du hast keine Vorstellung, wie sehr mich ein solches Opfer beeindruckt«, sagte er trocken, während er sich mir zuwandte. »Aber ich bin dennoch fast sprachlos wegen deiner Großzügigkeit. Ich kann nicht zulassen, daß du soviel von dir selbst hergibst. Von jetzt an werde *ich* diese Seite nehmen.«

»Übermäßige Großzügigkeit war stets eine meiner Schwächen gewesen«, sagte ich und machte es mir dort gemütlich, wo ich lag. »Ich bestehe darauf, sie zu nehmen.«

»Ich würde mir selbst niemals vergeben, wenn ich dich so übervorteilen würde«, sagte er noch immer trocken. »Ein Mann muß einer Frau gegenüber schließlich fest bleiben, wenn es zu ihrem Besten ist. Ich werde ein Kartenspiel holen, und wir werden abheben.«

»Hört sich gut an«, stimmte ich vergnügt zu, wobei ich zu dem beschatteten Gesicht aufsah, das auf mich herabblickte. »Habe ich jemals erwähnt, daß die meisten Leute noch nicht einmal aus Spaß mit mir Karten spielen würden?«

»Vielleicht, weil du betrügst«, sagte er und hörte sich jetzt verständnisvoll an. »Ich hasse Frauen, die beim

Kartenspiel mogeln; es ist ein absolut undamenhaftes Verhalten, und ich fühle mich schrecklich, wenn ich dabei helfen muß, sie an einem Baum aufzuhängen, wenn sie erwischt werden. Vielleicht sollten wir Strall um eine Münze bitten.«

»Das ist noch schlimmer«, vertraute ich ihm an und wünschte, er könnte den unschuldigen Ausdruck auf meinem Gesicht sehen. »Ich brauche noch nicht einmal zu sehen, was anfangs bei der Münze oben liegt, damit ich acht von zehn Malen das richtige benennen kann. Wenn ich es zufällig zu sehen bekomme, sind es glatt zehn von zehn Malen. Ich glaube, du läßt es lieber gut sein damit, daß ich das Opfer nicht bringe.«

»Diesmal wirst du mich nicht zur Kapitulation überreden«, sagte er mit spöttischem Knurren, und sein linker Arm zog mich näher an ihn. »Wenn du nicht vernünftig sein willst, werde ich einfach auf jener Seite schlafen, ob du da bist oder nicht. Es mag zunächst ein wenig unbequem sein, aber ich werde mich sicherlich daran gewöhnen. Verheiratete Männer lernen, sich mit vielen merkwürdigen Dingen abzufinden.«

Bis zu jenem Augenblick war der Wortwechsel neckisch gewesen, aber plötzlich war der Spaß daraus verschwunden. Mir wurde nicht eher klar, daß ich mich in seinem Arm versteift hatte, bis das Schweigen schon eine Weile gewährt hatte, und dann fing er an, mir das Haar zu streicheln.

»Sicherlich hast du gewußt, daß ich das nicht ernst gemeint habe, dich zu zerdrücken, also macht dich etwas anderes besorgt«, sagte er, und die Worte waren jetzt nüchtern und ruhig. »Die einzige andere Möglichkeit, die ich sehe, führt zu einer Frage zurück, die ich zuvor bereits gestellt, auf die ich aber nie eine Antwort bekommen habe. Ich habe dich oftmals meine Frau genannt, aber soweit ich weiß, hast du von mir niemals als deinem Gatten zu jemandem gesprochen. Schämst du dich, mit mir verheiratet zu sein?«

»Da gibt es nichts, dessen man sich schämen müßte«, antwortete ich und rührte mich in seinen Armen – ein Versuch, ihn dazu zu bewegen, mich loszulassen. »Wenn wir wirklich verheiratet wären, könnte die Frage gestellt werden, aber da wir es nicht sind, geht das nicht. Und falls es dir nichts ausmacht, möchte ich jetzt gern ein wenig schlafen.«

»Aber es macht mir etwas aus«, sagte er sofort und achtete nicht weiter darauf, wie ich ihn wegstieß. »Und wie kannst du eigentlich sagen, wir wären nicht verheiratet? Diese Zeremonie, die wir durchgemacht haben, ist keine, die man erlebt und dann einfach vergißt. Du bist meine Frau, und das zu leugnen, würde es nicht ändern.«

»Ich bin gegen meinen Willen dazu gezwungen worden, diese Zeremonie durchzumachen, und deshalb ist sie illegal, null und nichtig«, sagte ich zu ihm und versuchte, mit härteren Bandagen zu kämpfen. »Du hast mich nicht wirklich geheiratet, und du weißt das. Warum also mußt du immerzu sagen, daß du mich geheiratet hast? Ich kann verstehen, warum du andere Leute anlügen willst, warum jedoch lügst du mich immerzu an?«

Wieder einmal war ich mit einer Frage herausgeplatzt, die ich nicht hatte stellen wollen, aber ich konnte die stärkere Seite in mir einfach nicht unterdrücken. Seine Arme schlossen sich fester, um mich wirklich dicht an ihn zu drücken, was mich zu glauben veranlaßte, er würde die unabsichtliche Frage durchgehen lassen, aber das war ein Irrtum.

»Also hast du die ganze Zeit über geglaubt, ich würde lediglich meinen Nutzen aus dir ziehen«, sagte er schließlich, und Enttäuschung schwang deutlich in den Worten mit. »Kein Wunder, daß du mich aus dem Hinterhalt bekämpft hast, anstatt zur Ruhe zu kommen und zu versuchen, dich zu fügen, wie es die meisten Frauen tun. Kleines Mädchen, du kannst jeden fragen, den du möchtest, und sie werden dir allesamt das gleiche sagen: du bist legal mit mir verheiratet, ob du es willst oder nicht. Auf dieser Welt werden Frauen durch die Einwilligung ihrer Väter an die Männer verheiratet, nicht durch die eigene, und das ist Gesetz. In jedermanns Augen, die meinen eingeschlossen, bist du eine verheiratete Frau, also fängst du besser damit an, dich wie meine Frau zu fühlen. Was einschließt, daß du aufhörst, mit diesem Blödmann Darborough zu flirten.«

»Ich *habe* nicht mit ihm geflirtet!« schoß ich entrüstet zurück, und ich war über eine derartig absurde Beschuldigung eher aus der Fassung gebracht statt bestürzt. Das war die Krönung der Tatsache, daß er darauf bestand, mich so zu behandeln, als hätte ich überhaupt keine Kenntnisse des Gesetzes! »Als Bürgerin des Fourmin-Clusters steht es mir zu, mit jedem zu reden, wie es mir gefällt, und das schließt Quentin Darborough auch in Zukunft mit ein, der *nicht* versucht, mir Dinge einzureden, von denen jeder Idiot weiß, daß sie nicht zutreffen.«

»Wenn du nicht so starrköpfig wärst, würdest du wissen, was zutrifft«, knurrte er und bemerkte endlich, wie ich ihn trat, damit er mich losließe. »Sobald die Dreißig vorüber sind, werde ich sogar zu deiner dickköpfigen Befriedigung beweisen, daß wir verheiratet sind, und bis dahin benimmst du dich besser. Du *bist* meine Frau, und ich habe nicht die Absicht, das zu vergessen.«

Ich drehte mich von ihm weg, ohne weiteres Öl auf ein sinnloses Feuer zu gießen, und war aus Rachsucht froh darum, daß ich noch immer die Seite des Bettes hatte, die wir beide haben wollten. Sobald die Dreißig vorüber wären, wäre ich *verschwunden,* und zwar dorthin, wo ich hingehörte, und er könnte seine Märchen jedem erzählen, wie es ihm gefiel. Ich war so verärgert darüber, wie ein leichtgläubiges Kind behandelt worden zu sein, daß ich erst nach gut fünf Minuten eingeschlafen war.

Kapitel 9

Es ist Zeit, daß du aus der Falle kriechst«, bemerkte Strall, der im äußeren Raum an der Wand lehnte, eine Tasse Sothan in Händen. »Gareth wird bald zurückkommen, und dann werdet ihr gemeinsam mit dem Training anfangen. Bis dahin werde ich dir eine knappe Zusammenfassung dessen geben, was während der Dreißig auf dich zukommt.«

»Ich kann's kaum erwarten«, brummte ich und fuhr mir mit beiden Händen durch das Haar; ich fühlte mich zu sehr daneben, um darüber erfreut zu sein, daß sich jemand bereits um das Durcheinander vom Abend zuvor gekümmert hatte. Ich war an diesem Morgen auf unerwartete Weise erwacht, und die Belustigung des guten alten Gareth über meine Reaktion hatte meiner Stimmung in keinster Weise gutgetan. Wenn es mein taktisches Geschick war, das uns in den Dreißig nutzen würde, war es wirklich zu schade, daß der Wettstreit nicht sofort anfinge. Ich konnte mich nicht entsinnen, daß ich jemals mehr in der Stimmung gewesen wäre, auf jeden in Sichtweite einzugehen und einfach alles andere zu vergessen.

»Der Tag des Wettstreits beginnt in der Morgendämmerung«, sagte Strall, während ich zu dem Krug mit frischem Sothan hinüberging und mir einen Becher einschenkte. »Es gibt mehr als sechs oder acht verschiedene Wege der Annäherung an die inneren Bezirke, die zum unteren Thronsaal führen, und jeder Wettstreiter erhält eine Karte, worauf ein anderer Weg eingezeichnet ist. Es liegt dann an dem jeweiligen Individuum, der Karte zu folgen und den Weg ins Innere zu finden; man muß es bis zum unteren Thronsaal schaffen, um zu gewinnen.«

»Was bedeutet, alle Wege sind mit Fallen gespickt, jedoch mit Glück und Geschick passierbar«, sagte ich und wandte mich zu ihm um. »Und ich bin diejenige, die herausbekommen soll, wo die Fallen sind.«

»Genau«, sagte Strall mit einem Nicken und einem sehr schwachen Lächeln, die Augen direkt auf mich gerichtet. »Gareth wird dort sein, um zu tun, was er tun kann, du jedoch wirst, gleich, was geschieht, ein unabhängiges Individuum sein. Die anderen Teams werden nur jeweils ein einziges Bewußtsein haben, das auf ihrer Seite arbeitet; unser Team wird deren drei haben.«

Von diesem Punkt schien er mehr als nur einen Hauch fasziniert zu sein, etwas, das mein anderes Ich dazu veranlaßte, geringschätzig zu schnauben, aber ich sah ein, daß dieser Aspekt wichtig genug war, um ihn weiterzuverfolgen. Ich trank einen Schluck Sothan, wobei ich zu entscheiden versuchte, ob sich irgendwo in mir ein Appetit regte, der daran interessiert gewesen wäre, gestillt zu werden, und nickte Strall zu, er solle fortfahren.

»Im Grunde ist der Wettstreit ziemlich einfach«, sagte er, wobei er seinen Becher zwischen den Handflächen rollte. »Jeder Eintretende benutzt das Talent seiner Frau gegen jeden anderen Eintretenden, und falls er ihr Talent nicht benutzen kann oder falls es nicht funktioniert, muß er kämpfen. Angemessene Schwertarbeit erfordert jene Art von Geschick, das man sich durch Übung erwerben muß, um es zu perfektionieren, was den älteren Prinzen einen Vorteil verschafft, weil sie die Frauen mit den stärksten Talenten haben und Jahre mit diesen Talenten gearbeitet haben. Wächter lernen den Gebrauch des Schwerts als Teil ihrer Ausbildung, und sie beginnen damit so früh wie möglich, die jungen Prinzen jedoch lehrt man das Fechten erst, wenn sie ihren dreiundzwanzigsten Geburtstag erreicht haben.«

»Wodurch man sie noch mehr hintergeht«, sagte ich, wobei ich an meinen Bruder Jamis dachte. »Ist es nicht schon schlimm genug, daß sie das schiere Glück entscheiden lassen, wer den Familiensitz und die Stellung erbt? Sie müssen auch noch sicherstellen, daß die Verlierer nicht einmal gut genug gerüstet sind, einen Wettkampf zu gewinnen.«

»Wo hast du die Idee her, daß über ihre Erben der Zufall entscheidet?« fragte Strall, und der Spott lag schwer in seiner Stimme. »Sie mögen den Verlierern eine solche Geschichte erzählen, aber nichts ist weiter von der Wahrheit entfernt. Wenn sich die jungen Prinzen begegnen und sich unter die Mädchen mischen, die ihre Gattinnen sein werden, wird streng darauf geachtet, daß die Mädchen *nichts* von ihren jeweiligen Talenten zeigen. Die Zeit wird dazu benutzt, die jungen Männer abzuschätzen, ihr vergangenes Benehmen und die gegenwärtigen Charakterzüge in Betracht zu ziehen, und diejenigen, welche die unbarmherzigsten, egoistischsten und ehrgeizigsten sind, werden ausgewählt, ihren Vätern zu folgen. Danach werden sie mit den Mädchen gepaart, und es wird dafür gesorgt, daß die individuellen Talente gleichmäßig über alle Familien ausgestreut werden, wobei nur eines oder zwei Schlüsseltalente verstärkt werden. Sie geben vor, die jungen Männer würden selbst ihre Wahl treffen, indem ...«

»Indem man jedem, der das falsche Mädchen erwählt, sagt, sie sei bereits von einem anderen erwählt worden und sie müßten erneut wählen«, unterbrach ich ihn und wußte, daß dies die Wahrheit war. »Denjenigen, welche als Erben bestimmt sind, wird vielleicht gesagt, nur ein Mädchen sei übrig, und sie müssen es wählen, ob sie nun wollen oder nicht. Anschließend wird man ihnen natürlich die Wahrheit sagen. Diese lausigen, schmierigen Hurensöhne, verarschen ihre eigenen Söhne schlimmer als die meisten Leute Fremde verarschen! Wie hast du all das herausgefunden?«

»Die Sekretäre der Prinzen haben einen eigenen Eliteclub«, antwortete er und verspürte Unbehagen angesichts des Ärgers, den er in mir erkannte. »Sobald ich akzeptiert war, erzählte man mir alles, was ich wissen mußte, über das, was vor sich ging, und man sagte mir, wen ich um Himmels willen nicht vor den Kopf stoßen durfte. Gewöhnlich weiß ein Sekretär im voraus, welcher der Söhne erwählt werden wird, und er trifft Vorsorge, daß diesem Sohn nichts Unangenehmes zugefügt wird, woran er sich zu der Zeit erinnern könnte, wenn er alles übernimmt.«

»Ja, ich sehe ein, daß sie sehr vorsichtig sein müssen«, sagte ich, wobei ich mich an Traegar erinnerte, den Sekretär meines Vaters. Es hatte ihm viel Vergnügen bereitet, Jamis zu beleidigen, aber er hätte das nicht mit Willin getan, dem designierten Erben meines Vaters.

»Zum unteren Thronsaal zu kommen ist ein langer, harter, komplizierter Weg«, fuhr Strall fort. Offensichtlich versuchte er, mich abzulenken. »Jene, die zu lange an einem Ort zum Ausruhen verweilen, brauchen gewöhnlich nicht mehr weiterzugehen, aber ich weiß den Grund hierfür nicht. Nur jene, die den Wettstreit vollständig durchlaufen, wissen genau, was geschieht, und die meisten von ihnen überleben nicht und können deswegen nicht darüber reden. Derjenige, der überlebt, achtet sehr darauf, nicht zu reden.«

»Du sagst immerzu ›jene‹ und ›der eine‹, womit du offensichtlich die männlichen Eintretenden meinst«, sagte ich, besorgt wegen der klaffenden Lücken in seiner Erklärung. »Da keiner von ihnen allein eintreten kann, mußt du die Frauen in diese Worte mit eingeschlossen haben, aber das Muster ist nicht ausgeglichen. Selbst wenn fünf Männer in den Schwertkämpfen sterben, bleiben noch immer fünf Frauen, die überleben, aber du sprichst von ihnen nicht als Überlebende. Ist es üblich bei ihnen, daß sie die Frauen ebenfalls töten? Ist Gareth deshalb so besorgt, daß mir etwas zustoßen könnte?«

»Regan, die Frauen jener Männer, die umgekommen

sind, werden *nicht* getötet«, sagte Strall langsam, und der Ausdruck in seinen Augen war sehr besorgt. »Jene Frauen werden … eingesammelt und gerettet … und nach dem Wettstreit werden sie … zu den Rückzugsinseln der ausziehenden Prinzen geschickt. Es ist eine zusätzliche Vergünstigung für den Rückzug, aus dem selbst die ursprünglichen zehn ihren Nutzen ziehen können, denn die wunderschöne und jugendliche Erscheinung der Frauen macht es noch besser. Den Rest ihres Lebens verbringen sie damit den Einwohnern der Insel zu dienen, sogar den dort lebenden Schlägern, sagt man wenigstens. Einige würden es sicherlich vorziehen, getötet zu werden.«

»Aber das macht noch immer keinen Sinn«, sagte ich und zappelte in einer Verwirrung, die sich nicht auflösen *wollte.* »Strall, die meisten der ausziehenden Prinzen wären die Väter der Mädchen, also die älteren, oder ihre Brüder. Wie könnten sie … ich meine, sie könnten doch nicht … nicht sie *alle!«*

Angesichts von Stralls schmerzlichem Schweigen hielt ich inne und suchte nicht mehr nach Ausnahmen und Ausflüchten, wo es keine gab, und ich mußte wegen der aufsteigenden Übelkeit die Augen schließen. Die älteren Prinzen, welche den Wettstreit betraten, würden fast sicher zumindest einem ihrer Söhne im Streit gegenübertreten; wenn sie nichts dagegen hätten, diese Söhne zu töten, warum sollten sie beim Inzest mit ihren Töchtern und Schwestern zögern? Und der schlimmste Teil all dessen war, daß *ich* eine von ihnen war, daß diese Leute diejenigen waren, die mich hervorgebracht hatten. Irgendwo tief im Innern mußte ich genauso sein wie sie. Wenn mein Vater die Dreißig betreten würde, dann war es vorstellbar, daß ich beiden Elternteilen gegenüberträte, und der Gedanke daran schenkte mir nicht das geringste Maß an Ruhe. War es nicht so, daß ich mich deshalb nicht im geringsten von ihnen unterschied?

Das würde ich nicht sagen, meinte mein anderes Ich beiläufig in meinem Kopf. *Es macht sie glücklich, jeden jederzeit zu verarschen, wir jedoch sind nur bereit, jene zu verarschen, die uns betrogen haben. Was nicht bedeutet, wir* könnten *es nicht mit jedem tun, der dahergelaufen kommt, nur daß wir einen besseren Geschmack haben, als solchen Verlierertaktiken zu frönen. Was uns zu verteufelt besseren Leuten macht, als sie es jemals erhoffen können*.

Mein stärkeres Selbst war zuversichtlich und unbesorgt, aber diesmal war ich diejenige, welche diesen Punkt nicht weiter verfolgte. Ich war mir nicht im entferntesten so sicher und bezweifelte ernstlich, ob es mir auf mich selbst gestellt gelingen würde, ohne Sorge zu sein. Im Innern fühlte ich mich schmutzig und angesteckt auf eine Weise, die sich nicht abwaschen ließe, aber mir wollte nichts einfallen, was ich dagegen unternehmen könnte.

»Nun, ich bin bereit«, kam Gareths heitere Stimme plötzlich vom Eingang, als er die Hütte betrat und sowohl meine als auch Stralls Aufmerksamkeit auf sich zog. »Wenn wir es durchziehen wollen, dann laßt uns jetzt damit anfangen.«

»Ich war gerade dabei, Regan den Stundenplan zu erläutern, den wir aufgestellt haben«, sagte Strall beim Aufstehen, offensichtlich sehr erleichtert darüber, vom vorausgegangenen Thema wegzukommen. »Regan, ich habe dir gesagt, wie hart der Tag des Wettstreits sein wird, also wird das Klügste sein, was wir tun können, dich dafür in Form zu bringen. Gareth hat während der letzten paar Monate hart trainiert, du jedoch nicht, also wirst du einen Teil des Programms mitmachen, den er bereits absolviert hat. Sei nicht bestürzt, wenn du zunächst Schwierigkeiten damit hast; wir erwarten nicht von dir, daß du über Nacht in Form kommst. Wenn die Dreißig beginnen, wirst du merken, daß du in einem besseren Zustand bist als all die anderen Frauen.«

»Du kannst nicht in einem Kleid trainieren, also wirst

du einige von meinen Kleidungsstücken anziehen müssen«, sagte Gareth und sah wieder völlig belustigt aus. »Komm schon, wollen wir doch einmal sehen, wie gut wir dich ausstaffieren können.«

Er winkte mir, ihm zurück ins Schlafzimmer zu folgen, und dort ging er sofort zu einer kleinen Truhe, die an der Wand rechts von der Tür stand. Gareth kramte zwei Lederhosen hervor, die man abgeschnitten hatte, sowie ein verblaßtes gelbes Hemd, und eine Hose sowie das Hemd wurden in meine Richtung geworfen.

»Das sind deine, und was bleibt, gehört mir«, sagte er und reckte sich mit einem Grinsen. »Nachdem du dich umgezogen hast, kümmern wir uns um die Änderungen.«

Er öffnete sein Hemd, als er sich abwandte, also trug ich meine neue Kleidung zum Bett und fing ebenfalls damit an, sie anzulegen. Gareth hatte es sich lediglich verkniffen, aus Vorfreude laut zu lachen, und ich verstand den Grund, noch ehe ich die Sachen anhatte. Das weiche, geschmeidige Leder der kurzen Hose paßte sich ihm an wie eine zweite Haut, was bedeutete, ich hätte aus meiner Hose zwei machen können, und das verblaßte gelbe Hemd fiel mir bis halb auf die Knie herab. Ich stand wartend da, als er sich wieder die Stiefel anzog und sich umwandte, dann sah er mich mit einem kurzen Auflachen an und schüttelte den Kopf.

»Wirst du bitte damit aufhören, ein Spielverderber zu sein?« fragte er. »Du siehst lächerlich in diesen Sachen aus, und du weißt das, aber du bist fest entschlossen, mir nicht die Befriedigung zu verschaffen, daß du deshalb aus der Haut fährst. Verspürst du gar kein Mitleid mit deinem Mann?«

»Ich glaube kaum«, sagte ich und blickte von ihm weg zu Boden. »Man muß offenbar menschlich sein, um Mitleid zu empfinden, was mich anscheinend ausschließt. Wenn wir nicht etwas mit diesen kurzen Hosen machen können, kann ich sie ebensogut wieder ausziehen. Drei Schritte, nachdem ich sie losgelassen habe, haben sie sich mir um die Fußknöchel gewickelt, und wegen der Länge dieses Hemds sind sie sowieso unnötig.«

»Wenn wir die Absicht haben zu trainieren, statt Unsinn zu machen, sind diese Hosen nicht unnötig«, sagte er und kam um das Bett zu mir herum. »Wenn ich dich ganz allein dort hinaus in den Wald bringe und du dabei lediglich dieses Hemd trägst, dann kannst du darauf wetten, daß du häufiger vor mir davonrennst, als daß du läufst, um Ausdauer aufzubauen.« Daraufhin legte er mir eine Hand ans Kinn und hob mein Gesicht, so daß ich sein Lächeln sehen konnte. »Und ich jage lediglich die menschlichste aller Frauen: dafür kannst du mich beim Wort nehmen.«

Er senkte den Kopf, um mich leicht zu küssen, und darauf sah er sich nach etwas um, das die Hosen obenhielte. Schließlich schnitt er mit seinem Dolch senkrechte Schlitze in den Hosenbund und fädelte daraufhin ein Lederband hindurch, das ich vorn verknotete. Dadurch saßen die kurzen Hosen miserabel wie ein Sack, was wirklich ausgezeichnet zu meiner Stimmung paßte, aber nachdem ich mir die Enden des Hemds um die Hüfte geschlungen hatte, gab es nichts mehr, das uns davon abhielt, mit dem Training anzufangen.

Wir gingen hinaus, um durch den Wald zu laufen, aber ich merkte, daß Gareths Konzept, mich dort allein mit hinauszunehmen, ausgesprochen merkwürdig war. Zugegeben, er und ich waren die einzigen, die liefen, aber die Gegenwart sechs bewaffneter Männer auf Drangs stand im Gegensatz zu meinen Vorerwartungen, ›allein‹ zu sein. Der frühmorgendliche Wald war wirklich wunderbar, noch immer feucht vom Tau und noch nicht erdrückt von der Hitze des Tages, und es dauerte nicht lange, bis ich unsere Eskorte völlig vergaß. Das langsame Laufen durch die Bäume, an Büschen vorüber und über Gras erhellte sogleich meine Stimmung, was mein Gefährte prompt bemerkte.

»Sag nichts!« meinte er, wobei er auf mich herabblickte, ohne langsamer zu werden, und seine breite, nackte Brust zeigte keinerlei Anzeichen angestrengteren Atmens. »Die Tatsache, daß du locker einen ziemlichen Zahn draufhast, bedeutet, du hast den Laufwettbewerb in deinem Cluster gewonnen, und du gehst es langsam an, um mich nicht hinter dir zu lassen. Wenn sich das als die Wahrheit erweisen sollte, hast du mein Wort darauf, daß ich dich schlagen werde.«

»Dann kann ich wohl unbesorgt sein«, antwortete ich und fand es unmöglich, nicht zu grinsen. »Ich habe es mir zur Angewohnheit gemacht, mich angemessen in Form zu halten, aber ich habe niemals irgendwelche Wettläufe gewonnen. Aber da du es jetzt erwähnst – würde es etwas zählen, wenn man als erster bei hiesigen Sprintertreffen durchs Ziel geht?«

Über die Schulter hinweg blickte ich ihn mit jenem unschuldigen Gesichtsausdruck an, der ihm in der letzten Nacht entgangen war, doch diesmal entging er ihm nicht. Seine Brauen zogen sich über ungläubigen Augen zusammen, was mir gerade genügend Zeit schenkte, loszulaufen, ehe er hinter mir herrannte. Indem ich schnurstracks dahinlief, war ich so gerade imstande, in Führung zu bleiben, aber das ist kein Schritt, den man auf Dauer beibehalten kann. Er holte auf, als ich einfach langsamer werden mußte, und zog mich mit einem Lachen in die Arme, das durchsetzt war von einem Keuchen, um wieder Luft in die Lungen zu bekommen. Meine eigenen Lungen arbeiteten so schwer, daß ich einfach nur Luft holen konnte, aber mir fiel dennoch auf, daß ich nicht den leisesten Drang verspürte, mich loszureißen. Ich weiß nicht, was geschehen wäre, wenn nicht unsere Eskorte herangetrabt und mißbilligend auf uns geblickt hätte. Wir machten uns sogleich daran, zu unserem Ausgangspunkt zurückzulaufen. Während des restlichen Laufs dachte ich darüber nach, konnte jedoch nicht entscheiden, ob ich froh über die Anwesenheit der Eskorte war oder ob ich sie bedauerte.

Nachdem wir uns durch das Laufen aufgewärmt hatten, machten wir uns an andere Dinge wie Seile hinaufklettern, die von einem hohen Baum herabbaumelten, und obgleich ich es bis zu dem Ast schaffte, den ich erreichen sollte, war die Rückkehr etwas, das ich lieber vermieden hätte. Ich würde nicht behaupten, daß ich von dem Ast hinabgestoßen worden wäre, der sich gut dreißig Fuß oder sogar noch mehr über dem Boden befand, aber hinabgedrängt zu werden, ist fast ebenso schlimm. Ich hätte den Ast schließlich auch selbst verlassen, vielleicht nicht so rasch, wie ich es hätte tun sollen, aber als ich mich an den breiten Knoten in dem dicken Seil festhielt, während ich mich hinabließ, ohne nach unten zu schauen, wußte ich, daß ich etwas unternehmen müßte, damit ich mit Gareth wegen jener ungewollten Hilfe wieder quitt würde. Mein Übungspartner hatte seinen Spaß, also war es nur fair, wenn ich selbst etwas Spaß hätte.

Wir erkletterten etliche Bäume ohne Seil, schlichen bäuchlings durch irgendwelches Unterholz, gingen auf Zehenspitzen über tote Blätter und Zweige, wobei wir versuchten, keinerlei Geräusch zu verursachen, und kamen zu einem von Felsen umgebenen kühlen, blauen, wunderschönen See. Ich zog mir einige Schrammen zu, als ich über einige Felsen kletterte, aber sobald wir uns oben auf dem zweiten Felsen befanden, vergaß ich das völlig. Zwischen dem Felsen, auf dem wir standen, und dem nächsten vor uns klaffte ein fünfundzwanzig Fuß breiter Spalt, überspannt von einer nicht sehr stabil aussehenden hölzernen Planke, aber genau unterhalb des entfernteren Felsens stieg das Land an, und darauf folgte der See. Ich hätte lediglich die Planke zu überqueren, und ich wäre zwei Schritte entfernt von wunderschönem, einladendem Wasser, das mein schweißgebadeter Körper genau zu diesem Zeitpunkt dringendst benötigte.

»Meinst du, dir ist nach einem Versuch zumute, den Spalt zu überqueren?« fragte Gareth, während ich über den Felsen zum See hinüberstarrte. »Darunter geht es nicht weiter als zehn Fuß hinab, aber auf Fels. Wenn du stürzt, kannst du darauf wetten, daß du dich verletzt.«

Ich war gerade im Begriff, etwas darüber zu sagen, wie mein Gleichgewichtssinn arbeitete, da überkam es mich plötzlich, daß mir soeben die Gelegenheit geschenkt worden war, es jemandem heimzuzahlen, der bereits seinen Spaß gehabt hatte. Es gibt eine Menge Leute in den Clustern, die dabei Schwierigkeiten gehabt hätten, das Gesicht nicht zu verziehen, wenn ihnen so etwas aufgegangen wäre, aber man kann verdammt sicher sein, daß nur wenige von ihnen regelmäßig einen geschäftlichen Vorteil errungen hatten.

»Ich bin gewillt zu versuchen hinüberzukommen, wenn du mir dabei hilfst«, antwortete ich und hörte mich leicht unsicher an und sah auf die Planke, nicht auf ihn. »Oder wird sie das Gewicht von uns beiden nicht aushalten?«

»Sie hält doppelt so viel wie unser Gewicht aus, selbst wenn es für dich so aussieht, als wäre das nicht der Fall«, versicherte er mir und streckte eine Hand aus. »Komm schon, tun wir's jetzt und ruhen uns dann eine Weile aus.«

Ich nahm die dargebotene Hand und ließ zu, daß sie meine Hand fest umschloß, dann folgte ich ihm zögernd auf das Brett hinaus. Eine angenehme Brise wurde schon bei den allerersten Schritten wahrnehmbar, und das Quietschen des Holzes unter unseren Füßen hätte sein Bestes dabei gegeben, mich zu verängstigen, wenn ich wirklich Angst gehabt hätte. Tatsächlich war Gareths Gangart – halb seitlich und halb rückwärts – der Teil, der mich nervös machte; ich hatte keine Sorge, selbst zu stürzen, aber wenn er hinabstürzte, könnte er mich leicht mit sich reißen. Er tat nichts weiter, als gelegentlich einen Blick hinter sich zu werfen, während er dumme, aufmunternde Dinge murmelte, um mich in Bewegung zu halten, und nahm anscheinend nicht wahr, wie sich zur Mitte hin das Brett immer tiefer und tiefer durchbog. Eine Minute lang oder zwei war ich mir sicher, daß es durchbrechen würde, aber wir erreichten die Mitte und näherten uns weiter dem Felsen auf der anderen Seite, ohne daß außer dem Quietschen weiter etwas geschehen wäre. Nachdem wir schließlich die andere Seite erreicht hatten und auf den Fels traten, wobei zumindest ich mehr schwitzte als zuvor, tat es mir fast leid, das Ganze überhaupt angefangen zu haben.

»Das war gar nicht so schlimm, nicht wahr, kleines Mädchen?« wurde ich mit einem überlegenen Grinsen gefragt, woraufhin ich meine Meinung umgehend änderte und er mir nicht mehr im geringsten leid tat. »Wir sind heil rübergekommen, und jetzt können wir uns mit einer Pause belohnen. Ich glaube, du wirst die Abgeschiedenheit hier noch mehr zu schätzen wissen, als ich es zu schätzen weiß, daß du nicht alleine wegkannst.«

Ich wurde an der Hand, die er noch immer festhielt, näher zu ihm gezogen, wobei seine Absichten offensichtlich waren, aber ich hatte noch immer meine eigenen Pläne. Sein Körper war fast ebenso naßgeschwitzt wie der meine, und das war die ganze Ausrede, die ich benötigte.

»Gareth, bäh!« rief ich aus, als ich mit der Hand seine Brust berührte, weil er die Arme um mich geschlungen hatte. »Du kannst doch nicht ernsthaft der Meinung sein, daß wir uns nicht zuerst waschen?«

»Ich schätze, wir sind mal wieder ein wenig vornehm, was?« meinte er widerwillig zustimmend, nachdem er die Hand von meinem schweißnassen Hemd genommen hatte. »Einverstanden, zuerst waschen wir uns, und dann vergewaltige ich dich.«

Er grinste angesichts meines Gesichtsausdrucks über die entzückende Weise, wie er das ausgedrückt hatte, setzte sich sogleich auf den Fels und machte sich daran, sich die Stiefel auszuziehen. Ich blickte mich um, während ich vorsichtig die Schuhe auszog, und registrierte, daß die Anordnung der Felsen uns vor den Blicken unserer Eskorte bewahrte, und trat anschließend zum Ufer des Sees hinab, ehe ich das Hemd abstreifte. Es war nur das Werk einer Minute, um den Stoff in dem See auszuspülen, ihn auszuwringen und dann über einen dünnen Busch zu hängen, der zwischen dem Felsen und dem Seeufer wuchs, und dann war ich bereit, die kurzen Hosen abzulegen. Mit einem Ruck zog ich den Ledergürtel auf und ließ sie auf die Fußknöchel hinabrutschen, und erst dann bemerkte ich, daß ich von jemandem beobachtet wurde, der bereits nackt war.

»Du machst es einem Mann schwer, sich erst zu waschen und dich dann zu vergewaltigen.« Gareth trat vom Felsen herab und stellte sich neben mich, und die hellen Augen berührten mich überall. »Ich denke, das sollten wir öfter tun.«

»Wirst du bitte damit aufhören, mich so anzusehen?« protestierte ich und verspürte die Röte der Verlegenheit dermaßen stark, daß ich die kurzen Hosen fast wieder hochgezogen hätte. Zur gleichen Zeit versuchte ich, nicht *ihn* anzusehen, aber es war helles Tageslicht, und es fiel mir sehr schwer.

»Sei nicht dumm, ich sieh dich nicht an«, gab er zur Antwort, verschränkte die Arme und grinste, während er mich offen anstarrte. »Warum in aller Welt sollte ich dich ansehen? Besonders bei dieser schönen Szenerie ringsum?«

»Du kannst Witze machen, wie es dir gefällt, aber ich werde mir einen Teil dieser Umgebung zunutze machen«, sagte ich und zwang mich dazu, die Hosen auszuziehen und näher an den See zu treten. »Obgleich ich verstehen kann, warum es dir so widerstrebt, mit mir zu schwimmen. Als du es das letzte Mal versucht hast, hast du dich ziemlich blamiert, nicht wahr?«

»Wie hätte es denn sonst ausgehen sollen, da du so urplötzlich ins Wasser gesprungen bist?« fragte er und schluckte wegen der gelinden Verärgerung, die in ihm aufflackerte, den Haken ganz leicht. »Ich weiß, du bist womöglich der beste Schwimmer, der je geboren wurde, aber das bedeutet nicht, daß wir anderen völlig wertlos sind.«

»Ich würde sagen, du kommst nahe genug heran, daß es kaum noch einen Unterschied macht«, antwortete ich und prüfte das Wasser mit den Zehen. »Es ist nun mal zufällig so, daß ich im Schwimmen am besten bin, und du könntest mich nicht schlagen, wenn du's versuchen würdest. Nicht, daß ich einen Versuch deinerseits erwarten würde. Etwas zu tun, ist nicht gleichzusetzen mit darüber reden.«

Ich zog die Zehen zurück und bereitete mich darauf vor hineinzutauchen, wobei ich durchblicken ließ, daß ich wirklich nicht mehr von ihm erwartete als zu reden, und er fiel darauf herein, wie jemand mit Höhenangst von der Planke gefallen wäre. Seine große Hand griff nach meinem Arm, und als ich den Kopf wandte, sah ich, daß Ärger in seinen Augen aufflackerte.

»Weißt du, ich glaube, es könnte dir nicht schaden, wenn du in irgend etwas geschlagen würdest«, sagte er, und seine Stimme paßte zu dem Blick, den er mir zuwarf. »Du versuchst offensichtlich, mich herauszufordern, also werde ich deine Herausforderung annehmen. Wir werden zur anderen Seite des Sees und zurück schwimmen, und wenn einer von uns den anderen mit vier Längen oder mehr schlägt, muß der Verlierer eine Strafe zahlen. Einverstanden?«

»Was für eine Strafe?« fragte ich, als wäre ich argwöhnisch, was *er* wohl planen mochte. »Du hörst dich an, als hättest du schon alles ausgearbeitet.«

»Habe ich auch«, sagte er und grinste wieder, während er auf mich hinabsah. »Und solltest zufällig *du* gewinnen, so kannst du dir selbst etwas ausdenken. Warte nur einen Augenblick, und ich bin bereit anzufangen.«

»Ich werde mich ganz bestimmt nicht drücken«, entgegnete ich verärgert, woraufhin sein Grinsen noch breiter wurde. »Wenn ich gewinne, kannst du darauf wetten, daß ich mir etwas überlegen werde. Warte nur noch einen Moment.«

»Was tust du da?« fragte er, als ich zu dem ausgedehnten Büschel Blumen trat, die am Uferrand wuchsen. »Ich habe gedacht, du wärst schon bereit.«

»Wenn wir ein Wettschwimmen machen, muß ich meine Ohren schützen«, sagte ich affektiert, während ich die Blumen von zweien der Gewächse abriß, die ich deutlich von dem ersten Felsen aus gesehen hatte. »Die Fasern dieses Quastengewächses werden nicht so gut sein wie die Ohrstöpsel, die ich gewöhnlich benutze, aber sie werden ausreichen. So, jetzt bin ich bereit.«

»Kannst du mich mit diesen Dingern da in den Ohren noch hören?« fragte er, und seine Stimme klang nur schwach gedämpft. »Wie sollen sie denn drinbleiben?«

»Das klebrige Zeug an ihrem unteren Teil, der sie an den Gewächsen festhält, wird sie in meinen Ohren halten«, antwortete ich und schüttelte ein wenig den Kopf, um sicher zu sein, daß sie gut saßen. »Und natürlich kann ich dich nicht mehr hören. Warum benutze ich sie deiner Ansicht nach?«

Ich blickte mit einem verbindlichen Lächeln zu ihm zurück, wobei ich mir sicher war, daß er nicht die leiseste Ahnung hatte, was ich da tat, und sein Schnauben bewies, daß ich recht hatte.

»Sehr komisch«, sagte er nicht schrecklich erheitert. »Wir werden sehen, wie komisch du bist, wenn du verloren hast. Jeder Schwimmer hat das andere Ufer zu berühren, ehe er zu diesem hier zurückkehrt. Immer noch einverstanden?«

»Hört sich fair an«, sagte ich mit einem unbesorgten Schulterzucken. »Springen wir einfach so hinein, oder machen wir einen Kopfsprung?«

»Einen Kopfsprung«, antwortete er, während er die Arme hob und sich streckte. »So wie jetzt.«

Aus dem Strecken wurde plötzlich ein Kopfsprung, und er war fast ohne jede Vorwarnung auf dem Weg ins Wasser. Er war fest entschlossen zu gewinnen, und wenn ich die Zeit dafür gehabt hätte, wäre ich verärgert gewesen. Statt mir die Zeit zu nehmen, sprang ich ihm rasch hinterher, und meine ausgestreckten Arme schützten die Fasern der Quastenpflanze vor der Gewalt des Aufpralls im Wasser. Ich tauchte bereits schwimmend auf, was er anscheinend nicht getan hatte, wenn man die kurze Entfernung berücksichtigte, die er vor mir war, und ich bewegte mich genau hinter ihm, wobei ich vorgab, so rasch zu schwimmen, wie ich konnte. Der See war weniger als halb so breit, wie es der Fluß gewesen war, und für die Strecke hinüber überließ ich es Gareth, das Tempo zu bestimmen.

Er war etwa drei Körperlängen vom jenseitigen Ufer des Sees entfernt, da wurde es Zeit für mich zuzuschlagen. Durch das Wasser war die Quastenpflanze zäh genug geworden, daß die Fasern in meinen Ohren blieben, bis ich sie absichtlich herausziehen würde, also schwamm ich rasch aufs Ufer zu, drehte mich unter der Oberfläche, stieß mich mit den bloßen Füßen ab und war bereits auf dem Rückweg, ehe mein vertrauensvoller Gegner wußte, was los war. Das war der Zeitpunkt, zu dem ich wirklich alles auf Geschwindigkeit setzte, zu jener Art von letzter Runde, für die man soviel seiner Kraft aufspart, wie man nur kann, und ich bezweifelte, daß Gareth sie aufgespart hatte. Es besteht ein großer Unterschied zwischen einem starken Schwimmer und einem trainierten Schwimmer, und ich litt nicht mehr unter einem schmerzenden Rücken. In wenigen Augenblicken wüßte der große, starke Gareth, daß er hereingelegt worden war, aber er konnte nichts mehr dagegen tun.

Die Rückkehr konnte nicht die halbe Zeit benötigt haben, die mich das Hinausschwimmen gekostet hatte, aber ich muß zugeben, daß ich nach Luft rang, als ich mich aus dem Wasser zog. Es hätte mir nichts ausgemacht, wenn ich einfach nur dort hätte sitzenbleiben und darauf warten können, daß der Verlierer aufholte, aber meine Pläne waren in eine andere Richtung gegangen, und ich hütete mich, sie zu ändern. Ich achtete darauf, mich nicht umzusehen, während ich in meine Hosen stieg und sie festband und mir dann mein Hemd vom Busch griff. Die Fasern der Quastenpflanzen in meinen Ohren waren voller Wasser und infolgedessen war ich völlig taub gegen alle Geräusch um mich her. Das war natürlich Teil des Plans gewesen, damit Gareth außerstande war, mir einfach zu befehlen, zu ihm zurückzukehren, also hatte es keinen Sinn, mich umzudrehen, um nach ihm zu sehen und ihm dadurch eine Chance zu geben, zu winken und nicht zu rufen. Quastenpflanzen wuchsen sowohl auf dem Plateau als auch auf Unterhalb, und als Kind hatte ich sehr viel Spaß dabei gehabt herauszufinden, wozu sie imstande waren.

Mein Hemd war noch immer naß, aber mit dem Wasser an meinem Körper und dem, was aus meinen Haaren herablief, machte das keinen Unterschied. In der Zeit zwischen dem Hinaufspringen auf den Felsen und dem Hineinschlüpfen in meine Schuhe war ich ebenfalls in der Lage, zwei Knöpfe zu schließen, und dann blieb für nichts anderes mehr Zeit, als sich Gareths Hosen und Stiefel zu schnappen und zur Planke zu laufen. Ich war mir sicher, daß Gareth gesehen hatte, was ich getan hatte, während er im Wasser diese körperliche Gewaltanstrengung unternahm, die er ›schwimmen‹

nannte, aber meine vorherige List an der Planke hatte ihn davon abhalten sollen, übermäßig besorgt zu sein. Warum sollte er sich überhaupt beeilen, wenn ich mit seinen Kleidern nicht weiter käme als bis zum diesseitigen Ende der Planke?

Ich rannte nicht richtig über das Brett zurück, aber ich durfte mir auch keine Zeit lassen. Niemals in meinem Leben hatte ich die geringste Höhenangst verspürt, nicht einmal auf der Spitze sehr hoher Gebäude, also war der Gang über eine Planke nur zehn Fuß über dem Boden gar nichts – ganz zu schweigen von der Tatsache, daß ich das Quietschen nicht mehr hören konnte, das mich beim ersten Übergang so besorgt gemacht hatte. Ich gelangte zur anderen Seite, verlangsamte den Schritt ein wenig, während ich über die Felsen ging, und widmete dann meine Aufmerksamkeit dem Abstieg. .

Unsere Eskorte rastete im Schatten eines Baums, als wir einander erblickten, und ich bin mir sicher, daß sie mir etwas zugerufen haben mußten, während ich an ihnen vorübertrottete. Ich trug meine Last etwas weiter nach links aus ihrem Blickfeld, während ich lachte und winkte und einfach in meiner ursprünglichen Richtung weiterging. Zu keiner Zeit waren wir so weit vom Lager weggegangen, daß ich nicht gewußt hätte, wo es sich befand, und das war das Ziel, worauf ich zuging. Das Gelächter, das ich gezeigt hatte, war weit entfernt davon gewesen, gezwungen zu sein, und dann mußte ich einfach ein zweites Mal lachen. Dies war sicherlich das erste Mal, daß ich jemandem einen Streich gespielt hatte, und es fühlte sich merkwürdig gut an.

Nachdem ich das Lager erreichte, hatte ich die Fasern der Quastenpflanze aus den Ohren genommen und mir einhändig etwas Wasser aus dem Haar gewrungen. Ich mußte einfach immer wieder daran denken, wie Gareth zum Lager zurückkehren würde, damit ihn niemand sähe. Über das ganze Lager waren Leute verstreut, während ich zur Hütte zurückging, und die meisten von ihnen fragten sich anscheinend, was ich so lustig fand. Wenn nicht irgend jemand seinem edlen Anführer Hosen brächte, würden sie es herausfinden, und ich war fast in der Stimmung zuzuschauen, was geschähe. Wenn ich nicht so hungrig gewesen wäre, hätte ich dies getan, aber nachdem ich schon kein Frühstück gehabt hatte, wollte ich nicht, das mir gleiches mit dem Mittagessen widerfuhr.

Anstatt meine Beute in die Hütte zu bringen, nahm ich sie mit in die Kochnische, warf sie daneben zu Boden und wühlte daraufhin nach etwas, woraus ich eine Mahlzeit bereiten könnte. Ich hatte einige Zutaten und einen Topf beisammen und trug sie gerade zum Feuer, als ein unerwarteter Ankömmling hereinspazierte und zu mir trat.

»Wie ich sehe, hat man keinen Witz darüber gemacht, wer gestern abend diese vorzügliche Mahlzeit bereitet hat«, sagte Quentin Darborough mit einem Lächeln, während er mich beobachtete. »In der Wildnis zu leben, paßt anscheinend zu dir.«

»Eine Mahlzeit, die nichts dagegen hat, hinuntergeschluckt zu werden, paßt besser zu mir«, sagte ich zu ihm und hob nur ein einziges Mal den Blick von dem, was ich gerade tat. »Möchtest du gern mitessen, oder hast du bereits woanders reservieren lassen?«

»Ich habe es mir zur Gewohnheit gemacht, nur in den Haushalten mit der besten Küche zu speisen«, gab er zurück und trat näher, um zu inspizieren, was ich aus der Speisekammer mitgebracht hatte. »Alle Führer sagen, daß dieser besondere Ort unübertroffen ist, und wenn ich mein eigenes Gutachten hinzufügte, bestünde daran kein Zweifel. Was machen wir denn da?«

Ich lachte und erzählte ihm, was wir machten, und während wir das taten, diskutierten wir über Essen und Kochen. Wie ich genoß Quentin das Kochen, wenn er dafür Zeit hatte, aber er war ebenfalls wie ich gewöhnlich zu beschäftigt, um es sehr oft zu tun. Ich lachte zusammen mit ihm, als er das Benehmen seines Küchenchefs erwähnte, wann immer er daheim in die Küche spazierte, wobei er genau wußte, wovon er redete. Leute wie wir sollten noch nicht einmal wissen, wo die Küche in unserem Wohnsitz lag, und ich hatte einen meiner Küchenchefs wegen dieser Haltung feuern müssen. Ich kann Revierdenken verstehen, aber ich weigere mich, mir von einem Mann, der ein Dilettant im Geschäftsleben war, sagen zu lassen, daß es nicht meine Angelegenheit wäre, in der Küche zu dilettieren. Er hatte sich so frei gefühlt, mein Gebiet, auf dem ich Experte war, zu betreten, hatte sich jedoch geweigert, mir die umgekehrte Freiheit zuzugestehen.

Mit Quentins Hilfe dauerte es nicht lange, das Essen übers Feuer zu setzen, und ich hatte mich gerade davon abgewandt, da stellte ich fest, daß wir beobachtet wurden. Gareth, gekleidet lediglich in eine Lederhose, stand neben dem Haus, das Gesicht ausdruckslos, die Augen unerwartet kalt. Ich wurde lebhafter, als ich ihn sah, und war mir sicher, daß er mir die Chance gäbe, ihn unbarmherzig wegen des Streichs aufzuziehen, aber seine ersten Worte lenkten die Unterhaltung in eine völlig andere Richtung.

»Darum also hast du dir so viele Umstände bereitet, mich aus dem Weg zu schaffen«, sagte er, und sein Blick lag auf Quentin und nicht auf mir. »Auf dich hat ein Rendezvous gewartet, und du wolltest nicht zu spät kommen. Das hättest du mir sagen sollen.«

»Was hätte ich dir sagen sollen?« fragte ich, während mir inmitten des Durcheinanders die Freude abhanden kam. »Ich verstehe nicht, wovon du eigentlich redest.«

»Ich schätze, du hast mir nicht geglaubt, als ich dir versprochen habe, die Wahl würde schließlich bei dir liegen«, sagte er und lenkte den Blick schließlich auf mich. »Ich schätze, ich kann dir keine Schuld geben, weil ich nämlich so darauf beharrt habe, daß du dich für mich entscheiden würdest, aber ich werde mein Wort halten. Ich hätte lediglich gewünscht, du hättest den Anstand gehabt, es mir von Angesicht zu Angesicht zu sagen, statt dich davonzustehlen. Ich habe einen gewissen Sinn für Stolz, weißt du, und es gibt eine Grenze dafür, wie viele Male man einem Mann ins Gesicht schlagen kann, ehe er sich umdreht und davongeht. Ich hätte nicht gedacht, daß es so bald käme, aber es sieht so aus, als hätte ich meine Grenze erreicht. Du brauchst dir keine Sorgen zu machen, daß ich dich wieder belästigen werde.«

Er beugte sich herab, um seine Hosen und Stiefel aufzuheben, und verschwand anschließend um die Vorderseite des Hauses, wobei er die ganze Freude des Tags mit sich nahm. Ich wußte, es konnte mir wirklich nichts ausmachen, daß er schließlich damit aufhörte, mich auszunutzen, aber irgendwie hätte ich erwartet, daß es eine beträchtlich glücklichere Zeit werden würde.

»Nach deinem Gesichtsausdruck und seinen Bemerkungen würde ich sagen, wir befinden uns inmitten eines Mißverständnisses«, sagte Quentin, und die Worte waren ruhig und versuchten, nicht zu nahe zu treten. »Ich schätze mal, ich sollte losgehen und ihn zurückrufen, und wir setzen uns alle hin und bereden das Ganze?«

»Zu welchem Zweck?« fragte ich mit einem kleinen Kopfschütteln und wandte mich von dort ab, wo Gareth gestanden hatte. »Ich bin nur für einen einzigen Zweck hier, und danach werde ich heimkehren. Dies wird meinen restlichen Aufenthalt hier zweifelsohne leichter machen.«

»Letzten Abend bestand er sehr nachdrücklich darauf, dein Gatte zu sein«, bemerkte Quentin auf dieselbe ruhige Art. »Ich kann mir nicht helfen, aber ich denke, daß ich beträchtlich härter darum kämpfen würde, dich zu behalten, wenn du *meine* Frau wärst.«

Nicht, wenn du gegen sie kämpfen müßtest, dachte

mein anderes Ich. Es fügte jedoch nichts weiter hinzu, wodurch ich mich irgendwie sehr allein fühlte. Ich hatte halb von Quentin erwartet, er würde seiner eigenen Bemerkung weiter nachgehen, aber er hatte anscheinend ein besseres Gefühl fürs Timing. Er blieb lediglich mein schweigender Gefährte, bis das Essen fertig war, und half mir daraufhin dabei, es aufzuessen. Es war wirklich zuviel für uns beide, aber das war völlig verständlich. Ich hatte erwartet, daß sich noch jemand zu uns gesellen würde, aber dieser Jemand würde niemals wieder eintreten.

Nach dem Mittagessen machten sich Quentin und ich ans Geschäftliche. Ich gab ihm eine Liste der Investments, in die meines Erachtens der Adel verstrickt war – wegen der Schnellschüsse, die sie haben wollten –, dann diskutierten wir, welche Handlungsweise unsererseits ihre Absichten durchkreuzen würden, ohne daß alle anderen Investoren zusammen mit ihnen ruiniert würden. Wir mußten auch dem Zeitplan peinlich genau Beachtung schenken, um zu erreichen, daß sie sich selbst kompromittierten, ehe sie tatsächlich ihre Gewinne einstrichen, und daraufhin mußten wir unseren Teil erledigen, um sicherzustellen, daß es keine Gewinne gäbe. Beim Gedanken ans Timing wurde mir klar, daß wir die Auszahlung der Gewinne nicht zu verhindern brauchten, sondern nur die Auszahlungen lange genug hinauszögern mußten, um die Lawine ins Rollen zu bringen, und aufgrund dieser Erkenntnis vereinfachten sich unsere Pläne. Es gibt unzählige Möglichkeiten, Kapital zu binden, einige davon würden für eine jahrelange Verzögerung sorgen, aber keiner von uns beiden glaubte, daß eine derartige Zeitspanne vonnöten wäre. Sobald der Adel seine Strafe zahlen müßte, bliebe ihm keine andere Wahl, als nicht mehr von seinen Zinsen zu leben, sondern das Kapital anzugreifen.

»Da alle ihre flüssigen Mittel in den Schnellschüssen gebunden sind, werden sie wirklich in die Ecke gedrängt«, sagte Quentin gerade, während wir langsam ums Lager herumgingen. Wir hatten eine Zeitlang in der Hütte gearbeitet, ehe wir die Notwendigkeit verspürt hatten, frische Luft zu schnappen, und ich hatte wieder das Kleid angezogen und mir die Haare gekämmt, ehe ich mich ihm angeschlossen hatte. »In gewisser Weise finde ich das sehr schmerzlich«, fuhr er fort, wobei er seinen Gedankengängen mehr Aufmerksamkeit schenkte als dem, was um uns vor sich ging. »Wenn sie ihre Holdings zu Dumpingpreisen verschleudern, wird es unglaubliche Schnäppchen für alle geben, die daraus einen Nutzen ziehen können, aber ich werde noch immer mitten in der Reorganisierungsphase stecken. Ich würde sie niemals um kurzfristiger Spiele willen in Gefahr bringen, aber es muß *irgendeinen* Weg geben, wie ich da mitmischen kann, ohne mir selbst die Kehle durchzuschneiden oder mit einem ernsthaften Investor im Cluster eine Partnerschaft einzugehen. Es muß einen Weg geben.«

Seine Stimme verlor sich, während seine Gedanken tiefer in das Problem eindrangen, aber ich hörte nicht mehr länger zu. Unser Spaziergang hatte uns zu einem Teil des Lagers gebracht, wo zwei Männer mit stumpfen Holzschwerten fochten, und einer der Männer war Gareth. Ich sah ihm einen Augenblick zu, während wir vorbeigingen, beeindruckt davon, wie leicht er mit seinem Gegner fertig wurde, und dann blickte er zufällig auf und sah Quentin und mich. Im nächsten Augenblick klappte er wegen eines Hiebs in die Rippen vornüber, den ihm sein Gegner versetzt hatte, einen Hieb, den er offensichtlich noch nicht einmal hatte kommen sehen. Sein Gegner ließ die Klinge fallen und beugte sich über ihn. Er kniete auf einem Knie, die Hand an der Seite, und dann lag Quentins Hand auf meinem Arm.

»Was meinst du, Regan? Wird das gehen?« fragte er, und seine Brauen sträubten sich, weil er über die Ergebnisse seiner kritischen Überlegungen nachdachte. »Es birgt ein kleines Risiko, aber wenn es zu Beginn funktioniert, wird es nichts mehr aufhalten können.«

»Tut mir leid, Quentin, aber ich fürchte, ich habe nicht gehört, was du gesagt hast«, antwortete ich und wandte mich wieder der Hütte zu. »Laß uns dorthin zurückgehen, wo wir es uns gemütlich machen können, und du kannst mir alles erzählen.«

Er nickte zerstreut und kam mit mir, wobei er bereits damit anfing, seinen Vorschlag zu umreißen, aber es benötigte eine oder zwei Minuten, ehe ich imstande war, seinen Gedankengängen zu folgen. Kurzzeitig verstand ich nicht, warum ich so abgelenkt war, dann jedoch kam die offensichtliche Antwort: Gareths Befehl hielt mich davon ab, in seiner Umgebung klar zu denken. Eine kurze Weile hatte ich das dummerweise völlig vergessen, und ich mußte achtgeben, daß es nicht wieder geschah. Ich beschleunigte den Schritt, der mich zurück zur Hütte brachte, ohne mich ein einziges Mal umzusehen.

Als es völlig dunkel war, landete das ceenabische Schiff erneut, um den Agenten aufzunehmen, mit dem Strall Pläne geschmiedet hatte, und ebenso Quentin Darborough. Die beiden Männer wollten zu den Übertragungsgeräten des Mutterschiffs, um verschiedene Aktionen in Gang zu setzen, aber irgendwie konnte ich darüber keine Aufregung verspüren. Ich saß im äußeren Raum der Hütte, an eine Wand gelehnt, den Geschmack kalten Sothans im Mund, da hörte ich das Geräusch einer Anzahl Drangs, die ins Lager kamen. Der Vorfall war kaum so ungewöhnlich, daß ich mich dazu gedrängt fühlte, ihm Aufmerksamkeit zu widmen, aber als das Kreischen ertönte, war ich auf den Füßen und rannte zur Tür hinaus.

Das vom Fackelschein erleuchtete Lager hätte von nächtlichem Frieden erfüllt sein sollen, aber es waren zu viele Leute wach, und das merkwürdige Schweigen, das auf ihnen lastete, war alles andere als gelassen. Links von der Menschenmenge, die um fünf Drangs herumstand, die irgendeine Art von Säcken trugen, waren Strall und Helni. Die Frau hatte beide Hände vors Gesicht geschlagen, und der Mann versuchte, sie zu beruhigen und zu trösten. Ich konnte mir nicht vorstellen, was geschehen war, und es gab nur eine Möglichkeit, es herauszufinden.

»... ich weiß, du hast nur helfen wollen, aber du hättest nicht hinsehen sollen«, sagte Strall gerade, als ich sie erreichte, und in seiner Stimme lag Mitleid für die zitternde Frau. »Dill hat dir gesagt, jegliche Hilfe käme zu spät, und er hatte keinen Grund zu lügen.«

»Was geht hier vor?« fragte ich Strall und hielt die Stimme gesenkt, während ich ihm eine Hand auf den Arm legte. »Was ist Helni zugestoßen?«

»Was hier vorgegangen ist, ist folgendes: sobald ich in mein Haus zurückgekehrt bin, habe ich mir zuerst die Seele aus dem Leib gekotzt und mich anschließend selbst in den Hintern getreten, daß ich das nicht vorausgesehen habe«, antwortete Strall, und er hörte sich schlimm genug an, daß er zumindest den ersten Teil dessen getan haben konnte, was er gesagt hatte. »Gareth hat ein paar seiner Männer losgeschickt, um die Ersatzteile zurückzugeben. Sie sollten die Elemente einfach beim West-Depot abladen und es den Schlächtern überlassen, wie sie sie verteilt bekämen. Bei einem so einfachen Job hätte es keine Schwierigkeiten geben dürfen – außer daß die Schlächter irgendwie diesen Zug vorausgeahnt hatten und die Männer erwarteten.«

»Sie haben sie getötet?« fragte ich, und in der Frage lag mehr Ungläubigkeit über ein derart barbarisches Benehmen als ein echtes Verlangen, es zu wissen. »Einfach ... so?«

»Nein, nicht einfach so«, sagte Strall, während er sich die Augen rieb. »Sie haben die Falle zuschnappen lassen und sie gefangengenommen, und nachdem sie mit ihnen fertig waren, haben sie das, was übriggeblieben war, in Säcke getan und diese an Drangs gebunden. Eine Patrouille hat die Drangs im Wald gefunden und hergebracht, nachdem sie sie auf Wanzen überprüft hatten, und erst, als wir sie gesehen haben, ist uns aufgegangen, daß wir noch nicht einmal eine Rückendeckung losgeschickt hatten, um sie zu schützen. Was konnte schließlich bei einem so einfachen Unternehmen schiefgehen?«

Ich sah die Seite eines der Säcke, und mir ging mit einem tauben und entfernten Gefühl des Entsetzens auf, was der dunkle, ungleichmäßige Fleck, der sich weit ausgebreitet hatte, sein mußte. Aus irgendeinem schrecklichen Grund fragte ich mich, wie lange sie gelitten hatten, verzehrt von Qual und im Wissen, daß jene, die auf der Stelle zu ihrer Rettung gekommen wären, keine Möglichkeit hatten herauszufinden, wie verzweifelt ihr Verlangen sogar zu sterben war. Ich konnte nicht die Augen von der dunklen Stelle auf dem Sack abwenden, als ich sagte: »Rückendeckung ist sehr wichtig. Raf wird sehr bestürzt sein.«

»Das glaube ich kaum«, sagte Strall mit einer Stimme wie die eines Toten. »Einer dieser Säcke ist mit allem angefüllt, was von Raf übriggeblieben ist. Ich bring Helni besser ins Haus zurück.«

Ich schätze, ich war mir dessen bewußt, daß sie weggingen, aber in diesem Augenblick hörte ich lediglich Rafs Stimme, die mir sagte, daß es für manche Dinge keine Entschuldigung gäbe. Ich hatte geglaubt zu wissen, was er damit meinte, aber ich hatte es nicht getan, nicht im geringsten. Doch jetzt wußte ich es, irgendwo hinter der Hand, die an meiner Kehle ruhte, und ich fand heraus, daß ich ebenfalls nicht gewußt hatte, wie sehr es schmerzen würde.

»Wie fühlt es sich an, stets recht zu behalten?« ertönte Gareths Stimme hinter meiner rechten Schulter, und nichts als blasse Neugier lag in der Frage sowie ein seltsames Gefühl der Distanz. »Du hast gesagt, sie würden etwas wegen mir unternehmen müssen, und du hast recht gehabt. Was sie getan haben, ist erst der Anfang, mich in eine Lage zu bringen, wo ich das Leben meiner Leute hier hingeben muß, um das Leben jener auf den Besitztümern zu retten. Auf einem Sack war eine Notiz befestigt, die lautete: ›Der erste Schritt von vielen.‹ Sie gehen jetzt wirklich zum Gegenangriff über, und womöglich mit allem, was sie haben. Meinen Glückwunsch, daß du das so deutlich vorausgesehen hast.«

Es kostete einige Mühe, mich zu ihm umzuwenden, aber sobald ich es getan hatte, sah ich, daß es verschwendete Mühe gewesen war. Er ging bereits fort, mit hängendem Kopf, als hätte er Schmerzen. Die Ceenaberin Aleena ging neben ihm und hatte ihm die Hand auf den Arm gelegt, und die Worte, die sie sprach, waren zu leise, als daß sie verständlich gewesen wären. Da entsann ich mich dessen, was Melia gesagt hatte, über Leute, die jene brauchten, welche ihre Kraft wieder herstellten, jene, die nicht sagen würden: »Ich hab's dir gleich gesagt.« Es war klar, daß Gareth so jemanden gefunden hatte, und ich freute mich für ihn. Ich freute mich weiter für ihn, bis ich in die Hütte zurückgekehrt war, und dort brachte ich jemanden zu Bett, über den ich nicht im geringsten glücklich war.

Kapitel 10

Am nächsten Tag regnete es, ein heißer, erstickender, eintöniger Regen, der mein Kochfeuer löschte und es dabei beließ. Ich erwartete, daß es mir leid täte, weil das Feuer ausgegangen war und ich hungrig sein würde, entdeckte jedoch rasch, daß keines von beiden der Fall war. Ich saß im äußeren Raum der Hütte und trank kalten Sothan, bis Strall vorbeikam, um mir mehr über die Dreißig zu erzählen, mußte mich dann jedoch mit seiner depressiven Herumhantiererei und seinem Beharren darauf, mir zu ›helfen‹, abfinden. Er könne die Tatsache hinnehmen, daß ich bestürzt und niedergeschlagen sei, sagte er mir, aber mit diesem Gefühl stünde ich nicht allein da, und wenn ich mich zu Tode hungerte, würde das nicht gerade jenen helfen, die bereits jenseits aller Hilfe wären. Das Beste, was ich tun könnte, wäre, um jener willen, die noch am Leben waren, gesund und bei Kräften zu bleiben, mich gut in den Dreißig zu halten und so weiter und so fort. Seitdem ich an jenem Morgen erwacht war, hatte irgend etwas in meinem Hinterkopf genagt. Stralls Ablenkungsmanöver störten meine Konzentration, also blendete ich ihn einfach aus und dachte nach. Als ich schließlich wieder in die Hütte zurückkehrte und das Problem gelöst hatte, merkte ich, daß Strall mich mit einem verdächtig aussehenden Tablett auf dem Boden neben sich anstarrte.

»Wenn das was zu essen ist, möchte ich nichts davon«, sagte ich sofort, weil ich meine Position völlig klarstellen wollte. »Ich werde mir selbst etwas machen, sobald der Regen aufgehört hat, und davon abgesehen haben wir wichtigere Dinge zu besprechen.«

»Es *ist* was zu essen, und du *wirst* es essen, und du

kannst dir verdammt sicher sein, daß wir wichtigere Dinge zu besprechen haben«, stimmte er mir zu, während er mich noch immer anstarrte. »Was hast du gerade getan?«

»Ich war mit einem selten ausgeübten, geheimnisvollen Mysterium namens Nachdenken beschäftigt«, sagte ich und hoffte, er verstünde den Wink, dieses Kunststück läge jenseits seiner Möglichkeiten. »Da ich gerne damit fortfahren würde, kannst alles darauf verwetten, daß dieses Tablett wieder dorthin geht, woher es gekommen ist, außer dem Krug Sothan natürlich. Da das jetzt bereinigt ist – wie wär's, wenn du zu dem Grund deines Besuchs kämst und über die Dreißig redetest?«

»Die Sache *ist* in Ordnung gebracht, aber nicht auf die Weise, wie du meinst, und ich *werde* über die Dreißig reden«, gab er zurück und runzelte jetzt leicht die Stirn. »Es sieht so aus, als hätten wir uns dahingehend geirrt, daß du zwei Fähigkeiten hast, nur daß ich es bis zu diesem Augenblick nicht gewußt habe.«

»Ich würde gern wissen, welche Fähigkeit ich deiner Ansicht nach nicht habe«, erwiderte ich und runzelte nun selbst die Stirn, weil ich nicht verstand, wie er das sagen konnte. »Da du derjenige gewesen bist, der mir als erster davon erzählt hat, sehe ich nicht ...«

»Augenblick, Augenblick, du hast mich mißverstanden«, protestierte er, wobei er mir die Handflächen entgegenhielt. »Ich habe gemeint, du hast nicht *nur* zwei Fähigkeiten, aber ich war von den beiden so eingenommen, daß ich nicht daran gedacht habe weiterzublicken. Ich wette, du hast nie verstanden, warum sich Leute darüber beklagen, sie könnten sich in einer ablenkenden Umgebung nicht konzentrieren.«

»Ich glaube nicht, daß es ein Talent ist, sich konzentrieren zu können«, sagte ich entschieden, wobei mich auf einmal beim Geräusch des fallenden Regens draußen fröstelte. »Ich kenne jede Menge Leute, die trotz aller Ablenkungen denken können, also kannst du mir nicht sagen, ich sei einzigartig.«

»Regan, du kannst nicht so tun, als täten sie es so wie du«, antwortete er freundlich, und in seinen Augen lag Bestürzung über meine Worte. »Wenn du dich auf etwas konzentrierst, bin ich gewillt, darauf zu wetten, daß *alles* andere abgeblockt ist, damit du wirklich nur über das Problem nachdenken kannst. Die Wahrheit in der Sache lautet, daß du nicht gesehen hast, wie das Tablett hereingebracht wurde, oder? Wenn du's gesehen hättest, hättest du früher deswegen diskutiert. Andere Leute haben die Fähigkeit, sich zu konzentrieren; was du hast, ist ein Talent.«

Ich sprang fast auf, um den Raum zu verlassen, aber ich mußte Strall noch erklären, was man gegen die neuen Angriffe unternehmen mußte, die der Adel jetzt ins Spiel zu bringen versuchte. Das war das Problem, worüber ich nachgedacht und das ich gelöst hatte, und ich hatte es lediglich als ein Schachspiel ansehen müssen. Ich erklärte die notwendigen Vorsichtsmaßnahmen, die getroffen werden mußten, listete mögliche Antworten auf die voraussichtlich nächsten Schritte auf und dachte sogar daran, den Ceenaber darum zu bitten, er möge nicht erwähnen, daß die Idee von mir war. Strall hörte genau zu, pflichtete mit einem kleinen, traurigen Nicken bei und fuhr sogleich mit seiner Erzählung fort, derentwegen er gekommen war. Ich bin mir sicher, ich habe das meiste davon gehört, was er sagte, aber ich habe nicht die leiseste Ahnung, was aus diesem Tablett mit dem Essen geworden ist.

Als wäre das nicht deprimierend genug, fiel der Regen so lange weiter, daß ich früh zu Bett ging. Der folgende Tag war wieder heiß und sonnig, was bedeutete, es war wieder Zeit fürs Training. Ich war kaum in der Stimmung, durch den Wald zu rennen, aber es galt entweder das oder herumzusitzen und Strall zuzuhören, der mir Vorträge darüber hielt, daß es notwendig sei, sich angemessen auf etwas vorzubereiten, das ich unbedingt tun wollte. Das Training selbst stellte sich als ein sehr schweigsames Unterfangen heraus, und nur gelegentlich erfolgten Bemerkungen von Gareth oder mir, obwohl uns die Bäume und Büsche immer wieder besprühten. Es war sehr früh, so daß die Nässe noch nicht völlig hatte verdunsten können, und obgleich wir lediglich um den See herumkletterten, kehrten wir dennoch klatschnaß ins Lager zurück.

Dort fand ich Quentin vor, der auf mich wartete, und mir wurde bewußt, daß er die Nacht zuvor zurückgekehrt sein mußte, nachdem ich zu Bett gegangen war. Er ging mit mir zu meiner Hütte zurück, wartete, bis ich die Kleider gewechselt hatte, und reichte mir dann eine Tasse warmen Sothan.

»Weißt du, der Planet sollte dieses Getränk exportieren«, sagte er, während er den Inhalt der eigenen Tasse inspizierte. »Man kommt fast sofort auf den Geschmack und spürt niemals eine Unverträglichkeit, gleich, wieviel man davon trinkt. Ich habe eine Firma, die gut dafür Werbung machen und auch den Vertrieb übernehmen könnte.«

»Du kannst mit demjenigen darüber reden, der die Macht übernimmt, nachdem der Adel hinausgeworfen worden ist«, schlug ich vor, während ich an dem Getränk nippte. »Dann stehst du gut da, und ich bin mir sicher, sie werden interessiert sein.«

»Ich habe davon gehört, was den fünf Männern zugestoßen ist«, sagte er sehr ruhig und reserviert. »Es hat mich sehr erfreut, so daß ich fast nicht geschlafen habe, während ich auf dem Schiff war. Die Räder haben bereits angefangen, sich zu drehen, und es ist lediglich eine Sache der Zeit, bis sie über diese unvorsichtigen Hurensöhne hinwegrollen.« Er zögerte kurz und fügte dann hinzu: »Mir mußte einfach auffallen, daß dein … Freund … Gareth anscheinend für sich einen … Verbündeten … gefunden hat. Diese Ceenaberin Aleena ist nicht schlecht, und er verschwendet sicherlich nicht viel Zeit. Es ist fast so, als habe er den Vorfall neulich in Szene gesetzt, damit er eine Ausrede dafür hat, dich zu verlassen.«

»Nun, wenn er's getan hat, hätte der Zeitpunkt nicht besser gewählt sein können«, sagte ich, während ich meine Tasse anstarrte. »Je länger ich auf dieser Welt bleibe, desto mehr unangenehme Dinge entdecke ich; wenn ich schließlich gehe, bezweifle ich, ob es *irgend jemanden* gibt, der mich noch kennen möchte.«

»Ich kann dir gleich hier und jetzt sagen, daß es zumindest einen geben wird«, murmelte er, und daß er mir beide Hände auf die Schulter gelegt hatte, zeigte, daß er seine Tasse Sothan irgendwo abgestellt hatte. »Ich hätte nie gedacht, daß es möglich wäre, eine Frau zu finden, mit der ich soviel gemeinsam habe, eine, die zugleich sehr schön und aufregend ist. Wir sind füreinander geschaffen, Regan, und wenn wir zusammenhalten, wird es niemanden geben, der uns aufhalten kann.«

Er drehte mich mit den Händen herum, damit ich ihm ins Gesicht sähe, und nahm mir die Tasse ab, und dann hielt er mich in seinen Armen und küßte mich. Es war ein Zeichen für Anerkennung und Normalität, das ich gerade in diesem Augenblick bitter nötig hatte, ein Hinweis darauf, daß es ihn nicht kümmerte, wie anders ich war. Ich tat mein Bestes, den Kuß zu erwidern, und bemerkte es kaum, als er mich mit den Armen hochhob und ins Schlafzimmer trug.

Nachdem es vorüber war, ging Quentin pfeifend hinaus, um für uns etwas zum Essen zuzubereiten, während ich einfach unter der Bettdecke liegenblieb. Mein Kleid lag noch auf dem Boden neben dem Bett, aber ich verspürte kein Interesse daran, aufzustehen und es anzuziehen.

Etwas enttäuschend, oder? bemerkte mein anderes Ich kühler und trockener denn je zu vor. **Diese Routine mit dem Tragen macht sich großartig in Romanen, aber war dir* *nicht so, daß er etwas angespannt gewesen war, als er ins Bett kam? Vielleicht lag's daran, daß er es nicht ganz geschafft hat. Entweder war er zu müde, oder er hat sich verletzt.**

Hör mit dem Versuch auf, so zu tun, als hättest du Jahre mehr an Erfahrung als ich, gab ich verdrießlich zurück, wälzte mich auf den Bauch und legte das Kinn auf die Handrücken. *Soweit wir beide wissen, war er sehr, sehr gut, und ich wußte es einfach nicht zu würdigen.*

Regan, ich weiß, du hast vor kurzem idiotische Stunden erhalten, aber du kannst diesen Unsinn unmöglich glauben, war die Antwort, und beigefügt war eine beträchtliche Portion Ungeduld. **Es braucht keine Erfahrung, um zu wissen, ob du befriedigt worden bist oder nicht, dazu benötigt man lediglich Nervenenden. Die Nervenenden hören nicht völlig auf meiner Seite auf, oder?**

Du weißt verdammt gut, daß sie's nicht tun, knurrte ich und wurde in meiner Verärgerung fast laut. *Was schlägst du also vor? Daß ich es völlig aufgebe oder ein methodisches Suchprogramm nach dem perfekten Bettgenossen aufnehme?*

Es ist schön zu sehen, daß dir diese idiotischen Stunden so gutgetan haben, sagte mein stärkeres Selbst, und Säure tropfte aus jedem Gedanken. **Bei der Geschwindigkeit, mit der du voranschreitest, solltest du den Abschluß bald geschafft haben. Warum willst du etwas suchen, das du bereits gefunden hast? Hast du nicht genügend, was deine Zeit in Anspruch nimmt?«**

Wenn du vorschlägst, was ich vermute, dann hast du ganz schön Nerven, mich *schwachsinnig zu nennen!* fauchte ich und überlegte ernsthaft, ob ich außer mir sein sollte. *Nicht nur, daß er nicht mehr an mir interessiert ist, sondern ich bin auch froh, daß er's nicht mehr ist. Oder vergißt du bequemerweise, was er mir angetan hat?*

Du bist nicht die einzige, der er das angetan hat, sagte sie, **aber offensichtlich habe ich eine schärfere Beobachtungsgabe als du. Zu keinem Zeitpunkt hat er* versucht, *uns weh zu tun, und als er es dennoch getan hat, hat er die Verant-*

*wortung übernommen, ohne Ausflüchte zu suchen. Er hat seine restliche Zeit mit dem Versuch verbracht, dir das beizubringen, aber du hast ihn weiter mit Anklagen, Verdächtigungen und Verweigerungen überhäuft. Jemand anderer wäre womöglich um ein beträchtliches früher gegangen, und zwar eher angewidert statt enttäuscht. Und wenn du so froh darum bist, daß er nicht mehr länger an dir interessiert ist, warum hast du dann die beiden vergangenen Nächte auf der falschen Seite des Bettes geschlafen?**

Die Worte waren hart und unnachgiebig, und ich hatte nicht die leiseste Ahnung, was ich zur Antwort geben sollte. Ich hatte nicht erwartet, daß meine Zeit mit Gareth ein Vergnügen sein würde, aber genau das war allmählich daraus geworden. Ich hatte niemals wirklich Spaß an meinem Leben gehabt, allenfalls in erfolgreichen geschäftlichen Manipulationen hatte ich Befriedigung gefunden, und es sieht so aus, als bräuchte Lebensgenuß ebenso viel Übung wie alles andere auch. Vielleicht waren einige Leute nicht dafür geschaffen, Spaß zu haben, oder ihnen fehlte dafür der Stromkreis wie einer unvollständigen Maschine.

Ich schätze, ich kann nicht ihm die Schuld dafür geben, daß er nicht mehr interessiert ist, gab ich schließlich mit einem Seufzer zu, und es war mir schwergefallen, mich an das letzte Mal zu erinnern, da ich mich so hundsmiserabel gefühlt hatte. *Ich verstehe jedoch immer noch nicht, warum er es bei so jemandem wie mir so beharrlich versucht hat, aber jetzt hat er eine andere gefunden, bei der er es versucht, was vielleicht für alle das beste ist. Nach den Dreißig werde ich heimkehren, und das sollte sowieso alles beenden.*

Warum mußt du eigentlich stets so ekelerregend pragmatisch sein, ganz zu schweigen von unschuldig? wurde ich daraufhin gefragt, und die Ungeduld war zur Verzweiflung geworden. *Du mußt *nicht verstehen, warum er es versucht hat, du solltest es lediglich genießen, und sich Sorgen darum zu machen, wer was wann tun wird, ist ein Zeitvertreib für Hirnlose. Entweder findest du heraus, daß du ihn* *nicht genügend magst, um weiterhin bei ihm zu bleiben, oder du* wirst *ihn genügend mögen, um dir etwas einfallen zu lassen. Alles hängt natürlich davon ab, ob ihr beide die Dreißig überlebt oder nicht – und Aleena kann man von dort vertreiben, wo sie offensichtlich Wurzeln geschlagen hat.**

Du erwartest von mir *zu wissen, was man wegen einer anderen Frau unternehmen kann?* fragte ich mit spöttischem Schnauben. *Ich bin noch nicht einmal zu dem Punkt gekommen, da ich weiß, was ich wegen mir selbst unternehmen soll. Du bist doch diejenige mit allen Talenten, warum überlegst* du *dir nicht irgend etwas?*

Ich denke, man kann ruhig sagen, daß mein Talent auf anderen Gebieten liegt, wurde mir nach kurzem Zögern beschieden, und die Worte waren gefärbt von einem Eingeständnis voller Unbehagen. **Ich habe irgendwie das Gefühl, daß taktische Manipulation, die wir aus dem Effeff beherrschen, unser gegenwärtiges Problem nicht lösen würden. Es sieht so aus, als müßten wir beide darüber nachdenken.**

Es wurde mir das sehr bestimmte Gefühl signalisiert, daß unsere Unterhaltung beendet wäre, aber trotz des Fehlens irgendeines konkreten Plans fühlte ich mich dennoch besser. Mein anderes Selbst und ich waren niemals ein ›wir‹ gewesen, es sei denn, wir waren zu einer einzelnen, stärkeren Persönlichkeit verschmolzen, aber jetzt sah es so aus, als würden sich die Dinge allmählich ändern. Dieses besondere Ereignis wäre womöglich eine Änderung zum Besseren hin, aber ich hatte weiterhin meine Zweifel, was den Rest betraf.

Quentin rief mich, als unsere Mahlzeit fertig war, und sobald ich angekleidet und zu ihm gegangen war, entdeckte ich, daß ich vor einem weiteren Problem stand. Man hatte mir gesagt, die meisten Männer wollten das, was sie nicht haben konnten, was eigentlich bedeuten sollte, daß sie es nicht mehr wollten, sobald sie es gehabt hatten. Im allgemeinen mag das zutreffen, aber was Quentin Darborough betraf, so traf es mit ziemlicher Sicherheit *nicht* zu. Ich saß im vorderen Raum mit einem Teller Essen auf dem Schoß und hörte einem Mann zu, der offensichtlich einigen Spaß gehabt hatte, wobei ich mich fragte, wie ich diesem lachenden glücklichen Gesicht sagen sollte, daß das Gefühl nicht auf Gegenseitigkeit beruhte. Inmitten all der Pläne für die Zukunft, von der Quentin schwadronierte, bemerkte er anscheinend nicht, daß seine Begeisterung nicht geteilt wurde.

Nach dem Mittagessen war ich imstande, meinen neuen Bewunderer mit dem Thema ›Geschäft‹ abzulenken, was glücklicherweise den Rest des Nachmittags füllte. Meine Leute waren in der Lage gewesen, einige der Investments des Adels sehr rasch zu verifizieren, insbesondere, weil es so ungewöhnlich war, daß die Browen Company darin verstrickt war, und das war natürlich unser naheliegender Ausgangspunkt. Einige der Pläne, die Quentin und ich entworfen hatten, waren bereits in Gang gesetzt worden, was jedoch nicht bedeutete, daß wir diese Bereiche vernachlässigen konnten. Vorbereitungen auf der Hinterbühne mußten getroffen und Varianten unserer ursprünglichen Operationen auf der Vorderbühne erarbeitet werden, und talentiert oder nicht, derlei Dinge benötigten Zeit. Wir machten noch nicht einmal zu den Mahlzeiten eine Pause oder um unser Planungsgebiet eine kurze Weile woandershin zu verlegen, und als Quentin ging, um das zu erreichen, was allmählich das regelmäßige abendliche Shuttle wurde, hatten wir genug getan, daß er beschäftigt war und meinen Bürostab auf Trab halten konnte.

In dieser Nacht brauchte ich eine Weile, bis ich in Schlaf fiel, aber bei einbrechender Morgendämmerung war ich hellwach. Ich stand langsam auf und kleidete mich noch langsamer in Hemd und Hose. Ich wußte, ich hätte die Gelegenheit, während unserer morgendlichen Übungen mit Gareth zu sprechen, aber ich hatte nicht die leiseste Ahnung, was ich sagen könnte. Ich wußte, daß die meisten Frauen, insbesondere, wenn sie hübsch waren, keine Schwierigkeiten dabei hatten, die Aufmerksamkeit von Männern auf sich zu lenken, aber was tut man, wenn der Mann nicht will, daß man seine Aufmerksamkeit auf sich lenkt? Es mußte Dutzende von Dingen geben, welche immer funktionierten, aber ich hatte den größten Teil unserer gemeinsamen Zeit eher mit *Ent*mutigung statt *Er*mutigung verbracht; wenn ich jetzt die Möglichkeit in Betracht zog, diesen Prozeß umzukehren, so hinterließ das bei mir lediglich die verunsichernde Frage: Wie weit mußte man gehen, um das Gegenteil einer kalten Schulter zu erhalten?

Strall kam vorbei, um zu sehen, ob ich bereit wäre, und als ich das verneinte, lachte er einfach und trieb mich nach draußen. Erst als ich durch das Tarnnetz aus dem Lager trat, ging mir auf, daß ich nichts von meinem anderen Ich gehört hatte, während ich gekämpft hatte, und von jetzt an würde ich auch nichts mehr hören. Gareth lief nur ein paar Schritte vor mir, und einige Männer unserer Eskorte waren vor ihm und einige hinter mir, und während seiner Anwesenheit würde sich mein anderes Ich nicht zeigen, selbst wenn es plötzlich eine Idee hätte, was ich jedoch irgendwie bezweifelte. Ich war völlig allein mit dem Problem, das ich geschaffen hatte, und mußte mehr tun, als es lediglich rückgängig zu machen – wenn es mir denn gelänge, lange genug zu leben, daß ich mir einen Weg überlegen könnte.

Wir mußten etwa fünfzehn oder zwanzig Minuten unterwegs gewesen sein, da erinnerte ich mich plötzlich eines Textes in einem Benimmbuch, den ich vor vielen Jahren in der Schule einmal überflogen hatte. In dem Kapitel ging es um erfolgreichen gesellschaftlichen Umgang, und einer der Vorschläge, der das erreichen sollte, bestand darin, eine Unterhaltung mit dem Objekt deines Interesses anzufangen. Dem Autor war es leichtgefallen, dies zu schreiben, aber da das Wetter dasselbe war wie immer, seitdem ich dort gewesen war – außer jenem einen Regentag –, und Gareth nichts trug, weswegen man ihm hätte Komplimente machen können, außer seinen Lederhosen und einem leichten glänzenden Schweißfilm auf der Haut, fiel es mir nicht entsprechend leicht. Weitere fünf Minuten gingen dahin, während ich die Hälfte der Themen des Universums auflistete und verwarf, und dann fiel mir endlich eines ein, das kein Wissen über Geschäftliches oder Angelegenheiten der Cluster erforderte. Ich beschleunigte meinen Schritt ein wenig, so daß ich neben dem Mann statt hinter ihm lief, und tat den Eröffnungszug, der unsere Beziehung neu entfachen sollte.

»Gareth, weshalb brauchen wir eine Eskorte?« fragte ich, und die Worte kamen ein wenig atemlos, während ich ihm einen Blick zuwarf. Laufen ist laufen, und Reden ist Reden, und gewöhnlich tut man das eine oder das andere.

»In diesen Wäldern gibt es Tiere, denen es nichts ausmachte, wenn ihr Frühstück zufällig mit Schweiß bedeckt wäre«, antwortete er, wobei er den Blick starr geradeaus gerichtet hielt. »Entweder geht man bewaffnet hinaus oder mit einer Eskorte.«

Ich wartete auf seine nächsten Worte – entweder über die Männer oder den Wald –, aber mir wurde jäh bewußt, daß eine beträchtliche Zeit verstrich und nichts hinzugefügt wurde. Sobald die das Eis brechende Frage gestellt ist, sollte sich deine Unterhaltung auf dem Weg befinden, aber das Buch, worin ich das gelesen hatte, hatte es womöglich niemals bis nach Plateau geschafft.

»Warum sind sie auf Drangs?« fragte ich schließlich, denn ich hatte mich entschieden, bei meinem zumindest zum Teil erfolgreichen Thema zu bleiben. »Warum laufen sie nicht einfach mit uns?«

»Und sind am Ende zu erschöpft, um einen Bogen oder ein Schwert zu gebrauchen?« fragte er mit einem spöttischen Schnauben zurück. »Sie sind keine Läufer, sie sind Kämpfer; wenn sie mitlaufen würden, wären sie nicht dort, wo ich sie benötige.«

Erneut Ende der Unterhaltung, die Augen noch immer strikt nach vorn. Wenn ich den Atem dazu gehabt hätte, hätte ich geseufzt, als hätte Seufzen irgend etwas gebracht. Ich wußte, es *mußte* etwas geben, das ein wirkliches Gespräch in Gang setzen konnte, aber ich sollte verdammt sein, wenn ich gewußt hätte, was es war.

Es ist erstaunlich, wie sehr man sich in den eigenen herumtobenden Gedanken verfangen kann. In sich gekehrt zu sein, um etwas zu überdenken, ist nicht im geringsten dasselbe, und obgleich es einen der Kenntnis all dessen beraubt, was um einen her vor sich geht, ist es am Ende irgendwie viel weniger ein Handicap. Ich rannte eher in Gedanken verstrickt als in mich gekehrt dahin, und die Enttäuschung stieg immer höher in mir – und dann dehnte sich meine Geistesverfassung auf meine Füße aus. Mein Stiefel verfing sich in einer herausragenden, fest verankerten Wurzel von jener Art, die ein wenig reißt, jedoch niemals völlig nachgibt, und dann lag ich flach ausgestreckt auf dem Boden.

»He, ist alles in Ordnung mit dir?« fragte Gareth sofort, während ich auf dem Boden lag und mir zerschrammt und zerkratzt vorkam. »Hast du nicht aufgepaßt, wohin du getreten bist?«

Er war fast auf der Stelle stehengeblieben und dann zurückgekommen und beugte sich zu mir herab. Ich lag mit dem Gesicht nach unten zwischen Gräsern, Blättern und Zweigen, und er streckte die Hände nach meinem Arm aus, um mir wieder aufzuhelfen. Ich fühlte mich wie ein Idiot, ein tolpatschiger, angeschlagener Idiot, während ich mühselig auf die Beine kam, aber mir mußte einfach auffallen, daß diesmal *er* zu *mir* gesprochen hatte.

»Ich schätze mal, ich *habe* nicht aufgepaßt, wohin ich trat«, gab ich mit reuevollem Lächeln zu, während ich an mir herumbürstete und keine Zeit damit verlor, meinen eigenen Beitrag zu der Diskussion hinzuzufügen. »Es ist alles in Ordnung, mir geht's gut.«

»Wenn du das noch mal tust, wirst du am Ende vielleicht nicht soviel Glück haben«, sagte er, eine ferne Mißbilligung in der Stimme. »Stell von jetzt an sicher, daß du tatsächlich darauf achtest, wohin du trittst!«

Und denn drehte er sich einfach um und lief wieder los und überließ es mir, ob ich ihn einholen wollte oder nicht, und die Diskussion war so tot wie die Asche von gestern. Ich zögerte nur einen Augenblick, ehe ich langsameren Schritts folgte, weil mir entsprechend zumute war. Ich war jedoch wütend genug, dieses Gefühl nicht zu beachten, selbst wenn mir so zumute war. Ich verstand nicht, warum alle meine Versuche nicht funktionieren wollten, aber ich wußte, daß ich zweifelsohne irgend etwas falsch machte. Es konnte einen wütend machen, so nahe dran zu sein und es wieder zu verlieren; das Gespräch in Gang zu bringen, nur um zu sehen, wie es stockte und erstarb, aber mir wollte nichts einfallen, was ich sonst tun könnte. Ich verbrachte den Rest der Übung voller Enttäuschung, wobei ich ein schwaches, weit entferntes Echo von »dämlich!« im Kopf hörte – was natürlich dabei half, mich noch elender zu fühlen.

Als ich zur Hütte zurückging, war ich mehr als bereit dazu, einige Zeit völlig allein zu verbringen und über meinen Fehlschlag zu brüten, aber ich hatte vergessen, daß ich niemals völlig allein sein konnte. Mein anderes Ich wartete, bis ich über die Schwelle getreten war, und machte dann seine Gegenwart präsent.

Du hast keine Ahnung, wie sehr du dafür sorgst, daß ich mir wünsche,* ich *wäre die primäre Persönlichkeit, vernahm ich innerhalb meines Kopfes, und die Verzweiflung war fast körperlich spürbar. **Wie konntest du dir nur diese phantastische Gelegenheit so durch die Finger schlüpfen lassen?**

Phantastische Gelegenheit? echote ich selbst verzweifelt, blieb still stehen und setzte die Fäuste auf die Hüften. *Verlierst du die Berührung zur Realität? Es gab* keinerlei *Gelegenheit, phantastisch oder sonstwie. Oder bist du auf eine eigene Welt eingestimmt?*

Wenn das nur möglich wäre, kam die sarkastische Erwiderung. **Unglücklicherweise muß ich* deine *Welt teilen, gleich, was für einen Schlamassel du daraus machst. Warum hast du ihm nicht gesagt, du hättest dich bei dem Sturz verletzt?**

»Aber ich *bin nicht* verletzt worden!« sagte ich so aufgebracht, daß ich tatsächlich laut sprach. *Warum sollte ich sagen, ich sei verletzt, wenn ich lediglich einige Schrammen und Kratzer abbekommen hatte?*

Weil du seine Hilfe benötigt hättest, du Idiot, sagte sie zu mir, und ich schwöre, die Worte kamen anscheinend durch die zusammengebissenen Zähne. **Wenn du zum Beispiel nicht hättest gehen können, hätte er dich mit diesen muskulösen Armen aufheben und dich gegen diese breite, nackte Brust drücken müssen; du hättest die Arme um den männlichen Nacken geschlungen, und er hätte dich tragen müssen ... **

Zum nächsten Mitglied unserer Eskorte und seinem Drang, unterbrach ich, wobei ich jetzt den Ekel teilte. *Ich weiß nicht, woher du die Idee hast, er wäre den ganzen Weg hierher zurückgegangen und hätte mich getragen, wenn Drangs zur Verfügung gestanden hätten, aber wenn ich an deiner Stelle wäre, würde ich diese spezielle Information mit Vorsicht genießen. Wenn wir allein gewesen wären, hätte er vielleicht keine andere Wahl gehabt, aber mit all den Reitern?*

Da magst du recht haben«*, grollte sie, jedoch nicht mit viel Würde. **Aus irgendeinem Grund will diese Romanze nicht vorankommen, gleich, wie viele Informationen ich darüber erhalte. Wir müssen nahe an ihn herankommen und dafür sorgen, daß er seine Wut überwindet, aber solange er seine Wut nicht überwindet, können wir nicht nahe an ihn herankommen. Im Kreis herumlaufen und heulen, wäre unter Umständen produktiver.

Da dies eine ausgezeichnete Beschreibung dessen war, wie ich mich zu diesem Zeitpunkt fühlte, bestand für mich keine Notwendigkeit, mehr zu tun, als schweigend beizupflichten. Erfolgreich in der Geschäftswelt zu sein bedeutet nicht notwendigerweise, daß man sich überall mit Ruhm bekleckert, aber das war etwas, was ich in diesem Moment erst lernte. Nur wenige Wochen früher hätte ich niemals geglaubt, wie sehr ich mir jemanden wünschte, den ich um einen kleinen Rat fragen könnte ...

»Regan, Gareth hat mir erzählt, daß du heute im Wald gestürzt bist«, ertönte Helnis Stimme auf einmal hinter mir. »Darf ich hereinkommen und mich vergewissern, daß du nicht ernstlich verletzt worden bist?«

Ich wandte mich um und sah sie gerade draußen vor der Tür, die ich hatte offenstehen lassen, und in dem höflichen Lächeln, das sie mir zeigte, lag so etwas wie Anspannung. Sie trug wieder ihr grünes Kleid, wie ich sah, wodurch ich mir der kurzen Hosen und des Hemds bewußter wurde, die ich trug, aber sie hatte mir ein interessanteres Thema geboten als die Garderobe, das mich beschäftigte.

»*Gareth* hat dir gesagt, ich sei gestürzt?« fragte ich und trat einen begierigen Schritt auf sie zu. »Hat er so geklungen, als wäre er vielleicht ... besorgt um mich?«

»Gareth sorgt sich um jeden in diesem Lager«, sagte sie und nahm meine Frage als Erlaubnis zum Eintreten. »Du mußt nicht beunruhigt sein, daß er sich um dich mehr sorgt, als es ein guter Anführer tun sollte. Er ist nie sehr glücklich darüber gewesen, dort zu sein, wo er nicht erwünscht gewesen ist, also hat er sich dazu entschlossen, es aufzugeben – für immer.«

»Oh«, sagte ich, der intelligenteste Kommentar, den ich mir vorstellen konnte. »Ich schätze, er wollte einfach bloß sicherstellen, daß ich für die Dreißig in Ordnung bin. Bitte richte ihm aus, daß er sich keine Sorgen zu machen braucht.«

*Schwachsinnig!** zischte die Stimme in meinem Kopf, als ich mich von einer Helni mit zusammengekniffenen Augen abwandte. *Sie *soll ihm ausrichten, du wärst schrecklich verletzt! In dieser Hütte gibt es keine Eskorte, die alles verderben könnte, oder?**

»Verdammt noch mal, siehst du denn nicht, daß er nichts mehr von mir wissen will?« tobte ich und ballte die Fäuste, während ich blicklos auf die Schlafzimmertür starrte. »Haben wir nicht entschieden, daß wir ihm nicht die Schuld geben können – und ist er so nicht wirklich besser dran?«

»Du redest zu deinem anderen Selbst, nicht wahr?« fragte Helni sehr ruhig hinter mir. »Ich habe noch nie zuvor beobachtet, daß du es laut getan hättest.«

»Gewöhnlich werde ich auch nicht so erregt«, sagte ich ohne mich umzuwenden, aber mit etwas gedämpfterer Stimme. »Falls du befürchtest, ich könnte gewalttätig werden, tu's bitte nicht. Das ist nicht mein Stil. Dummheit – ja; Gewalt – nein.«

»Regan, möchtest du mir vielleicht sagen, was eigentlich los ist?« fragte sie mit bedeutend festerer Stimme, eine Frage, die sie einige Schritte näher brachte. »Du blockst mich so vollständig ab, daß ich absolut nichts aus dir herausbringe, aber wenn ich nicht völlig fehlgehe, bist du nicht glücklich darüber, daß Gareth dich verlassen hat. Möchtest du mir das erklären?«

»Es sieht so aus, als seien Männer nicht die einzigen, die das haben möchten, was sie nicht bekommen können«, sagte ich mit einem Schulterzucken, trotz der Wut, die in meinem Kopf tobte. Wenn dort Melia statt Helni gestanden hätte, hätte ich sie ins Vertrauen ziehen können, aber mit der Frau aus dem Lager zu reden, war nicht ganz so einfach.

»Du kannst doch nicht meinen, dein ... Freund ... Gareth ist nicht mehr interessiert?« fragte sie, und ihre Stimme klang jetzt merkwürdig. »Das wäre eine Schande nach allem, was geschehen ist.«

»Unglücklicherweise ist er interessierter denn je«, sagte ich mit einem Seufzer und ging zu dem noch immer gegenwärtigen Tisch, denn mir waren gerade ein unerwarteter Krug und ein Becher aufgefallen. »Ich bekomme den Eindruck, daß er sich noch nie zuvor mit einer intelligenten Frau eingelassen hat, insbesondere nicht mit einer, die ihm in Geschäftsdingen völlig ebenbürtig ist, und er ist wirklich eingenommen. Vielleicht stellt es sich lediglich als ein Fall von Heldenverehrung heraus, und sobald das alles vorüber ist, wird er sich anderswo hingezogen fühlen.«

»Du weißt *wirklich* nicht viel über Männer, nicht wahr?« fragte sie, während ich nach dem Krug griff, und ihr Tonfall war jetzt sogar noch eigentümlicher. »Warum hättest du dann soviel Schwierigkeiten machen sollen, um Gareth aus dem Weg zu schaffen? Denn offenbar scheint er genau dies zu glauben. Regan – möchtest du Gareth wirklich zurückhaben?«

Ich wandte mich mit meiner Tasse Sothan um und sah Helni an, sah die Verwirrung auf ihrem Gesicht und in ihren Augen, aber ich konnte lediglich die Schultern heben.

»Ich glaube, ich möchte ihn zurückhaben, aber es ist soweit gekommen, daß ich nicht *weiß*, was ich möchte«, gab ich zu und blickte auf die Tasse hinab, die ich festhielt. »Es ist ziemlich offensichtlich, daß er *mich* nicht will, und so seltsam, wie ich bin, kann ich ihm dafür wirklich keine Schuld geben, aber das hält mich nicht davon ab, es zu wünschen. Ich stecke mitten drin, den finanziellen Ruin der Besitzer eines Planeten in allen Einzelheiten zu betreiben, aber es gelingt mir anscheinend nicht, die Aufmerksamkeit eines einzelnen Mannes wiederzuerlangen.«

Es hätte sich vielleicht gut anfühlen müssen, das zu jemandem zu sagen und diese Last von den eigenen Schultern zu bekommen, aber ich wußte verdammt gut, daß es nicht meine eigene Idee gewesen war, es auszusprechen. Mein anderes Ich hatte mich dazu gezwungen, hatte einen Vorteil aus meiner Bestürzung gezogen und uns vermischt, aber ich konnte nicht so recht entscheiden, ob ich wütend oder erfreut sein sollte.

»Eines einzelnen *starrköpfigen* Mannes«, ergänzte Helni, die jetzt gequält und ein wenig verzweifelt klang. »Wenn er nicht so verteufelt wütend darüber gewesen wäre, wie du ihm die Hosen gestohlen hast, hätte er sich vielleicht nicht so aufs hohe Drang gesetzt, aber er *war* wütend, und jetzt kann er nicht zurücknehmen, was er gesagt hat, ohne wie ein Idiot dazustehen. Zu deiner Information: Männern gefällt es nicht, wie Idioten auszusehen.«

»Und Frauen gefällt es?« fragte ich. »Zählt es denn überhaupt nicht, daß er es verdient hat, daß ich ihm die Hosen gestohlen habe, nachdem er mich an diesem Morgen so behandelt hatte? Wenn ich mir deswegen den Hals gebrochen hätte oder an Herzversagen gestorben wäre, wie er mich aus jenem Baum gestoßen hatte, wäre er entspannt genug gewesen, um sich zu entschuldigen? Er konnte sich glücklich schätzen, daß ich nicht noch etwas getan habe, so daß er so mitten durch das Lager hätte marschieren müssen!«

»Also hast du es ihm lediglich heimgezahlt«, sagte sie und betrachtete meine Entrüstung mit etwas, das anscheinend ein jähes Verständnis war. »Indem du einen Plan ausgeführt hast, bei dem ein Generalstab Schwierigkeiten gehabt hätte, ihn gleichermaßen hinzubekommen. Ich glaube, wir alle vergessen hin und wieder, wie du über das Heimzahlen denkst, insbesondere Gareth, aber da spielt noch etwas anderes mit hinein, und das solltest du wissen. Sobald es einen scheinbaren Grund dafür gab, dich zu verlassen, hat Gareth entschieden, es sei das beste, was er habe tun können – um deinetwillen. Er hat gesagt, wenn du mit Leuten deiner Art zusammen bist, erinnerst du dich daran, wie es ist zu lachen, und er würde dir das niemals mehr wegnehmen.«

»Aber … das bedeutet doch, es hat nichts damit zu tun, daß er wütend ist«, sagte ich auf einmal bestürzter als zuvor. »Er macht sich keine Sorgen darum, wie ein Idiot auszusehen, er macht sich Sorgen um *mich*, und er tut das, was in seinen Augen für mich das beste ist. Wie soll ich ihn dazu bringen, daß er *darüber* seine Meinung ändert?«

»Eine Frau mit deinem Aussehen sollte die Antwort hierauf bereits wissen«, sagte Helni mit einem tiefen Seufzer. »Es überrascht mich nicht, daß du die Antwort nicht weißt, aber mangelnde Überraschung löst das Problem nicht. Bist du gewillt, ihn zu bearbeiten?«

»Natürlich«, gab ich zur Antwort, ermutigt durch ihren nachdenklichen Blick. »Was muß ich tun?«

Sie machte sich daran, mir zu erklären, was ich zu tun hatte, und obgleich ich mir bei fast allem wie ein Narr vorkam, tat ich es dennoch. Ich bearbeitete Gareth an jedem Morgen während unseres gemeinsamen Trainings, tat alles, was sich Helni nur ausdenken konnte sowie eine Anzahl Dinge, die meine eigene Idee gewesen waren, aber alles zeitigte dasselbe Ergebnis.

Absolut nichts funktionierte.

Kapitel 11

»Ich weiß nicht, was ihr anderen alle macht«, sagte Strall zu niemand Bestimmten, »aber morgen abend werde ich mich dermaßen besaufen, daß ich einen Monat brauchen werde, um wieder nüchtern zu werden.«

Es folgten Gelächter und beträchtliche Zustimmung allerdings nicht von allen im Raum. Nur jene, die mit uns in den vergangenen Wochen gearbeitet hatten, fühlten dasselbe, und das war erschöpfte Bereitschaft. In der Morgendämmerung des nächsten Tages würden die Dreißig beginnen.

Gerade jetzt waren wir alle in meiner Hütte versammelt, Strall und seine Ceenaber, die darin Verstrickten von Unterhalb, der Anführer der unabhängigen GCNS-Garde, die Gareth und mich eskortieren würde – jeder, der irgendwie verwickelt war oder verwickelt wäre, außer Gareth selbst. Der große Mann von Unterhalb war anscheinend noch nicht mit dem Ankleiden fertig, aber mir mußte einfach auffallen, daß Aleena ebenfalls noch nicht da war.

»Du siehst ganz atemberaubend aus«, murmelte mir Quentin ins Ohr, und der Ausdruck in seinen Augen fügte der Bemerkung weitere Einzelheiten hinzu. »Dieses Gewand – es ist von einem rötlichen Gold, das perfekt zu deinem Haar paßt. Noch nie habe ich eine so wunderschöne Frau wie dich gesehen – und ich erwarte auch nicht, noch eine solche zu sehen, selbst wenn ich ewig lebte.«

An diesem Punkt hätte er mich fast an der Hand berührt, aber er unterließ es nicht, weil er es nicht hätten tun wollen. Während der gerade verstrichenen Wochen war er jeden Augenblick um mich gewesen, den er nur erübrigen konnte, wobei er sich, was meine Kampagne gegen Gareth betraf, genau zu den falschen Zeiten einfand. Sehr früh hatte ich ihm gesagt, daß ich zwischen unseren Manipulationen gegen die Finanziers des Adels und meinen Vorbereitungen für die Dreißig mit zu vielen anderen Dingen beschäftigt sei, als daß ich in irgendeiner Hinsicht mit jener Aufmerksamkeit an ihn hätte denken können, die er verdiente. Ich hatte ihn um den Gefallen gebeten, mich bis nach den Dreißig in Ruhe zu lassen, wobei ich mir überlegte, daß das erzwungene Warten, wenn nicht die Bitte selbst, sein Interesse schwinden lassen würde, aber er war nicht entgegenkommender als Gareth gewesen. Er versicherte mir, er sei mehr als glücklich zu warten, und die verstrichenen Wochen hatten nichts dazu beigetragen, dieses Glücksgefühl abzuschwächen.

»Mister Darborough hat mir versichert, daß Sie die Prinzen in keineswegs guter Stimmung vorfinden, Captain«, fuhr Strall mit Blick auf den Anführer unserer Leibwache fort, und seine Erschöpfung wurde durch ein Grinsen aufgehellt. »Gerade vor wenigen Tagen hat sich der Adel im Glauben, er stünde auf einer soliden finanziellen Basis, zu einer sehr kostspieligen Unternehmung verpflichtet. Sobald diese Unternehmung vollständig durchgeführt war, widerfuhren den Investments, die sie nutzen wollten, um ihr neues Unternehmen zu finanzieren, seltsame und unerwartete Dinge. Ihnen wäre vielleicht nicht so rasch bekannt geworden, daß die Bemühungen fehlliefen, aber ihr oberster Finanzratgeber hatte einen Nervenzusammenbruch, und sein Nachfolger ist auf den Grund dafür gestoßen. Kurzzeitig haben wir gedacht, die Dreißig würden verschoben oder abgesagt werden, aber die Schritte, die unternommen wurden, um dies zu verhindern, haben sich als erfolgreich erwiesen.«

Der Captain lächelte schwach angesichts von Stralls Befriedigung, wobei keiner von beiden die leiseste Ahnung hatte, was Quentin und ich hatten durchmachen müssen, damit jene ›Schritte‹ erfolgreich waren. Wir hatten Wege finden müssen, um einigen unserer Pläne Dampf zu machen, ohne alles zu ruinieren, was wir bereits unternommen hatten, denn wir mußten in den Prinzen den Eindruck erwecken, daß sie alles hätten, was sie brauchten – wenn sie es brauchten –, selbst wenn es im Augenblick nicht so aussah. Wenn ein Fachmann für die Browen Company gearbeitet hätte, wäre es noch schwieriger geworden, aber Erik Browen war nicht der Mann, der einen Wettstreit in den Reihen seiner Angestellten ermutigte. Er hatte bereits jemanden gefeuert, der Anzeichen dafür gezeigt hatte, weiter als er selbst zu denken, und er hinterließ dabei lediglich ein Komitee von Speichelleckern.

»Wir müssen bald gehen, nicht wahr, Mister Strall?« fragte der Captain. Er war ein großer Mann namens Riker, mit sandfarbenem Haar und dunkelblauen Augen und der lockeren Zuversicht eines Mannes, der genau wußte, daß er seine Sache gut machte. Seine Uniform war blau und weiß mit den leuchtend goldfarbenen Flecken der offiziellen Cluster-Insignien, die entworfen waren, um zu beeindrucken und den Rang herauszustreichen. Die Waffe im Halfter an seiner Seite sah aus, als befinde sie sich in ausgezeichnetem Zustand, obgleich sie eher gebraucht denn neu aussah, und gleiches galt für die Gewehre und die Ausrüstung seiner Männer; ich fragte mich, ob die rotuniformierten Wächter auf dem Plateau das alles noch beeindruckender fänden als die Insignien.

»Es ist noch eine kurze Weile hin, bis Sie aufbrechen müssen, Captain«, sagte der Ceenaber und deutete dann auf mich, die ich in einem der vom Schiff mitgebrachten Feldstühle saß. »Die Prinzessin ist völlig angekleidet und bereit, aber ihr Partner für die Dreißig ist noch nicht eingetroffen, und Sie können ohne ihn nicht gehen. Das Vorabendessen, zu dem Sie sie eskortieren, ist nur für Paare vorgesehen. Lassen Sie uns noch einmal Ihre Transmissionsstrahlen überprüfen, während wir warten.«

Der Captain sah aus, als wolle er seufzen, aber ausgeprägte Geduld war eine der Erfordernisse für seinen Job. Während er und Strall hinausgingen, um die Übertragungsstrahlen zum fünften Mal zu überprüfen, blickte ich hinab auf das wunderschöne bodenlange Gewand, das ich trug. Alle Mitglieder des weiblichen Adels wären bei dem Abendessen, zu dem wir uns selbst einluden, in solche Gewänder gekleidet, und Stralls Caneebaner hatten rasch eines für mich besorgt. Gareth kleidete sich für diese Gelegenheit in seinen eigenen Prunk, und obgleich ich froh war, daß mir die Färbung aus dem Haar gewaschen worden war und ich wieder meine eigene Haarfarbe hatte, wünschte ich mir, daß ich die weichen Lederstiefel hätte behalten können anstelle der hochhackigen Sandalen, die ich jetzt trug. Wochen des Stiefeltragens hatten meine Füße verdorben, und obwohl ich mir sagte, daß gewisse Opfer um des Erscheinungsbildes willen vonnöten seien, trug dies kein bißchen dazu bei, die Schuhe bequemer zu machen.

Quentin saß rechts neben mir in seinem Sessel und lächelte mich von dort aus an, und ich empfand das ebenso ärgerlich wie die Warterei auf meinen ›Partner für die Dreißig‹. Helni war vor Worten übergesprudelt, während sie mir beim Ankleiden sowie beim Auflegen des Make-ups geholfen hatte, und sie war zuversichtlich, daß Gareth mich ansehen und alle seine vorherigen Entschlüsse über Bord werfen werde, aber da war ich mir nicht ganz so sicher. Man hatte mir versichert – auch von seiten Helnis –, daß Gareth die Ceenaberin Aleena zu nichts weiter als einem Ventil für seine körperlichen Bedürfnisse gebrauchte, so daß er mich weiterhin übersehen könnte, ohne in Versuchung geführt zu werden. Daher lag nicht allzuviel Logik in Helnis Erwartungen, was mein Aussehen betraf. Daß sich Gareth und Aleena verspäteten, war ziemlich sicher mit einem Nachlassen zumindest körperlicher Bedürfnisse gleichzusetzen – ganz zu schweigen von dem wachsenden Ärger bei anderen. Ich rutschte auf dem Stuhl umher, ohne die Arme von den Lehnen zu nehmen, und fragte mich, was wohl geschähe, wenn ich einfach aufstünde und Quentin mit mir ins Schlafzimmer zöge …

»Okay, Leute«, sagte Strall, als er in die Hütte zurückkehrte, wobei er die Hände hochhielt, »da jetzt jeder hier ist, können wir ein letztes Mal die Dinge durchgehen.«

Schweigen entstand, als eine Gestalt hinter dem Ceenaber über die Schwelle trat, ein Schweigen, das eher auf das Aussehen der Gestalt denn auf Stralls Bemerkung zurückzuführen war. Gareths Kleidung schien ganz klar für ihn geschneidert worden: er sah in dem weitärmeligen, blaßgoldenen Gewand und der makellosen Hose so aus, als habe er niemals etwas anderes getragen, und durch die breite rote Krawatte wurde das Äußere formell. Eine kleine goldene Nadel hielt die Krawatte am Platz, und dazu paßte ein ebenfalls kleines rotes Zeichen auf der linken Brust. Seine Stiefel waren durch weiche goldfarbene Schuhe von bestem Schnitt ersetzt worden. Sein Auftreten war ebenso beeindruckend wie das von Captain Rikers gewesen, insbesondere, wenn man mit dem Aussehen eines Prinzen vertraut war. Doch nicht nur deswegen war jeder sprachlos.

»Mein Gott, sein Haar!« flüsterte mir Quentin zu, und er hörte sich ebenso schockiert an, wie die Gruppe von Ceenabern aussah. »Es ist nicht braun, es ist blond! Er muß einer von ihnen sein!«

Quentin schien erschüttert davon, Gareths tiefes dunkles Geheimnis zu erfahren, aber ich gab überhaupt keinen Kommentar ab, noch nicht einmal dahingehend, daß ich etwas in der Art erwartet hätte. Mir hatte eine beträchtliche Zeitspanne zur Verfügung gestanden, um alles, was auf dieser Welt geschehen war, zu überdenken, und eines dieser Dinge, worüber ich nachgedacht hatte, waren Bemerkungen von Melia gewesen. Als sie mich nackt gesehen hatte, hatte sie damit angefangen, von den Kindern zu reden, die Gareth haben wollte, wobei sie keinen Zweifel gehabt hatte, daß mein Gatte imstande wäre, mir welche zu schenken. Schließlich war mir aufgegangen, daß damals nur das Haar auf meinem Kopf gefärbt gewesen war, und Melia hatte bei einem Blick auf mein übriges Ich angenommen, ich sei eine Halbie – wie sie selbst. Wenn sie mich für eine Halbie gehalten und noch immer geglaubt hatte, Gareth könnte mir Kinder schenken, so folgte daraus, daß Gareth ebenfalls ein Halbie sein mußte. Es war nur so, daß die Täuschung, was seine Haarfarbe betraf, weit vollständiger war als bei mir. Es war keine schwierige Schlußfolgerung gewesen, selbst wenn mir dabei nicht wohler zumute war als zuvor.

»Also gut, setzen wir uns«, sagte Strall, während sich das Summen von Gesprächen erhob, selbst unter Gareths Männern. »Wir alle wissen, daß er wunderschön ist, aber wenn wir dafür sorgen, daß *er* es selbst herausfindet, wird er höchstwahrscheinlich aufgeblasen bis zum Geht-Nicht-Mehr. Wollen wir uns erst ums Geschäft kümmern, dann können wir später die Show auf die Straße bringen.«

Die Kommentare wurden zu einem Gelächter, und selbst Gareth kam mit einem Grinsen herauf, aber sein Grinsen verblaßte, als er die hellen Augen auf mich richtete. Zunächst glaubte ich, es könne ihn ärgern, daß Quentin neben mir saß, aber soviel Glück hatte ich nicht. Er schien noch nicht einmal zu wissen, daß Quentin lebte.

»Wie ihr alle wißt, werden Quentin und Regan binnen kurzem aufs Plateau gehen«, begann Strall seinen Vortrag im Versuch, die eigene Nervosität dadurch zu beruhigen, daß er alle mit einer weiteren Wiederholung des Planes zu Tode langweilte. »Zunächst dachten wir, wir würden Luftwagen benötigen, um sie und ihre Leibwache dort hinaufzueskortieren, glücklicherweise jedoch müssen wir nicht versuchen, uns unseren Weg durch das Luftsicherungsnetz zu erzwingen. Regan hat uns von dem privaten Aufzugsystem erzählt, das zum Gebrauch für den Adel installiert wurde, und das ist außerhalb von Lifttown gelegen. Wir werden die Luftwagen verwenden, sie alle dort hinzubringen, und dann werden sie zu Fuß weitergehen.«

Strall sah aus, als sei er zufrieden genug mit der Information, die ich ihm gegeben hatte, aber Zufriedenheit war nicht seine ursprüngliche Reaktion auf diese Entdeckung gewesen. Er hatte bald den Grund verstanden, warum ich versucht hatte, nach Lifttown zurückzukehren – und wie leicht ich imstande gewesen wäre, einen Kommunikator zu finden, sobald ich auf dem Plateau war. Ihm war verspätet aufgegangen, wie lächerlich er sich angehört hatte, als er mir sagte, ich könne nicht an den Wächtern von Lifttown vorbeikommen, und sein verlegener Ärger hatte ihn dazu veranlaßt, mit seinem Teil an Informationen herauszurücken. Und zwar, weil er nicht hatte sagen wollen, daß es ihm leid täte, als die Worte gerade heraus waren, aber da war es auch schon viel zu spät gewesen.

»Sobald sie einmal oben auf dem Plateau sind, sollten sie keine Schwierigkeiten haben«, fuhr Strall fort, dessen Blick eher nach innen als auf seine Zuhörerschaft gerichtet war. »Die Strahlentransmitter, die Captain Riker und seine Männer tragen, werden aktiviert, sobald sie alle den Aufzug betreten, und da sich der spezielle Gerichtshof versammelt hat und zusehen wird, wird niemand dumm genug sein, etwas Illegales zu versuchen. Zu diesem Zeitpunkt steht das Cluster-Gesetz über planetarischem Gesetz, und das wird auch morgen noch so sein, wenn Gareth und Regan die

Transmitter tragen. Die Dreißig mögen für keinen sonstigen Beteiligten fair sein, aber eine offizielle Zuschauerschaft wird sie für unsere beiden fair werden lassen. Hat noch jemand irgendwelche Fragen, Einwände oder Vorschläge?«

Daraufhin *mußte* sich Strall unter seinen Zuhörern umsehen, doch alles war bereits vor Tagen gesagt worden. Er nickte langsam, als ihm niemand einen Grund dafür gab, die Sache noch länger hinauszuzögern, und dann seufzte er.

»Nun, wenn es nichts weiter zu bereden gibt, schlage ich vor, daß wir die Sache ebensogut angehen können«, entschied er widerstrebend und bewegte sich unruhig auf der Stelle. »Der Rest wird im Schiff warten und sich durch den Strahl über das Geschehen auf dem laufenden halten, außerdem einen ständigen Kommentar in das Lager hinuntersenden, so daß jeder weiß, was los ist. Gareth ... Regan ... Ihr seid diejenigen, die die Sache erledigen, diejenigen, die ihr Leben riskieren, aber wir möchten euch wissen lassen, daß wir im Geiste bei euch sind. Seid vorsichtig – und *gewinnt*!«

Jedermann gab hierzu seine Zustimmung, ein vereinter, unterstützender Laut der Ermutigung, der sich seltsam anhörte, als mir klarwurde, daß ich eine derjenigen war, denen er galt. Quentin stand dabei und grinste ebenso wie die anderen, und dann war Gareth auf einmal links neben mir.

»Wie der Mann gesagt hat, es ist Zeit zu gehen«, bemerkte er, wobei er mir die Hand auf den Rücken legte. »Ich bin mir sicher, Sie werden uns entschuldigen, Darborough.«

»Diesmal«, antwortete Quentin mit einem lockeren, anmaßenden Lächeln, »das nächste Mal ist es eine andere Geschichte – Eure Hoheit.«

»Das wird's mit Sicherheit sein«, murmelte Gareth, dessen helle Augen merkwürdig aussahen, als sie kurz auf dem anderen Mann ruhten, und dann schritten wir durch die sich teilende Menge zur Tür. Ich ergriff die Gelegenheit und schüttelte die langen, zarten, sehr weiten Ärmel meines Gewandes aus, während wir dahingingen, und benutzte die Geste, um dabei meine Gedanken zu straffen. Hatte Gareth schließlich seine Meinung geändert, reichte ihm der tiefe Ausschnitt meines Gewandes aus, um Quentin herauszufordern? *War* das eine Herausforderung gewesen oder einfach nur eine bedeutungslose Bemerkung? Ich wußte es nicht, und es nicht zu wissen, war beinahe ebenso ärgerlich, wie überhaupt keine Hinweise zu haben.

Luftwagen benötigten nicht so lange wie Drangs, um einen zu befördern, selbst wenn sie dicht über dem Boden flogen, damit sie nicht entdeckt würden. Also waren wir fast an unserem Ziel, ehe mir aufging, daß die Fahrt mir nicht sagen würde, was ich wissen wollte. Zugegeben, Gareth saß gleich neben mir im Wagen; die Notwendigkeit, Platz für die anderen zu schaffen, zwang uns dazu, dicht nebeneinander zu sitzen – aber eben diese Gegenwart der anderen sorgte dafür, daß keinerlei Worte persönlicher Natur ausgesprochen wurden. Ich war mir seines festen Körpers bewußt, der sich gegen mich drückte, wie er es seit Wochen nicht mehr getan hatte, und ich konnte bloß hoffen, daß er spürte, was ich fühlte. Wenn er es tat, könnte es vielleicht wieder bergauf gehen.

Wir landeten in der Nähe des Fußes des Plateaus, an einer Stelle, die man nicht vom Grenzzaun Lifttowns aus einsehen konnte, und benutzten Richtscheinwerfer, damit wir nicht auf dem steinigen, unebenen Boden stürzten. Zu diesem Zeitpunkt war es wirklich dunkel, aber die Instrumente unseres Wagens hatten die Kraftquelle des Aufzugsystems aufgefangen, und wir hatten uns dadurch lenken lassen. Es benötigte einige Minuten, um den versteckten Rufknopf zu finden, aber mit dem Wissen um sein Vorhandensein war bereits die halbe Schlacht gewonnen. Ich entsann mich noch immer der Diskussion zwischen meinem Vater und einigen der Prinzen, die über Vorzüge und Nachteile sprachen, den Aufzug unbewacht im Unterhalb zu lassen. Einer von ihnen hatte darauf hingewiesen, daß Wachen zu nichts anderem dienten, als die Aufmerksamkeit auf diese Stelle zu lenken und dadurch das System als Notausgang von Unterhalb ruinieren konnten, falls sich das jemals als notwendig erweisen sollte. Der Mann hatte darauf bestanden, daß der Aufzug sowenig wie möglich für einen Abstieg und so oft zur Rückkehr benutzt werden sollte, wie es zweckmäßig wäre. So sollte er in angemessen gutem Zustand gehalten werden. Als sich die breiten Türen vor uns öffneten, hoffte ich, daß er sich in allem hatte durchsetzen können.

Die Aufzugkabine war größer als die Hütte, in der ich die vergangenen paar Wochen gelebt hatte. Sie war offensichtlich so angelegt, daß sie – wenn nötig – mehr als dreißig Leute aufnehmen konnte, die von ihren Reittieren begleitet wurden. Weiches Licht kam oben von den beiden Seitenwänden und erleuchtete die makellos saubere metallische Kabine mit klarem und sanftem Licht, so daß wir erkannten, wann sich die breiten, mit Fels verkleideten Türen lautlos hinter uns schlossen.

»Photozellen und vorprogrammierte Anweisungen«, bemerkte Captain Riker, während wir die glatte Bewegung verspürten, mit der sich die Kabine hob. Er schaltete seinen Strahlentransmitter ein und wies sein Dutzend Männer an, dasselbe zu tun. »Wir sollten in nur wenigen Minuten oben sein.«

»Und wir gehen womöglich durch die gegenüberliegende Tür hinaus«, sagte ich, wobei ich in Richtung auf die vierte Wand der Kabine nickte, diejenige, die ursprünglich die Rückwand gewesen war. »Selbst wenn sich das Plateau an diesem Punkt oben verbreitert, wäre es wenig sinnvoll, einen Ausgang zu haben, der dem Rand zugewandt ist und nicht der anderen Seite.«

»Gutes Argument«, gab der Captain höflich zu, gerade so, als habe er die Wand nicht mit der gleichen Überlegung gemustert, ehe ich es gesagt hatte. Es waren nicht nur die Nerven, weswegen Gareth schweigend neben mir stand; möglicherweise war es die Tatsache, daß Captain Riker und seine Männer aufgrund ihrer vorherigen Kampferfahrung eine so ruhige Sicherheit zeigten und der Vergleich zu Gareth und mir zu unseren Ungunsten ausfiel. Es hätte das sein können – aber es hätte ebensogut auch die Tatsache sein können, daß wir einen Ort fast schon erreicht hatten, den zu erreichen wir so lange gewartet hatten. Fast dort, und ich zumindest fragte mich, ob wir wirklich bereit waren.

Natürlich sind wir bereit, informierte mich mein anderes Ich in einem stillen Tonfall der Geringschätzung, womit es erneut bewies, daß unser Vorrat an Selbstvertrauen sehr ungleich verteilt war. **Das einzige, worüber wir uns wirklich Sorgen machen mußten, war jene Überredungs-Suggestions-Fähigkeit, und selbst dafür ist jetzt gesorgt. Glaubst du, daß dieser Idiot Strall erst die Geduld verlieren mußte, ehe er mit derart lebenswichtigen Daten herauskommen konnte?**

Er hatte womöglich Angst davor, wie ich reagieren würde, wenn ich von einem weiteren Talent hörte, antwortete ich und gab niedergeschlagen zu, daß er recht gehabt hatte, sich deswegen Sorgen zu machen. *Davon zu hören, hat dich vielleicht bestätigt, aber für mich bedeutete es lediglich eine Vertiefung meiner Depression. Und eine Verstärkung meines Verdachts, daß Gareth recht hat, mich zu übersehen.*

Wir werden so lange nicht wissen, ob er recht damit hat, dich zu übersehen, bis wir ihn dazu bringen, damit aufzuhören, sagte mein anderes Selbst mit übertriebener Geduld, die es aber nicht wirklich verspürte. **Und wie kann irgend etwas, das euch beiden eine bessere Chance zum Überleben dieses Dreißig-Blödsinns gibt, etwas sein, worüber man deprimiert sein müßte? Wir haben das Talent der Starrköpfigkeit, um dem Talent der Suggestion entgegenzutreten, was leicht funktionieren wird, so lange die Suggestion nicht* *stärker wird, wie es für die von Unterhalb der Fall ist, was hier jedoch nicht geschehen sollte. Es ist zu schlimm, daß ich diejenige sein mußte, die das mit Strall überprüfte, aber du warst zu sehr damit beschäftigt, dir selbst leid zu tun, um nützlich zu sein. Würdest du mir bitte sagen, was dir, abgesehen von einem zusätzlichen vierten Talent, noch Sorgen bereitet?**

Es ist lediglich Teil der alten Sache, sagte ich mit einem innerlichen Schulterzucken, nahe daran, wieder völlig deprimiert zu sein. *Diese Sache da mit Gareth – weißt du, ich hätte schon vor langer Zeit aufgegeben, wenn du mich nicht getreten hättest. Es ist nicht fair ihm gegenüber, ganz gleich, wie man es betrachten mag.*

Habe ich dir je gesagt, wie sehr du mich ermüdest? wurde ich mit offensichtlicher Verzweiflung gefragt. **Was ist es diesmal, wobei wir deiner Ansicht nach unfair sind?**

Wie kannst du das passende Talent haben und noch immer völlig frei von der Fähigkeit sein, Logik anzuwenden? konterte ich, denn ich war es müde, wie der Dorftrottel behandelt zu werden. *Melia hat mir gesagt, Gareth wolle Kinder, stimmt's? Sie war sich gewiß, daß ich imstande wäre, ihm welche zu schenken, aber das nur, weil sie mich für eine Halbie hielt, ebenso wie er. Denk mal eine Minute lang zurück und laß an dir vorüberziehen, was Strall uns über die Prinzen gesagt hat, die nicht glauben, daß eine Frau des Adels entführt und sich irgendwo anders wegen ihres Talents fortpflanzen könnte. Wenn ein männlicher Halbie imstande wäre, mit einer vollblütigen Frau des Adels Kinder zu haben, wären die Prinzen dann noch immer so unbesorgt? Oder, noch näher an der Sache, würde man Kindern eines männlichen Halbies erlauben, geboren zu werden und am Leben zu bleiben? Wenn die Anwendung der Logik jenseits unserer Möglichkeiten liegt, versuch's mal mit gesundem Menschenverstand.*

Diesmal erfolgte keine fertige, überlegene Antwort, was, wie ich annehme, ebensogut wie eine solche war.

Innere Dialoge benötigen nicht ganz so lang wie die gesprochene Variante, aber unsere Unterhaltung hatte so lange gedauert, daß der Aufzug oben auf dem Plateau angekommen war.

Als die Türen zur Seite glitten, hatte unsere Leibwache bereits Gefechtsstellung um uns herum eingenommen, was sich auch als glücklicher Umstand herausstellte. Das Aufzugssystem mochte im Unterhalb unbewacht geblieben sein, aber dieses Fehlen galt nicht für seine obere Station. Rotuniformierte Wächter wandten sich um und blickten uns überrascht an, aber Captain Riker führte uns weiter, ehe mehr als zwei oder drei von ihnen auch nur daran dachten, die Waffen zu heben.

»Guten Abend, Männer«, sagte Riker freundlich zu ihnen, seine Haltung war formal und offiziell, trotz seiner lockeren Worte. »Falls jemand von euch unsere Uniform nicht erkennt, so bin ich angewiesen, euch darüber zu informieren, daß dies eine Einheit der GCNS bei einer aktiven Pflichterfüllung ist. Wir senden zu einem speziell zusammengesetzten Gerichtshof des Clusters, und jeder, der versucht, uns an unserer Pflichterfüllung zu hindern, wird ihnen Rede und Antwort stehen müssen – falls er überlebt hat. Wir benötigen einen Führer zu dem Ort, wo das Vor-Dreißig-Abendessen abgehalten wird.«

Einen Augenblick lang standen die Wächter einfach da und starrten uns an, einige von ihnen waren merklich bleich geworden, was selbst in der sanften Pastellbeleuchtung jenes Teils der Stadt erkennbar war. Es gab anscheinend nicht viele von ihnen, die die Uniform unserer Leibwache *nicht* erkannt hätten, und die ein oder zwei Männer, bei denen das der Fall war, waren ohne Zweifel vertraut mit ihrer Bestimmung. Ich hatte gewußt, daß jeder, der auch nur ein wenig von ihnen gehört hatte, den Cluster-Truppen professionellen Respekt entgegengebrachte, aber es schien, als hätten die Wächter mehr als nur ein wenig gehört.

»Wir … wir dürfen keine unautorisierten … Besucher … an uns vorbeilassen, Captain«, sagte einer der Wächter schließlich, offensichtlich unglücklich darüber, daß er derjenige sein mußte, der für sie alle zu sprechen hatte. »Unsere Befehle wurden von unseren Arbeitgebern erlassen, sie sind legitim und legal.«

»Das ist doch kein Argument, Sergeant«, sagte Riker mit sehr dünnem Lächeln, noch immer nicht im geringsten besorgt. »Wir sind hier, um euch darüber in Kenntnis zu setzen, daß es legitime Wettkampfteilnehmer sind, die wir eskortieren, keine unautorisierten Besucher. Was ist jetzt mit einem Führer?«

Der Sergeant sah bestürzt und enttäuscht aus, aber dann wurde ihm klar, daß dies keine Entscheidung war, die *er* zu treffen hatte. Er trat zu einem Feldkommunikator zurück, sprach kurz hinein, stand daraufhin einfach nur da und wartete. Fünf Minuten später erschien ein weiterer Wächter eines nahegelegenen Gebäudes, dessen Schritt besagte, daß er verteufelt wütend war, aber seine Reaktion erfolgte, noch ehe irgendwelche Worte gesprochen waren. Sein Schritt schien zögernd, als er ebenfalls bleich wurde, womit er zeigte, daß er genau wußte, was vor sich ging. Dies sagte uns, daß der Neuankömmling ein Captain war und anscheinend niemanden bei der Hand hatte, dem er den Kelch weiterreichen konnte.

Zehn Minuten später hatten wir nicht bloß einen Führer, sondern ebenso eine Transportmöglichkeit und einen Fahrer. Das Luxusfahrzeug, das uns zur Verfügung gestellt worden war, hatte den Zweck, Wächter zurück nach Porttown mitzunehmen, aber das machte es beileibe nicht groß genug, um uns alle zu fassen. Es war ein Luftbus, der jedoch nicht die Luft nutzen würde. Das gefiel Riker zwar gut, aber ich entschied, es wäre an der Zeit, sich allmählich wie ein legitimes Mitglied des Adels zu verhalten. Ich entschied, den Eindruck zu verbreiten, mich schon ziemlich herabzulassen, ein solches Ding zu betreten – ganz zu schweigen davon, wirklich darin zu *sitzen*. Die Wächter waren anscheinend beeindruckt und bestürzt. Gareth, der zuviel seiner Zeit damit verbrachte, Schläger anzufunkeln, tat nichts derartiges; er sah jedoch, wie *ich* es tat, und als ich ihm zublinzelte, erschien der Geist eines Grinsens in seinen Augen, und er fing an, sich bewußt zu entspannen.

Sobald wir alle unsere Plätze eingenommen hatten und der Bus sich in Bewegung gesetzt hatte, war ich imstande, die königliche Haltung zu vergessen und einfach zu untersuchen, was rings um unser Fahrzeug herum zu sehen war. Wir bewegten uns entlang einer der vielen Sprossenstraßen, die vom Hauptsitz Der Stadt in alle Richtungen ausstrahlten, und je weiter wir uns vom Rand des Plateaus entfernten, desto großartiger wurde der Ausblick. Die Dunkelheit wurde durch Strahlen in Pastelltönen abgemildert, ein Glanz, der die hilflose Dunkelheit verbannte, wo immer er sie berührte, und jedes Haus und jede kleinere Residenz schien aus schimmernder Seide und Spitze gemacht, aus Glas und Mondstrahlen, Rauch und Träumen. Fußsteige bogen sich über die Sprossenstraßen, fast substanzlos in ihrer Anmut und Lieblichkeit, die Leute, die sie trugen, gingen anscheinend auf Gelächter und Sternenschein. Alles war ebenso schön, wie ich es in Erinnerung hatte. Woran ich mich jedoch nicht erinnerte, waren die ruhigen, eiligen Gestalten, bräunlich gekleidet, denen man lediglich erlaubte, auf den schmalen Pfaden neben den Straßen zu gehen, wodurch sichergestellt war, daß sie niemals das verseuchten, was ihre Vorgesetzten benutzten. Jede Gestalt wirkte eher gehetzt als besorgt, und ich mußte mich einfach daran erinnern, wie enttäuscht ich bei meiner ersten Rückkehr gewesen war, daß ich die Stadt nicht wiedersehen sollte. Nun, schließlich hatte ich sie doch wiedergesehen, aber das hatte meine Enttäuschung bloß noch verschlimmert.

Der Bus brachte uns über die Straße bis genau zu den Stufen der Hauptresidenz, wo es natürlich weitere rotuniformierte Wächter gab. Der Sergeant, der zuerst mit uns gesprochen hatte, spielte unseren Führer, und einer der Gründe hierfür wurde deutlich, als er den Bus verließ, um rasch mit jenen zu sprechen, die vor der Residenz standen. Achtsamkeit wurde schnell zu Hochachtung, aber ich bemerkte, wie auch Riker, daß einer der Männer von seinem Posten vor uns in das große, verzierte Gebäude geschickt worden war.

Wir stiegen die Stufen in der Gruppe hinauf und gingen durch den Eingang, Gareths Hand auf meinem Ellbogen – aber für mich fühlte es sich an, als ginge ich allein. Ich konnte mich an vergangene Zeiten erinnern, da hatte ich, sobald ich alt genug geworden war, jenes Gebäude betreten, um Feierlichkeiten beizuwohnen, und an jenes eine besondere Mal, da ich zum ersten Test gegangen war. Mir hatte die Vorstellung sehr mißfallen, daß ich keine andere Wahl als die Zusammenarbeit hatte, und während ich eben jene Stufen emporgestiegen war, hatte ich beim Gedanken daran gezittert, daß sie glauben könnten, ich wäre nicht kooperativ. In dieser Nacht zitterte ich erneut, aber es freute mich zu entdecken, daß das mehr auf schwelenden Ärger als auf Furcht zurückzuführen war. Ich war ein Kind gewesen, als sie mich so schlimm verletzt hatten, aber jetzt war ich zurückgekehrt und kein Kind mehr, wieder hier, um ihnen zu zeigen, was ihnen ihre vergnügte Zeit eingebracht hatte. Gareths Hand verließ meinen Ellbogen, so daß er mir den Arm um die Schulter legen konnte, vielleicht, weil ihm das Zittern aufgefallen war. Aber es war nicht Trost, den ich benötigte. Es war Rache, die ich genau zu diesem Zeitpunkt dringend brauchte, und die sollte ich jetzt bekommen.

Bewachte Marmorhallen mit eiligen Dienern sind nur dann beeindruckend, wenn man in der Stimmung dafür ist, und ich war's nicht. Wir wurden an unbezahlbaren

Kunstwerken vorbeigeführt, die unsere Leibwache fast zum Hinstarren verführten, aber Gareth ließ den Blick ruhig darüber schweifen und wandte ihn daraufhin ohne jedes Interesse ab. Und ich schenkte ihnen noch nicht einmal soviel Beachtung. Wir waren beide besorgter darum, wohin wir gebracht wurden, und das war der große Festsaal, den ich nur einmal zuvor gesehen hatte. Den Wächtern vor den aus Gold gegossenen Türen wurde bedeutet, diese zu öffnen, und sobald wir die Schwelle übertreten hatten, entdeckten wir, daß wir erwartet wurden.

Der Saal bestand aus weißem Marmor, war tapeziert und mit Vorhängen aus Gold behängt. Hier und da sah man einen roten Schimmer, und kleine Tische für zwei Personen waren über den Saal verteilt, bis hin zu dem Podest am anderen Ende, auf dem ein langer Tisch stand. Jedes Gesicht im Saal schien auf uns gerichtet zu sein, auch diejenigen, die noch immer an dem langen Tisch saßen, und zwei Männer, mit einem rotuniformierten Wächter hinter sich, kamen auf uns zu. Der Wächter sah dem anderen, der das Gebäude vor uns betreten hatte, sehr ähnlich, und falls der Ärger auf dem Gesicht desjenigen, dem er folgte, etwas bedeutete, dann war er mit ziemlicher Sicherheit tief verärgert. Die Goldlitzen und die Insignien auf der Uniform dieses zweiten Mannes zeigten, daß er ein hochrangiger Schläger war, eine Vermutung, die durch die Tatsache gestützt wurde, daß derjenige, mit dem er zusammen ging, der Großprinz war.

»Was tun Ihre Leute hier, Captain?« wollte der sich sehr wichtig fühlende Wächter wissen, nachdem er nahe genug gekommen war, wobei es ihm keine Schwierigkeiten bereitete, alle außer Riker zu übersehen. »Dies ist ein autonomer Planet, und die GCNS hat hier keine Zuständigkeit. Ihre Ankunft ohne angemessene Unbedenklichkeitsbescheinigung verletzt das Cluster-Gesetz ebenso wie das planetarische, und Sie können sicher sein, es wird Folgen haben. Wie weit Sie im Rang herabgestuft werden, hängt völlig davon ab, wie schnell Sie sich mit dieser Einheit aus dem Staub machen.«

»Was veranlaßt Sie zu glauben, wir seien ohne angemessene Unbedenklichkeitsbescheinigung gelandet, Commander?« fragte Riker milde, wobei er die Augen auf den anderen, älteren Mann gerichtet hielt, der vor ihm stehengeblieben war. »Wollen Sie damit sagen, Sie hätten das bei Ihren Offiziellen am Hafen nachgeprüft? Falls das so ist, benötige ich die Namen eines jeden, mit dem Sie gesprochen haben, wann Sie mit ihnen gesprochen haben – sowie eine Identifizierung der Methode, die Sie benutzen, um diese Dinge zu erfahren. Für die Aufzeichnung, verstehen Sie.«

»Warum, ich ...« fing der Mann an und war sich plötzlich seiner selbst weniger sicher, als er den Strahlentransmitter bemerkte, den Riker trug, und in seinem schweren, roten Gesicht arbeitete es. »Das heißt, was hat das zu tun mit ...«

»Es hat mit der Tatsache zu tun, daß es für Sie nur zwei Wege gibt zu wissen, daß wir ohne die Unbedenklichkeitsbescheinigung gelandet sind«, unterbrach Riker, und die Milde war aus seiner Stimme verschwunden. »Eine davon ist, am Hafen die Bescheinigung zu überprüfen, und die andere besteht darin zu wissen, daß *niemandem* die Bescheinigung erteilt wird, ohne daß man es Ihnen sagt und damit die Möglichkeit gibt, sie zu verweigern. Da die zweite Methode auf die Wahrscheinlichkeit verweist, daß der einzige Hafen auf dieser Welt ein geschlossener Hafen ist – ein Vorwurf, unter anderen, der gegenwärtig gegenüber den Leitern dieser Welt erhoben wird –, bin ich pflichtgemäß daran gebunden, jeden Hinweis auf das Gegenteil – oder jede stützende Tatsache – zusammenzutragen, dem oder der ich über den Weg laufe. Ich würde solche Daten gerne entgegennehmen, und zwar zu jeder Zeit, zu der Sie sie mir liefern können.«

Das rote Gesicht des Wachenkommandanten wurde dunkelrot, aber er wollte anscheinend nichts weiter sagen. Dasselbe traf jedoch nicht auf den Großprinzen zu.

»Ich habe während meines ganzen Lebens selten einen derartigen Unsinn gehört«, bemerkte er, wobei er Riker mit jener Art von Belustigung ansah, die man gewöhnlich einem Käfer schenkt, der dabei ist, zerdrückt zu werden. »Unser Hafen ist kein geschlossener, uns gegenüber sind auch keine Beschuldigungen erhoben worden, und Sie durchqueren Privateigentum. Dieses Plateau gehört lediglich meiner Familie sowie den Familien meiner Verbündeten, was Ihre ungeladene Gegenwart hier ohne jeden Zweifel zu einem Rechtsbruch macht – planetarisch und clustermäßig, beides. Sie werden jetzt gehen – jetzt *gleich* –, oder jedes Büro und jede Agentur, die in diese Invasion ins Privatleben verwickelt ist, wird teuer dafür zahlen, sogar über das hinaus, was unsere Klage einbringen wird. Bringen Sie sie hinaus, Commander!«

»Ich glaube nicht, Eure Hoheit«, verneinte Riker auf der Stelle, noch ehe der Wächterkommandant sich in Bewegung setzen oder der Großprinz sich wegdrehen konnte. »Zufällig ist es so, daß wir eingeladen *wurden*, und zwar von Mitgliedern gerade dieser verbündeten Familien, die Sie erwähnt haben. Ich würde sagen, das macht unsere Anwesenheit legal, nicht wahr?«

»Das ist absurd!« fauchte der Großprinz, und die kalten Augen glitzerten, als er sich wieder Riker zuwandte. »Ich fordere Sie auf, mir die Namen derjenigen zu nennen, die diese Einladung ausgesprochen haben sollen. Ich darf wohl sagen, dazu werden Sie sich außerstande sehen, aber machen Sie sich doch bitte die Mühe!«

»Ich schätze, ich sollte ihm diese Mühe abnehmen«, sagte ich daraufhin und nahm mein Stichwort, um vorzutreten, wie es abgesprochen war, falls und wenn das

Thema aufkäme. »Für diejenigen, welche mich nicht kennen, erlaube ich mir, mich als Regan Edolin vorzustellen, Tochter von Prinz Davin Edolin. Ich bin eine Eingeborene von Plateau sowie Bürgerin des Fourmin-Clusters. Ich bin diejenige, die diese Männer eingeladen hat, Eure Hoheit, und lassen Sie mich sagen, wie sehr ich darüber erfreut bin, Sie wiederzusehen.«

Die schmal gewordenen Augen des Großprinzen richteten sich auf mich, während er die Stirn runzelte, und blitzartig überkam es mich, wie erstaunlich es gewesen war, daß der Mann mich tatsächlich nicht in der Gruppe gesehen hatte. Er und Leute seiner Art waren so daran gewöhnt, die Gegenwart von Frauen nicht zu bemerken, daß es zur automatischen Reaktion geworden war, eine Reaktion, die er sehr bald bedauern sollte.

»Wie ich gesagt habe, Ihre Anschuldigungen sind absurd«, fuhr der Großprinz nach einem Augenblick fort, wobei er nur zu Riker sprach und ihm dabei jetzt ein schwaches, überlegenes Lächeln schenkte. »Diese ... Frau ... ist in keinster Weise dazu bevollmächtigt, irgend jemandem gegenüber Einladungen auszusprechen, und darüber hinaus ...«

»Nun, nun, Eure Hoheit, sagen Sie nichts, was Sie womöglich bedauern müßten«, schnitt ihm Riker das Wort ab, was für den Großprinzen eine größere Ungeheuerlichkeit und ein größerer Affront war, als dieser womöglich je in seinem Leben erfahren hatte. »Die Identität der Prinzessin ist bereits bestätigt, und als Mitglied einer der Familien, auf die Sie sich zuvor bezogen haben, hat sie alle Rechte, die andere Mitglieder auch haben. Wenn Sie versuchen, die Behauptung aufrechtzuerhalten, daß sie das nicht hat, werden Sie sich einer Anklage wegen Ungleichheit, möglicherweise auf sexistischer Basis, stellen müssen. Sie möchten doch nicht, daß der Gerichtshof glaubt, diese Welt diskrimiere Frauen, oder?«

»Natürlich möchte er das nicht«, unterbrach ich meinerseits und zog dadurch diese schmalen, wütenden Augen erneut auf mich. »Insbesondere nicht einer Frau gegenüber, die so gut in der Geschäftswelt zurechtkommt. Und, übrigens, Eure Hoheit, wie geht es denn den Investments meiner lieben Verwandten in diesen Tagen? Ich muß zugeben, ich habe neulich ein wenig Interesse an ihnen gezeigt und war überrascht zu sehen, wie schrecklich sie fluktuierten. Aber niemand von euch soll sich deshalb Sorgen machen. Ich sage voraus, daß sie sich in den nächsten paar Tagen ganz gewiß *setzen* werden.«

Das schmale Gesicht des Großprinzen wurde bleich bei diesen Worten, die ich mit Nachdruck ausgesprochen hatte, und es fiel ihm schwer zu glauben, ich sei in die Schwierigkeiten verstrickt, die sie gehabt hatten; nichtsdestoweniger argwöhnte er jedoch allmählich die Wahrheit. Wenn ich davon wußte, *mußte* ich darin verwickelt sein, und das verstörte ihn.

»Was tust du hier, Mädchen?« wollte er schnarrend wissen, womit er versuchte, mich zu verängstigen. »Ich hätte geglaubt, du wärst gut genug trainiert, um zu wissen, wo dein Platz ist, aber die Lektionen müssen offensichtlich wiederholt werden. Dein Vater wird ...«

»Nichts tun«, sagte Gareth, grimmig erfreut darüber, nun seinerseits zu unterbrechen, während er hinter den beiden großen Leibwächtern vortrat, die ihn gezielt vor den Blicken abgeschottet hatten. »Als meine Frau gehört sie hierher, ebensosehr wie ich. Wir sind gekommen, uns an jenen Dreißig zu versuchen, von denen wir soviel gehört haben.«

»Du!« zischte der Großprinz wütend, während Gareth den Arm um mich legte, denn er erkannte seinen alten Feind sofort, trotz der veränderten Haarfarbe. »Du würdest es wagen ...!«

Er schien geneigt, noch etwas mehr zu sagen, nichts davon besonders schmeichelhaft, aber dann hatte er wirklich begriffen, was Gareth gesagt hatte, und die

Veränderung der Haarfarbe schließlich registriert. Ein kaltes Lächeln nahm langsam den Platz des Ärgers ein, während mich die kalten Augen ein drittes Mal betrachteten. Und dann zeigte er seinem Feind gegenüber eine tiefe Befriedigung.

»Und der Zutritt zu den Dreißig erfordert den Besitz einer Frau der Oberen, nicht wahr, mein lieber Prinz von Unterhalb?« schnurrte der Großprinz, der sich schließlich daran erinnert hatte, was für eine Gattin von Oben sie ihm gegeben hatten. »Sie müssen das Fehlen meiner Manieren entschuldigen – daß ich Sie nicht sofort in unseren Reihen begrüßt habe, was ich sicherlich getan hätte, wenn ich von Ihrer Anwesenheit gewußt hätte. Ich werde einen Tisch für Sie und Ihre … Gattin vorbereiten, ebenso wie ein Gastquartier. Bitte glauben Sie mir, wenn ich sage, daß ich mich auf Ihre Teilnahme an dem Wettbewerb mehr freue, als auf meine eigene vor dreißig Jahren. Bis morgen, dann.«

Er verneigte sich vor uns, was eher Überlegenheit andeutete, keine Unterwürfigkeit, winkte dem Commander, ihm zu folgen, ohne den anderen Mann anzusehen, und schlenderte daraufhin zurück zu seinem großen Tisch, während er beiläufig einer kleinen Gruppe Diener winkte. Die Diener machten sich sofort daran, einen weiteren kleinen Tisch für zwei Personen herzurichten, und Gareth hörte auf, den Rücken des Großprinzen anzustarren – und blickte vielmehr Riker und mich an.

»Nun, das beantwortet eine der Fragen, die ich stellte und die Strall nicht beantworten konnte«, murmelte der große Mann von Unterhalb, wobei er die Stimme sorgfältig gesenkt hielt. »Ich wollte genau wissen, wie wichtig die Frauen wirklich bei den Dreißig sind, und es sieht so aus, als hätten wir es gerade herausgefunden.«

»Ja, mein armes kleines Selbst wird morgen völlig hilflos sein«, stimmte ich mit einem Seufzer zu, wobei ich ebenso leise sprach. »Sollten wir uns davon heute abend den Appetit verderben lassen?«

»Nur bis meine Leute überprüft haben, was sie euch auftischen werden«, sagte Riker mit einem schwachen Grinsen und genoß augenscheinlich meine Bemerkung. »Sie hätten euch vielleicht auf die Liste der Kandidaten gesetzt, die morgen gestrichen werden, aber ich bezweifle ernsthaft, daß jemand Tränen vergießen würde, wenn das zufällig schon heute abend geschähe. Und macht euch wegen uns keine Gedanken, wir haben unsere eigenen Vorräte bei uns.«

Das war seitens des Captains und seiner Männer anscheinend sehr weise, aber es war keine Weisheit, die Gareth und ich teilen konnten, wenn wir eine angemessene Show aufs Parkett legen wollten. Da wir das Recht hatten, an den Dreißig teilzunehmen, hatte wir auch das, beim Abendessen dabei zu sein, und wenn wir uns beim Essen nicht selbst behaupten konnten, könnten wir den Versuch, es bei den Dreißig versuchen zu wollen, als abwegig ansehen. Strall war der erste gewesen, der diese logische Kette erkannt hatte, und obgleich es mir mißfiel, etwas Derartiges tun zu müssen, gefiel es mir ebensowenig zuzugeben, daß er aus dem Blickwinkel des Adels gesehen völlig recht hatte.

Das Abendessen währte wirklich nicht ewig, es *fühlte* sich lediglich so an, als sei die Zeit stehengeblieben. Man brachte eine große Anzahl Speisen herein und servierte uns einen Gang nach dem anderen. Dabei musterten uns der Reihe nach fast alle Augen in diesem Saal. Nachdem wir eingetreten waren, hatte ich den lächerlichen Eindruck gehabt, daß Hunderte von Menschen an den Tischen säßen, aber das wäre selbst dann nicht der Fall gewesen, wenn jedes Mitglied der Familie hergekommen wäre. Wenn man nachzählte, waren es zwölf weitere kleine Tische, die zeigten, daß zwölf von siebzehn enttäuschten Erben ihr Glück versuchen wollten. Und drei Paare saßen beim Großprinzen und dessen Frau an dem langen Tisch. Demnach waren es fünfzehn Paare von Wettstreitern und wir selbst, und obgleich ich gewußt hatte, daß mein Bruder Jamis dort wäre, war ich auf keines der Gesichter vorbereitet gewesen, die ich auf dem Podest gesehen hatte. Wenn mein anderes Ich keine so grimmige Zufriedenheit gezeigt hätte, wäre ich womöglich bestürzt gewesen zu erfahren, daß einer der Prinzen, die sich zurückzogen und denen wir uns gegenübersahen, mein Vater wäre.

Gareth und ich tauschten so wenig Worte aus wie die anderen an den kleinen Tischen, und es gab gewiß kein besuchsmäßiges Hin und Her zwischen Leuten, die am folgenden Tag hinter dem Blut des jeweils anderen her wären – also war es keine lachende, gesellige Gruppe, die schließlich aufbrach. Die sich zurückziehenden Prinzen waren die einzigen, die sich vergnügten, und es war zweifellos eine Erleichterung, dem Diener aus dem Saal zu folgen und sie zurückzulassen. Das Zimmer, in das wir geführt wurden, wurde zunächst von Rikers Leuten überprüft, die sehr ausgeklügelte Apparate benutzten, und dann ließen sie uns mit unserem leichten Gepäck allein, damit wir uns einrichten konnten. Gareth blickte sich in dem großen Zimmer um, das mit Seide, Spitze, Fell und Kunst dekoriert war – alles unzweifelhaft vom Kostbarsten, das man bekommen konnte. Auf seinem Gesicht lag ein Ausdruck, den ich zuvor noch niemals richtig gesehen hatte. Es war fast so, als sähe er sich in einer Bruchbude um, mit der er sich eine Weile lang würde arrangieren müssen, ehe er in die feinere Unterkunft zurückkehren könnte, die ihm vertrauter war. Ich verstand das nicht. Statt es aber zu versuchen, deutete ich auf das sehr große, sehr gemütlich aussehende Wasserbett auf der anderen Seite des Zimmers.

»Es sieht aus, als wollten sie sicherstellen, daß wir in der Nacht noch mal gut schlafen können«, sagte ich. »Hast du zufällig eine Münze zum Werfen dabei, oder würdest du einfach einen Wettlauf hinüber vorziehen?«

Ich hatte versucht, ihn von der Niedergeschlagenheit

abzulenken, in die er sich den größten Teil des Abends eingehüllt hatte, und ein wenig war es mir auch gelungen. Ganz kurz glitt ihm der Hauch eines Grinsens übers Gesicht, und dann blickte er auf mich herab.

»Ich glaube, für eine Nacht müssen wir uns nicht zu sehr aufeinander einlassen«, sagte er, wobei er nach seiner Krawatte griff, während er weiter ins Zimmer hineinging. »Dieses Sofa ist groß genug für drei Männer meiner Größe. Warum nimmst du also nicht das Bett, und wir lassen es dabei bewenden.«

»O ja, lassen wir es einfach dabei bewenden«, wiederholte ich in seinen Rücken hinein, während ich mich herabbeugte, um diese schrecklichen Schuhe auszuziehen. Ich war es auf einmal sehr müde, lieb und vernünftig, geduldig und verständnisvoll zu sein. »Schön von dir, daß du so großzügig bist, und ist's nicht ein Glück, daß du es sein kannst? Wenn du es auch bei Aleena ... einfach dabei hast bewenden lassen, könnte es ein wenig schwerer fallen.«

»Aleena ist seit drei Tagen oben im Schiff«, bemerkte er, ohne sich umzudrehen, noch immer sehr damit beschäftigt, aus seinem Staat herauszukommen. »Strall hat entschieden, daß er sie dort oben für etwas anderes benötigt, also mußte sie gehen. Und Aleena und ich sind bloß Freunde.«

»Schon ein Freund«, murmelte ich, während ich den zweiten Schuh zur großen Freude meiner armen, mißbrauchten Füße davonwarf. »Ich wünschte, *ich* hätte so einen Freund.«

»Wirklich?« fragte er, als sei ihm diese Frage einfach unwillkürlich entschlüpft. Er stand neben dem breiten, seidenbedeckten Sofa rechts von mir, den Rücken noch immer mir zugewandt, die Hände jetzt bewegungslos. Er versuchte anscheinend, sich eine Möglichkeit zu überlegen, wie er das Wort, das er ausgesprochen hatte, wieder unausgesprochen machen konnte, und das verärgerte mich.

»Nüchtern gesehen nicht«, antwortete ich, und jetzt wandte *ich* absichtlich *ihm* den Rücken zu. »Wenn man berücksichtigt, wie sehr es *dich* zufriedengestellt hat, hätte ich einen solchen Freund haben sollen, aber es gibt einige Dinge, bei denen ich offensichtlich allzu helle bin. Wie sagt man doch gleich: eine verpaßte Gelegenheit ist eine bedauerte Gelegenheit?«

»Was es auch immer sein mag, ich bezweifle, daß Darborough diesen Spruch kennt«, gab er zurück, während ich das Gemälde eines Wasserfalls auf der Wand vor mir betrachtete. »Und falls du von mir erwartest, dir zu glauben, es hätte nichts zwischen euch beiden gegeben, hältst du mich für einen größeren Dummkopf, als ich in Wirklichkeit bin. Jedesmal, wenn er den Mund öffnet, sagt er mir sozusagen, daß du ihm und nicht mir gehörst. Ich bin nicht blind, Regan, und ich mag im Vergleich zu ihm ein Hinterwäldler sein, aber ich bin auch nicht dumm.«

»Ich würde sagen, das ist Ansichtssache«, erwiderte ich ziemlich scharf, wobei ich mir vorstellte, wie befriedigend es wäre, Gareths Kopf unter das Wasser dieses Wasserfalls zu halten. »Das einzige, was zwischen Quentin Darborough und mir vor sich geht, ist das Geschäft, und das trifft zu, gleichgültig, *was* er sagt, wenn er den Mund öffnet. Ich habe Wochen mit dem Versuch verbracht, dir das zu erklären, während du dich geweigert hast, zuzuhören; jetzt gebe ich verdammt noch mal nichts darum, ob du zuhörst oder nicht. Ich werde es niemals mehr sagen.«

Ich wandte mich von dem Bild ab und ging zu dem großen Wasserbett, wobei ich das stumme Rufen im Kopf überhörte, das darauf beharrte, ich würde meine letzte Chance wegwerfen. Ich hatte nie Gelegenheit gehabt, viel über Männer zu erfahren, aber nach dem, was ich die letzten paar Wochen durchgemacht hatte, war es ziemlich offensichtlich, daß diejenigen, die man begehrte, einen nicht wollten, und diejenigen, die man nicht begehrte, sich weigerten, ein Nein als Antwort hinzunehmen. Sich wieder daranzumachen, sie alle zu ignorieren, hörte sich in diesem Augenblick für mich wie die allerbeste Idee an, eine Idee, an der ich gleich von Anfang an hätte festhalten sollen. Ich hob mein Gewand und plumpste einfach aufs Bett und fühlte mich so schlecht, daß ich mich weder hinlegen noch überhaupt ausziehen wollte. Ich saß dort, hatte die Beine ungeschickt vor mir übereinander geschlagen und die Ellbogen auf die Knie gesetzt und wurde mir jäh bewußt, aus ziemlicher Nähe angestarrt zu werden.

»Versuchst du etwa, mir zu erzählen, es *habe* niemals etwas zwischen dir und Darborough gegeben?« wurde ich gefragt, als ich die Augen zu der Ausdruckslosigkeit hob, die am Fuß des Bettes stand. »*Er* sieht das ganz anders.«

»Ich bin nicht verantwortlich dafür, wie andere Leute die Dinge sehen«, brummte ich, wobei ich den Blick wieder auf die bloßen Füße hinabsenkte. »Ich habe ihm gesagt, wir brächten die Dinge zwischen uns beiden ins Reine, wenn alles übrige erledigt worden wäre, und zu diesem Zeitpunkt erwarte ich, daß sich unsere Wege trennen werden. Was den Satz betrifft, es habe niemals etwas zwischen uns beiden gegeben, so ist das nicht ganz wahr. Als diese Leichen zurückgebracht wurden … und Raf war eine davon … und mir Strall dann gesagt hatte, ich hätte *noch ein* Talent … ich wußte, du würdest jemand brauchen, der nicht sagte ›ich hab's dir ja gesagt‹, aber ich hatte ebenfalls jemanden gebraucht …«

»Und ich war zu sehr damit beschäftigt, mir selbst leid zu tun, weil jemand anders cleverer gewesen ist«, beendete er den Satz, da es deutlich war, daß ich nichts mehr hinzuzufügen hatte. »Ich habe mich geirrt, als ich glaubte, du hättest bereits eine andere Wahl getroffen, also war es meine eigene Schuld, daß ich nicht für dich da war. Auch dies ist meine Schuld, ebenso, wie alles andere meine Schuld war ...«

»Verdammt, nicht alles, was irgendwo geschieht, ist deine Schuld!« rief ich, ohne ihn anzusehen, denn ich hörte das schmerzliche Schuldgefühl in seiner Stimme, und es gefiel mir überhaupt nicht. »Du bist nicht so wichtig, daß alles deine Schuld wäre, also hör auf, so zu tun, als wärst du es!«

Ich streckte die Beine und wälzte mich auf den Bauch, wobei ich wünschte, er würde zu seinem Sofa zurückgehen und mich in Ruhe lassen, und mir wurde nicht klar, daß die Regeln des Spiels dies nicht zuließen. Dieses blöde Spiel verlief *stets* nach den Regeln. Anstatt daß ich ihn also davongehen hörte, spürte ich, wie sich das Bett auf sein zusätzliches Gewicht einstellte.

»Wer sagt, daß ich nicht wichtig genug bin?« fragte er mit der leisesten, törichtsten Empörung, die ich je gehört hatte, und eine große Hand legte sich jäh, aber sanft dort auf meinen Rücken, wo er durch das Gewand entblößt war. »Ich war wichtig genug, *dich* zu heiraten, nicht wahr? Und bist du nicht auf der falschen Seite des Betts?«

»Laß mich in Ruhe!« kreischte ich, drehte mich auf die linke Seite und versuchte, ihn wegzustoßen. »Du kommst mir doch nur dann nahe, wenn ich dir leid tue, und ich bin es müde, ein Gegenstand des Mitleids zu sein! Meinst du etwa, *ich* bin blind oder dumm?«

Er blickte auf mich herab, das hübsche, breitärmelige Hemd offen bis zum Bauchnabel. Er hatte augenscheinlich nicht bemerkt, daß ich mit der Faust auf ihn eingeschlagen hatte. Ich entsann mich all jener Zeiten, da ich ihn für häßlich gehalten hatte – aber er war nicht häßlich. Er war *innerlich* schön, gleichgültig, wie er äußerlich wirkte, und selbst das war nicht so schlecht. Ich wollte ihm einzig und allein die Hand aufs Gesicht legen und versuchen, die schmerzlichen Erinnerungen fortzustreicheln, die diese Narbe sicherlich mit sich brachte – aber nicht, wenn er mir gegenüber nur Mitgefühl empfand.

»Du kannst nicht wirklich glauben, ich würde dich bemitleiden«, sagte er schließlich, und die Hand war verschwunden, die hellen Augen blickten ernst. »Ich hatte … eine Menge Zeit zum Nachdenken, und am meisten habe ich darüber nachgedacht, daß du nicht wirklich von dieser Welt bist. Du magst hier geboren worden sein, aber du bist inmitten von Dingen aufgewachsen, die diese Welt nicht während drei oder fünf Lebensspannen besitzen wird, selbst wenn wir morgen gewinnen sollten. Dich hierzubehalten, bloß weil *ich* dich hier haben wollte, wäre so, als würde man dich in einen Käfig oder hinter einer Wand schließen, und das wäre nicht gerecht. Wenn ich mit dir in die Welt zurückkehrte, die *du* kennst, wäre ich nutzlos und fühlte mich erbärmlich, sobald ich an all die Dinge dächte, welche die Leute hier zu tun hätten, und ich wäre nicht da, ihnen dabei zu helfen. Wenn es nicht wegen der Dreißig gewesen wäre, hätten wir einander niemals kennengelernt, und morgen abend werden die Dreißig vorüber sein. Angenommen, wir beide kommen lebend da heraus, dann wird unsere … Gemeinschaft ebenfalls vorüber sein. Dann können wir beide damit anfangen, uns nach Leuten umzusehen, die besser zu uns passen.«

Er sprach jetzt so sanft und beruhigend, er versuchte, sich zurückzuhalten, um mich nicht aus der Fassung zu bringen, und ihm wurde nicht klar, daß er seine Zeit vergeudete. Diese Worte hätten mich auf jeden Fall aus der Fassung gebracht, gleichgültig, wie sie ausgesprochen wurden, und er hielt mich noch immer nicht zum Narren.

»Ich würde sagen, du hast bereits jemanden gefunden, der besser zu dir paßt«, sagte ich, nicht wirklich davon überrascht, daß er nicht sehr lange gebraucht hatte. »Ich habe nichts von Aleenas Erfahrung, und das zählt ganz beträchtlich. Es ist zu schlimm, daß ich nicht tun kann, was sie tut, dann hätte *ich* nämlich vielleicht eine Chance.«

Ich wälzte mich wieder auf beide Ellbogen und wünschte, es gäbe etwas auf der glatten silbrigen Decke unter mir, woran ich herumzupfen könnte, aber da war nichts. Nicht, daß das Herumzupfen ihn dazu gebracht hätte, mich mehr zu mögen, als er es tat.

»Wirst du bitte damit aufhören, so am Boden zerstört und abweisend dreinzublicken?« sagte er mit einem Seufzer und rührte sich ein wenig. »Ich habe dir gesagt, es war nichts zwischen Aleena und mir, und das habe ich auch so gemeint. Ich weiß, wir hätten das vor einiger Zeit schon bereden sollen, aber ich konnte anscheinend den rechten Zeitpunkt nicht finden. Uns bleiben jetzt nur noch wenige Stunden, warum also reden wir nicht …«

»Verschwinde!« unterbrach ich ihn, ohne aufzusehen. Ich war zu sehr aus dem Gleichgewicht geraten, um auch nur ein Wort dessen zu glauben, was er sagte. »Wenn du jemanden zum Reden haben willst, geh Aleena suchen. Oder habt ihr nicht miteinander geredet? Ich bin nicht zum Reden aufgelegt, also verschwinde einfach!«

»Regan, hör mir zu!« begann er und legte mir die Hand auf den Arm. Aber ich schüttelte sie ab und setzte mich mit dem Rücken zu ihm auf. Ihm zuzuhören, damit hatte alles angefangen, das und ihm zuzuschauen, und es erneut zu tun, würde die Dinge nicht dorthin zurückbringen, wo sie gewesen waren. Es machte ihm nichts aus, daß ich sie nicht zurückbringen wollte, er würde auf jeden Fall versuchen, es zu tun, und ich wollte nicht einfach dasitzen und zulassen, daß er es versuchte. Wenn er sich weigerte wegzugehen, dann wäre ich diejenige, die ginge.

»Weißt du, es hätte mich überrascht, wenn Starrköpfigkeit *keines* deiner Talente gewesen wäre«, knurrte er, und beide Hände lagen plötzlich eher schwer als sanft auf meinen Armen. »Wenn du so neugierig bist, was zwischen Aleena und mir vor sich gegangen ist, so sollte ich es dir vielleicht zeigen. Sie hat es sehr genossen, also würdest du es womöglich ebenfalls genießen. Möchtest du, daß ich's dir zeige?«

»Du brauchst dir nicht die Mühe zu geben, dir irgendwelche Ungelegenheiten zu bereiten«, antwortete ich, ohne mich zwischen seinen Händen zu bewegen. Dann aber wollte ich ihn plötzlich so sehr, daß es fast schmerzte. Wenn ich einfach nur einmal noch in seinen Armen gehalten werden könnte, mochte ich nur auf dem Weg davongehen können, den er mich gehen lassen wollte, ohne irgendein Aufhebens davon zu machen, denn das brächte nichts weiter ein, als daß es ihn verlegen machte. Ich wußte jetzt mit Sicherheit, daß er mich nicht begehrte, aber wäre wohl Aleena schon beleidigt, wenn er mich nur ein letztes Mal hielte?

»Es wäre überhaupt keine Mühe«, sagte er, sich glücklicherweise nicht bewußt, wie ich mich fühlte. »Lautet deine Antwort ja oder nein?«

»Ja«, flüsterte ich und konnte mich nicht zurückhalten. Es machte mir überhaupt nichts aus, das zu bekommen, was einer anderen Frau gehörte. Zu nehmen, was einem nicht gehörte, war falsch, aber ich brauchte es so sehr …

»Okay, leg dich einfach eine Minute lang dorthin, und sobald ich alles beisammen habe, werde ich bei dir sein«, sagte er, während er mich dort auf den Rücken legte, wo ich zuvor auf dem Bauch gelegen hatte. »Ich kann die Vorhangschnüre als Strick benutzen, und der Gürtel an dieser Hose ist nicht *zu* dünn, aber es ist gut, daß du dieses Gewand morgen nicht mehr benötigst. Wenn ich damit fertig bin, es dir vom Leibe zu reißen, wird nicht mehr viel davon übriggeblieben sein.«

»Es mir … vom Leibe reißen?« fragte ich, während er sich rührte, als wolle er aufstehen, und hob mich auf einen Ellbogen. »Warum … mußt du mir das Gewand herunterreißen, und wozu wären die Stricke?«

»Du kannst doch nicht vergessen haben, was Aleena von einem Mann verlangt?« fragte er, streckte die Hand aus und wischte mir mit hoch erhobenen Brauen eine Haarsträhne aus den Augen. »Es gefällt ihr, wenn man ihr die Kleider vom Leib reißt und sie fest anbindet und daraufhin einen Gürtel nimmt. Wenn du das auch willst, was sie haben will, werde ich es dir antun. Und überleg es dir rasch, wir sollten vielleicht auf der Stelle mit dem Gewand anfangen.«

Er griff zum zweiten Mal zu mir hinüber, diesmal jedoch mit beiden Händen, und streckte sie meinem Mieder entgegen. Verzweifelt versuchte ich, seine Hände mit den meinen abzufangen, und fiel dabei zurück, weshalb es seltsam genug war, daß es mir gelang.

»Warte, warte nur einen Augenblick«, sagte ich eilig und hatte keine Zeit, mich zu fragen, wie es mir gelungen war, ihn aufzuhalten. »Hat es Aleena nach … nach all dem gefallen, wenn sie geliebt wurde?«

»Ja, das hat es«, antwortete er mit einem Stirnrunzeln, und sein Gesichtsausdruck war nicht ganz so … gleichgültig … wie er eine Minute zuvor gewesen war. Er wirkte überrascht und verwirrt, aber er hatte mir gesagt, was ich wissen mußte.

»Dann mach schon und tu's!«, sagte ich und ließ seine Hände los, als ich die Augen schloß. Es war falsch, das zu nehmen, was einem nicht gehört, aber ich mußte es nehmen, gleichgültig was es mich kostete. Schmerz währt nur eine kleine Weile, aber eine letzte Erinnerung an das, was ich niemals mehr haben würde, wäre auf ewig vorhanden. Er streifte mit den Händen meine Arme, und ich konnte nicht anders und zuckte vor dem zurück, was danach käme, aber alles, was kam, war nur, daß er mich mit dem Armen umschlang und mich an sich zog.

»Du kleiner Idiot, glaubst du, ich könnte dir jemals so etwas antun?« wollte er wissen, wobei er sich nicht bloß ärgerlich anhörte, sondern sogar erschüttert. »Wie konntest du mich einfach dazu einladen, weiterzumachen, als wärst du damit einverstanden, mir einen Preis zu zahlen für … für etwas, das du auf anderem Weg nicht erhalten könntest?«

Was als Frage begonnen hatte, endete in einer Feststellung, und so fest seine Arme waren, sie schlossen sich dann sogar noch fester. Ich fürchtete, er würde noch ärgerlicher werden und sich verweigern, aber das war nicht das erste, was ihn überkam.

»Kleines Mädchen, ich war auch nicht imstande, es Aleena anzutun«, flüsterte er, mehr zur Feststellung einer Tatsache und nicht als erschreckendes Bekenntnis, obgleich er sich etwas verlegen anhörte. »Ich habe erwartet, sie würde mich auslachen, weil ich außerstande war, ihr zu geben, was sie brauchte, aber sie ist nicht so. Sie glaubt fest daran, daß man Leute niemals zu etwas zwingen darf, das nicht ihre Sache ist, und deswegen sind wir Freunde geworden. Ich schwöre, es hat nichts sonst zwischen uns gegeben, ich schwöre es!«

»Bitte«, flüsterte ich zurück und hatte niemals gewußt, daß es so gut tun könnte, auf diese Weise gehalten zu werden. »Bitte, nur noch ein letztes Mal, und dann werde ich dich nie mehr wieder belästigen, ich versprech's! Kann ich dich nicht dazu bringen, es nur ein letztes Mal zu tun?«

»Gut, dann ein letztes Mal«, stimmte er zu und hörte sich sehr müde an. »Als Abschied an die Träume und an die Dinge, die wir tun, um sie ins Leben zu rufen.«

Ich wußte nicht, wovon er redete, und als seine Lippen die meinen berührten, verlor ich jedes Interesse daran, es herauszufinden. Es waren Erinnerungen, die ich in jenem Augenblick zu sammeln versuchte, die Erinnerung an seinen Kuß, die Erinnerung an seine Hände und seinen Körper, und er verdarb jene Erinnerungen nicht wieder durch Worte. Ich bekam all diese Dinge, und dann bekam ich ihn.

Kapitel 12

Es war sehr früh, aber niemand von den im Raum Versammelten sah im geringsten müde aus. Natürlich waren wir alle zu zweit, statt daß es jedoch fünfzehn Paare gewesen wären, waren es bloß vierzehn. Der Großprinz, der auf einem kleinen Podest stand, hatte die Besprechung begonnen, indem er verkündete, daß dies die allerletzte Chance sei, zurückzutreten. Und die kalte, entzückte Erwartung, die auf dem schmalen, lächelnden Gesicht lag, war augenscheinlich zuviel für jemanden. Wie wir alle wußten, bedeutete das abschließende Zählen der Leichen für ihn den Höhepunkt des Tages, und ein derartiges Wissen neigt dazu, einige Leute aus dem Gleichgewicht zu bringen.

»… und jetzt, da niemand außer den Opferbereiten übrigbleibt, mögen wir beginnen«, sagte der Großprinz gerade, wobei er sich unter denjenigen von uns umblickte, die übriggeblieben waren. »In einem Augenblick werden Diener zwischen euch umhergehen, die versiegelte Instruktionen verteilen, und sobald ihr eure eigenen Anweisungen gelesen habt, mögt ihr beginnen. Zu verschiedenen Zeiten wird sich euer Pfad mit dem von jemand anderem kreuzen, und solltet ihr den anderen treffen, so müßt ihr beide dann und dort die Überlegenheit ermitteln. Nur einer kann den Platz des Großprinzen gewinnen, und einem Gegner, der früh ausgeschaltet wurde, wird man sich später nicht gegenüberstellen müssen – vor dem Thron selbst. Gibt es irgendwelche Fragen?«

»Ich habe eher einen Widerspruch als eine Frage«, sagte Gareth auf der Stelle, ehe der Großprinz ›entdeckte‹, daß niemand den Nerv hatte, etwas zu fragen, und mit seiner Vorstellung fortfuhr. »Anstatt daß man

Instruktionen an mich ›verteilt‹, möchte ich mir lieber die eigenen wählen, und ich denke, jeder hier sollte dasselbe tun. Auf diese Weise werden wir uns sicher sein, daß jeder die gleiche Chance auf eine ›leichte‹ Annäherung hat, wenn es denn eine gibt. Jemand, der den ganzen Tag über darum kämpft, den unteren Thronsaal zu erreichen, wird außerstande sein, so gut zu kämpfen wie jemand, der einfach hinabspaziert, und wir möchten doch diesen Wettstreit fair durchführen. Wenn die einfachen Routen ›zufälligerweise‹ an wenige Auserwählte unter uns verteilt werden, wäre es denkbar, daß der Sieg schon jetzt einem von ihnen garantiert ist.«

Er hatte bewußt den Blick auf meinem Vater und den anderen beiden sich zurückziehenden Prinzen ruhen lassen, die, zusammen mit ihren Frauen, noch immer auf eine seltsam kameradschaftliche Weise beieinander standen. Alle drei versteiften sich beleidigt bei der Anschuldigung, die Gareth vorgebracht hatte. Der Großprinz war fuchsteufelswild, aber die Vier hatten keine Chance, eine Verweigerung laut auszusprechen, ehe sie sich des ärgerlichen Gemurmels bewußt wurden, das unter den anderen Wettstreitern kursierte. Meinen naiven Verwandten war niemals der Gedanke gekommen, einer der drei sich zurückziehenden Prinzen könnte bereits als Sieger auserwählt gewesen sein, zusammen mit den anderen beiden, die mitkamen, um sich einfach auf ein bißchen Spaß am Gemetzel einzulassen. Sie waren eher wütend als erschüttert. Sie hatten wirklich alle geglaubt, sie hätten eine echte Chance zu gewinnen, und die Art, wie die meisten von ihnen mit den Händen den Knauf ihres Schwerts berührten, hielt den Großprinzen davon ab, einfach eine Verweigerung herauszufauchen.

»Im Namen derer von uns, die Ehre im Leib haben, von der du nichts weißt, du Gesindel, bin ich zutiefst verstimmt wegen deines Einwands«, sagte er mit einem kühlen und beherrschten Knurren zu Gareth – und die zusammengekniffenen Augen glitzerten. »Gemeines Messing wird sich stets inmitten des hoch darüberstehenden Goldes zeigen, ein Gemeinplatz, den du gerade demonstriert hast. Einer, der selbst unwürdig ist des Vertrauens und unfähig eines gentlemanhaften Verhaltens, unterstellt dasselbe anderen.«

»Schieben wir mal alle Platitüden beiseite – um der Aufzeichnungen dieser Prozeduren willen, ist das eine Annahme oder eine Verweigerung meiner Anfrage?« fragte Gareth in ganz mildem Tonfall, ein schwaches Lächeln der Erheiterung auf dem Gesicht. Da alle Wächter und Leibwächter draußen in der Halle zurückgelassen worden waren, trugen er und ich jetzt die Strahlentransmitter. Wenn es nicht deshalb gewesen wäre – und wegen des beständigen Grummelns im Raum –, hätte die Antwort sehr wohl eine Verweigerung sein mögen.

»Da du ganz offensichtlich eine Rückversicherung benötigst, darfst du dir deinen Umschlag selbst wählen«, antwortete der Großprinz, als würde er einem winselnden Hündchen einen Knochen gewähren. »Ich bezweifle jedoch ernsthaft, daß jene von wahrer Qualität und Geburt so ungehobelt wären und …«

»Nun, nun, es wäre auch nicht gerecht, wenn *ich* einen Vorteil in Anspruch nähme«, unterbrach Gareth glatt und rasch, denn er wußte verdammt gut, wie wenig Nerv die enttäuschten Erben hätten, sich allein gegen den Großprinzen zu stellen. »Im Interesse eines Fair-Play werden wir uns *alle* unsere Instruktionen wählen.«

Wieder war der Großprinz zutiefst wütend, aber er mußte einfach anhand des jähen Schweigens bemerken, daß seine List, die er gegen die anderen Teilnehmer hatte anwenden wollen, nicht gelingen würde. Wenn er versuchte, sich erneut zu verweigern, so hätte er eine Revolte gleich bei der Hand, und *seine* Wachleute waren zusammen mit allen anderen Wächtern draußen gelassen worden.

»Sehr gut, dann um des Fair-Plays willen«, stimmte er barsch und ohne die geringste Güte zu und sah sich mit funkelndem Blick um. »Die Umschläge werden gemischt.«

Er winkte die vier Diener, die die Umschläge hielten, heran, und Gareth verlor keine Zeit, zu ihnen hinüberzugehen und das ›Mischen‹ zu überwachen. Soweit verlief alles nach Plan, mit dem zusätzlichen Vorteil des enttäuschten Ärgers, den mein Vater und die anderen zeigten. Ich mußte mich einfach fragen, ob so etwas schon je zuvor geschehen war. ›Wie jeder wußte‹, hatte es Zeiten gegeben, da ein enttäuschter Erbe die Dreißig gewonnen hatte, aber war das die Wahrheit oder einfach ein Köder, um Unschuldige ins Gemetzel zu führen? Ziemlich wahrscheinlich war es so …

»Regan«, sagte eine Stimme und holte mich aus meiner Träumerei heraus. Ich blickte überrascht auf und sah Jamis neben mir stehen. Mein Bruder lächelte, und als ich ihm die Hand reichte, nahm er sie.

»Stell dir vor, sich hier zu begegnen«, sagte er mit neckischem Grinsen, während sich seine Finger sanft um die meinen schlossen. »Ist's nicht schön, wenn Familien etwas gemeinsam tun?«

»Besonders mit ihren Eltern«, sagte ich und sah ihn mir genau an. »Du weißt sicherlich, daß ich einen Grund dafür habe, entzückt zu sein, Vater wiederzusehen, aber wenn es dann dazu kommt, werde nicht ich diejenige sein, die sich ihm gegenüberstellen muß. Was wirst du tun, wenn du es tun mußt, Bruder?«

»Ich zähle auf die Tatsache, daß die Wahrscheinlichkeit dagegen spricht«, sagte er mit eben dem Lächeln, und nicht mehr als ein Schatten zeigte sich sehr kurz in seinen Augen. »Wenn die Wahrscheinlichkeit aber gegen mich ist, so werde ich mich einfach der Dinge entsinnen müssen, die er uns beiden angetan hat, oder?

Du bist nicht hier, weil du hier sein mußt, nicht wahr? Du bist freiwillig hier.«

Er blickte den einteiligen Flex-Anzug an, den ich zu leichten, jedoch festen Stiefeln trug, eine flammende Ausnahme unter den hübschen, jedoch nutzlosen Gewändern, die die anderen Frauen trugen. Was ihm anscheinend sagte, daß ich eher als Partner und nicht als Werkzeug dort war. Ihm machte es offensichtlich nichts aus.

»Ja, ich bin freiwillig hier«, stimmte ich mit einem Lächeln zu und wünschte, ich könnte ihm sagen, ich wäre nicht hilflos oder nutzlos, denn die Sorge auf seinem Gesicht zeigte, daß er glaubte, ich wäre es. »Jamis – wenn wir uns zufällig da draußen treffen sollten, bitte, stell dich nicht gegen Gareth. Er kämpft ... sehr gut mit einem Schwert, und es ist eine Sache von Wochen oder äußerstenfalls Monaten, bis sich die regierenden Prinzen dieser Welt in einer tiefen finanziellen Krise befinden werden. Sie werden nicht in der Lage sein, dem, was ich getan habe, etwas entgegenzusetzen, also würde es sich für dich nicht auszahlen ...«

»Also hast du einen Weg gefunden, es ihnen heimzuzahlen«, unterbrach er mit einem Grinsen, denn es gefiel ihm sehr, was ich gesagt hatte. »Ich bin stolz auf dich, kleine Schwester, aber das ist nicht der Grund, weshalb ich hergekommen bin. Ich kam, um dir etwas sehr Wichtiges mitzuteilen, und ich möchte, daß du sorgfältig zuhörst und genau tust, was ich sage.«

Sein Grinsen war jetzt verschwunden, und die Nüchternheit in seinen hellen Augen hielt mich davon ab, meine Sache weiterzuverfolgen.

»Regan, wenn dein Gareth da getötet wird, und dir gelingt es nicht, in den Schutz dieser speziellen Kämpfer zurückzukehren, die euch beide hergebracht haben, so wirst du etwas sehr Schweres, jedoch Notwendiges tun müssen«, sagte er, die Stimme gesenkt, die Finger fest um die meinen geschlossen. »Frauen, die allein in den Durchgängen aufgefunden werden, gestattet man nicht, sie wieder zu verlassen, zumindest nicht auf eine Weise, daß die anderen sie sehen und ihnen helfen können. Sie werden zusammen festgehalten, bis der Wettstreit gewonnen ist, und dann werden sie weggebracht – irgendwoanders hin, wo ihnen sehr schreckliche Dinge angetan werden. Ich möchte nicht, daß dir diese schrecklichen Dinge angetan werden.«

»Du sagst mir, ich solle mich umbringen«, sagte ich mit einem kalten inneren Schaudern, denn ich wußte, es traf zu. »Jamis, bitte, es kann doch wirklich nicht dermaßen …«

»Aber es ist so«, sagte er mit unbarmherziger Eindringlichkeit, wobei seine Augen mich nicht loslassen wollten. »Es wäre schlimm genug für eine der anderen, aber du würdest es niemals überleben – oder je deine geistige Gesundheit wiedererlangen. Versprich mir, daß du ihnen keine Chance läßt, dich zu bekommen.«

Ich teilte die Lippen, wußte nicht, ob ich es tat, um ihm das Versprechen zu geben, das er hören wollte, oder um ihm von dem Strahlentransmitter zu erzählen, den ich trug, aber die Worte wurden niemals ausgesprochen. Genau in diesem Augenblick erfolgte eine Unterbrechung und beendete jenen Teil unserer Unterhaltung.

»Es ist Zeit, unsere Instruktionen zu prüfen, Regan«, tönte Gareths Stimme rechts von mir, die Worte betont nüchtern. »Und ich glaube, dein Freund sollte besser gehen und sich die eigenen holen.«

»Gareth, dies ist mein Bruder Jamis«, sagte ich, während sich die beiden Männer einfach ansahen, und gleich zurückzogen, obgleich sich keiner von beiden bewegte. »Wir stoßen vielleicht während des Wettstreits nicht auf ihn, aber …«

»Sie sind also der Mann, der glücklich genug war, meine kleine Schwester zu heiraten«, sagte Jamis mit einem jähen blassen Lächeln, wobei er nur ein wenig zu

Gareth aufblicken mußte. »Sie sollten während dieser Sache besser auf sie achtgeben, oder Sie müssen mir später noch Rede und Antwort stehen.«

»Wenn ich nicht auf sie achtgebe, würde ich das verdienen«, antwortete Gareth und zeigte dabei aus irgendeinem Grund das gleiche Lächeln. »Ich weiß, Sie werden es mir nicht übelnehmen, wenn ich sage, daß ich hoffe, wir werden heute nicht wieder aufeinandertreffen.«

»Nicht im geringsten«, sagte Jamis und streckte die Hand aus. »Morgen, bei der Feier, wird es früh genug sein.«

»Morgen bei der Feier«, stimmte Gareth zu und nahm Jamis' Hand. Die beiden schlossen die Hände nur kurz, und dann ging Jamis mit einem ruhigen Lächeln, um sich seine Instruktionen zu holen. Seine Frau, die noch nicht einmal versucht hatte, dem Gespräch zu folgen oder daran teilzunehmen, eilte rasch hinter ihm her, die Hand an ihrem Haar, und schenkte dabei nichts und niemandem ihre Aufmerksamkeit. Ich fand das ziemlich deprimierend, fast so sehr wie das, was zwischen Gareth und Jamis vor sich gegangen war.

»Ich glaube, allmählich hasse ich die Männer wirklich«, sagte ich, wobei ich zu Gareths ruhigem Gesicht aufblickte. »Wenn ihr beide während des Wettstreits aufeinander trefft, werdet ihr kämpfen, nicht wahr?«

»Uns bleibt keine andere Wahl«, antwortete er mit einem Schulterzucken und streckte eine Hand aus, um mir das Haar zu glätten. »Er hat sich geweigert, dich irgend etwas zu seinen Gunsten sagen zu lassen, und dafür respektiere ich ihn. Wenn wir uns tatsächlich begegnen, sind wir um deinetwillen übereingekommen, bis zu einer klaren Entscheidung zu kämpfen und nicht bis zum Tod, so daß der Verlierer nur verwundet zurückbleiben muß. Jetzt solltest du dich ein wenig besser fühlen, hoffentlich gut genug, um mit mir diese Instruktionen anzusehen. Wie ist's?«

Sein schwaches Grinsen war wärmender, als die Mittagssonne es gewesen wäre, und ich legte ihm kurz mit einem Lächeln des Danks die Hand aufs Gesicht, ehe ich meine Aufmerksamkeit dem Umschlag widmete, den er hielt. Er hatte versprochen, meinen Bruder nicht zu töten, sogar ohne daß ich darum gebeten hätte, und das bedeutete mir mehr, als ich hätte in Worte fassen können.

Unsere Instruktionen bestanden aus Karten mit den merkwürdigsten Bezeichnungen, die ich je gesehen hatte, sechs oder sieben Seiten mit Karten, denen man eine nach der anderen folgen sollte, die jedoch aussahen, als bezögen sie sich überhaupt nicht aufeinander. Gareth untersuchte sie mit zusammengekniffenen Augen, wobei er möglicherweise etwas sah, das ich nicht sah. Aber ich sah sie auch gar nicht daraufhin an, etwas zu verstehen. Ich prägte sie mir eine nach der anderen ins Gedächtnis ein, indem ich sie von meinem anderen Ich in unser mentales File speichern ließ, und überließ den Versuch zu verstehen der Zeit, wenn wir das echte Terrain vor uns hatten und sie dann damit vergleichen konnten.

»Ich glaube, wir sollten uns in Bewegung setzen«, sagte Gareth, als ich von der letzten Seite aufblickte, und mich darauf konzentrierte, wieder bewußt wahrzunehmen. »Die meisten anderen sind bereits gegangen, und wir möchten doch nicht in irgendeinen gemütlich aufgestellten Hinterhalt geraten.«

»Es wäre schön, wenn wir Hinterhalte aller Art vermeiden könnten«, bemerkte ich, blickte mich um und sah, daß nur noch vier Leute zusammen mit uns im Raum geblieben waren. »Ist der Großprinz rumgegangen, um ihnen allen eine gute Reise zu wünschen?«

»Der Großprinz hat sich von seinen drei alten Freunden verabschiedet und ist anschließend hinausstolziert, wobei er wie jemand aussah, der hinter frischem Blut her ist«, sagte Gareth, mit einem Gefühl der Freude in seiner Beobachtung. »So wütend, wie sie allesamt sind, würde ich sagen, keinem der drei wird es gelungen ein, eine der einfacheren Routen zu bekommen, die sie alle hätten vorfinden sollen. Jetzt werden sie es wie die übrigen von uns hinter sich bringen müssen.«

»Nicht notwendigerweise«, antwortete ich, denn ich hatte die Tatsache nicht unverdächtig gefunden, daß sie dennoch alle vorausgegangen waren, und zwar rasch. »Wenn besondere, einfache Routen für sie eingerichtet wurden, gibt es gute Gründe dafür, daß man ihnen schon länger gestattete, diese Routen zu studieren, als die etwa fünfzehn Minuten, die allen anderen gegeben wurden. Sie haben womöglich Tage gehabt, sich die Routen einzuprägen, was bedeutet, sie werden sie dennoch nehmen, gleichgültig, welche Route sie aus dem Topf gezogen haben. Wenn sie wütend sind, dann womöglich über die Tatsache, daß es drei andere Paare ebenfalls einfacher haben werden.«

»Das ergibt gewissen Sinn«, stimmte er zu, und der grimmige Ausdruck, den er jetzt bekam, schickte seine linke Hand zum Schwertknauf. »Und das bedeutet womöglich auch, daß jene drei glücklichen Paare keine sehr großen Chancen haben, wenn man sie von hinten erwischt. Ich wünschte, wir könnten etwas dagegen tun, aber ich bezweifle, ob wir imstande sind, etwas zu erreichen. Laß uns gehen!«

Noch länger herumzustehen, ergab wenig Sinn, also gingen wir zu den nächstgelegenen Terrassentüren und traten hinaus in die heraufkommende Morgendämmerung. Der Raum, den wir verließen, barg jetzt nur noch ein letztes Paar. Die Frau stand ruhig da, während der Mann verzweifelt Seiten umdrehte, und ich fragte mich kurz, was ihnen wohl zustieße, falls sich dieser Mann dafür entschiede, das Ganze schließlich doch nicht zu Ende zu führen. Der großgewachsene, blonde, gutaussehende Mann hatte überhaupt nicht vertraut gewirkt, aber irgendwie hatte ich das Gefühl, daß seine Frau meine ältere Schwester Annce sei.

Die Luft draußen war noch immer kühl und grau, und in dem farblosen Dämmerlicht fühlten wir uns wie Eindringlinge, als wir von der Terrasse auf den Pfad traten, den die erste unserer Karten gezeigt hatte. Der Pfad führte durch die dunklen Gestalten der Bäume und Büsche und aufragenden Felsen. Bei der ersten Kurve verloren wir das Haus, das wir gerade verlassen hatten, aus den Augen, aber wir waren noch nicht lange genug entfernt, daß ich auch nur daran *gedacht* hätte, mich an Gareths Arm festzuhalten. Zwei weitere Kurven, und dann lag ein steinerner Bogengang vor uns, und das schwache Licht im Innern erleuchtete eine in die Tiefe führende Treppenanlage. Gareth beobachtete die Gegend um uns herum, brauchte jedoch einen Augenblick, um in Richtung auf den Bogengang zu nicken.

»Jetzt wissen wir, was diese parallelen Linien bedeuten sollen«, sagte er mit sehr leiser Stimme, während wir uns vorsichtig dem wirklichen Beginn unseres Pfads näherten. »Linien bedeuten abwärts, also gehen wir abwärts.«

»Linien bedeuten *hier* abwärts«, korrigierte ich ihn, wobei ich hoffte, meine Stimme höre sich für ihn fester an als für mich. »Sobald wir das andere Ende des Pfads gefunden haben, werden wir wissen, ob sie überall dasselbe bedeutet haben.«

Er grunzte zum Einverständnis, daß wir Narren wären, wenn wir die Karten für so etwas wie die absolute Wahrheit nähmen, und führte uns die geschnittenen Steinstufen hinab. Insgeheim fragte ich mich allmählich, wie klug meine Entscheidung gewesen war, persönlich Rache nehmen zu wollen, aber ich brauchte über diese Frage nicht lange nachzudenken. Ich *mußte* persönlich dort sein, und ich würde das auch weiterhin wissen, selbst wenn uns echte Alpträume anspringen würden.

Wir stiegen die Treppenanlage hinab und setzten den Weg durch einen steinernen Korridor fort, aber trotz der Ruhe und Unheimlichkeit griff uns nichts an. Gareth ging weiter, die Kartenblätter in der linken Hand und den Blick ständig in Bewegung, aber zunächst gab es nicht viel zu sehen. Mochte der Korridor aus Stein gewesen sein, die Beleuchtung hingegen war ganz modern und zuverlässig, und wir gingen weitere zehn Minuten, ohne daß sich etwas veränderte, außer einer leichten Abwärtsbewegung. Mir kam der Gedanke, daß wir selbst das Glück hatten, eine der leichteren Routen bekommen zu haben, und dann erreichten wir das Ende des Korridors.

»Es sieht so aus, als bedeuteten die parallelen Linien noch immer abwärts«, bemerkte Gareth mit sehr leiser Stimme, während er vor dem großen runden Loch im Fußboden ganz am Ende des Korridors stehenblieb. »Es sieht ebenfalls aus wie ein langer Sturz. Offensichtlich sollte ich als erster hindurch.«

»Warum so offensichtlich?« fragte ich, wobei ich über die Kante des Lochs blickte, um nachzusehen, was er meinte. Der Fußboden unten befand sich gut fünfundzwanzig Fuß unter uns und schien nicht so hell zu sein wie der Korridor, in dem wir standen.

»Wir haben die Bedeutung der Frauen hierbei schon besprochen, oder?« fragte er, während er zu mir hinüberblickte. »Es gibt gute Gründe, daß dich zuerst hinunterzulassen bedeutet, dich fast zwanzig Fuß hinabzuwerfen, ohne daß dich da unten etwas auffängt, und dann bist du ebenfalls ohne Schutz, bis es *mir* gelingt, hinabzukommen. Das bedeutet, ich sollte als erster gehen, und wenn ich mich nicht irre, ist dies hier ebenfalls so was wie eine Falle.«

»Und ich wette, ich weiß, was für eine Falle«, sagte ich, denn ich sah auf einmal einen Teil des Musters. »Der Name des Spiels lautet, Wettstreiter zu eliminieren, und hier kann man das auf zwei Weisen tun: Entweder springt der Wettstreiter durch dieses Loch und riskiert wenigstens einen verstauchten Fußknöchel, ehe er seine Frau auffangen muß, oder er entscheidet, daß es unmöglich ist, dreht sich um und geht zurück. Wenn er springt, bestehen Chancen, daß er sich auf *irgendeine* Art verletzt, und das wird ihm von Nachteil sein, selbst wenn es nur eine Verstauchung ist.«

»Und wenn er zurückkehrte, wirft ihn das aus dem Rennen«, stimmte Gareth zu, drehte sich daraufhin um und sah mich an. »Aber wüßte dann nicht jeder, daß der Wettkampf von vornherein festgelegt ist? Vielleicht lebt keiner, der zurückgeht, lang genug, um darüber zu reden, was er gesehen hat.«

»Niemand, der überlebt und zurückkehrt, wird von sich aus zu reden anfangen«, sagte ich mit einem Kopfschütteln – und glaubte an diese Möglichkeit nur unter Vorbehalt. »Sie möchten nicht den geringsten Anschein erwecken, daß sie nicht ehrlich sind, sonst könnten sie einen Aufstand vor sich haben – oder, schlimmer, das Geflüster würde an die nächste Generation weitergegeben, so daß diese sich nicht mehr freiwillig als Opfer meldet. Warum würden sie jemanden töten – wenn sie aus ihnen statt dessen Zielscheiben des Spotts machen können?«

»Zielscheiben des Spotts«, wiederholte er mit einem Stirnrunzeln, während er mich anstarrte und zu verstehen versuchte. Plötzlich aber traf es ihn wie ein Schlag. Mit einem spöttischen Schnauben, das aller Wahrscheinlichkeit nach sich selbst galt, legte er sich flach neben das Loch auf den Stein und fing an, unter der Kante umherzutasten. Seine blaßblauen Slacks und das Hemd ließen im Stil nach und wurden schmutziger, während er sich da herumwand. Aber nach einigen Minuten stieß er ein lautes: »Ah!« der Befriedigung aus und wälzte sich von dem Loch weg. Als er sich aufsetzte, sah ich, daß er etwas festhielt – das Etwas, das zu sehen ich erwartet hatte –, und er grinste mir zu.

»Ein Kletterseil, komplett mit Knoten«, verkündete er und hob die Schlinge, die er festhielt. »Ein Ende ist in der Decke unter uns verankert, und der Rest hing über einem Haken gerade hinter der Öffnung. Jeder, der sich darüber beklagte, wie tief hinab er springen sollte, ließe sich wirklich zu einer Zielscheibe des Gelächters machen, wenn man ihm dies hier zeigte – vielleicht vor einer Menge Zeugen.«

»Und gerade bevor sie offiziell disqualifiziert werden«, fügte ich hinzu und trat ein wenig näher. »Dies bedeutet, ich gehe zuerst hinunter, nicht wahr?«

»Falsch«, verneinte er mit einem kleinen Kopfschütteln und blickte erneut auf das Loch, neben dem er saß. »Deine Vorahnung, was dieser Falle betraf, hat sich ausgezahlt, und jetzt habe ich eine eigene. Wir werden zusammen hinabgehen.«

Er hatte dafür gesorgt, daß ich soviel Übung im Seilklettern bekam – so daß ich jetzt die Notwendigkeit hierfür nicht einsah. Aber er weigerte sich, meine Argumente anzuhören. Wir faßten das Seil so hoch, wie wir konnten, um das Schwingen und den Zug, den unser herabgleitendes doppeltes Gewichts verursachen würde, möglichst gering zu halten – und manövrierten uns dann zusammen durch das Loch hinab. Seine Hände hielten den Knoten über dem meinen fest, und sobald wir vom Strick allein getragen wurden, ließen wir uns langsam hinab. Der jähe Fall hatte mir ein wenig die Arme und Schultern zerkratzt, jedoch nicht soviel, wie es ohne all diese Wochen des Trainings gewesen wäre. Beide bewegten wir uns zusammen das Seil hinab, und in sehr kurzer Zeit standen wir auf dem unteren Fußboden.

»Hat dir schon mal jemand gesagt, daß eine Schwertscheide eine gefährliche Waffe ist?« fragte ich, als ich mich ihm zuwandte und mir die Seite rieb, dort, wo mich das geschwungene Metall getroffen hatte, kurz nachdem wir aufgebrochen waren. »Und würdest du mir vielleicht einen Hinweis darauf geben, warum du dieses Duett für so notwendig erachtetest? Welch drohendes Damoklesschwert du auch immer erwartet hast, es hat sich anscheinend nicht gezeigt.«

»Ich habe einen dreckigen Dreh erwartet, kein drohendes Damoklesschwert«, antwortete er, und die Alliteration belustigte ihn ein wenig. »Von diesen Leuten erwarte ich in keinster Weise ein Fair-Play, und den Trick mit dem Seil rauszukriegen, ist schwierig, aber nicht unmöglich. Mir ist nur eingefallen, mich zu fragen, ob …«

Seine Worte wurden durch das verknotete Seil abgeschnitten, das plötzlich in voller Länge neben uns auf den Fußboden schlug, ganz offensichtlich nicht mehr an der Decke verankert. Wir warteten, bis alles nutzlos neben uns aufgehäuft lag, und blickten daraufhin einander erneut an.

»… ob das Seil so eingerichtet war, daß es nur eine kurze Nutzungsdauer hätte«, schloß er, ziemlich verärgert, obgleich er ja recht behalten hatte. »Es gibt einige Leute, bei denen kann man es sich einfach nicht leisten, ihnen zu vertrauen.«

»Ich glaube, wir sollten uns wieder in Bewegung setzen«, sagte ich ein wenig erschöpft und fragte mich, was ich getan hätte, wenn ich zuerst hinabgekommen wäre, wie ich es gewollt hatte, und Gareth hätte als zweiter aufsetzen müssen, jedoch beträchtlich härter und rascher. Jamis' Warnung war etwas, worüber ich nicht nachdenken wollte, aber sie sich in der Absicht zu überlegen, wie ihr vorzubeugen sei, ergab mehr Sinn, als sie völlig zu vergessen.

Die neue Ebene, die wir erreicht hatten, war ebenfalls aus Stein geschnitten, aber als Lichtquelle dienten jetzt Fackeln, was kaum als eine Verbesserung betrachtet werden konnte. Gareth zog die Kartenblätter aus dem Gürtel, während ich mich in dem kreisrunden Bereich umsah, wo wir standen, und die vier Öffnungen studierte, aus denen wir aussuchen konnten. Laut den Auskünften, die in meinem mentalen File gespeichert waren, wäre die zweite Öffnung links diejenige gewesen, die wir benötigten, aber sie unterschied sich nicht im geringsten von den drei anderen Durchgängen. Schwaches Fackellicht leuchtete uns aus allen vier Gängen entgegen und trug zu der fehlenden Zuversicht bei, die ich allmählich verspürte.

»Es sieht so aus, als müßten wir *diesen* Weg da gehen«, sagte Gareth und wies auf den Durchgang, den ich bereits untersucht hatte. »Hältst du es für möglich, daß sie uns in die falsche Richtung schicken?«

»Möglich, jedoch nicht sehr wahrscheinlich«, antwortete ich, und sowohl die Worte als auch die Sicherheit gehörten meinem anderen Ich. »Sie möchten uns an einem Ort haben, wo die teilnehmenden Prinzen mit uns ihren Spaß haben können, und wenn wir uns in einem Labyrinth verlieren würden, hätte das wohl kaum den beabsichtigten Zweck. Meiner Ansicht nach können wir mit Sicherheit annehmen, daß uns die Karte, wenn wir ihr folgen, in *irgendeine* Richtung bringen wird.«

Gareth stieß einen nachdenklichen, aber zustimmenden Laut aus, ehe er uns weiterführte, und ich stellte sicher, daß ich keine Zeit dabei verlor, ihm zu folgen, gleichgültig, wie groß, tapfer und bereit sich mein anderes Ich fühlte. Diese Felspassagen schienen völlig verlassen zu sein, aber ich wollte nicht in einer davon allein zurückbleiben.

Der Durchgang, den wir schließlich nahmen, führte zu einem anderen, der sich zu weiteren Durchgängen gabelte, aus denen wir wählen konnten, und dann zu einem dritten, einem vierten, einem fünften. Jede Wahl, die wir laut Anweisung zu treffen hatten, hatte keine Beziehung zur letzten, die wir getroffen hatten, und es schienen Stunden zu vergehen, während wir aus einer dämmrig stillen Höhle in die nächste stapften. Das Erreichen der sechsten Öffnung im Fels bedeutete eine weitere Enttäuschung, insbesondere für Gareth. Er hatte seit unserem dritten Halt etwas davon gemurmelt, daß der Friede und die Ruhe wahrscheinlich kaum noch viel länger währen würden, aber er hatte sich geirrt. Der Friede und die Ruhe *währten* weiterhin, und das konnte womöglich nicht gut gehen.

»Diese verdammte Route führt uns anscheinend in Richtung des östlichen Kontinents«, knurrte er, während er sich umsah und dann auf die einzelne Fackel zuging, die in der Gegend noch brannte. »Wenn wir nicht beim Versuch erblinden, die Karte bei Fackelschein zu lesen, werden wir womöglich dorthin kommen, wo wir herausfinden werden, daß ich zu alt geworden bin, um noch irgendwie zu kämpfen. Warum, zum Teufel, haben sie nicht *alle* Fackeln hier erneuert?«

Er hatte bereits die beiden an den Wänden verteilten ausgebrannten Fackeln angefunkelt, deren leuchtende Gegenwart das Sehen und Kartenlesen leichter gemacht hätte, und schritt jetzt gerade auf die einzige Lichtquelle zu, die er noch benutzen konnte. Eine Alarmklingel schrillte jäh in meinem Kopf, ausgelöst durch die Dummheit, daß man nur eine von drei Fackeln ersetzt hatte. Aber ehe ich mehr als »Gareth!« rufen konnte, war er bereits an der Fackel und hob die Karten hoch, um die gegenwärtige lesen zu können. Bei meinem Ruf fuhr er rasch mit dem Kopf herum, was ihm womöglich die Sehfähigkeit rettete; ohne Warnung flammten die Blätter der Karte in blauweißen Flammenzungen auf und veranlaßten ihn dazu, sie mit einem Ausruf des Schrecks und des Schmerzes fallenzulassen. Er fuhr bereits zurück, als ich loslief, und wir standen beide da und sahen schwarze Asche zum Felsboden der Höhle hinabtreiben.

»Bist du in Ordnung?« fragte ich mit einer Stimme, die wieder zittrig geworden war, während ich mich schweigend, jedoch bitter verfluchte, weil ich die Wahrheit nicht eher erkannt hatte. »Warum sollten sie etwas Derartiges tun? Es ergibt überhaupt keinen Sinn!«

»Ich habe nichts weiter als ein paar angesengte Finger, dank dir«, antwortete er, wobei er noch immer auf das starrte, was von den Blättern, die er gehalten hatte, übriggeblieben war. »Und natürlich macht das Sinn, aber ich habe ihn einfach nicht eher gesehen. Wie viele Durchgänge gibt es, aus denen wir wählen können?«

»Fünf«, antwortete ich, »aber welchen Unterschied macht das? Der nächste, den wir benutzen sollen, ist ...«

»Und was ist, wenn wir umkehren?« fragte er und gab mir keine Chance, das zu Ende zu sprechen, was ich sagte. »Wenn es sein muß, könnte ich unsere Schritte durch die letzten beiden Gänge zurückverfolgen, aber darüber hinaus? Und ich war derjenige, der die Karten getragen und studiert hatte. Was, wenn ich als Krönung des Ganzen auch noch blind wäre?«

»Verdammt, das ist mir auch entgangen«, knurrte ich, wirklich verärgert über mich. »Ich habe nach Dingen Ausschau gehalten, die *mich* und meine Fähigkeiten neutralisieren würden, aber sie sind nicht hinter mir her, sie verfolgen dich. Sie wissen nichts von mir, also bist *du* das Hauptziel – aber warte mal eine Minute, wir können uns nicht leisten, es nur auf diese Weise zu betrachten. Sie hatten die Möglichkeit zugeben müssen, daß ich ein Talent hätte, das helfen könnte. Vielleicht erklärt das auch den Grund dafür, daß das Seil herabgekommen ist: selbst wenn es uns nicht beim Hereinkommen erwischt, und ich die Fähigkeit gehabt hätte, uns zurückzubringen, hätten wir noch immer in der Falle gesessen.«

»Was bedeutet, sie wollen, daß wir weitermachen, selbst wenn wir den falschen Weg gehen«, sagte er, während er sich noch immer die Fingerspitzen der linken Hand rieb. »Wir werden ihnen den Gefallen tun, aber von jetzt an nehmen wir nichts mehr als selbstverständlich hin. Durchkommen und gewinnen sollte uns *etwas* einbringen, aber nicht das, was wir erwartet hatten. Nun, welchen Durchgang sollen wir als nächsten nehmen?«

Ich zeigte den richtigen Durchgang, indem ich mich dorthin auf den Weg machte. Aber die Parade anzuführen, war etwas, das er mich nicht tun lassen wollte. Wenn uns jedoch etwas erwartete, wollte ich nicht, daß es ohne Warnung über ihn herfallen könnte. Er jedoch weigerte sich, es auf diese vernünftige Weise zu sehen. Er zog mich mit der großen Hand am Kragen zurück, ehe ich mehr als zwei oder drei Schritte hätte tun können, und der Blick, den er mir zuwarf, als er sich mit Gewalt an die Spitze setzte, sagte bereits, daß er wütend über das war, was ich zu tun versucht hatte. Es war mir ziemlich gleich, wie wütend er war, so lange er nur heil genug blieb, um wütend zu *sein.*

Dieser erste Gang, durch den wir gingen, schien für jemanden eingerichtet, dessen Sehvermögen beschädigt war, aber uns bereitete es keinerlei Schwierigkeiten, das Loch, das sich nahe der rechten Wand im Boden befand, zu umgehen. Diesmal war es ein langer Gang, und wir verließen ihn in ein Gewirr von Felsen und Findlingen hinein, die sich in das Dämmerlicht hinabwanden. Es gab nicht viele Stellen, in die man Fackeln hineinsetzen konnte, also war der Abstieg tückisch. Dabei erwies sich unser Training erneut als nützlich. Über Felsen und um Findlinge herum zu klettern ist einfacher, wenn man die Technik gelernt hat, und wir hatten sie ganz gewiß geübt. Die Karte in meinem Kopf besagte, daß wir hinab mußten und dann im rechten Winkel gehen – aber nachdem wir unten angekommen waren, entdeckten wir, daß die Karte etwas ausgelassen hatte. Auf der weiten, dämmrigen und ziemlich glatten Fläche unten erwartete uns jemand.

»Nun, nun, laßt mich meine Glückwünsche aussprechen«, schnurrte der Mann, einer der drei Prinzen, der zugleich mit uns den Wettstreit begonnen hatte. »Wenige Teilnehmer, die – wie ihr – diesen Weg genommen haben, haben es so weit geschafft, aber keine Sorge. Ich werde euch einfach als unerwarteten Bonus betrachten.«

Das warme Lächeln, das er uns schenkte, war schrecklich, insbesondere in Anbetracht dessen, was sich hinter ihm befand. Rechts, etwas weiter entfernt, stand eine Frau mit ruhigem Lächeln auf dem Gesicht, offensichtlich seine Frau, aber weiter zur linken lagen die Leichen zweier Männer. Blutflecken beschmutzten beider Hemden, einer vorn, einer im Rücken, und wenn sie nicht tot waren, so verstanden sie es doch, so zu tun als ob. Weswegen ich noch mehr fröstelte, war, daß es keine Spur der Frauen gab, die ursprünglich bei ihnen gewesen sein mußten. Aber dann wurde ich von diesem Gedanken abgelenkt.

»Er ist müde vom Klettern, mein Liebling, und er wird allmählich wütend«, sagte die Frau, die hinter dem unbekannten Prinzen stand, mit einschmeichelnder und neckender Stimme. »Er mag allein aus Sturheit länger widerstehen, aber er wird ebensowenig gewinnen, wie sie es taten.«

»Das ist deine Meinung«, sagte Gareth zu ihr, ohne den Blick vom Prinzen abzuwenden, während er ebenso das Schwert zog, wie der andere Mann es tat. »Mit Meinungen lassen sich keine Kämpfe gewinnen, und das wirst du jetzt lernen.«

»Vielleicht haben wir für dich auch noch eine Lektion«, murmelte der Prinz und trat sehr zufrieden mit sich selbst vor. Damit hatte der Kampf angefangen. Die beiden Klingen bewegten sich rascher, als ich folgen konnte, das Klappern und Klirren des Stahls war beinahe ohrenbetäubend, aber der Lärm und die Geschwindigkeit schienen keinen der beiden Männer zu bekümmern. Sie gingen aufeinander los, und nichts hätte sie im Augenblick wohl zufriedener stellen können als dieser Kampf. Die Bewegungen waren präzise und gierig, und ich ertappte mich jäh bei der Frage, warum der Prinz so fühlen sollte. Er schien ziemlich gut mit der Waffe zu sein, die er hielt, aber sein erster Angriff hatte ihm gezeigt, daß Gareth kein täppischer Laie war; obgleich müde vom Abstieg, war mein Partner noch immer jünger als der Mann, dem er gegenüberstand, und ohne die größere Geschicklichkeit, auf die er sich berufen konnte, hätte der Prinz wissen müssen, daß der andere ihm überlegen war. Statt jedoch deswegen aus der Fassung zu geraten, schien der Prinz im weißen Hemd einfach belustigt, und ich konnte nicht verstehen …

»*Jetzt,* Liebling!« rief die Frau jäh aus, der Prinz bewegte sich rasch, und es gab keinen Zweifel daran, daß er dasselbe oftmals zuvor getan hatte. Auf das Zeichen der Frau hin griff er mit mehr Kraft an, als er bislang angewendet hatte, und Gareth hätte den Streich fast nicht abblocken können. Er hieb die tödliche Klinge, die auf ihn zukam, im letzten Augenblick zur Seite, und da ging mir auf, daß er ganz kurzzeitig aus dem Gleichgewicht geworfen worden sein mußte, oder abgelenkt, oder jedenfalls etwas, worauf sich die Frau hatte stürzen können. Es war nicht das Geschick des Prinzen, das ihm die Kämpfe gewann, es war das Talent seiner Frau, und darum war er so zuversichtlich!

Die beiden Männer gingen wieder daran, aufeinander einzuhacken, und der Prinz lachte gutmütig darüber, wie ihm etwas mißlungen war, das schließlich nichts weiter als sein erster Versuch gewesen war. Gareth sah leicht erschüttert aus. Wenn ich so nahe gekommen wäre wie er, wäre ich mehr als erschüttert gewesen, aber nicht ich war diejenige, denen sie das Leben zu nehmen versuchten. Ich war nichts weiter als die hilflose Zuschauerin, die sie glaubten, nicht beachten zu müssen – ebenso hilflos wie ein kleiner Dave oder ein gefangener Raf –, und plötzlich kochte ich vor Wut.

Der geglättete Bereich war mehr als doppelt so breit wie die Durchgänge, vermutlich, um dem Prinzen genügend Raum zu geben, seinen Spaß zu haben. Aber das bedeutete auch, daß ich keine Schwierigkeiten dabei hatte, mich an den beiden kämpfenden Gestalten vorbei zu der Frau hinzuschieben, die sie so gierig betrachtete. Sie hatte natürlich den Befehl, genau das zu tun, während man von mir annahm, ich stünde unter dem Befehl, nichts zu tun, was man mich nicht geheißen hatte. Ich fragte mich, ob die beiden vorherigen Frauen ebenso einfach zu nehmen gewesen waren, ob sie auf den Befehl gewartet hatten, ein zweitrangiges Talent auszuüben, mit dem sie nicht viel Erfahrung hatten, den Befehl, den die Männer vielleicht nicht geben konnten, weil sie zu abgelenkt und womöglich auch zu verängstigt gewesen waren. Gareth hatte ebenfalls nichts zu mir gesagt, aber das hatte er auch nicht tun müssen; man gibt den Kampf nicht auf, bis er vorüber ist, und man steht nicht einfach herum und wartet auf das Ende. Ich hatte vielleicht kein Talent, mit dem ich dem begegnen konnte, das gegen uns benutzt wurde, was jedoch nicht bedeutete, daß ich hilflos gewesen wäre.

Sobald ich an den Männern vorüber war, ging ich schnurstracks zu der Frau, die mir noch immer nicht die geringste Aufmerksamkeit schenkte. Da war ein Kampf im Gange, der sie völlig in Anspruch nahm, und gerade, als ich sie erreichte, wurde ihr Lächeln breiter, und sie öffnete die Lippen, um wieder etwas zu sagen. Es ist schwer zu erklären, wieviel Entrüstung ich empfand, daß sie erneut dabei war zu tricksen, obwohl ich unmittelbar neben ihr stand. So konnte ich mich einfach nicht zurückhalten. Ich schlug ihr die linke Hand über den Mund und faßte ihr mit der rechten ins Haar, zog sie ruckartig, so daß ihre

Aufmerksamkeit vom Kampf schließlich abgelenkt wurde.

Aber nicht lange. Sie und ich waren annähernd gleich groß, und sie wollte sich lediglich wieder dem widmen, was sie gerade getan hatte. Sie kämpfte und zog sich teilweise los, und dann stieß sie hart nach mir und versuchte so, mich aus dem Weg zu räumen, aber ich konnte es mir nicht leisten, das zuzulassen. Ich stolperte. Sie war inzwischen fast wieder dabei, zum Kampfgeschehen hinüberzuschauen und den Stand der Dinge abzuschätzen, aber da schlug ich sie meinerseits, womit ich ihr einen Laut der Wut und des Schmerzes entlockte. Jetzt hatte sie keine andere Wahl, als wieder über mich herzufallen, wie ich über sie herfiel, und einen Augenblick später lagen wir auf dem Steinboden, die Hände in den Haaren der jeweils anderen, und wir knurrten und kämpften darum, die andere zur Aufgabe zu zwingen. Ich war jünger als sie und wahrscheinlich in besserer körperlicher Verfassung, aber so hatte ich noch nie zuvor gekämpft, denn sie war verzweifelt bis zur Besessenheit.

Ich hatte keine Ahnung, wie lange das alles dauerte, aber auf einmal wurde unser Geknuffe und Geknurre auf unerwartete Weise unterbrochen. Ein großer Arm legte sich mir um die Taille, und ich wurde von der Frau weggezogen, eine Handlung, die mich sehr erschreckte und mich dazu veranlaßte, noch härter zu kämpfen. Jäh war ich davon überzeugt, es sei der Prinz, der mich von seiner Frau wegzog, um mir das anzutun, was zuvor schon den anderen Frauen angetan worden war, und ich konnte den Gedanken nicht ertragen, dies zuzulassen.

»He, nun mach mal halblang, Killer!« sagte mir eine Stimme ins Ohr, während mich ein weiterer Arm umfaßte und versuchte, mich ruhig zu halten. »Es ist alles vorüber, und wir haben gewonnen, also mach mal halblang!«

Ich blickte mich rasch um und sah, daß es Gareth war, der mich mit einem Ausdruck von Belustigung auf dem Gesicht festhielt. Die Erleichterung war derart groß, daß ich mich in seinem Griff drehte und ihm die Arme um den Hals warf. Ich hatte ihn mir nicht tot vorstellen können, und die Tatsache, daß er noch nicht einmal verwundet worden war, war tausend Mal besser als die Erkenntnis, daß ich mir um Jamis' Warnung keine Sorgen machen mußte.

»Ich glaube, dies nennt man ›die Früchte des Sieges‹«, murmelte er sehr leise, während ich damit fortfuhr, ihn festzuhalten, und er die eigenen Arme sanft, jedoch bestimmt um mich legte. Ich hatte das Gefühl, er redete mehr zu sich selbst statt zu mir, aber die Worte dienten dazu, mich an das Versprechen zu erinnern, das ich gegeben hatte. Einfach nur ein letztes Mal, und ich werde dich nicht wieder belästigen, hatte ich in der Nacht zuvor gesagt, und er hatte zugestimmt, es dabei zu belassen. Jetzt hatte ich bekommen, was *ich* gewollt hatte, also mußte ich fairerweise meinen Teil des Handels einhalten. Es nicht zu wollen, hatte nichts damit zu tun, also zwang ich mich dazu, ihn loszulassen, und das löste seinen Griff ebenso. Als er von mir zurücktrat, konnte ich einen dritten Leichnam sehen, der ausgespreizt auf dem Stein lag, aber dieser Anblick entsetzte mich nicht.

»Ich habe gewußt, daß du imstande wärst, ihn zu schlagen, wenn sich niemand einmischt«, sagte ich und verspürte dabei die tiefe Befriedigung meines anderen Ichs. »Ich frage mich, ob er das Sterben ebenso genossen hat wie das Töten.«

»Das möchte ich bezweifeln«, antwortete Gareth trocken und sah dorthin, wohin ich sah. »Und wenn du es technisch ausgedrückt haben möchtest, so war es sein eigenes süßes kleines Spiel, das ihn geschlagen hat. Ihm ist überhaupt nicht aufgefallen, daß du dich an seine Frau herangemacht hast. Als er also hörte, daß sie etwas sagen wollte, nahm er an, sie sagte ihm, er habe freie Bahn. Er versuchte auf der Stelle, sich auf mich zu stürzen, vielleicht, weil ihm allmählich der Atem und die Kraft ausgingen und er den Kampf rasch hinter sich bringen mußte, aber er endete rascher, als er erwartet hatte. Seine Frau hatte lediglich auf ihren eigenen Kampf reagiert, ihm nichts von freier Bahn gesagt, und sein Satz vorwärts verschaffte *mir* die freie Bahn, die ich benötigte. Aus dem Ausdruck auf seinem Gesicht, als meine Klinge in ihn hineinglitt, würde ich schließen, daß er gerade noch genügend Zeit hatte, den begangenen Fehler zu bemerken, und daß dies garantiert sein letzter Fehler gewesen war.«

»Er hat es nicht besser verdient«, sagte ich, und dann gingen mir die Worte aus, als ich den Kopf wandte und zufällig die Frau erblickte, mit der ich gekämpft hatte. Es ist unmöglich, mit Worten auszudrücken, was ich von ihr als Reaktion erwartet hatte, vielleicht Hysterie oder Erleichterung darüber, endlich frei zu sein, oder eine Regung, das etwas *bedeutete;* ihre wahre Reaktion jedoch war entsetzlicher als all diese blutbeschmierten Leichname, zwischen denen wir standen. Sie war aufgestanden und bürstete sich das Gewand sauber, und sie war gerade dabei, sich das Haar und das Make-up zu richten, wobei sie sich in dem Spiegel anstarrte, den sie von irgendwoher genommen hatte. Ich glaubte keinen Augenblick, daß sie nicht wußte, daß ihr Gatte tot war, der Mann, mit dem sie so viele Jahre gelebt hatte. Aber alles, was sie beschäftigte, war die Reparatur des Schadens, der ihrem Erscheinungsbild durch die Balgerei mit mir zugefügt worden war. Das war das einzige, worum sie sich kümmerte, und als mich schauderte, legte sich Gareths Arm um mich, um uns von dort wegzuziehen. An ihrer Stelle hätte ich so nicht sein *wollen,* ganz gewiß nicht, und ich konnte es nicht ertragen, sie noch länger anzusehen.

Kurz danach wurde der Weg etwas ebener, und sobald wir ein gutes Stück von dem Ort entfernt waren, wo der Kampf stattgefunden hatte, blieben wir für eine kurze Rast stehen. Gareth war nicht im entferntesten am Ende seiner Kraft, aber es wäre dumm gewesen, keinen Vorteil aus der Flaute zu ziehen oder zu warten, bis er näher am Zusammenbrechen gewesen wäre. Zu diesem Zeitpunkt hatte mein anderes Ich mir dabei geholfen, mich soweit zu beruhigen, daß ich zumindest den Anschein einer äußerlichen Beherrschtheit erweckte. Dennoch saß ich ein wenig von Gareth entfernt mit dem Rücken an die Steinwand gelehnt – und brütete. Ich hatte *so lange* mit Lamentieren über die Tatsache verbracht, daß ich im Alter von zwölf Jahren dazu gezwungen gewesen war, von zu Hause wegzugehen, und daß man mir nicht erlaubte, wieder heimzukehren; da ich jetzt genau wußte, was ich hatte aufgeben müssen, befand ich mich fast in Aufregung deswegen, da ich es nicht erlebt hatte. Das bereitete mir auch Sorgen. Wenn man das halbe Leben damit verbringt, heimlich über eine Tragödie von grenzenlosen Ausmaßen zu weinen, wie gewöhnt man sich an die Entdeckung, daß die Tragödie womöglich der größte Gefallen gewesen war, den einem jemand hatte tun können? Zuckt man einfach mit den Schultern und grinst schafsdumm, gibt man zu, man habe sich geirrt und geht zur Tagesordnung über? Vergißt man alles, was bis dahin geschehen ist? Wie?

Unsere Rast endete, und ich war noch immer nicht bei zufriedenstellenden Schlüssen angelangt, aber es dauerte nicht lange, bis unmittelbarere Sorgen mich von meinen Problemen ablenkten. Die sanfte Abwärtsbewegung des Steinkorridors wurde allmählich abschüssiger, und gleich darauf zeigte sich, daß uns die Karte tatsächlich Streiche spielte. Den größten Teil des Wegs den immer steiler werdenden Hang hinab mußten wir – nur mit den ausgeschnittenen Wänden als Halt – hinabgehen, und dabei darauf achten, den Weg nicht bis zum

Ende hinabzugehen. Der Seitendurchgang, den wir suchten, lag versteckt hinter einer Felsfalte links in der Wand, und falls wir an ihr vorübergingen, müßten wir einen fast lotrechten Weg wieder hinaufgehen, um zurückkehren zu können. Wir konnten nicht sehen, was am Grund des Grats lag, und ich wollte es auch nicht. Wenn man in Betracht zog, wer diese Route höchstwahrscheinlich angelegt hatte, konnte es kaum sonderlich angenehm sein.

Nachdem wir einige weitere Stunden hinter uns gebracht hatten, war ich in der Lage, mehr von dem Muster zu erkennen. Jene, welche die Route ausgelegt hatten, hatten nicht damit gerechnet, daß die Karte dem Teilnehmer völlig verloren ginge, und hatten Überraschungen eingebaut, wo immer sie glaubten, diese würden Verwirrung verursachen. Leichte Teile des Korridors konnten ebenso wahrscheinlich verborgene Schächte haben wie auch nicht, einige versteckte Durchgänge waren fast offen – falsche Durchgänge – und die ausgewählten zeigten sich nicht immer als das, was sie zu sein schienen. Trotz meines früheren Verdachts blieben die Karten völlig akkurat und sogar an ein oder zwei Stellen überaus wichtig, und dann erreichten wir einen Punkt, wo unsere Wahl klarer und einfacher fiel, als sie es für mehr denn eine Stunde gewesen war.

»Welch eine Überraschung!« sagte Gareth mit gelangweilter Stimme, während er auf die Passage rechts blickte, die fünfzig Fuß weit immer geradeaus verlief, ehe sie sich nach rechts krümmte und außer Sicht geriet, ebenfalls nach rechts. »Der Pfad führt wieder abwärts, und wir gehen mit. Zu dumm, daß sie nicht daran gedacht haben, einige dieser Höhlen mit Schlägern zu dekorieren. Es wäre eine nette Unterbrechung dieser Eintönigkeit gewesen.«

»Warte 'ne Minute«, sagte ich, als er sich in Bewegung setzte, aus irgendeinem Grund nicht sehr glücklich mit jenem Durchgang. »Laß uns eine Pause einlegen und darüber nachdenken!«

»Was gibt's darüber nachzudenken?« fragte er, hielt inne und sah sich nach mir um, obgleich er ohne Zweifel ungeduldig war und weiter wollte. »Ist dies nicht der Weg, den wir laut Karte gehen sollen?«

»Ist er bestimmt«, stimmte ich langsam nickend zu. »Das ist eines der Dinge, die mir Sorgen bereiten. Wir müssen noch weiter bergab, aber wenn man sich an den Rest des Musters hält, müßte diese Kurve nach links gehen. Die Karte *zeigt,* wie sie nach rechts führt, also denke ich, ich werde besser überprüfen, was nach dieser Kurve hier kommen soll.«

»Dann tu's, aber rasch!« sagte er und kehrte dorthin zurück, wo ich stand, und die Ungeduld beherrschte ihn zum größten Teil noch immer. »Je weiter wir gehen, desto mehr drängt es mich, das Ende des Wegs zu erreichen. Ich erwarte, daß dort ein Geschenk auf mich wartet, eines, auf das ich mich schon seit Jahren gefreut habe, also möchte es nicht länger warten lassen, als es sein muß.«

Das mußte die längste Rede gewesen sein, die er seit Stunden gehalten hatte, und da überkam es mich, daß ich nicht die einzige war, die etwas gefunden hatte, um darüber zu brüten. Es hätte mich gefreut, mit ihm über alles zu reden, über seine Probleme ebensogut wie über meine, aber dazu war einfach nicht die Zeit. Ich konnte lediglich die Gedanken auf die Anomalie im Muster richten und hoffen, es würde später eine bessere Gelegenheit dazu geben. Meine Konzentration war so groß wie eh und je, sie sorgte dafür, daß ich die Dinge nochmals sah, suchte, und daß ich blinzelnd vorausblickte. Als ich mir des Felsens rundherum wieder bewußt wurde, wußte ich, daß ich die Antwort hatte.

»Sie haben jemanden erwartet, der in der Lage wäre, sich Punkt für Punkt an die Karten zu erinnern«, sagte ich den hellen Augen, die mich erwartungsvoll anblickten, und da runzelte er die Stirn. »Alles, woran wir vorübergekommen sind, paßt zum gleichen Muster des Abstiegs wie das, was vor uns liegt – nur diese Kurve nicht. Bis jetzt sollten wir völlig von dem abhängen, was ich mir ins Gedächtnis geprägt hatte, und die Kurve fraglos hinnehmen. Ich kann nicht sagen, wohin uns diese Passage bringt, aber sie verläuft sicherlich nicht in der Richtung, in die wir gehen wollen.«

»Verdammt soll ich sein, wenn ich's nicht trotzdem versuche«, brummte er und drehte sich, um die offene, sichtbare Passage anzufunkeln. »Wenn es eine Chance dafür gäbe, daß *jemand* am anderen Ende wäre, würde ich's tun, aber es ist wahrscheinlicher, daß uns *etwas* fertig machen soll. Nun gut, und wie kommen wir zu dem Weg, den du gehen willst?«

»Das ist eine gute Frage«, meinte ich, erleichtert darüber, daß er's nicht versuchen wollte. »Wie wir wissen, muß er nach links führen, also fangen wir mal an, die Wand links zu untersuchen.«

Wir überprüften die Wand, die wir bereits passiert hatten, auf dreißig oder vierzig Fuß zurück, gingen daraufhin langsam voran und überprüften das, wohin wir bislang noch nicht gekommen waren. Zehn Fuß jenseits unseres Haltepunkts fanden wir die richtige Passage hinter einer Felsfalte, was mich sicherer denn je machte, daß die Prinzen hier die Anwesenheit einer der ihren eingeplant hatten. Es gab keinen anderen Grund für einen sicheren Pfad nach einer Route, die einen Uneingeweihten umbringen sollte, und ich fragte mich, warum sie es so gemacht hatten. Oder hatte der Wettstreit ursprünglich völlig fair begonnen und war erst später zu etwas Niedrigem und Hinterhältigem verkommen? Das war eine Erklärung, an die ich früher noch nicht gedacht hatte, sowie eine, die dazu einlud, darüber nachzudenken.

Wozu ich nicht die Zeit hatte. Der neue Durchgang paßte perfekt zu den weiterführenden Details der Karten, und von da an fanden wir keine weiteren Tricks mehr. Bei einigen der steileren Abhänge kostete es Mühe, ohne auszurutschen und zu fallen hinabzukommen, aber niemand, der nicht völlig unfähig gewesen wäre, hätte damit wirklich Schwierigkeiten gehabt. Wir gingen und kletterten, fanden unsere richtige Route und gingen weiter. Schließlich erreichten wir eine breitere Höhle, als wir bis dato betreten hatten. Hier und da hatte man Fackeln in die Risse von einigen der sehr großen Felsen gesteckt, die über den ganzen Raum verstreut waren, aber das bedeutete nicht, daß wir jetzt ohne jegliche Schwierigkeiten erkennen konnten, wohin wir gingen. Es war nicht einfach bloß dämmrig dort, sondern fast dunkel, und als wir anhielten, um zu sehen, ob sich unsere Augen an den Helligkeitsgrad anpaßten, hielt Gareth auf einmal eine Hand hoch.

»Hör mal!« flüsterte er sehr leise, die Lippen nicht weit von meinem Ohr. »Da ist jemand auf der anderen Seite.«

Ich runzelte die Stirn und strengte mich an, genauer hinzuhören, und fing tatsächlich etwas auf, das mir zuvor entgangen war: den schwachen Laut einer Männerstimme, zusammen mit einem weiteren, noch schwächeren Laut. Gewiß befand sich jemand auf der anderen Seite jenes Felswirrwarrs, aber als ich weitergehen wollte, hielt mich Gareth zurück.

»Du wartest hier, bis ich herausgefunden habe, wer es ist!« flüsterte er wiederum, und die Finger auf meinen Lippen hielten mich davon ab, zu antworten oder gar zu diskutieren. »Wenn es sicher ist, werde ich dich rufen, aber mach bis dahin kein Geräusch! Sie sollen nicht wissen, daß wir hier sind, ehe sie es wissen müssen.«

Daraufhin ließ er mich los und verschwand in der Dämmerung, die um den nächstgelegenen Felsen lag, wobei er kein Geräusch verursachte. Er ließ mich allein zurück, im stillen kochend wegen des ›Wir‹, das er immerzu benutzt hatte. ›Wir‹ meinte ein Team, und ›wir‹ hatten es soweit geschafft, aber *er* war derjenige, der weiterging, während ich dort stand und wartete. Es war nicht fair, nicht nach dem, was wir bereits durchgemacht hatten, aber er hatte sichergestellt, daß er gehen konnte, bevor ich auch nur anfangen konnte, nicht einer Meinung mit ihm zu sein. Nun, wenn er nicht diskutieren wollte, dann wollte ich es auch nicht; ich wollte ihm folgen, und das tat ich denn auch.

Ich hatte halb erwartet, ihn auf der anderen Seite des Felsens vorzufinden, und als ich das nicht tat, gab es nichts weiter zu tun – außer mir zu überlegen, welchen Weg er von dort aus genommen hatte. So etwas wie eine undeutliche Spur führte zu beiden Seiten der Felsen und Findlinge auf meinem Weg entlang, also wählte ich den rechten und ging einfach weiter. Ich lernte schnell, wie man sich bewegen mußte, ohne ein Geräusch zu verursachen, aber ich mußte noch immer darauf achten, was ich tat, um mir dessen gewiß zu sein. Deswegen fand ich auch erst dann heraus, wie weit ich gekommen war, als ich mich um die Seite eines Felsens beugte, noch immer im Schatten, und sah, daß ich ein wenig *zu* weit gegangen war. Statt Gareth vor mir zu sehen, wurde mir ein anderer Anblick präsentiert, einer, bei dem ich genau dort, wo ich mich befand, erstarrte. Beleuchtet von einer großen Anzahl Fackeln standen da zwei Männer und zwei Frauen, aber lediglich die Männer hatten teil an der fortgeschrittenen Unterhaltung.

»… und als er erschöpft seine Deckung fallen ließ, wußte ich, daß ich ihn hatte«, sagte Jamis gerade mit vorsichtigem Stolz. Er wirkte größer als sonst. »Er war ein alter Mann, Vater, und als sich die Talente unserer Frauen gegenseitig lahmlegten, hätte er sich für geschlagen erklären und mir aus dem Weg treten sollen.«

»Aber unser kleines Spiel wird so nicht gespielt, Jamis«, antwortete unser Vater spöttisch schnurrend und lächelte dabei über die fünf oder sechs Fuß hinweg, die sie voneinander trennten. »Dein verstorbener Gegner erwartete, du würdest ihn auf jeden Fall töten, ebenso wie er es mit dir getan hätte, falls es möglich gewesen wäre. Es war ihm offensichtlich durch den Kopf gegangen, daß er eher einer Null als einem wahren Prinzen gegenüberstand.«

»Du hast keine Veranlassung, das zu mir zu sagen«, gab Jamis hart zurück und versteifte sich, weil er in seinem Stolz verletzt worden war. »Ich hab's soweit geschafft, nicht wahr – ebenso weit wie du? Wenn wir den restlichen Weg über unsere Kräfte zusammentun, können wir sie alle schlagen, und du hast das Vergnügen zu sehen, wie dein Sohn zum Großprinzen ernannt wird. Würde dir das Gefühl nicht gefallen, daß dein Sohn eine Stellung gewonnen hat, selbst nachdem er das erste Mal einen Fehlschlag erleiden mußte?«

»Es würde mich beträchtlich mehr freuen, diese besondere Stellung selbst einzunehmen«, sagte ihm Vater, wobei er die Bitte völlig überhörte, die hinter Jamis' Worten lag. »Tatsache ist, die Stellung gehört bereits mir, und das muß nur noch deklariert werden, wenn diese angenehme Unterhaltung beendet ist. Die Überehrgeizigen werden von jenen ausgemerzt werden müssen, die meinen Hofstaat bilden, wobei nur die Ränkeschmiede und nicht die Macher übrigbleiben. Du hättest über der Erde bleiben und mit deinem Bruder darauf warten sollen, beschnippelt zu werden, Jamis. Jetzt werden dir weit mehr als die Eier weggenommen.«

Jamis erbleichte und zog sein Schwert aus der Scheide, während sein Vater die eigene Klinge zog. Mein Bruder zeigte eine Ungläubigkeit, die eher eine Sache des Willens als das Ergebnis einer Einsicht war. Aber nach allem, was geschehen war, konnte er noch immer nicht glauben, daß sein Vater die Absicht haben konnte, ihn zu töten, und wenn nicht mein anderes Ich gewesen wäre, hätte ich ebenso empfunden. So etwas sollten Menschen ihren eigenen Kindern nicht antun, aber konnte jemand wie mein Vater wirklich ein Mensch genannt werden?

»Ich werde nicht zulassen, daß du das tust«, sagte Jamis auf einmal, wobei er den ersten Stoß in seine Richtung abblockte, als würde er jäh aus dem Schlaf erwachen. »Du widerst mich an, Vater, und jeder andere wäre ein besserer Großprinz. Es ist mir gleich, *was* du und deine Speichellecker bereits entschieden haben; wenn es das ist, was du erreichen willst, werde ich nicht zulassen, daß du es bekommst.«

»In dieser Sache hast du nur sehr wenig zu sagen, Jamis«, gab Vater in spöttischem Tonfall zurück, während sein Schwert noch immer versuchte, sich einen Weg ins Fleisch hinein zu bahnen. »Es ist gleichgültig, ein wie gutes Gespür du für diese Waffe bekommen hast, deine Vorgesetzten haben bereits alle notwendigen Vorbereitungen und Entscheidungen für deine Zukunft getroffen – oder den Verlust derselben. Ist das nicht so, meine Liebe?«

»Natürlich, Davin«, kam die unerwartete Antwort – von der Frau, die unsere Mutter war. »Sei einsichtiger als gewöhnlich, Jamis, und leg dieses Schwert beiseite! Auf der Stelle!«

Es war unfaßbar zu hören, wie peitschend die letzten Worte kamen – und noch unfaßbarer, es zu spüren. Meine Mutter – *sie* war diejenige, die das Talent der Suggestion hatte, das Talent, Leute an alles glauben und allem gehorchen zu lassen, was sie sagte! Mein Vater lachte laut auf, als Jamis stolperte und zitterte, denn es war meinem Bruder unmöglich, den Befehl zu überhören. Seine Waffe zitterte während eines inneren Kampfs, den er bereits verloren hatte. Seine Mutter hatte sein Leben zugunsten des Mannes weggeworfen, dem sie sich stets gefügt hatte, und sein Vater war bereits dabei, ihn zu durchbohren. Indem ich es auf diese Weise ansah, als wären es allein nur *seine* Eltern, gelang es mir, mich aus dem Schock zu reißen, und ich rannte hinaus aus den Schatten.

»Nein!« kreischte ich wild im verzweifelten Versuch, sie abzulenken. »Du kannst ihn nicht töten, du darfst es einfach nicht!«

Jamis kreischte ebenfalls auf, als ihn Vaters Schwert traf, aber meine unerwartete Ankunft hatte den Angreifer so aus der Fassung gebracht, daß er lediglich die Schulter durchbohrte. Es reichte aus, daß Jamis auf den Steinen in die Knie sank und erneut aufkreischte, während das Schwert herausgerissen wurde, und dann war ich es, auf die sich diese vertrauten blauen Augen richteten.

»Wieder einmal hast du völlig unrecht, Tochter«, sagte mein Vater, und in seiner ganzen Haltung zeigte sich Widerwillen und Geringschätzigkeit. »Ich kann ihn ganz gewiß töten, und ich werde es ganz gewiß tun. Du hast lediglich erreicht, diese Zeit ein wenig hinauszuschieben und deinem Bruder noch größere Schmerzen zu verursachen, als er sonst gehabt hätte. Der Schmerz belustigt mich, dein impertinentes Dazwischengehen jedoch nicht. Wenn diese Dummheit erledigt ist, werde ich mich um deine Bestrafung kümmern.«

»Sei nicht noch dümmer, als du es von Natur aus bist, du unfähige Travestie eines Menschen«, sagte ich mit all der schneidenden Stärke, zu der ich imstande war, und mit der ich ihn zum Einhalten brachte, als er sich wieder Jamis zuwenden wollte. »Du hast das … Spiel, wie du es nennst … bereits verloren, und ich wünsche fast, es wäre nicht so. Ich hätte so gern dein Gesicht gesehen, wenn du entdeckt hättest, daß dem Adel dieser Welt als nächstes dreckige Armut bevorsteht … und du derjenige gewesen wärst, der das alles ermöglicht hat.«

»Was plapperst du da, Mädchen?« fragte er heftig verärgert, womit er gegen den eigenen Willen auf meinen überlegenen Tonfall reagierte. »Du wirst für deine

Unverschämtheit bezahlen, wie du für alles andere bezahlen wirst, und selbst wenn du mich anbettelst …«

»Hast du so rasch vergessen, Vater?« unterbrach ich mit einer Art Gelächter, während ich ein schwaches Lächeln auf dem Gesicht erscheinen ließ. »Anbetteln war etwas, zu dem du mich nie hast bringen können, ebensowenig, wie du imstande gewesen bist, mich zum Weinen zu bringen. Und hat es dir dein Freund, der gegenwärtige Großprinz, denn nicht erzählt? Die Gesellschaft, die für deine kürzlich erfolgten finanziellen Verluste verantwortlich ist, ist die ›Häßliche-Entlein-GmbH‹, *meine* Gesellschaft, diejenige, die ich mit dem Geld gegründet habe, das *du* mir gegeben hast, um mich anderswo statt auf Plateau beschäftigt zu halten. Sie haben meine Anweisungen peinlich genau befolgt, und in kurzer Zeit werdet ihr es bis unter die Gürtellinie verspüren. Bist du nicht erfreut darüber, wie gut ich mich beschäftigt habe?«

»Du kranke *Hure!*« tobte mein Vater, aschgrau im Gesicht, weil ich über ihn lachte, und die Knöchel der Faust, die den Schwertgriff umklammerten, wurden weiß. »Du wagst es zu glauben, du seist fähig, *mich* zu übertreffen? In *irgend etwas?* Da wirst du rasch eines besseren belehrt werden, jetzt gleich, wenn du nämlich aus eigenem Willen in mein Schwert läufst! Das wird sie doch tun, oder, meine Liebe?«

»Natürlich wird sie das tun, Davin«, stimmte meine Mutter mit heftiger Mißbilligung zu, eine Hand im Haar, während sie mich stirnrunzelnd ansah. »Tu, wie dein Vater es dir sagt, Regan, und tu's sogleich!«

Der Befehl erreichte mich wie ein unwiderstehlicher Drang – der Befehl, daß ich auf das Schwert zugehen sollte, das mein Vater in meine Richtung hielt, sowie das Verlangen, mich selbst zu töten, wie er es von mir verlangte. Beides umschlang mich und versuchte, mich gehorsam voranzuziehen, aber die Erinnerung daran, was an jenem Tag der Krankheit geschehen war, sorgte dafür, daß ich mich weigerte und die Fersen in den Boden grub. Es war *jene* Frau, die für alles verantwortlich gewesen war, und nichts im Universum hätte mich dazu zwingen können, ihr zu gehorchen.

»Gleich kommt eine weitere Überraschung auf dich zu, lieber Vater«, zwang ich mich zu schnurren, obgleich ich lediglich knurren wollte. »Diese Tests, die gezeigt haben, daß ich überhaupt kein Talent hatte … Deine Leute hätten jemand *Kompetenten* anheuern sollen, um sie handzuhaben und auszuwerten. Ich fürchte, ihnen sind ein oder zwei Kleinigkeiten entgangen – und vielleicht sogar drei oder vier. Es *ist* für eure Art typisch, das Beste, was ihr habt, wegzuwerfen, nicht wahr?«

»Du würdest den Versuch wagen, auf *mich* herabzublicken?« brüllte er mit all der Wut, die er verspürte, und das Gesicht rötete sich aufgrund der offensichtlichen Wahrheit dessen, was ich gesagt hatte, und er war beleidigter, als es erträglich war. »Ist es dir etwa nicht eingefallen, daß keines deiner armseligen Talente, die du zu besitzen glaubst, imstande war, das Leben dieses emporgekommenen Abschaums zu retten, mit dem du hergekommen bist? Jetzt wird es dein eigenes Leben ebensowenig retten, und das wird das Ende *aller* deiner Mutmaßungen sein!«

Mit diesen Worten schritt er auf mich zu, ohne Zweifel bereit dazu, mich ohne Zögern oder Bedauern abzuschlachten. Wenn er mehr als die drei Schritte, die er tat, getan hätte, hätte mein Ekel womöglich die Chance gehabt, zur Furcht zu werden, aber nach drei Schritten blieb er wie angewurzelt stehen und starrte mir über die linke Schulter.

»Nun, nun, wie konnten wir nur vergessen dir mitzuteilen, daß ich gar nicht tot bin?« ließ sich gedehnt Gareths Stimme hören, und sie wurde beim Näherkommen noch kräftiger. »Ein Mann deines Alters hätte schon längst lernen sollen, Dinge nicht zu mutmaßen,

Prinz. Du weißt, wozu Mutmaßungen jemanden bringen können.«

»Ich weiß gut genug, wozu *du* werden wirst, du niedriggeborener Abschaum«, gab mein Vater mit tückischer Freude zurück, während er das Schwert fester packte. »Einem ganzen Mann ist sicherlich die Freude am Bummeln gestattet, aber er braucht ebenso gewiß keine Notiz von den nutzlosen Seitenhieben eines anderen zu nehmen. Du wirst es unmöglich finden, mir auch nur einen Augenblick zu widerstehen, du Abschaum von Unterhalb, nicht wahr, meine Liebe?«

Mein Vater sprach die magischen Worte zum dritten Mal, weil er wußte, daß ich zu weit entfernt war, um meine Mutter zum Schweigen zu bringen und Gareth somit daran zu hindern, durch Suggestion in den eigenen Tod zu gehen, aber das schrecklich erstickende, drängende Gefühl kam nicht. Statt dessen erfolgte ein würgendes Geräusch, und wir alle blickten dorthin, wo die Komplizin meines Vaters stand, und erst dann erinnerten wir uns an die vorangegangene Auseinandersetzung. Niemand von uns hatte bemerkt, daß Jamis wieder auf die Füße gekommen war, aber in diesem Augenblick bemerkten wir es. Er stand aufrecht da, der rechte Arm hing nutzlos herab, das Blut floß noch immer aus der Schulter, aber das Schwert, das er in der linken Hand hielt – hatte er durch den Rücken unserer Mutter gestoßen, und es stach zwischen ihren Brüsten wieder heraus! Sie stand zitternd auf den Beinen, verschluckte sich am eigenen Blut, während sie die von ihr verlangten Worte zu sprechen versuchte – glücklicherweise jedoch mißlang es ihr. Ihre Augen wurden glasig, und sie fiel auf den Fels, zu Füßen ihres ältesten Sohnes, und er stand da und sah mit Widerwillen und Haß auf sie hinab.

»Und das war das Ende für *dich,* Frau«, sagte Jamis zu der unbeweglichen Gestalt, und aus der Stimme klang lediglich der körperliche Schmerz. »Du warst stets bereit und gewillt, alles für *ihn* zu tun, und jetzt bist du für ihn gestorben. Wenn es je etwas in dir gegeben hätte, das wert gewesen wäre, gekannt zu werden, dann wäre es hierzu niemals gekommen; du hast geträumt, als du glaubtest, ich würde zulassen, daß du meiner Schwester etwas antust, und jetzt wirst du niemals mehr träumen.«

Daraufhin erhob er die Augen zu meinem Vater, sagte dasselbe zu ihm, und die Worte waren endlich erfüllt von all dem Ekel, den er schon Jahre zuvor hätte zeigen sollen. Jamis war verletzt und nicht mehr länger imstande zu kämpfen. Ebenso jedoch stand er für immer jenseits der Möglichkeit, daß ihn jemand schlagen konnte; er hatte bereits gesiegt, und das konnte ihm niemand wegnehmen.

»Ich glaube, um den Rest muß ich mich kümmern«, sagte Gareth mit befriedigter Ruhe. Mein Vater fuhr herum, wandte sich von Jamis ab, eine wilde Furcht im Blick. »Man hat mir gesagt, du seist ziemlich gut mit dieser Klinge, Prinz. Mein Ratschlag wäre, es jetzt zu beweisen.«

Mit einem erstickten Ruf warf sich mein Vater auf Gareth, während sein Schwertarm wie eine Windmühle kreiste, wobei der haßerfüllte Blick auf mich schwor, daß ich die nächste wäre. Zu diesem Zeitpunkt war mir zu elend, um erschrocken zu sein, gleichgültig, was er versprach, und es stellte sich rasch heraus, daß Furcht auch eine Zeitverschwendung gewesen wäre. Gareth bereitete es überhaupt keine Mühe, einem solchen Angriff auszuweichen, der getragen war vom Verlust der Selbstbeherrschung und nicht vom Geschick. Nur einen Augenblick später fiel mein Vater auf den Stein neben die Frau, die er stets verachtet hatte, selbst während er sie benutzte. Ich sah zu, wie er seinen allerletzten Atemzug tat und ging dann um die Leichen herum zu Jamis.

»Sollte ich mich schämen zuzugeben, daß ich froh bin?« fragte ich meinen Bruder und blickte zu ihm auf.

»Sie hätten uns getötet, wenn sie es gekonnt hätten, aber sie *waren* unsere Eltern.«

»Nein, das waren sie nicht«, antwortete er mit nur wenig mehr als einem Flüstern und lehnte sich schwer auf mich, während ich die Arme um ihn warf, damit er nicht vornüber fiel. »Sie mögen verantwortlich für unsere Geburt gewesen sein, aber sie waren uns niemals Eltern. *Wirkliche* Eltern hätten sich um uns gekümmert, selbst wenn wir nicht dasselbe Blut gehabt hätten wie diese ... diese ...«

»Egozentrischen Parasiten«, beendete Gareth den Satz für ihn, wobei er mir Jamis' Gewicht abnahm und ihn sanft zu Boden setzte. »Und da wir gerade von Blut sprechen – du hast bereits mehr als genug davon verloren. Ich werde diese Wunde desinfizieren und verbinden, und dann möchte ich, daß du ruhig liegenbleibst, bis wir jemanden zurückschicken können, der dich holt. Verstehst du?«

Zum jetzigen Zeitpunkt war Jamis lediglich zu einem Nicken imstande, aber mehr brauchte Gareth nicht zur Antwort. Er nahm einen der Erste-Hilfe-Kästen, die ich trug, und machte sich an die Arbeit, und ich war diejenige, die ihm dabei helfen mußte. Die Frau, die Jamis geheiratet hatte, war zu sehr damit beschäftigt, sich Haar und Make-up zu richten, um sich Sorgen zu machen, und sie fand es sogar unnötig, uns eine Antwort zu geben, da Jamis ihr nicht den Befehl dazu geben konnte. Wenn ich nicht so ärgerlich gewesen wäre, hätte mir das womöglich Übelkeit verursacht, so war es unzweifelhaft eine gute Sache, daß sie so handelte; trotzdem, trotz meines allerfestesten Entschlusses, war mir fast übel, nachdem wir mit allem fertig waren.

Mir gefiel die Vorstellung nicht, Jamis einfach dort zu lassen, aber wir hatten keine andere Wahl, und das wußte ich. Wir wußten noch immer nicht, wohin wir gingen oder was vor uns lag. Mein Bruder hätte das Unternehmen niemals überlebt, selbst wenn wir versucht hätten, ihn mitzunehmen. Sanft drückte er mir die Hand und schloß dann die Augen, um mir zu sagen, ich bräuchte keine Zeit und Kraft damit zu verschwenden, zurückzublicken. Ich sah dennoch zurück, bis ich Jamis zwischen den Felsen und Findlingen aus dem Blick verlor, aber Gareth schien es nichts auszumachen.

Danach wurden die Felsen zu Steinen, anschließend die Steine zu Kies, der Kies zu Sand und der Sand zu nichts; der Grund, auf dem wir gingen, war glatt, fast so glatt wie ein Fußboden, er stieg auch nicht mehr an, und dann gingen wir um eine Kurve und fanden eine bessere Beleuchtung vor als die der Fackeln, die uns so lange gedient hatte. Die Wände waren ebenfalls gleichmäßiger geworden, und dann gingen wir um eine letzte Kurve und sahen zwei große, geschlossene Türen unmittelbar vor uns. Sie Portale zu nennen, wäre angemessener gewesen, trotz ihrer Schlichtheit. Gareth schien sich in gieriger Erwartung aufzurichten, während er rascheren Schritts weiterging. Ich mußte mich eilen, um Schritt zu halten, wobei ich mich fragte, ob sich mein Partner noch an meine Anwesenheit erinnerte, woraufhin ich entschied, daß dies nicht der Fall wäre. Am Ende des Wettstreites gab es noch etwas mehr, das ihn weiterzog, und genau zu diesem Zeitpunkt richtete er seine Aufmerksamkeit nur noch darauf.

Wir brauchten nur sehr wenig Zeit, um diese Türen zu erreichen, und nachdem wir es getan hatten, zögerte Gareth nicht. Er warf sie auf und schritt hindurch, so, als würde ihm alles dort gehören, und es stellte sich heraus, daß ich nicht die einzige war, die so dachte. Der einzelne Mann, der mit dem Rücken zu den Türen im Raum stand, kicherte und griff dann nach einer Karaffe und nach Gläsern.

»Ist bereits alles vorüber, mein Freund?« fragte der Großprinz, wobei er seine gesamte Aufmerksamkeit den Getränken widmete, die er einschenkte. Der Raum hinter ihm und um ihn herum wirkte großartig, der üppigst dekorierte Thronsaal, den ich je gesehen hatte, und der Prinz schien hier ganz zu Hause. »Zu meiner Zeit waren sie anscheinend ein wenig zäher, aber wir möchten ja auch nicht, daß sie *zu* zäh sind, nicht wahr? Da über alle außer den letzten beiden Rechenschaft abgelegt worden ist, nehme ich an, daß du mit der traurigen Nachricht ihres erst kürzlich erfolgten, ganz plötzlichen Ablebens kommst?«

»Deine Leute sollten wirklich lernen, keine Vermutungen zu äußern, alter Mann«, sagte Gareth mit einer Stimme, geschliffenem Stahl gleich, was den Großprinzen dazu veranlaßte, die Karaffe fallenzulassen und herumzufahren. »Das führt lediglich zu Enttäuschungen, ganz zu schweigen von Mißverständnissen. Die letzten beiden haben eher selbst Rechenschaft abgelegt, statt daß über sie Rechenschaft abgelegt worden ist, und jetzt ist das Spiel vorüber.«

»Also glaubst du, daß du gewonnen hast, nicht wahr?« knurrte der Großprinz und sah Gareth haßerfüllt und mit Abscheu an. »Du glaubst dich sicher, weil andere zusehen, und dumm genug bist du zu glauben, du könntest mich dazu zwingen, anstelle meiner dich zum Großprinzen zu ernennen? Welche Schande, daß du all diese Anstrengungen für nichts durchgemacht hast, mein lieber Prinz von Unterhalb. Das einzige, wozu ich dich ernenne – ist zum toten Mann, und das, sobald wir nach oben zurückkehren! Wenn deine hohen und mächtigen Freunde aus dem Cluster eintreffen, dir zu helfen, werden sie lediglich deinen Leichnam zum Bestatten vorfinden! Danach können sie mit mir anstellen, was ihnen gefällt … und was sie können … aber *du* wirst nicht hiersein und zu sehen, wie es geschieht.«

Die Heimtücke des Mannes glitzerte in den zusammengekniffenen Augen, seine Befriedigung über die von ihm beschriebenen Pläne war deutlich zu erkennen, aber Gareth hatte ihn anscheinend nicht gehört. Er stand da, starrte den Großprinzen an, die Fingerspitzen ruhten auf dem Schwertgürtel, das Gesicht war ausdruckslos, und dann schüttelte er den Kopf.

»Du weißt *wirklich* nicht, wer ich bin und weshalb ich hier bin, nicht wahr?« sagte er, und die Worte waren so leise ausgesprochen, wie ein Murmeln. »Ich war mir sicher, daß du dich vom ersten Augenblick an verstellt hast, mich brüskiert hast, indem du so tatest, als würdest du mich nicht kennen, aber das stimmt nicht, oder? Du weißt wirklich nicht, wer ich bin.«

»Du erwartest von einem Gentleman, sich die Mühe zu machen und zwischen einzelnen Stücken Mülls zu unterscheiden?« fragte der Großprinz mit einem hochnäsigen hämischen Grinsen, wobei er den Blick beleidigend über den Mann schweifen ließ, der ihn anstarrte. »Es ist ziemlich offensichtlich, daß die Hälfte deines Blutes aus einem nicht gewöhnlichen Schlag stammt, aber das macht dich lediglich zu einem üblichen Halbblut, einem unter so vielen mehr, daß du sie wahrscheinlich nicht zählen kannst. Du hältst dich offensichtlich für etwas Besseres, aber in meinen Augen bist du viel, viel weniger.«

»Ich schätze, das Alter deiner Augen ist dafür verantwortlich, alter Mann«, bemerkte Gareth, nicht im geringsten von den Beleidigungen aus der Fassung gebracht. »Ich habe entdeckt, daß das Verstreichen der Zeit auch das Gedächtnis berührt, und das gilt sowohl für die Jungen als auch für die Alten. Wie es sich trifft, bin ich kein Halbblut, und das erste Mal, als ich dich wiedersah, konnte ich nicht glauben, wie klein du geworden bist.«

Der Großprinz starrte Gareth mit einem Stirnrunzeln an, das dem meinen sehr ähnlich war und unzweifelhaft dieselbe Ursache hatte. Gareth war *kein* Halbie? Aber wenn das so war, dann konnte er nur ein …

»Du hättest sterben sollen«, sagte der Großprinz jäh, in den Augen etwas, das von einer Erinnerung herrühren mochte – ganz abgesehen von einer guten Portion Verwirrung hart an der Grenze zur Furcht. »Man hatte mir gesagt, du *wärest* gestorben und daß die Sache abgeschlossen und beendet sei.«

»Sie haben's versucht«, antwortete Gareth mit einem Nicken und hob den Kopf. »Sie sind hinter meiner Mutter und mir her, und die Leute, die sich unserer angenommen haben, brachten sie dazu, zu glauben, wir wären tot. So schmuggelten uns die Diener vom Thron weg, die von dir mißhandelt wurden, aber noch nicht annähernd so mißhandelt wurden wie meine Mutter und ich. Sie war deine eigene Tochter, und nachdem du ihren Gatten hattest umbringen lassen, hast du sie in dein Haus zurückgebracht und sie vergewaltigt. Als sie herausfand, daß sie schwanger war, warst du entzückt und hast sie dazu gezwungen, das Kind auszutragen. Du wolltest das Produkt deiner wiedererstarkten Gene sehen, wolltest sehen, wie stark es wäre. Du hast zehn Jahre damit verbracht, dieses Produkt zu testen, und es hat dir Sorgen bereitet, daß du es nicht zerbrechen konntest, nicht wahr? Du und deine sadistischen Freunde, ihr habt mir alles an schmutzigen Dingen angetan, was ihr euch nur ausdenken konntet, und ihr stelltet sicher, daß dabei Frauen anwesend waren, die lachten, aber ihr konntet mich noch immer nicht zerbrechen.«

Der Großprinz war bleich und steif geworden, und er hatte zittern müssen. Der ... Tonfall und das Timbre von Gareths Stimme waren so hart und unnachgiebig, der Ausdruck in seinen hellen Augen so kalt und durchdringend! Ich zitterte dort, wo ich stand, zu Gareths Rechter und halb zwischen ihm und dem Großprinzen, aber keiner von beiden bemerkte das.

»Erinnerst du dich, als du mich im Gesicht zeichnen ließest?« fragte Gareth, und die Finger seiner linken Hand tasteten nach der Narbe auf der Wange. »Zu dieser Zeit muß ich etwa drei gewesen sein, und du sagtest damals, du wolltest sichergehen, daß du mich stets wiedererkennen würdest. Es war eine sehr kleine Marke, die sie mir ins Fleisch brannten, wobei sie mich festhielten, während du gekichert und mir beim Schreien zugesehen hast. Aber selbst da wußte ich, ich würde sie nicht für immer tragen – gleichgültig, was ich tun müßte, um sie loszuwerden. Mit elf Jahren entledigte ich mich ihrer mit einem Messer, und ich habe gelacht, als das Blut aus mir herausfloß. Du hast gelacht, als sie kam, ich habe gelacht, als sie verschwand; wir sind uns offensichtlich ähnlicher, als uns beiden klargeworden ist.«

Jetzt zitterte der Großprinz *wirklich,* aber ich denke nicht, daß er sich dessen bewußt war. Er war zu sehr damit beschäftigt, Gareths schwaches Lächeln anzustarren, und ihm fiel sofort auf, daß es verschwand.

»Weißt du, meine Mutter ist an ihrer Arbeit gestorben«, fuhr Gareth fort, und alle Belustigung war aus ihm gewichen. »Sie hat stets versucht, mehr als ihren Anteil zu tun, sie hat sich darum bemüht, wiedergutzumachen, was noch nicht einmal ihre Schuld gewesen war, und sie hat selten geschlafen oder gut gegessen. Sie war nicht stark genug, um einen Tag der Arbeit oder einen Tag der Krankheit zu überleben, das haben ihr alle immer und immer wieder gesagt, aber sie lächelte bloß, dankte ihnen und ist wieder zu dem zurückgekehrt, was sie gerade tat. Ich habe lange gebraucht zu verstehen, daß sie nicht überleben *wollte,* daß sie sterben wollte, sich jedoch nicht dazu überwinden konnte, mich durch Selbstmord zu verlassen. Also hat sie es einfach geschehen lassen. Wenn ich mehr Zeit mit ihr hätte verbringen können, hätte ich ihr womöglich verständlich gemacht, daß sie sich für nichts die Schuld geben mußte, daß ich sie liebte und daß ich wollte, sie solle leben, und daß ich nie auch nur einmal geglaubt hätte, irgend etwas vom Geschehenen wäre *ihre* Schuld. Aber ich hatte nicht mehr Zeit, und die

Verantwortlichen hierfür sind du und deine schmierigen Freunde.«

Bei dieser Ohrfeige versteifte sich der Großprinz, er fühlte sich sofort beleidigt, und das half ihm anscheinend dabei, sich zusammenzureißen. Sichtbar erinnerte er sich daran, wer und was er war, und dann entsann er sich, mit wem er redete.

»Ja, du hast recht gehabt, ich habe sehen wollen, wie stark du wärest«, sagte er schleppend, wobei er Gareth wieder eher musterte, als daß er ihn ansah. »Das Experiment hätte ein großartiger Erfolg sein können – abgesehen von den ärmlichen Resultaten. Gleich von Anfang an warst du eher schwach als stark, genau wie jetzt. Ein starker Mann kennt die eigene Kraft und benutzt andere, um für ihn Rache zu nehmen, er läßt sich niemals so tief herab, sich die eigenen Hände zu beschmutzen. Du hast dich als Kind geweigert, das zu lernen, du warst außerstande, es zu lernen, und du hast dich dadurch deutlicher gezeichnet, als es das Brandzeichen je hätte tun können.«

»Ja, das hat ihn als echten Mann gezeichnet«, mußte ich einfach sagen, wodurch ich den überraschten Blick des Großprinzen auf den glühenden Stolz lenkte, den ich schließlich für jemanden, der zu mir gehörte, empfinden mußte. »Nur stinkende Feiglinge bringen andere dazu, die schmutzige Arbeit für sie zu erledigen, wobei sie lediglich vorgeben, viel zu gut dafür zu sein, sie selbst zu tun. Es ist nicht Qualität, die sie daran hindert, es ist Furcht, das und Unfähigkeit – sowie eine Schwäche von Geist und Charakter, und deine Taten verursachen Übelkeit bei jedem, der davon hört. Aber nachdem die Übelkeit abgeklungen ist, bleibt ihnen als einziges noch spöttisches Gelächter.«

Angeekelt kräuselte ich die Lippen, ich wollte, daß er den Ekel sähe und wüßte, wie echt das Gefühl wäre. Die Wut, die ihn erfüllte, war wunderbar befriedigend. Er wußte, daß ich mich wirklich von ihm abgestoßen fühlte und daß ich nichts von der Furcht empfand, die er so gerne sah. Aber das brachte ihn sicherlich noch weiter auf.

»Wie du sehen kannst, hast du eine bessere Gattin für mich gewählt, als du wußtest«, sagte Gareth, und in dem Lächeln, das er in meine Richtung schickte, lag Wärme. »Wenn sie nur ein einziges Talent hätte, oder wenn ich dumm genug gewesen wäre, sie unter der totalen Kontrolle zu halten, die ihr über eure Frauen habt, hätten wir womöglich den Wettkampf nicht überlebt. Oh, es stimmt, wir haben vergessen mitzuteilen, daß sie schließlich doch talentiert ist, nicht wahr? Ein Teil ihres Talents hat dafür gesorgt, daß sie diese Tests umging, die sie hatte durchmachen müssen, und das zu einer Zeit, als sie noch immer ein kleines Mädchen gewesen ist. Du solltest sehen, was sie jetzt tun kann.«

Gareths Belustigung goß einfach nur Öl auf die Flammen, die bereits im Großprinzen wüteten, und veranlaßte den älteren Mann, sich zornig aufzurichten.

»Ihr beide haltet euch anscheinend für besonders clever«, zischte er, und Säure tropfte aus jedem Wort. »Die von wahrer Qualität sind, wissen jedoch, daß sich dies wegen der mangelnden List der Schwachen so verhält. Ist das der Grund, weshalb ihr hergekommen seid? Im Versuch, mich mit etwas zu beeindrucken, das ihr törichterweise für Fähigkeit und Wert haltet? Wenn das euer Ziel war, dann erlaubt mir, euch zu versichern, daß ihr es erbärmlich verfehlt habt.«

»Du glaubst wirklich, ich sei hergekommen, weil ich deinen Lobpreis und deine Anerkennung gesucht hätte?« fragte Gareth, und die Verachtung in seinem Verhalten war schneidend wie ein Messer. »Bis zu dem Tag, da sie gestorben ist, besaß ich Mutters Anerkennung, und das war alles, was für mich zählte. Nein, alter Mann, ich will keinen Lobpreis von dir; was ich will, ist dein Leben. Geh, such dir eine Waffe, und dann tritt mir wie der Mann gegenüber, der du zu sein vorgibst. Wenn du keine Waffe findest, werde ich dich mit bloßen Händen töten!«

Bei diesem Worten erstarrte der Großprinz, starrte in die Augen des Mannes, der sein Sohn war, und sah nichts von dem Flehen, das Jamis unserem Vater gegenüber gezeigt hatte. Jamis hatte seinem Vater gefallen und ihn stolz machen wollen, Gareth jedoch wollte lediglich das Blut des Mannes vergießen, der seiner Mutter und ihm soviel Schmerz bereitet hatte. Daß der Mann sein Vater war, bedeutete ihm nicht das geringste; Gareth hatte vor langer Zeit gelernt, daß es zweierlei war, Vater eines Kindes zu werden und einem Kind Vater zu sein.

»Du hältst dich für imstande, *mir* gegenüberzutreten?« fragte der Großprinz schließlich, die Stimme nicht annähernd so ruhig, wie er es sichtlich beabsichtigt hatte. »Sehr schön. Ich *werde* eine Waffe holen und dir selbst ein endgültiges Ende bereiten.«

Der Mann wandte sich von seinem drohenden Schicksal ab und verließ die Theke, er ging auf mich zu, die ich am Fuß des Zugangs zum Thron stand. Von der Tür aus gesehen, durch die wir hereingekommen waren, stand der Thron zur Rechten, weiteren Türen gegenüber, die vielleicht der üblichere Zugang zum Raum waren. Überall verteilt lagen Seide, Juwelen und Pelze, so daß der Raum funkelte und schimmerte, und der prächtige goldene Thron selbst war von einem breiten Becken eisblau leuchtenden Wassers umgeben. Lediglich ein einziger Pfad führte über das Wasser zu den Stufen, die zum Thron hinaufwiesen, ein Steg ohne Geländer aus klarem Regenbogenglas, und dorthin lenkte der Großprinz scheinbar seine Schritte. Ich wollte ihm aus dem Weg treten, wobei ich mich fragte, wo er auf dem Thron eine Waffe fände, und erhielt eine Antwort, die ich nicht erwartet hatte. Der Mann bewegte sich auf einmal rascher, als er zunächst den Anschein erweckt hatte, und ich merkte, daß mir ein schwerer

Arm um die Kehle gelegt und etwas schmerzhaft Scharfes in die rechte Seite gedrückte wurde.

»Bleib stehen, du Narr!« befahl der Großprinz, als Gareth knurrte und auf uns zukommen wollte, Wut in den Augen. »Einen Schritt näher, und sie stirbt, hier und jetzt, vor deinen Augen!«

Die Drohung hätte für jemanden melodramatisch und lächerlich klingen können, der aus einem Versteck zusah und zuhörte, aber weder Gareth noch ich waren in der Lage, es so aufzufassen. Wir beide wußten, daß der Großprinz nicht zögern würde, sein Versprechen auszuführen, und das Messer, das er mir in die Seite drückte, war mehr als ein genügender Beweis für seine Bereitschaft.

»Du *bist* ein Narr!« hohnlachte der Mann, der mich festhielt, Gareth entgegen, der dort stehengeblieben war, wo er angehalten hatte, die Fäuste vor Ärger geballt. »An deiner Stelle hätte ich mich sofort getötet, und mir nicht großzügig die Chance gegeben, mich zu bewaffnen. Du hast von mir erwartet, ich würde mich dir entgegenstellen, aber Tatsache ist, daß ich mich dir nicht entgegenstellen *muß,* und es auch nicht tun werde. Dumm, wie du warst, hast du mir gezeigt, daß dir diese Frau etwas bedeutet, und wenn du die Absicht hast, ihr Leben zu schonen, dann wirst du mir ohne Zögern gehorchen. Löse diesen Schwertgurt und wirf ihn weit weg!«

»Du brauchst ihr nicht weh zu tun, nur um mich zu bekommen«, knurrte Gareth, während seine Hände rasch zu dem Schwertgurt gingen, den er trug. »Laß sie los, und dann kannst du alles mit mir machen, was dir gefällt.«

»Du glaubst, daß du noch immer in der Lage bist, Bedingungen zu diktieren?« fragte der Großprinz äußerst belustigt und sah zu, wie Gareth seine Waffe abnahm und sie vor sich hin warf. »Diesen Dolch zu ziehen hat ebenfalls dazu gedient, meine persönliche Wache zu rufen, die binnen kurzem erscheinen und sich deiner annehmen wird. Sobald diese kleinere Angelegenheit erledigt ist, werde ich mit der größeren beginnen. Ich werde mich nämlich darum kümmern, was genau diese Frau an Wissen hat zurückhalten können. Wir werden sie gründlich befragen, und dann werde ich sie persönlich den Respekt und Gehorsam lehren, den ihr … *Ehemann* … nicht hat beibringen können. Du magst deine wenigen verbleibenden Stunden damit füllen, dir die Freude vorzustellen, die ich in der Zukunft mit ihr haben werde, ganz gewiß für die Zeit, die eure … Verbündeten mit dem Versuch verbringen werden, sie über legale Kanäle zu befreien. Vielleicht haben sie euch gesagt, wie langsam die Gerichtshöfe gewöhnlich sind, und daß sie erst Gehorsam für ihre Entscheidungen verlangen und später auf bewaffnete Kräfte zurückgreifen, wenn es mit dem Gehorsam nicht gleich klappt. Und falls sie zufällig ›verschwinden‹ sollte, ehe irgendwelche Entscheidungen herabgereicht werden? Wie leicht könnte man sie auf einer Welt wie dieser hier finden?«

Der Arm um meine Kehle drückte so fest, daß ich kaum atmen konnte, aber ich hatte noch immer keine Schwierigkeiten zu sehen, daß es nun Gareth war, der zitterte, dessen Pegel von Wut und Zorn so hoch stand, daß es fast aus seinen Augen strahlte. Angesichts des Spotts des Großprinzen spannte er die Fäuste fast bis zum Zerbrechen an. Aber er hatte ihn dabei von dem sehr wichtigen Punkt abgelenkt, daß Wächter gerufen worden waren, und sich schon auf dem Weg befanden. Wenn wir aus diesem Schlamassel herauskommen wollten, mußten wir es rasch tun, und ich weigerte mich, die Möglichkeit in Betracht zu ziehen, daß wir es *nicht* schaffen könnten. Ich hätte wirklich nicht Jamis' Warnung benötigt, um zu wissen, daß ich nicht erfahren wollte, was der Großprinz für mich vorgesehen hatte, und daß hier und jetzt zu sterben die weisere Vorgehensweise wäre. Wenn ich nicht frei sein konnte, würde ich den Tod vorziehen, also hatte ich sehr wenig zu verlieren.

Wobei mir jedoch immer noch das Problem blieb, was zu tun wäre. Ein Blick auf Gareth sagte, daß er dort stehenbleiben und sich zusammenschlagen lassen würde, ehe er irgend etwas täte, was meine Sicherheit gefährdete, und *er* war derjenige, der kämpfen konnte. Ich hatte nicht die leiseste Ahnung, was mich aus den Armen um meine Kehle befreien könnte, aber dann fiel mir plötzlich doch etwas ein. Ich hatte ziemlich nah am Rand des Wassergrabens gestanden, als sich der Großprinz hinter mich gestellt hatte, was bedeutete, daß der Mann, der mich festhielt, nicht mehr als einen Schritt weit von dem tiefen, köstlich blauen Wasser entfernt war. Wenn es mir irgendwie gelänge, nach rückwärts zu stoßen, könnte ich ihn vielleicht hineinwerfen, und es war gleichgültig, ob er mich mit sich zöge. Einmal im Wasser könnte ich mich gegen ihn wehren, und dann …

Aber wie sollte ich ihn stoßen? Ich regte mich in dem unbarmherzigen Griff, der mich festhielt. Ich legte die Hände auf dem Arm um meine Kehle und merkte, daß mein Fänger felsenfest stand. Der Großprinz war nicht wirklich alt, auch, wenn man außer acht ließ, welch große Geldmengen die Leute in jenen Tagen am Leben und gesund erhielten, und er wog mit Sicherheit beträchtlich mehr als ich. Wenn ich zu kämpfen versuchte, hätte ich am Ende dieses Messer in mir, und das würde das Problem auf eine nicht gerade glückliche Weise lösen. Was jedoch, wenn ich *nicht* kämpfte …?

Sobald ich die Idee hatte, wußte ich, daß sie meine einzige Hoffnung war, gleichgültig, wie lächerlich sie von einem vernünftigeren Standpunkt aus wäre. Ich bezweifelte ernsthaft, ob sich im Cluster jemand dadurch hätte täuschen lassen, aber Männer im Cluster neigen zum größten Teil dazu, frei von Stereotypen zu sein –

anders als Männer auf Plateau. Ich kreuzte gedanklich die Finger, holte so tief Atem, wie ich konnte, rollte daraufhin schweigend die Augen nach oben und entspannte den Körper völlig. Der Großprinz mußte einfach glauben, daß ich gerade in seinem Griff ohnmächtig geworden war, und Gareths jäh eingezogener Atem verstärkte diese Annahme.

»Verdammte *Frau!*« brummte der Großprinz mit einem Zischen, und dann war das Messer von meiner Seite verschwunden, so daß er mich mit dem Arm um die Taille fassen und zusammen mit dem Arm um meine Kehle aufrecht halten konnte. Der Griff an meiner Kehle war so das einzige, was mich stützte – etwas, wogegen ich vorausschauend den Atem angehalten hatte –, und da er mich nicht strangulieren wollte, war er gezwungen, den anderen Arm ebenfalls zu benutzen. Die Bewegung zwang ihn natürlich dazu, den Schwerpunkt anders zu setzen, und sobald ich ihn das tun spürte, warf ich mich mit jeder Unze meiner Kraft, die ich hatte, zurück.

Trotz der beunruhigend hohen Wahrscheinlichkeit, die dagegen sprach, fiel der Großprinz mit einem Aufschrei hintüber. Ich hätte es vorgezogen, wenn er mich nicht mit sich genommen hätte, aber dazu hätte eine wirklich nur sehr kleine Chance bestanden. Es gelang mir, die Lungen mit Luft zu füllen, ehe wir mit einem Klatscher aufs Wasser trafen, und sobald wir untergetaucht waren, wand ich mich von dem Mann frei und trat ein paar Mal aus, um Distanz zwischen uns zu bringen. Der Graben war mehr als acht Fuß tief und etwa fünfzehn Fuß breit, was mir viel Platz verschaffte. Ich zog mir die Stiefel aus und durchschnitt die Wasseroberfläche.

Ich brach gerade rechtzeitig mit dem Kopf durch, um den nächsten Akt der Handlung sehen zu können. Gareth war nicht länger stehengeblieben, als er benötigte, sich die Schuhe auszuziehen, und befand sich gerade inmitten eines flachen Kopfsprungs ins Wasser. Der Großprinz hatte sich vor mir zur Oberfläche durchgekämpft und war eifrig damit beschäftigt, zu husten und zu spucken. Er versuchte, sein Messer festzuhalten, während er die ganze Zeit über zusah, wie Gareths Körper flach unter der Wasseroberfläche dahinschoß und sie daraufhin etwa fünf Fuß von sich entfernt durchbrach. Gareth hatte sich hart im rechten Winkel aufgestellt, ehe er in den Graben gesprungen war, und mußte deswegen zwischen dem Großprinzen und mir auftauchen. Um sich mir zu nähern, müßte der Großprinz zunächst an Gareth vorbeikommen, einem Mann, dessen Bewegungen zeigten, daß das Wasser um uns herum, wenn es sich von seiner inneren Hitze hätte beeinflussen lassen, heftig gekocht hätte.

Ich trat Wasser, und der Großprinz hatte dasselbe getan, aber Gareth verlor keine Zeit. Er stieß gleich zu seinem Feind vor, ohne dem langen Messer, das dieser hielt, auch nur die geringste Beachtung zu schenken, und von nun an waren die beiden Männer fest aneinandergeklammert. Der Großprinz versuchte natürlich, seine Waffe ins Spiel zu bringen, aber Gareths linke Hand faßte sein Handgelenk und hinderte ihn daran. Ich freute mich wirklich im Wasser gelandet zu sein, da ich hier eine Chance bekam, mehr zu tun als einfach nur herumzustehen und zuzusehen. Aber all das Adrenalin, das in meinem Blutstrom herumjagte, erwies sich als vergeudet. Gareths rechte Hand schloß sich um die Kehle des Großprinzen, und sie sanken beide unters Wasser. Das Schlagen und Kämpfen schickte Wellen aus, die versuchten, mich wegzutreiben. Teile der beiden tauchten kurz an der Oberfläche auf, nur um wieder hinabgezogen zu werden, und dann gab es so etwas wie einen konvulsivischen Augenblick. Gareths Beine hatten sich um den Großprinzen geschlungen, seine rechte Hand stieß hart zu, und als er losließ und auftauchte, tat der Großprinz nichts desgleichen. Seine

Hand hatte das Messer losgelassen, und es trieb jetzt auf den Grund des Grabens zu, sein Körper hing bloß noch im Wasser und benötigte die Luft über der Oberfläche nicht mehr. Der Großprinz war tot, und alles war vorüber.

»Wir sehen mal besser zu, daß wir rasch hier herauskommen«, keuchte Gareth mir zu, sobald er konnte, wobei sich seine Lungen noch immer mühten, das wieder hereinzuholen, was ihnen so lange Zeit gefehlt hatte. »Wenn Schläger unterwegs sind, möchten wir doch gern woanders sein.«

»Ist auch Zeit, daß du daran denkst«, grummelte ich, nicht allzu zufrieden mit ihm, während wir auf den Rand des Grabens zu schwammen. »Aber du hättest mich zumindest ebenfalls mitmachen lassen können, anstatt alles selbst an dich zu reißen. Er hat auch *mir* eine schwere Zeit verschafft, weißt du.«

»Sag deinem anderen Ich, es soll aufhören, so blutrünstig zu sein«, riet er mit einem Grinsen und gab mir einen Schubs, ehe er sich selbst hinauszog. »Das da war meine Sache, und ich wollte keine Hilfe – abgesehen von dem, was ihr beide mir zu Beginn gegeben habt. *Das* habe ich zu würdigen gewußt, mehr, als du jemals wissen wirst.«

»Woher hast du gewußt, daß eben gerade mein anderes Ich gesprochen hat?« fragte ich neugierig und benutzte beide Hände, mein nasses Haar aus dem Gesicht zu werfen. Mein Anzug war ebenfalls schwerer als zuvor, und ich wünschte mir, die Zeit zu haben, ihn auszuziehen und auszuwringen.

»Meinst du nicht, ich hätte gelernt, euch beide auseinander zu halten?« fragte er seinerseits recht amüsiert, wobei er in seinem Hemd und den Slacks, die vollgesogen an ihm herabhingen, wie ein nasser Hund wirkte. »Sie neigt dazu, in meinem Beisein zu verblassen, aber ich weiß noch immer, wann sie da ist.«

Ich öffnete den Mund, um noch etwas zu sagen, aber

die Worte kamen nicht heraus. Wir hörten ein merkwürdiges Geräusch, das sich hinter den Türen erhob, die sich gegenüber vom Thron befanden, und plötzlich wußte ich, was es war.

»Stiefel«, sagte ich, so rasch ich konnte und blickte bestürzt zu Gareth auf. »Und so, wie es sich anhört, sind es mehr als nur ein paar. Wohin also?«

»Welche Wahl haben wir?« gab er zurück und sprang nach seinem Schwert statt nach den Schuhen. »Barfuß werden wir nicht weit kommen, aber wenn wir die Felsen erreichen, sollten wir in der Lage sein, eine Art Hinterhalt zu legen. Also los!«

Er rannte zurück, um mich am Arm zu packen, und wir beide wandten uns den Türen zu, durch die wir hereingekommen waren. Aber es war zu spät. Wir hatten sie noch nicht einmal zur Hälfte erreicht, da flogen die Türen rechts hinter uns auf, und unsere Verfolger kamen nicht nur in den Raum, sondern auch in unser Blickfeld. Unter solchen Umständen hätten wir niemals die Chance gehabt, einen Hinterhalt zu legen. Also konnten wir nur eines tun. Gareth blieb auf der Stelle stehen, stieß mich hinter sich und wandte sich daraufhin mit erhobenem Schwert jenen zu, die sich uns näherten. Wir standen beide da und starrten, warteten auf den Angriff – und endlich ging uns auf, daß er nicht erfolgen würde.

»Guten Tag«, begrüßte uns Captain Riker erfreut und führte den Rest seiner Männer heran. »Da der Wettstreit vorüber ist, dachten wir, ihr wolltet vielleicht gern in euer Quartier zurückgeleitet werden, um die Kleider zu wechseln. Mister Strall und einige der anderen werden binnen kurzem landen, um ihre Glückwünsche den unsrigen hinzuzufügen.«

»Riker«, sagte Gareth mit der Erleichterung, die ich selbst verspürte, und senkte die Schwertspitze, als er aus der *En-Garde*-Stellung herausfiel. »Ihr Männer seid der hübscheste Anblick, den ich seit sehr langer Zeit hatte, aber woher, zum Teufel, kommt ihr? Der verstorbene Großprinz sagte, er habe nach den Schlägern geschickt.«

»Haben wir auch gehört«, antwortete Riker und grinste zusammen mit den meisten anderen seiner Männer, weil er ›hübsch‹ genannt worden war. »Der ehemalige Großprinz hat offenbar vergessen, daß wir den Wettstreit überwachen, aber wir haben's nicht vergessen. Wir haben die Wächter, nach denen er geschickt hat, lokalisiert, und sie davon überzeugt, daß es beträchtlich gesünder wäre, wenn sie den Ruf nicht beachteten, und daraufhin haben wir die Anweisung erhalten, den Weg hier herab zu suchen. Nicht schrecklich kompliziert oder verworren war das, und deshalb hat es nicht sehr lang gebraucht.«

»Das meinen aber auch nur Sie, Captain«, sagte ich und entschied, daß ich mit Gareth in Bezug auf ihre Attraktivität übereinstimmte. »Für Sie mag es nicht sehr lang gewesen sein; für mich waren's mehrere Lebensspannen und noch mehr.«

»Dann bin ich mir sicher, daß Sie es zu würdigen wissen, wenn Sie sich jetzt eine Weile lang ausruhen können«, sagte er mit einem Lächeln und winkte mit einem Arm. »Hier entlang, Prinzessin, es ist überhaupt nicht weit. Möchten Sie, daß wir uns für Sie um dieses Schwert kümmern, Prinz Gareth? Dem neuen Großprinzen stehen diese Dienste zumindest zu.«

»Auf jeden Fall vielen Dank, aber ich kümmere mich selbst darum«, antwortete Gareth, ein wenig überrascht, wie ihn Riker angeredet hatte. »Und ich bezweifle, daß ich lange genug Großprinz sein werde, um mich daran zu gewöhnen, bedient zu werden – wenn es nach *mir* ginge, heißt das. Los denn!«

Riker lächelte erneut, führte uns jedoch fort, ohne noch irgend etwas zu sagen, und wir mußten ihm lediglich folgen.

Der Raum, den wir so früh am Morgen verlassen hatten, bat einen willkommenen Anblick, und sobald wir hineingetröpfelt waren, entledigten wir uns der durchgeweichten Sachen und trockneten uns mit Handtüchern aus dem Badezimmer ab. Gareth trug die Kleider, die er schon tags zuvor getragen hatte, und ich ebenfalls, aber meine Kleidung bestand aus dem Gewand, und ich hatte nichts anderes zum Gehen als diese schrecklichen Schuhe. Ich zog das Gewand an, zögerte jedoch bei den Schuhen, froh darum, so bescheiden gewesen zu sein, den Strahlentransmitter an Riker zurückgegeben zu haben, und wandte mich dann um. Gareth trug ebenfalls wieder trockene Kleider, stand jetzt da und tat etwas mit seinem Schwert.

»Nun, es sieht so aus, als hätten wir schließlich ein ganz gutes Team abgegeben«, sagte ich, außerstande, mir eine bessere Gesprächseröffnung auszudenken. »Da wir jetzt getan haben, was wir tun wollten, wie lauten deine Pläne?«

»Sobald Strall und seine Leute die Dinge bereinigt haben, werde ich nach Unterhalb zurückkehren«, antwortete er, ohne sich umzuwenden, noch immer schrecklich beschäftigt mit dem Schwert. »Ich habe mir stets gewünscht, eine Drang-Zucht-Farm aufzubauen, und jetzt kann ich's tun. Ich freue mich wirklich darauf.«

»Da bin ich mir ganz sicher«, sagte ich und wünschte mir, er würde sich umdrehen oder mich anlächeln oder *irgend etwas* tun, damit das, was ich vorhatte, leichter fiel. »Ich habe viel Geschrei gemacht, daß ich nach Hause gehen wollte, aber jetzt, da ich's tun kann, habe ich, glaube ich, meine Meinung geändert. Ich möchte Melia und Tanise gern wiedersehen, und Joban, zumindest, um Auf Wiedersehen zu sagen, wenn schon sonst nichts ... Wirst du auf deiner Drang-Zucht-Farm keine Frau brauchen?«

»Ich werde schließlich jemanden finden, schätze ich«,

sagte er mit einem Schulterzucken auf meine halb herausgeplatzte Frage, und dieser breite Rücken war noch immer der einzige Teil seiner selbst, den er mir zeigen wollte. »Ich bin sicher, Strall oder seine Freunde werden imstande sein, dir dabei zu helfen, eine legale Scheidung durchzubekommen, selbst wenn das Gesetz von Plateau dies nicht erlaubt. Schließlich bist du auf deiner Heimatwelt eine sehr wichtige Frau.«

»Ja, das bin ich, nicht wahr?« sagte ich mit viel leiserer Stimme, denn das gesamte Vorhaben mißfiel mir. »Wie jedoch könnte ich jemals eine Scheidung von dieser Zeremonie erreichen, die wir durchgemacht haben? Sie hat garantiert, daß ich dir gehorche, gleichgültig, was du mir zu tun befiehlst, gleichgültig, wie ich mich deswegen fühle – selbst wenn du mir sagen würdest, ich solle auf immer hierbleiben ...«

»Regan, Strall hat etwas im Sinn, und er hat gespürt, daß es besser wäre, es dir nicht zu sagen, aber ich glaube jetzt, du mußt es wissen«, sagte er, nicht mehr mit dem Schwert beschäftigt. Aber er drehte sich noch immer nicht um. »Entsinnst du dich, mir gesagt zu haben, ich müsse meinen Befehl, was dein anderes Ich betrifft, zurücknehmen, ehe wir in den Wettstreit gingen, oder wir müßten zum größten Teil ohne dein Talent auskommen? Ich weiß, das ist Wochen her, und du magst es bei all dem, was vor sich gegangen ist, nicht bemerkt haben, aber ich habe mich zu dieser Zurücknahme niemals durchringen können. Bedeutet das, wir haben heute ohne deine Talente gehandelt?«

»Nein, natürlich nicht«, sagte ich, auf einmal sehr verwirrt. »Wie du weißt, war mein anderes Ich gleich da bei uns, das hast du selbst gesagt. Was hat das damit zu tun, daß Strall ...«

»Das muß der Grund dafür sein, weshalb man jeder Frau des Adels, die überhaupt kein Talent gezeigt hat, befahl, den Planeten zu verlassen, statt einen ihrer enttäuschten Erben zu heiraten«, sagte er und machte unverdrossen weiter. »Du brichst aus der Gehorsams-Konditionierung aus, Regan, ebenso, wie es theoretisch jede vielfältig talentierte Frau tun könnte – nachdem sie ihre Talente vor dem Test verborgen hat. Der frühe Adel wußte ebenso wie Strall, weshalb man sie nicht dort haben wollte, wo man mit ihr umzugehen hatte, unkontrolliert und imstande, Gott weiß was zu tun. Die gegenwärtige Generation des Adels folgte einfach der vorgeschriebenen Praxis, ohne zu wissen warum. Ansonsten hätten sie dich niemals für *mich* aufgegeben.«

»Also bin ich schließlich frei«, sagte ich und ließ eine Hand durch das noch immer feuchte Haar laufen, verwirrter denn je. »Selbst wenn ich's nicht sein will. Und jetzt habe ich fünf Talente, auf die ich stolz sein kann. Gareth, bitte, ich weiß, ich habe gesagt, daß ich das nicht wieder aufs Tapet bringen werde, aber können wir nicht einfach darüber *reden …*«

»Regan, du hast dein Leben, und ich habe das meine«, unterbrach er, die Stimme fest entschlossen, trotz der Art und Weise, wie er die Wand vor sich anstarrte. »Wir haben nichts weiter gemeinsam als das Blut, das wir miteinander teilen, und ich habe das niemals als ausreichend betrachtet, um darauf ein Leben zu zweit aufzubauen. Gerade im Augenblick berührt dich noch immer etwas von der Konditionierung, aber sobald du ihr mehr Chancen gibst zu verblassen, wirst du sehen, daß ich recht habe. Und wenn du diesem Darborough dieselbe Chance gibst, wird er vielleicht in der Lage sein, alles für dich zu tun, was ich nicht tun kann.«

Also wollte er mich am Ende wirklich nicht. Melia hatte die ganze Zeit über gewußt, daß er der einzige meiner Art war, den ich jemals anerkennen könnte, der einzige, dem gegenüber ich etwas empfinden könnte, aber sie hatte sich in seiner Entschlossenheit geirrt.

»Vielleicht werde ich Quentin Darborough eine Chance geben«, sagte ich, nicht überrascht davon, daß mir Tränen das Gesicht hinabliefen. »Tut mir leid, daß ich dich belästigt habe, wenn du doch so offensichtlich nicht von mir belästigt werden wolltest. Aber du kannst dir sicher sein, ich werde es nicht wieder tun. Und nur für die Aufzeichnungen: laß mich dir sagen, wie sehr du dich geirrt hast. Liebe ist *nicht* wundervoll, sie ist schlimmer als jeder Schmerz, der mir überhaupt je angetan worden ist, und ich werde nicht zulassen, sie jemals wieder zu empfinden!«

Da drehte er sich endlich um und sah mich mit Augen voller Überraschung an, doch es war viel zu spät, als daß es etwas hätte zählen können. Ich lief zur Tür, stieß sie auf und verschwand einfach.

Kapitel 13

Das Haus des Großprinzen war groß genug, sich rasch darin zu verlieren, und das war genau das, was ich wollte. Nach langen Stunden des Umherwanderns fragte ich mich, ob ich versuchen sollte, Jamis zu finden, wo immer ihn Rikers Männer auch nach der Bergung hingebracht hatten. Dann jedoch mußte ich zugeben, daß ich Jamis gar nicht sehen wollte. Ich wollte wirklich überhaupt niemanden sehen, niemals mehr, aber dafür standen die Chancen nicht sehr gut. Als ich an einer großen, offenen Suite vorüberkam, sah ich eine Anzahl Männer in ceenabischer Uniform, und einer von ihnen blickte auf und sah mich, ebenso wie ich ihn sah. Er war einer derjenigen, die die letzten paar Wochen mit Strall zusammengearbeitet hatten, und sobald er mich gesehen hatte, winkte er mich herein.

»Prinzessin Regan, darf ich einige Minuten mit Ihnen sprechen?« fragte er und trat heran, während ich zögerte, ob ich hineingehen sollte oder nicht. »Es wird nicht sehr lange dauern.«

Er sah mich recht merkwürdig an, vielleicht, weil ich noch immer die Schuhe in Händen hielt, statt sie zu tragen, aber das machte mir nicht sonderlich viel aus. Ich nickte erschöpft, als ich in die Suite trat, woraufhin ich mich von ihm zu einigen Stühlen führen ließ.

»Bitte, setzen Sie sich! Sie müssen müde sein nach all dem, was Sie heute durchgemacht haben«, sagte der Mann mit so etwas wie einem Lächeln und wartete, bis ich mich gesetzt hatte, ehe er sich selbst einen Stuhl nahm. »Wir alle haben natürlich beim Wettkampf zugesehen, und Ihnen und Prinz Gareth muß man gratulieren. Die Chancen haben sehr, sehr gegen Sie gestanden, aber Sie haben sich dennoch durchgesetzt.«

»Deshalb sind wir dabei gewesen«, antwortete ich und lehnte mich in dem sehr gemütlichen Sessel zurück. »Ist Mister Darborough mit Ihnen heruntergekommen, oder ist er noch immer auf dem Schiff? Wenn er hier ist, möchte ich gerne …«

»Prinzessin, Mister Darborough hat eine Kurierverbindung hinterlassen, kurz bevor wir heruntergekommen sind«, schnitt er mir das Wort ab, wobei sein tiefes Unbehagen die Worte herauszwang und sich sein weicher Blick verletzt zeigte. »Er … hat gesagt, man solle Ihnen sagen, daß er wirklich nicht gewußt hat, eine wie außergewöhnliche Frau Sie seien und daß er niemals jemandem wie Ihnen etwas wert sein könne. Er sagte ebenfalls, daß Sie beide sich wirklich zu einem Drink treffen müßten, sobald Sie im Fourmin-Cluster zurück seien.«

Einen Drink, dachte ich, wobei ich jede Minute des bis dahin durchgemachten Tages nochmals spürte. Und außergewöhnlich. Der Mann hatte schließlich genau gesehen, was ich war, und war klug genug, sich nicht mit einem Freak einzulassen.

»Nun, er hat wenigstens eine gute Idee gehabt«, sagte ich, während ich an den Fourmin-Cluster dachte. »Ich würde gern dorthin zurückkehren, woher ich gekommen bin, und zwar so bald wie möglich. Sie können das für mich einrichten, nicht wahr?«

»Prinzessin, man hat Ihnen gesagt, daß ein eigens zusammengestellter Gerichtshof den Wettstreit überwacht hat, stimmt's?« fragte er, gerade so, als habe er meine Frage nicht gehört. »Wie wir wissen, mußten sie dazu ermächtigt sein, rasch und gründlich zu handeln, damit ihnen diese Situation nicht aus der Hand glitte, also stellten wir sicher, daß dies auch der Fall sein würde. Sie haben bereits einige Entscheidungen getroffen, und wir dachten, Sie sollten davon wissen.«

Ich blickte ihn einfach an, ohne Antwort zu geben, war mir über nichts weiter bewußt, als daß mir die

Dinge wiederum berichtet würden. Er lächelte dieses merkwürdige Lächeln, das nur ein halbes war, und lehnte sich *nicht* in seinen Sessel zurück.

»Ihre erste Entscheidung war, daß der sogenannte Adel dieser Welt nicht in einer Position gelassen werden durfte, die seinen Bürgern weiterhin Schaden zufügen konnte«, sagte er, wobei er sich anhörte, als zitiere er etwas Auswendiggelerntes. »Sie haben offiziell Notiz davon genommen, was bislang als ›Talente‹ beschrieben worden ist und haben festgelegt, diese Talente seien Anzeichen einer neu entdeckten, künstlich mutierten Rasse, und sie haben befohlen, daß die Mitglieder dieser Rasse daran gehindert werden müßten, diese Talente zum Nachteil dessen auszuüben, was zumeist als ›gewöhnlicher Bürger‹ bezeichnet wird. Vor drei Stunden ist der Adel von der Regierung ausgeschlossen worden, und das wird so bleiben, bis sich der Gerichtshof anders entscheidet.«

Er wartete mein Nicken ab, wirkte erleichtert, als er es erhielt, und quatschte dann weiter.

»In Anbetracht der Tatsache, daß die Welt auf Plateau eine Monarchie ist und daß deren Einwohner bislang noch keine Chance hatten, dies zu ändern, ist ein zeitweiliges Staatsoberhaupt bestimmt worden«, sagt er. »In den Kreisen um den Gerichtshof hatte man sich überlegt, jemanden zu wählen, der kein Mitglied der herrschenden Familien wäre. Also hat der Gerichtshof die Gelegenheit ergriffen und das Ergebnis des gerade beendeten Wettstreits offiziell anerkannt. Er hat Prinz Gareth zum neuen Großprinzen von Plateau ernannt. Er wird dieses Amt innehaben, bis freie Wahlen abgehalten, die Leute ein angemessenes Stimmrecht erhalten, Informationen ausgestreut werden können und dergleichen mehr. Er war der einzige aus den in Betracht gezogenen Familien, der für die Position geeignet schien, und seine Stellung als Anführer der Rebellen hat die Entscheidung ebenfalls einstimmig werden lassen.«

Ich nickte ein zweites Mal, ohne darauf zu warten, dazu gedrängt zu werden, glücklich für Gareth und seine Welt. Wenn er die Verantwortung trug, mußten sie sich niemals mehr Sorgen machen um Tage der Krankheit, und wenn sie die Anführer wählten, die sie haben wollten, würde er rasch und glücklich zurücktreten.

»Nun, Sie werden nicht erleben, daß *ich* irgend etwas davon in Zweifel ziehe«, sagte ich nach einem Augenblick. »Der einzige Grund, weshalb wir an den Dreißig teilgenommen hatten, bestand darin, den Gerichtshof auf die Situation aufmerksam zu machen. Das einzige, was Sie mir bislang noch nicht gesagt haben, ist, wie rasch Sie meine Fahrt einrichten können.«

»Prinzessin, bitte, das ist wirklich sehr schwierig für mich«, sagte er, die Augen jetzt weit geöffnet und sehr nüchtern, der Gesichtsausdruck unglücklich. »Wir alle haben Sie während der vergangenen Wochen kennengelernt, und … nun, ich schätze, es gibt keinen einfachen Weg, es zu sagen. Der Gerichtshof hat eine Tiefenstudie des Adels von Plateau angeordnet, um genau herauszufinden, womit wir es zu tun haben, um zu erfahren, ob seine Talente als ungerechtfertigter Vorteil allen anderen gegenüber betrachtet werden müssen. Er hat seinen Dank für Ihre Kooperation geschickt, jedoch gleichfalls auch sein Bedauern. Sie werden mit den anderen der Familien hier unter Arrest gestellt werden, hier auf Plateau, zumindest, bis die Studie vollendet ist. Sie *sind* eine von ihnen, das wissen Sie.«

Ja, natürlich wußte ich das. Ich schloß die Augen, während ich im Sessel zurückgelehnt dasaß, fast zu erschöpft, um es auszuhalten. Andererseits überraschte es mich nicht, daß ich nicht gehen würde oder daß ich wirklich bliebe. Ich würde mit Leuten ›unter Arrest gestellt‹, mit denen ich nicht zusammensein wollte, würde den einen niemals wiedersehen, den von allen anderen ich sehen wollte, und wenn man es ganz genau betrachtete, so machte es mir noch nicht einmal etwas aus.

Die ›Häßliche-Entlein-GmbH‹ mochte gedeihen oder untergehen, die Studie könnte mich befreien oder auch nicht – alle Sterne in allen Clustern könnten auf der Stelle zur Supernova werden – und es würde mir einfach nichts ausmachen. Ich wäre allein, wo auch immer ich wäre, warum also sollte es mich kümmern, wo das zufällig sein mochte?

»Eure Hoheit, wir benutzen Shuttles, um die Familienmitglieder vom Plateau zu einer großen Insel hinüberzubringen, die wir gefunden haben«, tönte erneut die Stimme meines Informanten, und heftiges Mitleid lag darin. »Auf dieser Insel stehen bislang nur Zelte, also möchten Sie sich vielleicht eine Weile hier ausruhen, ehe Sie hinüberfahren. Ich bin mir sicher, daß es dem Gerichtshof wirklich nichts ausmacht, nicht nach all dem, was Sie getan haben …«

»Nein, wenn alle anderen gehen, möchte ich ebenfalls gehen«, widersprach ich, öffnete die Augen und blickte ihn an. »Der einzige Gefallen, um den ich bitte, ist der, daß mein Bruder angemessen behandelt wird, ehe *er* dorthin geschickt wird. Er ist während der Dreißig verletzt worden, hat uns jedoch trotzdem geholfen. Ich bin mir sicher, Sie wissen das.«

»Ja, wir haben alles gesehen«, sagte er mit einem echten Lächeln, das noch immer zumeist aus Traurigkeit bestand, stand auf und bot mir die Hand. »Man wird sich gut um ihn kümmern, ehe er hinübergeschickt wird, und wir lassen Sie es sicher wissen, wenn er eintrifft. Wenn Sie mit mir kommen wollen, Prinzessin, ich bringe Sie zum Shuttle.«

»Natürlich«, sagte ich mit einem Nicken und nahm seine Hand, die mir aus dem Sessel half. »Aber, bitte, noch einen Gefallen. Nennen Sie mich nicht Prinzessin.«

In dem geschlossenen Hof schienen sich mehr Leute zu befinden, als er hätte aufnehmen sollen, und wenigstens die Hälfte davon protestierte, beklagte sich oder brüllte einfach in die Welt hinaus. Meine Verwandten schienen nicht allzu glücklich darüber zu sein, was ihnen angetan wurde, nicht einmal diejenigen, die keinen Familienbesitz zu verlieren hatten, und Captain Riker hatte Männer abkommandieren müssen, die dabei halfen, den Anschein von Ordnung aufrechtzuerhalten. Ich bin mir sicher, einer der Streitpunkte war der, daß es nirgendwo rotuniformierte Wächter gab, und einer oder zwei von ihnen, die Familienoberhäupter zu *sein* schienen, mußten sich ohne ihre Eskorte nackt gefühlt haben.

Der Ceenaber, der mich dorthin gebracht hatte, hatte darauf bestanden zu bleiben, bis mir ein Platz im Shuttle zugewiesen worden wäre, aber ich hatte damit aufgehört, seinen aufrichtigen und ermutigenden Meinungen darüber zuzuhören, wie kurz der Arrest wäre, dem ich ziemlich wahrscheinlich entgegensähe. Mir machte es noch immer nicht wirklich etwas aus, und ich war fast bereit, mir den Weg durch diese Menge von Dummköpfen zu bahnen, um es rascher hinter mich zu bringen.

»Nun sieh mal einer an!« rief der Ceenaber aus und unterbrach zu diesem Zweck seinen Monolog. »Mister Strall ist hier und kommt zu uns herüber, vielleicht, um Ihnen ein vorläufiges Auf Wiedersehen zu sagen. Er ist während der vergangenen paar Stunden sehr beschäftigt gewesen. Wenn er sich also die Zeit nimmt, hier stehenzubleiben, wird er … Und sehen Sie, wer da bei ihm ist!«

Diese Begeisterung wirkte sehr ermüdend, und ich war nicht daran interessiert, mir irgend etwas davon anzusehen. Auf der Insel gäbe es Zelte, um sich darin niederzulegen, und falls ich mich auf etwas freuen wollte, so war ein Platz zum Hinlegen der einzige Kandidat dafür.

»Harral, was, zum Teufel, tust du da?« wollte Strall

von dem Ceenaber neben mir wissen, sobald er neben uns stehengeblieben war. Er funkelte den Mann an: »Wenn ich nicht bei dem Posten, dem du zugewiesen warst, Halt gemacht hätte, hätte ich nicht gewußt, wo du bist.«

»Sir, ich dachte, es machte Ihnen nichts aus, wenn ich Regan begleitete, bis sie das Shuttle betritt«, protestierte der Mann Harral, wobei er sich bestürzt anhörte. »Ich habe ihr gesagt, Sie nähmen sich die Zeit, um ihr vorläufig ›Auf Wiedersehen‹ zu sagen, und ich bin mir sicher, daß sie es wirklich zu schätzen weiß ...«

»Nun, da hast du falsch gedacht und ihr auch Falsches erzählt«, unterbrach Strall und hörte sich wirklich verärgert an. »Wenn ich nicht wüßte, daß du einfach versuchst, nett zu sein, stündest du jetzt bis zum Hals in der Scheiße. Geh zurück, wohin du gehörst, und beeil dich!«

Ich spürte, wie mich der Mann verlegen und verletzt anblickte, aber ich wollte nur noch das Shuttle sehen. Er zögerte sehr kurz, als wäre er in der Stimmung, über den ihm gegebenen Befehl zu streiten, aber das war es wirklich nicht wert. Anstatt irgend etwas zu sagen, ging er einfach, und dann war es Stralls Blick, den ich auf mir spürte.

»Regan, da ist ein Fehler begangen worden«, begann er und hörte sich an, als suche er nach Worten. Aber ich wollte keine hören.

»Ich habe seine Gesellschaft nicht gebraucht, und ich brauche dein ›Auf Wiedersehen‹ auch nicht«, sagte ich zu ihm und meinte es auch wirklich so. »Ich weiß, wie beschäftigt ihr alle seid, also besteht kein Grund, Zeit für Gesten zu verschwenden. Kehr wieder zu dem zurück, was du gerade tust, Strall. Ich werde sowieso allein sein.«

»Regan, du verstehst nicht«, protestierte Strall und legte mir eine Hand auf den Arm, im Bemühen, angesehen zu werden. »Harral hat sich geirrt, als er dir sagte, du müßtest mit den anderen gehen. Er hat versucht, einen Job zu erledigen, von dem er wußte, daß er mir Schwierigkeiten bereitete. Und er hat die letzten Neuigkeiten auch nicht erfahren.«

»Strall, ich bin es wirklich zu müde für weitere Funken der Hoffnung«, sagte ich und hielt den Blick auf das Shuttle gerichtet. »Dieser Pöbel macht anscheinend Fortschritte beim Einsteigen, und ich möchte mich lediglich hinsetzen. Verschwinde einfach und laß mich in Ruhe!«

»Ich werde nicht verschwinden und dich in Ruhe lassen!« beharrte er, während sich seine Finger fester um meinen Arm schlossen. »Ich versuche, dir zu sagen, daß du nicht hierher gehörst. Der Gerichtshof wurde darauf hingewiesen, daß du Gareths Frau bist und deswegen das Recht hast, bei ihm zu bleiben. Wenn sie wollen, daß Gareth die Regierungsgeschäfte vorübergehend übernimmt, und das *müssen* sie, dann müssen sie dich hierbleiben lassen. Wenn sie's nicht tun, wird er einfach mit *dir* gehen.«

»Ich glaube, sie werden erfreut sein, wenn du ihnen erzählst, daß sie das vergessen können«, sagte ich und wünschte mir, ich könnte mich gleich hier hinsetzen. »Gareth möchte eine Scheidung, und ich werde diesem Wunsch entsprechen, also werde ich nicht mehr sehr lange seine Frau sein. Du irrst dich, wenn du denkst, daß ich nicht hierher gehöre. Ich gehöre nämlich hierher, und jetzt möchte ich, daß du mich in Ruhe läßt.«

»Aber die Gesetze von Plateau gestatten keine Scheidung«, sagte eine andere Stimme hinter mir, unerwartet und überraschend. »Wenn du zur Insel geschickt wirst, dann werde ich mit dir gehen müssen, und das will niemand, wirklich. Du wirst einfach hierbleiben müssen, kleines Mädchen.«

Strall zog die Hand von meinem Arm zurück, aber ich brauchte einen Augenblick, bis ich es merkte. Ich hatte nicht erwartet, diese Stimme je wieder zu hören, und jetzt, da ich sie gehört hatte, benötigte ich Zeit, mich darauf einzustellen. Ich konnte mir nicht vorstellen, was er hier tat, dann jedoch wurde es schmerzlich klar. Eine Kluft lag zwischen mir und dem letzten aus der unglücklichen Menge, also ging ich, ohne etwas zu sagen, vorwärts, und wollte mich ihr wieder anschließen.

»Wohin willst du denn *jetzt* wieder gehen?« wollte Strall wissen, während er mir nacheilte, und er war sogar noch verärgerter als zuvor. »Hat Gareth nicht gerade gesagt, du wirst bei ihm bleiben?«

»Was Gareth gerade gesagt hat, war, daß er wieder Mitleid mit mir empfindet«, erklärte ich und wünschte mir, diese dumme Menge würde sich rascher bewegen. »Sieh zu, ob es dir gelingt, ihm verständlich zu machen, daß ich ebensowenig etwas von seinem Mitleid hören will wie von ihm. Man hat mir Inselferien als Bezahlung für alles, was ich getan habe, versprochen, und ich habe die Absicht, darauf zu achten, daß dieses Versprechen eingehalten wird.«

Statt dort stehenzubleiben und noch weitere alberne Bemerkungen auszutauschen, machte ich mich lieber bereit, mir meinen Weg zum Shuttle zu bahnen, aber erneut legte sich mir eine Hand auf den Arm, und diesmal war es nicht Stralls Hand. Ich wurde von der Menge zurückgezogen und herumgedreht und sah dem Besitzer der Hand ins Gesicht. Daraufhin wurde ich genötigt, in helle Augen zu sehen, die voller wütender Enttäuschung waren.

»Wie viele Male muß ich dir noch sagen, daß es nicht Mitleid ist, was ich für dich empfinde?« wollte Gareth wissen, wobei er versuchte, die Stimme gesenkt zu halten. »Ich habe gesagt, ich möchte, daß du bei mir bleibst, und das habe ich so gemeint!«

»Sicherlich hast du das getan«, stimmte ich zu, während ich versuchte, mich aus seinen Händen zu ziehen. »Und ich habe gesagt, ich möchte eine solche noble

Geste nicht annehmen, also mußt du jetzt die Angel loslassen. Laß mich los, ich muß ein Shuttle erwischen.«

»Verdammt, ich *hasse* es, nur mit deinem anderen Ich zu reden!« machte er seinem Ärger Luft, packte fester zu und schüttelte mich. »Du schließt dich immer ihrer Starrköpfigkeit an, und dann gibt es kein Durchkommen zu dir! Vor kurzem hast du gesagt, du wolltest reden, also werden wir genau das tun!«

Daraufhin ließen mich seine Hände los, aber nur, um sich herabzubeugen und mich über die Schulter zu werfen. Ich kreischte, als er sich wieder aufrichtete und schlug entrüstet auf seinen Rücken ein, er jedoch drehte sich um und ging auf das Haus zu, wobei er mich völlig ignorierte. Einige Leute in der Menge wandten sich um und starrten herüber, aber niemand grinste so breit wie Strall.

Sobald wir drinnen waren, schritt Gareth durch zwei oder drei Hallen, und wählte dann scheinbar zufällig eine Tür. Es wurde jedoch klar, daß die Wahl alles andere als zufällig gewesen war, denn er hielt inne und schloß die Tür ab, sobald wir uns in dem Raum befanden, woraufhin er mich zu einem breiten Sofa trug. Ich rutschte von seiner Schulter auf das Sofa, und dann setzte er sich neben mich.

»Nein, das wirst du nicht tun!« sagte er, packte mich am Arm und zog mich zurück, als ich entschlossen wieder aufstehen wollte. »Es gibt keine Fenster in diesem Raum, und dieses Schloß wird sich nur für mich öffnen. Diejenige, mit der ich sprechen will, bist du, kleines Mädchen, also bitte ich dein anderes Ich, uns für eine Weile in Ruhe zu lassen. Sie und ich werden keine Schwierigkeiten dabei haben, miteinander auszukommen, das wissen wir beide, aber du bist diejenige, die überzeugt werden muß.«

Ich sah ihn nicht an, als ich schweigend einen Laut der Geringschätzung ausstieß, denn ich wußte, wie idiotisch es war, daß er glaubte, mein anderes Ich würde mich im Stich lassen. Sie und ich standen einander näher als Schwestern, und es gab keine einzige Möglichkeit in der Welt, daß sie so etwas täte … täte … Der Gedanke hielt inne, als ich sofort die geistige Hand ausstreckte, um ihre Gegenwart zu suchen, und nichts fand. Ich sackte gegen die Sofalehne, entsetzlich erschreckt und einsamer, als ich es mein Lebtag gewesen war. Gareth griff nach meiner Hand und nahm sie.

»Ich wußte, ich könnte auf sie zählen«, sagte er, und die Stimme war voller Wärme, der Griff sanft. »Sie weiß, daß ein Mann für sich sein möchte, wenn er einen Fehler zugeben muß, aber ich habe diesen Fehler nicht allein begangen. Du warst bei jedem Schritt des Wegs mit dabei, und es ist allerhöchste Zeit, daß du es weißt.«

»Laß mich einfach hier raus!« flüsterte ich und zog die Hand weg, um sie selbst festzuhalten. »Ich habe genug Erfahrung, um zu wissen, wann ich nicht erwünscht bin, und du hast deinen Standpunkt überdeutlich herausgestellt. Der einzige Grund, warum du deine Meinung geändert hast, ist der, daß du herausgefunden hast, was sie tun, und jetzt empfindest du Mitleid mir gegenüber. Ich hab dir schon zuvor gesagt, daß ich dein Mitleid nicht will, und ich sage es so oft, wie ich's tun muß, bis du mir glaubst. Jetzt laß mich einfach hier raus!«

»Ich muß dich nirgendwo herauslassen«, sagte er und unternahm keinen Versuch, wieder nach meiner Hand zu greifen. »Solange du für die Studie greifbar bist, die der Gerichtshof erstellen lassen möchte, ist es ihnen gleich, wo ich dich festhalte. Konnte dies wirklich das erste Mal gewesen sein, daß du jemand gezeigt hast, wie du weinst?«

»Ich war aus der Fassung gebracht, habe nicht geweint«, sagte ich zu ihm und senkte den Kopf noch weiter. »Niemand kann mich zum Weinen zwingen, gleichgültig, was man mir antut. Ich glaube, ich habe das bewiesen.«

»Ja, das hast du gewiß«, murmelte er, und irgendwie schien es so, als sei er näher gerückt. »Selbst von einem Betrunkenen vergewaltigt zu werden, hat dich nicht zum Weinen veranlaßt, aber ein letztes Auf Wiedersehen zu jemandem zu sagen, hat dich zum Weinen gebracht. Und was hast du darüber gesagt, wie sehr Liebe schmerzt und daß du nicht zulassen willst, jemals wieder Liebe zu empfinden?«

Diesmal antwortete ich ihm nicht, einfach deshalb nicht, weil ich es nicht konnte. Ich benötigte Hilfe, um stark zu bleiben, aber er hatte mir die Hilfe genommen, und ich wußte nicht, was ich tun sollte.

»Regan, ich möchte, daß du mir die Wahrheit sagst«, meinte er, und seine Stimme hatte diesen Befehlston an sich, den ich eine ganze Weile schon nicht mehr gehört hatte. »Sag mir, gleich jetzt: Liebst du mich?«

Ich versuchte, dem Befehl zu widerstehen, versuchte, ihm nicht zu antworten, aber ich hätte völlig in Ordnung sein müssen, um der Konditionierung widerstehen zu können. Das letzte, was ich wollte, war, wieder dermaßen verletzt zu werden, aber alles, was ich tun *konnte,* war, die Augen zu schließen, als ich zu flüstern gezwungen war: »Ja.«

»Du kleine Närrin!« rief er glücklich und zog mich plötzlich zu sich und umarmte mich sehr fest. »Weißt du nicht, daß es diese Antwort ist, die den ganzen Unterschied ausmacht? Ich habe niemanden je so geliebt wie dich, aber du hast mir nie gesagt, daß du ebenso empfindest. Ich habe lediglich sehen können, wie du versucht hast, die Dinge zwischen uns zu bereinigen, und zwar um der Dreißig willen. Ich bin stets zu stinkend stolz gewesen, um dort zu bleiben, wo ich nicht erwünscht war oder nur toleriert wurde, also habe ich den Traum aufgegeben und ihn fast sterben lassen. Weil wir beide unrecht hatten.«

Ich öffnete die Augen, um zu sehen, wie er mich festhielt, und ich war schrecklich durcheinander von allem, was geschah und gesagt wurde. Ich verstand nicht, wovon er redete, und ich verstand nicht, warum das Eingeständnis, das er aus mir herausgezwungen hatte, nicht schmerzhaft war.

»Kleines Mädchen, du hast geglaubt, ich würde dir gegenüber bloß Mitleid empfinden, wo ich doch das Leben für dich gegeben hätte«, sagte er und streichelte mir das Haar, während er zu mir herablächelte. »Ich habe geglaubt, du würdest mich noch immer nicht lieben und würdest es auch niemals tun, also habe ich mich entschlossen, dich aufzugeben. Ich wäre damit auch zurechtgekommen ... aber dann habe ich dich weinen gesehen und gehört, was du gesagt hast. Du hast mir gesagt, du würdest mich lieben, und zwar auf die einzige Weise, die du gekannt hast, ohne jemals den Befehl bekommen zu haben, dieses Gefühl zu verspüren, und ich habe nur dort gestanden und dich davongehen lassen! Nachdem ich schließlich wach genug war, um das zu verstehen, bin ich hinter dir hergegangen, aber du warst bereits verschwunden. Ich wußte nicht, was, zum Teufel, ich tun sollte, also bin ich Strall suchen gegangen.

Sobald ich ihn gefunden hatte, habe ich auch erfahren, welche Entscheidungen der Gerichtshof getroffen hatte. Als sie mir sagten, du würdest zusammen mit den restlichen Oberen zu dieser Insel geschickt, bin ich explodiert, habe ihnen gesagt, was sie mit ihrem Job eines Großprinzen tun könnten, dann bin ich hinausgestürmt, um meinen eigenen Weg auf die Insel zu suchen. Ich hatte nicht vor, dich dort völlig allein zu lassen, und offensichtlich haben sie mir alle geglaubt. Strall ist mit dem Gerichtshof in Verbindung getreten, hat ihnen gesagt, was geschah, und erklärt, sie müßten jemand anderen finden, der meinen Platz einnimmt – wenn sie nicht eine andere Lösung akzeptierten. Sie haben sich dafür entschieden, sie zu akzeptieren, also ist er mich suchen gegangen, daraufhin sind wir beide hinter dir her. Verstehst du jetzt, was ich sage? Ich bemitleide dich nicht, ich liebe dich.«

»Warum nimmst du eigentlich immer an, ich wäre schwer von Begriff?« fragte ich und achtete weiter auf meine Worte, während ich zögernd eine Hand zu seinem Gesicht hob. Ich hatte ihn sogar geliebt, als ich glaubte, er wolle mich nicht, also wußte ich, daß er sich ganz bestimmt irrte und die Liebe kein Teil der Konditionierung war. Wenn es so gewesen wäre, hätte ich getan, was er wünschte, und ganz aufgehört, über ihn nachzudenken. Ich *liebte* ihn, und ich fragte mich, wie das Leben wohl wäre mit jemandem, der mich wirklich wiederliebte.

»Wenn es hier jemanden gibt, den man bemitleiden sollte, so bin ich es«, sagte er mit einem Grinsen, während er über mich den Kopf schüttelte. »Es wird nicht lange dauern, bis du völlig frei von dieser Konditionierung bist, und dann wird es nichts geben, das dich davon abhält, so frech zu sein, wie es dir beliebt. Ich glaube, ich werde damit anfangen müssen, dich zu prügeln.«

»Nicht, ehe du andere Dinge nicht zuerst getan hast«, sagte ich und erwiderte sein Grinsen. »Melia hat mir gesagt, du hättest einen Traum, und du hast ihn ebenfalls erwähnt. Sag mir, was das für ein Traum ist, Gareth!«

»Ich werde dir sagen, was es für einer *gewesen* ist«, meinte er und hielt mich wieder fest. »Seitdem ich klein war, habe ich stets davon geträumt, erwachsen zu werden und eine Frau meiner eigenen Art zu finden, um sie zu retten, wie meine Mutter niemals gerettet worden ist. Die Frau wäre sehr schön, aber noch wichtiger, sie würde mich wirklich lieben, ohne dazu gezwungen zu werden. Es war etwas, worauf ich hoffte. Jedoch habe ich niemals geglaubt, ich fände sie tatsächlich, aber du hast mich gelehrt, daß Träume manchmal wahr werden.«

»Und manchmal sogar für jene, die niemals den Mut zum Träumen gehabt haben«, sagte ich und fand heraus, wie unfaßbar gut es sich anfühlte, *ihn* ebenso zu umarmen. In gewisser Hinsicht war es eher ein Märchen als ein Traum – und das häßliche Entlein war schließlich nach Hause gekommen.